I0524735

Veröffentlicht von
DREAMSPINNER PRESS

5032 Capital Circle SW, Suite 2, PMB# 279, Tallahassee, FL 32305-7886 USA
www.dreamspinnerpress.com

Dies ist eine erfundene Geschichte. Namen, Figuren, Plätze, und Vorfälle entstammen entweder der Fantasie des Autors oder werden fiktiv verwendet. Ähnlichkeiten mit lebenden oder verstorbenen Personen, Firmen, Ereignissen oder Schauplätzen sind vollkommen zufällig.

Die Rückkehr
Urheberrecht der deutschen Ausgabe © 2017 Dreamspinner Press.
Originaltitel: The Return
Urheberrecht © 2013 Brad Boney.
Original Erstausgabe. Juli 2013
Übersetzt von Anna Doe.

Umschlagillustration
© 2013 Tricia Dunlap.
Model: James M. Brookes
Die Illustrationen auf dem Einband bzw. Titelseite werden nur für darstellerische Zwecke genutzt. Jede abgebildete Person ist ein Model.

Alle Rechte vorbehalten. Dieses Buch ist ausschließlich für den Käufer lizensiert. Eine Vervielfältigung oder Weitergabe in jeder Form ist illegal und stellt eine Verletzung des Internationalen Copyright-Rechtes dar. Somit werden diese Tatbestände strafrechtlich verfolgt und bei Verurteilung mit Geld- und oder Haftstrafen geahndet. Dieses eBook kann nicht legal verliehen oder an andere weitergegeben werden. Kein Teil dieses Werkes darf ohne die ausdrückliche Genehmigung des Verlages weder Dritten zugänglich gemacht noch reproduziert werden. Bezüglich einer entsprechenden Genehmigung und aller anderen Fragen wenden Sie sich an den Verlag Dreamspinner Press, 5032 Capital Cir. SW, Ste 2 PMB# 279, Tallahassee, FL 32305-7886, USA oder unter www.dreamspinnerpress.com.

Deutsche ISBN. 978-1-63533-911-6
Deutsche eBook Ausgabe. 978-1-63533-912-3
Deutsche Erstausgabe. Juni 2017
v 1.0

Gedruckt in den Vereinigten Staaten von Amerika.

Die Rückkehr

Brad Boney

Unglück ist nur die Mauer zwischen zwei Gärten.
Khalil Gibran

TEIL 1
ZWEI WOCHENENDEN

ROLL THE DICE

TOPHER MANNING schraubte den Öldeckel zu und löste die Haltestange an der Seite der Motorhaube. Dann ließ er die Motorhaube des Chevy Malibu mit einem lauten Knall zufallen. Er schaute auf die Uhr an der Wand der Werkstatt. Noch drei Stunden bis Feierabend. Topher wischte sich die Hände an einem alten Handtuch ab und warf einen Blick durch das Glasfenster des Büros. Darrell, sein Chef und einer der Eigentümer von *Groovy Automotive*, unterhielt sich gerade mit einem Kunden. Die Frau sah verstört aus. Hinter ihr stand ein Mann, der aufgeregt telefonierte.

In Tophers Hosentasche vibrierte das Handy. Er zog es heraus und klappte es auf. Der kleine Bildschirm war schwarz. Kein Anruf und auch keine SMS.

„Hey, Travis", rief er dem Mechaniker zu, der einige Meter weiter an einem anderen Wagen arbeitete. „Ich gehe ins Büro, um Darrell zu helfen. Der Typ, der dort in der Schlange steht, sieht aus, als würde er gleich in die Luft gehen."

Travis warf einen Blick ins Büro und grinste. „Verdammt. Aber er ist heiß. Hast du den Ölstand sicherheitshalber doppelt kontrolliert?"

„Ja, schon erledigt. Ich habe alles zweimal kontrolliert."

Topher steckte das Handy wieder ein. Dann ging er durch die Werkstatt ins Büro. Darrell sah ihn kommen und deutete mit einer Kopfbewegung auf den wartenden Kunden.

„Kann ich Ihnen helfen, Sir?", fragte Topher den Mann.

Der Mann beendete sein Gespräch. „Das will ich doch sehr hoffen", sagte er. „Was ist denn Ihr Problem?"

„Ich bin hier, um das *South by Southwest Festival* zu besuchen. Dummerweise habe ich mir eine Scheißkiste ausgeliehen und …" Darrell und die Kundin unterbrachen ihr Gespräch und schauten ihn missbilligend an. „Entschuldigung", sagte der Mann. Sein kräftiger Bariton hörte sich an, als würde ein Cellospieler den Bogen auf die C-Saite fallen lassen. „Ich bin mit einem geliehenen Wagen hier und der ist hier in der Nähe liegengeblieben. Auf dem Parkplatz des Lebensmittelladens gegenüber."

„Sie meinen den *H-E-B*?"

„Wenn der so heißt, von mir aus. Passen Sie auf. Ich will mich hier nicht wie ein Arschl…" Er biss sich auf die Zunge. „Ich will keinen Ärger machen. Wie lange wird es dauern, den Wagen wieder zum Laufen zu bringen?"

„Das kann ich nicht sagen, Sir", antwortete Topher. „Wenn es nur die Batterie ist, können wir ihn um fünf Uhr wieder fit haben."

„Mist", grummelte der Mann und schaute panisch auf sein Handy. „Ich habe nur noch neunzig Minuten, dann muss ich im Kongresszentrum sein, um meine Freikarte für das Konzert von Bruce Springsteen heute Abend abzuholen."

„Sie gehen zu dem Konzert von Springsteen?", fragte die Frau.

„Noch nicht", meinte der Mann. „Das ist ja das Problem. Ich habe meine Karte noch nicht. Und wenn ich sie nicht rechtzeitig abhole, wird sie weitergegeben."

„Warum nehmen Sie nicht einfach ein Taxi?", erkundigte sich Topher.

„Keine Ahnung. Weil ich nicht klar denken kann. Der Besitzer des Autos kann mir nicht helfen, weil er in der Stadt eine Konferenz leitet. Der Motor ist absolut tot. Ich habe von der anderen Straßenseite die Autowerkstatt gesehen und bin hierhergekommen. War das wirklich so unlogisch von mir? Bin ich ein solcher Idiot?"

Topher grinste. „Nein, Sir. Sie sind kein Idiot. Darf ich fragen woher Sie stammen?"

„New York."

„New York City?", fragte Topher. Er spürte Darrells Blicke im Nacken und wünschte sich, er hätte den Mund gehalten.

„Ja", antwortete der Mann.

„Und Sie sind diesen ganzen Weg gekommen, um Bruce Springsteen zu sehen?"

„Mehr oder weniger, ja."

Topher drehte sich kopfschüttelnd zu Darrell um. „Chef, kann ich den Mann in die Stadt fahren, damit er seine Karte abholen kann? Es wäre eine Schande, das Konzert wegen einer leeren Batterie zu verpassen."

„Das würden Sie tun?", fragte der Mann.

„Fahr den Mann in die Stadt", sagte Darrell. „Und nimm dir den Rest des Tages frei. Sir, Sie können froh sein, dass der Junge ein so großes Herz hat."

„Werde ich trotzdem bezahlt?", fragte Topher.

„Ja, du wirst bezahlt."

„Prima." Topher drehte sich wieder zu dem Mann um. „Mein Truck steht draußen. Ich muss nur kurz meine Sachen holen." Er rannte in den Pausenraum und schnappte sich seinen Rucksack.

„Wohin gehst du?", rief Travis ihm nach, als Topher durch die Werkstatt rannte.

Topher blieb stehen. „Ich fahre den Kerl in die Stadt, damit er sich seine Eintrittskarte für das Konzert vom Boss abholen kann."

„Springsteen?"

„Ja. Es ist meine gute Tat für dieses Jahr. Darrell hat mir den Rest des Tages freigegeben. Bezahlt."

„Mannomann, Junge. Du hast manchmal wirklich unverschämtes Glück. Dann mach dich auf die Socken und verschwinde. Ich erledige den Papierkram für dich nachher mit."

„Danke, Kumpel. Du hast bei mir einen Stein im Brett."

Topher ging am Bürofenster vorbei und winkte dem Mann zu. Sekunden später trafen sie sich auf der Straße. „Mein Truck steht hinterm Haus, falls Sie den weiten Weg auf sich nehmen wollen", meinte Topher grinsend.

Der Mann lächelte. „Wie nett, mein Junge. Du kennst deinen Springsteen, also werden wir uns hervorragend verstehen. Geh voraus." Topher ging ums Haus zu seinem Truck. Der Mann folgte ihm. „Und vielen Dank für deine Hilfe. Ich bezahle dich natürlich dafür."

„Lassen Sie das. Ich will Ihr Geld nicht. Ich bin ein großer Fan von Springsteen. Ich wäre an Ihrer Stelle genauso sauer. Ich heiße übrigens Topher."

„Stanton", sagte der Mann und schüttelte ihm die Hand. „Porter."

„Stanton Porter, der Musikkritiker?"

„Genau der. Du kannst mich ruhig duzen."

„Ich habe dich im Radio gehört. Einer der Mechaniker hört bei der Arbeit immer NPR."

„Wirklich? Das hätte ich nicht erwartet."

„Glaubst du etwa, Automechaniker hören nur klassischen Rock und Glenn Beck?"

„Ich wollte damit nicht sagen …"

„Schon gut, ich weiß." Topher blieb vor Stanton stehen und musterte ihn. Es war nicht zu übersehen, dass Stanton ein gut aussehender Mann war. Daher lag die nächste Frage auf der Hand. „Warum bist du mit dem Gesicht nicht beim Fernsehen? Es ist wirklich Vergeudung, damit nur Radio zu machen, meinst du nicht auch?"

Stanton lief feuerrot an und Topher merkte, dass er den Mann aus dem Konzept gebracht hatte. Dann schien Stanton das Kompliment anzunehmen und lächelte. „Vielen Dank. Denke ich. Aber im Radio kann ich besser anonym bleiben. Ich lege Wert auf meine Privatsphäre."

„Oh. Ja. Ich verstehe." Topher ging zum Truck. „Mir hat dein Beitrag über die *Killers* gefallen. Sie haben mich sehr beeinflusst."

„Danke. Du machst also auch Musik?"

„Yep."

„Musiker und Mechaniker?"

„Schuldig im Sinne der Anklage. Aber das ist heutzutage jeder. Musiker, meine ich."

„Kommt mir auch manchmal so vor. So viel Musik, die nie mehr als zwanzig Leute hören werden."

Topher schloss die Beifahrertür auf und ging um den Truck herum zur Fahrerseite. „Klugscheißer", murmelte er leise vor sich hin. Dann stieg er ein und schnallte sich an. An seiner Seite stieß Stanton mit den Knien an die Konsole. „Du kannst den Sitz zurückschieben, wenn es dir zu eng ist." Stanton kämpfte mit dem Hebel an der Seite, bis es einen Schlag tat und der Sitz nach hinten schoss. Topher konnte sich ein Lachen nicht verkneifen. „Tut mir leid. Travis ist vor einigen Tagen mitgefahren. Er stellt den Sitz immer ganz nach vorne, weil er genauso klein ist wie ich. Wie groß bist du eigentlich?"

„Eins dreiundachtzig."

Topher kam sich unvermittelt noch kleiner vor. „Dann wäre ein F-150 wahrscheinlich bequemer für dich. Aber Travis und ich stehen auf den Ranger."

„Wer ist Travis?"

„Ein Kollege. Er arbeitet in der Bucht neben mir. Du musst also ins Kongresszentrum? Dorthin soll ich dich fahren?"

„Richtig."

Topher ließ den Motor an, verließ den Parkplatz und fuhr in Richtung Red River Street. „Dann sollten wir die I-35 meiden."

„Ist das die große Durchgangsstraße im Stadtzentrum?"

Topher warf einen Blick in den Rückspiegel. „Ja, genau die. Bist du das erste Mal in Austin?"

„Nein. Ich war vor vielen Jahren schon einmal hier."

„Aber dein erstes *SXSW*?"

„Ja. Ich bin kein großer Fan von Festivals, deshalb meide ich sie normalerweise. Aber als ich gehört habe, dass Springsteen auftritt … Nun, ich konnte das Angebot nicht abschlagen."

„Dann hast du ihn also schon gesehen? Springsteen, meine ich."

„Ja, aber nur einmal. Das war 1981."

Topher warf ihm einen Seitenblick zu. „Wie alt bist du eigentlich?", fragte er.

„Alt genug. Und ich muss es nicht laut hören. Und du? Sechzehn?"

„Wie lieb, Mister. Sechsundzwanzig trifft es besser."

„Ich war noch jünger, als ich auf dem Springsteen-Konzert war. Kaum zu glauben, dass es schon über dreißig Jahre her ist. Ich wusste damals schon, dass er ein wunderbarer Musiker ist, aber nach diesem Tag war ich noch überzeugter."

„Was ist damals passiert?"

„Er hat an diesem Nachmittag die Keynote-Rede gehalten."

„Oh, richtig. Und wie war das?"

„Es ist mir peinlich, aber am Schluss der Rede habe ich geheult. Es war eine Geschichtsstunde in Popmusik, entstanden aus Dankbarkeit und purer Inspiration. Der Mann ist ein Poet, ein Musiker und – nach diesem Tag – auch ein Redner."

„Warum ist es dir peinlich?"

Stanton sah ihn an. „Wie bitte?"

Topher ließ den Blick nicht von der Straße. „Zu weinen? Am Schluss der Rede? Warum ist dir das peinlich?"

„Nun, es war mir nicht peinlich, geweint zu haben. Aber es war mir peinlich, es dir zu sagen. Das ist ein Unterschied. Ich habe eine Liebe-Hass-Beziehung zu Gefühlen und mag es nicht, wenn man mich als sentimental ansieht."

Topher nickte. „Dann kümmerst du dich also um die Meinung anderer Menschen?", fragte er.

„Ja. Du nicht?"

„Nicht sonderlich. Ich wünschte, ich hätte die Rede erleben dürfen. Aber ich kann es mir nicht leisten, für ein Konzert frei zu nehmen. Oder die Eintrittskarte zu bezahlen."

„Du kannst die Rede im Internet umsonst ansehen."

„Wirklich?"

„Du musst nur nach ‚Springsteen Keynote' suchen."

„Das werde ich ausprobieren."

Sie kamen am St. David's Medical Center vorbei und kreuzten die Dean Keaton Street. Stanton sah aus dem Fenster. „Das ist die Universität, nicht wahr?", fragte er.

„Yep. Von hier bis zur Guadelupe ist alles Universität. Das Gelände wird die Forty Acres genannt."

„Ich kann mich erinnern, in einem Restaurant namens *Les Amis* gegessen zu haben. Es war gleich in der Seitenstraße. Wie heißt die?"

„Die Drag."

„Ja, die Drag."

„Ich habe noch nie von einem *Les Amis* gehört. Wahrscheinlich hat es schon vor Jahren geschlossen."

„Wie schade. Hast du auch hier studiert?"

Topher schüttelte den Kopf. „Nein, ich hatte keine Lust zu studieren."

„Welche Instrumente spielst du?"

„Gitarre und Piano, manchmal auch Mundharmonika. Außerdem komme ich einigermaßen mit dem Schlagzeug zurecht."

„Und du hast Tattoos wie Adam Levine." Stanton deutete auf die Tätowierungen, die Tophers rechten Arm bedeckten. „Du bist auch so drahtig gebaut wie er. Singst du auch?"

„Das könnte man sagen." Topher sah Stanton grinsend von der Seite an. „Obwohl ein Kritiker wie du das vermutlich anders sieht."

„Wer hat dich – außer Brandon Flowers – noch beeinflusst?"

„Chester Bennington, Billie Joe Armstrong, Barry Manilow."

„Barry Manilow?"

„Sicher. Er ist ein wunderbarer Geschichtenerzähler. Cee Lo Grenn, Steve Perry, Meat Loaf."

„Du liebst starke Stimmen."

„Ja."

„Ich auch."

„Hast du schon von der Band *Air Supply* gehört?" Topher drehte sich zu Stanton um, der ihn anlächelte.

„Ja, ich habe von ihr gehört."

„Ich bin gestern bei YouTube über eines ihrer Lieder gestolpert", meinte Topher. „Der Kerl hat eine Superstimme. Weißt du, wen ich meine?"

„Russell Hitchcock."

„Genau der."

„Spielst du in einer Band?"

„Ja."

„Wie heißt sie?"

„*Judecca Rising*."

Stanton rutschte in seinem Sitz hin und her.

„Hmm", sagte er. „Darüber solltet ihr neu nachdenken. Obwohl es schon Mut beweist, seine Band nach dem letzten Kreis der Hölle zu nennen."

„Ja. Erzähle das unserem Schlagzeuger. Der Name war seine Idee."

„Habt ihr an diesem Wochenende einen Auftritt?"

„Ja, aber es ist nichts Offizielles. Wir spielen morgen Abend ein Set im *Rooftop* in der 6. Straße. Sie promoten oft lokale Bands."

Stantons iPhone meldete sich. „Entschuldige", sagte er zu Topher und nahm den Anruf an. „Hallo, Kumpel. Was ist los? … Willst du mich verarschen? … Hast du etwas Falsches gegessen? … Marvin, du kannst doch nicht … Gut, gut … Einen Moment." Stanton drehte sich zu Topher um. „Hast du Lust, heute Abend Bruce Springsteen zu sehen?", fragte er.

Topher trat auf die Bremse. „Nimm mich nicht auf den Arm."

Stanton hielt das iPhone wieder ans Ohr. „Ich habe hier jemanden, der deine Karte gerne übernimmt. Hast du sie schon abgeholt? … Okay. Wir sind gleich da." Er beendete das Gespräch.

„Was ist los?", wollte Topher von ihm wissen.

„Das war Marvin, mein bester Freund. Er musste sich übergeben und hat vermutlich eine leichte Lebensmittelvergiftung. Er kann deshalb heute Abend nicht zu dem Konzert mitkommen und ich habe eine Karte übrig. Ohne dich hätte ich es nicht mehr geschafft, also ist es nur fair, dich einzuladen. Wir müssen vorher noch beim Hotel vorbei, damit ich seinen Bühnenausweis abholen kann. Den brauchen wir, um die Freikarten abzuholen."

„Welches Hotel?"

„Das *W*."

„Keine Ahnung, wo das ist."

„Warte, ich habe die Adresse notiert." Stanton schaltete das Handy wieder ein und tippte einige Male auf das Display. „Ecke 3. Straße und Lavaca."

„Schon unterwegs", sagte Topher. Er fuhr wieder los und bog an der 6. Straße rechts ab. Dann fuhr er durch die Innenstadt bis zur Guadelupe, nahm die 2. Straße nach Süden und bog in die Lavaca ein. Vor dem Hotel hielt er am Bürgersteig an und Stanton sprang aus dem Wagen.

„Ich bin gleich zurück", sagte er.

Topher blieb in seinem Truck sitzen und klopfte im Takt der Musik mit den Fingern ans Lenkrad. Er überlegte, ob er die anderen Bandmitglieder anrufen sollte, um damit anzugeben, zu Bruce Springsteen zu gehen. Aber er wollte nicht am Telefon sein, wenn Stanton zurückkam. Also wartete er ungeduldig, bis der Musikkritiker nach fünf Minuten wieder aus dem Hotel kam.

Stanton sprang sofort wieder in den Wagen. „Los geht's."

In der Innenstadt fand Topher keinen Parkplatz und fuhr deshalb über die 15. Straße nach Norden, um dann nach Osten zur Red River Street abzubiegen. Er parkte schließlich am Erwin Center. „Wir müssen von hier den Rest laufen", sagte er zu Stanton. „Wir müssen doch beide dort sein, um die Karten in Empfang zu nehmen, nicht wahr?"

„Richtig."

„Es sind ungefähr fünfzehn Blocks, aber näher am Kongresszentrum finden wir keinen Parkplatz mehr. Bist du bereit für einen kleinen Spaziergang?"

„Jederzeit", erwiderte Stanton.

Topher warf einige Münzen in die Parkuhr, bis er für eine Dreiviertel Stunde bezahlt hatte. Dann machten sie sich auf den Weg nach Süden. „Warum bist du mit einem fremden Auto unterwegs gewesen?", fragte Topher.

„Einer der hiesigen Musikkritiker hat ihn mir angeboten. Ich glaube, er arbeitet für eine der kostenlosen Wochenzeitungen."

„Den *Austin Chronicle*?"

„Das war's, ja. Er will sich mit mir gutstellen, weil er gerne einen Job beim NPR hätte. Deshalb hat er mir für heute sein Auto überlassen. Ich dachte mir, es wäre schön, sich die Stadt ansehen zu können. Aber mittlerweile steht der Kerl ganz oben auf meine Shitliste. Ich maile ihm die Adresse von diesem *H-E-B*, und dann kann er sehen, wie er wieder an sein Auto kommt."

„Ah, komm schon! Es war doch nicht seine Schuld. Batterien versagen manchmal. So sind sie eben. Jedenfalls nehme ich an, dass es die Batterie war."

„Es ist trotzdem sein Problem."

Topher entschied sich, das Thema zu wechseln. „Und was hältst du von Austin?"

„Die Stadt hat sich sehr verändert, aber sie gefällt mir immer noch ganz gut. Ich bin aus dem Mittelwesten, wo alle Städte gleich aussehen. Hier ist es auch nicht viel anders als beispielsweise in Columbus."

„Der Teufel steckt im Detail", meinte Topher und ging weiter, bis ihm auffiel, dass Stanton ihm nicht mehr folgte. Topher drehte sich zu ihm um. „Was ist denn los?", fragte er seinen Begleiter, aber Stanton gab ihm keine Antwort. Dann vibrierte das Handy in Tophers Hosentasche. Er zog es heraus und klappte es auf. Wieder war das Display schwarz. „Was soll die Scheiße?"

„Was ist passiert?", fragte Stanton.

„Nichts. Es ist nur dieses dämliche Handy. Ständig fängt es an zu vibrieren, und wenn ich es dann aus der Tasche hole, ist alles schwarz. Kein Anruf, kein Text, kein nichts."

„Das nennt man das Phantomvibrationssyndrom. PVS."

„Willst du mich verarschen? Es gibt einen Namen dafür?"

„Ja. Ich habe kürzlich im *Daily Beast* einen Artikel darüber gelesen. Menschen haben darin berichtet, dass sie eine so enge Beziehung zu ihrem Handy haben, dass sie ständig seine Vibrationen fühlen, auch wenn gar nichts passiert ist."

„Ich habe keine enge Beziehung zu dem Ding."

„Dann liegt es vielleicht nur daran, dass es ein schlechtes Handy ist."

„Warum bist du stehengeblieben?"

„Ich … ich kann mich nicht mehr erinnern. Wirklich. Ich war für einen Augenblick wie weggetreten. Tut mir leid. Das muss am Alter liegen."

„Am Alter? Bruce Springsteen ist schon in den Sechzigern. Du bist noch lange nicht so alt wie er. Was immer also mit dir los ist, es …" Topher biss sich auf die Zunge. „Sorry, mein Mundwerk geht schon wieder mit mir durch. Ich sage jetzt besser gar nichts mehr."

Stanton lachte. „Nein, nein, schon gut. Lass uns weitergehen. Wir haben nur noch fünfundvierzig Minuten Zeit." Er lief los und Topher rannte ihm nach, um wieder aufzuschließen.

„Wir sind nur noch zehn Minuten entfernt", rief er Stanton nach. „Immer mit der Ruhe."

„Du weißt nicht, was Springsteen mir bedeutet."

„Dann sage es mir", sagte Topher, der mittlerweile wieder bei ihm angekommen war. „Ich bin mir sicher, du hast einige coole Geschichten zu erzählen. Ich habe nie woanders gelebt, als hier und in Dime Box, Texas."

„Wo ist denn Dime Box, Texas?"

„Ungefähr hundert Kilometer östlich von hier, irgendwo zwischen Highway 290 und Highway 79."

„Dann bist du ein Kleinstadtjunge mit Großstadtträumen?"

„Willst du dich über mich lustig machen?"

„Nein. Mir ist es schließlich früher genauso gegangen."

Topher musste daran denken, dass Stanton wahrscheinlich Brandon Flowers von den *Killers* persönlich kennengelernt hatte. Er kannte vermutlich sämtliche Lieblingsmusiker von Topher durch die Sendungen, die er für NPR produzierte. „Hast du Bruce Springsteen schon kennengelernt?", fragte Topher.

Stanton lachte und schüttelte den Kopf. „Nein. Er spricht nicht oft mit der Presse. Das ist einer der Vorteile, die man als lebende Legende hat."

„Wie ist es mit Billie Joe Armstrong?"

„Ja."

„Dave Grohl?"

9

„Auch ja. Ich habe im Laufe der Jahre schon drei Sendungen über die *Foo Fighters* gemacht."

„Hast du jemals …"

„Kurt Cobain? Ja. Das war 1993, im Jahr vor seinem Tod."

Topher überlegte. „Und Chester Bennington?"

„Nächsten Monat. Ich verbringe zwei Wochen in Kalifornien mit *Linkin Park*."

Topher seufzte resigniert. „Okay. Du bist hiermit offiziell der coolste Mensch, den ich jemals kennengelernt habe."

„Bitte", sagte Stanton. „Ich hänge nur mit coolen Leuten rum, damit ich Geschichten über sie schreiben kann. Das macht mich noch lange nicht cool. Wenn überhaupt, macht es mich wahrscheinlich eher uncool."

„Das ist eine sehr dumme Sichtweise."

„Wie bitte?"

„Sorry, mein Mundwerk ist wieder mit mir durchgegangen. Kannst du mir einige Tipps geben?"

„Tipps? Ich? Nein, das wäre keine gute Idee."

„Komm schon. Du hast doch fast dein ganzes Leben in der Musikszene verbracht, oder?"

„Oder."

„Also, was muss ich wissen? Nur für den Anfang."

„Ich bin kein Musiker. Geh nach Hause und höre dir die Rede von Bruce Springsteen an."

„Ich frage aber nicht ihn, ich frage *dich*."

Stanton ging einfach weiter. „Mache nie Musik, weil du davon gut leben willst. Ich weiß, das hört sich hart und desillusioniert an, aber …"

„Das stört mich nicht."

„Die Musikindustrie ist wie eine Schokoladenfabrik. Es gibt nur eine begrenzte Anzahl von Spitzenprodukten. In jedem Jahr kann nur einer *American Idol* werden und das heißt, alle anderen verlieren."

„Ich will nicht bei *American Idol* gewinnen."

„Warum nicht? David Cook. Adam Lambert. Kelly Clarkson. Du müsstest viel Glück haben."

„Adam Lambert hat nicht gewonnen."

„Wenn du gerne als Mechaniker arbeitest und nebenher Musik machst, kannst du auch ein glückliches Leben führen. Mach dir nicht zu große Hoffnungen, sonst fühlst du dich wie ein Versager, wenn sie sich nicht erfüllen."

„Was meinst du damit?"

Stanton blieb stehen und drehte sich zu Topher um. „Viele Musiker lassen sich durch ihren Traum ihr Leben zerstören. Sie fühlen sich als Versager, weil sie nie erfolgreich waren. Was immer sie unter Erfolg auch verstehen. Es heißt oft, nur eines wäre schlimmer als Erfolglosigkeit – erfolgreich zu sein. Soweit ich das beurteilen kann, ist es kompletter Unsinn. Erfolglos zu sein ist viel schlimmer."

Topher wusste nicht recht, was er darauf erwidern sollte. „Das ist so ziemlich das Traurigste, was ich jemals gehört habe", meinte er.

„Da stimme ich dir zu. Nimm es als warnendes Beispiel."

Stanton ging wieder weiter und Topher folgte ihm. „Glaubst du wirklich, diese Musiker wären ohne ihren Traum glücklicher geworden?", fragte er.

„Ich denke, sie wären glücklicher geworden, wenn sie ihren Traum realistisch gesehen und mit ihrem restlichen Leben in Einklang gebracht hätten. Wenn es dich unglücklich macht, deinen Traum zu leben, aber noch unglücklicher, ihn *nicht* zu leben ... was soll ein Mensch dann noch tun?"

„Mag sein, aber ..."

Sie kamen zum Kongresszentrum und Stanton blieb vor dem Eingang stehen. „Leider müssen wir unsere Diskussion vorläufig unterbrechen." Er zog einen Bühnenausweis aus der Tasche und reichte ihn Topher. „Hier, nimm das. Wenn wir drinnen sind, gib ihn der Person am Kartenschalter und sage so wenig wie möglich. Falls sie dich nach deinem Namen fragen, sage ihnen, du wärst Marvin Goldstein."

Topher nahm den Ausweis und folgte Stanton in die Lobby. Vor dem Schalter standen ungefähr fünfzehn Leute, hinter denen sie sich anstellten. „Wer ist Marvin Goldstein?", wollte Topher wissen. „Außer, dass er dein bester Freund ist. Ist er auch Musikkritiker?"

„Nicht so laut", flüsterte Stanton. „Ja, er ist Kritiker. Die Eintrittskarten für das Konzert sind verlost worden, aber eine bestimmte Anzahl von Pressevertretern bekommt Freikarten."

„So wie du?"

„Ja, wie ich. Ich habe darum gebeten, einen Platz bei Marvin zu bekommen. Ich kann allerdings nicht versprechen, dass es geklappt hat."

„Sie sollen mich also für jüdisch halten?"

„Erkennen Texaner denn überhaupt den Unterschied?"

„Oh, komm schon. Sei nicht so überheblich zu uns armen Rednecks, du Ostküstensnob."

„Psst", zischte Stanton.

Topher sah sich um. Dann flüsterte er: „Austin ist nicht typisch für den Rest von Texas, ja? Wir sind eine blaue Enklave in einem Meer von Rot. Und nur damit du es weißt – hier leben auch Juden."

„Dann sage einfach gar nichts", flüsterte Stanton zurück. „Gib ihnen einfach den Ausweis und befolge ihre Anweisungen."

Nach einigen Minuten standen sie vor dem Schalter. Stanton trat vor und reichte der blonden Frau seinen Ausweis. Sie lächelte ihn an und scannte den Ausweis ein. „Reichen Sie mir bitte Ihre Hand." Stanton streckte die rechte Hand aus und sie knipste ihm ein Bändchen ums Handgelenk. Dann gab sie ihm seine Karte. „Viel Spaß bei dem Konzert."

Topher machte ihm alles nach. Die Frau fragte ihn nicht nach seinem Namen. Er bekam ebenfalls sein Bändchen und die Karte. Auf dem Bändchen stand *Bruce Springsteen & The E Street Band*. Topher lief eine Gänsehaut über den Rücken. Er drehte sich zu Stanton um und grinste ihn an. „Viel Spaß bei dem Konzert", sagte die Frau. Topher schaute auf die Karte und schüttelte ungläubig den Kopf.

„Komm jetzt", sagte Stanton. Sie gingen durch die Tür nach draußen auf den Bürgersteig.

„Wo sitzt du?", fragte Stanton.

„Mezzanine, Abteilung 4, Platz C5."

„Ich habe C6."

Topher grinste. „Sieht so aus, als ob deine Beziehungen geholfen hätten. Was hältst du davon, wenn wir uns vor dem Konzert hier treffen und zusammen reingehen? Wenn wir schon nebeneinander sitzen ..."

„Gute Idee. Das *W* ist direkt neben dem Konzertsaal. Gib mir dein Handy." Topher griff in die Tasche und zog sein Handy heraus. Er gab es Stanton, der es anstarrte, als wäre es vom Mars. „Ein Klapphandy? Wirklich?"

„Sorry."

„Nein, schon gut. Ich habe vor Jahren auch eines gehabt. Ich kann damit umgehen." Stanton klappte das Handy auf und tippte seine Informationen ein. Dann gab er es Topher zurück. „Ruf mich an, damit ich deine Nummer habe."

„Jetzt gleich?"

„Ja, jetzt gleich."

Topher suchte in seinen Kontakten nach Stanton Porter. Dann drückte er auf Verbinden und hielt das Handy ans Ohr.

Stanton zog sein iPhone aus der Tasche, wartete auf das Klingeln und nahm den Anruf an. Dann drehte er sich um und machte sich auf den Weg zum Hotel.

Hey, Topher. Wie geht's?

„Nicht schlecht. Ich bin schon ganz aufgeregt und freue mich auf das Konzert."

Ich auch. Ruf mich an, wenn du heute Abend kommst. Wir können vorher noch etwas trinken gehen.

Topher sah Stanton grinsend nach. „Das hört sich prima an. Und nochmals vielen Dank. Du hast mir heute das absolute Highlight des Jahres beschert."

Es ist doch erst März. Wer weiß, was noch alles passiert.

„Oh, mach dir da keine Sorgen. Verirrst du dich auch nicht auf dem Weg ins Hotel?"

Nein, ich kenne den Weg. Bis heute Abend, Topher.

„Bis dann, Stanton Porter, der Musikkritiker."

Topher hörte Stanton lachen, dann wurde das Gespräch beendet. Er sah noch, wie Stanton sein iPhone wieder in die Tasche steckte und um die Ecke verschwand. Topher steckte sein Handy ebenfalls ein und ging in Richtung Norden. Er war noch keine zwei Meter weit gekommen, als das Handy wieder zu vibrieren begann.

Er zog es aus der Tasche und klappte es auf. Wieder ein schwarzer Bildschirm. „Verdammtes Mistding", fluchte er.

Topher nahm sich fest vor, Phantomvibrationssyndrom zu googeln, sobald er zuhause ankam.

Into the Fire

STANTON PORTER betrat mit Marvin, seinem besten Freund und Zimmergenossen im Studentenwohnheim, die Terrasse des *Blue Whale*. Die laute Discomusik brachte den Holzfußboden unter ihren Füßen zum Vibrieren. Stanton hielt die Hand über die Augen, um in der strahlenden Nachmittagssonne besser sehen zu können. Er war von einem Meer von Männern umgeben. Einige saßen an runden Tischen und unterhielten sich, aber die meisten tanzten. Stanton hatte noch nie erlebt, dass schwule Männer tagsüber tanzten. Wenn überhaupt, dann nur in dunklen Clubs und weit nach Mitternacht.

„Das ist also der Tanztee", sagte er zu Marvin. Sein Blick fiel auf den Barmann mit seinen blonden, strubbeligen Haaren. Der Mann lächelte ihn an und Stanton drehte ihm schnell den Rücken zu.

„Sie starren hierher", flüsterte Marvin ihm zu.

„Ich habe dir doch gesagt, dass du heiß aussiehst, Marvin."

„Wie lustig. Ich bin es nicht, den sie anstarren. Könnte es nicht einmal wie im Film sein, wo das hässliche Entlein sich in einen schönen Schwan verwandelt?"

„Hässliches Entlein? Also bitte. Mich erinnerst du immer an den jungen Dustin Hoffman."

„Sei nicht so gönnerhaft. Ich fühle mich hier schon eingeschüchtert genug."

„Du weißt selbst ganz genau, dass du nicht mit mir tauschen willst. Und außerdem gibt es für süße jüdische Jungs wie dich immer eine passende Nische. Du musst nur noch lernen, sie zu besetzen."

„Wir können eben nicht alle für jeden attraktiv sein."

„Ich bin nicht für jeden attraktiv", widersprach Stanton. „Ich bin auch schon oft abgeblitzt, wie du weißt."

„Wir leben in unterschiedlichen Realitäten, mein Freund. Der einzige Grund, warum wir dieses Wochenende hier verbringen, ist dein gutes Aussehen."

„Das stimmt nicht. Es war purer Zufall und etwas Glück."

„Etwas Glück! Glaubst du wirklich, Colby lädt jeden x-beliebigen in sein Haus auf Fire Island ein? Und lässt ihn auch noch einen Freund mitbringen? Und fragt ihn noch nicht einmal, ob er mit ihm schlafen will? Soviel Massel haben nur schöne Menschen."

„Immer mit der Ruhe, Kumpel. Und hör mit dem Jammern auf. So ist die Welt eben."

„Deine Welt vielleicht."

„Und dazu gehörst du auch. Sieh es als einen neuen Anfang. Ein neues Jahrzehnt beginnt, im Weißen Haus regiert ein Filmstar und morgen, am

Unabhängigkeitstag, wird John McEnroe Wimbledon gewinnen. Was kann sich ein echter Amerikaner mehr wünschen?"

„Frieden und einen gemütlichen Tag am Swimmingpool. Wenn's geht mit Schatten. Und die neueste Ausgabe des *Atlantic Monthly*."

„Dafür haben wir noch Zeit, wenn wir erst alt und fett sind. In vielen, vielen Jahren werden wir viele, viele süße Jungs einladen, die mit uns am Swimmingpool liegen und Cocktails trinken und – wenn wir Glück haben – uns ihren Schwanz lutschen lassen. Was hältst du davon? Ist das ein Plan?"

„Uns ihren Schwanz lutschen lassen? Warum endet bei dir eigentlich jedes ernsthafte Gespräch auf dem Niveau von Garderoben-Talk? Wir sind doch nicht mehr in der Schule."

„Aber einige von uns haben in ihrer Schulzeit tatsächlich Football gespielt."

Marvin rollte mit den Augen. „Nur, weil es authentisch ist, muss es noch lange nicht stilvoll sein."

Stanton beugte sich vor und drückte Marvin einen Kuss auf die Wange. „Komm schon, gib mir einen Süßen."

„Weiche von mir!", rief Marvin und stieß ihn von sich.

„Dann lass uns etwas trinken."

Stanton führte ihn zu der Bar im Hof, wo der blonde Barmann gerade zwei Cocktails mixte für die Männer, die vor ihnen in der Schlange standen. Dann lächelte er Stanton zu, als der sein Portemonnaie zog.

„Steck das weg", sagte der Barmann. „Die Drinks gehen auf uns."

„Und wer ist ‚uns'?", wollte Marvin wissen.

„Meine Kollegen und ich. Wir wählen jeden Tag den süßesten Jungen und heute hat er gewonnen", erwiderte der Blonde und zeigte auf Stanton. „Also bekommt ihr freie Drinks."

„Oj wej", sagte Marvin. „Hört das denn nie auf?"

„Danke. Ich bin Stanton und dieser kleine Scherzbold ist Marvin Goldstein."

„Ich bin Hutch." Der Barmann schüttelte ihnen die Hand. „Was wollt ihr trinken?"

„Ich hätte gerne ein Heineken und Marvin ein Glas Rotwein."

Hutch warf ihnen einen komischen Blick zu. „Diesen Wunsch können wir euch selbstverständlich auch erfüllen", sagte er. Er griff in den Kühlschrank und zog eine Bierflasche daraus hervor. Er öffnete die Flasche und stellte sie vor Stanton auf die Bar. Dann holte er ein Weinglas aus dem Regal und füllte es mit einem Schluck rotem Hauswein. „Trifft das Ihren Geschmack, mein Herr?", fragte er und reichte Marvin das Glas.

Marvin wurde rot und lächelte. Er nahm das Glas und trank einen Schluck Wein. „Er ist köstlich. Vielen Dank." Dann gab er Hutch das Glas zurück.

Hutch füllte es, legte eine Serviette auf die Bar und stellte das Glas darauf ab. „Ihr beiden seid neu hier, nicht wahr?"

„Wir sind das erste Mal hier", sagte Stanton. „Wir sind Frischlinge auf Fire Island."

„Dann heiße ich euch herzlich willkommen. Könnt ihr einen Führer brauchen, der euch die Sehenswürdigkeiten zeigt?"

Marvin lachte und hätte fast seinen Wein ausgespuckt.

„Was ist daran so komisch?", fragte Hutch.

„Sehenswürdigkeiten? Hier gibt es doch nichts außer Sand und Bürgersteigen."

„Der Teufel steckt im Detail."

„Nun", meinte Marvin. „Du könntest uns natürlich zeigen, wo Tommy Tune wohnt."

„Oder Calvin Klein", fügte Stanton hinzu.

„Oder Robin Byrd."

„Oder David Geffen."

„Haben wir noch jemanden vergessen?"

Hutch lächelte. „Seid ihr schon auf die Idee gekommen, mit eurem Sketch aufzutreten?"

„Wir hatten das eine oder andere Angebot", meinte Stanton. „Danke für die Drinks." Er grinste, drehte sich um und ging. Stanton war schon auf der anderen Seite des Hofs angekommen, als er merkte, dass Marvin ihm nicht gefolgt war. Er drehte sich um und stellte fest, dass sein Freund sich immer noch mit Hutch unterhielt. Stanton knurrte leise, und kurz darauf war Marvin wieder an seiner Seite.

„Worüber habt ihr gesprochen?", fragte Stanton.

„Über die Oper", sagte Marvin, trank einen Schluck Wein und verzog das Gesicht.

„Ich meine es ernst."

„Ich etwa nicht? Wir haben über die Oper gesprochen, Schwester. Ehrlich."

Stanton trank einen Schluck Bier. „Lass das."

„Was?"

„Ich mag es nicht, wenn du mich Schwester nennst."

„Nur, weil du so ein verklemmter Homosexueller bist, der die subversive Macht nicht zu schätzen weiß, die in der Befreiung von gesellschaftlichen vorgeschriebenen Normvorstellungen liegt."

„Ich will darüber jetzt wirklich nicht zum fünften Mal diskutieren."

„Tut mir leid, du hast ja recht."

„Also – worüber habt ihr gesprochen?"

„Das habe ich dir doch gesagt. Er hat mich gefragt, ob du lieber italienische oder deutsche Opern hörst."

„Und was hast du ihm geantwortet?"

„Ich habe ihm die Wahrheit gesagt. Du hast mir nicht verboten, über deine mangelnde Wertschätzung klassischer Musik zu reden."

Stanton trank knurrend noch einen Schluck Bier. „Du hast ihm also gesagt, ich hätte von Oper keine Ahnung?"

„Nein. Ich habe ihm gesagt, du wärst noch nie in einer Opernvorstellung gewesen. Das ist ein Unterschied."

„Jetzt hält er mich wahrscheinlich für einen Kulturbanausen aus der Provinz."

„Du *bist* aus der Provinz."

„Leck mich."

„Was kümmert es dich, was er über dich denkt? Du hast ihn doch gerade abblitzen lassen."

„Nein. Ich habe gelächelt und bin gegangen. Das ist ein Unterschied. Und es kümmert mich sehr wohl, was er denkt."

Marvin schüttelte den Kopf. „Ist ja auch egal. Wir sind hier, umgeben von attraktiven und erfolgreichen Männern, und du willst den Barmann bumsen. Manchmal weiß ich wirklich nicht, was ich von dir halten soll."

„Er ist aber der heißeste Mann hier."

„Höre auf meine Worte: Wenn du dich mit ihm einlässt, werden die Leute dich Starsky nennen."

Stanton schaute sich um. „Und was ist jetzt der Unterschied?"

Marvin sah ihn ausdruckslos an. „Hast du etwa gerade das Thema gewechselt?"

„Ich bin auf unser Thema zurückgekommen. Was ist der Unterschied zwischen italienischer und deutscher Oper?"

„Oh, jetzt interessierst du dich also plötzlich doch für die Oper? Ich habe seit zwei Jahren vergeblich versucht, mit dir darüber zu reden. Du bist unmöglich."

„Ich muss nicht viel wissen. Nur genug, um mich nicht zu blamieren und mithalten zu können."

„Das geht nicht so einfach auf die Schnelle. Außerdem musst du dir keine Sorgen machen, ich habe schon alles für dich erledigt."

„Was soll das heißen?"

„Nichts. Ich habe kein Wort gesagt."

„Du führst etwas im Schilde." Stanton kniff die Augen zusammen. „Trink dein Glas aus, damit ich einen Grund habe, wieder an die Bar zu gehen."

„Tut mir leid, aber ich kann den Wein nicht einfach abkippen. Ich kann dir gar nicht beschreiben, wie grauenhaft er schmeckt. Ehrlich, jede billige Pizzeria in Coney Island hat besseren Chianti."

„Du hast gesagt, er wäre köstlich."

„Weil ich ein höflicher Mensch bin. Irgendwo hier auf dieser Sandbank muss es doch eine Queen geben, die einen anständigen Bordeaux mitgebracht hat. Das ist meine Mission für dieses Wochenende – die Queen mit dem Bordeaux zu finden."

„Aber er ist heiß, oder?"

Marvin drehte sich wieder zu Hutch um. „Er ist zwar nicht mein Typ, aber er ist ein Unsterblicher."

„Wie bitte?"

„Der Gipfel der schwulen Nahrungskette. Mehr als zehn Punkte. Ein Gott, der unter uns einfachen Menschen wandelt."

„Wer hat dir denn das erzählt?"

„Ich kenne meine Schwulengeschichte. Ich habe *Tänzer der Nacht* gelesen. Wir stehen hier an einem legendären Ort. Fire Island kann dein Leben verändern, aber es kann dich auch zerstören. Wenn du dich in einen Unsterblichen verliebst, gibt es keine Umkehr mehr. Du wirst für den Rest deines Lebens nie wieder einen normalen Menschen lieben können."

Stanton warf lachend den Kopf in den Nacken. „Das ist die dämlichste, melodramatischste Bemerkung, die dir jemals über die Lippen gekommen ist."

„Das ist nicht wahr. Und das weißt du auch, Apollo."

Stanton trank sein Bier aus und sagte: „Ich brauche Nachschub." Er ging über den Hof zu Hutch, der schon mit einem frischen, kalten Heineken auf ihn wartete, als er an der Bar ankam.

„Ist das für mich?", fragte Stanton.

„Ja, es ist für dich. War ich zu voreilig?"

„Was meinst du damit?"

„Als ich mich vorhin als Fremdenführer angeboten habe."

„Nein, das war nicht voreilig. Es ist mein Eignungstest. Wer mich nicht zweimal fragt, interessiert mich nicht."

Hutch lächelte und zog eine Augenbraue hoch. „Ein guter Test. Und wer ist dein kleiner Begleiter?"

„Marvin?"

„Ja."

„Er ist mein Zimmergenosse im Studentenwohnheim. New York University. Marvin ist ein toller Kerl. Wir beide studieren Musik."

„Musik?"

„Ja."

„Groovy", sagte Hutch.

„Groovy? Ist dir klar, dass wir schon 1981 haben?"

„Ich arbeite noch bis sieben Uhr. Hast du Lust, danach einen Strandspaziergang zu machen?"

„Oh Gott", sagte Stanton lachend.

Hutch warf frustriert die Hände in die Höhe. „Wie oft muss ich denn noch fragen?"

„Das ist es nicht. Ich finde manche Sachen nur einfach lustig."

„Und ein Strandspaziergang ist lustig?"

„Lustig ist vielleicht das falsche Wort. Ich bin es nur nicht gewohnt. Wo ich herkomme, gibt es nicht einmal Strände. Und wenn, würden dort mit Sicherheit keine Männer spazieren gehen und Händchen halten."

„Woher kommst du denn?"

„Aus Ohio."

„Gibt es dort nicht die Großen Seen?"

„Nicht dort, wo ich herkomme. Dort gibt es nur Wolken am Himmel und Felder mit Sojabohnen."

„Noch nicht einmal goldene, wogende Getreidefelder?"

„Noch nicht einmal die."

„Also was jetzt … Ja oder nein?"

Stanton überlegte.

„Entschuldigung?", sagte der Mann, der hinter Stanton stand. „Wollt ihr hier noch länger tratschen oder kann ich irgendwann demnächst meinen Drink bestellen?"

„Sorry", entschuldigte sich Hutch und warf Stanton einen fragenden Blick zu. „Also was?"

„Klar. Wo wollen wir uns treffen?"

„Hier."

„Gut. Ich komme um sieben Uhr zurück."

ZWEI STUNDEN später hatte Stanton Marvin ins Haus zurückgebracht und wartete im *Blue Whale* in der Nähe des Eingangs auf Hutch. Hutch hob den Kopf und sah ihn dort stehen. „Ich bin gleich fertig", rief er Stanton zu. Kurz darauf kam er hinter der Bar hervor und Stanton bekam ihn zum ersten Mal von Kopf bis Fuß zu Gesicht. Hutch war ungefähr so groß wie Stanton, hatte aber breitere Schultern. Bei Licht waren die hellen Strähnen in seinen blonden Haaren zu erkennen, die Salzwasser und Sonne dort hinterlassen hatten. Die Haare waren so lang, dass sie Hutch in die Augen hingen. Er trug weiße Shorts und ein blaues Tank-Top mit der Aufschrift *Columbia University*, das seine braun gebrannte Haut vorteilhaft zur Geltung brachte. Ihm fehlte zwar die Strahlkraft eines *GQ*-Models, aber dafür hatte er andere Eigenschaften, die Stanton bei weitem bevorzugte.

Eine Gruppe von Männern, die an einem der Tische saß, pfiff Hutch anerkennend nach, als er über die Terrasse schlenderte. „Hey, Hutch! Wer ist der Glückspilz?" Hutch gab ihnen zwar keine Antwort, warf ihnen aber Küsse zu, als er an ihrem Tisch vorbeikam.

„Bist du bereit für deinen ersten schwulen Strandspaziergang?", fragte er, als er bei Stanton ankam.

Stanton fiel der Ring auf, den Hutch an einer Kette um den Hals trug. „Was ist das?"

Hutch senkte den Kopf und versteckte die Kette schnell hinter seinem Hemd. „Nichts. Komm mit." Er führte Stanton durch den kleinen Hafen auf einen der großen Stege, die überall auf der Insel die Bürgersteige mit dem Strand verbanden. „Wo wohnst du eigentlich?"

„Bei einem Bekannten", sagte Stanton.

„Bei einem Bekannten? Bist du absichtlich so vage?"

„Nein. Er ist gewissermaßen mein Chef. Ich habe vor einem Monat einen neuen Aushilfsjob in der Verwaltung gefunden. Wir haben uns entschieden, den Sommer in der Stadt zu verbringen und die Ferienkurse zu belegen."

„Wir?"

„Marvin und ich. Ich war im letzten Sommer bei meiner Familie in Ohio. Dieses Jahr konnte ich es einfach nicht mehr tun. Also haben wir uns für die Sommerkurse entschieden. So können wir unser Studium vielleicht in dreieinhalb Jahren abschließen und ein Semester sparen. Außerdem habe ich den Teilzeitjob und mein Chef ist diese alte Queen. Er heißt Colby und hat uns für dieses Wochenende eingeladen."

„Ich kenne Colby. Er und sein Geliebter kommen während der Woche manchmal zum Tee in den *Blue Whale*. Wusstest du, dass sich die beiden während des 2. Weltkriegs in Australien kennengelernt haben?"

„Ja, diese Geschichten haben wir schon alle gehört. Die beiden sind sehr nett, und glücklicherweise gar nicht unheimlich. Ich mag Archys Akzent."

„Ja, sein Akzent ist sexy."

„Sexy? Ist er nicht schon über fünfzig?"

„Würdest du nicht mit Paul Newman schlafen wollen?"

Stanton dachte darüber nach. „Nein. Vielleicht vor zehn Jahren, als er in *Flammendes Inferno* gespielt hat. In *Der Unbeugsame* war er ziemlich genial. Aber ich weiß nicht … Ich müsste ihn mir erst ansehen. Außerdem gefällt mir Steve McQueen besser, wenn wir schon von sexy älteren Männern reden."

„Steve McQueen ist tot."

„Oh. Seit wann?"

„Seit letztem Jahr."

„Hmm. Dann werde ich wohl in nächster Zeit nicht mehr mit ihm schlafen können." Die beiden Männer gingen schweigend nebeneinander her. „Marvin hat mir erzählt, du hättest ihn gefragt, ob ich italienische oder deutsche Opern lieber mag", sagte Stanton dann. „Warum interessiert dich das?"

„Es sagt viel über einen Menschen aus. Genauso wie Erdnussbutter. Magst du lieber die mit oder ohne Erdnussstückchen?"

„Die ohne."

Hutch grinste. „Ich auch."

„Marvin hat mir verboten, dich mit meinem nichtvorhandenen Opernwissen beeindrucken zu wollen. Tut mir leid, ich bin klassisch nicht sehr gebildet."

„Schon gut. Er hat die Frage für dich beantwortet."

„Wie meinst du das?"

„Er hat mir gesagt, welche Opern dir gefallen würden, wenn du sie gesehen hättest."

„Und welche würden mir gefallen?"

„Italienische Opern. Er war sich da ziemlich sicher. Er meint, wenn du Wagner hören würdest, wäre es nur laut und lärmend für dich. Ich muss zugeben, dass ich darüber gelacht habe. Wie ist es eigentlich möglich, dass ein Musikstudent noch nie in einer Opernvorstellung war?"

„Tote weiße Männer sind nicht die einzigen, die Musik geschrieben haben."

„Ich weiß. Aber müsst ihr nicht alle Formen von Musik studieren?"

„Du würdest dich wundern, was an der NYU alles möglich ist."

„Welche Instrumente spielst du?"

„Ich musiziere nicht mehr."

„Was ist passiert?"

„Ich habe herausgefunden, dass ich kein Talent besitze."

„Autsch."

„Ja. Im Moment versuche ich gerade herauszufinden, warum ich eigentlich immer noch Musik studiere."

„Die Musikindustrie ist riesig. Es gibt Produzenten, die Studiotechniker, Talentsucher ... Viele unterschiedliche Jobs. Die Menschen werden immer Platten kaufen."

„Marvin meint, ich sollte Musikkritiker werden."

„Musikkritiker? Ist das ein Witz?"

„Nein, ist es nicht. Er hat schon alles geplant. Er wird sich auf klassische Musik spezialisieren und Kritiken für die *Times* schreiben, ich übernehme die Popmusik."

„Ich kann mir nicht vorstellen, dass jemand Kritiker werden will. Ich dachte immer, das machen die Leute nur zufällig oder nebenbei."

„Marvin überlässt nichts dem Zufall."

Sie kamen an den Strand und stiegen die kleine Treppe am Ende des Stegs hinab. Hutch blieb stehen und schaute aufs Meer hinaus. „Hier bin ich am liebsten. Es gibt keinen schöneren Ort auf der Erde." Sie kickten sich die Schuhe von den Füßen und gingen durch den Sand. Hutch winkte zwei Männern zu, die ihnen entgegenkamen. „Fuzzy."

„Hallo, Hutch", sagte einer der beiden Männer. „Hast du endlich deinen Starsky gefunden?"

„Das ist Stanton. Er hat heute den Preis als süßester Junge gewonnen."

Fuzzy lachte. „Was ist denn das für ein Preis?" Er schüttelte Stanton die Hand. „Das ist Willy. Wir haben uns auch gerade beim Tee kennengelernt."

„Es muss etwas in der Luft liegen", meinte Hutch.

„Etwas anderes als die Schwulenpest."

„Nicht wahr?", sagte Hutch. „Ich habe es heute in der Zeitung gelesen. Verrückt, oder?"

Fuzzy nickte. „Ja. Einen schönen Abend noch, ihr beiden."

Die Männer verabschiedeten sich. Stanton und Hutch nahmen ihren Spaziergang wieder auf.

„Erzähl mir mehr über dich selbst", sagte Hutch.

„Was denn?"

„Keine Ahnung. Die meisten Musikstudenten haben schon in der Schule in einer Band gespielt. Du kommst mir nicht so vor."

„Stimmt, da hast du recht. Ich habe in der Schule Football gespielt."

„Quarterback?"

„Nein, aber dem habe ich den Schwanz gelutscht."

„Wirklich? Du warst out?"

„Nein. Ich bin jetzt noch nicht richtig out. Es war nur ein dummer Zufall. Er hieß Brendan Baxter und war in der Abschussklasse. Ich war zwei Jahre unter ihm und habe ihn verehrt. Er war der Quarterback der ersten Mannschaft. Alle haben ihn verehrt. Eines Tages hat er mich nach dem Training nach Hause gefahren. Er war viel klüger als die anderen Spieler. Wir sind Freunde geworden. Eines Abends waren wir betrunken und haben über Sex gesprochen. Er hat im Scherz ‚Blow me' gesagt und ich, Klugscheißer der ich bin, habe geantwortet: ‚Raus damit'. Ich dachte, wir würden beide scherzen, aber dann hat er …"

„Ihn rausgeholt?"

„So ähnlich."

„Wo ist es passiert?"

„In seinem Auto auf den Vordersitzen."

„Was hast du gemacht?"

„Was hätte ich denn tun sollen? Ich habe ihm den Schwanz gelutscht."

„Habt ihr danach darüber gesprochen?"

„Oh nein. Wir haben so getan, als wäre es nie passiert."

„Was meinst du damit, dass du auch jetzt noch nicht richtig out bist? Wissen deine Eltern Bescheid?"

„Nein. Soweit bin ich noch nicht."

„Ist es dir immer noch unangenehm oder peinlich?"

Stanton lachte nervös. „Etwas. Ich weiß, dass es meinen Eltern extrem unangenehm wäre. Sie bezahlen meine Ausbildung, deshalb will ich dieses Fass momentan noch nicht aufmachen. Ich selbst habe mich daran gewöhnt. Was ich nicht verstehe, ist die Sache mit den merkwürdigen Allüren. Die Queens und so. Ich mag Sport und bin überhaupt nicht modebewusst. Ich mag keine Musicals und würde einen Mann niemals Schwester nennen. Und Marvin lässt mich das nicht vergessen, das kann ich dir versichern."

„Habt ihr euch schon vor dem Studium gekannt?"

„Marvin und ich? Nein. Wir haben uns im ersten Semester zufällig im Weinstein getroffen."

„Was ist denn das Weinstein?"

„Ein Studentenwohnheim für Erstsemester. Ich bin aus Ohio gekommen und habe niemanden gekannt. Mein Zimmergenosse wurde ausgelost. Sie versuchen in der Regel, Studenten mit dem gleichen Studienfach zusammenzulegen. Also beispielsweise zwei Musikstudenten. Die erste Woche war unerträglich. Marvin hat mich so sehr gehasst, dass er sich ein anderes Zimmer geben lassen wollte. Er hat mich für einen dummen, muskelbepackten Goj aus Iowa gehalten. Ich habe ihn ständig verbessert, aber es war ihm nicht mehr auszureden, dass ich aus Iowa bin."

„Aber du hast nichts dagegen gesagt, dass er dich für einen dummen Goj hielt?"

„Nein. Ich fürchte, ich habe ihn mit meinem Verhalten sogar bestätigt. Natürlich nicht absichtlich, aber trotzdem. Ich habe den Fehler gemacht, Chopin so auszusprechen, wie man es schreibt."

„Oh weia." Hutch brach in lautes Gelächter aus. Stanton konnte es ihm nicht übelnehmen.

„Ich habe dir doch gesagt, dass ich nicht sehr gebildet bin", sagte er. „Ich bin mir wie ein Idiot vorgekommen, aber ich wusste es nicht besser. Deshalb bin ich ja nach New York gekommen. Ich wollte das alles lernen. Und das war noch nicht das Schlimmste. In der Kleinstadt, aus der ich komme, gab es keine Juden. Also war ich neugierig und habe ihm ein Loch in den Bauch gefragt."

„Dann bist du also ein echter, kleiner Goj?"

„Ich esse Pastrami und Weißbrot."

„Komm schon. Das ist nur …"

„Ich hasse Roggenbrot."

„Warum hat Marvin seine Meinung über dich geändert?"

„Er hat mich eines Tages dabei erwischt, wie ich mit einem Mann rumgeknutscht habe. Das hat ihn wohl zu der Überzeugung gebracht, mich noch nicht ganz verloren zu geben. Wir haben uns zusammengesetzt, eine Flasche Rotwein getrunken und uns lange unterhalten." Stanton schaute aufs Meer hinaus. Es wehte kein Wind und das Wasser war ruhig. „Wollen wir Steine springen lassen?"

„Warum nicht."

Sie gingen ans Wasser und hockten sich hin. Stanton fand schnell einige flache Steine und schnippte sie übers Wasser. Seine ersten Versuche brachten ihm drei oder vier weite Sprünge.

„Du bist gut", meinte Hutch.

„Ich habe viel Übung. Meine Eltern sind mit uns in den Sommerferien immer nach Michigan gefahren. Meine Brüder, meine Cousins und ich sind jeden Abend an den See gegangen und haben Steine geschnippt. An ruhigen Abenden bin ich manchmal auf sechs bis sieben Sprünge gekommen."

Hutch stand auf und versuchte es ebenfalls, hatte aber keinen Erfolg. Seine Steine sanken bei der ersten Berührung mit der Wasseroberfläche. „Das ist schwieriger, als es aussieht. Was ist der Trick dabei?"

„Flache Steine. Und du musst sie von unten parallel zur Wasseroberfläche werfen. Wie einen Bogenball."

Hutch versuchte es wieder. Er schaffte einen schönen Sprung und einen zweiten, weniger spektakulären.

„Pass auf", sagte Stanton, nahm drei Steine in die Hand und warf sie. Sie flogen wie ein Fächer auseinander, und jeder einzelne Stein sprang vier- oder fünfmal übers Wasser.

„Wie machst du das?"

„Habe ich dir doch gesagt", erwiderte Stanton. „Übung."

Während sie sich unterhielten, suchten sie weiter im Sand nach flachen Steinen und schleuderten sie übers Wasser.

„Mir ist heute Nachmittag aufgefallen, dass du für Marvin mitbestellt hast, ohne ihn vorher zu fragen, was er trinken will", sagte Hutch. „Trinkt er immer nur Rotwein?"

„Er trinkt nur guten Rotwein. Das Gesöff, das du ihm serviert hast, hätte er beinahe wieder ausgespuckt. Und er trinkt Diät-Cola. Der Kühlschrank in unserem Zimmer ist voll davon."

„Mein Gott. Er ist ein echter kleine JAP, nicht wahr?"

„Kannst du dir vorstellen, dass ich nicht wusste, was das heißt, als ich nach New York gekommen bin? Ich dachte immer, sie reden über Japaner. Dann hat Marvin mich aufgeklärt und mir gesagt, dass es für Jüdisch-Amerikanische Prinzessin steht. Und er hat mir die ganzen Witze über JAPs erzählt."

„Wie viele JAPs braucht man, um eine Glühbirne einzuschrauben?"

„Zwei. Eine ruft Daddy und die andere schält die Birne." Stanton warf einen Stein übers Wasser. „Woran erkennt man, dass eine JAP einen Orgasmus hat?"

Hutch kicherte und warf auch einen Stein. Stanton fiel auf, dass er schon viel besser geworden war. „Sie lässt die Nagelfeile fallen. "

Sie brachen in Gelächter aus.

„Dir ist doch klar, dass diese Witze beleidigend sind, oder?"

„Ja. Aber Marvin liebt sie. Und außerdem hast du damit angefangen."

Hutchs nächster Stein sprang dreimal von der Wasseroberfläche ab. „Danach seid ihr also Freunde geworden, Marvin und du?"

„Ja. Wir haben in unserem Zimmer auf dem Boden gesessen und *Hotcakes* von Carly Simon gehört. Kennst du das Album?"

„Ja, ich glaube schon. Das hat sie doch aufgenommen, als sie schwanger war, nicht wahr?"

„Ja. Mit ihrer Tochter Sally. Es ist ein besonderes Album. Man merkt, dass es ihr gutging. Die Musik ist so … tröstend. Zu schade, dass es nicht so geblieben ist. An diesem Abend hat Marvin mir erzählt, dass er schwul ist. Ich habe ihm gestanden, dass ich immer noch damit hadere. Aber es war das erste Mal, dass ich überhaupt mit einem Menschen darüber gesprochen habe. Es ist mir nicht gelungen, die Worte laut auszusprechen."

„Welche Worte?"

„Ich bin schwul." Stanton richtete sich auf und wischte sich den Sand von den Händen. „Ich konnte es damals nicht laut aussprechen. Ich habe das Thema gewechselt und wir haben uns über Musik unterhalten. Es ist unfassbar, wie viel Marvin darüber weiß. Er kennt sich mit jeder Art von Musik aus – Klassik, Jazz Rock, Pop. Was immer es auch ist, er weiß darüber Bescheid. Ich sauge sein Wissen auf wie ein Schwamm."

Hutch drehte sich zu ihm um. „Glaubst du, er ist in dich verliebt?", fragte er.

Stanton schüttelte den Kopf. „Nein. Ich werde das oft gefragt, aber ich bin mir ganz sicher. Marvin liebt seine Männer wie seinen Kaffee."

„Stark und schwarz?"

„Bingo", sagte Stanton und klopfte sich mit dem Zeigefinger an die Nase. „Sie haben die richtige Tür gewählt."

„Und was habe ich gewonnen?"

„Eine Reise mit einem Begleiter Ihrer Wahl nach … Wohin willst du?"

Hutch überlegte. „Darüber muss ich erst nachdenken."

„Paris? London?"

„Nein. Es ist Sommer. Ich will ins Kalte. Alaska oder so."

„Nimmst du mich mit?"

„Warum nicht? Wir könnten bis an den Polarkreis fahren."

Stanton sagte nichts mehr. Sie standen am Wasser und sahen zu, wie die Sonne im Meer versank. Es war ein wunderschönes Schauspiel, und Stanton wollte es genießen. „Lass uns weitergehen", sagte er dann. Sie schlenderten weiter den Strand entlang. „Wie alt bist du eigentlich?"

„Vierundzwanzig", sagte Hutch.

Stanton deutete auf sein Hemd. „Und du bist auf die Columbia University gegangen?"

„Ja. Jura."

„Und jetzt arbeitest du hier als Barmann? Was ist passiert?"

„Darüber möchte ich im Moment nicht reden. Lass uns lieber über Musik sprechen. Was hältst du von dem guten alten Rock 'n' Roll?"

„Es ist nicht gerade meine Lieblingsmusik."

„Auch nicht Bruce Springsteen?"

„Besonders nicht Bruce Springsteen. Er hat eine Stimme, als würde man sauren Wein über Schotter gießen."

„Ich höre deine Worte, aber ich kann sie nicht glauben."

„Rockmusik ist keine Entschuldigung für schlechten Gesang. Er ist fast so schlimm wie Dylan."

„Dann magst du Bob Dylan auch nicht?"

„Er würde mir vielleicht besser gefallen, wenn ich seine Texte richtig verstehen würde. Aber durch die Nase zu singen ist nie gut, egal, wer es macht."

„Was kennst du von Springsteen?"

„*Born to Run.*"

„Das ist alles? Nur das eine Album?"

„Nur das eine Lied."

„Du hast nur *ein* Lied von Springsteen gehört und erlaubst dir trotzdem ein Urteil über seine Musik?"

„Wie lange willst du mich dazu noch verhören?"

„Sorry. Aber du solltest mir die Chance geben, deine Meinung zu ändern. Ein Lied von Springsteen, ein Lied von Dylan. Du hörst sie dir an. Wenn du danach immer noch nichts damit anfangen kannst, werde ich ihre Namen nie wieder erwähnen."

Stanton blieb stehen. „Du hast ihre Platten hier?"

„Ja, im Haus."

„Gut, dann lass uns gehen." Sie wechselten die Richtung und machten sich auf den Weg. „Hast du zufällig auch das neue Album von *Air Supply*?", fragte Stanton.

Jetzt war es Hutch, der stehenblieb. „Dir gefällt *Air Supply*?"

„Ja, warum?"

„Ich kenne niemanden, der das zugeben würde."

„Dann kennst du nur Leute, die ein ernsthaftes Problem haben."

Hutch lachte und es veränderte sein ganzes Wesen. „Na gut, damit ist es entschieden. Ich möchte dir etwas geben." Er öffnete die Kette um seinen Hals und zog den Ring ab. „Ich warte schon seit einem Jahr darauf, dem Richtigen zu begegnen. Ich konnte spüren, dass es ihn gibt und er sich nähert." Er hielt den Ring hoch. „Das ist ein Claddagh-Ring. Ich war am Memorial Day mit Freunden aus Boston in Nantucket. Sie hatten dort alle diese Ringe. Sie haben mir erklärt, der Ring wäre bei irischen Frauen eine alte Tradition und sie hätten diese Tradition für sich übernommen. Deshalb habe ich mir auch einen Ring gekauft."

„Und du hast ihn an einer Kette um den Hals getragen?"

Hutch lächelte. „Ja. Ich glaube nicht, dass man diese Ringe verschenkt, aber das ist mir egal. Es sind zwei Hände, die sich um ein Herz schließen und auf denen eine Krone sitzt. Siehst du?" Hutch zeigte Stanton den Ring, damit der ihn sich betrachten konnte. „Das Herz symbolisiert Liebe, die Hände stehen für Freundschaft und die Krone für Loyalität und Treue."

„Loyalität? Das gefällt mir."

„Wenn du ihn so trägst, dass die Spitze des Herzens zur Fingerspitze zeigt, heißt das, du bist noch frei und offen für die Liebe. Wenn du ihn andersherum trägst, bist du schon vergeben. Du bist doch single, oder?"

„Ja, sehr single."

„Groovy", sagte Hutch. „Relax, Stanton. Wie heißt du eigentlich mit Nachnamen?"

„Porter."

„Relax, Stanton Porter. Ich habe dich nicht gebeten, mein fester Freund zu werden."

„Worum bittest du mich dann?"

„Bist du offen für die Liebe?"

Stanton dachte kurz nach. Dann sah er Hutch an und sagte: „Du bist sehr intensiv."

Hutch nickte. „Ja, das bin ich."

„Du willst also damit sagen, dass du auf mich gewartet hast?"

„Ich will sagen, dass ich es gerne herausfinden möchte."

„Aber warum ich?"

„Was meinst du damit?"

„Ich weiß auch nicht. Hier wimmelt es nur so von heißen Kerlen. Du hast die freie Auswahl. Warum also ich? Das ist doch eine gerechtfertigte Frage."

Hutch grinste. „Ist dir eigentlich klar, dass du superheiß bist?"

„Dann ist es also nur sexuelle Anziehung?"

„Nein, so habe ich das nicht gemeint. Aber welche Antwort würdest du denn gerne hören? Soll ich dir sagen, dass du eine körperliche Präsenz hast wie ein Mann, der doppelt so alt ist wie du? Als du heute auf die Terrasse des *Blue Whale* gekommen bist, haben sich alle Köpfe nach dir umgedreht. Ist dir das nicht aufgefallen?"

„Marvin hat eine Bemerkung darüber gemacht, aber mir ist nichts aufgefallen."

„Natürlich nicht. Vielleicht ist das die Antwort auf deine Frage nach dem Warum. Oder du bist es, weil du mir die Geschichte von dem Quarterback und dem Blowjob erzählt hast. Eine solche Geschichte hat mir noch nie jemand bei unserer ersten Verabredung erzählt. Du hast mir nicht den perfekten Mann vorgespielt, sondern mir verraten, wer du wirklich bist. Das allein ist eine erfrischende Abwechslung." Hutch verstummte und schüttelte lachend den Kopf. „Oder es ist wegen *Air Supply*."

„Gefällt dir die Band auch?"

„Ich liebe *Air Supply*. Ich habe gerade ihr neuestes Album gekauft und mir damit nur Ärger eingehandelt."

„Hast du es hier?"

„Ja."

„Wer immer dir deswegen auch Ärger macht, sollte nicht so verbissen sein."

„Es ist nur im Spaß gemeint, wirklich." Hutch hielt ihm den Ring hin. „Ich könnte dir tausend Gründe nennen, aber sie wären alle unwichtig. Ich frage dich nur: Bist du offen für die Liebe?"

27

Stanton sah Hutch in die schieferblauen Augen und wusste, dass es auf diese Frage nur eine Antwort geben konnte. Er streckte die Hand aus und Hutch steckte ihm den Ring an den Finger. Die Spitze des Herzens zeigte nach außen.

„Er passt", sagte Hutch.

„Mein Gott, ich komme mir vor wie Cinderella."

„Vielleicht, aber nur vielleicht, bringe ich dich eines Tages dazu, ihn umzudrehen."

Der Gedanke gefiel Stanton. „Gib dein Bestes, Hutch. Können wir jetzt in deinen Gran Torino springen und die Straßen von Bay City unsicher machen?"

Hutch lachte. „Ich bin dabei, Starsky!"

Sie gingen vom Strand zu Hutchs Haus, das westlich des Hafens lag. Drei Männer saßen um einen Tisch beim Abendessen. Das Erdgeschoss hatte den typischen Grundriss eines Ferienhauses auf Fire Island, obwohl Stanton bisher nur Colbys Haus und das seines Nachbarn kennengelernt hatte. Die eine Hälfte wurde von Küche und Esszimmer eingenommen, die andere von einem geräumigen Wohnzimmer.

„Wir haben bis acht Uhr auf dich gewartet", sagte einer der Männer.

„Ich kenne die Regeln. Das ist übrigens Stanton. Stanton – das sind meine Mitbewohner und besten Freunde, Paul, Robert und Michael."

„Freut mich, euch kennenzulernen", sagte Stanton. Hutchs Freunde standen auf und schüttelten ihm die Hand. Robert besaß diese vielbeneidete Kombination aus dunklen Haaren, blauen Augen und heller Haut. Er sah in seinen Shorts und dem T-Shirt der Columbia University aus wie ein Märchenprinz in Freizeitkleidung. Robert war einer der schönsten Männer, die Stanton jemals gesehen hatte. „Wow, siehst du gut aus", platzte er heraus.

Robert grinste ihn an wie ein junger Kennedy und Michael meinte: „Vielen Dank aber auch. Als ob er heute beim Tanztee nicht schon genug umschwärmt worden wäre, um immer noch high davon zu sein."

Michael war auch nicht gerade schlecht anzusehen. Seine rotblonden Haare waren konservativ geschnitten und seine Haut war von der Sonne rot gefärbt, was aber trotzdem gut aussah. Michael trug einfache Jeans und ein weißes T-Shirt. Er und Robert standen so nahe nebeneinander, als wollten sie Platz sparen.

„Sorry", sagte Stanton. „Ich weiß auch nicht, warum mir das rausgerutscht ist."

Michael lächelte und Stanton mochte ihn sofort gut leiden. „Es war nur ein Scherz. Willkommen."

„Habt ihr euren Strandspaziergang genossen?", fragte Robert.

„Ja", sagte Stanton. „Er hat mir einen Ring eingebracht, also muss ich alles richtig gemacht haben."

Paul richtete sich auf. „Du hast ihm den Ring gegeben?", fragte er.

„Das habe ich", erwiderte Hutch.

Auf den ersten Blick betrachtet war Paul der ‚schwulste' unter Hutchs Freunden. Stanton wusste, dass Marvin ihm für diese Wortwahl einen Tritt in den Hintern versetzen würde, aber es war einfach so. Paul hatte weiche, braune Haare, war sehr grazil gebaut und gestikulierte, als ginge es um sein Leben. Er trug Hotpants und ein kurzes, nabelfreies T-Shirt.

„Interessant", kommentierte er und musterte Stanton von oben bis unten.

„Wir gehen Musik hören", meinte Hutch. „Ich habe nur eine Chance, um ihn ins Springsteen-Lager zu ziehen."

„Was willst du ihm vorspielen?", fragte Robert.

Hutch beugte sich vor und flüsterte ihm etwas ins Ohr.

Robert grinste. „Schön. Du gehst kein Risiko ein, wie? Wenn er eine Seele hat, dann …"

Stanton lachte. „Auf was habe ich mich da nur eingelassen?"

„Komm, wir gehen", sagte Hutch und führte ihn durch das Wohnzimmer und die Treppe hinauf in sein Zimmer. Er räumte einen Platz auf dem Bett frei und Stanton setzte sich. Dann suchte Hutch eine LP aus dem Plattenstapel, der auf dem Boden an der Wand lehnte, und nahm die Platte aus ihrer Hülle.

„Falls du den Liedtext mitlesen willst", sagte er und reichte Stanton die Hülle, bevor er die Platte auflegte und die Nadel über dem ersten Lied positionierte.

„Bei dem Lied geht es darum, eine Wahl zu treffen", sagte Hutch. „Soll sie ihr bisheriges Leben, das sie in eine Sackgasse geführt hat, weiterleben? Oder soll sie den Schritt wagen, ihre Terrasse verlassen und zu ihm gehen?"

Er verstummte und senkte vorsichtig den Tonarm auf die Platte. Und dann hörte Stanton zum ersten Mal *Thunder Road*.

TWO HEARTS

TOPHER PARKTE in der Nähe des Texas History Museums und ging des Rest des Wegs in die Innenstadt zu Fuß. Es machte keinen Sinn, sich mit den anderen Festivalbesuchern um die wenigen Parkplätze zu streiten. Er ging am Capitol vorbei und dann auf der Congress Avenue weiter nach Süden. Dann bog er nach Westen in die 2. Straße ab zum Austin City Limits Auditorium. Nach den heftigen Regenfällen Anfang der Woche hatte sich das Wetter wieder gebessert und es war ein wunderbarer Abend. Kurz bevor Topher am Auditorium ankam, zog er das Handy aus der Tasche und wählte Stantons Nummer.

Hallo.

„Ich bin's."

Hallo, Topher. Ich bin gleich soweit. Wir treffen uns in fünf Minuten auf dem Bürgersteig vor der Treppe.

„In Ordnung. Ich bin schon fast da."

Als Topher den Straßenzug erreichte, an dem das ACL Auditorium und Stantons Hotel lagen, standen die Menschen bereits Schlange für das Konzert. Die Atmosphäre war wie aufgeladen vor Spannung und Aufregung. Aus Stantons fünf Minuten waren schon zwanzig geworden, als Topher endlich eine Hand spürte, die sich von hinten auf seine Schulter legte und ihn herumdrehte.

„Hey", sagte er. „Ich dachte schon, du willst mich versetzen."

„Tut mir leid. Ich bin erst noch bei Marvin gewesen, um nach ihm zu sehen."

„Marvin Goldstein?"

Stanton lächelte. „Ja."

„Für wen schreibt der eigentlich?"

„Für die altehrwürdige Dame in Grau."

„Was ist denn das?"

„Die *New York Times*."

„Wow. Ihr spielt beide in der obersten Liga."

„Aber Marvin ist auf klassische Musik spezialisiert."

„Warum ist er dann hier?"

„Er leistet mir Gesellschaft. Wir sind schon befreundet, seit wir uns vor Jahren an der NYU kennengelernt haben. Aber der kleine Unruhestifter muss sich schon seit Stunden ständig übergeben. Sein Verlust ist dein Gewinn."

„Du hast an der NYU studiert?"

„Ja. Aber damals hat das noch nicht so viel bedeutet."

„Klassische Musik? Dann muss er sich sehr gut auskennen."

„Wenn es um Musik geht, ist Marvin der zweitgebildetste Mensch, den ich kenne."

„Und wer ist der gebildetste? Du?"

Stanton lächelte wieder. „Nein. Aber das ist eine lange Geschichte. Wollen wir jetzt reingehen?"

„Sicher." Topher folgte Stanton die Treppe hinauf auf die Terrasse vor dem Eingang des Auditoriums.

„Lass uns etwas trinken gehen", schlug Stanton vor.

„Gute Idee. Vielleicht kannst du mir ja einige der epischen Geschichten erzählen, über die du ständig Andeutungen machst."

Stanton führte ihn zu einer der Bars. „Was kann ich den Herren anbieten?", fragte der Barmann.

„Ich hätte gerne einen Wodka Tonic", sagte Stanton. „Keine Zitrone, keine Limette, kalt, aber ohne Eis." Er drehte sich zu Topher um.

„Für mich ein Bier, bitte."

Der Barmann befolgte Stantons Anweisungen bis aufs i-Tüpfelchen. Stanton zog seine Kreditkarte aus der Tasche und Topher reichte ihm einen Zehner.

„Steck das weg", sagte Stanton. „Das geht auf mich."

Topher lächelte und steckte den Geldschein wieder ins Portemonnaie. „Danke. Für alles", sagte er, als Stanton ihm das Bier reichte.

Stanton prostete ihm mit seinem Plastikbecher zu. „L'Chaim."

„Was heißt das?"

„Du hast doch gesagt, in Texas gäbe es auch Juden."

„Sicher. Aber ich glaube nicht, dass ich persönlich einen kenne."

„Auf das Leben", übersetzte Stanton seinen Toast. „Ich habe mein Jiddisch von Marvin und seiner Mutter gelernt. Es ist nicht viel und ich habe gehört, dass man genauso viel lernen kann, wenn man nur einmal *Anatevka* gesehen hat."

Topher lachte und stieß mit seiner Bierflasche an. Dann trank er einen Schluck. „Ah, das tut jetzt gut", meinte er.

„Es sollte verboten werden, Alkohol in Plastikbechern zu servieren", monierte Stanton. Sie gingen weg von der Bar an den Rand der Terrasse, von wo sie freien Blick auf die 2. Straße hatten. „Ich habe im Hotel gehört, dass die Straße in Willie Nelson Boulevard umbenannt worden ist", sagte Stanton.

„Das habe ich auch gehört. Aber es fällt mir schwer, die vielen Umbenennungen in dieser Stadt noch im Überblick zu behalten." Er warf einen Blick auf die Menge. „Es ist aufregend, hier zu sein. Das ist heute das heißeste Konzert seit Jahren. Jedenfalls auf einem *SXSW*. Glaube ich."

„Erzähle mir doch mehr von deiner Band."

Topher seufzte. „Oh, Mann. Ich weiß auch nicht. Bist du wirklich mit Brandon Flowers befreundet?"

„Als Freunde würde ich uns nicht gerade bezeichnen. Ich habe eine Woche mit ihm und den *Killers* verbracht, um eine Sendung für NPR zu machen. Aber er ist ein supernetter Kerl. So ist das mit den Mormonen. Die meisten sind so verdammt nett. Wir stehen immer noch in Kontakt. Über Twitter und so."

„Ich weiß wirklich nicht, was ich dir über *Judecca Rising* sagen soll. Besonders im Vergleich zu den *Killers*."

„Warum willst du dich denn mit ihnen vergleichen?"

„Weil sie wirklich überragend sind, und das wäre ich auch gerne."

„Brandon hat auch bescheiden angefangen und – wie du – seine Träume gehabt. Was ist eigentlich dein Traum?"

„Nicht gewöhnlich zu sein. Ich will etwas schaffen, an das sich die Menschen erinnern. Weißt du, was ich meine?"

„Dann schreibst du also Lieder?"

„Ich versuche es. Aber meistens kommt nur Scheiße dabei raus. Sorry, ich wollte eigentlich nicht so depressiv sein. Aber in letzter Zeit bin ich oft frustriert."

„Wieso frustriert?"

„Es … ich … ich habe diese Lieder im Kopf, aber sie sind irgendwie … weggeschlossen. Wie auf dem Dachboden oder so." Stanton sah ihn verständnislos an und Topher suchte nach besseren Worten. „Ich kann die Lieder im Kopf hören, aber ich kann sie nicht fassen … Sorry, ich erkläre das nicht sehr gut."

Stanton trank einen Schluck Wodka. „Du machst das doch recht gut."

„Brandon Flowers war zwanzig, als er mit den *Killers* angefangen hat. Mir läuft die Zeit davon."

„Das ist Unsinn."

„Ich will wirklich nicht jammern. Aber mein Dad ist eines nachts aufgestanden, um pinkeln zu gehen. Er hatte einen Herzanfall und wir haben ihn tot im Badezimmer gefunden."

„Das tut mir leid."

„Danke. Die Sache ist die: Er war erst neununddreißig Jahre alt. Jeder von uns kann in der nächsten Minute tot umfallen. Also entschuldige, dass ich etwas ungeduldig bin."

„Und was ist dein Maßstab?"

„Wie meinst du das?"

„Dein Maßstab für Erfolg. Woher weißt du, wann du es geschafft hast? Jeder Musiker hat eine bestimmte Vorstellung im Kopf, wenn er seinen Traum beschreibt. Für den einen ist es ein Grammy, der andere will im Madison Square Garden auftreten. Selbst ich hatte einen Traum."

„Welchen?"

„Ein Artikel im *Rolling Stone*."

„Ich nehme an, er ist wahrgeworden?"

„Ja, das ist er. Also, was ist dein Traum?"

Topher wurde rot.

Stanton trank grinsend noch einen Schluck Wodka aus seinem Plastikbecher. „Es muss dir nicht peinlich sein. Wenn du ungeduldig bist, hast du einen Grund mehr, dir ein bestimmtes Ziel zu setzten."

Topher musste nicht lange nachdenken. „Kennst du iTunes? Die ganze Homepage ist voll von dem Zeug, das Apple an diesem Tag empfiehlt. Aber rechts ist diese Box mit den Top Ten des Tages. Ich schaue mit immer die Top Ten der Singles an, jeden Tag. Und ich denke mir: Das ist es, was Amerika hört. Dort will ich eines Tages ein Lied von mir sehen. Wenn das passiert, sterbe ich als glücklicher Mensch."

Stanton nahm noch einen Schluck aus seinem Becher und nickte. Er sah aus, als würde er sich etwas einprägen wollen, doch dann wechselte er unverhofft das Thema: „Kannst du dich noch erinnern, wie du das erste Mal ein Lied von Springsteen gehört hast?"

Topher dachte über die Frage nach. „Mein Dad hatte alle CDs von Springsteen. Ich kann mich noch erinnern, dass ich sie ihm stibitzt habe. Ich muss ungefähr zehn Jahre alt gewesen sein."

„Mein Dad hätte mich umgebracht, wenn ich seine Schallplatten stibitzt hätte."

„Meinem war es egal. Jedenfalls damals."

„Welche Art von Musik hat er gehört?"

„Alles Mögliche. Aber am liebsten hörte er Springsteen, Buck Owens und Otis Redding."

„Das ist eine merkwürdige Mischung."

„Er hat mir immer *Sittin' on the Dock of the Bay* vorgesungen."

„Und deine Mom?"

„Dolly Parton und Emmylou Harris. Deine?"

„*The Mamas & the Papas*, Herb Alpert und *Tijuana Brass*."

Topher grinste. „Den zweiten Namen habe ich noch nie gehört. Ich bin von Musik umgeben aufgewachsen. Meine Mom und mein Dad haben fast immer gesungen und ständig die CDs gewechselt. Ich verstehe immer noch nicht, wieso mein Dad Musik so sehr lieben konnte und trotzdem ein Problem damit hatte, dass ich Musik mache."

„Es hat ihm nicht gefallen?"

„Nein. Er hielt es für Zeitverschwendung."

„Nun, so sind Väter manchmal. Ich glaube, es gehört zu ihrem Job."

„Wann hast du dein erstes Lied von Springsteen gehört?"

„Als ich neunzehn oder zwanzig war. Ich kannte *Born to Run* aus dem Radio und konnte nicht verstehen, was daran so gut sein sollte. Ich mochte seine Stimme nicht, mochte das Lied nicht ... und bin dann nach New York gekommen, wo Springsteen auf beiden Seiten des Hudson River praktisch wie ein Halbgott verehrt wird. Jemand hat mir *Thunder Road* vorgespielt, und damit hat sich alles geändert."

„*Thunder Road* ist auch mein Lieblingslied."

„Warum überrascht mich das nicht?"

Topher sah in verblüfft an. „Was hat das zu bedeuten?"

„Eigentlich gar nichts. Es gibt im Grunde genommen nur zwei Lieblingslieder von Springsteen. Die einen stehen auf *Thunder Road*, die anderen auf *Rosalita*. Du bist mehr der Typ, der zu *Thunder Road* passt." Stanton drehte sich um. Er schien plötzlich in Gedanken versunken.

„Weißt du, dass du manchmal diesen merkwürdigen Gesichtsausdruck hast?", fragte Topher ihn. „Irgendwie wehmütig und so."

„Vermutlich liegt das an Springsteen. Er macht mich wehmütig und so."

„Machst du dich schon wieder über mich lustig?"

„Nein, ganz im Gegenteil. Ich finde dich charmant."

„Wirklich? Nun, du weißt schon, was ich über *dich* denke."

„Dass ich der coolste Mensch bin, den du je getroffen hast?"

„Richtig."

„Du musst mehr unter Menschen kommen."

„Wusstest du übrigens, dass es auf YouTube mindestens fünf Versionen von *Thunder Road* gibt?", fragte Topher.

„Live ist es immer noch am besten."

„Meinst du, er spielt es heute?"

„Er wäre ein Narr, wenn er es nicht spielen würde. Und wenn er mit *Rosalita* aufhört, wäre das absolut spektakulär. Aber das wird er nicht tun."

„Sollte er aber."

„Ja, sollte er. Aber es heißt, dass er findet, diese Tradition wäre reichlich überstrapaziert. Er hat schon seit Jahren nicht mehr mit *Rosalita* aufgehört. Ich habe mich informiert."

„Dann hoffe ich, er enttäuscht mich nicht und spielt wenigstens *Thunder Road*. Erzähle mir über das andere Konzert, das du von ihm gesehen hast. Wann war das noch?"

„Im Sommer 1981 im Meadowlands in New Jersey. Zwei Tage, nachdem ich *Thunder Road* das erste Mal gehört hatte."

„Und damals warst du neunzehn?"

„Fast zwanzig. Es war der Sommer zwischen meinem zweiten und dritten Studienjahr an der NYU. Und – ob du es glaubst oder nicht – damals hat er das Konzert mit *Thunder Road* eröffnet."

„Und mit *Rosalita* abgeschlossen?"

„Ja. Plus die Zugaben, unter anderem *Born to Run*."

„Er hat sich *Born to Run* für die Zugabe aufgehoben? Und das 1981?"

„Ja. Die Zuschauer waren schon am durchdrehen, weil sie dachten, er würde das Lied nicht mehr spielen."

„Was für eine coole Erinnerung – Springsteen Anfang der Achtziger live in New Jersey."

„Ja. Direkt vor der Bühne im Innenraum."

„Mit wem warst du dort?"

Stantons iPhone blinkte und er fuhr mit dem Finger übers Display. „Sorry, es dauert nicht lange", sagte er zu Topher und trat einen Schritt zur Seite. „Was ist los, Kumpel?"

Während Stanton telefonierte, trank Topher sein Bier aus und beobachtete die Leute, was in Austin immer ein guter Zeitvertreib war. Einige Minuten später beendete Stanton sein Gespräch und sie gingen in den Saal, wo die zweite der beiden Vorgruppen gerade mitten in ihrem Auftritt war. Sie suchten ihre Plätze auf und Stanton verbrachte einige Zeit mit twittern, anstatt der Musik zuzuhören. Topher fühlte sich dadurch anfangs irritiert, erinnerte sich dann aber daran, dass Stanton beruflich hier war, nicht als Tophers Begleitung.

Als Springsteen und seine Band schließlich die Bühne betraten, schaltete Stanton sein Telefon aus und steckte es weg. „Und los geht's", sagte er zu Topher.

Bruce eröffnete das Konzert mit einer Coverversion von Woody Guthries *I Ain't Got No Home*, da das Festival Guthries 100. Geburtstag feierte. Danach kam eine Mischung aus seinen alten Hits und acht Liedern des neuen Albums, *Wrecking Ball*. Das Konzert dauerte fast drei Stunden. Es war kompromisslos und übertraf alle Erwartungen. Sie spielten *Badlands* und den *E Street Shuffle*, nicht aber *Born to Run* und *Born in the U.S.A.*

Gegen Ende des Konzerts bemerkte Topher, dass Stanton wieder diesen wehmütigen Ausdruck im Gesicht hatte. Er schaute zurück auf die Bühne und fragte sich, wie er sich an Springsteens Stelle fühlen würde, wenn er dort oben stünde und die Fans seinen Namen schrien. Er fragte sich auch, ob es auf Dauer wohl genug für ihn wäre, als Mechaniker zu arbeiten und nur nebenher Musik zu spielen. Würde er seinen Traum dann auch irgendwann verfluchen, wie Stanton es ihm von anderen Musikern geschildert hatte?

„Fragst du dich, wie es für dich sein könnte?", fragte Stanton, als Bruce sein letztes Lied, *We are Alive*, spielte.

„Dort oben auf der Bühne meinst du?"

„Ja."

„Sind alle Musiker so leicht zu durchschauen wie ich?"

„Die meisten."

„Es ist ein Lotteriespiel, nicht wahr? Ich meine, ob man Erfolg hat oder nicht."

Stanton nickte.

„Und was wird aus denjenigen, die keinen Erfolg haben? Was wird aus dem großen Rest von uns?", fragte Topher.

„Lass dich nicht ablenken. Dein Traum ist doch viel bescheidener. Hast du deine Lieder auf iTunes?"

Topher schüttelte den Kopf.

„Wie willst du die Lotterie gewinnen, wenn du keine Lose kaufst?" Sie sahen sich an. Plötzlich riss Stanton die Augen auf und strahlte übers ganze Gesicht. „Das ist es!", rief er in den Saal, als wäre er dreißig Jahre jünger.

Topher drehte sich wieder zu der abgedunkelten Bühne um und sah, dass Bruce Springsteen jetzt allein vor dem Mikrofon stand und mit seiner Mundharmonika ein Riff anstimmte. Er wurde nur von hinten beleuchtet und sein Gesicht lag im Schatten. Topher erkannte das Riff nicht gleich, aber es ging schnell in die ersten Takte von *Thunder Road* über.

„Die Götter des Rock 'n' Roll haben deine Gebete erhört", sagte Stanton, während das Publikum in tosenden Beifall ausbrach.

In diesem Augenblick fing Tophers Handy wieder zu vibrieren an. Er zog es aus der Tasche, um sich davon zu überzeugen, dass er sich das Vibrieren nicht einbildete. Als er es aufklappte, war der Bildschirm wieder schwarz.

„Alles In Ordnung?", erkundigte sich Stanton.

„PVS."

„Phantomvibrationssyndrom?"

Topher nickte. Seine Finger bitzelten und er hatte das merkwürdige Gefühl, als ob ihm sein Telefon etwas mitteilen wollte, ignorierte es aber und steckte das Handy wieder weg. Bruce Springsteen steckte die Mundharmonika in die Rücktasche seiner blauen Jeans und sang die erste Zeile des Liedes. Mit leiser Begleitung durch das Piano und ohne viel auf die Melodie zu achten, erschöpft und mehr sprechend als singend, stand er im Licht eines einzelnen Scheinwerfers auf der dunklen Bühne und gestikulierte mit den Händen. Nach der ersten Strophe fiel die Band ein und Bruce, die Gitarre immer noch umgehängt, nahm das Mikrofon aus der Halterung und ging vor zum Bühnenrand. Wie aufs Stichwort hörte er zu singen auf und das Publikum machte dort weiter, wo er aufgehört hatte. Ein Chor von dreitausend Stimmen ertönte und sang den Refrain.

„Das ist ein ganz besonderer Moment für jedes Konzert", sagte Stanton.

Tophers Herz klopfte wie rasend. Verschwommene Bilder tauchten vor seinem inneren Auge auf und alles konzentrierte sich auf diesen einen Punkt. Dann wurde sein Blick wieder klar. Er hörte jedes einzelne Instrument auf der Bühne, hörte, wie sie sich unterschieden und doch harmonierten. Und er hatte einen merkwürdigen Geschmack auf der Zunge.

Salzwasser.

Als Topher noch ein Kind war, fuhren seine Eltern mit ihm und seiner Schwester im Sommer oft nach Galveston. Sie gingen dort zum Schwimmen an die Golfküste und Topher liebte den Geschmack des Meerwassers auf den Lippen. Er hatte später sogar ein Lied darüber geschrieben: *Saltwater Kisses*.

Der Raum fing an, sich um ihn zu drehen. Er packte Stanton haltsuchend am Arm, so schwindelig war ihm.

„Ist alles in Ordnung?", fragte Stanton und hielt ihn fest.

„Ja, alles in Ordnung. Glaube ich."

Tophers Kopf wurde wieder klar und er schaute auf die Bühne. Bruce streckte die Hände nach den begeisterten Fans aus. Dann ging er zum Mikrofonständer zurück und winkte seine Frau Patti zu sich, aber die folgte seiner Aufforderung nur zögernd. Topher fand es unglaublich süß. Das Lied nahm wieder Fahrt auf und Topher fühlte sich wie abgehoben. Er wusste, was er wollte, auch wenn er es noch nicht recht verstehen konnte. Er schloss die Augen, holte tief Luft und zog Stanton am Arm zu sich heran.

„Was ist?", fragte Stanton.

Topher gab ihm keine Antwort. Stattdessen stellte er sich auf die Zehenspitzen, schloss die Augen und küsste Stanton. Er merkte sofort, dass er den Musikkritiker damit vollkommen überrascht hatte, konnte diese Reaktion jedoch verstehen, weil es ihm selbst nicht viel anders ging. Aber er ließ die Augen geschlossen und hörte nicht auf. Stantons Lippen waren weich und seine Bartstoppeln kratzten leicht über Tophers Haut. Er fühlte Stantons Hände an den Hüften und bevor er so recht wusste, wie ihm geschah, hob er die Arme und legte Stanton die Hände auf die Schultern. Sie fühlten sich stark und fest an unter seinen Fingern. Topher drückte zu. Stantons Zunge stahl sich in seinen Mund, dann ließ Stanton die Hände nach unten gleiten und legte sie auf Tophers Hintern.

Topher wurde von Panik gepackt und stieß Stanton von sich. „Was tust du da?", fragte er.

Stanton sah ihn überrascht und erschrocken an. „Deinen Kuss erwidern. Wolltest du das nicht?"

„Ich …" Topher schaute sich um. Zwei Männer in der Reihe hinter ihnen starrten sie an.

„Besorgt euch ein Zimmer", sagte einer von ihnen.

Topher drehte sich wieder zu Stanton um. „Es tut mir leid. Ich weiß auch nicht, was in mich gefahren ist."

„Willst du mir damit sagen, dass es nur ein Versehen war?"

„Nein. Ich will damit sagen, dass ich nicht schwul bin."

Der sehnsüchtige Blick verschwand aus Stantons Gesicht.

„Oh", sagte er und schüttelte den Kopf. „Ich verstehe."

„Was verstehst du?"

„Nichts. Vergiss es." Stanton wendete sich der Bühne zu. „Ich will jetzt das Konzert zu Ende sehen."

Topher machte es ihm nach. Springsteen und seine Band verbeugten sich vor ihrem Publikum. „Ist es jetzt vorbei?"

„Nein. Es gibt noch die Zugaben."

„Wie viele?"

Stanton ignorierte die Frage. Er verschränkte die Arme vor der Brust und wurde rot im Gesicht.

Topher fühlte sich schlecht. Auf der Bühne tauschte Bruce seine E-Gitarre gegen eine akustische Gitarre aus. Er stellte eine Frau namens Michelle Moore vor, von der Topher wusste, dass sie schon bei einigen Aufnahmen von Springsteen als Backup-Sängerin mitgesungen hatte. Und dann machte Springsteen etwas vollkommen Unerwartetes. Er nahm die Gitarre wieder ab und reichte sie jemandem im dunklen Hintergrund der Bühne, als wäre sie ihm plötzlich zu schwer geworden und er könnte sie nicht mehr länger tragen. Danach stimmte er ein neues Lied namens *Rocky Ground* an. Es war ein ruhiges Lied, voller Gnade und Vergebung, und es brachte all die unterschwellige Trauer in Topher an die Oberfläche. Er warf Stanton einen verstohlenen Seitenblick zu, aber der schaute stur nach vorne und ignorierte ihn immer noch. Topher hatte gerade einen der besten Tage seines Lebens vermasselt, und das wusste er auch. Seine Trauer darüber war wie Springsteens Gitarre – so schwer, dass er sie nicht mehr ertragen konnte. Seine Schultern zuckten und die Tränen liefen ihm übers Gesicht, ohne dass er sich dagegen wehren konnte. Er wusste nicht, was er tun sollte. Topher rieb sich mit den Händen übers Gesicht und wischte sich die Nase am Saum seines T-Shirts ab. Er versuchte, sich nichts anmerken zu lassen. Er hoffte auch, dass Stanton nichts bemerkt hatte, doch diese Hoffnung war vergebens, denn Stanton sah ihn von der Seite an.

Als das Lied zu Ende war, lehnte Stanton sich zu ihm und wollte wissen, ob alles in Ordnung wäre.

„Ja", sagte Topher. „Danke."

Bruce gab an diesem Abend noch acht Zugaben. Topher hörte zu, ohne auch nur ein einziges Wort mit Stanton zu wechseln. Zum Abschluss rief Springsteen einige Musiker auf die Bühne und sie stimmten gemeinsam mit dem Publikum *This Land is Your Land* an. Danach folgte Topher Stanton mit gesenktem Kopf zurück auf die Terrasse. Seine Gedanken überschlugen sich. Er war in seinem ganzen Leben noch nie so verwirrt gewesen. Sie stiegen die Treppen hinab zur Lavaca Street, blieben auf dem Bürgersteig stehen und sahen sich an.

„Willst du darüber reden?", fragte Stanton.

Topher studierte den Asphalt. „Es ist mir ziemlich peinlich."

„Das muss es nicht sein."

„Bist du schwul?", fragte Topher zögernd.

„Hast du das nicht spätestens gemerkt, als ich deinen Hintern gepackt habe?" Topher wurde rot und lachte nervös. „Ja", fuhr Stanton fort. „Ich bin schwul. Ich nehme an, es ist neu für dich?"

„Ja."

„Du hast noch nie einen Mann geküsst?"

Topher schüttelte den Kopf.

Stanton trat einen Schritt zurück. „Du armer Kerl", murmelte er. „Es tut mir leid, dass ich dich falsch verstanden und so verärgert reagiert habe."

„Du sagst das, als hätte man es auch richtig verstehen können. Was hast du denn gedacht?"

„Nun, zuerst dachte ich, du *willst* mich küssen. Als du dann gesagt hast, du wärst nicht schwul, dachte ich, dass du mit mir spielen willst."

„Mit dir spielen? Wie denn?"

„Keine Ahnung. Du wärst nicht der erste Musiker, der denkt, ich könnte seiner Karriere förderlich sein. Ihn den richtigen Leuten vorstellen zum Beispiel. Und du wärst auch nicht der erste Musiker, der bereit war, mich zu küssen, um sein Ziel zu erreichen."

„Das habe ich aber nicht getan."

„Das ist mir auch klargeworden, als du angefangen hast zu weinen. Komm mit." Stanton machte sich auf den Weg zum *W*. „Ich brauche einen Drink."

Topher zögerte kurz, dann lief er los, um Stanton einzuholen. Als sie vor dem Hotel ankamen, hielt ein junger Mann in einem weißen Polohemd ihnen die Tür auf. Stanton winkte Topher zu, einzutreten. Topher folgte ihm in eine Lounge namens *Living Room*. Einige der Gäste trugen keine Schuhe und viele hatten es sich auf Plüschsofas und Sitzkissen gemütlich gemacht. Sie gingen durch eine Tür auf der rechten Seite in einen anderen Raum. Topher blieb fast die Spucke weg, als er sich umschaute.

„Ach du meine Scheiße."

An der gegenüberliegenden Wand standen hohe Regal mit tausenden von Schallplatten. Keine CDs, nein – echte, gute alte Vinylscheiben in ihren Originalhüllen. Über dem Kamin in der Mitte hing ein Bild mit geometrischen Figuren in orange, rot und hellblau. Topher erkannte Buchstaben, die sich in den Figuren verbargen, konnte sie aber nicht sinnvoll zusammensetzen. Ein gespiegeltes G war zu erkennen und ein oder zwei Os.

„Setz dich doch", sagte Stanton. „Ich bin gleich zurück."

Stanton verschwand und Topher ging zu dem einzigen freien Sofa, das in der Mitte des Raums stand. Es waren noch drei weitere Paare anwesend, aber niemand beachtete ihn.

Einige Minuten später kam Stanton mit einer Flasche Bier und einem Glas zurück, das vermutlich Wodka Tonic enthielt – ohne Zitrone, ohne Limette, kalt, aber ohne Eis. Er reichte Topher das Bier und setzte sich. „Lass uns von vorne beginnen", sagte er und hob sein Glas.

Topher stieß mit der Flasche an und nahm einige tiefe Schlucke. Dann drehte er die Flasche zwischen den Händen und schaffte es irgendwie, nicht an dem Etikett zu spielen. „Wie erkennt man es?", fragte er. „Ob man schwul ist, meine ich."

„Das Problem hat sich mir nie gestellt. Ich wusste es schon immer. Mein Problem war eher, es zuzugeben und die Konsequenzen zu akzeptieren. Hast du schon früher solche Gefühle gehabt?"

„Nein."

„Warum hast du mich dann geküsst?"

„Weil ich es wollte."

Stanton schüttelte den Kopf. „Sorry, aber das ergibt keinen Sinn. Ein sechsundzwanzigjähriger Mann wacht nicht eines Tages einfach auf und will einen anderen Mann küssen."

„Ich habe nicht gesagt, dass ich andere Männer küssen wollte. Ich wollte *dich* küssen. Das ist ein Unterschied."

Stanton lächelte. „Stimmt. Aber trotzdem."

„Ich weiß nicht, was mit mir los ist. Ich habe mich gefühlt wie … Mein Gott, es hört sich so lächerlich an."

„Ich verspreche dir, nicht zu lachen."

„Ich habe mich gefühlt wie in einem Science Fiction. Als hätte jemand einen Chip in mein Gehirn eingepflanzt. Und als *Thunder Road* gespielt wurde, hat das Lied den Chip aktiviert. Dann wollte ich dich küssen und habe es getan."

Stanton erwiderte nichts.

„Ich habe dir doch gesagt, dass es lächerlich ist."

„Das habe ich nicht gedacht. Wie fühlst du dich jetzt?"

„Es ist mir peinlich. Und …" Topher holte tief Luft. „Es hat mir gefallen, obwohl ich Panik bekommen habe, als du …" Er machte eine Pause und starrte auf die Flasche zwischen seinen Händen, bevor er fortfuhr. „Für mich hat die Musik immer an erster Stelle gestanden. Ich hatte nie viel Zeit für Beziehungen. Ich bin ab und zu mit Mädchen ausgegangen und habe auch mit einigen geschlafen. Ich bin keine sechsundzwanzigjährige Jungfrau. Es gab auch schon Männer, die an mir interessiert waren, aber ich habe nie …" Er unterbrach sich. „Sorry. Ich schweife ab. Es hat mir gefallen. Der Kuss hat mir gefallen."

„Ich weiß nicht, was ich dazu sagen soll."

Topher starrte jetzt auf das Feuer im Kamin. „Wie lange bleibst du in der Stadt?", fragte er.

„Bis Sonntag."

„Das sind noch drei Tage. Hast du morgen etwas vor?"

„Nein, aber …"

„Dann möchte ich dich sehen. Bitte. Ich komme dir vielleicht wie ein Idiot vor, aber vielleicht kannst du mir helfen, dieses Chaos zu durchschauen."

Stanton überlegte. „Ich halte das nicht für eine gute Idee", sagte er dann.

„Warum nicht?"

„Ich …" Er unterbrach sich und trank einen Schluck Wodka. „Hast du jemals vom *I Ging* gehört?"

„Nein. Warum?"

„Es ist ein Buch über chinesische Philosophie. Es beschäftigt sich mit der Theorie, dass nichts ohne Grund geschieht, dass nichts in unserem Universum dem Zufall überlassen bleibt."

„Die Idee gefällt mir."

„Mir auch. Und im Moment sagt mir mein Verstand, dass ich mich nicht auf deinen Vorschlag einlassen soll. Aber da ist ein klitzekleiner Teil, der sagt mir auch, dass alles so unwahrscheinlich und zufällig ist, dass es vielleicht …"

„… aus einem bestimmten Grund geschieht."

„Mag sein. Ich habe mich noch nicht entschieden."

Es schien für einen Augenblick, als wollte Stanton Topher etwas Wichtiges mitteilen, aber dann schüttelte er nur den Kopf. Topher trank einen Schluck Bier und sah sich um. „Was meinst du wohl, wie viele Schallplatten hier in den Regalen stehen?"

Stanton betrachtete die Regale und dachte über Tophers Frage nach. „Dreitausend vielleicht. Mehr oder weniger."

„Was hältst du davon, wenn ich einige Platten aus den Regalen ziehe? Drei vielleicht. Ich ziehe drei zufällige Platten aus den Regalen."

„Warum?"

„Wir leben beide für die Musik, nicht wahr? Und da keiner von uns beiden weiß, was er tun soll, könnten wir doch die Schallplatten befragen. Vielleicht geben sie uns ein Zeichen oder so."

„Wie das Orakel von Delphi?"

„Sicher. Was immer das auch sein mag."

Stanton dachte über Tophers Vorschlag nach. „Bist du bereit, dein Schicksal in die Hände der Götter zu legen?"

Tophers Handy vibrierte wieder und er lächelte. Er musste nicht mehr nachsehen, ob jemand anrief. „Ja, ich bin dazu bereit."

„Na gut", sagte Stanton und zeigte auf die Wand. „Zieh jetzt deine drei Platten, und dann wollen wir sehen, was uns das Orakel mitzuteilen hat."

Topher stand auf und ging zu dem Regal links des Kamins. In der Lounge war es mittlerweile voll geworden, weil viele Konzertbesucher eingetroffen waren. Topher zog blind zwei Platten aus den Regalen. Er schaute sich das Bild über dem Kamin an und wünschte sich, er könnte diese vermaledeiten Buchstaben entziffern. Dann zog er aus dem rechten Regal die letzte, die dritte Schallplatte und ging zum Sofa zurück, wo er neben Stanton Platz nahm, ohne sich die Plattenhüllen angesehen zu haben.

„Lass sehen, was du gezogen hast", sagte Stanton.

Topher betrachtete sich die Hülle der ersten Schallplatte und grinste. Er gab sie Stanton, der den Titel vorlas: „Billy Joel. *Songs in the Attic*. Kennst du das Album?"

„Selbstverständlich. Kannst du dich nicht erinnern, dass ich dir von den Liedern erzählt habe, die im Dachboden eingeschlossen sind? Was meinst du wohl, woher ich diese Formulierung hatte? Das ist Billy Joels erstes Live-Album. *The Ballad of Billy the Kid* ist eines der besten Lieder von ihm und es ist auf dieser Platte."

„Du hast einen hervorragenden Musikgeschmack."

„Vielen Dank." Topher sah sich das zweite Album an und wollte seinen Augen nicht glauben. „Das kann nicht sein."

„Was ist es?"

„Emmylou Harris. *Quarter Moon in a Ten Cent Town*. Das erste Lied heißt *Easy From Now On*."

„Das hat Miranda Lambert vor einigen Jahren gesungen."

„Richtig. Der Titel des Albums stammt auch aus dem Lied. ‚Twice a month, on the nights of the quarter moons, my mom would wait 'til dark and then play it so loud the neighbors next door could hear'."

„Das verstehe ich nicht."

„*Quarter Moon in a Ten Cent Town.* ‚Twice a month' sind wir und ‚ten cents' sind ein Dime. Wir sind aus Dime Box, und das ist wortwörtlich eine ‚Ten Cent Town'. Also hat Emmylou Harris zweimal im Monat nur für uns gesungen."

Stanton klappte die Kinnlade runter.

„Verstehst du es jetzt?"

„Ja. Ja, ich verstehe es. Aber du hast noch eine Platte."

Topher schaute auf das letzte Cover. Er sah ein Bild von John Lennon, aber es war kein Album der *Beatles*. Ihm sackte das Herz in die Hose. „Na ja", sagte er. „Ich weiß wirklich nicht, was das Orakel uns damit sagen will. Diese Botschaft ist mir ein absolutes Rätsel."

„Zeig her."

Topher gab ihm die Platte. Stanton brach in lautes Gelächter aus.

„Was ist daran so komisch?"

„Das muss ein Comedy-Album sein", meinte Stanton.

„Hast du auch noch nie vom *Firesign Theatre* gehört?"

„Nein. Aber die Bilder von Groucho Marx und John Lennon spielen auf Karl Marx und Lenin an."

Topher seufzte. „Und wie üblich habe ich keine Ahnung, wovon du sprichst."

„Karl Marx und Wladimir Lenin sind die Begründer des modernen Kommunismus. Marx hat im 19. Jahrhundert das *Kommunistische Manifest* geschrieben. Von ihm stammt der Spruch, dass Religion Opium fürs Volk ist. Dann hat Lenin nach der Russischen Revolution während des 1. Weltkriegs den Kommunismus in die Praxis umgesetzt. Es wäre eine Untertreibung, die beiden als ernste Männer zu beschreiben. Ihre Namen werden oft zusammen genannt, und sie zu benutzen, um mit den Bildern eines Komödianten und einer Pop-Ikone zu spielen ist … einfach nur lustig."

„Wenn du meinst. Wer ist Groucho Marx?"

„Er war ein Komödiant. Er hat in den 30er Jahren viele Filme gedreht. Hast du noch nie von den *Marx Brothers* gehört?"

„Nö."

„Und von den *Three Stooges*?"

„Die hat mein Dad immer im Fernsehen geschaut."

„Die *Marx Brothers* waren gewissermaßen ihre Vorgänger. Viel Slapstick und so. Aber wenn man die Anspielungen versteht, ist es zum Schießen komisch. Aber du weißt ja, ein Witz …"

„… den man erklären muss, ist nicht mehr lustig."

„Genau."

„Du hast bestimmt schon viel gelesen. Du kennst dich so verdammt gut aus."

„Eigentlich nicht. Als ich noch studiert habe, gab es einen Film mit Warren Beatty und Diane Keaton, *Reds*. Es ist die Geschichte von Jack Reed, der das Buch *Zehn Tage, die die Welt erschütterten* schrieb."

„Wer ist Warren Beatty?"

Stanton ließ stöhnend den Kopf nach hinten auf die Sofalehne fallen. „Wie konnte es nur geschehen, dass Warren Beatty von der Welt vergessen wurde? Er war der Brad Pitt seiner Zeit – ein wunderschöner Mann und ein hervorragender Schauspieler."

Topher stellte seine Bierflasche auf den kleinen Beistelltisch und schaute ins Feuer. „Irgendwie hat das mit dem Orakel nicht funktioniert. Es gibt einige nette Verbindungen und Erinnerung, aber Zeichen sind nicht zu erkennen, oder?"

Stanton gab keine Antwort. Als Topher sich zu ihm umdrehte, starrte Stanton wie gebannt auf das Cover. Sein Gesicht war kreidebleich und er schien richtiggehend erschrocken zu sein. „Was ist denn los?", wollte Topher wissen.

„Der Titel des Albums. *How Can You Be in Two Places at Once When You're Not Anywhere at All*."

„Sagt dir das etwas?"

Stanton sagte lange gar nichts, dann trank er sein Glas mit einem Schluck aus und drehte sich zu Topher um. „Wo ist dein Gig noch mal?", fragte er.

„Meinst du das ernst? Du willst mich spielen hören?"

„Solange ich nicht als Stanton Porter, der Musikkritiker, kommen muss. Nur als Stanton, dein … Freund. Oder was auch immer."

„Kein Problem. Im *Rooftop* in der 6. Straße. Morgen Abend um neun Uhr. Willst du wirklich kommen?"

„Ich werde es versuchen."

„Nein", sagte Topher. „Ich verstehe, dass du nicht als Kritiker kommen willst. Aber du bist, wer du bist. Wenn ich dich morgen erwarte und du kommst nicht … das würde …" Er verstummte. Beinahe hätte er gesagt, es würde ihm das Herz brechen, aber er korrigierte sich noch rechtzeitig. „… mich sehr enttäuschen. Entweder du versprichst mir zu kommen und hältst dein Versprechen, oder wir geben uns jetzt die Hand und verabschieden uns."

Stanton wartete einige Sekunden ab, bevor er antwortete. „Na gut. Ich werde kommen", sagte er dann.

„Gut." Topher stand auf und Stanton folgte ihm. „Dann sehen wir uns morgen Abend um neun Uhr. Sei pünktlich."

„Ich komme immer zu spät."

„Morgen nicht", erwiderte Topher. „Sollten wir uns zum Abschied umarmen oder küssen oder so?"

Stanton zog ihn an sich. Er legte ihm die Arme um die Schultern und Topher ließ es zu. Stanton fühlte sich so stark und gefestigt an, als könnte ihn nichts aus dem Gleichgewicht bringen. Als er Topher losließ und zurücktrat, hatte er wieder diesen wehmütigen Ausdruck im Gesicht.

Sie wünschten sich eine gute Nacht und Topher ließ Stanton in dem ‚Raum der dreitausend Alben' zurück. Als er draußen ankam, vibrierte wieder das Handy in seiner Tasche.

„Ja, ja. Schon gut", sagte er und ignorierte es. „Ich mag ihn auch. Er ist irgendwie …"

Und in diesem Augenblick ging ihm ein Licht auf und er wusste, welches Wort sich in dem Bild überm Kamin verbarg. Es war so offensichtlich, dass er nicht glauben konnte, es nicht gleich erkannt zu haben.

„… groovy", flüsterte er lächelnd.

INDEPENDENCE DAY

NACHDEM STANTON *Thunder Road* zu Ende gehört hatte, fühlte er ein merkwürdig flaues Gefühl im Magen und wusste, er hatte sich in Bruce Springsteen getäuscht.

„Spiel es noch einmal", sagte er.

Hutch hob wortlos den Tonarm und setzte ihn wieder an den Anfang zurück. Sie hörten sich das Lied ein zweites Mal an. Springsteen hatte mit seinem Text einen flüchtigen Augenblick in ein poetisches, ergreifendes Kunstwerk verwandelt.

„Noch einmal", sagte Stanton, als das Lied endete.

Hutch setzte die Nadel wieder auf den Anfang zurück und sie hörten das Lied zum dritten Mal. Danach saßen sie schweigend zusammen, Stanton auf dem Bett und Hutch auf dem Fußboden.

„Nun?", fragte Hutch.

Stanton sagte immer noch nichts, sah ihn aber lächelnd an.

„Heißt das …?"

„Okay. Du hattest recht. Bist du jetzt glücklich?"

„Ja, bin ich. Aber nicht, weil ich recht hatte. Ich bin glücklich, dass deine schlechte Meinung nur von Unkenntnis herrührte, nicht …"

Stanton unterbrach ihn lachend. „… von meiner Dummheit?"

„So ähnlich. Können wir jetzt mit Dylan weitermachen?"

„Ja. Solange du nicht *Blowin' in the Wind* spielen willst."

„Nein", meinte Hutch. „Selbst ich finde das Lied in der Interpretation von *Peter, Paul & Mary* besser. Aber wehe, du verrätst mich Robert. Er hält das nämlich für Blasphemie." Hutch holte ein anderes Album aus dem Stapel an der Wand und zog die Platte aus der Hülle. „Sorry, es gibt keine Textbeilage zu den Liedern. Ich kann dir aber versprechen, dass man jedes Wort versteht."

„Wir reden doch immer noch über Bob Dylan, oder?"

Hutch grinste, legte die Platte auf und setzte sich wieder hin. Das Spiel einer Mundharmonika und einer Gitarre erklangen. Stanton hörte gut zu und grinste, als Dylan zu singen begann. Hutch hatte recht, man konnte jedes Wort verstehen. Das Lied war *With God on Our Side*.

Wenn man ihn in die Mangel genommen hätte, hätte Stanton zugeben müssen, dass er Dylan noch nie bewusst gehört hatte, und schon gar nicht dieses Lied. Es hörte sich an, als wäre Dylan ins Studio gekommen und hätte es in einem Zug aufgenommen. Das Tempo variierte wie wild und die Gitarre passte oft nicht zum Gesang. Es schien fast Absicht zu sein. Hutch mochte das Lied nicht sonderlich, weil es musikalisch so schlecht war. Aber dafür liebte er die Aussage, die hinter dem Lied stand. Stanton konzentrierte sich deshalb auf den Text.

Die Liedstruktur war nicht sehr weltbewegend, sie hatte sogar eine fast kindliche Einfachheit. Dylan stellte sich in dem Lied vor, spielte aber seine eigene Bedeutung herunter.

„Er ist aus dem Mittleren Westen?", fragte Stanton.

„Ja. Aus Minnesota."

In dem Lied ging es jetzt um die Kriege, die Amerika geführt hatte. Es war mehr Aufzählung als Kritik. Dylan stellte seine eigenen Zweifel der historischen Rechtfertigung für die Kriege gegenüber – einer Rechtfertigung, die sich über die Zeit immer von Neuem wiederholte und keinerlei Entwicklung oder Lernprozess erkennen ließ. Stanton war noch nie ein großer Fan von Protestliedern gewesen, aber Dylan fand einen Ansatz, der ihn seine Meinung überdenken ließ.

„Es ist clever gemacht", gab er nickend zu. „Und wisch dir das Grinsen aus dem Gesicht", fügte er hinzu, als er Hutchs Lächeln sah.

„Kannst du es mir übelnehmen? Ich habe gerade tausend Punkte gewonnen."

Das Lied hatte, wie schon *Thunder Road*, keinen echten Refrain, was für Stanton normalerweise undenkbar war. In der letzten Strophe stellte Dylan Jesus Christus und Judas Ischarioth vor und erregte mit dieser dreisten Wendung Stantons Aufmerksamkeit. Als Katholik wusste er um die Macht religiöser Symbole. Nach dem Ende des Lieds ließ er sich mit dem Rücken aufs Bett fallen.

„Also gut", sagte er. „Ich gebe mich geschlagen. Ich liebe Lieder mit einer Pointe."

„Habe ich dir doch gleich gesagt."

Stanton setzte sich wieder auf. „Das war genau das Gegenteil von allem, was ich bisher über ihn gedacht habe. Einfach, verständlich und sogar … mutig."

„Hast du Dylan bisher etwa nicht für mutig gehalten?"

„Ich habe nur einige Stunden von der Kent State University entfernt gelebt. Im Vergleich dazu habe ich ihn wirklich nicht für mutig gehalten. Überhaupt ist mir Singen nie mutig vorgekommen. Aber das war anders. Jedenfalls empfinde ich es so. Der Text ist zutiefst persönlich und gleichzeitig eine offene Attacke auf die Religion im Allgemeinen."

„Es freut mich, dass es dir gefällt."

„Das tut es. Aber können wir jetzt *The One That You Love* hören?"

„Na gut. Aber wir müssen die Lautstärke runterdrehen. Robert darf nicht mitbekommen, dass ich *Air Supply* höre."

„Ist er wirklich so ein Snob?"

„Nein. Das war ein Scherz. Na ja … ein Snob ist er schon. Aber ein sehr süßer Snob." Hutch suchte in seinem Stapel nach der Schallplatte und legte sie auf. Dann legten sie sich nebeneinander aufs Bett.

„Weißt du, woran mich das Lied erinnert?", sagte Hutch und starrte an die Zimmerdecke.

„An was?"

„*Romeo und Julia*."

„Wirklich?"

„Ja. Hör doch auf den Text. Er hat gerade die Nacht mit diesem wunderbaren Menschen verbracht, aber jetzt ist es Morgen. Er bittet um einen weiteren Tag, verspricht, die Zeit anzuhalten und alles zu tun, damit sie zusammenbleiben können. Es ist wie diese Szene aus *Romeo und Julia*, am Tag nach ihrer Hochzeit."

„‚Parting is such sweet sorrow'?", zitierte Stanton.

„Nein. ‚I must be gone and live, or stay and die'."

„Was würde Robert nur davon halten, dass du *Air Supply* mit Shakespeare vergleichst?"

Hutch lachte. „Das will ich mir gar nicht vorstellen müssen."

Sie hörten noch einige Lieder und dann verkündete Stanton, dass er jetzt gehen und nach Marvin sehen sollte.

„Bist du sein Freund oder sein Babysitter?", fragte Hutch.

Stanton runzelte die Stirn. „Lass das. Wo bist du denn aufgewachsen?"

„Manhattan."

„Das dachte ich mir fast. Du kannst dir vermutlich nicht vorstellen, wie es ist, allein nach New York zu kommen. Als ich vor zwei Jahren hier angekommen bin, dachte ich, ich wäre auf einem fremden Planeten gelandet. Der Kulturschock war kaum auszuhalten und ich habe dir schon erzählt, wie schwer es mir gefallen ist, mich damit abzufinden, schwul zu sein. Ich hätte alles getan, um normal zu sein."

Hutch setzte sich auf. „Wovor hattest du denn solche Angst?"

„In die Hölle zu kommen."

„Hast du das wirklich geglaubt?"

„Damals ja. Manchmal habe ich mich gefragt, ob meine Eltern mich nicht lieber tot sehen würden als schwul. Wo ich herkomme, gibt es das nicht. Offiziell zumindest. Ich hatte noch nie zwei Männer gesehen, die sich an der Hand halten. New York ist eine andere Welt, aber sie ist nur eine kleine Insel in einem Meer von Homophobie. Und Fire Island? Ist die Insel der Glückseligen. Weißt du überhaupt, wie es im Rest des Landes aussieht und was dort vor sich geht?"

„Was hat das denn alles mit Marvin zu tun?"

„Nachdem wir uns in dieser Nacht ausgesprochen hatten, habe ich versucht, zumindest mir selbst gegenüber ehrlich zu sein. Es war nicht einfach. Ich hatte starke Depressionen und habe versucht, mich umzubringen."

Hutch senkte den Kopf. „Oh."

„Es war im ersten Semester. Ende Januar. Marvin hat mich auf dem Badezimmerfußboden gefunden. Ich hatte eine Überdosis Schlaftabletten geschluckt, die ich während der Weihnachtsferien aus dem Medizinschrank meiner Mutter gestohlen habe. Nachdem mir der Magen ausgepumpt wurde, musste ich über Nacht im Krankenhaus bleiben. Marvin ist nicht von meiner Seite gewichen. Danach hat er das getan, was ich mehr als alles andere brauchte."

„Und was war das?"

„Er hat mich wie einen erwachsenen Menschen behandelt und mir die Wahrheit gesagt. Er hat all das ausgesprochen, was ich nicht hören wollte. Er war von brutaler Ehrlichkeit. Er hat mir gesagt, ich hätte kein Rückgrat und würde erwarten, dass mir alles in den Schoß fällt. Er hat mir gesagt, ich sollte damit aufhören, mich selbst zu bemitleiden, dann würde ich erkennen, dass es meine Rettung wäre, schwul zu sein. Und weißt du auch warum? Weil ohne Widerstand, ohne Kampf, das Leben keine Bedeutung hat. So wie er hatte noch nie jemand mit mir gesprochen. Es war der Wendepunkt in meinem Leben. Er ist ein echter Mensch.“

„Ein echter Mensch? Was heißt das?“

„Soll das heißen, ich kann besser Jiddisch als du?“

„Vermutlich.“

„Ein echter Mensch ist jemand, der authentisch und ehrlich ist und für dich da, wenn du ihn brauchst. Wenn du also wirklich hoffst, diesen Ring irgendwann umdrehen zu können, solltest du auch Marvin für dich gewinnen. Er wird immer da sein. Wo ich bin, ist auch er. Verstehst du, was ich dir damit sagen will?“

„Ja. Ja, ich verstehe. Es tut mir leid.“

„Das muss es nicht. Ich bin es, der sich entschuldigen sollte. Deshalb bin ich single. Ich habe keinen Filter zwischen meinem Verstand und meinem Mund.“

„Bist du immer noch …“

„Selbstmordgefährdet? Nein. Ich bin mit mir ins Reine gekommen. Springe ich deswegen vor Freude auf und ab? Nein. Aber ich bin schwul. Ich kann es jetzt laut aussprechen, ohne an meinen eigenen Worten zu ersticken. Ob du es glaubst oder nicht, ich bin normalerweise alles andere als dramatisch veranlagt. Ich kann verstehen, wenn du mich nicht wiedersehen willst. Aber … Marvin ist mein wunder Punkt und …“

„Ich verstehe“, unterbrach ihn Hutch. „Ich bringe dich noch an die Tür.“

Sie standen auf. Stanton sah Hutch an und wusste, dass es vorbei war. Sie stiegen die Treppe hinab und gingen durch das Wohnzimmer, wo Hutchs Freunde Risiko spielten.

Michael winkte Stanton zum Abschied zu. „Ich hoffe, wir sehen uns demnächst wieder, Stanton.“

Stanton nickte. „Das hoffe ich auch. Gute Nacht.“

Vor der Tür angekommen, wollte Stanton sich schnell aus dem Staub machen, aber Hutch hielt ihn zurück. „Gehst du morgen zur Invasion?“

„Was ist das?“

„Das machen sie hier seit einigen Jahren am Unabhängigkeitstag. Vor fünf Jahren ist eine Dragqueen aus Cherry Grove im *Botel* nicht bedient worden. Sie hat einige Schwestern angerufen und sie sind am 4. Juli gemeinsam mit dem Wassertaxi wieder zum *Botel* gefahren. Insgeheim haben sie wahrscheinlich mit einer Konfrontation gerechnet.“

„Was ist passiert?“

„Nichts. Jedenfalls keine Konfrontation. Die Kerle vom *Pines* haben sie mit ausgebreiteten Armen empfangen und im *Blue Whale* hat man ihnen Drinks spendiert. Aber es ist eine alljährliche Tradition daraus geworden."

„Dragqueens?"

„Ja. Hast du damit ein Problem?"

Stanton seufzte. „Marvin meint, ich würde die subversive Macht der vertauschten Geschlechterrollen nicht verstehen."

Hutch lachte. „Da hat er vermutlich recht."

„Vielleicht. Ich weiß es nicht. Ich werde ihn fragen, ob er Lust hat, mitzukommen."

„Das hoffe ich. Gute Nacht. Es war schön, dich kennenzulernen."

„Dich auch." Stanton streckte die Hand aus.

„Ein Handschlag?"

„Sorry, aber ich küsse beim ersten Date nicht mehr. Falls das heute eines war."

„Das will ich doch wohl meinen. Ich habe dir schließlich einen Ring geschenkt."

„Na gut. Aber trotzdem. Ich bin früher immer gleich mit meinen Dates ins Bett gesprungen und habe festgestellt, dass sie mich am nächsten Tag wie einen austauschbaren Gegenstand behandelt haben."

„Ich habe dich nicht gebeten, mit mir ins Bett zu springen."

„Das weiß ich. Ich bin nicht prüde, wirklich nicht. Aber könnten wir uns vorher vielleicht etwas besser kennenlernen? Ich rede nicht von Wochen. Einige Tage reichen."

Hutch lächelte und streckte die Arme aus. „Wie wäre es dann mit einer Umarmung?"

Stanton nickte und umarmte ihn. Es fühlte sich gut an, sicher und behaglich. Nach einigen Sekunden befreite er sich aus Hutchs Armen und ging. „Gute Nacht", sagte er noch.

„Vergiss die Invasion nicht!", rief Hutch ihm nach. Stanton drehte sich zu ihm um und Hutch warf ihm einen Kuss zu. „Bis morgen dann."

„Ja", sagte Stanton. „Ich werde es nicht vergessen."

AM NÄCHSTEN Morgen frühstückten sie mit Colby und Archy am Swimmingpool hinterm Haus. Es gab Eier Benedict, die Archy zubereitet hatte. Stanton nutzte die Gelegenheit, um mit Marvin über die Invasion zu reden.

Marvin lachte, als Stanton Hutchs Beschreibung der Veranstaltung zum Besten gab. „Dragqueens? Und du hast keinen Panikanfall bekommen, als Hutch dir das erzählt hat?"

„Es macht Spaß", sagte Archy. „Ihr solltet wirklich hingehen."

„Geht ihr beiden denn nicht?", fragte Stanton.

„Nein", sagte Colby. „In unserem Alter zieht man einen gemütlichen Nachmittag am Pool vor. Außerdem würden wir alten Kerle nur die Aussicht verschandeln. Ihr passt viel besser dazu."

„Bist du mit ihm verabredet?", wollte Marvin wissen.

„Nein. Er hat nur gefragt, ob wir auch kommen. Wir haben keine konkreten Pläne gemacht."

Marvin stand auf und wollte gerade nach der Butter greifen, da hielt er plötzlich inne und riss die Augen auf. „Was hast du da am Finger?"

„Wie sieht es denn aus, Kumpel?"

„Hat er …?"

„Er hat. Aber mache dir keine Sorgen, ich habe ihn wahrscheinlich wieder verjagt."

„Hast du ihm erzählt …"

„Ja."

„Pfff!" Marvin ließ sich wieder auf den Stuhl fallen.

„Von wem reden wir eigentlich?", wollte Archy wissen.

„Von einem Typen, den ich gestern beim Tanztee kennengelernt habe. Einer der Barmänner aus dem *Blue Whale*."

„Wie sieht er denn aus?", fragte Archy.

„Groß. Strubbelige blonde Haare. Umwerfend."

„Chris", sagte Colby.

„Nein, er heißt Hutch."

„Stimmt. Ich hatte seinen Spitznamen vergessen. Er ist wirklich ein Traummann, nicht wahr, mein Liebster?"

Archy tätschelte seinen Geliebten am Arm. „Du weißt doch, dass ich nicht auf Blonde stehe."

„Dann ist Hutch nicht sein richtiger Name?", fragte Stanton.

Colby verdrehte die Augen. „Also bitte, mein Schatz. Wer nennt sein Kind schon Hutch? Selbst in der Fernsehserie ist es eine Abkürzung für Hutchinson oder so. Nein, er heißt Chris. Natürlich wird viel über ihn geredet, aber ich bin keine Plaudertasche."

„Was wird denn über ihn erzählt?"

„Es geht das Gerücht um, seine Eltern wären ziemlich betucht", meinte Archy.

„Und dass sie ihn ohne einen Cent auf die Straße gesetzt hätten", fügte Colby hinzu. „Weil seine Homosexualität bekannt wurde. Es war ein ziemlicher Skandal."

„Langsam wird die Geschichte interessant", sagte Marvin. „Heißt er mit Nachnamen zufällig Rockefeller?"

„Keine Ahnung, mein Schatz. Hier benutzt niemand seinen Nachnamen."

„Meschugge", sagte Marvin.

„Was heißt denn das?", fragte Archy.

„Verrückt", übersetzte Stanton.

„Nun, eure Generation sieht natürlich vieles anders", sagte Colby. „Bei euch ist alles gay, gay, gay."

„Selbst die *Times* benutzt dieses Wort nicht", widersprach Marvin.

Colby winkte ab. „Kann man den Leuten unter diesen Umständen vorwerfen, dass sie vorsichtig sind? Einige Kisten sind so fest vernagelt, dass sie wohl nie geöffnet werden. Hier auf der Insel sind wir frei, aber trotzdem vergisst niemand die Welt nördlich des Long Island Sound."

„Veränderung erfordert Mut."

„Halte mir keine Vorträge über Mut, junger Mann. Archy und ich sind seit 1944 ein Paar. Ich darf wohl sagen, dass wir eine gehörige Portion Mut bewiesen haben, nicht wahr, mein Liebster?"

„Wie alt wart ihr eigentlich, als ihr euch kennengelernt habt?", fragte Stanton.

„Ich war zwanzig", sagte Colby. „Archy war erst siebzehn und der schönste junge Mann, den ich jemals gesehen hatte."

„Lass uns auf den Ring zurückkommen", meinte Marvin. „Beim ersten Date? Wirklich? Was hast du dir dabei nur gedacht?"

„Ich habe mir gar nichts gedacht. Es ist eine irische Tradition. Je nachdem, in welche Richtung das Herz zeigt, ist man frei oder gebunden. Seine Mom ist angeblich irisch, aber frage mich nicht nach Details."

Marvin schüttelte den Kopf. „Das passiert, wenn sich Touristen bei fremden Kulturen bedienen, ohne sie zu verstehen."

„Sei nicht so voreingenommen", sagte Stanton. „So, wie ich den Ring trage, bedeutet er, dass ich single bin. Und offen für Liebe. Was ist daran so falsch?"

„Nun", meinte Archy. „Hoffentlich wird er ihn bald umdrehen."

„Das bezweifle ich. Nicht, nachdem …"

Marvin unterbrach ihn. „Dann sollten wir gehen. Es macht bestimmt Spaß und ich habe das zusätzliche Vergnügen, zu erleben, wie du dich vor Verlegenheit krümmst und windest. Vielleicht baggert dich ja sogar eine Dragqueen an. Wäre das nicht geil?"

Stanton knurrte. „I'm breathless with anticipation."

„Du hast die Pause vergessen."

„Archy?", sagte Colby. „Hast du auch manchmal das Gefühl, sie sprechen eine andere Sprache als wir?"

„Sorry", meinte Marvin. „Das war eine Anspielung. Ich war vor einigen Wochen mit ihm bei *Rocky Horror*."

„Und wer oder was bitte ist *Rocky Horror*?"

„Die *Rocky Horror Picture Show*. Ein Kultfilm, der an jedem Wochenende um Mitternacht in einem Kino in der 8. Straße läuft. Die Zuschauer spielen mit. Sie schreien, verkleiden sich, werfen Reis und so. Unser Wohnheim ist dort ganz in der Nähe."

„Das hört sich ja … grässlich an", sagte Colby. „Warum sollte man sich einen Film ansehen wollen, bei dem die Zuschauer schreien?"

„Von den vielen Transvestiten ganz abgesehen", sagte Stanton.

„Sieht aus, als wäre es genau das Richtige für dich", neckte ihn Archy.

„Wie dem auch sei …", fuhr Marvin fort, „… wenn Tim Curry sagt: ‚I'm breathless with antici…' macht er eine lange Pause und die Zuschauer brüllen: ‚Sag's schon! Raus damit!' oder so."

„Was soll er sagen?", fragte Archy.

„…pation."

„Pation?"

„*Antici*… – Pause – … *pation.*"

Colby und Archy sahen sich verständnislos an.

„Vergesst es", sagte Marvin.

„Und was genau ist daran so unterhaltsam?", wollte Colby wissen.

„Dass unter diesem gefassten und unerschütterlichen Äußeren ein wilder, unbeherrschter und verrückter Kerl steckt", erklärte Stanton in seiner besten Steve Martin-Parodie. „Ihr solltet Marvin im Korsett erleben. Schön ist anders."

„Mein Gott", sagte Colby. „Junge Leute sind doch immer wieder eine lehrreiche Erfahrung, nicht wahr, mein Liebster?"

Archy nickte und nippte an seinem Kaffee. „Es ist eine andere Welt geworden."

STANTON UND Marvin verbrachten die Zeit bis zum Nachmittag am Pool. Dann zogen sie sich um und machten sich auf den Weg zum Hafen, wo die Invasion stattfinden sollte. Stanton hielt nach Hutch Ausschau.

„Keine Sorge", meinte Marvin. „Er muss hier irgendwo sein. Und wenn nicht, sehen wir ihn beim nächsten Tanztee."

„Ich habe es vermasselt."

„Warum hast du ihm davon erzählt?"

„Keine Ahnung. Es ist einfach so passiert."

„Du solltest solche Dinge geruhsamer angehen. Und vor allem denken, bevor du etwas sagst."

„Ich bin nicht in der Stimmung, mich von dir belehren zu lassen."

„Das bist du nie. Und hat mich das jemals aufgehalten?"

Stanton lachte. „Ich liebe dich, Kumpel."

„Dir bleibt auch keine andere Wahl."

„Ich weiß. Ich wünschte nur, ich wäre mehr wie du."

„Das meinst du nicht ernst. Du willst kein zu klein geratener jüdischer Junge in einem Meer von angelsächsischer Perfektion sein."

„Ich kenne dich. Du hast dich von den WASPs noch nie beeindrucken lassen."

„Wir sind es seit Generation gewohnt, uns gegen unsere Widersacher durchzusetzen. Es liegt mir gewissermaßen in den Genen."

„Im Gegensatz zu mir. Ich habe eine lange Ahnenreihe, denen Selbstverleugnung und emotionale Verstopfung im Blut liegen."

Sie standen am Rand des Hafens und warteten auf den Beginn der Invasion. Dann legte das Boot schließlich an. Er barst schier über vor aufgetakelten Dragqueens. Die Zuschauer halfen den Damen einzeln an Land, wo sie von der Cherry Grove Homecoming Queen formal vorgestellt wurden.

Marvin stieß Stanton mit dem Ellbogen in die Seite. „Da ist er."

„Wo?"

„Dort drüben, vor dem *Pantry*."

Stanton warf einen Blick auf die andere Straßenseite und sah Hutch dort stehen – mit nacktem Oberkörper und umgeben von seinen Freunden. „Mein Gott", sagte er. „Schau ihn dir nur an. Meinst du nicht, er spielt eine Liga höher als ich?"

„Ganz und gar nicht. Ihr beiden seid wie füreinander geschaffen."

„Was soll ich jetzt tun?"

„Nichts. Lass ihn zu dir kommen. Gleichgültigkeit ist eines der wirksamsten Aphrodisiaka."

„Was ist, wenn er mich noch nicht entdeckt hat?"

„Dann wartest du, bis er wieder arbeitet, und gehst ganz zufällig zum Tanztee."

„Solche Spielchen liegen mir nicht sonderlich. Ich will doch nur wissen, ob er überhaupt an mir interessiert ist. Das ist alles. Und wenn nicht, vergesse ich die ganze Sache wieder."

„Nur Geduld, mein Grashüpfer. Warten kostet nichts, wenn er es wirklich wert ist."

Stanton und Marvin verbrachten in ihrer Bude manchmal ganze Nächte vor dem Fernseher und schauten sich *Kung Fu*-Filme an.

„Alter Mann", zitierte Stanton. „Wie könntet Ihr um diese Dinge wissen?"

„Junger Mann", zitierte Marvin zurück. „Wie kannst du es *nicht* wissen?"

Stanton schloss die Augen und öffnete sie wieder. Dann starrte er Hutch an, als wollte er ihn zwingen, seinen Blick zu erwidern. Aber Hutch unterhielt sich lachend mit seinen Freunden und nahm die Macht von Stantons Gedanken nicht zur Kenntnis. Einige der Männer, die in seiner Nähe standen, waren Stanton unbekannt. Darunter auch ein attraktiver Mann Anfang Dreißig, der Hutch gerade etwas ins Ohr flüsterte.

„Der Kerl neben ihm macht ihn an", sagte er zu Marvin. „Siehst du, wie alt er schon ist? Igitt."

Marvin beobachtete die beiden Männer einige Sekunden lang. „Hutch ist nicht an ihm interessiert."

„Woran willst du das erkennen?"

„Fällt dir nicht auf, dass er sich jedes Mal zu seinem anderen Freund umdreht, wenn der Kerl ihm ins Ohr flüstert?"

„Nein."

„Dann pass jetzt gut auf."

Stanton beobachtete, wie der Mann den Arm um Hutchs Schultern legte und sich wieder zu ihm beugte, um etwas zu sagen. Hutch lachte darüber, drehte sich dann aber sofort wieder zu Robert um. Dadurch war der Mann gezwungen, den Arm wieder wegzuziehen.

„Er ist nur höflich zu ihm", meinte Marvin. „Hast du es gesehen? Und dieser Schmendrick will den Wink mit dem Zaunpfahl nicht verstehen. Aber das ist nicht der Punkt. Wenn du an einem Mann wie Hutch – oder Chris – interessiert bist, musst du dich damit abfinden, dass andere Männer ihn auch wollen und sich ihm an die Brust werfen."

„Ich muss jetzt dort hingehen. Es macht mich sonst noch ganz wahnsinnig."

„Warte noch einige …"

Stanton war schon losgelaufen, als eine schrille Stimme ertönte. Er blieb wie angewurzelt stehen. Es war die Cherry Grove Homecoming Queen, die mit ihrem Mikrofon die Teilnehmer der Invasion vorgestellt hatte. Und jetzt kreischte sie Marvins Namen.

„Ist hier ein Marvin Goldstein?", wiederholte sie.

Stanton und Marvin sahen sich erschrocken an.

„Was geht denn hier vor sich?", fragte Marvin.

„Ich habe nicht die geringste Ahnung."

„Wenn sie mich jetzt vor all diesen Männern öffentlich demütigt, werde ich dir das nie verzeihen."

„Das würde ich niemals tun."

„Marvin Goldstein?", schallte es erneut durchs Mikrofon. „Oh Marvin, komm schon, komm … Wo immer du auch bist."

„Was soll ich nur tun?", fragte Marvin verzweifelt.

Der Mann neben ihnen hatte ihr Gespräch offensichtlich mitangehört. „Hier ist er!", brüllte er über die Köpfe der Menge hinweg.

„Scheiße", murmelte Stanton.

„Oh du Gott Abrahams, bewache und beschütze mich in der Stunde meiner Not."

„Marvin, Schätzchen, bist du hier?", rief die Queen. „Keine Angst, mein Süßer! Ich beiße nicht … fest."

Stanton schob Marvin nach vorne zum Pier. „Geh schon. Du musst wohl oder übel in den sauren Apfel beißen. Sie haben dir alle Fluchtwege verbaut."

Marvin schmollte, ging dann aber widerstrebend zum Pier. Als er vor der Cherry Grove Homecoming Queen ankam, legte sie ihm die Hand an den Hinterkopf und drückte ihn an ihren falschen, aber wogenden Busen.

„Marvin! Und was bist du doch für ein süßer kleiner Kerl! Wir lieben die hübschen Hebräer, nicht wahr, Mädels?" Die anderen Dragqueens brachen in lauten Jubel aus, während Marvin sich aus dem Griff der Queen befreite. Er war feuerrot angelaufen und brachte keinen Ton heraus. „Marvin, wir haben dir eine Überraschung mitgebracht – auf besonderen Wunsch unseres Lieblingsbarmixers aus dem *Blue Whale*. Hutch, würdest du mir die Ehre erweisen und zu mir kommen, um mir zu assistieren?"

Marvin warf Stanton einen bitterbösen Blick zu und murmelte tonlos: „Ich bringe dich um."

Stanton sah, wie sich Hutch aus der Gruppe seiner Freunde löste und zum Pier schlenderte. Vor ihm teilte sich die Menge, als wäre er Moses höchstpersönlich.

„Der liebe Hutch hat mich gestern Abend angerufen", verkündete die Homecoming Queen. „Und er hat mir erzählt, dass unser süßer Marvin hier ein Weinkenner ist und nichts mehr liebt, als einen guten Roten. Wie ihr alle wisst, ist mein Weinkeller legendär ..."

„Saftig!", rief eine ihrer Schwestern dazwischen.

„Ich bekenne mich schuldig", gab die HQ ihr recht. Hutch war mittlerweile am Pier angekommen, ging zu Marvin und legte den Arm um ihn. „Hutch, würdest du jetzt bitte für mich übernehmen?", fragte die Queen und reichte ihm das Mikrofon.

„Danke, Patzi. Marvin, ein kleines Vögelchen hat mir gezwitschert, dass du mit dem Wein im *Blue Whale* alles andere als zufrieden warst."

„Soweit ich mich erinnere, hat das Vögelchen von *Gesöff* gezwitschert", brüllte Patzi dazwischen. „Aber zur Verteidigung des *Blue Whale*, Marvin, möchte ich dich darauf hinweisen, dass zum Tee niemand Wein bestellt. Und roten schon gar nicht."

Die Menge tobte vor Begeisterung.

„Also habe ich Patzi gebeten, eine Flasche aus ihrem Weinkeller mitzubringen", fuhr Hutch fort.

Patzi hielt eine dunkle, staubige Flasche hoch. Hutch gab ihr das Mikrofon zurück. „Marvin, mir ist klar, dass jede x-beliebige Flasche aus meinem Keller besser gewesen wäre als der Wein, der im *Blue Whale* serviert wird. Aber Hutch hat mich vor einem Jahr meinem Mann vorgestellt, und dafür bin ich ihm einen gewaltigen Gefallen schuldig. Deshalb ist das hier keine x-beliebige Flasche, sondern ein Chateau Cheval Blanc aus dem Jahre 1947." Marvin fielen fast die Augen aus dem Kopf und einige Zuschauer schnappten vernehmlich nach Luft. „Ich entnehme deiner Reaktion, dass du weißt, wovon ich rede", sagte Patzi grinsend und überreichte Marvin das Mikrofon.

„Viele Kenner halten ihn für den besten Bordeaux, und manche sagen sogar, er ist der beste aller Weine, die jemals auf diesem Planeten gekeltert wurden."

„Hast du ihn schon probiert?", fragte sie.

Marvin lachte. „Nein. Schön wär's."

„Nun, dafür gibt es die gute Dragfee. Habe ich recht, Mädels? Wir machen Wünsche wahr. Von Cherry Groves zu den *Pines*, von Patzi Klein an Marvin Goldstein – hiermit überreiche ich dir diese Flasche des köstlichsten Weines, um ihn mit deinen Freunden und Lieben zu teilen." Sie überreichte ihm die Flasche, während Hutch ihm grinsend über die Haare strubbelte.

„Ich bin sprachlos", sagte Marvin, als er die Flasche entgegennahm und ungläubig das Etikett studierte. „Vielen Dank. Vielen Dank euch beiden. Das ist …"

Stanton sah, wie Hutch sich zu Marvin herabbeugte und ihm ins Ohr flüsterte. Marvin nickte lächelnd. Es war ein wunderbarer Augenblick und Stanton wusste, dass es nur eines bedeuten konnte: Hutch war immer noch an ihm interessiert. Stantons Grinsen wurde breiter, als Marvin durch die Menge ging. Dabei heimste Marvin von allen Seiten Glückwünsche und Schulterklopfen ein.

Als er wieder bei Stanton ankam, sagte er: „Wenn du ihn jetzt nicht willst, hast du komplett den Verstand verloren."

„Oh, das weiß ich sehr wohl. Ich bin gleich zurück." Stanton lief zum Pier, wo Hutch auf ihn wartete. „Danke", sagte er.

„Gern geschehen. Hat es funktioniert?"

Stanton lachte. „Worauf du dich verlassen kannst."

„Ich muss jetzt wieder Drinks mixen. Kommst du mit Marvin später zum Abendessen vorbei? Ich will nicht, dass du ihn zwei Abende hintereinander allein lassen musst."

„Um acht Uhr?"

„Um halb acht. Und ich koche selbst. Nichts Aufregendes, aber es sollte trotzdem schmecken."

„Wir werden da sein." Stanton drückte ihm einen Kuss auf die Wange.

„Groovy", sagte Hutch grinsend.

„Wo das herkommt, gibt es noch mehr." Stanton wollte schon gehen, drehte sich dann aber noch einmal um. „Oh … und der alte Kerl, der dich begrabscht hat? Der soll sich bitte einen Mann in seinem eigenen Alter suchen."

„Er ist kein Grund zur Sorge für dich, Stanton."

„Ich weiß. Aber du sagst es ihm trotzdem, ja?"

„Ich gebe es gerne weiter. Und was die Frage angeht, die du mir gestern gestellt hast? Warum du?"

„Ja, das war dumm von mir. Du hast recht."

„Nein, hatte ich nicht. Ich will sie dir beantworten. Einer der Gründe ist, dass du deinen Freund nicht im Stich lässt und zu ihm hältst. Und das, obwohl du mir deshalb Dinge über dich erzählen musstest, die du lieber für dich behalten hättest."

„Liebe, Freundschaft und Loyalität. Das fasst sehr treffend zusammen, was mir wichtig ist."

„Du bist ein guter Mann, Stanton Porter."

„Danke. Ich bin froh, dass du so denkst. Halb acht also?"

„Halb acht. Sei pünktlich."

„Ich komme immer zu spät."

„Nein. Heute Abend nicht."

Stanton drehte sich um und ging zurück zu Marvin, der im Schatten einer alten Eiche auf ihn wartete.

„Alles koscher?", fragte Marvin.

„Yep. Wir sind heute Abend bei ihm zum Essen eingeladen."

„Ja, ich weiß."

„Er hat es dir gesagt?"

Marvin nickte. „Hutch und ich verstehen uns. Ich soll dafür sorgen, dass du pünktlich bist."

„Na dann, viel Glück."

„Worüber sollen wir uns mit ihnen unterhalten?"

„Was denkst du denn?", fragte Stanton, drehte sich um und ging.

Er merkte, dass Marvin ihn nicht gleich verstanden hatte. Stanton lächelte, weil er wusste, dass der Groschen früher oder später fallen würde. Und so war es auch. Kurz darauf kam Marvin aufgeregt hinter ihm hergerannt.

„Über Musik, ja?", fragte er. „Wir unterhalten uns über Musik."

BETTER DAYS

AM MORGEN nach dem Springsteen-Konzert kam Topher kaum aus dem Bett. Er schleppte sich ins Badezimmer und schaute in den Spiegel. Waren das Tränensäcke unter seinen Augen? Er hatte nach den Ereignissen des gestrigen Abends erst spät Schlaf gefunden.

Nachdem er geduscht und sich angezogen hatte, ging er in die Küche. Er wohnte mit den drei anderen Bandmitgliedern in diesem Haus zusammen, deshalb herrschte morgens oft ein ziemliches Chaos. Die Zwillinge, Robin und Maurice, packten ihre Frühstücksstullen ein, während Peter am Tisch saß und Müsli aß.

„Wie war das Konzert gestern?", fragte Peter.

„Absolut groovy."

Robin zog eine Augenbraue hoch. „Groovy?" Dann holte er zwei Becher Joghurt aus dem Kühlschrank und gab sie seinem Bruder.

Peter hatte mittlerweile das Müsli ausgelöffelt und trank den Rest Milch direkt aus der Schüssel. Er stand auf und zeigte auf die Müslischachtel. „Willst du auch davon oder soll ich es wegräumen?", fragte er Topher.

„Nein, danke. Ich habe keinen Hunger."

„Wie war es denn nun?", fragte Robin. „Man hängt schließlich nicht jeden Tag mit einem berühmten Musikkritiker wie Stanton Porter rum."

Topher ging zur Kaffeemaschine und schenkte sich einen Becher Kaffee ein. Dann drehte er sich zu den anderen um. „Er kommt heute Abend zu unserem Gig."

„Was?", riefen die drei wie aus einem Mund.

„Wie hast du denn das gedeichselt?", fragte Robin. „Hast du ihm einen geblasen oder was?"

Topher räusperte sich. „Nein. Es war seine Idee", sagte er.

„Das wollen wir jetzt wirklich genauer wissen", meinte Maurice und gab Robin die beiden braunen Tüten mit ihrem Frühstück. „Aber leider sind wir sowieso schon zu spät dran." Die Zwillinge arbeiteten am Flughafen – Maurice für einen Autoverleih und Robin beim Bodenpersonal. Er fuhr einen dieser Wagen, mit denen das eingecheckte Gepäck transportiert wurde.

„Wir sehen uns heute Abend um sieben Uhr", sagte Robin, dann verschwanden die beiden.

„Hast du heute frei?", fragte Topher Peter.

„Ja, ich habe mit einem Kollegen die Schicht getauscht." Peter arbeitete in der Holzabteilung eines Baumarkts, was nur logisch war, denn seinem Vater gehörte die Sägemühle in Dime Box. „Ich fahre in die Stadt. Mal sehen, was auf den kleineren Bühnen so alles auftritt."

58

Peter wollte die Küche gerade verlassen, da hielt Topher ihn zurück. „Kann ich kurz mit dir reden?"

„Sicher. Was gibt's?"

„Ich habe gestern Abend Stanton Porter geküsst. Mitten in *Thunder Road*."

„Ernsthaft?", fragte Peter. „Bruce hat *Thunder Road* gespielt? Ich hasse dich."

„Hast du mir nicht zugehört?"

„Doch, habe ich. Welche Reaktion erwartest du denn von mir?"

„Keine Ahnung. Bist du nicht überrascht?"

Peter sah aus, als müsste er darüber nachdenken. „Eigentlich nicht", sagte er dann. „Ich habe im letzten Jahr mit zwei Typen gesprochen, die angeblich straight sind. Sie haben mir beide das Gleiche erzählt. Sie haben einen Kerl getroffen, es hat zwischen ihnen gefunkt, sie wollten das mit dem Sex ausprobieren und haben festgestellt, dass es ihnen gefiel. Sehr sogar. Weit mehr, als sie jemals gedacht hätten. Einer von ihnen hat mir sogar erzählt, dass ihm sein Freund Blowjobs gibt, wenn samstags Football im Fernsehen läuft."

„Das hört sich fast nach Travis an."

„Willst du meine Theorie darüber hören?"

„Nein. Es ist noch zu früh am Tag für dich und deine Theorien."

„Pech gehabt. In vier oder fünf Generationen wird es den Unterschied zwischen heterosexuell und schwul nicht mehr geben. Dann verlieben sich die Menschen einfach nur in eine andere Person."

„Würdest du jemals mit einem Mann schlafen wollen?"

„Das kann ich nicht ausschließen", meinte Peter. „Aber im Moment halte ich mich noch an die Damenwelt. Ich hätte allerdings nichts gegen einen Blowjob beim Football, wenn die Lady es anbietet. Wie alt ist Stanton Porter eigentlich? Ich kann mich erinnern, dass er schon vor zehn Jahren Artikel im *Rolling Stone* veröffentlicht hat."

„Er ist fünfzig."

„Guter Gott, Kumpel. Lass die Witze."

„Wirklich. Er ist heiße fünfzig."

„Von mir aus. Vielleicht solltest du ihn zu *Luby's* einladen, wenn ihr ausgeht. Dort bekommt er Seniorenrabatt, wenn er einen Ausweis vorlegt."

„Ha, ha. Ich habe noch gar nicht darüber nachgedacht, mit ihm auszugehen."

„Warum nicht? Wenn du ihn geküsst hast, muss doch irgendwas zwischen euch sein."

„Vielleicht. Ich weiß nicht."

„Hört sich an, als solltest du noch darüber nachdenken."

„Da hast du wahrscheinlich recht."

„Ich habe immer recht. Und wenn es eine Sache gibt, die ich im Verlauf meiner langjährigen Erfahrung gelernt habe, dann die, dass man solche Gelegenheiten schnell wahrnehmen muss. Sie haben oft nur ein kurzes Zeitfenster. Carpe diem, mein Freund. Wir werden alle nicht jünger." Peter wollte gehen, drehte sich aber noch einmal herum. „Hast du ihm jetzt einen geblasen oder nicht?", fragte er.

„Nein!", rief Topher. „Jedenfalls *noch* nicht."

ALS TOPHER in die Werkstatt kam, machte er als erstes den Servicecheck für einen Dodge Durango. Es war ein anspruchsloser Job – Ölwechsel und einige Tests –, aber er war so abgelenkt durch seine Gedanken über den gestrigen Abend, dass er aus Versehen die alten, gebrauchten Zündkerzen wieder einbaute.

„Mist", murmelte er, als ihm sein Fehler auffiel.

Travis kam unter der Haube eines Chevy Silverado hervor. „Wieso bist du heute so durch den Wind geschossen? Du hast gestern den Boss live gesehen. Solltest du da nicht euphorisch sein?"

„Ich weiß auch nicht." Wenn Topher mit jemandem darüber reden konnte, was gestern passiert war, dann vermutlich am ehesten mit Travis. Travis war nie schwul gewesen, aber er hatte sich vor einem Jahr trotzdem in einen Mann verliebt. „Was machst du in der Mittagspause?", fragte Topher.

„Das Übliche. Ich esse ein Sandwich. Warum?"

„Hast du Lust, mit mir essen zu gehen? Ich lade dich ein. Ich könnte ein offenes Ohr gebrauchen."

Travis war sofort dabei. „Sicher. Können wir zu *Jason's* gehen? Ich liebe die französische Zwiebelsuppe dort."

„Klar. Ich sage Darrell Bescheid, dass wir zusammen Pause machen."

Kurz nach zwölf wuschen sie sich die Hände und gingen über die Straße zu *Jason's Deli*. Nachdem sie sich mit ihrem Essen an einen der Fenstertische gesetzt hatten, machte Travis sich sofort über den Käse auf seiner Suppe her. Er wickelte ihn um den Löffel und schob ihn in den Mund. „Wie war das Konzert?", fragte er kauend.

„Interessant. Stanton ist ein cooler Typ. Er hat schon so viel erlebt."

„Ist das sein Name? Stanton?"

„Ja. Stanton Porter."

„Der ist heiß."

„Ja, das hast du schon erwähnt. Er ist Musikkritiker für NPR. Du hast ihn schon im Radio gehört."

„Hast du bei ihm gesessen?"

„Ja."

„Wo ist dann das Problem?"

Über diese Frage wollte Topher im Augenblick nicht nachdenken. „Ich bin neugierig", sagte er stattdessen. „Wie war das im letzten Jahr mit dir und Ben? Du weißt, ich halte viel von ihm und habe auch kein Problem damit, dass du jetzt schwul bist. Es ist doch cool, das zu sagen, oder?"

„Ja, ich habe einen Freund und Partner. Es ist in Ordnung, mich schwul zu nennen."

„Okay. Du hast mir noch nicht erzählt, was damals genau passiert ist."

Travis kämpfte mit dem geschmolzenen Käse und dachte nach. Dann schaute er aus dem Fenster und sagte: „Ich kann es schlecht erklären."

„Du musst es mir nicht erklären. Ich will nur wissen, was passiert ist."

„Nun, eigentlich hat es schon auf der Beerdigung seiner Eltern angefangen, nachdem sie bei dem Autounfall ums Leben gekommen waren. Zu diesem Zeitpunkt hatte sein Daddy mich schon unter seine Fittiche genommen. Seine Brüder und ich waren die allerbesten Freunde, aber Ben lebte natürlich noch in New York. Ich hatte aber Fotos von ihm gesehen und wusste, dass er verdammt gut aussieht. Ich meine ... es ist wie mit Brad Pitt, ja? Man sieht ein Bild von ihm und weiß einfach, wie gut er aussieht."

„Ja, ich verstehe."

„Ich habe ihn also auf der Beerdigung zum ersten Mal persönlich gesehen. Da saß er – in Fleisch und Blut – mit seinen Brüdern in der ersten Reihe der Kirche. Kennengelernt habe ich ihn dann erst auf dem Friedhof."

„Hast du damals schon geahnt, was passieren würde?"

„Rückblickend betrachtet vielleicht. Aber sicher wusste ich es erst eine Woche später, an Neujahr. Und dann ging das Drama richtig los. Mein Gott! Du weißt ja, was dann ..."

„Hast du dich vor Ben schon einmal zu einem Mann hingezogen gefühlt?", unterbrach ihn Topher.

„Nein. Nie. Aber Ben ist kein gewöhnlicher Mann. Er ist eine Naturgewalt. Ich erlebe es manchmal in seinem Büro. Du solltest sehen, wie all diese Anwälte um ihn herumscharwenzeln. Es ist fast, als wären sie auch in ihn verliebt! Wo immer wir auch sind, erregt er Aufmerksamkeit und wird angehimmelt. Mir ging es nicht viel anders. Vom ersten Tage an – damals war ich wahrscheinlich noch nicht in ihn verliebt – wollte ich in seiner Nähe sein. Als er mich nach der Beerdigung zu meinem Wagen zurückgebracht hat, sind schon die Funken geflogen. Er hat gesagt, ich könnte nicht mein ganzes Leben lang als einfacher Mechaniker arbeiten und ich ... ich habe ihm einen Vortrag gehalten, wie verdammt gut ich in meinem Job wäre. Danach habe ich ihn zum ersten Mal lächeln sehen und bin dahingeschmolzen. Er hat dann über meinen Sitz gegriffen, weil er sich die Handschuhe aus dem Handschuhfach holen wollte. Dabei hat er zufällig mein Knie berührt. Ich wäre beinahe an die Decke gesprungen. So war das. So war das den ganzen Tag und ... Ach, ich weiß auch nicht."

„Als ob du dich an etwas lange Vergessenes zurückerinnern würdest."

„Ja, genau. Ich habe mich bei ihm gefühlt wie der allerwichtigste Mensch der Welt. Am nächsten Tag ist er vorbeigekommen, weil er mich um einen Rat bitten wollte. Hast du so was Verrücktes schon gehört? Er ist Anwalt und er fragt *mich* um Rat wegen seiner Brüder. Und er hat mir sogar zugehört."

„Und wie ist es dann … du weißt schon."

„Sexuell geworden?"

„Ja."

„Nun, nach einigen Tagen habe ich darüber nachgedacht, wie es wohl wäre, ihn zu küssen."

Topher verschluckte sich an seinem Sandwich.

„Alles in Ordnung?"

„Ja. Ich habe mich nur verschluckt. Rede weiter."

„Ich kann auch nicht sagen, warum ich darüber nachgedacht habe. Vielleicht, weil er einen so schönen Mund hat."

„Und dann hast du es einfach getan?"

„Oh nein. Ich wünschte, ich hätte den Mut gehabt. Aber so war das nicht. Er hat mich zuerst geküsst."

„Und dann?"

„Ist mein Schwanz steif geworden. Und ein steifer Schwanz lügt nicht. Vermutlich bin ich bisexuell, aber bis zu diesem Tag hatte ich mich nie so gefühlt. Nach diesem Kuss konnte ich an nichts Anderes mehr denken und einen Monat später hatten wir dann endlich Sex. Ich bin vor Aufregung fast aus der Haut gefahren."

„Einen Monat später? Warum hat es so lange gedauert?"

„Wie gesagt, ich war ein Feigling. Ich habe die Initiative immer Ben überlassen."

„Siehst du manchmal anderen Männern nach?"

Travis überlegte. „Seit damals sind mir die Augen aufgegangen. Ich erkenne einen attraktiven Mann, wenn ich ihn sehe. Beispielsweise diesen Stanton Porter. Ich schaue mir manchmal sogar Schwulenpornos an, weil ich mir Tipps holen will." Travis beugte sich vor und fing an zu flüstern. „Da ist dieser Spencer Reed. Mein Gott, ist der Kerl geil! Aber das bleibt unter uns. Wenn Ben auch nur ein Wort darüber hört, versohle ich dir den Hintern. Ben denkt nämlich immer noch, ich wäre nur für ihn schwul."

Topher lachte. „Vermisst du den Sex mit Frauen?"

Travis schüttelte vehement den Kopf. „Mein Gott, nein! Ben ist die Liebe meines Lebens. Wir haben den besten Sex aller Zeiten. Ich habe wirklich keinen Grund, mich anderweitig umzusehen, weder unter Männern noch Frauen. Außerdem würde er mich umbringen vor Eifersucht. Warum willst du das eigentlich wissen?"

Topher überlegte. Er trank einen Schluck Dr. Pepper und sah Travis beim Essen zu. „Ich habe Stanton mitten in *Thunder Road* geküsst", gestand er schließlich.

Travis erstarrte, den Suppenlöffel noch im Mund. „Oh, Mist", meinte er dann.

„Ja. Meine Worte."

Travis legte den Löffel hin und rieb sich mit der Hand über den Kopf. „Glaubst du, Darrell kippt uns irgendwas ins Wasser?"

Topher musste wieder lachen. „Das habe ich auch schon vermutet. Ich war noch nie in meinem Leben so verwirrt."

„Na ja, wenigstens bist du zum Richtigen gekommen mit deinen Fragen. Ich weiß genau, wie du dich fühlst, mein Freund."

„Dann gib mir schon einen Rat. Was soll ich tun?"

„Als erstes wirst du mir genau erzählen, was passiert ist."

„Das weiß ich auch nicht so genau. Es war gegen Ende des Konzertes, als Bruce endlich *Thunder Road* gesungen hat. Das ist mein Lieblingslied von Springsteen. Und mein Handy hat schon den ganzen Tag über vibriert. Jedenfalls hat es sich so angefühlt. Aber niemand war dran, wenn ich nachgesehen habe. Kein Anruf und kein Text."

„Seltsam."

„Ja, das habe ich auch gesagt. Stanton nennt es PVS, das Phantomvibrationssyndrom. Er hat im *Daily Beast* darüber einen Artikel gelesen."

„Was soll das denn sein?"

„Keine Ahnung. Springsteen singt also *Thunder Road* und das Handy vibriert in meiner Hosentasche. Ich hole es raus und es ist wieder niemand dran. Also denke ich mir, dass es mir eine Botschaft senden will oder so."

„Topher ..."

„Ich weiß. Es hört sich verrückt an. Und dann war es, als hätte jemand in meinem Kopf einen Schalter umgelegt. Anders kann ich es einfach nicht beschreiben. Der Raum hat sich gedreht und dann ... Whamm!"

„Sag jetzt nicht, du hättest kotzen müssen oder so."

„Nein, ganz im Gegenteil. Meine Sinne waren wie überdreht."

„Wie bei Peter Parker, nachdem ihn die Spinne gebissen hat?"

„Genau. Ich konnte jede Farbe sehen, jeden Ton hören und – das schwöre ich dir beim Grab meines Vaters – ich konnte Salzwasser schmecken."

„Halt. Hast du nicht ein Lied geschrieben, das *Saltwater Kisses* heißt?"

„Eben. Das ist mir auch sofort durch den Kopf geschossen. Oben auf der Bühne singen also Bruce Springsteen und seine Frau Patty gerade *Thunder Road*, da überkommt mich eine Erleuchtung: Ich will Stanton Porter küssen. Ich verstehe auch nicht, warum. Aber ich wollte ihn küssen und habe es getan."

„Und wie hat er reagiert?"

„Es hat ihm gefallen, aber ..."

„Du bist ausgeflippt?"

„So ähnlich. Er hat den Kuss erwidert und mir die Hand auf den Hintern gelegt. Ich habe ihn weggestoßen und ihm gesagt, ich wäre nicht schwul."

Travis brach in lautes Gelächter aus.

„Das ist gar nicht komisch", sagte Topher.

„Oh doch, das ist es. In der einen Sekunde schiebst du ihm die Zunge in die Kehle, in der nächsten verkündest du ihm, du wärst nicht schwul? Ich wette, Stanton konnte vor Lachen nicht mehr an sich halten. Er ist doch schwul, oder?"

„Ja.“

„Dachte ich mir. Sonst hätte er dir bei dem Kuss nicht an den Hintern gefasst.“

„Ich muss zugeben, dass er über meine Reaktion nicht allzu glücklich war. Er hat mir danach die kalte Schulter gezeigt. Ich dachte schon, ich hätte alles ruiniert. Ich war so müde und verwirrt und …“

„Sag mir jetzt nicht, du hättest geheult.“

„Ich konnte es nicht verhindern. Ich wollte es nicht, aber es ist einfach passiert.“

„Und wie hat er darauf reagiert?“

„Na ja, es hat das Eis wieder etwas zum Schmelzen gebracht. Aber wir mussten erst noch acht Zugaben über uns ergehen lassen.“

„Was ist nach dem Konzert passiert?“

„Wir sind in sein Hotel gegangen – das *W*. Ziemlich luxuriös. Es gab da diese Lounge mit tonnenweise Schallplatten. Die Regale reichen bis unter die Decke. Wir haben uns einen Drink besorgt und uns unterhalten. Was dann passiert ist, kann ich schlecht erklären. Der Punkt ist aber, dass er heute Abend zu unserem Auftritt kommt.“

Travis sagte einige Zeit gar nichts.

„Kein weiser Ratschlag für mich?“, fragte Topher schließlich.

„Hast du ihn gerne geküsst?“

„Ja, habe ich. Aber das ist auch das Einzige, was ich bisher über die ganze Sache sagen kann. Den Rest habe ich noch nicht verarbeitet.“

„Hast du heute an ihn gedacht?“

„Er ist so ziemlich das Einzige, woran ich heute gedacht habe.“

„Du hast dein Essen kaum angerührt. Hast du ein flaues Gefühl im Magen?“

„Ja.“

„Wie hast du geschlafen?“

„So gut wie gar nicht.“

„Hattest du früher schon solche Symptome?“

„Nachdem ich jemanden kennengelernt habe?“

„Ja.“

„Nein. Ich habe mich am nächsten Tag noch nie so durcheinander gefühlt.“

„Und du wirst Stanton wiedersehen?“

„Ja. Heute Abend.“

„Willst du darüber reden, was nach den Küssen kommt?“

Topher trank einen Schluck Dr. Pepper. „Daran habe ich noch gar nicht gedacht. Es könnte aber nicht schaden.“

„Also gut. Du bist offensichtlich nicht die Art Mann, die sofort zu Kotzen anfängt, wenn von Sex zwischen Männern die Rede ist.“

„Nein, ganz und gar nicht. Der Kuss hat mir gefallen. Ich habe auch schon ab und zu darüber nachgedacht, wie Sex mit einem Mann sein könnte. Allerdings nie in Zusammenhang mit Stanton."

„Aber es ist noch nie etwas passiert?"

„Nein. Aber nicht, weil ich es eklig finde oder so. Ich hatte bisher nicht sehr oft Sex, das ist alles."

„Hast du schon jemals einen Schwulenporno angeschaut?"

„Nein. Ich stehe nicht sonderlich auf Pornos."

„Hattest du schon jemals eine Erektion, weil dir ein Mann gefallen hat?"

Topher überlegte. „Ich kann mich an keinen Fall erinnern", sagte er dann.

„Jemals dein Sperma geschmeckt? Nachdem du dir einen runtergeholt hast?"

Topher fühlte, wie er rot anlief.

„Vergiss es. Dein Gesichtsausdruck sagt alles. Ich glaube, wir sollten einen kleinen Test durchführen, um auf Nummer Sicher zu gehen. Mach die Augen zu."

„Jetzt?"

„Ja, jetzt."

Topher sah sich um. „Das ist doch dumm. Wir sind hier in der Öffentlichkeit."

„Sein kein Angsthase. Ich verlange doch nicht, dass du deinen Schwanz rausholst. Glaub mir, es ist alles andere als dumm. Und jetzt mach die Augen zu."

Topher befolgte Travis' Anweisung.

„Kannst du dich erinnern, wie Stanton aussieht?"

„Selbstverständlich."

„Dann stelle dir jetzt vor, du würdest ihn ausziehen." Topher kicherte und Travis grinste ebenfalls. „Mit dem Kichern machst du allerdings keinen großen Eindruck, wenn du ihm gerade das Hemd ausziehst", meinte er süffisant.

„Okay. Schon gut."

„Also weiter. Du siehst ihn jetzt an. Stell dir vor, du machst ihm die Hose auf und ziehst sie nach unten."

„Langsam wird das aber …"

„Dann knie dich hin und stelle dir selbst vor, wie es weitergeht. Nur in deinem Kopf natürlich, nicht hier im Deli."

Es wurde still am Tisch. Topher stellte sich vor, Stanton würde vor ihm stehen. Seine kräftige, harte Brust war leicht behaart. Eine Spur Haare führte vom Bauchnabel nach unten, und als Topher ihr mit seinen Blicken folgte, sah er, wie Stanton seinen harten Schwanz aus der Unterhose holte. Es war ein schöner Schwanz – unbeschnitten und etwas dicker als Tophers eigener. Topher ließ sich auf die Knie sinken und legte eine Hand unter Stantons rasierte Hoden. Dann beugte er sich vor, leckte über die Eichel von Stantons Schwanz und nahm ihn in den Mund. Es schmeckte so …

Topher riss die Augen auf.

„Und? Wie sieht es in deinen Levys aus?", fragte Travis.

Topher nickte nur.

Travis lachte. „Willkommen im Club, Toph. Das war die entscheidende Information, die uns noch gefehlt hat. Willst du die Sache jetzt weiterverfolgen oder nicht?"

„Ich denke schon."

„Sorry, so geht das nicht. Du kannst nicht so wischiwaschi antworten, wenn es um Sex geht. Wenn du ihn erst anmachst und dich dann anders entscheidest … Dafür gibt es einen Namen, und der ist nicht schön. Also wiederhole ich jetzt meine Frage: Willst du es oder willst du es nicht?"

Tophers Schwanz war immer noch hart von der Blowjob-Fantasie. „Ja, ich will es."

„Und du flippst nicht auf halbem Wege aus?"

„Nein, ich flippe nicht aus."

„Bist du dir da sicher? Es ist nicht wie Sex mit einer Frau. Wo immer du auch hinsiehst sind Schwänze, Arschlöcher und Münder. Es kann rau werden und schmutzig. Ich habe sogar manchmal blaue Flecken, wenn Ben mich gefickt hat. Bist du dazu bereit?"

„Ich kann auf mich aufpassen."

„Also gut. Mein Rat ist, es das erste Mal bei einem Blowjob zu belassen. Und keine Zähne! Ben und ich können stundenlang mit Oralsex Spaß haben. Du kannst das auch. Und wenn das Thema Analsex aufkommt, sagst du, dass du bis zum nächsten Mal warten willst. Wir können uns vorher über die Details unterhalten, wenn es soweit ist."

Sie schwiegen. „Was denkst du?", erkundigte sich Travis nach einigen Minuten.

„Er … Stanton kommt mir so bekannt vor. Ich kann es nicht beschreiben, aber so ist es."

Travis starrte in seine leere Suppentasse.

„Was ist?", fragte Topher.

„Nichts. Nur eine von Bens verrückten Theorien. Wie alt ist Stanton?"

„Das wollte er mir nicht sagen, aber er ist fünfzig. Er hat Springsteen 1981 das erste Mal live gesehen und ist damals gerade zwanzig geworden. Ich kann rechnen. Außerdem habe ich ihn gegoogelt."

„Wow. Für fünfzig sieht er aber mächtig gut aus. Bist du sicher, dass du keinen Vaterkomplex hast?"

Topher richtete sich auf. „Was soll das denn heißen?"

„Schon gut, Partner. Beruhige dich. Du hast dich damals verhalten wie jeder Junge in deinem Alter, aber wir wissen beide, dass du dir nie verziehen hast, was passiert ist. Ich frage nur, ob du dich deshalb so zu einem älteren Mann hingezogen fühlst, weil es mit deinem richtigen Vater zusammenhängen könnte."

Topher biss die Zähne zusammen und wandte den Kopf ab. „Es hat nicht das Geringste mit meinem Vater zu tun."

„Schon gut, ich höre auf damit. Du hast also kein Problem mit seinem Alter?"

„Du hast vorhin Brad Pitt als Maßstab für attraktive Männer herangezogen. Brad Pitt wird auch schon bald fünfzig. Komm schon, stell dich nicht so an. Stanton ist superheiß. Eher …"

„Was?"

„Ich frage mich eher, ob ich gut genug aussehe für ihn."

Travis sah ihn an. In seinem Blick lag der Beschützerinstinkt, den er normalerweise für Bens jüngere Brüder reservierte. „Du bist ein absolut heißes Stück Arsch. Nicht, dass ich mich an dir verbrennen will. Aber lass dir von niemandem das Gegenteil einreden."

Topher wurde wieder rot. „Danke. Und ich habe kein Problem mit Stantons Alter. Oder damit, dass er ein Mann ist." Er rutschte unruhig auf seinem Stuhl hin und her und zupfte an seiner Hose.

Travis starrte ihn mit offenem Mund an. „Hast du etwa immer noch einen Ständer?"

„Vielleicht. Ich bin auf einmal unheimlich geil. Die Fantasie vorhin …"

„Sei vorsichtig. Wenn du ihn wirklich willst, könnte das dein Leben unwiderruflich verändern. Es mag sich kitschig anhören, aber du siehst ja, wie es mir ergangen ist."

„Und es war gut für dich."

„Nicht alles", meinte Travis. „Sicher, es ist am Ende gut ausgegangen. Aber der Weg dahin war nicht immer nur angenehm. In meiner Zeit in Alaska habe ich ständig ein Lied gehört. *Losing My Mind.* Ich habe nie darüber gesprochen, aber Ben hat mich dort angerufen, als ich Geburtstag hatte. Ich habe die Nummer erkannt. Ich wusste, dass er es ist. Aber ich habe es klingeln lassen und den Anruf nicht angenommen. Ich habe Ben nie davon erzählt. Ich habe ihm nie erzählt, dass ich danach zwei Stunden lang geheult habe. Ich wollte noch nicht mit ihm reden. Ich konnte es einfach noch nicht. Liebe ist ein zweischneidiges Schwert. Mehr kann ich dazu nicht sagen."

Topher holte tief Luft. „Ich muss es einfach ausprobieren", sagte er.

„Gut. Was ist für heute Abend geplant?"

„Er kommt zu unserem Auftritt ins *Rooftop*."

„Das mit dem Gig ist alles schön und gut, aber du musst eine Gelegenheit finden, um mit ihm allein zu sein. Und das eine Date ist zu wenig. Lass mich nachdenken." Travis trank einen Schluck Cola und starrte aus dem Fenster. Nach einigen Minuten drehte er sich zu Topher um und sah ihn an.

„Ich habe eine Idee."

BLOOD BROTHERS

NACH DER Invasion ließen Stanton und Marvin den Tanztee ausfallen und verbrachten den Nachmittag am Pool. Colby und Archy waren zum Strand gegangen. Stanton hatte nichts gegen die Gesellschaft der beiden älteren Männer – schließlich war es ihr Haus –, war aber auch froh, mit Marvin allein sein und reden zu können.

„Hast du seine Freunde gesehen?", fragte Marvin und streckte sich unter dem Sonnenschirm aus. „Ich bin es nicht gewohnt, von solchen Männern umgeben zu sein."

„Was redest du denn da?", fragte Stanton. Er lag beim Pool auf einem Badetuch und hielt das Gesicht der Sonnen entgegen, um optimal braun zu werden. „Du sagst mir doch immer, ich würde auch so gut aussehen. Schmierst du mir etwa nur Honig ums Maul?"

„Nein. Aber du bist anders. Du bist verkorkst."

Stanton stöhnte laut. „Wenn jemand hören würde, wie du mit mir redest, könnte er dich glatt für ein Arschloch halten."

„Du weißt, wie ich es meine."

„Was? Nachdem du herausgefunden hast, wie verkorkst ich bin …"

„Habe ich dich ernstgenommen."

„Dann kannst du andere Menschen vielleicht auch ernstnehmen, wenn du sie erst kennenlernst. Du musst ihnen nur eine Chance geben. Bitte. Ich bin sicher, sie haben die gleichen Probleme wie wir auch."

„Ich habe nicht gesagt, dass ich nicht mitkomme. Natürlich komme ich mit. Besonders, wenn wir über Musik reden."

„Was ziehst du an?"

„Meine Mutter hat mir nette Leinenshorts geschenkt und ein passendes Hemd dazu."

„Was ist Leinen?"

Marvin fing zu kichern an.

„Was habe ich denn jetzt Falsches gesagt?", fragte Stanton. „Wo ich herkomme, ist Leinen etwas, womit man sein Bett bezieht."

„Und es ist ein Stoff, den man im Sommer trägt. Er knittert fürchterlich und ist sehr beliebt als Strandkleidung."

„Warum ziehen die Leute so was an, wenn es so fürchterlich knittert?"

„Keine Ahnung. Wahrscheinlich, weil es so teuer ist."

„Oh Mann", sagte Stanton. „Haben diese Typen denn noch nichts von Polyester gehört? Das ist absolut unknitterbar."

„Und lässt keine Luft durch. Außerdem sind die 70er Jahre schon vorbei. Wir leben in den 80ern und stehen auf Naturfasern. Spendierst du den Wein, den du geschenkt bekommen hast?"

„Ja, ich nehme ihn mit. Es ist das mindeste, was ich tun kann."

KURZ NACH halb acht machten sie sich auf den Weg zu Hutch. Das Haus lag auf der anderen Seite der Insel am Lone Hill Walk, direkt hinter dem *Pantry*. Sie stiegen den schmalen, gewundenen Pfad hinauf und sahen durch den Fliegenschutz am Eingang Hutch und seine Freunde, die in der Küche das Essen vorbereiteten. Stanton klopfte an.

„Kommt rein, Jungs", rief Hutch.

Stanton öffnete die Tür und ließ Marvin den Vortritt. Hutch wischte sich die Hände ab und kam, um sie zu begrüßen. Seine Freunde unterbrachen ebenfalls ihre Arbeit und stellten sich vor.

„Nur fünf Minuten zu spät", meinte Hutch. „Nicht schlecht."

Marvin warf frustriert die Hände in die Luft. „Ich habe mir die größte Mühe gegeben mit ihm."

„Und du hast es gut gemacht, Marvin. Das sind meine Freunde und Mitbewohner." Hutch drehte sich um und stellte ihn Robert, Michael und Paul vor. „Stanton kennt ihr schon von gestern. Das ist Marvin, sein Zimmergenosse von der NYU."

„Bitte", sagte Michael. „Jeder auf der Insel kennt Marvin Goldstein."

„Jetzt zumindest", fügte Paul hinzu. Marvin wurde rot. „Es muss dir nicht peinlich sein. Es gibt hier Queens, die würden für so viel Aufmerksamkeit durchs Feuer gehen."

„Ich bin nicht auf der Suche nach Aufmerksamkeit", sagte Marvin.

„Ist das der berühmte Wein?", fragte Robert.

„Ja", erwiderte Marvin. „Guten Wein sollte man teilen, deshalb habe ich ihn mitgebracht."

„Groovy. Ich hole den Korkenzieher."

„Wie heißt der Wein noch mal?", wollte Michael wissen.

„Chateau Cheval Blanc, 1947. Es war ein gutes Jahr für Bordeaux."

„Warum heißt er ‚Blanc‘, wenn es ein Rotwein ist?", fragte Michael. „Das ist doch Französisch für ‚Weiß‘."

„Es ist der Name des Weinguts", erklärte Marvin. „Es bedeutet Schloss des Weißen Pferdes."

Michael nickte. „Natürlich. Es ist schlimm, was aus meinem Französisch geworden ist."

„Was ist daran so besonders?", fragte Paul. „So, wie einige der Kerle ausgesehen haben … Man könnte meinen, Patzi hätte dir einen Jockstrap von Harrison Ford geschenkt."

„Manche Weine sind legendär", sagte Marvin und hielt die Flasche hoch. „Es hat vor allem mit dem Wetter zu tun. 1947 war der Sommer heiß und im September hat es geregnet. Dieser Wein ist ein absoluter Glücksfall."

Hutch hatte mittlerweile sämtliche Schubladen durchgewühlt und gab auf. „Ich kann keinen Korkenzieher finden."

„Wir sind keine Weintrinker", entschuldigte sich Robert.

„Kein Problem." Marvin stellte die Flasche auf die Arbeitsplatte und entfernte die rote Folie um den Flaschenhals. „Habt ihr vielleicht einen Holzlöffel und eine Art kleinen Küchenhammer?"

„Klar", meinte Hutch und öffnete eine Schublade. Er holte einen langstieligen Holzlöffel und einen kleinen Fleischklopfer hervor und reichte sie Marvin, der den Stiel des Löffels auf den Korken aufsetzte und mit vorsichtigen Schlägen den Korken in die Flasche trieb. Nach wenigen Sekunden war es geschafft. Alle applaudierten ihm.

„Man kann ihn nicht mehr so gut ausschenken", meinte Marvin. „Aber der Korken ist an einem Stück geblieben. Das ist wichtig, weil der Wein sonst nicht mehr schmeckt. Gläser?"

„Sehr clever", sagte Michael. „Das gefällt mir. Und wir haben genau die passenden Gläser." Er ging zum Hängeschrank und fand im obersten Regal die Weingläser. „Fragt mich nicht, warum wir die Gläser haben, aber keinen Korkenzieher. Das Haus ist nur für den Sommer gemietet."

Marvin schenkte den Wein ein. „So sollte er sein", sagte er, als er vorsichtig ein Glas nach dem anderen füllte.

Stanton sah ihm ungläubig zu. „Er sieht aus wie Motoröl."

„Ja", meinte Marvin. „Er ist fast schon wie Portwein." Als jeder ein Glas in der Hand hatte, hoben sie die Gläser zum Toast.

„Auf den Sommer '81", sagte Hutch.

„Hört, hört", schloss sich Robert an.

Sie stießen an und tranken. Marvin und Paul ließen sich Zeit und schwenkten den Wein erst im Glas, um das Bouquet zu genießen.

„Ich hätte nicht erwartet, dass er so süß schmeckt", sagte Stanton.

„Oder so stark", sagte Michael, der sich verschluckt hatte. „Sorry, ich bin kein großer Trinker. Wo ist meine Bong?"

„Im Schrank über der Spüle", sagte Hutch.

„Ihr habt doch nichts dagegen, oder?", fragte er Stanton und Marvin.

„Natürlich nicht", erwiderte Stanton. „Alles cool. Stimmt's, Marvin?"

„Ja. Ja, alles cool."

Robert lachte und verstrubbelte Marvin die Haare, wie Stanton es an diesem Nachmittag am Pier getan hatte. Michael holte die Bong aus dem Schrank. Robert und Paul stellten eine große Schüssel mit Salat und einen Teller voller gekochter Maiskolben auf den Tisch. Hutch ging nach draußen, um den Lachs und das Gemüse vom Grill zu holen. Dann nahmen sie Platz, Robert und Michael an den

Kopfenden des Tisches, Hutch und Stanton auf der einen, Marvin und Paul auf der anderen Seite.

„Was ist eure Geschichte?", fragte Stanton, als sie sich bedienten. „Ich meine euch vier hier." Er strich Butter auf seinen Maiskolben und bestreute ihn mit Salz.

Hutch lachte. „Hast du unter der Butter und dem Salz noch Platz gelassen für den Mais?"

„Warte ab, bis du siehst, wieviel Ketchup ich auf mein Rührei mache."

„Oder Sahne auf seinen Apfelkuchen", ergänzte Marvin.

„So ist das eben dort, wo ich herkomme. Also: Wie habt ihr euch kennengelernt?"

„Wir haben zusammen studiert. An der Columbia University", sagte Robert.

„Ihr alle?", fragte Marvin.

„Ja", sagte Michael und nahm einen tiefen Zug aus der Bong. Dann atmete er aus und stellte sie hinter sich auf die Fensterbank. „Robert und Hutch waren Zimmergenossen. Sie haben sich schon von Anfang an gekannt."

„Falsch", mischte sich Paul ein.

„Oh, stimmt. Ich vergesse immer, dass du Hutch schon aus der Schule kennst. Wie auch immer, Hutch und Robert waren Zimmergenossen. Dann habe ich Robert auf einer Party kennengelernt und wir sind zusammen im Bett gelandet."

„Wir kennen eure Partys", meinte Stanton.

„Ja?", fragte Hutch.

„Ja", sagte Marvin. „Wir haben einige besucht. Die Jungs von der NYU lieben die Partys der Columbia University. Sie werden immer auf der Rückseite der *Voice* angekündigt. Es ist fast, als wolltet ihr uns persönlich damit ansprechen. Jeden ersten Freitag im Monat. Ihr solltet die Linie 1 erleben, wenn sie von unserer Haltestelle in die Innenstadt fährt. Man findet kaum noch einen Stehplatz."

„Dann seid ihr also zusammen?", fragte Stanton Michael und Robert.

„Nein", erwiderte Robert. „Es hat nicht gehalten. Der Funke wollte nicht überspringen. Aber seitdem sind wir drei Freunde."

Michael sah Robert über den Tisch hinweg kopfschüttelnd an. „Nicht überspringen? So nennst du das?" Er drehte sich zu Stanton um. „Als wir am nächsten Morgen aufgewacht sind – Hutch hat auf dem Sofa im Aufenthaltsraum übernachtet – sagte Robert, er wäre nicht an einem festen Freund interessiert, aber sein Zimmergenosse hätte noch eine Eintrittskarte für Frank Sinatra im Madison Square Garden. Dann hat er mich eingeladen. Das war 1974. Ein legendäres Konzert. Zwanzigtausend Menschen. Live-Übertragung im Fernsehen. Wer ist noch alles aufgetreten, Robert?"

„Rex Harrison. Carol Channing."

„Robert Redford", sagte Hutch.

„Sinatra hat das Konzert mit *My Way* beendet. Das hat unsere Freundschaft besiegelt. Robert und ich waren zwei Jahre zusammen, dann ist er zu seinem liederlichen Lebensstil zurückgekehrt und *dann* war es aus."

„Ich werde mich nicht für meine natürlichen sexuellen Bedürfnisse entschuldigen", warf Robert ein.

„Nein", erwiderte Michael mit einem Anflug von Traurigkeit in der Stimme. „Du entschuldigst dich nicht."

„Und wie bist du an diese Kerle geraten?", erkundigte sich Stanton bei Paul.

„Wie Michael schon sagte, kenne ich Chris seit unserer Schulzeit."

Stanton drehte sich zu Hutch um. „Mit Chris meint er dich, nicht wahr?"

„Woher weißt du das?"

„Colby hat es uns verraten."

„Sorry", meinte Paul. „Für mich war er immer nur Chris."

„Die Fernsehserie ist angelaufen, als wir im ersten Semester waren", erklärte Hutch. „Robert hat damit angefangen, mich Hutch zu nennen. Er fand, ich hätte Ähnlichkeit mit David Soul."

„Das stimmt ja auch", sagte Michael.

„Es stimmt nicht", widersprach Hutch. „Aber man kann sich seinen Spitznamen nicht aussuchen. Er ist hängengeblieben. Ich mochte Chris sowieso nie, also habe ich mich nicht dagegen gewehrt."

„Ich war damals noch nicht an der Columbia", erklärte Paul. „Ich habe mein Studium an der Cornell University angefangen, aber es hat mir dort nicht gefallen, mitten im Nirgendwo von Ithaca. Also habe ich nach dem ersten Jahr gewechselt und bin an die Columbia University gekommen."

„Er ist unser Ringo", meinte Robert. „Als er kam, hat sich alles zusammengefunden. Seitdem sind wir vier unzertrennlich."

„Und was macht ihr jetzt?", erkundigte sich Stanton.

„Ich bin an der Wall Street", sagte Robert. „Ich arbeite für eine Investmentgesellschaft. Ich bin der einzige mit einem richtigen Job."

„Ich bin Schauspieler", sagte Paul.

Stanton sah Michael fragend an. „Ich arbeite so wenig wie möglich", meinte der.

„Reiche Eltern. Treuhandvermögen", flüsterte Paul Stanton ins Ohr.

„Du musst gerade reden!", grummelte Michael.

„Hutch hat uns erzählt, dass ihr beide Musik studiert", lenkte Robert ab.

„Richtig", sagte Stanton.

„Marvin ist der zukünftige Kritiker für klassische Musik bei der *Times*", sagte Hutch.

Marvin nickte. „Auch richtig."

Robert beugte sich zu Marvin und fragte: „Und was ist mit moderner Musik?"

„Was soll damit sein?"

„Interessiert sie dich nicht?"

„Natürlich interessiert sie mich", sagte Marvin. „Aber sie ist für Kritiker nicht so interessant wie beispielsweise Mozart."

„Soll das heißen, dass die *Beatles* nicht so komplex und anspruchsvoll sind wie Mozart?"

„Robert", mischte Hutch sich ein. „Lass das, Mann."

Marvin lachte nur. „Nicht nötig. Wenn wir über Musik reden, können wir die Samthandschuhe ausziehen."

Stanton grinste. „Nimm dich in Acht", sagte er zu Robert.

„Nein", sagte Marvin und widmete sich wieder dem Essen auf seinem Teller, als wäre das Thema damit beendet.

„Nein? Was meinst du damit?", fragte Robert.

„Nein", wiederholte Marvin. „Ich glaube nicht, dass die *Beatles* so komplex und anspruchsvoll sind wie Mozart. Ich behaupte nicht, dass die *Beatles* Dreck wären, aber Mozart war ein Genie, so wie Shakespeare oder Picasso. Er ist der Maßstab, an dem sich alle messen lassen müssen. Er hat seine Kompositionen nie überarbeitet. Er hat immer nur aufgeschrieben, was er im Kopf hatte, voll ausgeformt und perfekt."

„Du hältst John Lennon also nicht für ein Genie?"

„Hat er etwa schon Symphonien komponiert, als er acht Jahre alt war? Worüber du redest, ist ein sehr begabter Mann, der sehr gute Musik geschrieben hat. Ich rede über einen Menschen mit göttlicher Inspiration. Das ist ein großer Unterschied."

„Was hat Shaw doch gesagt?", überlegte Paul. „Jedenfalls denke ich, dass es von Shaw stammt: ‚Talent tut, was es kann, das Genie tut, was es muss'."

„Das hat übrigens Edward Bulwer-Lytton gesagt", meinte Michael. „Aber lasst uns nicht …"

Stanton unterbrach ihn. „Du führst dich auf, wie der typische Snob, der nur klassische Musik zur Kenntnis nimmt", sagte er zu Marvin.

„Tue ich nicht!"

„Doch, und das weißt du auch", sagte Stanton und drehte sich zu Robert um. „Er redet meistens so überheblich daher; dabei ist einer der Gründe für unsere Freundschaft, dass wir beide eine tiefe und beständige Liebe für Kaugummi mit Fruchtgeschmack teilen."

„Ich habe eine Idee", rief Robert. „Lasst uns das Große Spiel spielen."

„Oh nein", stöhnte Michael. „Bei dem Spiel platzt mir immer der Schädel."

„Was ist das für ein Spiel?", fragte Stanton.

„Das willst du gar nicht wissen", meinte Paul. „Glaube mir."

„In deinem tiefsten Inneren liebst du es", sagte Hutch. „Und es ist ein gutes Spiel, um sich besser kennenzulernen."

„Lasst mich raten", sagte Marvin. „Jemand wählt eine bestimmte Wissenskategorie und alle anderen müssen das größte, wichtigste oder berühmteste Beispiel für diese Kategorie raten."

Hutch und seine Freunde lachten. „Dir entgeht nichts, wie?", sagte Robert. „Jeder kann eine Kategorie auswählen, aber sie muss mit Musik zu tun haben. Das ist die einzige Regel."

„Und keine Wiederholungen", ergänzte Michael.

„Sorry, stimmt. Das ist die zweite Regel. Keine Wiederholungen."

„Und die Regel zur ultimativen, letzten Kategorie", fügte Paul hinzu.

„Drei Regeln", sagte Robert. „Will noch jemand eine neue Regel einführen? Nein? Gut. Hutch, du fängst an."

Michael holte seine Bong vom Fensterbrett. „Ich bin noch lange nicht stoned genug für dieses Spiel", murmelte er.

Robert zeigte auf Hutch. „Hutch, würdest du mir bitte den Salat reichen?"

Hutch gab ihm die Schüssel mit dem Grünzeug. „Also gut. Hmm. Das größte Lied von Springsteen für fünfundzwanzig Dollar. Kunst."

Stanton, der sich darin nicht sonderlich auskannte, reagierte schnell. „*Thunder Road*", rief er. Hutch lächelte und legte ihm unterm Tisch die Hand aufs Bein. „Sorry, aber es ist das einzige Lied, das ich von ihm kenne. Und das mir gefällt."

„*Rosalita*", sagte Robert.

„*Darkness on the Edge of Town*", antwortete Michael als nächster.

„*Backstreets*, denke ich", meinte Paul. „Deshalb hasse ich die Keine-Wiederholungen-Regel. Es ist doch klar, dass nur *Thunder Road* und *Rosalita* infrage kommen."

„Marvin?", fragte Hutch.

„Ich überlege noch."

Während sie auf Marvins Antwort warteten, sagte Paul zu Stanton: „Ist dir eigentlich klar, dass jeder einzelne Mann auf dieser Insel in diesem Sommer schon hinter Chris her war, und du der einzige bist, der Erfolg hatte?"

„Weil er nicht hinter mir her war", sagte Hutch.

„Stimmt", sagte Stanton. „Ich habe gestern den Wettbewerb zum süßesten Jungen gewonnen."

„Den *was*?", fragte Michael.

„Den Wettbewerb zum süßesten Jungen", wiederholte Stanton. „Die Barmänner im *Blue Whale* wählen ihn jeden Tag und geben ihm einen Drink aus." Michael, Robert und Paul brachen in grölendes Gelächter aus. „Was ist daran so komisch?"

„Hutch", prustete Robert. „Komm schon. Ich weiß, dass du normalerweise besser bist."

„Oj wej", sagte Marvin zu Stanton. „Wenn man es so sagt, hört es sich tatsächlich ziemlich lächerlich an. Es ist mir zutiefst peinlich, dass wir darauf hereingefallen sind."

„Heißt das …?" Stanton gab ihm einen Klaps an den Arm. „Soll das heißen, es war nur ein Spruch zur Anmache?"

Hutch warf ihm eine Kusshand zu. „Hat doch funktioniert, oder?"

„Du und deine Küsschen."

„Sie gehören zu mir."

„Ja? Wie dein ‚groovy'?"

„Genau. Jeder braucht ein oder zwei Besonderheiten, findest du nicht auch?" „*Tenth Avenue Freeze-Out*", sagte Marvin.

„Nicht schlecht", meinte Hutch. „Und ich sage *Born to Run*."

„Hutch", sagte Robert. „Wer ist der nächste?"

„Paul."

Michael schüttelte den Kopf. „Bereitet euch auf Musicals vor, Mädels", sagte er.

„Dann will ich euch nicht enttäuschen", meinte Paul. „Also gut. Das beste Lied aller Zeiten, das jemals in einer Show gesungen wurde. Auf die Plätze, fertig, los."

Stanton schüttelte den Kopf. „Ich passe."

„Nein, tust du nicht", sagte Marvin. Stanton sah ihn verblüfft an. „Ich spiele das Lied ständig und du hast es sogar schon gehört, wenn ich es unter der Dusche gesungen habe."

„Stimmt!" Stanton erinnerte sich wieder. „Das Lied über den kleinen Jungen mit der Trompete oder so."

„*If He Walked into My Life*?", fragte Paul. „Aus *Mame*?"

„Das ist es!", rief Stanton. „Das Lied ist super."

Paul nickte. „In der Tat."

„Na dann", murmelte Stanton und widmete sich dem Lachs auf seinem Teller. Er mochte eigentlich keinen Fisch, aber dieser schmeckte recht köstlich, vor allem zusammen mit dem Kürbis.

Am Tisch herrschte Schweigen. Alle dachten über ihre Antwort nach.

„Es ist einfach unmöglich", meinte Michael schließlich.

„*Rose's Turn*!", rief Robert dazwischen. „Das ist der Berg, den jeder weibliche Musical-Star früher oder später erklimmen muss."

„*Home*", sagte Hutch. „Aus dem *Wiz*. Ich liebe einfach, wie Stephanie Mills das Lied singt. Als könnte sie ihre Freude nicht mehr zügeln."

Marvin meldete sich als nächster zu Wort. „Und Sondheim darf auch nicht fehlen. Entweder *Losing My Mind* oder *Being Alive*."

„Oder *Send in the Clowns*", sagte Paul. „Es ist das einzige Lied aus einem Musical der letzten Jahre, das auch im Radio ein Hit wurde."

„Ich stimme für *Being Alive*. Es ist so realistisch. Keine romantische Liebe, wie es sie nur auf der Bühne gibt."

„Ich war total in Larry Kert verschossen, als ich vierzehn war", sagte Paul.

Marvin sah sie verwirrt an. Dann drehte er sich zu Paul um und sagte: „Larry Kert hat in *Company* nicht mitgespielt."

„Hat er doch!"

„Nein. Dean Jones hat die Originalaufnahme gesungen."

„Ich weiß. Aber er hat bald nach der ersten Aufführung aufgehört wegen einer schmutzigen Scheidung oder so. Dann hat Larry Kert die Rolle übernommen und ist für den Tony nominiert worden, nicht Dean Jones."

Marvin sah aus, als würde er gleich platzen vor Aufregung. „Das wusste ich gar nicht! Es ist so toll, wenn jemand ausnahmsweise mehr weiß als ich."

„Oh, Marvin", sagte Paul geschmeichelt. „Wir beiden werden die besten Freunde. Vielleicht werden wir eines Tages sogar Schwestern."

„Endlich. Endlich jemand, der nicht auf diesen dämlichen männlichen Geschlechtspronomen besteht."

Stanton starrte die beiden ungläubig an.

„Michael", sagte Paul. „Was ist deine Antwort?"

„Wie wäre es mit *Don't Rain on My Parade*? Ist das nicht Barbra Streisand in Hochform?"

„Oh ja", meinte Paul. „Das ist eine hervorragende Wahl. Mit Barbra liegst du immer richtig." Er kratzte sich an der Nase und biss ein Stück von seinem Brot ab. Kauend sah er Stanton und Hutch an, die ihm gegenüber am Tisch saßen. „Heute Abend geht es vor allem um euch. Habe ich recht, Marvin?"

„Es geht immer um Stanton."

Paul lachte. „Marvin, diese plötzliche Romanze zwischen unseren beiden besten Freunden ist faszinierend. Ich möchte das perfekte Lied als Soundtrack für sie auswählen. Ich dachte erst an *Tonight* aus *West Side Story* oder an *Meadowlark* aus *The Baker's Wife*. Kennst du das Musical?"

„Kennen?", fragte Marvin ungläubig. „Ich verehre den Boden, auf dem Patti LuPone schreitet."

„Aber es sieht aus, als könnten die beiden die ganze Nacht durchtanzen. Und das ist meine Antwort: *I Could Have Danced All Night*."

„Voraussehbar", meinte Michael, aber Paul ignorierte ihn.

„Wollen wir später noch ins *Pavilion* gehen?", fragte Robert.

„Dumme Frage", antwortete Paul und zeigte auf Marvin. „Du bist dran."

Marvin legte die Gabel ab und holte tief Luft. „Das beste Lied von Carly Simon."

„Na endlich", meinte Stanton.

„*You're So Vain*", sagte Hutch. „Ich glaube, sie singt über Jagger. Was denkt ihr?"

Marvin schüttelte den Kopf. „Mick Jagger hat bei dem Lied Backup gesungen. Es kann nicht über ihn sein."

„Deshalb ist es ja so cool. Er hat mitgespielt, obwohl er es wusste."

„Unmöglich", sagte Stanton. „Das Lied ist definitiv über Warren Beatty."

„*Anticipation*", sagte Robert. „Das passt sogar zu Ketchup-Werbung." Er schaute auf den Tisch und runzelte die Stirn. „Michael, du hast nur die Hälfte von deinem Lachs gegessen."

„Ich habe keinen Hunger."

„Dann gib ihn mir. Ich esse den Rest. Ich mag es nicht, wenn guter Fisch vergeudet wird."

Michael reichte seinen Teller zu Paul, der ihn an Robert weitergab, als wäre es ein eingeführtes Ritual.

„Tut mir leid", sagte Robert. „Ich wollte euch nicht unterbrechen. Wo waren wir noch?"

„Carly Simon", sagte Paul. „Und ich sage *Carter Family*. Ich liebe es, weil es darum geht, dass man etwas erst schätzen kann, wenn man es verloren hat."

„Hervorragende Wahl", sagte Marvin.

„Warum willst du Schauspieler werden?", fragte Stanton Paul. „Nur für den Fall, dass es dir nicht aufgefallen ist ... in New York gibt es mehr Schauspieler als Rollen."

„Er ist der geborene Geschichtenerzähler", meinte Michael.

„Als ich noch an der Cornell University war, hatte ich einen Zimmergenossen, der Drama studierte. Auf seinem Schreibtisch lag immer dieses Buch von Moss Hart: *Act One*."

„Oh mein Gott!", rief Marvin. „Ich liebe dieses Buch!"

„Natürlich liebst du es", bemerkte Stanton.

„Am Tag vor Thanksgiving habe ich es in die Hand genommen und die erste Seite gelesen. Dann die zweite und dann die dritte. Ich konnte es nicht mehr aus der Hand legen."

„Worum geht es in dem Buch?", fragte Stanton.

Marvin sprang ein und beantwortete seine Frage. „Darum, wie Moss Hart George Kaufman kennenlernt und sie gemeinsam das Stück *Once in a Lifetime* schreiben. Es war ein solcher Erfolg, dass es Harts Leben vollkommen verändert hat."

„Ein Jahr später habe ich meine erste Rolle bekommen", erzählte Paul. „Das war, nachdem ich wieder in New York war. Und was soll ich sagen? Ich bin süchtig geworden."

„War Moss Hart nicht mit Kitty Carlisle verheiratet?", fragte Robert.

„Ja", sagte Paul. „Aber davor war er der Geliebte von Gordon Merrick."

„Wer ist Gordon Merrick?", wollte Stanton wissen.

„Er schreibt billige, schwule Liebesromane", antwortete Paul. „Köstlich, wenn ich das so sagen darf."

„Kannst du mir einen ausleihen?", fragte Marvin.

„Natürlich, Martina."

„Michael, du bist dran", kam Robert auf ihr Spiel zurück.

„Welche Kategorie war es noch mal?"

„Carly Simon."

Michael grinste. „*His Friends Are More Than Fond of Robin*."

Marvin nickte zustimmend. „Jetzt du, Stanton", sagte er mit einer auffordernden Geste zu seinem Freund.

„Danke, Kumpel. *Boys in the Trees*. Das ganze Album ist perfekt, aber dieses Lied ist eines der besten, die ich jemals gehört habe."

„Dann bin ich jetzt dran", sagte Marvin und schob sich nachdenklich ein Stück Kürbis in den Mund. „*In Pain* von dem Album *Come Upstairs*. Es ist ein unglaublich ehrliches, aufwühlendes Lied. Das genaue Gegenteil von *Hotcakes*."

„Du bist ein so tiefsinniger Geist", meinte Paul.

„Wer kommt jetzt?", fragte Michael.

„Robert", sagte Marvin.

„Das beste *Beatles*-Lied."

„Vollkommen unmöglich", sagte Michael.

„*Hey Jude*", entschied sich Hutch als erster.

„*I Want to Hold Your Hand*", antwortete Stanton. Unterm Tisch griff Hutch nach Stantons Hand und drückte sie.

„*Yesterday*", sagte Paul.

„Können wir eine Pause machen und das Lied singen?", fragte Hutch.

Paul schüttelte den Kopf. „Meine Mutter hat mir beigebracht, dass man am Esstisch nicht singt."

„Kommt schon", bettelte Hutch. „Es dauert doch nur zwei Minuten." Er sang die ersten Worte und die anderen fielen ein. Die Melancholie des Liedes breitete sich wie ein Omen im Raum aus. Stanton fragte sich, ob es Tage wie dieser waren, nach denen sie sich sehnen würden, wenn sie älter wurden.

„*Let it Be*", sagte Marvin, als das Lied zu Ende war.

Stanton beobachtete Robert, der sich mit den Fingern an die Schläfe klopfte und Michael ansah. Michael erwiderte den Blick. Die beiden saßen sich gegenüber und warteten darauf, dass der jeweils andere zuerst reagierte.

„*While My Guitar Gently Weeps*", sagten sie dann wie aus einem Mund.

„Verhext!", rief Robert. „Ich habe die Coke-Line gewonnen!"

„Keine Wiederholungen", mahnte Paul.

Stanton wollte Robert korrigieren und ihn darauf hinweisen, dass es Coke in Flaschen gab. Aber dann merkte er glücklicherweise noch rechtzeitig, wie Robert es gemeint hatte, und hielt den Mund.

„Das war keine Wiederholung", sagte Michael. „Wir haben gleichzeitig geantwortet. Das ist erlaubt."

Stanton kicherte. „Macht ihr eure Regeln eigentlich immer spontan während des Spiels?", fragte er.

Paul warf Michael einen bösen Blick zu. „Manchmal kann es einem so vorkommen, nicht wahr? Stanton, du bist an der Reihe."

„Okay. Bisher war das alles viel zu intellektuell für mich. Also. Das beste Lied der 70er, das so schlecht ist, dass es schon wieder gut ist."

Hutch drückte unterm Tisch seine Hand. „Das gefällt mir", sagte er.

„*I Think I Love You*", sagte Marvin. „Die *Partridge Family* darf auf keinen Fall fehlen."

„Ja", stimmte Stanton ihm zu. „Das ist ein gutes Lied."

„Jedes beliebige Lied der *Carpenters*", sagte Robert.

„Wie bitte?", protestierte Stanton. „Erstens musst du dich für ein Lied entscheiden, nicht für einen Interpreten oder eine Band. Zweitens soll das Lied so schlecht sein, dass es schon wieder gut ist. Nicht so gut, dass es gut ist."

„Du findest die *Carpenters* doch nicht wirklich …"

Stanton unterbrach ihn. „Du darfst die Musik nicht mit der Stimme in einen Topf werfen. Karen hat eine wunderbare Stimme und kann nichts für die Musik ihres Bruders."

„Kennst du ihre Version von *Don't Cry for Me, Argentina*?", sagte Marvin

„Das hat sie aufgenommen?", fragte Paul.

Marvin nickte. „Du musst es dir unbedingt anhören. Es ist die beste Version des Liedes, die ich jemals gehört habe, und ich würde sie nicht kennen, wenn Stanton sie mir nicht vorgespielt hätte. Es ist sogar besser als die Version von Patti."

„Blasphemie", sagte Paul entrüstet.

„Ich weiß. Aber meine Mutter ist der Meinung, Blasphemie wäre schon, dass Dorothy Parker einen Platz am Algonquin Round Table bekommen hat. So ist das eben."

Stanton sah die beiden fragend an. „Was ist denn der Algonquin Round …?" Er unterbrach sich. „Schon gut. Vergiss es. Irgendwann in der Zukunft wird es eine Renaissance der *Carpenters* geben und ihr Werk bekommt endlich die Würdigung, die es verdient. Merkt euch meine Worte."

„Schon gut", meinte Robert. „Dann nehme ich eben *Seasons in the Sun*. Ist das akzeptabel?"

Stanton lächelte. „Ja. Danke. Das Lied gefällt mir auch."

„Ich hab's!", rief Paul. „*Don't Cry Out Loud*. Nein, halt. Ich weiß noch ein besseres: *You Light Up My Life*."

„Das ist einfach nur schlecht", sagte Stanton.

„Wie wäre es denn mit diesem Lied aus *Die Höllenfahrt der Poseidon*?", fragte Paul.

„*The Morning After*", sagten Stanton und Marvin.

„Ja! Das ist so wunderschön grauenhaft!" Paul warf einen Blick auf Marvins Teller. „Willst du die Haut von dem Lachs nicht essen?"

„Nein, ich hasse die Haut."

„Sie ist aber gesund. Lässt die Haare auf der Brust wachsen oder so."

„Danke, aber ich habe schon genug Haare auf der Brust."

Stanton drehte sich zu Hutch um. „Schon entschieden?"

„Ja. *Brandy (You're a Fine Girl)*." Die gesamte Runde brach in lautes Gelächter aus und sang die ersten Zeilen des Liedes.

„Das macht echt Laune", meinte Stanton. „Wenn uns jetzt jemand hört, denkt er wahrscheinlich, wir hätten alle den Verstand verloren."

Michael seufzte. „Jetzt muss ich mir etwas Besseres überlegen." Er dachte kurz nach. „Warum ist mir das nur nicht früher eingefallen?", sagte er dann erleichtert. *The Night the Lights Went Out in Georgia.*"

„Wir danken Vicki Lawrence für dieses Juwel", sagte Marvin.

Paul stimmte ihm zu. „Dieses Lied ist die absolute Definition von Stantons Kategorie."

„So, Stanton. Jetzt wollen wir sehen, wie du das noch übertriffst", forderte Michael Stanton grinsend heraus.

Stanton lachte und warf Marvin über den Tisch einen vielsagenden Blick zu.

„Du schaffst das schon", sagte Marvin.

„Ich weiß." Stanton machte eine theatralische Pause. Dann sagte er mit ehrfürchtiger Stimme: *„Billy, Don't Be a Hero."*

Die anderen brachen in so lauten Jubel aus, dass die Wände wackelten.

„Meine Mom war ganz begeistert von *Bo Donaldson & The Heywoods*", brüllte Paul lachend.

Die sechs Männer brachen in eine chaotische A Capella-Version des Refrains aus. Nachdem sich das Durcheinander wieder gelegt hatte, drehten sich alle zu Michael um und sahen ihn fragend an. Er war mit der letzten Kategorie an der Reihe.

„Das beste Lied von allen", sagte er. „Wer fängt an?"

„Ah", meinte Marvin. „Das meinst du also mit der Regel zur ultimativen, letzten Kategorie."

Zuerst wollte sich niemand vorwagen, aber dann hob Paul die Hand und verkündete sein Lied. *„Imagine."*

„Okay", sagte Robert. „Wenn wir schon von absoluter Größe reden, dann gibt es für mich nur eine Wahl: *What's Going On.*"

„Gegen Marvin Gaye kann man nichts einwenden", gab Michael ihm recht. „Hutch?"

„Ohne Dylan in der Mischung fehlt was. *The Times They Are a-Changin'.*"

„Oh", seufzte Stanton. „Mir hat das Lied gefallen, das du mir gestern vorgespielt hast."

„Ich weiß. Aber es ist nicht sein bestes Lied. Es ist nur mein Lieblingslied von Dylan."

„Wie kann man das voneinander unterscheiden?"

„Das ist ein Thema für einen anderen Tag", meinte Robert. „Marvin?"

„Bob Marley. *Redemption Song.*"

„Du steckst wirklich voller Überraschungen, wie?", sagte Michael. „Und ich meine das als Kompliment."

Marvin grinste. „Stanton?"

„Das ist eine leichte Frage", sagte Stanton. *„Bridge Over Troubled Water."*

Alle nickten zustimmend. Hutch beugte sich vor und flüsterte ihm ins Ohr: „Das singe ich irgendwann für dich."

„Du singst?"

„Ja. Ich bin Musiker. So eine Art Singer-Songwriter."

Stanton lehnte sich lächelnd zurück. „Wusstest du, dass Musiker und Mechaniker meine große Schwäche sind?"

„Sorry", sagte Hutch bedauernd. „Mit Letzterem kann ich nicht dienen. Ich habe noch nicht einmal ein Auto."

Paul lachte. „Du könntest dir einen Overall kaufen und dir Schmiere ins Gesicht reiben."

„Sehr komisch", meinte Hutch.

Alle drehten sich zu Michael um und warteten auf die letzte Antwort zur letzten Kategorie. Michael schob den Teller von sich. „Wir haben Elvis noch nicht berücksichtigt, und das ist unamerikanisch. Andererseits sind in unserer Liste aber auch noch keine Frauen repräsentiert."

„Größe hat nichts mit Demokratie zu tun", sagte Robert.

„Aretha?", schlug Paul vor.

„Ich weiß, *Respect* wäre eine gute Wahl. Aber nein. Das beste Lied aller Zeiten ist für mich immer noch *My Man* von Billie Holiday."

„Komm schon", meinte Hutch. „Er betrügt sie, schlägt sie und missachtet sie, und sie kommt immer wieder zu ihm zurückgekrochen? Was soll daran gut sein?"

„Ich finde, sie hört sich lustig an", sagte Stanton. „Sie hat eine ungewöhnliche Stimme."

„Sie hat eine ausdrucksvolle Stimme", korrigierte Michael. „Es ist ein sehr ehrliches Lied. Nicht jeder findet seinen Traumprinzen, Hutch. Nicht jeder kann sich einfach zurücklehnen und zusehen, wie sich seine Träume erfüllen. Manche von uns bekommen einen Mann ab, für den Treue nur ein leeres Wort ist. Ich gehöre auch dazu. Deshalb ist *My Man* mein Lied."

Peinliches Schweigen breitete sich aus.

„Tut mir leid", sagte Hutch. „Ich wollte nicht ..."

Robert hob die Hand, um ihn zu unterbrechen. Er warf Michael einen wütenden Blick zu. „Warum musst du immer, wenn wir Gäste haben, deine eigene Inszenierung von *Wer hat Angst vor Virginia Woolf* zum Besten geben?"

„Barbras Version ist sowieso besser", meinte Paul.

„Also seid ihr zwei doch zusammen?", fragte Stanton.

„Nein", sagte Robert. „Sind wir nicht. Habe ich recht, Michael?"

Michael gab keine Antwort. Er drehte sich nur um und holte die Bong vom Fensterbrett. Dann zog er sein goldenes Feuerzeug aus der Tasche, zündete sie an und nahm einen tiefen Zug.

Marvin hob die Hand und fragte: „Hey, Jungs. Kennt ihr eigentlich die Geschichte hinter *While My Guitar Gently Weeps*?"

„Nein, Marvin", antwortete Michael abrupt. „Die kenne ich nicht."

„Ich auch nicht", sagte Robert.

„Da es euer Lieblingslied von den *Beatles* ist, dachte ich …" Er sah Stanton hilfesuchend an.

Stanton nickte ihm aufmunternd zu. „Erzähle die Geschichte."

„Also gut. Als George Harrison das Lied schrieb, hatte er gerade das *I Ging* gelesen. Das ist ein Buch über chinesische Philosophie."

„Wir wissen, was das *I Ging* ist", unterbrach ihn Michael. „Wir haben schließlich an einer Elite-Uni studiert, falls du das vergessen haben solltest."

Stanton fand, dass Michael sich zum Narren machte, also mischte er sich auch ein. „Ich kenne solche Sachen normalerweise nicht, weil sie mich nicht interessieren. Deshalb bin ich Marvin dankbar, wenn er es mir erklärt. Und er ist nett genug, mich dabei nicht wie einen Idioten dastehen zu lassen."

Michaels Miene nahm wieder versöhnliche Züge an, als wäre ihm aufgefallen, dass er seine Wut an der falschen Person ausließ.

Marvin fuhr mit seiner Geschichte fort. „Wie auch immer – Harrison hatte damals dieses Faible für die östliche Philosophie, in der alles vom Schicksal vorbestimmt ist. Es gibt keine Zufälle. Alles ist nur Teil eines perfekten, vorherbestimmten Ganzen. Eines Tages war Harrison bei seinen Eltern in Nordengland zu Besuch und zog ein zufälliges Buch aus dem Regal. Er nahm sich vor, ein Lied über die ersten Worte zu schreiben, die er in diesem Buch las. Er schlug es in der Mitte auf und diese ersten Worte waren *gently weeps*. Also fing er mit diesen beiden Wörtern an. So ist euer Lieblingslied von den *Beatles* entstanden."

Einige Minuten lang herrschte Schweigen. „Robert", sagte Michael dann. „Kannst du dich noch erinnern, wie du dich als Freiwilliger für *Big Brother* gemeldet hast und abgewiesen wurdest, weil du schwul bist?"

„Wie könnte ich das jemals vergessen?"

„Wir sollten Marvin als kleinen Bruder adoptieren. Was hältst du davon?"

„Das ist eine hervorragende Idee."

Marvin wurde rot vor Verlegenheit.

Michael nahm die Bong und schob sie über den Tisch zu Marvin. „Hast du Lust?", fragte er.

„Ich weiß nicht …", meinte Marvin. „Zeigst du mir, wie es geht?"

„Wirklich, Marvin?", fragte Stanton.

Marvin rollte mit den Augen. „Ich habe nicht vor, mein Leben zu beenden, ohne jemals Gras geraucht zu haben. Sei nicht so pingelig. Wir sind Studenten. Versuch's auch mal."

Stanton lachte. „Na gut, Kumpel." Michael erklärte ihnen, wie die Bong funktionierte und welche Regeln galten, wenn man gemeinsam rauchte. Und so war Stanton zum ersten Mal in seinem Leben high. Er wusste nicht so recht, was er eigentlich erwartet hatte, aber es gefiel ihm – besonders später, als Hutch und seine Freunde eine Schokoladentorte zum Nachtisch auf den Tisch zauberten. Die sechs diskutierten noch einige Stunden über Musik, tranken Marvins Wein und ließen die Bong einige Male kreisen. Danach zogen sie ins Wohnzimmer um und Hutch holte seine Gitarre hervor. Es war eine wunderschöne, schwarze akustische Fender-Gitarre mit Perlmutt-Einlagen. Auf dem dunkelroten Gitarrengurt aus Leder war Hutchs Name eingebrannt. Es erinnerte Stanton irgendwie an den Alten Westen.

„Irgendwelche Wünsche?", fragte Hutch.

Marvin überlegte. „Welche Stimmlage hast du?"

„Tenor."

Marvin nickte. „Wie wäre es dann mit *Che Gelida Manina?*"

Alle lachten, nur Stanton fragte: „Was ist denn das?"

„Rodolfos Arie aus dem ersten Akt von *La Bohème*", erklärte Robert.

„Und was bedeutet der Titel?"

„Welch' kaltes Händchen", antwortete Paul.

„Du hast gefragt", sagte Marvin. „Eine akustische Version von *Che Gelida Manina* wäre schön, wenn du die Stimme dazu hast."

„Ohh!", rief Robert. „Unser kleiner Bruder hat ihm den Fehdehandschuh vor die Füße geworfen. Wird Hutch die Herausforderung annehmen? Die Zuschauer warten gespannt auf seine Entscheidung! Breathless with *antici…*"

Eine Sekunde Pause.

„Sag's schon!", kreischten Marvin und Paul.

„*…pation!*"

„Na gut", sagte Hutch. „Ich nehme die Herausforderung an." Er zupfte an den Saiten, um die richtigen Töne zu finden.

Stanton warf Marvin einen misstrauischen Blick zu. „Einen Moment", sagte er. „Das glaube ich nicht. Wieso kennst du rein zufällig die Arie, die Marvin sich in den Kopf gesetzt hat?"

„Weil sie sehr bekannt ist", erwiderte Marvin.

„Ihr beiden habt das geplant, stimmt's? Heute am Pier, nachdem ihr Marvin den Wein gegeben habt? Ich habe gesehen, wie du ihm etwas zugeflüstert hast und er hat genickt. Du hast ihm gesagt, dass du uns einladen willst und er soll sich dieses Lied wünschen."

„Und ich dachte schon, wir hätten ihn an der Nase herumgeführt", sagte Hutch zu Marvin.

„Er ist schon lange nicht mehr der naive Bauernjunge aus Iowa, der er früher war."

„Ich war noch nie ein Bauernjunge und ich bin immer noch nicht aus Iowa." Stanton erkannte, dass Hutch und Marvin offenbar eine spezielle Sache zwischen sich am Laufen hatten. „Dann ist das heute Abend also meine offizielle Einführung in die Welt der italienischen Oper?", fragte er Marvin.

„Ja. Und wenn es dir nicht gefällt, gibt es keine Hoffnung mehr für dich."

Stanton schloss resigniert die Augen. „Na gut. Ich bin bereit."

Sie verstummten, als Hutch zu singen anfing. Seine Stimme war nicht klassisch ausgebildet, aber sie war klar, voll und ausdrucksstark.

„Che gelida manina!
Se la lasci riscaldar,
Cercar che giova?
Al buio non sie trova."

Stanton öffnete die Augen und sah Marvin an. Sie grinsten über Robert, Michael und Paul, die im Takt der Musik mit dem Kopf wippten, während Hutchs wundervolle Stimme den Raum mit der Melodie füllte. Stanton konnte Marvin ansehen, dass ihm Hutchs Interpretation des Liedes – sie erinnerte etwas an moderne Popmusik – gefiel. Die Arie enthielt einige der höchsten Noten, die Stanton jemals gehört hatte. Hutch erreichte sie mühelos, besonders am Ende des Liedes. Aber er übertrieb sie nicht, sondern hielt sich zurück und seine Stimme brach für den Bruchteil einer Sekunde. Dann, bei der allerletzten Note, schwang sie sich noch einmal empor und verhallte schließlich in der Nacht. Danach herrschte absolute Stille. Es war der Moment, von dem jeder Musiker träumte – die Stille vor dem Beifall.

„Bravo!", rief Marvin und die anderen stimmten in seinen Applaus ein. „Das war wunderbar."

Michael stieß Hutch mit dem Fuß an. „Was willst du ihn fragen?"

„Lass das", sagte Hutch.

„Was meinst du damit?", fragte Paul.

„Hast du mich nicht gehört?", erwiderte Michael.

„Gehört? Was?", fragte Stanton.

Hutch stand auf und ging zu der kleinen Kommode beim Sofa. Er zog eine Schublade auf und holte einen Briefumschlag daraus hervor. Dann setzte er sich zu Stanton und gab ihm den Umschlag.

„Was ist das?"

„Schau rein", sagte Hutch.

Stanton öffnete den Umschlag und holte zwei Eintrittskarten daraus hervor. „Bruce Springsteen & The E Street Band. 5. Juli 1981, Meadowlands." Er hob den Kopf und sah Hutch an. „Das ist morgen Abend."

„Willst du hingehen?", fragte Hutch.

„Mit dir?"

„Natürlich mit mir. Wir müssen einige Male umsteigen, wenn wir den Zug nehmen. Ich habe mir freigenommen. Du musst ihn einfach live sehen. Es wird bestimmt absolut fantastisch."

„Wie bist du an die Karten gekommen?"

„Wir kennen da so einen Typen ...", sagte Michael.

„Wir kennen nicht nur einen", meinte Paul lachend.

„Wir fahren morgen sowieso in die Stadt zurück. Sag schon zu", sagte Marvin.

„Es sind gute Plätze", meinte Hutch. „Im Innenraum."

„Ja", sagte Stanton. „Ich komme gerne mit. Wie aufregend!"

Sie lehnten sich zurück und Hutch sang noch einige Lieder. Danach versuchte Paul, Marvin und Stanton zu einem Abend im *Pavilion* zu überreden, weil die Stimmung dort samstags immer am besten wäre. Marvin stimmte nach anfänglichem Zögern zu. Stanton beobachtete amüsiert, wie Hutchs Freunde Marvin auf die Tanzfläche zogen. Sie blieben noch einige Stunden im *Pavilion* und tanzten zu den Hits von *Abba*, Donna Summer und anderen Disco-Größen. Als eine weibliche Stimme Gordon Lightfoots *If You Could Read My Mind* anstimmte, machte Stanton es Hutch nach und zog sein T-Shirt aus. Dann warf er die Arme in die Luft und legte los.

Hutch grinste. „Jetzt bist du endlich ein echter Schwuler."

„Wer singt da eigentlich gerade?"

„Sie heißt Viola Wills."

„Es gefällt mir."

Gegen drei Uhr fing Marvin zu gähnen an. Stanton gab das Zeichen zum Aufbruch. Die anderen tanzten weiter, aber Hutch ging noch mit ihnen auf die Straße. „Findet ihr den Weg im Dunkeln zurück?", fragte er sie.

„Sicher", sagte Stanton. „Außerdem ist heute Vollmond. Vielen Dank, es war ein sehr schöner Abend."

„Für die anderen ist er noch nicht vorbei", meinte Hutch. „Die tanzen noch, bis die Sonne aufgeht. Morgens ist es immer am besten."

„Das würde ich gerne sehen", sagte Stanton. „Aber wir brauchen etwas Schlaf für morgen."

„Ich weiß. Ich gehe jetzt auch ins Bett. Morgen ist ein großer Tag."

„Ich danke dir auch für den schönen Abend", sagte Marvin. „Deine Freunde sind ganz anders, als ich erwartet hatte."

Hutch lachte. „Da geht es ihnen mit dir wohl genauso. Und ich meine das im positiven Sinne."

„Was ist eigentlich mit Robert und Michael los?", wollte Marvin wissen.

„Marvin", warnte Stanton. „Das geht uns nichts an."

Hutch lachte wieder. „Keine Sorge, Starsky. Es ist kein großes Geheimnis. Jeder auf der Insel hier kennt die Geschichte."

„Sind sie Geliebte?", fragte Marvin.

„Das waren sie. Aber dann konnte Robert den Schwanz nicht in der Hose behalten und wollte mehr Freiheiten."

„Und was ist dann passiert?", fragte Marvin weiter.

„Michael hat mit ihm Schluss gemacht. Und doch auch nicht."

„Was heißt das?", wollte jetzt auch Stanton wissen.

„Sie leben noch zusammen, schlafen in einem Bett und gehen nicht mit anderen Männern aus. Aber sie haben keinen Sex mehr."

„Haben sie Sex mit anderen Männern?", fragte Marvin.

Hutch lachte. „Selbstverständlich. Sie sind Stammgäste bei jeder Fleischbeschau. Das macht die Sache ja so lächerlich. Die beiden sind sich so verdammt ähnlich, aber Michael kann das einfach nicht akzeptieren. Für ihn bedeutet eine feste Beziehung, dass man nur noch mit einer Person Sex hat. Also haben sie sich auf diesen undurchschaubaren Kompromiss geeinigt, den außer ihnen selbst niemand versteht."

„Siehst du?", sagte Stanton zu Marvin. „Ich habe es dir doch gesagt. Sie haben Probleme wie andere Menschen auch."

„Wie dem auch sei, ich komme morgen gegen Mittag bei Colby und Archy vorbei", sagte Hutch. „Wir können dann die Fähre um ein Uhr nehmen."

„Bis dann", verabschiedete sich Stanton und umarmte ihn glücklich.

Hutch drehte sich zu Marvin um und umarmte ihn ebenfalls zum Abschied. Er hob Marvin hoch und sagte: „Ich bin froh, dass Stanton mit seinen Freunden so viel Geschmack beweist."

Dann machten sie sich auf den Heimweg. „Ich hätte auch allein nach Hause gehen können", flüsterte Marvin Stanton zu.

„Ich weiß. Aber so ist es mir lieber. Ich mag die Spannung am Anfang und will sie noch etwas auskosten."

Sie gingen einige Zeit schweigend weiter, dann sagte Marvin: „Ich habe dir gleich gesagt, dass sie dich Starsky nennen werden."

I'M A ROCKER

„Was für einen Plan?"

Travis schob sich den letzten Bissen Sandwich in den Mund und stellte das Tablett zur Seite. Er wischte sich mit der Serviette den Mund ab und sagte: „Erstens wirst du deine Kumpels fragen, ob sie nach dem Auftritt dieses eine Mal ohne dich abbauen können. Sag ihnen, es wäre ein besonderer Anlass. Dann machst du mit Stanton einen Spaziergang auf der 6. Straße. Geht in Richtung Osten. Dort ist weniger los und ihr könnt euch in Ruhe unterhalten. Es gibt auch einige coole Bars jenseits der I-35. Lade ihn zu einem Drink ein, damit er dich kennenlernen kann. Aktiviere deinen alten Topher-Charme. Sei ehrlich und sage ihm, was du willst. Wenn du mehr willst als nur Freundschaft, dann – um Gottes willen – sage ihm auch das. Wiederhole nicht meinen Fehler. Setze dich nicht auf deine Hände und sage gar nichts."

„Ich weiß nicht … Ich habe ihn schon geküsst. Sollte ich nicht den nächsten Schritt Stanton überlassen?"

„Hmm." Travis überlegte. „Vielleicht hast du recht. Wenn wir nur wüssten, wie schwule Männer denken."

Die beiden schwiegen. Dann hatte Topher eine Idee. „Wie wäre es mit Ben?"

Travis schnippte mit den Fingern. „Warum habe ich daran nicht gleich gedacht?" Er zog sein iPhone aus der Tasche und fuhr mit dem Finger übers Display.

„So ein Ding sollte ich mir auch zulegen", sagte Topher.

„Es war ein Weihnachtsgeschenk. Ben meinte, es müsste endlich Schluss sein mit den Billig-Handys." Er stellte den Lautsprecher an und legte das iPhone zwischen ihnen auf den Tisch. Nach zwei Klingeltönen meldete sich Ben.

Hey, hast du Lust auf ein Schäferstündchen? Ich muss erst um zwei Uhr bei Gericht sein.

„Ich sitze hier mit Topher und er kann dich hören."

Topher hörte Bens Lachen.

Tut mir leid. Hallo, Topher. Wie geht's?

„Hallo, Ben."

„Wir haben eine Frage an dich", fing Travis an und gab Topher ein Zeichen: *Wieviel darf ich ihm verraten?* Travis war, bevor er Ben kennenlernte, mit Tophers Schwester gegangen. Trisha war taub und die drei hatten sich immer in Gebärdensprache unterhalten.

Topher beugte sich über den Tisch und sagte ins Telefon: „Ben, ich habe gestern einen Mann kennengelernt, den ich irgendwie mag."

Topher wartete auf eine Antwort, aber Ben schwieg.

„Bist du noch da?", fragte Travis.

Ja, ich bin noch da. Ich denke gerade über die Worte ‚Mann' und ‚irgendwie' nach. Ich dachte nicht, dass du schwul bist, Topher.

„Ich auch nicht. Bis ich Stanton getroffen habe."

Was ist nur mit eurer Werkstatt los? Sind Ed und Royce die nächsten?

„Ben", sagte Travis. „Wir meinen es ernst."

Ich meine ja nur. Es ist doch keine schlechte Sache. Magst du ihn nun oder magst du ihn nicht, Topher? ‚Irgendwie' ist Unsinn.

„Ja", sagte Topher. „Ich habe ihn geküsst."

Und was ist dann die Frage?

Travis erklärte es ihm. „Da Topher ihn schon geküsst hat, meint er, dass Stanton den nächsten Schritt machen muss. Ich denke, Topher sollte nicht abwarten, sondern die Karten offen auf den Tisch legen."

Wie alt ist der Mann?

„Fünfzig", antworteten Travis und Topher gleichzeitig.

Fünfzig? Nun, dann ist die Antwort ganz einfach. Wenn du etwas von ihm willst, musst du dich ihm an den Hals werfen.

„Was?", fragte Topher.

Jeder Mann in diesem Alter hätte gerne einen Freund wie dich, Topher. Aber die meisten Männer in deinem *Alter stehen nicht auf Fünfzigjährige, und die wissen das. Wenn er dir also sein Interesse zeigt, geht er das Risiko ein, wie ein alter Lüstling zu wirken. Aber wenn du die Initiative übernimmst ... Na ja, dann fühlt er sich wie ein echter Kerl. Verstehst du, was ich meine?*

Topher nickte. „Hört sich logisch an."

Wer ist der Mann eigentlich?

„Er heißt Stanton Porter."

Stanton Porter, der Musikkritiker von NPR?

„Ja", sagte Topher.

Lade ihn zum Dinner bei uns ein. Ich würde ihn gerne kennenlernen. Aber jetzt muss ich Schluss machen. Dan gibt mir schon Zeichen.

„Wir sehen uns dann zuhause", sagte Travis.

Holst du Cade ab und bringst ihn zum Training?

„Wird erledigt. Ich liebe dich."

Ich liebe dich mehr.

„Wie süß", meinte Topher.

Travis beendete das Gespräch und steckte das Telefon wieder weg. „Du hast ihn gehört. Ich hatte auch schon die Idee, euch zu uns einzuladen, aber Ben ist mir zuvorgekommen. Ihr kommt morgen Abend zum Essen. Es zeigt Stanton, dass du coole, schwule Männer kennst. Und ehrlich ... wenn er meiner Familie widerstehen kann, ist er nicht der Mann, mit dem du etwas zu tun haben willst."

Topher lächelte. „Das ist ein guter Plan."

Als sie wieder in die Werkstatt kamen, war es mit Tophers Konzentration noch schlechter bestellt als vor der Mittagspause. Jetzt musste er nicht nur ständig an den Kuss denken, sondern auch noch an das Bild, das Travis' Test in seinem Kopf hinterlassen hatte – Topher auf den Knien und Stantons harter Schwanz vor ihm, gerade in Reichweite seiner Lippen. Nach der Arbeit rannte er nach Hause in sein Zimmer. Das Haus war leer, aber er schloss trotzdem hinter sich ab. Dann zog er sich aus und legte sich aufs Bett. Er nahm seinen Schwanz in die Hand und schloss die Augen. In der Dunkelheit wartete Stantons Schwanz auf ihn. Topher spuckte sich in die Hand und stellte sich vor, wie es wäre, Stantons Schwanz im Mund zu fühlen. Allein der Gedanke machte ihn hart. Topher rieb mit der Hand auf und ab, bis er nach kurzer Zeit kam und das Sperma ihm auf den Bauch und die Brust spritzte. Er fuhr sich mit dem Finger über die Brust und leckte ihn ab. Dann erinnerte er sich an Travis' Frage und musste lächeln. Zufrieden ging er ins Badezimmer und nahm eine Dusche. Das warme Wasser spülte die letzten Zweifel in den Abfluss, die er wegen Stanton Porter noch gehegt hatte.

Es WAR fünf Minuten nach neun und Stanton war immer noch nicht im *Rooftop* aufgetaucht. Topher besprach mit den Mitgliedern seiner Band den Auftritt, damit die Zeit schneller verging.

„Habt ihr etwas dagegen, wenn ich heute nicht beim Abbau helfe?", fragte er sie. „Vielleicht hat Stanton nach dem Auftritt noch Lust, etwas zu unternehmen."

„Macht uns nichts aus", meinte Peter augenzwinkernd.

„Bist du sicher, dass er kommt?", fragte Robin.

„Er hat es versprochen und ich will nicht ohne ihn anfangen", sagte Topher.

„Glaubst du, er wird uns in *All Things Considered* erwähnen?", fragte Maurice.

„Nein", erwiderte Topher. „Er kommt heute nicht als Kritiker."

„Nicht als Kritiker? Wie meinst du das?", wollte Robin wissen. „Und warum dann die ganze Aufregung?"

Topher war noch nicht dazu gekommen, Robin und Maurice von dem Kuss zu erzählen, und jetzt war auch nicht der richtige Zeitpunkt. Er sah Peter hilfesuchend an.

„Ist doch unwichtig", meinte Peter und zeigte zum Treppenaufgang. „Ist er das nicht?"

Topher drehte sich um und sah Stanton, der die Treppe heraufkam. Er sah so gut aus wie immer in seinen Jeans und dem blauen NPR-Hemd. Es passte ihm wie angegossen. Topher erinnerte sich an Bens Ratschlag und ging auf Stanton zu, um ihn zu begrüßen. „Du hast es geschafft", sagte er. „Und sogar fast pünktlich."

„Hallo", sagte Stanton und wollte ihm die Hand reichen, aber Topher lachte nur, umarmte ihn und streichelte ihm dabei sicherheitshalber noch über den Rücken.

„Ich glaube, das Händeschütteln haben wir schon hinter uns gelassen, oder?", flüsterte er Stanton ins Ohr, bevor er ihn wieder losließ.

Stanton lächelte, schien sich dabei aber nicht recht wohl zu fühlen. „Tut mir leid, dass ich mich verspätet habe. Wir haben nicht damit gerechnet, dass so viele Besucher draußen auf Einlass warten." Stanton drehte sich zu dem kleinen Mann um, der mit ihm gekommen war, und stellte ihm Topher vor.

Topher reichte dem Mann die Hand. „Es freut mich, dich kennenzulernen, Marvin. Und vielen Dank für die Eintrittskarte. Ich hoffe, dir geht es wieder besser."

Marvin schüttelte ihm die Hand. „Ja, danke. Und es ist gern geschehen. Ich freue mich auch, dich kennenzulernen. Ich bin schon gespannt, euch auf der Bühne zu erleben."

„Dann hoffe ich, dass wir dich nicht enttäuschen. Hat Stanton dir eigentlich schon erzählt, dass ich ihn gestern Abend geküsst habe?"

Marvin grinste breit. „Oh ja. Er hat mir alles erzählt. Er wollte es kaum glauben."

„Ich bitte vielmals um Entschuldigung, aber ich stehe direkt neben euch", mischte sich Stanton ein.

Topher lachte und grinste ihn an. „Wie auch immer … Wir fangen jetzt an. Wollen wir nach dem Auftritt noch rumhängen?"

„Rumhängen?", fragte Stanton.

„Ja. Spazierengehen, Sightseeing, ein Bier trinken … Ausgehen, ja? Du weißt doch noch, was das ist, oder?"

Stanton drehte sich zu Marvin um, der hilflos die Hände hob. „Schau mich nicht so vorwurfsvoll an."

„Du kannst auch mitkommen", meinte Topher.

„Nein, danke. Ich habe letzte Nacht kaum geschlafen und gehe nach dem Konzert gleich ins Hotel zurück. Sag schon zu, Stanton. Ein hübscher, junger Mann hat dich eingeladen. Sei kein Yutz."

Stanton war offensichtlich angenehm überrascht, denn er nickte und sagte: „Okay. Ich warte nach dem Konzert auf dich."

Topher ging grinsend zur Bühne zurück. Es war keine richtige Bühne, sondern nur ein für die Band reserviertes Areal auf dem Dach, denn die Konzerte des *Rooftop* fanden im Freien statt. Topher liebte es, unter Sternen zu spielen, deshalb trat er gerne hier auf. Er trug seine üblichen, zerfetzten Jeans und ein Arbeitshemd mit dem Logo der Werkstatt und der Aufschrift ‚Home of the Groovy Mechanics‘. Mittlerweile waren ungefähr einhundertfünfzig Zuschauer anwesend. Topher hängte sich die Gitarre um und trat ans Mikrofon. „Wir sind *Judecca Rising*", stellte er die Band mit tief knurrender Stimme vor.

Er wartete ab, bis es ruhig wurde, dann begannen sie mit der ersten Nummer. Topher sang die erste Zeile solo, dann setzte auch Peter ein. Die Zwillinge, Maurice und Robin, kamen in der dritten Zeile dazu. Ihre Stimmen ergänzten sich harmonisch und klangen in den Nachthimmel. Sie hielten den letzten Ton, bis Topher fast die Luft ausging. Dann schlug Maurice seine Trommelstöcke zusammen und sie fingen zu spielen an. *Beaches on the Moon* war ein mitreißendes, schwungvolles Lied, das Topher schon vor einigen Jahren geschrieben hatte. Damals saß er mit Maurice, der einen Text für die Schule las, vor dem Fernseher. Als Maurice in die Küche ging, um sich etwas zu essen zu holen, warf Topher einen Blick auf das Buch. Die Autorin hieß Anne Tyler und Maurice las gerade ein Kapitel, das mit *Beaches on the Moon* überschrieben war. Topher dachte bei sich, dass es auch ein wunderbarer Liedtitel wäre. Als er später in sein Zimmer ging, setzte er sich hin und schrieb das Lied.

Ihre zweite Nummer war eine Ballade: *Surrender to Love*. Topher fragte sich, was sein Vater – falls er noch leben würde – wohl von ihrer Musik hielte und ob er zu ihrem Konzert gekommen wäre. Wie lange hätten sie noch über Tophers Entscheidung gestritten, lieber Musik zu machen, als aufs College zu gehen? Er hoffte, sein Vater hätte sich mittlerweile damit abgefunden und würde ihn unterstützen.

Nach dem Lied machte Topher eine kurze Pause, um einen Schluck Bier zu trinken. Er warf einen Blick in Stantons Richtung. Das nächste Lied war *Saltwater Kisses*. Topher war nervös und sein Herz schlug schneller. Dann setzte er seinen früheren Entschluss in Taten um und schaute Stanton direkt in die Augen. Topher überließ es dem Text seines Liedes, Stanton zu erklären, wie er sich bei diesem ersten Kuss gefühlt hatte. Es war ein aufregendes Gefühl, und Topher war vollkommen im Einklang mit seiner Musik und seinem Instrument.

Und dann fühlte er, wie seine Hose enger wurde, weil er eine Erektion bekam. Er grinste Stanton an und schaute demonstrativ an sich herab. Topher hatte noch nie so gespielt und konnte kaum fassen, wie anders es sich anfühlte, mit einem Ständer auf der Bühne zu stehen. Seine Haut brannte und er kam sich zum ersten Mal vor wie ein Star. Während sie die letzten Takte des Liedes spielten, griff er sich in die Hose und wischte sich den Schweiß von den Eiern. Mit der gleichen Hand warf er Stanton einen Kuss zu, nachdem der letzte Ton des Liedes verklungen war.

Die Menge tobte.

Wer die Zeit für eine Konstante hielt, konnte kein Musiker sein. Davon war Topher fest überzeugt. Wie oft hatte er in der Werkstatt schon auf die Uhr geschaut und dieser verdammte Zeiger wollte sich einfach nicht schnell genug drehen. Und jetzt, hier auf der Bühne, war es genau umgekehrt. Es gab keinen anderen Ort, an dem er sich so lebendig fühlte wie hier, wo die Musik ihm bis ins Mark drang. Aber die Zeit schien zu rasen und bevor er sich versah, sangen sie ihr letztes eigenes Lied. Er schaute zu Stanton und fragte sich, wie eine Stunde so schnell vergehen konnte.

Nach der vorletzten Nummer trat Topher ans Mikrofon und verabschiedete sich von ihrem Publikum. „Ich möchte euch danken, dass ihr heute Abend gekommen seid, um eine lokale Band zu unterstützen." Die Zuschauer applaudierten und Topher hängte sich die Gitarre auf den Rücken. „Alles, was ihr heute gehört habt, habe ich selbst geschrieben. Es gibt auch kostenlose CDs von uns, falls jemand Interesse hat. Ich sehe, Peter hat schon einige nette junge Damen gefunden, die sie für uns verteilen. Vielen Dank, Ladies. Ihr findet außerdem kostenlose Downloads auf unserer Website judeccarising.com. Und jetzt wird es Zeit, dass wir uns verabschieden. Wie immer, beenden wir unser Konzert mit der Coverversion eines bekannten Liedes. Ihr werdet es sofort erkennen. Es ist ein Oldie und es ist einer der besten."

Topher warf Peter einen kurzen Blick zu und der begann mit den ersten Takten des Liedes. Einige Zuschauer erkannten es sofort. Topher nahm die Gitarre ab und lehnte sie an einen der Lautsprecher. Dann ging er zum Mikrofon und sang die ersten Worte von *Bridge Over Troubled Water*. Er sang dieses Lied schon seit seiner Schulzeit, aber heute fühlte er eine besondere Verbundenheit mit dem Text und musste sich nicht erst lange fragen, woran es lag. Er steckte die Hände hinten in die Hosentaschen und sang – einfach, unverschnörkelt und direkt, als würde er zu einem Freund sprechen. Oder vielleicht auch zu einem Geliebten.

Aus dem Augenwinkel glaubte er zu sehen, wie Marvin Stanton am Arm fasste. Er fühlte jedes Wort des Textes mit und überlegte, wie es wohl sein mochte, wenn Stanton der Mann wäre, dem diese Worte galten. Tophers Stimme brach und er musste sich zusammenreißen, um das Lied mit den berühmten hohen Noten zu beenden. Seine Stimme durchdrang die Nacht, weit über das Dach hinaus und auf die Straße unter ihnen. Heute lag ihm hier oben die ganze Stadt zu Füßen. Dann war der letzte Ton verklungen und Topher schloss die Augen. Das Publikum war totenstill. Topher hielt die Luft an. Nach einigen Sekunden war ihm klar, dass er das Lied vermasselt hatte. Er öffnete die Augen und atmete aus. In diesem Augenblick fingen die Zuschauer zu toben an. Topher konnte Stanton sehen, dem die Tränen übers Gesicht liefen. Als der Applaus verklang und ihr Auftritt zu Ende war, kamen einige Zuschauer zum Bühnenrand, um ihm zu gratulieren. Einige weibliche Zuschauer steckten ihm Zettel mit ihrer Telefonnummer zu. Nachdem er sich durch die Menge gearbeitet hatte und bei Stanton und Marvin ankam, waren Stantons Augen wieder trocken und er lächelte.

„Alles in Ordnung?", fragte Topher.

„Ja, alles in bester Ordnung. Das Lied ist nur …" Stanton verstummte und lachte dann leise. „Wieso musstest du von allen Liedern der Welt ausgerechnet dieses auswählen?"

„Du bist ein sehr begabter junger Mann", sagte Marvin.

„Meinst du das ernst?"

„Ja. Besonders deine Stimme ist wunderbar. Sie ist ein Geschenk. Ich habe nur einmal in meinem Leben eine vergleichbare Stimme gehört."

„Wirklich?", fragte Topher. „Und wer war das?"

Marvin sah Stanton an. „Darüber reden wir ein andermal, ja? Jetzt muss ich zurück ins Hotel und meinen Mann anrufen. Ich wünsche euch beiden noch einen schönen Abend. Topher, es war mir ein Vergnügen, dich kennenzulernen. Massel tov."

„Ganz meinerseits, Marvin. Ich hoffe, wir sehen uns irgendwann wieder."

„Nichts würde mich mehr freuen." Marvin ging auf ihn zu und umarmte ihn. Er drückte ihn kurz an sich, ließ dann los und rannte die Treppen hinab, ohne noch ein einziges Wort zu sagen.

„Das war seltsam", meinte Topher.

„So ist Marvin eben. Musst du noch beim Abbau helfen?"

„Nein. Ich habe die Jungs gebeten, mich heute zu entschuldigen, damit ich mit dir ausgehen kann. Aus besonderem Anlass und so."

„Ich bin ein besonderer Anlass?"

„Du bist der berühmteste Mensch, der jemals einen Auftritt von uns gesehen hat."

„Berühmt? Ich bin nicht berühmt. Außerdem war ich nicht als Kritiker hier. Erinnerst du dich?"

„Ich weiß. Wollen wir gehen?"

„Klar. Geh voraus."

Topher ging die Treppe hinab auf die 6. Straße. Durch die vielen Festivalbesucher herrschte überall Partystimmung. Straßenkünstler waren in dem Gewimmel unterwegs und führten ihre Kunststücke auf. Topher und Stanton blieben stehen, um einem Puppenspieler zuzusehen, der seine Marionette – ein kleines Skelettmännchen – Lieder von Frank Sinatra singen ließ. Danach gingen sie zu einer der Nebenbühnen, der Doritos-Bühne, die wie ein riesiger Verkaufsautomat aufgebaut war, aus dem man Tacochips ziehen konnte.

„Lass uns zu *Cheer Up Charlie's* gehen", schlug Topher vor. „Travis hat mir davon erzählt. Er nennt es allerdings *Queer Up Charlie's*."

„Ist das eine Schwulenbar?"

„Wir sind in Austin und es ist eine Bar. Hier trifft man alle Arten von Menschen in den Bars."

„Und ich werde sie wahrscheinlich sowieso nicht voneinander unterscheiden können."

Topher lachte. „Verwirren dich meine Generalisierungen?"

„So ähnlich."

Sie schlenderten nach Osten, wo es etwas ruhiger wurde.

„Du kommst mir heute anders vor", sagte Stanton.

„Wie das?"

„Du wirkst selbstbewusster. Selbstsicherer. Gestern bist du mir wie ein verwirrter Junge vorgekommen. Ich war überrascht über den Kuss, den du mir zugeworfen hast. Ich habe noch nie erlebt, dass eine Kusshand so voller sexueller Anspielungen war."

„Wenn man dich so reden hört, merkt man gleich, dass du als Autor arbeitest. Hat er dir gefallen? Den Kuss meine ich."

„Darum geht es nicht. Was ist seit gestern Abend mit dir passiert?"

„Ich habe gute Freunde. Sie haben mir geholfen, mir über einige Dinge klar zu werden."

„Und was habt ihr entschieden?"

„Es war keine Gruppenentscheidung. Travis hat mir einige Fragen gestellt und ich habe sie beantwortet. Er war früher auch nicht schwul, aber jetzt hat er einen Partner."

„Ist in Austin eine Epidemie ausgebrochen?"

„Sehr komisch. Wie auch immer, er hat mir dieses Bild in den Kopf gesetzt … Ich möchte es so formulieren: Meine Reaktion darauf hat sämtliche Unklarheiten beseitigt. Ich bin sogar nach der Arbeit nach Hause gerannt, weil ich mich schnellstens darum kümmern musste."

„Was für ein Bild war es denn?"

Topher grinste. „Damit warten wir bis später. Du bist nicht der einzige, der geheimnistuerisch sein kann und …"

„Was willst du mir eigentlich sagen?"

Topher blieb stehen und drehte sich zu Stanton um. Stanton versuchte, sich ungerührt zu geben, war aber nicht sehr überzeugend in seiner Rolle. „Ich will damit sagen, dass du dich vorsehen sollst, Stanton Porter. Ich bin hinter dir her."

„Wie bitte?"

„Rede ich so undeutlich? Ich weiß, dass du nichts unternehmen wirst, weil du mich für zu jung und unerfahren hältst. Ich verstehe das. Aber so, wie ich die Regeln interpretiere, steht es mir frei, selbst die Initiative zu ergreifen. Das musst du mir zugestehen."

„Ich lebe in einer anderen Stadt."

„Und?"

„Und das heißt, es hat keine Zukunft."

Topher schüttelte den Kopf. „Pass auf. Ich weiß nicht, warum mir das jetzt passiert ist. Oder uns. Aber als ich gestern den Titel des dritten Albums vorgelesen und dein Gesicht gesehen habe, wusste ich, dass es dir etwas sagt. Habe ich recht?"

„Vielleicht", erwiderte Stanton nach einigem Zögern.

„Wie meinst du das?"

„Ich will nicht darüber reden. Nicht jetzt."

„Dann beantworte mir eine andere Frage. Sei ehrlich – hast du dir gestern einen runtergeholt und dabei an mich gedacht?"

Stanton wandte den Blick ab.

„Das dachte ich mir", sagte Topher. „Weil es mir genauso ging. Und es war verdammt geil. Was hältst du also davon, wenn wir uns jetzt einen Drink bestellen und abwarten, wie es sich entwickelt?"

Stanton ließ sich lange Zeit, bevor er endlich nickte. Tophers Handy vibrierte in seiner Hosentasche. Er ignorierte es grinsend, zeigte nach Osten und ging voraus. Sie überquerten die Interstate und fanden die Bar. Dort suchten sie sich einen freien Tisch im Hof. Topher besorgte ihnen zwei Dosen Bier und setzte sich zu Stanton an den Tisch.

Stanton rümpfte die Nase. „Gibt es hier kein Flaschenbier?"

„Nein. Tut mir leid, Prinzessin."

Stanton lachte. „Du weißt genau, wie du mich erwischst, was?"

„Sieht so aus." Topher trank einen Schluck Bier. „Also. Was denkst du wirklich über unseren Auftritt? War ich beschissen?"

„Nein, du warst alles andere als beschissen. Marvin hatte recht. Deine Stimme … Es ist nicht einfach, mit Art Garfunkel zu konkurrieren, aber du hast es geschafft. Mir sind die Tränen gekommen, und das ist das größte Kompliment, das ich dir machen kann. Eure eigenen Lieder sind eher … profan, wenn man von dem ersten absieht. Wie heißt es noch?"

„*Beaches on the Moon.*"

„Ja. Das ist eines der Lieder, wie sie heutzutage iTunes dominieren."

„Danke", sagte Topher lächelnd.

„Es erinnert mich an *Fun.*"

„An was?"

„Die Band."

„Oh. Stimmt. Du meinst die Band, die *We Are Young* gesungen hat."

„Ja. Ihre neueste Aufnahme ist fantastisch. *Some Nights.* Wie heißt das Lied, das ihr danach gesungen habt? Diese Ballade?"

„*Surrender to Love.*"

„Richtig. *Surrender to Love.* Grauenhaft. Eines der schlechtesten Lieder, die ich kenne. Hast du dich jemals der Liebe ergeben?"

„Nein, aber …"

„Weißt du überhaupt, was damit gemeint ist?"

Topher schüttelte den Kopf.

„Das dachte ich mir. Singe dieses Lied nie wieder. Und wenn dich jemand danach fragt, streite ab, dass es von dir ist."

„Halte dich nicht zurück. Ich will deine ehrliche Meinung hören."

„Soll ich dir lieber Honig ums Maul schmieren?"

„Nein. Ich meine es ernst. Sei ehrlich."

Stanton trank einen Schluck Bier. „Ich könnte sowieso nicht anders."

„Deshalb bist du ein so guter Kritiker."

„Vermutlich. Es macht mich allerdings manchmal auch zu einem unerträglichen Menschen. Aber wir wollen nicht über mich reden. Erzähle mir mehr über Dime Box, Texas."

Topher grinste. „Was willst du denn wissen?"

„Alles."

„Also gut. Ich habe dir schon gesagt, dass es rund hundert Kilometer östlich von hier liegt. Dime Box hat ungefähr 370 Einwohner, je nachdem, ob gerade jemand gestorben ist oder neu geboren wurde."

„Das ist nicht viel. Was ist mit deiner Familie?"

„Meine Mutter lebt noch dort. Dass mein Vater gestorben ist, weißt du schon."

„Wie alt warst du damals?"

„Siebzehn."

„Wow. Das muss hart gewesen sein."

„Du machst dir ja keine Vorstellung."

„Hast du Geschwister?"

„Ich habe eine Schwester, die in Houston lebt. Wir haben nicht viel Kontakt, aber das liegt vor allem daran, dass sie taub ist und wir nicht miteinander telefonieren können. Sie schickt mir oft Texte. Und sie ist mit Travis gegangen, bevor der Ben kennengelernt hat. Vor kurzem hat sie sich mit ihrem neuen Freund verlobt. Ich besuche meine Mom mindestens einmal im Monat. Es heißt, John Lennon hätte einmal in der Woche mit seiner Mutter telefoniert. Und jetzt bist du dran."

„Ich komme aus einer Kleinstadt im Mittleren Westen. Mit Kleinstadt meine ich, dass sie ungefähr vierzigtausend Einwohner hat. Meine Eltern leben noch dort. Mein Mom hat Alzheimer und mein Dad ist der beste Mann, den ich kenne. Und wenn du mir vor fünfundzwanzig Jahren vorhergesagt hättest, dass ich das heute sagen würde, hätte ich dich für verrückt erklärt. Aber heute weiß ich, dass er das beste Beispiel dafür ist, was es heißt, ein Mann zu sein. Er kümmert sich wunderbar um meine Mutter."

„Hast du Brüder oder Schwestern?"

„Ich habe zwei Brüder und eine Schwester. Sie leben alle noch in Ohio. Ich bin der verlorene Sohn, der nur zweimal im Jahr zu Besuch kommt, aber ich rufe meine Mom jede Woche an. Ich halte mich an John Lennons Vorbild, auch wenn ich das bis eben noch nicht wusste."

„Wieso bist du Musikkritiker geworden?"

„Ich habe gleich nach dem Studium eine Stelle bei der *Village Voice* bekommen. Damals waren Zeitungen wichtig, weil es noch keine Websites und Blogs gab. Ich habe ganz unten angefangen und mich langsam hochgearbeitet. Marvin war mir dabei eine große Hilfe. Mein Durchbruch kam mit den Boygroups der 90er Jahre."

„Und wie hast du das geschafft?"

„Ich war so dreist, die *Backstreet Boys* mit den *Beatles* zu vergleichen. Viele meiner Kollegen hätten mich dafür am liebsten gekreuzigt. Sie haben mich gewissermaßen in der Luft zerrissen. Die Idee für den Vergleich hatte ursprünglich Marvin. Er meinte, dass nichts mehr Aufmerksamkeit erregt, als ein Tabubruch."

„Und was ist danach passiert?"

„Nun, er hatte recht. Sicher, einige Leute haben mich dafür gehasst, aber plötzlich kannte jeder meinen Namen. Dann hat sich der *Rolling Stone* gemeldet. Sie lieben kontroverse Artikel. Ich habe ungefähr zehn Jahre lang für den *Rolling Stone* geschrieben, bevor ich dann zu NPR gegangen bin."

„Gefällt dir *Wanted*?"

„Ich liebe *Wanted*."

„Ich auch."

„Ich verstehe, dass nicht jedem die gleichen Lieder gefallen. Was ich nach all den Jahren im Geschäft aber noch nicht verstehe, ist, wie Menschen so tun können, als wüssten sie, welche Lieder besser sind als andere. Das ist Unsinn. Es gibt keine objektiven Maßstäbe, um ein Lied zu beurteilen."

„Und was bedeutet das für dich als Musikkritiker?"

„Keine Ahnung. Ich verstehe das Konzept musikalischer Reife und Perfektion. Ich höre auch den Unterschied zwischen *Hey Jude* und *Backstreet's Back*. Aber ich höre keinen Unterschied zwischen *I Want to Hold Your Hand* und *Tearin' Up My Heart*."

„Du hast gerade die *Backstreet Boys* und *'N Sync* verwechselt."

„Ich weiß, aber das macht nichts. Sie sind austauschbar. Selbst wenn man einen Unterschied hört, ist es meiner Meinung nach reine Geschmackssache. Sonst wären wir ja alle immer über alles einer Meinung. Dabei können wir uns noch nicht einmal über die wichtigsten Probleme einigen. Ich schreibe gerne als Fan über die Musik; ich erkläre, was mir warum gefällt und was nicht. Was verbindet mich mit den *Killers*? Oder mit *Judecca Rising*? Und was verbindet die beiden Gruppen miteinander? Du warst heute Abend hervorragend, aber du weißt nicht, warum ich so auf deinen Auftritt reagiert habe, weil du nicht weißt, welche Erfahrungen sich für mich dahinter verbergen. Ein Mensch mit anderen Erfahrungen würde über euren Auftritt wahrscheinlich anders denken. Man kann sogar noch einen Schritt weitergehen und sagen, dass unsere Reaktionen von der Tagesform abhängig sind. Wenn ich ein neues Lied zum ersten Mal höre, haben die aktuellen Umstände – sowohl die äußeren, als auch meine persönlichen – immer einen starken Einfluss darauf, wie ich auf das Lied reagiere. Musikkritik ist nur die Beschreibung dieser Reaktion in diesem exakten Moment."

Topher wurde rot. „Du findest, ich war heute hervorragend?"

„Ja. Ich meine es ernst. Von mir hörst du immer eine ehrliche Meinung, im Guten wie im Schlechten. Warum machst du es eigentlich?"

„Was?"

„Warum stehst du auf der Bühne und singst Lieder?"

„Weil es mir gefällt."

„Oh, komm schon! Fällt dir keine bessere Begründung ein? Wenn ich als Kritiker meine Reaktionen beschreiben kann, solltest du als Künstler doch auch in der Lage sein, deine Motivation und deine Gefühle in Worte zu fassen. Versuch's noch mal. Warum stehst du auf der Bühne und singst Lieder?"

Topher ärgerte sich innerlich über Stanton, dachte dann aber doch über die Frage nach. Er sagte sich, dass Stanton von diesen Provokationen lebte und vermutlich auch Spaß daran hatte. Wenn Topher es also persönlich nahm, würde

Stanton sich verschließen und nicht mehr mit ihm über Musik reden wollen. Und das war nicht akzeptabel.

„Ich weiß, ich lebe mein Leben als Topher Manning und habe meine ganz persönlichen Erfahrungen. Das ist mir durchaus bewusst. Ich weiß aber auch, dass es etwas Größeres gibt als mich. Nenne es von mir aus Gott, das kollektive Bewusstsein oder das verdammte Flammenmonster, mir ist es egal. Was immer ich tue, was immer du tust – was immer wir alle tun – ist letztendlich nur der Versuch, unserem unbedeutenden, kleinen Leben einen Sinn zu geben und es mit diesem Größeren in Verbindung zu bringen. Und nichts verbindet besser als die Musik – weder die Malerei, noch die Bildhauerei oder gar Bücher und Theater. Deshalb stehe ich auf der Bühne und singe Lieder. Ich versuche, ein Teil dieses Größeren, des Universums zu sein."

Stanton hob die Hände. „Siehst du jetzt den Unterschied zwischen dieser Antwort und deiner ersten?"

„Ja, ich denke schon."

„Glaubst du, dass Musik die Welt verändern kann?"

„Nein, das glaube ich nicht. Aber kannst du dir eine Welt ohne Musik vorstellen? Die Vorstellung allein ist unerträglich."

„Sagen du und Nietzsche."

„Wer ist denn das?"

„Ein deutscher Philosoph des 19. Jahrhunderts. Er hat gesagt, ohne die Musik wäre das Leben ein Irrtum."

„Das wäre ein gutes Motto für ein Tattoo." Topher hob seinen rechten Arm. „Vielleicht hier, auf der rechten Körperseite."

„Wann hast du dir den Arm tätowieren lassen?", fragte Stanton.

„Nach dem Tod meines Vaters. Lass uns auf ein anderes Thema zurückkommen. Wenn die Maßstäbe der Kritiker Unsinn sind – warum kannst du dann sagen, *Surrender to Love* wäre ein schlechtes Lied?"

„Das habe ich nicht gesagt. Ich habe es nicht als schlecht bezeichnet. Ich beschreibe ein Lied niemals als gut oder schlecht. Ich habe gesagt, es wäre grauenhaft und eines der schlechtesten Lieder, die ich kenne. Das war eine ehrliche, persönliche Reaktion."

„Dir ist doch klar, dass es sich dabei um die Steigerung von schlecht handelt? Schlecht, schlechter, am schlechtesten."

„Verdammt, da hast du recht", sagte Stanton zerknirscht. „Siehst du? Manchmal rede ich auch Unsinn. Gut gemacht. Ich mag es, wenn man sich nicht einschüchtern lässt und mir Kontra gibt."

„Ich finde das nicht komisch."

„Aber was dieses Lied angeht, solltest du auf mich hören. Es ist schlecht. So. Jetzt habe ich es ausgesprochen."

„Ich weiß deine Ehrlichkeit zu schätzen. Ich kenne sonst niemanden, der so mit mir reden würde."

Stanton trank einen Schluck Bier aus seiner Dose und zog eine Grimasse. „Das schmeckt wie Pisse", sagte er. „Ekelhaft. Dann hat dich also die Musik nach Austin gebracht?"

„So ähnlich. Maurice ist hier aufs College gegangen und wir sind ihm nachgezogen. Hier kann man gut leben. Austin ist ganz anders als der Rest von Texas."

„Das habe ich schon oft gehört. Austin ist sehr liberal, wenn man bedenkt, dass der Gouverneur von Texas Rick Perry heißt. Wie bist du Automechaniker geworden?"

„Es gibt eine kleine Werkstatt in Dime Box, direkt gegenüber der Sägemühle. Ich habe dort schon während meiner Schulzeit gejobbt. Der Besitzer der Werkstatt kennt Darrell. Als ich hierhergezogen bin, hat er mich bei *Groovy Automotive* empfohlen."

„So heißt die Werkstatt? *Groovy Automotive*?"

„Ja. Hast du es nicht gelesen?" Er zeigte auf sein Hemd. „Der Name und das Logo hier?"

„Nein, tut mir leid. Ich bin bei solchen Sachen nicht sehr aufmerksam."

„Dann ist dir gestern das Wort in dem Gemälde bestimmt auch nicht aufgefallen, oder?"

„Wovon sprichst du?"

„Das Wort *Groovy*. Im ‚Raum der dreitausend Alben‘."

„Auf dem Bild über dem Kamin?"

„Ja."

„Das hieß *Groovy*?"

„Ja, sicher. Alle Buchstaben waren da."

Stanton hatte wieder diesen wehmütigen Ausdruck im Gesicht. „Das habe ich vollkommen übersehen."

„Dann solltest du aufwachen und besser aufpassen. Wie auch immer … Darrell ist ein guter Boss und meine Kollegen sind echt cool. Besonders Travis. Ich habe dir doch erzählt, dass er einen Partner hat. Er lebt mit Ben und seinen drei Brüdern zusammen."

„Travis hat drei Brüder?"

„Nein. Ben hat drei Brüder. Die fünf leben zusammen in Bens Haus. Die Brüder sind noch Teenager."

„Ich verstehe. Was ist mit ihren Eltern?"

„Sie sind vor einem Jahr bei einem Autounfall ums Leben gekommen."

„Oh. Das tut mir leid."

Topher nickte. „Danke für dein Mitgefühl. Aber sie haben sich mittlerweile wieder gefangen – wie ein Phoenix aus der Asche. Wenn ich sie besuche, lerne ich immer etwas Neues dazu."

„Das hört sich interessant an."

„Sie haben uns für morgen Abend zum Essen eingeladen. Falls du Lust hast …"

„Du hast also schon unser zweites Date geplant?"

„Eigentlich ist es ja schon unser drittes. Ich zähle Bruce Springsteen mit."

Stanton lachte. „Wieso kommt es mir nur so vor, du wärst der Pilot bei diesem Flug und ich bloß der Passagier?"

„Ja oder nein?"

Stanton überlegte. „Ja", sagte er dann. „Aber ich muss den Tag mit Marvin verbringen. Er will sich am Nachmittag noch einige Bands ansehen."

„Groovy."

„Fängst du jetzt auch mit diesem Wort an?"

„Vielleicht. Ich befinde mich noch in der Probephase."

Stanton trank noch einen Schluck Bier. „Erzähle mir mehr über die anderen Mitglieder in deiner Band. Wie lange kennt ihr euch?"

„Schon unser ganzes Leben lang. Wir sind alle aus Dime Box."

„Und zwei von ihnen sind Zwillinge?"

„Ja. Robin und Maurice."

„War ihre Mutter ein Fan von E. M. Foster?"

„Ich glaube nicht. Eher von den *Bee Gees*."

„Ach ja, richtig. Robin und Maurice Gibbs waren Zwillinge."

„Ja. Robin spielt Bass und Maurice ist unser Schlagzeuger. Peter ist der Mann an den Keyboards und der Gitarre. Wir vier sind schon befreundet, seit wir noch kleine Kinder waren. Ich bin zwar ein Jahr jünger als die drei, aber unsere Schule war so klein, dass es keine Rolle gespielt hat. Alle zwölf Klassen wurden im gleichen Gebäude unterrichtet."

„Wie viele Schüler waren in deiner Abschlussklasse?"

„Sieben."

Stanton schüttelte ungläubig den Kopf. „Wo hast du gelernt, Gitarre zu spielen?"

„Wir hatten eine Musiklehrerin, Mrs. Gephart, die einmal in der Woche an unsere Schule gekommen ist. Sie hat getan, was sie konnte. Den Rest mussten wir uns selbst beibringen."

„Ihr vier spielt sehr gut zusammen."

„Danke. Wir üben oft und es hilft auch, dass wir zusammenwohnen."

„Alle vier?"

„Ja. Wir haben ein Haus in der 11. Straße gemietet, nicht weit von hier. Willst du es sehen?"

„Flirtest du mit mir?"

„Ich gebe mir alle Mühe."

Stanton runzelte die Stirn. „Also gut. Wenn ich zehn Jahre jünger wäre und du zehn Jahre älter, würde ich keine Sekunde zögern, dein Angebot anzunehmen. Aber so …"

„Lass uns ehrlich sein. Ich bin froh, dass ich die Jugend auf meiner Seite habe. Ansonsten wärst du nämlich eine Nummer zu groß für mich, Don Draper."

Stanton neigte den Kopf zur Seite und sah ihn an. „Weißt du eigentlich, wie verdammt süß du bist?"

„Findest du? Travis meint, ich wäre ein heißes Stück Arsch."

„Diese Beschreibung ist absolut zutreffend. Ich muss allerdings zugeben, dass es mir verdammt unangenehm ist, als dein Vater …"

„Sag das nicht. Und wenn du mich küsst, macht diesen Fehler niemand mehr. Jedenfalls hoffe ich das. Wir sind hier doch nicht in Mississippi."

„Normalerweise hätte ich nichts gegen diese Art von Abenteuer einzuwenden, aber du scheinst mir ein sehr gefährliches Territorium zu sein."

„Komm schon! Ich und gefährlich? Ich bin vieles, aber gefährlich ganz bestimmt nicht. Obwohl ich mich heute auf der Bühne ziemlich verrucht gefühlt habe."

„Du bist also nicht immer so?"

Topher grinste. „Nein. Heute war ein besonderer Tag."

„Du hattest Verbindung mit dem Universum."

„Mag sein. Oder ich habe den ganzen Tag darüber nachgedacht, dich wieder zu küssen."

„Musik und Sex. Marvin hält es für das Gleiche."

„Was ist? Willst du mich jetzt küssen? Oder muss ich erst über diesen Tisch kriechen und es für dich übernehmen?"

„Hier?"

„Warum nicht? Wir sind hier in einer schwulenfreundlichen Bar. Travis und Ben nehmen nie Rücksicht darauf, wo sie gerade sind. Sie küssen sich ständig und überall. Oder hast du etwa Angst, kein guter Küsser zu sein?"

„Ich bin ein sehr guter Küsser."

„Dann beweise es mir."

„Nein, das geht nicht. Die Leute werden denken …"

Topher stand auf und kroch auf den Tisch.

„Was machst du da?"

„Ich habe dich gewarnt." Er schwang die Beine herum und setzte sich vor Stanton auf die Tischplatte. „Nicht schlecht. Wenn ich hier sitze, bin ich größer als du." Er klemmte sich Stanton zwischen die Knie.

„Die Leute starren uns an", sagte Stanton.

„Ja? Stört es dich wirklich, was sie denken?"

„Das habe ich dir doch gestern gesagt. Ich will kein öffentliches Spektakel sein. Ich lege Wert auf meine Privatsphäre."

„Ich will dir deine Illusionen ja nicht nehmen, aber hier in der Stadt interessiert sich wirklich kein Arsch dafür, wen du küsst."

Stanton sah aus, als würde er ernsthaft darüber nachdenken. „Wahrscheinlich hast du recht", sagte er schließlich. „Ich weiß auch nicht, was mit mir los ist."

Topher legte ihm die Arme um den Hals. „Schau mich an, mein Hübscher." Stanton hob den Kopf und Topher drückte ihm einen Kuss auf die Lippen. „Ich weiß, dass du dir Sorgen machst wegen des Altersunterschieds." Er gab Stanton noch einen Kuss. „Und wegen der Entfernung." Er küsste ihn ein drittes Mal. „Und weil ich noch nie Sex mit einem Mann hatte. Aber um all diese Dinge musst du dir wirklich keine Sorgen machen."

„Auf was lasse ich mich da nur ein?"

„Das weiß ich auch nicht. Aber was hältst du davon, wenn wir es gemeinsam herausfinden?"

Und mit diesen Worten zog Topher ihn an sich und küsste ihn. Richtig. Stanton fuhr ihm mit den Händen über die Oberschenkel und fasste ihn an der Hüfte, während er den Kuss Tophers gierig erwiderte. Topher fühlte in Stantons Reaktion ein Leben voller Leidenschaft. Er konnte sich nicht recht erklären, woher dieses Gefühl kam. Er fuhr Stanton mit den Fingern durch die vollen Haare, um den Kuss nicht aus dem Ruder laufen zu lassen. Dann leckte er ihm über die Zähne und küsste ihn zärtlich auf die Lippen und die Nasenspitze.

„Du hast recht", sagte er zu Stanton.

„Womit?"

„Du bist ein guter Küsser."

Stanton fasste ihn fester um die Hüfte. „Und du bist berauschend."

Eine Frau kam an ihren Tisch. „Das war heiß", sagte sie.

„Vielen Dank", erwiderte Topher. „Ist er nicht etwas ganz Besonderes?" Die Frau nickte und ging wieder. Stanton drückte sich mit dem Gesicht an Tophers Brust. „Siehst du?", sagte Topher. „Niemand interessiert sich dafür, dass du älter bist als ich. Sie starren uns nur an, weil du so verdammt sexy bist."

„Sie starren uns an, weil *du* bei mir bist."

„Mir ist beides recht", meinte Topher und küsste ihn wieder. „Wollen wir jetzt in dein Hotel gehen?"

„Ich dachte, wir gehen zu dir."

„Wenn du willst? Ich habe extra aufgeräumt und so."

„Nein ... Na ja, ein andermal vielleicht. Lass uns für heute ins *W* gehen."

Sie verließen *Cheer Up Charlie's* und gingen über die 6. Straße zurück. Tophers Handy vibrierte wieder und ihm kam eine Idee. „Was ist dein Lieblingslied von den *Beatles*?"

Stanton blieb stehen und sah ihn ausdruckslos an. „*I Want to Hold Your Hand*. Wieso?"

„Gut", sagte Topher und verschränkte ihre Finger ineinander. „Wenn du darauf bestehst."

Stanton erstarrte, entspannte sich aber schnell wieder. Es war fast, als würde er sich in das Unvermeidliche fügen. Hand in Hand gingen sie weiter die Straße entlang. „Woher wusstest du meine Antwort auf deine Frage?"

„Du bist leichter durchschaubar, als du denkst, Stanton Porter, der Musikkritiker. Übrigens wollte ich dir noch eine wichtige Frage stellen. Sie ist allerdings ziemlich persönlich."

„In Ordnung. Wir haben uns geküsst und halten uns an den Händen. Ich denke, damit ist die Grenze überschritten und deine Frage zulässig. Was willst du wissen?"

„Magst du deine Erdnussbutter lieber mit oder ohne Stückchen?"

Stanton blieb wie angewurzelt stehen.

„Was ist los?", fragte Topher. „Ich wollte nur lustig sein. Ich dachte, du würdest darüber lachen."

Stanton blinzelte ihn an. „Nichts. Nichts ist los. Ich werde langsam müde, das ist alles. Und du bist lustig. Ohne. Ich mag meine Erdnussbutter lieber ohne Stückchen."

„Ich auch. Findest du nicht auch, das sagt viel über einen Menschen aus? Ich meine ... Es ist doch irgendwie der Sinn von Erdnussbutter, die Erdnüsse zu mahlen, damit sie weich wie Butter werden. Hast du jemals Butter mit Bröckchen drin gesehen?"

Stanton lachte.

„Das hört sich schon besser an", sagte Topher.

Sie schlenderten gemütlich zurück zu Stantons Hotel und hörten hier und da Musikern zu, die auf der Straße auftraten. Als sie vor dem *W* ankamen, hielten sie sich immer noch an der Hand. „Um wieviel Uhr sind wir morgen eingeladen?", fragte Stanton.

„Willst du mich nicht auf dein Zimmer bitten?"

Stanton senkte den Blick. „Es ist kompliziert."

„Du hast doch ein eigenes Zimmer, oder?"

„Ja, aber ..."

„Hast du einen Freund in New York?" Topher schlug sich an die Stirn. „Gott, ich habe ganz vergessen, dich danach zu fragen!"

„Nein, ich habe keinen Freund in New York. Sonst würde ich jetzt nicht mit dir hier stehen. Das ist nicht meine Art."

„Was ist es dann? Ich will dich, das weißt du doch, oder?"

„Ja, das weiß ich. Und ich weiß auch, dass ich nicht fair bin, aber ... das alles ... es ist sehr ungewöhnlich für mich ..."

„Was meinst du damit?"

„Vielleicht können wir bis morgen warten, bevor wir die Nacht zusammen verbringen?"

„Wirklich? Nach dem Essen bei Travis?"

„Vielleicht. Ich muss erst mit Marvin reden."

„Was hat Marvin damit zu tun?"

„Wie gesagt, es ist kompliziert."

„Was ist los? Hat es mit dem Titel des dritten Albums zu tun?"

„Nein. Oder doch. Ich wünschte, ich könnte es dir erklären, aber ... Kannst du mir für den Moment einfach vertrauen?"

„Ja. Aber du kannst mir auch vertrauen."

„Ich weiß, aber … Ich habe noch keinen Weg gefunden, mit dir darüber zu reden."

„Worüber?"

„Können wir bitte …"

„Ja, schon gut. Ich höre auf damit. Ich möchte nicht, dass dieser Abend mit einer unangenehmen Note endet, also lasse ich es jetzt sein. Es hat mir sehr viel Spaß gemacht und ich bin dir dankbar, dass du gekommen bist. Ich rufe dich morgen noch an wegen der Einladung." Topher küsste Stanton vor den Augen des Hotelpersonals zum Abschied auf den Mund. Er hielt sich nicht zurück, weil er seine Gefühle unmissverständlich zum Ausdruck bringen wollte. Als er den Kuss beendete und Stanton ins Gesicht sah, erkannte er, dass seine Botschaft angekommen war. „Wow", war das einzige, was Stanton über die Lippen brachte.

„Denkst du heute vor dem Einschlafen wieder an mich?"

„Es stört dich nicht?"

„Es würde mich stören, wenn du *nicht* an mich denkst. Gute Nacht, Stanton."

„Gute Nacht."

Topher grinste und wollte gehen, aber Stanton hielt ihn zurück. „Eines noch … Es mag mich nichts angehen, aber ich muss es dir sagen. Der Name eurer Band ist ziemlich angeberisch und viel zu pompös. Ihr solltet darüber nachdenken, ihn zu ändern. Zumal euch der perfekte Name sozusagen in die Wiege gelegt worden ist."

„Und welcher Name wäre das?"

Stanton antwortete nicht sofort, um die Wirkung seines Vorschlags zu erhöhen.

„Dime Box."

Topher riss die Augen auf. „Das ist genial!"

„Nur so eine Idee."

Topher umarmte ihn begeistert. „Es ist eine fantastische Idee! Noch mal herzlichen Dank für alles. Wir sehen uns morgen." Er drückte den Kopf an Stantons Brust. Dann ließ er ihn los, drehte sich um und ging. Er lächelte, als er Stantons Blick nahezu körperlich im Rücken spürte, blickte sich aber nicht mehr um.

Als Topher nach Hause kam, saßen Robin, Maurice und Peter noch im Wohnzimmer zusammen. „Gibt es noch etwas zu essen? Ich bin am Verhungern", fragte er grinsend.

„Lasst uns in die Küche gehen", sagte Robin und sprang vom Sofa auf. „Wir backen Pfannkuchen."

„Prima!", schrie Maurice.

Die vier Männer polterten in die Küche, wo Robin sofort die Speisekammer aufriss und nach Zutaten suchte. Maurice holte Eier und Milch aus dem Kühlschrank. Topher liebte es, die Zwillinge bei der Küchenarbeit zu beobachten. Wenn man ihn fragte, wie es war, mit eineiigen Zwillingen zusammenzuleben, antwortete er immer, am meisten würde ihn überraschen, wie wenig sie reden mussten, um sich perfekt zu verstehen.

Maurice band seine langen Locken zum Pferdeschwanz zusammen und schlug die Eier auf. Als sie noch Kinder waren, hatte Peter die beiden immer verwechselt und schließlich darauf bestanden, dass einer von ihnen sich die Haare wachsen ließ. Maurice hatte sich freiwillig dazu bereit erklärt und die langen Haare bis heute beibehalten, weil sie ihm gefielen.

Topher schnappte sich eine Packung Kekse und setzte sich zu Peter an den Tisch.

„Wie war er?", fragte Robin, während er Mehl abmaß und in eine Schüssel kippte. „Dein Abend mit Stanton Porter?"

„Groovy", antwortete Topher. Er biss in einen Keks und reichte die Packung an Peter weiter. „Er war begeistert von *Beaches on the Moon*. Er meint, damit könnten wir bei iTunes ganz oben landen."

Peter gab die Kekse weiter. „Wir wussten schon immer, dass es unser bestes Lied ist. Wann schreibst du uns wieder etwas Ähnliches?"

„Tut mir leid, Jungs. Ich weiß, dass ich in letzter Zeit zu wenig geliefert habe. Ich schwöre euch, mein Kopf hält die Lieder als Geiseln. Es sind tolle Lieder, aber ich habe noch nicht herausgefunden, wie ich sie befreien kann."

„Was hält er vom Rest des Repertoires?", fragte Robin.

„Er war nicht allzu überzeugt davon. Er hat es profan genannt, was immer damit auch gemeint sein mag."

Maurice griff um seinen Bruder herum und zog einen Schneebesen aus der Schublade. „Er ist Kritiker. Es ist sein Job, uns runterzuputzen. Aber profan heißt so viel wie durchschnittlich. Gewöhnlich. Uninspiriert."

„Ich dachte mir schon, dass es kein Kompliment ist. Er meint, *Surrender to Love* wäre eines der schlechtesten Lieder, die er jemals gehört hat."

Tophers Freunde verstummten schlagartig. Nur noch das Klappern des Schneebesens in der Schüssel war zu hören. „Was ist denn los?", fragte er verblüfft.

Peter stand auf, nahm vier Teller aus dem Schrank und stellte sie auf die Arbeitsplatte. Dann holte er Messer und Gabeln aus der Schublade und legte sie auf die Teller. Er nahm sie auf und stellte sie vor Topher ab. „Tisch decken."

„Was verheimlicht ihr mir?"

„Mein Gott", stöhnte Maurice. „Dann sage ich es eben. Stanton Porter hat recht. Es ist auch eines der schlechtesten Lieder, die *ich* jemals gehört habe."

„Ernsthaft? Warum hat mir das nie jemand gesagt?"

Robin holte eine Elektropfanne aus dem Schrank, um sie vorzuheizen. Dann drehte er sich zu Topher um. „Manchmal fällt es schwer, die richtigen Worte zu finden."

„Kitschig? Klischeehaft?", schlug Peter vor.

„Tonnenweise Zuckerguss?" versuchte es Maurice.

„Celine-Dion-Verschnitt?", ergänzte Robin die Liste mit seinem üblichen Grinsen.

Topher gab auf. „Schon gut, schon gut. Ich habe es kapiert. Mein Gott aber auch."

Maurice drückte Robin die Schüssel mit dem Teig in die Hand. „Wir wollen deine Begeisterung wirklich nicht dämpfen, Topher. Und da wir schon bei Dampf sind … Peter, könntest du bitte meine Bong aus dem Wohnzimmer holen?" Peter verließ die Küche und kam kurz darauf mit der Wasserpfeife zurück. Er gab sie Maurice, der ein Feuerzeug aus der Tasche zog und einen tiefen Zug aus der Bong nahm. „Die Sache ist die …", sagte er erstickt, drehte den Kopf zur Seite und blies den eingehaltenen Rauch aus. „Sorry. Wenn du mich gestern gefragt hättest, was ich von *Judecca Rising* wirklich halte, hätte ich uns als mittelmäßige Rockband beschrieben, die auf dem absteigenden Ast ist. Aber nach dem Auftritt heute muss ich dir erst eine Frage stellen, Topher. Was, zum Teufel, war heute mit dir los?"

„Wie meinst du das?"

„*Bridge Over Troubled Water* war nicht wiederzuerkennen."

„Du warst absolut umwerfend heute", sagte Peter.

Robin löffelte Teig in die Pfanne. „Das war die größte und beste Topher-Performance aller Zeiten. Du bist bis an deine Grenzen gegangen."

„Ich habe dich noch nie so gut singen gehört", sagte Peter. „Aber da war noch mehr. Du warst da oben auf der Bühne wie ein junger Mick Jagger. Wie viele Telefonnummern sind dir heute eigentlich zugesteckt worden?"

„Keine Ahnung. Ich habe sie alle weggeworfen."

Robin und Maurice erstarrten. Dann drehten sie sich zu ihm um und sahen ihn ungläubig an. „Ist uns da etwas entgangen?", fragten sie.

Topher nickte. „Ja. Tut mir leid, Jungs. Ich bin noch nicht dazu gekommen, euch alles zu sagen. Ich hatte heute ein Date. Mit Stanton."

Maurice schleuderte die Arme in die Luft und tanzte durchs Zimmer.

„Verdammter Mist", grummelte Robin.

„Was ist denn los?", fragte Topher.

„Ich habe gerade einen Hunderter gewonnen", rief Maurice.

„Ich bin zutiefst von dir enttäuscht, Topher", sagte Robin und wendete die Pfannkuchen.

Peter fing zu lachen an. „Ihr habt tatsächlich gewettet, ob Topher schwul ist oder nicht?"

„Ja", sagte Maurice kichernd.

„Und du hast darauf gewettet, dass ich schwul bin?", fragte Topher ihn.

Maurice lachte jetzt noch lauter. „Jawoll! Sorry, aber ich hatte so ein Gefühl …"

„Wie konntest du uns das verheimlichen?", wollte Robin wissen. „Ich habe Maurice gesagt, dass du unmöglich schwul sein kannst, ohne dass ich darüber Bescheid wüsste."

„Tut mir leid", meinte Topher. „Die Ereignisse haben sich etwas überschlagen."

Maurice ging mit einem leeren Teller zu seinem Bruder, um die ersten Pfannkuchen in Empfang zu nehmen. „Was soll ich mit dem Geld nur anfangen?", überlegte er.

Robin füllte den Teller mit goldbraunen Pfannkuchen. „Ich mag es nicht, wenn meine besten Freunde mir nicht sagen, was mit ihnen los ist."

Maurice drückte seinem Bruder einen Kuss auf die Wange. „Armes Baby. Du bist nur sauer, weil du den Hunderter verloren hast. Und sei lieb zu Topher. Du hast doch gehört, dass es gerade erst passiert ist."

„Ja, das habe ich gehört. Stell die Pfannkuchen auf den Tisch, bevor sie kalt werden."

Maurice gehorchte. „Kann jemand bitte die Butter und den Sirup holen?"

Topher stand auf, holte die Butter aus dem Kühlschrank und eine Flasche Sirup aus dem Vorratsschrank. „Jetzt verstehe ich endlich, worum es bei diesen romantischen Schmonzetten geht", sagte er. „Ich kenne den Kerl kaum und bin schon verrückt nach ihm. Wer führt sich schon so dämlich auf? Er weckt in mir …"

Peter hob warnend die Hand. „Sei vorsichtig, Kumpel. Was immer du gerade sagen wolltest, es hört sich an wie Bella Swan."

„Wer ist Bella Swan?", wollte Maurice wissen.

„Die Tussy aus *Twilight*", antwortete Peter.

„Guter Gott", sagte Maurice. „Wie kann man sich das nur ansehen!"

„Die Mädels lieben es, und ich liebe die Mädels."

Robin schaltete die Elektropfanne ab und die vier Männer versammelten sich am Küchentisch. Sie füllten sich die Teller mit Buttermilchpfannkuchen und begannen zu essen.

„Ich war heute Abend sehr glücklich", meinte Topher, während er sich von dem Pfannkuchen in den Mund schob. „Richtig rundum und berauschend glücklich. Und jetzt bin ich deprimiert, weil ich alleine schlafen muss. So habe ich mich noch nie gefühlt."

„Warum schläfst du allein?", fragte Peter.

Topher zuckte mit den Schultern. „Keine Ahnung. Ich weiß, dass er auf mich steht. Aber gleichzeitig ist er manchmal so merkwürdig. Ich glaube, der Altersunterschied macht ihn nervös."

„Stört er dich?", fragte Maurice.

„Nein. Stanton wollte aus irgendeinem Grund nicht die Nacht mit mir verbringen. Vielleich morgen, hat er gesagt."

„Ich wusste, dass dieser Tag irgendwann kommen würde", meinte Robin.

„Welcher Tag?", fragte Topher.

„Du bist wie deine Eltern", erwiderte Robin und Maurice wackelte zustimmend mit der Gabel. „Du wirst in deinem Leben nur einen Menschen lieben", sagten die beiden wie aus einem Mund.

Peter nickte. „Aber das haben wir schon immer gewusst."

„Glaubst du, dass Stanton dieser Mensch ist?"

„Nun …", sagte Peter. „Wenn du mich fragst, sprechen alle Anzeichen dafür. Bisher entwickelt es sich jedenfalls wie eine klassische romantische Komödie."

Topher und die Zwillinge stöhnten.

„Peter, vergleiche Tophers Leben bitte nicht mit diesem Mist, den du dir ansiehst, um Frauen rumzukriegen", sagte Robin.

„Hört mir jetzt gut zu", widersprach Peter. „Wirklich, ich meine es ernst. Erstens war es ein unglaublicher Zufall, dass sie sich getroffen haben. Wie hoch ist schon die Wahrscheinlichkeit, dass ein Auto auf dem Parkplatz des *H-E-B* den Geist aufgibt? Und dass gleichzeitig Stantons Freund krank wird, sodass er eine Eintrittskarte für Bruce Springsteen zu viel hat? Es ist geradezu lächerlich unwahrscheinlich. Wenn es in einer Folge von *Breaking Bad* passiert wäre, hätten wir vermutlich über den unrealistischen Plot gelacht. Aber da es eine romantische Komödie ist, akzeptieren wir es. Erinnert ihr euch an *Notting Hill*? Nein, natürlich nicht. Der Film beginnt damit, dass Julia Roberts den Buchladen von Hugh Grant betritt. Niemand hinterfragt, warum sie das tut, aber alles Weitere hängt von dieser Szene ab. Wie auch immer. Zweitens ist da ein alles veränderndes Date, Kuss inklusive, während Bruce Springsteen den größten Song aller Zeiten singt, der zufällig der letzte des Konzerts ist, bevor noch acht Zugaben kommen."

„Sorry", sagte Topher zu den Zwillingen. „Das hatte ich euch noch nicht erzählt."

„Ups", fuhr Peter fort. „Tut mir auch leid. Mein Fehler. Also weiter: Dann die romantische Verabredung nach dem Gig heute Abend. Hast du zufällig in einer der beliebtesten Bars der Stadt ein Shiner Bock bestellt?"

„Ich habe Lone Star getrunken", erwiderte Topher grinsend.

„Auch gut. Habt ihr geknutscht oder Händchen gehalten?"

„Beides."

„Hör jetzt auf", sagte Robin zu Peter. „Es wird langsam unheimlich."

„Falls es dir nicht aufgefallen ist: Ich bin der einzige in diesem Haushalt, der jemals ausgeht. Entschuldige also, wenn ich so aufgeregt darüber bin, endlich eine gleichgesinnte Seele zu finden."

Maurice kicherte. „Er hat recht, Bruderherz. Außerdem ist Boy-meets-Boy der Beginn einiger der besten Geschichten, die jemals geschrieben wurden. Denk nur an Achilles und Patroklus."

„Oder Walt und Jesse", fügte Peter hinzu.

„Oder Starsky und Hutch", meinte Robin. „Owen Wilson bringt mich in dem Film immer noch zum Lachen."

„Da ist noch eine andere Sache", sagte Topher und goss sich Sirup über den Rest seines Pfannkuchens. „Stanton meint, wir sollten den Namen der Band ändern."

„Was?", rief Maurice. „Was ist an dem Namen falsch? Es ist ein klassischer Name! Aufsteigend aus dem siebten Kreis der Hölle ziehen wir vor Dante den Hut! Es zeigt, dass wir gebildet sind."

„Er meint, dass der Name angeberisch und pompös klingt."

„Angeberisch? Pompös? Soll er es doch besser machen!"

„Er meint, wir sollten die Band nach unserem Heimatdorf benennen."

Peter und die Zwillinge hörten auf zu essen.

„Du meinst …?", fragte Robin.

„… Dime Box?", beendete Maurice den Satz. „Als Name für die Band?"

Peter spießte den letzten Rest Pfannkuchen auf seine Gabel und schob ihn in den Mund. „Eines muss man diesem Stanton Porter lassen. Er ist zwar alt, aber verdammt gut."

„Mist", murmelte Robin. „Und wir haben gerade die Domäne für *Judecca Rising* drei Jahre vorausbezahlt."

„Wollen wir abstimmen?", fragte Peter. „Wer dafür ist, den Namen der Band in *Dime Box* zu ändern, möge die Hand heben."

DOWNBOUND TRAIN

STANTON WURDE durch ein Klopfen an der Zimmertür geweckt. Er rollte sich auf den Rücken und rieb sich den Schlaf aus den Augen. „Komm rein, Kumpel."

Marvin öffnete die Tür einen Spalt weit. „Bist du angezogen?"

„Spielt das eine Rolle?"

Marvin kam ins Zimmer und setzte sich aufs Bett. „Es ist gleich zehn Uhr."

„Ja? Wir müssen doch erst um eins aufbrechen."

„Bist du nicht aufgeregt?"

„Doch, bin ich. Merkt man das nicht?"

„Er mag dich wirklich."

„Meinst du?"

„Karten für Springsteen? Im Innenraum? Ich würde sagen, ja."

„Vielleicht ist er es."

„Wie meinst du das?"

„Vielleicht ist er der Richtige. Ich habe viele erste Dates, aber dabei bleibt es meistens auch. Heute ist schon Date Nummer Drei."

„Man muss sich erst an dich gewöhnen."

„Er versteht mich irgendwie."

„Ich freue mich für dich. Wirklich. Aber etwas Vorsicht kann nicht schaden."

Stanton dachte darüber nach. Er wusste, dass er sich an einem Scheideweg befand. Er hatte die Chance, die beschissenen Erfahrungen hinter sich zu lassen, mit denen er sich in den letzten beiden Jahren herumgeschlagen hatte. Aber wenn er mit Hutch eine gemeinsame Zukunft haben wollte, musste er auch endlich zu sich selbst stehen und sich akzeptieren. Er entschied sich, den Sprung ins Ungewisse zu wagen. „Ich bin es leid, immer nur vorsichtig zu sein", sagte er. „Ich will mich nicht mehr verstecken, will mich nicht mehr selbst hassen. Ich fühle mich bei ihm sicher, und wenn er wirklich die Liebe meines Lebens ist, werde ich nicht vor ihm davonlaufen. Es wird Zeit, aus der Deckung zu kommen und die Herausforderung anzunehmen."

„Das ist eine neue Seite an dir. Sie gefällt mir."

„Mir auch. Habe ich das Frühstück verpasst?"

„Ja. Es gab Archys spezielle Heidelbeer-Waffeln. Köstlich."

„Mist. Ich liebe Waffeln."

„Du liebst Frühstück."

„Richtig. Es ist die wichtigste Mahlzeit des Tages. Warum hast du mich nicht geweckt?"

„Du hast heute eine ganz besondere Verabredung. Wir sind spät nach Hause gekommen und ich wollte dir deinen Schönheitsschlaf gönnen."

Stanton lachte und setzte sich auf. Er packte Marvin und fing einen spielerischen Ringkampf an. „Lass das!", protestierte Marvin kichernd. „Du weißt genau, dass ich mir in die Hose pinkele, wenn du mich kitzelst." Stanton ließ ihn los. Marvin rollte sich auf den Rücken und legte den Kopf auf Stantons Schulter. „Glaubst du, dass es mir auch irgendwann passiert?", fragte er.

„Was?"

„Du weißt schon. Glaubst du, ich finde auch irgendwann jemanden und …"

„Natürlich wird es passieren. Aber du tust dir keinen Gefallen, wenn du dich bei der Suche auf eine so spezielle Nische beschränkst."

„Bitte nicht! Ich will nicht schon wieder darüber reden."

„Na gut", sagte Stanton. „Auch recht. Dann musst du eben weiter mit deinen Fantasien von Lando Calrissian leben. Ich habe hier auf der Insel jedenfalls noch nicht einen einzigen Schwarzen gesehen; noch nicht einmal einen, der schon vergeben ist."

„Die Welt besteht nicht nur aus Fire Island."

„Das musst du mir nicht sagen. Aber wir gehen jedes Wochenende zu *Uncle Charlie's*, und es ist immer dasselbe."

„Ja. Aber wir gehen nur dorthin, weil du dich weigerst, woandershin zu gehen."

„Manchmal gehen wir auch zu Julius, wenn ich die Drinks nicht bezahlen will. Und du weißt, was ich vom *Ninth Circle* halte."

„Es gibt Bars, die für mich besser wären."

„Aber keine davon ist in einer Gegend, in der wir uns ungefährdet bewegen können. Außerdem halte ich mich nicht gern jenseits der 14. Straße auf."

„Seit wann bist du nur ein solcher Snob geworden? Du bist doch selbst aus Iowa!"

„Ich bin aus Ohio."

„Boz Scaggs und Eric Carmen sind aus Ohio", sagte Marvin. „Und Devo. Vergiss Devo nicht."

„Es ist mein höchstes Lebensziel, Devo zu vergessen. Wenn ich auf einer Party noch ein einziges Mal *Whip It* hören muss, schieße ich mir eine Kugel in den Kopf."

ZWEI STUNDEN später stand Hutch vor der Tür. Sie verabschiedeten sich von Colby und Archy und machten sich – mit Fähre, Bus und Bahn – auf den Weg nach Manhattan. Als sie den Zug in der Penn Station verließen, nahm Marvin die U-Bahn zu ihrem Wohnheim. Stanton und Hutch besorgten sich etwas zu essen und nahmen danach den New Jersey Transit nach Secaucus. Als der Zug abfuhr und sie einen Sitzplatz gefunden hatten, nahm Hutch Stanton an der Hand.

„Danke", sagte Stanton.

„Wofür?"

„Das Wochenende. Die Tickets. Ein neues Kapitel in meinem Leben."

Hutch grinste. „Gern geschehen. Ich wusste nicht, dass heute ein so denkwürdiger Tag ist."

„Also dann. Wer bist du eigentlich?"

„Was soll das heißen?"

„Die Leute reden ..."

„Die Leute? Meinst du damit Colby und Archy?"

„Ja."

„Und was reden sie?"

„Dass deine Familie vermögend ist und dich enterbt hat, als sie erfuhren, dass du schwul bist."

„Nun, das ist zumindest die halbe Wahrheit."

„Und welche Hälfte ist wahr?"

„Nun, meine Familie ist vermögend. Wir vier – Robert, Michael, ich und auch Paul – sind in der Upper East Side aufgewachsen. Geld war nie ein Problem für uns. Aber mein Vater hat mich nicht enterbt. Ich habe freiwillig auf seine Unterstützung verzichtet."

„Warum?"

„Ich wollte sein Geld nicht, weil er dann über mein Leben hätte bestimmen können. Und dass ich schwul bin, ist nur ein Teil des Problems. Er wollte auch, dass ich Jura studiere und Anwalt werde, aber ich wollte Musiker werden. Und das hat ihn wirklich wütend gemacht."

„Was ist mit deiner Mom?"

„Meine Mutter interessiert sich nur für die nächste Flasche Wodka. Ich habe seit Jahren keinen Funken Leben mehr in ihren Augen entdecken können."

„Wirklich? Das tut mir leid."

„Macht nichts. Ich sehe sie kaum noch. Robert, Michael und Paul sind jetzt meine Familie. Wir sind füreinander da."

„Das muss schön sein. Als hätte man drei Marvins auf einmal. Aber du hast das College abgeschlossen, ja?"

„Ja. Ich werde allerdings weder Jura studieren, noch habe ich vor, Geschäftsmann oder Makler zu werden."

„Du arbeitest lieber hinter der Bar?"

„Ja. So gehört es sich schließlich für angehende Musiker und Schauspieler. Sie arbeiten als Kellner oder Barmixer."

„Du musst dich nicht verteidigen. Ich bin nur neugierig. Du hast mich Freitagabend am Strand auch verhört. Jetzt bin ich dran. Wie kannst du dir deine Wohnung in der Stadt und die Miete auf Fire Island leisten?"

„Ich habe keine Wohnung in der Stadt."

„Oh. Du lebst also nur auf Fire Island?"

„Zurzeit schon. Ich arbeite sechs Tage in der Woche, aber nur fünf Stunden täglich. Dadurch habe ich viel Zeit, um zu schreiben. Im Sommer ist das optimal und es macht mir Spaß. Danach ziehe ich wieder bei Michael und Robert ein. Michael hat eine Drei-Zimmer-Wohnung im Village."

„Drei Zimmer? In Manhattan?"

„Ich weiß. Und sie ist echt toll. Er hat sie von seiner Großmutter nach seinem Abschluss an der Columbia geschenkt bekommen."

„Guter Gott. Und ich bin schon aus allen Wolken gefallen, als meine Großmutter mir tausend Dollar hinterlassen hat. Welche Art von Liedern schreibst du?"

„Meistens schlechte. Ich bin kein Paul Simon, bezeichne mich allerdings gerne als ein unterentwickeltes Talent. Ich habe wunderbare Lieder im Kopf, bin aber das genaue Gegenteil von Mozart."

„Wie meinst du das?"

„Kannst du dich erinnern, was Marvin gesagt hat? Mozart hätte alles schon perfekt im Kopf gehört und nur noch aufgeschrieben. Ich höre diese Lieder im Kopf – jeden Tag –, aber ich kann sie nicht zu fassen kriegen. Es ist, als wären sie irgendwie weggesperrt."

„Vielleicht musst du nur den Schlüssel finden."

„So einfach ist das nicht."

„Wer weiß. Es könnte ein Ort oder eine Person sein, vielleicht sogar eine bestimmte Erfahrung. Irgendwo könnte dieser Schlüssel auf dich warten, der die Lieder in deinem Kopf befreit."

Hutch sah ihn lächelnd von der Seite an. „Du bist nicht nur sexy, sondern auch klug."

„Und meistens rede ich nur Mist", sagte Stanton und schaute aus dem Fenster, als der Zug aus dem Hudson-Tunnel wieder an die Oberfläche kam. „Ich bin froh, dass ich kein Musiker bin", meinte er. „Ich würde dieses Leben nicht ertragen. Ich brauche Stabilität. Krankenversicherung. Rente. Einen sicheren Gehaltsscheck am Ende des Monats. Einfach einen stinknormalen Job, verstehst du?"

„Das ist doch nichts Schlimmes."

„Aber es ist ein großer Unterschied zwischen uns."

Hutch drückte ihm beruhigend die Hand. „Und das ist gut so."

„Es ist das erste Mal, dass ich in der Öffentlichkeit einen Mann an der Hand halte."

Hutch sah ihn überrascht an. „Soll ich loslassen?"

„Nein, sollst du nicht. Ich habe eine neue Seite in meinem Leben aufgeschlagen. Bisher habe ich nur schlechte Erfahrungen damit gemacht, schwul zu sein. Damit soll jetzt Schluss sein. Deshalb die neue Seite. Hattest du schon viele?"

„Freunde?", fragte Hutch. Stanton nickte. „Nur kurze Beziehungen", fuhr Hutch fort. „Soweit man sie überhaupt als Beziehungen bezeichnen kann. Ich mag

Sex, aber keine One-Night-Stands. Deshalb habe ich mich zwar oft auf Beziehungen eingelassen, aber immer aus den falschen Gründen."

„Ich verstehe. Ich will nicht prüde erscheinen, aber Sex macht mich nervös."

„Schon gut. Ich will mir auch Zeit lassen."

„Wirklich?"

„Auf jeden Fall. Mindestens einige Wochen. Vielleicht sogar einen ganzen Monat oder mehr."

„Einen ganzen Monat? Ich dachte eher an einige Tage oder so."

Hutch zog grinsend die Nase kraus. „Und wer sagt, dass du darüber entscheidest? Meine Tugend steht schließlich auch auf dem Spiel, oder etwa nicht?"

„Deine Tugend?"

„In der Tat. Meine Tugend."

„Aber …"

„Nein, Stanton Porter. *Du* hast damit angefangen. Jetzt werden wir sehen, wie lange du es durchhältst. Und ich sage dir – bis dieses Konzert vorbei ist, wirst du mich anbetteln."

„Das macht dir Spaß, nicht wahr?"

„Mag sein. Du bist süß, wenn du dich so windest."

„Wo übernachten wir heute eigentlich?"

„Keine Ahnung. Soweit habe ich noch nicht vorausgeplant."

ALS SIE im Meadowlands ankamen, besorgten sie sich ein Bier und unterhielten sich noch eine Weile, bevor sie auf ihre Plätze gingen. Sie standen mitten im Innenraum unter den begeisterten Fans. Hutch fand immer wieder Gründe, Stanton zufällig zu berühren oder sich an ihn zu lehnen, um ihm ins Ohr zu flüstern, beispielsweise Fragen wie „Findest du mich sexy?"

Stanton rollte kopfschüttelnd mit den Augen. „Wirklich? Ich hoffe, du meinst das nur rhetorisch, oder?"

„Hast du schon an mich gedacht, wenn du masturbiert hast?"

Stanton wurde rot und starrte stur geradeaus auf die Bühne. „Mag sein."

„Das ist geil." Hutch drehte sich wieder zur Bühne um. „Ich habe das nämlich auch gemacht. Schon mehr als einmal. Letzte Nacht, als ich vom *Pavilion* zurückgekommen bin, habe ich mich nackt auf die Dachterrasse gelegt. Wusstest du, dass unser Haus auf Fire Island eine Dachterrasse hat? Ich habe unter den Sternen gelegen und mir vorgestellt, wie es sein würde, dich in mir zu spüren. Ganz tief. Ich bin so hart gekommen, dass es mir bis ins Gesicht gespritzt ist. Ich konnte es ablecken und schmecken. Direkt von den Lippen. Ich habe es gespürt und abgeleckt und … Na ja, du kannst es dir vorstellen."

Stantons Schwanz wurde hart. Hutch legte den linken Arm auf Stantons Schultern und beugte sich wieder zu ihm. „Wie hat dir das Große Spiel gefallen?"

„Gut."

114

„Es ist ein ziemlich dummes Spiel."

„Fand ich nicht. Es hat mir Spaß gemacht."

„Mir haben deine Antworten gefallen. *Billy, Don't Be a Hero* zum Beispiel. Da wusste ich, dass du der Richtige für mich bist. Und natürlich wegen *Air Supply*. Was ist dein Lieblingslied von den *Carpenters*?"

„*Only Yesterday*."

„Das muss ich mir anhören."

„Ich warne dich. Es ist unerträglich sentimental."

„Dann ist es ja gut, dass ich mich sentimental fühle."

Stanton drehte sich zu ihm um und schaute ihm in die Augen.

„Weißt du, was ich meine?", fragte Hutch.

„Ja", sagte Stanton. „Ich denke schon. Mein Schwanz ist steif."

Hutch lachte brummend und fasste Stanton zwischen die Beine. „Okay", sagte er beeindruckt. „Vielleicht ist ein ganzer Monat doch unrealistisch, wenn man bedenkt, was ich da fühle."

„Ich würde sogar sagen, einige Stunden sind unrealistisch."

Hutch rieb ihm über die Erektion. „Denk an rosa Kaninchen und Einhörner. Dann geht es vielleicht wieder weg. Aber denke um Himmels willen nicht daran, wie es sich anfühlen wird, wenn ich dich dort das erste Mal küsse. Und schon gar nicht daran, wie es sein wird, wenn du deinen Schwanz in meinen unersättlichen Arsch schiebst. Wenn du daran denkst, wirst du das Problem in deiner Hose nämlich nicht mehr los."

„Und wenn du nicht aufhörst, meinen Schwanz zu reiben, werde ich in besagter Hose kommen."

„Oh", sagte Hutch und zog seine Hand weg. „Tut mir leid. Ich hatte vergessen, dass du noch ein Teenager bist."

„Ich werde nächsten Monat zwanzig." Sie ließen sich wieder los. „Ich mag deine Freunde", sagte Stanton. „Marvin war ganz begeistert von ihnen, als wir vom *Pavilion* zurückgekommen sind."

„Es tut mir leid, dass Robert und Michael wieder ihr Drama aufgeführt haben."

„Nein, schon gut. Ich mag Michael. Marvins Mom sagt immer, das Leben tendiert zum Chaos. Er ist ein Einzelkind und hat immer bedauert, keine Brüder zu haben."

„Robert ist auch ein Einzelkind."

„Wie ist es mit dir?"

„Ich habe einen älteren Bruder."

„Ich habe zwei Brüder und eine Schwester."

Die Vorgruppe betrat die Bühne, aber Hutch redete unbeeindruckt weiter. „Du solltest am nächsten Wochenende wieder auf die Insel kommen. Marvin auch."

„Meinst du? Und wo sollen wir schlafen?"

„Du kannst bei mir schlafen und Marvin kann das Poolhaus haben. Es hat ein eigenes Badezimmer, ein Bett und sogar eine Stereoanlage. Wir statten es für ihn mit ausreichend LPs und Rotwein aus."

„Hast du mit deinen Freunden schon darüber gesprochen?"

„Ja."

„Und ich soll bei dir schlafen?"

„Ja. Gefällt dir mein Vorschlag nicht?"

„Er gefällt mir sogar sehr gut. Aber wir hatten bisher noch keinen Sex."

„Keine Sorge. Ich habe das Gefühl, das ist nicht mehr lange wahr." Hutchs Blick war stur auf die Bühne gerichtet. „Diese Vorgruppe ist grauenhaft."

Gegen neun Uhr wurde es dunkel im Stadium und die Zuschauer fingen an, mit den Füßen zu stampfen. Ein Ansager betrat die Bühne. „Meine Damen und Herren, das Meadowlands ist stolz darauf, heute einen unserer Söhne wieder in New Jersey begrüßen zu dürfen. Applaus bitte für den Superstar des Rock 'n' Roll – Bruce Springsteen und die *E Street Band*!"

Die Bühne wurde hell erleuchtet und sofort wieder dunkel. Tosender Beifall brandete auf. Stanton und Hutch warteten ab, bis wieder Ruhe einkehrte.

„Er spielt es auf keinen Fall schon zur Eröffnung", flüsterte Stanton.

„Etwas mehr Vertrauen bitte, Starsky."

Bruce kam auf die Bühne, von einem einzelnen Scheinwerfer beleuchtet. Das Piano spielte ein bekanntes Riff, begleitet von einer Mundharmonika. Stanton und Hutch schauten sich überrascht an.

„Weißt du, was das heißt?", fragte Hutch. „Die Götter des Rock 'n' Roll lächeln heute Abend auf uns herab."

„Ich kann es nicht glauben. Es ist, als ob …"

Stanton brachte seinen Satz nicht zu Ende. Hutch fasste ihn an der Hand und sie drehten sich wieder zur Bühne um, weil sie nicht eine Sekunde verpassen wollten. *Thunder Road*. Sie sangen laut mit und tanzten mit den anderen Besuchern um sie herum. Es war ein einmaliges Erlebnis und Stanton wusste, dass er es nie vergessen würde.

Bruce sang den letzten Vers und die Band spielte das Finish. Hutch zog Stanton am Arm, bis sie sich direkt gegenüberstanden. Stantons Herz pochte wie wild und seine Sinne waren so klar, dass er jedes einzelne Instrument auf der Bühne hören konnte.

„Schließ die Augen", sagte Hutch.

„Warum?"

„Weil ich dich küssen will."

Stanton schloss die Augen und wartete auf den Kuss, aber nichts geschah. „Was ist?", fragte er.

„Nichts. Ich will dich nur anschauen und mir dein Gesicht einprägen."

Hutch neigte den Kopf und ihre Lippen berührten sich. Es kam Stanton vor, als würden sie beide darauf warten, dass der andere aufhörte. Aber sie hörten nicht auf, beide nicht. Stanton hätte es auch nicht mehr gekonnt. Er schlang Hutch die Arme um den Hals und zog ihn an sich. Ihre Lippen fanden sich zum Kuss. Stanton schloss die Augen. Hutch schmeckte nach Bier und Sex und Salzwasser. Anders hätte Stanton es nicht beschreiben können.

Es war berauschend.

Hutchs Lippen waren weich und die Bartstoppeln an seinem Kinn kratzten leicht über Stantons glatte Haut. Er fühlte Hutchs Hände, die sich auf seine Hüften legten und ihn festhielten. Stanton hob die Arme und fuhr Hutch mit den Fingern über die Schultern. Er drückte sie leicht. Sie waren so breit und hart unter seinen Händen. Dann spürte er Hutchs Zunge im Mund, packte ihn mit beiden Händen am Hintern und drückte ihn an sich.

„Was machst du da hinten?", fragte Hutch.

„Die Ware inspizieren."

„Und hat sie den Test bestanden?"

„Ich werde sie bei Gelegenheit noch genauer überprüfen müssen."

Hutch küsste ihn und sie vergaßen Bruce Springsteen dort oben auf der Bühne. Sie vergaßen die Zuschauer um sie herum und sie vergaßen alles andere – ihren Job, ihr Studium und ihre unsichere Zukunft. Zeit und Raum hatten sich auf diesen einen, diesen wunderbaren Augenblick reduziert.

Hutch hob den Kopf. „Das ist unser Leuchtturm", sagte er. „Wenn jemals etwas passiert und uns vom Kurs abbringt, werden wir ihn mit *Thunder Road* wiederfinden. Versprich mir, dass du es niemals vergessen wirst."

„Ja, das verspreche ich dir."

Hutch küsste ihn wieder und Stanton konnte sich eine Frage nicht verkneifen. „Wusstest du, dass deine Küsse nach Salzwasser schmecken?"

„Ich schwimme jeden Tag im Meer. Meine Mom hat immer gesagt, ich wäre ein halber Fisch."

„Wie der *Incredible Mr. Limpet*?"

„Genau."

Sie drehten sich wieder zur Bühne um. Stanton nahm Hutch an der Hand und sagte: „Es fühlt sich an, als hätte mein Leben erst jetzt begonnen. Endlich."

Hutch drückte ihm die Hand. „*Unser* Leben, Starsky. Unser Leben."

„DAS WAR eines der aufregendsten Erlebnisse meines Lebens", sagte Stanton zu Hutch, als das Konzert gut drei Stunden später zu Ende war.

„Springsteen in Jersey, Baby. Das ist eine Kerbe in deinem Gürtel, die dir keiner mehr nehmen kann."

„Ich danke dir dafür."

„Gern geschehen", sagte Hutch, während sie sich in die Schlange der Konzertbesucher einreihten, die das Stadium verließen. „Meinst du, wir könnten heute Nacht bei dir im Wohnheim übernachten?"

„Sicher, kein Problem. Wir wecken zwar Marvin auf, aber der schläft schnell wieder ein. Nur keine Eskapaden, wenn wir mit ihm im Zimmer übernachten."

„Versprochen. Nur schlafen."

Sie ließen sich Zeit, den Bus nach Secaucus zu erreichen. Stanton war nicht so müde, wie er erwartet hatte. Im Gegenteil – er fühlte sich absolut fit und so geil wie nie zuvor. Bruce war nicht nur ein Musikgenie, er war auch ein Sexgott. Als sie im Bus saßen, streichelte Hutch ihm den Nacken und fuhr ihm mit den Fingern über die Innenseite der Oberschenkel.

„Wir müssen etwas gegen meinen Ständer unternehmen", sagte Stanton. „Ich werde ihn einfach nicht los. Es reicht schon, dass ich hier neben dir sitze, um wieder hart zu werden."

„Ich habe eine Idee."

Die Haltestelle, an der sie ausstiegen, um auf den Zug zu warten, war so gut wie leer. Die meisten Konzertbesucher waren wohl schon mit dem vorherigen Zug gefahren. Hutch stellte sich vor Stanton und drückte sich mit dem Hintern an ihn.

„Das ist mir keine große Hilfe", meinte Stanton. Sie stiegen in den nächsten Zug in eines der mittleren Abteile. Stanton setzte sich auf einen freien Sitz direkt an der Tür.

„Komm mit", sagte Hutch.

„Was ist falsch mit diesem Platz?"

„Ich habe doch gesagt, ich hätte eine Idee."

Hutch lief los und Stanton folgte ihm. Hutch nahm ihn an der Hand und zog ihn hinter sich her. Je weiter sie ans Ende des Zuges kamen, umso weniger Passagiere saßen in den Abteilen. Dann kamen sie in eines der letzten Abteile und es war dunkel und leer.

Stanton blieb stehen und zog Hutch zu sich herum. „Ich kann nicht mehr warten. Ich habe blaue Eier und mein Schwanz explodiert gleich."

„Und was ist mit meiner Tugend?"

„Leck mich mit deiner Tugend. Du hast mich doch nicht durch den halben Zug gezerrt, um jetzt den Tugendhaften zu spielen, oder?"

Hutch lachte. „Willst du denn nicht, dass unser erstes Mal etwas ganz Besonderes ist?"

„Glaubst du etwa, es wäre nichts Besonderes? In vielen Jahren, wenn wir beide alt und grau sind, werden wir noch die Geschichte von dem Bruce Springsteen Konzert erzählen, nach dem ich so geil war, dass ich nicht mehr warten konnte und dich im New Jersey Transit ficken musste."

„Wir werden also gemeinsam alt, ja?", fragte Hutch. „Versprichst du mir, dich in Form halten?"

„Versprochen. Ich werde mit fünfzig noch gut aussehen, und das weißt du auch."

Hutch legte ihm die Hand zwischen die Beine. „Dein Schwanz ist so hart wie ein Surfbrett."

„Ich hatte noch nie Sex in der Öffentlichkeit, aber ich bin weniger nervös, als wenn wir im Bett liegen würden."

„Doch, du hattest Sex in der Öffentlichkeit. Im Auto mit diesem Quarterback, von dem du mir erzählt hast."

„Das zählt nicht. Es gab nicht die geringste Gefahr, dabei erwischt zu werden."

Hutch drückte Stantons Schwanz. „Ich glaube, man nennt das Autofellatio."

„Küss mich", sagte Stanton. Hutch beugte sich vor und ihre Lippen berührten sich. Dann hielt Stanton ihn zurück. „Nein, nicht so. Ich meine einen richtigen Kuss. Als ob ich der Mann wäre, auf den du schon immer gewartet hast." Hutch sah ihn an und packte ihn an der Taille. Sein Kuss brachte Stanton aus dem Gleichgewicht und er fiel auf einen Sitz. Während sie sich noch küssten, öffnete Hutch ihm die Jeans und schob die Hand in seine Unterhose.

„Dem Herrn sei gedankt für starke Jungs aus Iowa."

„Ohio", korrigierte Stanton. „Und jetzt halt den Mund und fang an."

„Schon besser, Starsky."

„Ich glaube nicht, dass Starsky von Hutch jemals einen Blowjob verlangt hat."

„Oh, da muss ich dir widersprechen."

„Können wir diese Diskussion der homoerotischen Andeutungen in populären Fernsehserien bitte auf später verschieben? Ich habe gesagt, du sollst anfangen."

Hutch ging vor Stanton in die Hocke und zog ihm den Schwanz aus der Hose. Stanton schloss die Augen, als er Hutchs warmen Mund spürte, der sich um sein Glied legte. Er griff nach unten und fuhr ihm mit den Fingern durch die Haare. Als er spürte, dass er kurz vorm Orgasmus war, zog er Hutchs Kopf weg. Er stand auf und zog Hutch ebenfalls auf die Füße. Sie standen im leeren Gang des Abteils direkt an der Tür. Stanton zog sich die Hose hoch. „Dorthin", sagte er. „Zu den vier Sitzen, die sich gegenüberliegen." Hutch folgte ihm durch das leere Abteil. „Stütze dich mit den Händen an die Wand", befahl Stanton. Hutch befolgte auch diese Anweisung und stützte sich an der Wand ab, als wäre er festgenommen worden. Stanton öffnete ihm die Hose und schob sie nach unten. Dann bestaunte er Hutchs nackten Arsch mit seinen Bräunungsstreifen.

„Keine Unterwäsche?", fragte er.

„Nein", sagte Hutch.

„Hast du das geplant?"

„Wer weiß." Hutch zog seinen rechten Fuß aus der Hose und stellte ihn auf einen Sitz. Dann griff er nach hinten und zog sich die Arschbacken auseinander, was Stanton als Einladung aufnahm. Er schob sich die Jeans nach unten und streichelte über Hutchs weißen Arsch. Hutch spuckte sich in die Hand und rieb die Spucke über Stantons harten Schwanz. „Komm schon rein", forderte er Stanton auf. „Wir haben nicht den ganzen Tag Zeit. Früher oder später kommt der Schaffner und will unsere Fahrkarten sehen."

„Wie romantisch", zischte Stanton.

„Halt den Mund und fick mich. Für Romantik haben wir später noch genug Zeit."

Stanton und Hutch waren etwa gleich groß, sodass Stantons Schwanz und Hutchs Arsch genau auf der gleichen Höhe waren. Sie passten perfekt zusammen. Sie stöhnten beide, als Stanton in Hutch eindrang. „Oh Mann, fühlt sich das gut an", keuchte Stanton.

„Fang gleich richtig an, ich kann es aushalten."

„Halt den Mund und überlass das mir. Ich entscheide hier."

„Jawoll, Sir."

Stanton zog sich das T-Shirt nach hinten über den Kopf und konzentrierte sich nur noch auf das Gefühl an seinem Schwanz, der durch Hutchs Arschspalte rein und raus glitt. Das Abteil wurde ab und zu von den Lichtern erhellt, an denen der Zug vorbeibrauste. Stanton schaute nach unten und war wie gebannt von dem Anblick, der sich ihm in den kurzen Lichtblitzen bot. In diesem Augenblick wusste er, dass er davon noch mehr wollte. Viel mehr.

Stanton zog den Schwanz aus Hutchs Arsch und setzte sich. „Setz dich auf mich", sagte er. Hutch drehte sich um und hockte sich auf Stantons Schwanz. „Ein Ritt rückwärts", sagte Stanton. „Das gefällt mir."

„Ich hoffe doch", sagte Hutch und wippte auf und ab. „Weil wir das in Zukunft noch öfters machen werden."

„Manchmal kommt es mir vor, als könntest du Gedanken lesen."

„Manchmal kommt es mir vor, als könntest du meine Seele lesen. Mist, ich komme gleich. Du erwischst jedes Mal meine Prostata."

Hutch griff sich am Schwanz und rieb, bis er kam und vor sich auf den Boden spritzte. Stanton zog seinen Schwanz aus Hutchs Arsch und brachte sich ebenfalls zum Höhepunkt. Ihr Sperma bildete glänzende Pfützen auf dem schmutzigen Fußboden des Abteils. Hutch ließ sich erschöpft auf den Sitz neben Stanton sinken und zog sich die Hose hoch.

„Das war unglaublich", sagte Stanton und stand auf, um sich die Jeans hochzuziehen. Er knöpfte sie zu, zog sich sein T-Shirt wieder aus dem Nacken über den Kopf und strich es glatt.

„Dein Schwanz ist umwerfend", sagte Hutch und zog den Reißverschluss seiner Shorts hoch. „Wie groß ist das Biest eigentlich?"

„Keine Ahnung", meinte Stanton und setzte sich wieder. „Ich habe nie nachgemessen."

„Lügner." Hutch legte ihm die Hand auf die Schulter. „Wo hast du eigentlich den Spruch über die homoerotischen Andeutungen her?"

„Was denkst du wohl?"

„Oh, richtig. Marvin. Er ist ein verrückter Kerl."

„Ja, das ist er."

„Ihr kommt doch nächstes Wochenende auf die Insel, ja?"

„Ich muss erst mit ihm reden, aber ich bin mir ziemlich sicher, dass er ja sagt. Ihr habt mächtig Eindruck auf ihn gemacht, deine Freunde und du."

„Das wird der Sommer unseres Lebens, Starsky."

Stanton drehte sich um und legte den Kopf auf Hutchs Schulter. Kurz darauf musste er lächeln, als er Hutchs schweren Atem hörte. Hutch fühlte sich geborgen genug, um einfach einzuschlafen. Stanton schaute nach vorne ans Ende des Abteils. Während der Zug immer langsamer wurde, dachte er darüber nach, ob es zu früh gewesen war und sie länger hätten warten sollen. Er kam zu dem Schluss, dass es ihm egal war. Ohne Hutch zu wecken, zog er sich den Ring vom Finger und drehte ihn um. In diesem Augenblick öffnete sich die Tür und ein großer Mann kam in das dunkle Abteil.

„Ihre Fahrausweise bitte", sagte der Schaffner. „Bitte zeigen Sie Ihre Fahrausweise vor. Unser nächster Halt ist Penn Station, New York City."

IF I SHOULD FALL BEHIND

Es WAR Samstagnachmittag. Topher stand in der Küche und wählte Stantons Nummer, um ihre Pläne für den Abend zu bestätigen. Als Stanton sich meldete, musste Topher schreien, um die Musik im Hintergrund zu übertönen.

Hey, Topher.

„Wo bist du?"

Keine Ahnung. Wir haben den Fluss überquert.

„Meinst du Town Lake?"

Das ist ein See und kein Fluss. Wo sind wir, Marvin?

Topher hörte im Hintergrund Marvins Antwort. *South Congress.* Dann meldete sich Stanton wieder.

Wir machen einen Spaziergang. Wir haben an einem Imbisswagen gegessen.

„Die Gegend ist echt cool. Bleibt es bei heute Abend?"

Ja. Lass den Mist, Kumpel.

„Wie bitte?"

Sorry, ich habe mit Marvin gesprochen. Er genießt es, wenn ich mich winde.

„Warum windest du dich?"

Weil ich immer noch Probleme mit dem Altersunterschied habe.

Im Hintergrund war wieder Marvin zu hören. *Weil du ein verklemmter Idiot bist.*

Hör nicht auf ihn. Wann sehen wir uns zum Essen?, sagte Stanton.

„Ich komme mit dem Auto und hole dich um halb acht ab. Passt dir das?"

Ich kann auch ein Taxi nehmen. Du musst mich nicht durch die Stadt kutschieren.

„Halt den Mund. Ich rufe an, wenn ich da bin."

Topher klappte sein Handy zusammen und legte es auf den Tisch. Robin kam in die Küche und warf ihm auf dem Weg zum Kühlschrank einen interessierten Blick zu. „Du siehst mächtig zufrieden aus."

„Mach dich nicht über mich lustig. Ich bin schon nervös genug."

„Habt ihr Pläne für heute Abend?"

„Wir sind bei Travis und Ben zum Essen eingeladen."

Robin holte ein Bier aus dem Kühlschrank und drehte sich zu Topher um. Er schraubte das Bier auf und trank einen Schluck aus der Flasche.

„Tut mir leid", sagte Topher. „Dass ich dir nicht von Stanton erzählt habe, meine ich."

Robin trank noch einen Schluck. „Du hast doch nicht etwa geglaubt, dass ich ernsthaft sauer bin wegen Stanton, oder?"

„Nein, das nicht. Ich war nur noch nicht dazu gekommen, es dir zu sagen."

„Du hättest mich anrufen können."

„Ich weiß. Es kommt nicht wieder vor."

Robin lächelte. „Das hoffe ich doch sehr. Wann stellst du ihn uns vor? Du könntest ihn zum Abendessen einladen. Wir möchten ihn wirklich gerne kennenlernen."

„Wenn wir uns nach diesem Wochenende noch sehen, werde ich es ihm ausrichten. Versprochen. Travis dachte, ein Abendessen bei ihm und Ben wäre ein guter nächster Schritt nach unserem Date gestern."

„Da hat er wahrscheinlich recht. Ben Walsh ist ein außergewöhnlicher Mann."

„Bist du etwa in ihn verschossen?"

„Lass den Unsinn. Ich sage ja nur, dass Ben auf diesen Stanton einen besseren Eindruck machen wird als Maurice und ich. Mit Gesindel wie uns kann man keinen Eindruck schinden."

Topher schüttelte den Kopf. „Lass das. Ich hasse es, wenn du so über euch sprichst."

„Sorry."

Topher nahm sein Handy vom Tisch und steckte es ein. „Ich lege mich noch kurz hin und ziehe mich dann um. Mit etwas Glück komme ich heute Nacht nicht nach Hause."

„Was willst du anziehen?"

„Jeans und ein T-Shirt."

„Wie klassisch. Welches T-Shirt?"

„Das mit den Würfeln und der Aufschrift ‚Choose Your Weapon'."

„Intellektuellenschick. Schön. Rasierst du dich?"

„Gefällt dir mein Bartwuchs nicht?"

„Ich weiß nicht. Vielleicht solltest du auf jung machen und sogar die Haare stylen."

„Die Haare stylen?"

„Mann, du könntest dir ruhig etwas Mühe geben. Im Badezimmer steht eine Flasche Gel. Das kannst du benutzen."

ALS TOPHER pünktlich um halb acht vor dem *W* vorfuhr, wartete Stanton schon vor dem Eingang auf ihn. „Schau an", sagte Topher, als Stanton die Beifahrertür öffnete und einstieg. „Du bist sogar pünktlich."

„Ich gebe mir eben Mühe."

„Bekomme ich einen Kuss zur Begrüßung?"

Stanton beugte sich über die Konsole und drückte ihm einen dicken Schmatzer auf den Mund.

„Du kommst mir ganz und gar nicht verklemmt vor", sagte Topher.

Stanton gab ihm noch einen Kuss und dieses Mal fühlte es sich an, als hätten sie sich seit Jahren nicht gesehen.

„Ich habe dich vermisst."

„Wirklich?", fragte Topher. „Es ist doch keine vierundzwanzig Stunden her. Heißt das etwa, du hast deinen Widerstand aufgegeben?"

„Es fällt mir schwer, dir zu widerstehen."

Stanton küsste ihn ein drittes Mal. Tophers Schwanz wurde steif und seine Hose fühlte sich plötzlich viel zu eng an. Er fasste nach unten und rückte ihn zurecht. „Und umgekehrt."

Stanton grinste verschmitzt. „Du fährst jetzt besser los."

Topher reihte sich in den Verkehr ein und fuhr auf der Lavaca Street nach Norden. „Es ist schön, dich drei Tage hintereinander zu sehen."

„Du siehst übrigens gut aus. Du gefällst mir glattrasiert noch besser als mit den Stoppeln. Was steht auf dem T-Shirt?"

„Choose Your Weapon."

„Das verstehe ich nicht."

„Die Würfel werden bei Rollenspielen zum Kämpfen benutzt."

„Wie in *Dungeons & Dragons*?"

„Ja."

„Ich dachte immer, das spielen nur Vierzehnjährige."

Topher lachte. „Sehr komisch. Ich vermute, der Charme des T-Shirts bleibt dir verborgen."

„Mag sein. Aber nicht der Charme des Mannes, der es trägt."

Topher nahm die Veränderung in Stantons Verhalten grinsend zur Kenntnis, wollte den Moment aber nicht verderben, indem er nach Gründen fragte. Sie fuhren am Capitol vorbei, wo er nach rechts abbog und auf der Red River Street in Richtung Osten weiterfuhr. „Weißt du, welches Lied mir gut gefällt?", fragte er und drückte Stantons Hand.

„Sag schon", erwiderte Stanton.

„*True Blue* von Madonna."

„Das ist eines ihrer besten – und am meisten unterschätzten – Lieder. Wusstest du, dass sie es für Sean Penn geschrieben hat? ‚True Blue'. Er hat diesen Ausdruck oft benutzt."

„Wirklich? Das wusste ich nicht. Was hältst du von Camping?"

„Zelten? Das habe ich noch nie gemacht."

Topher lachte. „Meinst du das ernst? Selbst als Kind nicht?" Er bog nach links ab in Richtung North Campus, wo Travis und Ben wohnten.

„Selbst als Kind nicht", sagte Stanton. „Wir haben unseren Familienurlaub immer am Crooked Lake im Norden von Michigan verbracht – nicht zu verwechseln mit der nördlichen Halbinsel. Aber wir haben nicht gezeltet, sondern eine Ferienhütte gemietet."

„Du warst auch nicht bei den Pfadfindern?"

„Nein. Nur als ganz kleines Kind, aber damals sind wir nicht zum Zelten gefahren."

„Ich wette, du bist auch noch nie auf einem Pferd geritten. Habe ich recht?"

Stanton lachte. „Ich bin noch nie auf einem Pferd geritten."

In der 32. Straße hielt Topher an einer roten Ampel an und drehte sich zu Stanton um. „Bitte sage mir, dass du wenigstens Pool Billard spielst."

„Nein. Sorry. Ich kann nicht Billard spielen."

„Na ja, Prinzessin, dann werden wir dir in nächster Zeit das eine oder andere beibringen müssen. Vielleicht sogar Twostepp, wenn mir danach ist."

„Ich war beim *Round-Up* in Dallas. Zwei Männer in Jeans sind zur Musik von Reba McEntire über die Tanzfläche gewirbelt. Ich habe noch nie etwas so Merkwürdiges gesehen. Und was macht man so in Dine Box? Zelten, reiten und Pool spielen?"

„Und Basketball."

„Warum Basketball?"

„Weil Basketball die kleinsten Mannschaften hat. Wir waren eine kleine Schule, ja?"

„Stimmt, ich erinnere mich. Sorry."

„Aber ich war nicht sehr gut. Zu klein."

„Gibt es in Dime Box ein Kino?"

Die Ampel schaltete auf Grün und Topher musste sich wieder auf den Verkehr konzentrieren. „Nein. Wir mussten nach Taylor oder Brenham fahren. Übrigens, da wir schon von Dime Box reden … Ich habe mit den Jungs über deine Idee gesprochen. Der neue Name für die Band, erinnerst du dich?"

„Waren sie beleidigt?"

„Na ja, wie man es sieht. Maurice hatte einen kleineren Anfall, aber als er deinen Vorschlag gehört hat, ist er sofort eingeknickt. Wir haben abgestimmt und waren einstimmig für den neuen Namen. Jetzt müssen wir allerdings die Website und alles ändern. Robin war nicht sehr glücklich darüber." Topher bog in die Straße ein, in der Ben und Travis wohnten. „Ich wollte dich noch etwas fragen. Hast du schon einmal mit jemandem gesprochen, dem die Lieder im Kopf steckten und wie weggeschlossen waren? Ehrlich, ich kann schon seit einiger Zeit nichts mehr schreiben. Ich war noch nie so frustriert. Es kommt mir vor, als ob der Schlüssel fehlt. Aber irgendwo muss er doch sein." Topher warf Stanton einen Seitenblick zu, aber der schien mit seinen Gedanken völlig abwesend zu sein. „Hallo? Hast du mir zugehört?"

Stanton gab ihm keine Antwort, sondern starrte nur schweigend aus dem Fenster. Topher fuhr in die Einfahrt des Hauses, in dem die Walshs wohnten. „Verdammt aber auch", murmelte Stanton in diesem Moment vor sich hin.

„Was ist los?", fragte Topher.

„Nichts. Nur … ich bin nicht das erste Mal hier."

„In diesem Haus?"

„Ja. Es ist keine große Sache. Nur einer dieser merkwürdigen Zufälle, die das Universum manchmal für uns bereithält."

„Nur, dass das *I Ging* keine Zufälle kennt."

„Du hast das *I Ging* gelesen?"

„Wikipedia. Du warst also schon einmal hier? Als du das erste Mal in Austin warst?"

„Ja."

Topher zog die Augenbrauen hoch. „Seltsam."

Die beiden Männer stiegen aus dem Truck und gingen zur Haustür. Topher klopfte an und Sekunden später öffnete Quentin, Bens siebzehnjähriger Bruder, die Tür. „Hey, Topher. Kommt rein", begrüßte er sie und hielt ihnen die Tür auf. „Wer ist der Erwachsene, den du mitgebracht hast?"

Stanton schüttelte Quentin die Hand. „Freut mich, dich kennenzulernen."

„Mich auch", sagte Quentin und trat zur Seite, damit sie eintreten konnten. Ben und Travis kamen aus der Küche und begrüßten sie ebenfalls.

„Ben Walsh."

„Stanton Porter."

„Travis Walsh."

„Ihr habt den gleichen Nachnamen?", erkundigte sich Stanton.

„Jetzt ja", antwortete Travis.

Stanton drehte sich zu Ben um. „Ich habe vor vielen Jahren deine Eltern kennengelernt. Es muss wenige Wochen vor deiner Geburt gewesen sein."

Ben riss überrascht die Augen auf. „Du warst schon einmal hier?"

„Ja", sagte Stanton. „In dem Jahr, in dem du geboren wurdest. Wann immer das auch war. Aber es war im Juli, wenn ich mich recht erinnere."

„Das war 1983. Mein Geburtstag ist der 22. Juli."

„Richtig. Wieder einer dieser merkwürdigen Zufälle."

„Oder auch nicht", sagte Topher.

Stanton lachte. „Ich war hier, um einen Freund zu besuchen. Er wohnte in dem Apartment über der Garage und hat Jura studiert."

„Und du hast wirklich meine Eltern gekannt?", fragte Ben.

„Ja. Dein Dad war ein bemerkenswerter Mann. Topher hat mir erzählt, dass sie bei einem Autounfall ums Leben gekommen sind. Es tut mir sehr leid, das zu hören."

„Danke für dein Mitgefühl", sagte Ben.

„Ich kann mich noch an das Gespräch über deinen Namen erinnern. Wusstest du, dass sie dich Caddy genannt hätten, wenn du ein Mädchen geworden wärst?"

„Ja, das weiß ich. Mein jüngster Bruder hat den Namen dann abbekommen. Cade?", rief er durchs Haus. „Topher ist hier."

Cade, mit dreizehn Jahren der jüngste der Walsh-Brüder, kam aus dem Wohnzimmer gelaufen. „Hey, Topher. Was geht ab?"

„Nicht viel, Kumpel. Das ist mein Freund Stanton."

„Hey", sagte Cade und schüttelte Stanton die Hand.

Stanton starrte die drei an. „Ihr seht aus, wie eine attraktivere Ausgabe der Baldwin-Brüder."

„Das haben wir schon ungefähr tausend Mal gehört", sagte Cade und ging ins Wohnzimmer zurück.

„Nimm ihn einfach nicht zur Kenntnis", sagte Ben.

„Wo ist Jason?", fragte Topher.

„Er verbringt das Wochenende bei Jake", sagte Ben. „Das ist sein Freund", fügte er für Stanton noch hinzu.

„Du hast einen schwulen Bruder?"

„Ja. Einen schwulen und zwei Standardausgaben." Er legte Travis den Arm um den Hals und zog ihn an sich. „Und den hier habe ich für unser Team rekrutiert."

„Topher hat mir davon erzählt. Du warst vor Ben nur mit Frauen zusammen?"

Travis lächelte. „Ja. Aber diese Tage sind vorbei. Ich habe mir nur die Zeit vertrieben, bis ich dem hier begegnet bin. Kann ich dir etwas zu trinken anbieten, Stanton?"

„Ich nehme ein Bier, solange es nicht aus der Dose kommt."

Topher lachte.

„Wir haben Shiner aus der Flasche", sagte Travis.

„Das wäre prima."

„Topher, kommst du mit in die Küche, das Bier holen?"

„Klar", sagte Topher und folgte Travis in die Küche.

Sobald sie außer Hörweite waren, drehte Travis sich zu ihm um. „Es muss Schicksal sein, dass er schon einmal hier war. Es ist, als wärt ihr füreinander bestimmt."

„Immer mit der Ruhe, Kumpel."

„Hast du gestern Abend Spaß gehabt?"

„Es war wunderbar. Er ist ein hervorragender Küsser."

„Du Strolch. Kein Sex?"

„Nein. Vielleicht heute. Ich drücke die Daumen."

Travis seufzte. „Okay. Ich hole jetzt das Bier aus dem Kühlschrank, damit du wieder zurück zu den anderen kommst." Er stellte vier Flaschen auf den Tisch und öffnete sie.

Topher nahm drei davon und ging zur Tür, um sie ins Wohnzimmer zu bringen.

„Ich gehe nach draußen und kümmere mich um den Grill", rief ihm Travis nach. „Richte den anderen aus, das Essen wäre in zehn Minuten fertig."

„Wird gemacht."

Topher kam ins Wohnzimmer und gab eine der Flaschen an Ben weiter. „Travis sagt, wir können in zehn Minuten essen." Er setzte sich zu Stanton aufs Sofa und gab ihm die dritte Flasche Bier. „L'Chaim."

Stanton stieß lächelnd mit ihm an. „Lernst du jetzt jiddisch?"

„Hast du das nicht am Donnerstag gesagt? L'Chaim?", fragte Topher.

„Doch. Aber ich bin nur Ehrenmitglied der jüdischen Gemeinschaft."

„So was gibt es nicht."

„Gibt es doch. Marvins Mutter hat mich dazu ernannt."

„Manche Menschen könnten sich beleidigt fühlen, wenn du das erwähnst."

„Mag sein. Es wäre nicht das erste Mal."

Ohne lange nachzudenken, beugte Topher sich vor und küsste ihn. Als er sich wieder aufrichtete, starrten Ben und seine beiden Brüder ihn mit großen Augen an.

„Wie ich sehe, hast du meinen Rat beherzigt", sagte Ben.

Quentin rollte mit den Augen. „Oh, mein Gott! Topher auch?", rief er.

„Ernsthaft?", sagte Cade. „Mittlerweile wird anscheinend jeder schwul, der einen Fuß über die Schwelle dieses Hauses setzt."

„Welchen Rat?", fragte Stanton.

„Ben hat gesagt, ich müsste mich dir an den Hals werfen, damit etwas passiert."

Stanton lachte. „Dann muss ich mich also bei dir bedanken", sagte er zu Ben.

„Das kann man wohl sagen."

„Was machst du eigentlich, Ben? Beruflich meine ich."

„Ich bin Anwalt. Verteidiger."

„Der beste der Stadt", fügte Topher hinzu.

„Vielen Dank", sagte Quentin. „Als ob er nicht schon eingebildet genug wäre."

„Ich arbeite gerne in meinem Beruf", sagte Ben. „Er ist allerdings lange nicht so populär und glanzvoll wie deiner. Ich habe einige deiner Sendungen bei NPR gehört. Du kennst sehr viele der Größen im Musikgeschäft."

„Ja, das stimmt. Aber als glanzvoll würde ich es nicht bezeichnen. Ehrlich gesagt, empfinde ich mich mehr als einen Parasiten, der von ihnen lebt."

Topher schlug die Hände vors Gesicht. „Ein Parasit? Meinst du das ernst?"

„Ich habe in meinem Leben noch nie selbst etwas auf die Beine gestellt. Ich schreibe nur über das, was andere erreicht haben."

„Das ist doch Unsinn", sagte Topher. „Musik ist wie ein umstürzender Baum im Wald. Wenn sie niemand hört, existiert sie nicht. Du repräsentierst die Zuhörer."

Stanton trank einen Schluck Bier. „Dein Vergleich gefällt mir."

„Ich hoffe, ihr mögt Burger und Würstchen vom Grill", sagte Travis, der ins Wohnzimmer zurückkam. „In der letzten Woche hatten wir ein fürchterliches Sudelwetter und die Wettervorhersage hat noch mehr angekündigt. Normalerweise beschweren wir uns darüber nicht, weil wir immer Niederschläge brauchen können. Aber ein verregnetes Musikfestival wäre nicht gut gewesen. Es ist schließlich eine der größten Veranstaltungen in Austin. Glücklicherweise hat sich am Donnerstagabend herausgestellt, dass die Vorhersagen falsch waren, gerade rechtzeitig zum *SXSW*. Ich habe deshalb zu Obi-Wan gesagt, dass wir den Grill auspacken sollten."

„Wer ist Obi-Wan?", wollte Stanton wissen.

„Ich", erwiderte Ben. „Obi-Wan. Ben Kenobi. Ben Walsh."

„Oh, ich verstehe." Sie gingen ins Esszimmer, wo Travis den Tisch gedeckt hatte. Stanton fasste Topher am Arm. „Was ist ein Sudelwetter?", fragte er leise.

„Dauerregen."

Stanton lachte. „Das ist gut! Das muss ich mir merken."

„Amüsierst du dich?"

„Ja, sehr. Es ist schön, wieder hier zu sein. Ben erinnert mich an seinen Vater. Vielen Dank für die Einladung."

„Gern geschehen. Aber es war nicht ganz selbstlos. Ich dachte mir, mit solchen Freunden mache ich einen besseren Eindruck auf dich."

„Das machst du auch so schon. Dazu brauchst du deine Freunde nicht."

Topher grinste. Ihm gefiel diese Seite von Stantons Persönlichkeit. Als sie ins Esszimmer kamen, setzte er sich Travis gegenüber ans Kopfende des Tisches. Stanton setzte sich neben Ben auf den Platz, an dem normalerweise Jason saß. Quentin und Cade nahmen gegenüber Platz. In der Mitte des Tisches stand ein großer Teller mit Cheeseburgern und Würstchen. Außerdem gab es noch gegrillte Maiskolben, Kartoffelsalat, Brötchen, grünen Salat mit Tomaten und Zwiebeln, Kartoffelchips, eingelegte Gurken und mehrere Grillsaucen.

Ben nahm sich einen Cheeseburger und häufte sich Salat auf den Teller. „Also, Stanton … Wenn du meinen Rat brauchst, wie man mit einem Mann umgeht, der für dich schwul geworden ist, fällt mir bestimmt das eine oder andere dazu ein."

Stanton schüttelte lachend den Kopf. „Ist es das, was ihr denkt?"

Topher zwinkerte ihm zu. „Wenn ich schon für jemanden schwul werde, bin ich verdammt froh, dass er so gut aussieht wie du."

„Ich bin immer noch verblüfft darüber", sagte Stanton. „Meine Generation hat Bisexualität immer für einen schlechten Witz gehalten. Für die Ausrede von Männern, die sich erst spät outen und dabei ins Straucheln kommen. Deshalb bin ich manchmal so skeptisch."

„Mich hat es damals auch verblüfft", gestand Ben. „Aber ich muss zugeben, dass ich meine Meinung darüber geändert habe." Er beugte sich vor und gab Travis einen Kuss. „Er ist das Beste, was mir jemals passiert ist."

„Du bist doch ein echter Homosexueller, ja?", fragte Stanton.

Topher fand Stantons Wortwahl etwas seltsam. Ben schien es genauso zu gehen, denn er sagte: „Das gefällt mir. Ein echter Homosexueller. Ja, das bin ich. Meistens jedenfalls. Von den üblichen Dates mit Mädchen während meiner Schulzeit abgesehen."

„Das zählt nicht", sagte Stanton und zeigte auf Topher und Travis. „Also … Seid ihr beiden schon immer schwul gewesen? Oder ist es nur eine Laune?"

„Ich war mit Sicherheit nicht immer schwul", antwortete Travis.

„Ich bin mir nicht so sicher", meinte Topher. „Du bist der erste Mann, den ich jemals geküsst habe. Hätte ich ohne dich irgendwann einen anderen Mann geküsst? Ich weiß es nicht."

„Gut", sagte Stanton. „Aber warum hast du mich geküsst? Was hat diesen Kuss ausgelöst?"

Topher fiel Stantons merkwürdiger Gesichtsausdruck auf. Es war fast, als wüsste er Tophers Antwort schon.

Ben kam Tophers Antwort zuvor. „Ich habe da eine Theorie", sagte er, legte seinen Cheeseburger auf den Teller und wischte sich mit der Serviette über den Mund.

„Und los geht's", sagte Travis.

„Oh Mann", stöhnte Quentin. „Jetzt habt ihr ihn in Fahrt gebracht."

„Sei still, kleiner Bruder. Du weißt genau, dass es eine gute Theorie ist. Du hast mir selbst geholfen, sie zu entwickeln."

„Worum geht es eigentlich?", wollte Topher wissen.

Und Ben begann. „Im Grunde geht es doch um die folgende Frage: Was passiert, wenn ein heterosexueller Mann sich in einen anderen Mann verliebt? Ich meine damit nicht einen Mann mit drei oder vier Punkten auf der Kinsey-Skala, sondern einen wirklich heterosexuellen Mann. Ein Punkt, nicht mehr. Ich denke, unter diesen Umständen handelt es sich um eine …"

Ben verstummte.

„Um eine Fortsetzung", schlug Quentin vor.

„Genau", sagte Ben. „Danke, Q. Eine Fortsetzung einer … einer früheren Beziehung."

„*Little Buddha*", warf Cade ein.

„Was ist das?", fragte Topher.

„Ein Film", sagte Quentin. „Einer unserer Lieblingsfilme. Es geht um die Suche nach der Reinkarnation eines buddhistischen Lehrmeisters."

„Ist das der Film mit Keanu Reeves?", fragte Stanton.

„Ja. Wusstest du, dass Tibet, bevor es von den Chinesen besetzt wurde, vom Dalai Lama regiert wurde und die Menschen dort glauben, dass jeder Dalai Lama die Reinkarnation seiner Vorgänger ist?"

„Ich habe dir doch gesagt, dass man hier immer etwas Neues lernt", sagte Topher zu Stanton. „Woher wisst ihr das?"

Quentin zögerte. „Ich habe es gelesen, nachdem meine Eltern verunglückt sind. Ich dachte, sie würden vielleicht wieder zurückkommen. Kinder befassen sich oft mit solchen Dingen, wenn … Na ja, ihr wisst schon."

„Und wie funktioniert diese Reinkarnation?", wollte Topher wissen.

Quentin lachte. „Da gibt es keine bestimmten Regeln. Ich denke, jeder von uns kann nach seinem Tod machen, was er will. Wir können zurückkommen oder es sein lassen. Wir können gleich zurückkommen oder damit warten. Ich habe gelesen, dass Menschen, die plötzlich und unerwartet sterben oder noch eine dringende Aufgabe erledigen wollten, innerhalb weniger Wochen oder sogar Tage wiedergeboren werden können."

„Sollten sie nicht wenigstens neun Monate warten müssen?", fragte Topher.

„Nein", sagte Quentin. „Die Seele eines Menschen vereinigt sich mit dem Körper beim ersten Atemzug nach der Geburt. Wenn der Wille stark genug ist, kann die Seele eines alten Mannes mit seinen letzten Worten in ein neugeborenes Baby eingehen."

„Travis und ich sind am gleichen Tag geboren worden", sagte Ben. „Am 22. Juli 1983. Ich glaube, dass damals etwas passiert ist. So ähnlich, wie der Unfall meiner Eltern. Unser früheres Leben fand ein vorzeitiges Ende und wir wurden am gleichen Tag wiedergeboren. Als wir uns dann siebenundzwanzig Jahre später kennenlernten, spielte es keine Rolle, dass ich schwul war und Travis nicht."

„Ich war so glücklich, ihn wiederzusehen", sagte Travis und fasste Ben an der Hand. „Wir haben genau da weitergemacht, wo wir aufgehört hatten. Ich werde es nie richtig erklären können, aber es war so selbstverständlich wie der nächste Atemzug."

Ben sah Stanton an. „Vielleicht ist es mit dir und Topher genauso."

Stanton legte seinen Hamburger ab. „Hat dein Vater dir jemals von Brendan und Trent erzählt?", fragte er Ben.

„Nein, ich glaube nicht. Er hat diese Namen niemals erwähnt. Wer waren Brendan und Trent?"

Stanton sagte nichts. Er war kreidebleich und hatte wieder diesen erschrockenen Blick in den Augen.

Topher fasste ihn an der Hand und drehte sich zu Ben um. „Willst du damit sagen, dass Stanton und ich uns vielleicht aus einem früheren Leben kennen?"

Stanton lächelte schwach. „Zumindest für dich ist es ein früheres Leben."

„Wie meinst du das?", fragte Topher.

„Wann bist du geboren worden?"

„Warum?"

„Sag es mir einfach. Bitte."

„Am 6. November 1985."

Stanton schloss die Augen. „Sechs Tage."

„Worüber redest du? Was meinst du mit sechs Tagen?"

Stanton holte tief Luft. „Ich hatte …" Er verstummte und schüttelte den Kopf. „Ich sollte das nicht tun."

„Sag das nicht", flüsterte Topher. „Wenn du mehr weißt, solltest du es mir sagen." Er wollte endlich wissen, was zum Teufel mit Stanton los war.

Alle hörten auf zu essen und sahen Stanton erwartungsvoll an.

„Ich hatte einen Partner", begann Stanton.

„Ja. Und weiter?"

„Er ist sechs Tage vor deiner Geburt an AIDS gestorben."

„Stanton", sagte Ben.

„Was?"

„Nein, schon gut. Ich wollte dich nicht unterbrechen. Mir ist nur gerade eingefallen, dass Colins Mutter über einen Mann namens Stanton gesprochen hat. Wie hieß dein Freund?"

„Chris Mead."

Travis, Ben und seine beiden Brüder sahen sich ungläubig an.

„Verdammt", flüsterte Ben.

„Kann mir bitte jemand sagen, was hier los ist?", sagte Topher.

„Willst du mich verarschen?", fragte Quentin. „Joseph Meads verstorbener Sohn war dein Freund?"

„Als er noch lebte, ja. Kennt ihr Joseph Mead?"

„Kennen wir ihn?" Quentin warf einen Blick über den Tisch auf seinen älteren Bruder. „Ben? Glaubst du, Topher könnte …?"

Ben schüttelte den Kopf. „Ich dachte nicht, dass es ernst wird und …"

Topher unterbrach ihn. „Wer ist Chris Mead?"

Ben drehte sich zu Stanton um. „Ich habe mit Colin Mead, Chris' Neffen, an der Columbia University Jura studiert."

„Mit Carls und Normas Sohn?"

„Ja."

„Ich habe Colin das letzte Mal gesehen, als er zwei Jahre alt war."

„Als meine Eltern ums Leben kamen, habe ich für Wilson & Mead gearbeitet. Ich habe dann gekündigt und bin nach Austin zurückgekommen", sagte Ben. „Wir haben Thanksgiving bei den Meads verbracht."

„Sie sind wie eine zweite Familie für uns", sagte Cade.

„Chris war hier, in diesem Haus", sagte Stanton. „Er hat mich an diesem Wochenende begleitet. Wir haben in einem der Zimmer im ersten Stock übernachtet. Das Zimmer auf der Westseite."

„Das ist mein Zimmer", sagte Quentin.

„Warum wart ihr hier?", fragte Topher.

„Das ist eine lange Geschichte. Ben, Chris Mead hat deine Eltern gekannt."

Ben schüttelte den Kopf. „Das ist unmöglich. Mein Vater hätte ihn erwähnt, als ich Colin kennenlernte."

„Nicht unbedingt. Chris hat nicht über seine Familie gesprochen, als wir hier zu Besuch waren. Dein Vater hatte keinen Grund, ihn zwanzig Jahre später mit Colin in Verbindung zu bringen. Ich kann mich nicht einmal erinnern, dass wir ihm unsere Nachnamen genannt hätten."

„Könntet ihr beiden jetzt bitte damit aufhören?", sagte Topher. „Ich verstehe nur noch Bahnhof." Er drückte unterm Tisch Stantons Hand. „Du warst also in diesen Chris verliebt?", fragte er ihn.

„Ja, das war ich."

„Und er hieß auch Christopher?"

„Was meinst du mit *auch*?"

„Dass ich Christopher heiße."

„Du ..."

„Chris*topher*. Ich wurde als Kind Chris genannt, aber ich habe diesen Namen gehasst. Dann habe ich in einer Fernsehsendung die Abkürzung Topher gehört und mich umbenannt."

„Ich kann einfach nicht glauben, dass es uns nicht schon früher aufgefallen ist."

Topher ließ Stantons Hand los. „Hast du dich deshalb am Wochenende so merkwürdig verhalten? Weil ich dich an deinen toten Freund erinnere?"

„Topher", sagte Quentin. „Du *bist* vielleicht dieser tote Freund."

„Wie bitte? Ich bin *ich*, und niemand sonst. Was bedeutet es schon, sechs Tage nach seinem Tod geboren worden zu sein? So was nennt man Zufall."

„Und was ist mit dem *I Ging*?", fragte Stanton.

„Vergiss das beschissene *I Ging*. Glaubst du wirklich, ich spiele nur die Gefühle eines Mannes nach, der seit fünfundzwanzig Jahren tot ist? Was ist nur mit euch los?"

Tophers Handy vibrierte aufgeregt. Er schaute nach unten: „Halt's Maul!", brüllte er.

„Topher", sagte Ben. „Ich wollte nicht ..."

„Ich will nicht in deine Gefühle für einen anderen Mann reingezogen werden", sagte Topher zu Stanton. „Ist es das, worum es die ganze Zeit ging?"

„Wir sollten jetzt vielleicht gehen", erwiderte Stanton.

Aber Topher hatte nicht die Absicht, irgendwohin zu gehen, bevor er Antworten auf seine Fragen bekam. „Ist es das, ja? Sehe ich ihm ähnlich?"

„Nein, ganz und gar nicht."

„Habe ich die gleichen Augen?"

„Nein."

„Was ist es dann? Was habe ich, dass du so denkst? Ich will es wissen."

Stanton schwieg.

„Rede mit mir!"

„Es ist deine Stimme", sagte Stanton. „Es sind nicht die Augen, die das Fenster zur Seele sind. Es ist die Stimme."

„Interessant", sagte Quentin.

„Es gibt viele kleine Dinge, die ich jetzt nicht erklären kann. Es würde zu lange dauern", fuhr Stanton fort. „Aber wenn ich die Augen schließe und dich reden oder singen höre, ist deine Stimme genau die gleiche." Er machte eine Pause. „Es ist fast, als würde er vor mir stehen."

Topher stand so schnell auf, dass der Stuhl hinter ihm umkippte. „Du hast mich nur ausgenutzt, um dir einzureden, er wäre noch am Leben. Was bist du doch für ein Arschloch."

„Topher", sagte Travis, aber Ben fasste ihn an der Hand. „Na gut. Ich halte mich da raus."

„Ich sollte dich jetzt wieder in dein Hotel bringen", sagte Topher.

„Du hast recht." Stanton stand auf und schüttelte Ben die Hand. „Danke für die Einladung. Es tut mir leid, dass es so geendet hat."

„Das ist meine Schuld", erwiderte Ben.

Topher wartete schweigend, während Stanton sich von Travis verabschiedete. „Falls wir uns jemals wiedersehen – was ich sehr hoffe –, erinnere mich daran, euch die Geschichte von Brendan und Trent zu erzählen."

TOPHER UND Stanton verließen das Haus und fuhren schweigend zum Hotel zurück. Als Topher vor dem Eingang anhielt, öffnete ein Page für Stanton die Beifahrertür.

„Einen Augenblick bitte", sagte Stanton zu dem jungen Mann und drehte sich zu Topher um. „Es tut mir sehr leid. Ich dachte, ich hätte das Richtige getan. Ich wollte dich kennenlernen, ohne …"

Topher hob die Hand und unterbrach ihn. „Ich habe dich gestern Abend danach gefragt. Du hättest mir alles erklären können. Ich habe dir vertraut, wie du mich gebeten hast. Es ist zu schade, dass du mir nicht auch vertrauen konntest."

„Bitte, ich …"

„Ich wünsche dir einen guten Rückflug nach New York. Richte Marvin meinen Dank für die Karte zu dem Konzert aus."

„Bitte nicht, Topher. Versprich mir, dass wir uns wiedersehen."

Topher schüttelte den Kopf. Er konnte den Schmerz in Stantons Augen sehen, aber es änderte nichts an seinem Entschluss. Er konnte Stanton nicht geben, was der sich von ihm wünschte. „Es tut mir leid, aber das kann ich dir nicht versprechen", sagte er.

Stanton blieb noch einen Augenblick schweigend sitzen, dann stieg er aus. „Na gut. Viel Glück, Topher. Ich hoffe, Dime Box hat Erfolg." Er schloss die Tür.

Topher legte den ersten Gang ein und fuhr davon. Als er in den Rückspiegel schaute, stand Stanton immer noch auf dem Bürgersteig und sah ihm nach. Topher wehrte sich nicht gegen seine Tränen. Zuhause saßen Robin, Maurice und Peter im Wohnzimmer vor dem Fernseher. Topher ging leise durch den Flur an ihnen vorbei. Sie mussten seine rotgeweinten Augen trotzdem gesehen haben, denn als Topher die Tür seines Zimmers schloss, hörte er noch, wie Peter zu den Zwillingen sagte: „Wisst ihr, was das Schlimmste daran ist, wenn zwei sich kennenlernen? Dass sie sich meistens wieder trennen."

Teil 2
Heimweh

BOOK OF DREAMS

TOPHER STAND am Strand. Er schaute nach links und sah zwei Männer, die auf ihn zukamen. Er schaute nach rechts und sah zwei Männer, die sich von ihm entfernten. Er war hier nicht in Galveston. Das Wasser, das über den Sand bis an seine Zehen schwappte, war viel zu kalt für den Golf von Mexiko. Nein, er war direkt an einem Ozean. Topher hatte in letzter Zeit die Fähigkeit entwickelt, zu erkennen, wann er träumte, auch dann, wenn er noch in seinem Traum gefangen war. Er wunderte sich deshalb nicht, dass die Szene am Strand eine diffuse Erinnerung in ihm weckte. Aber er konnte nicht erkennen, wer die Männer waren, die auf ihn zukamen, und die Gesichter der anderen, die sich von ihm entfernten, konnte er sowieso nicht sehen.

„Hey!", rief er ihnen nach.

Und wachte auf.

Es war Montagmorgen. Topher wollte sich an seinen Entschluss halten. Er wollte zur Arbeit gehen und so tun, als wäre die ganze Sache mit Stanton Porter nie passiert. Als Peter und die Zwillinge am Sonntag mit ihm darüber reden wollten, war er ihnen über den Mund gefahren. Glücklicherweise hatten sie nicht nachgefragt, denn er hätte nicht gewusst, wie er ihnen antworten sollte.

Mit Travis sah die Sache allerdings anders aus. Topher war noch keine Stunde in der Werkstatt, da wischte Travis sich die Hände ab und kam aus seiner Bucht zu ihm, um mit ihm zu reden. „Was ist passiert, nachdem ihr gegangen seid?", fragte er Topher.

„Wir haben uns eine Gute Nacht gewünscht und er ist gestern nach New York zurückgeflogen. So kann man es ungefähr zusammenfassen. Ein weiteres *SXSW* ist gekommen und gegangen."

„Hat er dich angerufen?"

„Ja, aber ich habe den Anruf nicht angenommen."

„Ben hat mir zwar gesagt, ich solle mich nicht einmischen, aber meinst du nicht, dass du etwas überreagierst?"

„Nein, das meine ich nicht. Er hat mich ausgenutzt, weil ich mich so anhöre, wie sein toter Freund. Ich war vollkommen ahnungslos, habe mit ihm geredet, ihm persönliche Dinge über mich erzählt, und er ... er hat sich eingeredet, ich wäre ein anderer."

Travis schnaubte. „Unsinn. Das kann ich mir wirklich nicht vorstellen. Hast du ihm wenigstens die Chance gegeben, dir alles zu erklären?"

„Diese Chance hatte er schon Freitagabend. Ich wusste, dass etwas nicht stimmte, aber er wollte nicht mit mir darüber reden. Ich habe ihn gebeten, es mir zu erklären, und er hat mich um mein Vertrauen gebeten. Wie lange wollte er denn noch warten, bevor er etwas sagt?"

„Und was genau hätte er sagen sollen? Dass er dich für die Reinkarnation eines Mannes hält, in den er vor fünfundzwanzig Jahren verliebt war? Kein Mensch, der halbwegs bei Verstand ist, würde das zu jemandem sagen, den er erst seit ein paar Tagen kennt. Also, Topher … Was hättest du an seiner Stelle gesagt? Wie hätte er dieses Kaninchen aus dem Hut zaubern sollen, ohne für verrückt gehalten zu werden?"

„Ich weiß es auch nicht", gab Topher betreten zu, weil Travis recht hatte.

„Richtig. Und ich wüsste es auch nicht. Er hat nicht mit dir darüber geredet, weil er genau diese Reaktion von dir befürchtet hat. Ich kann ihm nicht den geringsten Vorwurf machen. Ben war es, der das Thema angesprochen hat. Stanton muss sich vorgekommen sein, als wollten wir ihn in die Enge treiben. Wenn du schon auf jemanden wütend sein willst, dann – bitte! – auf uns."

„Und was soll ich jetzt tun?", fragte Topher beschämt.

„Seinen nächsten Anruf annehmen. Was denn sonst? Dieses ganze Missverständnis ausräumen und vergessen. Und verurteile ihn nicht für Dinge, die du nicht verstehst. Lass ihn erst ausreden."

„Du meinst die Sache mit der Reinkarnation?"

„Ja, genau die meine ich. Es mag nur ein Zufall sein, dass du die gleiche Stimme hast. Aber vielleicht ist es auch *kein* Zufall. Ich kenne dich jetzt seit zwei Jahren und weiß, deine größte Angst ist, ein unbedeutendes Leben zu führen. Du bist in dieser Beziehung wie Ben. Männer wie Stanton und ich sind das genaue Gegenteil. Wir wollen einfach nur ganz gewöhnliche Menschen sein."

„Stanton ist kein gewöhnlicher Mensch."

„So habe ich das nicht gemeint. Ich meine, dass wir nur glücklich sein und nicht auffallen wollen. Gib mir meine kleine Welt mit Ben und den Jungs, und ich bin zufrieden. Aber du bist anders. Du willst, dass die Menschen dich wahrnehmen und auf dich hören. Und jetzt kannst du deine Chance bekommen, wenn du nur endlich aufwachst." Travis klatschte in die Hände. „Weil es dir tatsächlich passiert ist und weil es dich zum außergewöhnlichsten Menschen machen würde, den ich jemals getroffen habe."

„Du hältst es also wirklich für möglich?"

„Ich weiß nicht so recht, was ich glauben soll. Aber ich erinnere mich noch, wie es war, als ich Ben kennenlernte – nämlich so, wie du es mir kürzlich in der Mittagspause beschrieben hast: Er kam mir bekannt vor. Als würde ich mich an etwas erinnern, das in Vergessenheit geraten war. Aber woran hätte es mich erinnern sollen? An was hast du dich erinnert, als du Stanton mitten in *Thunder Road* geküsst hast?"

Topher rieb sich die Stirn. In diesem Moment klingelte Travis' Handy. Er zog es aus der Tasche und schaute auf den Bildschirm. „Das ist Ben. Er will sich bei dir entschuldigen." Travis nahm den Anruf an. „Hallo, Hotshot."

Travis hörte kurz zu, nickte dann und reichte das Handy an Topher weiter. „Hallo", meldete Topher sich.

Hey, hier ist Ben. Tut mir leid wegen Samstag. Ich war ein Idiot.

„Nein, das warst du nicht. Du hast mir sogar einen Gefallen getan. Travis hat mir geholfen, die Sache aus einem anderen Blickwinkel zu betrachten."

Darin ist er gut. Du solltest auf ihn hören.

„Ich habe wirklich nicht kapiert, worüber ihr gesprochen habt. Wer sind die Meads und was haben sie mit Stanton und deinen Eltern zu tun?"

Ich habe Colin Mead in meinem ersten Semester an der Columbia University kennengelernt. Sein Großvater ist Joseph Mead, die eine Hälfte von Wilson & Mead. Dort habe ich nach dem Studium gearbeitet. Colin war mein bester Freund und ich habe für seine Familie gearbeitet. Die Firma gehört zu den ganz großen im Land.

„Was hat das mit Stantons Besuch bei deinen Eltern zu tun?"

Joseph Mead hatte zwei Söhne, Carl und Chris. Carl ist Colins Vater. Chris ist 1985 an AIDS gestorben. In den letzten vier Jahren seines Lebens war er Stantons Freund und Geliebter.

„Dann haben also Stanton und Chris Mead deine Eltern besucht?"

Ja und nein. Es war 1983, kurz vor meiner Geburt. Stanton und Chris haben Brendan besucht, der in dem Apartment über der Garage wohnte. Aber wie ich meinen Vater kenne, haben sie viel Zeit bei uns verbracht. Mein Vater hätte Besuchern aus New York niemals widerstehen können.

„Was weißt du über Chris Mead?"

Nicht viel. Joseph redet nicht über ihn. Ich weiß, dass Chris und sein Vater sich in den letzten Jahren vor Chris' Tod nicht sehr gut verstanden haben. Deshalb steht an Thanksgiving immer ein leerer Stuhl an ihrem Tisch. Colin sagt, der alte Mann hätte es sich nie verziehen.

„Der alte Mann?"

So nennen wir Joseph Mead.

„Ben, ich muss jetzt Schluss machen. Du hättest dich nicht entschuldigen müssen, aber trotzdem danke. Travis ist ein Glückspilz."

Ahh, das tut gut. Bitte mehr davon!

„Ich gebe dir jetzt Travis."

Topher gab das Telefon zurück und Travis ging wieder in seine Bucht. Topher beobachtete Travis oft bei dessen Telefonaten mit Ben. Er wusste jetzt auch, wie Travis sich fühlen musste, denn ihm ging es mit Stanton genauso.

Topher machte den Ölwechsel für einen 2009er Acura. Er versuchte immer noch, die Informationen zu verdauen, mit denen Ben ihn gefüttert hatte. Er musste sich eingestehen, dass er wahrscheinlich überreagiert hatte. Glaubte er wirklich, dass Stanton ihn nur ausgenutzt hatte? Oder hatte er nur spontan darauf reagiert, dass Stanton von einem Mann erzählte, in den er vor vielen Jahren verliebt war? Und dann war da Chris Mead. Wer war dieser Mann und was hatte es zu bedeuten, dass

Topher die gleiche Stimme hatte wie Chris? Und was hatten diese merkwürdigen Vibrationen damit zu tun, mit denen ihn sein Handy am Wochenende genervt hatte? Topher erkannte, dass er mehr Fragen hatte als Antworten. Er beschloss, Stantons nächsten Anruf anzunehmen, um mit ihm darüber zu reden. Und dann – er füllte gerade frisches Öl nach – wurde ihm schlagartig etwas bewusst. Topher richtete sich so hastig auf, dass er sich den Kopf an der Motorhaube anstieß.

Konnte sein Wissen über Chris Mead die weggeschlossenen Lieder in seinem Kopf befreit haben?

In diesem Augenblick rief Ed, einer der anderen Mechaniker, Tophers Namen. „Hey, Topher! Der Typ, der dich zu dem Konzert eingeladen hat, ist im Radio!"

Topher und Travis liefen sofort los. „Lauter drehen", sagte Travis. Ed drehte das Radio lauter und schaltete die großen Lautsprecher der Werkstatt ein.

—*Sie hören die* Morning Edition *von NPR News. Guten Morgen. Mein Name ist Steve Inskeep und ich spreche heute mit Stanton Porter, dem Musikkritiker unseres Senders. Stanton ist gestern aus Austin, Texas, zurückgekehrt, wo er das* 26. South by Southwest Musikfestival *besucht hat. Guten Morgen, Stanton.*

—*Guten Morgen, Steve.*

—*Was kannst du uns über die Musikszene in Austin berichten und wie hat dir das Festival gefallen?*

—*Es ist eine ruhige Szene. Ich bin normalerweise kein großer Freund von Festivals. Ich habe immer Angst, den wichtigsten Auftritt zu verpassen, weil ich nicht überall gleichzeitig sein kann. Auch dieses Mal war ich vor allem da, um Bruce Springsteen zu sehen und seine Keynote-Rede zu hören.*

—*Wie war sein Auftritt?*

—*Das Konzert war wunderbar. Er schafft es selbst in seinem Alter noch, eine absolut fantastische Show abzuliefern.*

—*Das konnte er schon immer, nicht wahr?*

—*Richtig. Seine Auftritte sind legendär. Das wissen wir alle. Aber was wir nicht wussten, ist, dass er auch ein hervorragender Redner ist.*

—*Die Keynote-Rede. Sie ist auch auf unserer Website zu finden, nicht wahr?*

—*Ja. Sie ist zu finden unter npr.org/music. Ich kann jedem, der sich für Popmusik interessiert, nur wärmstens empfehlen, sich diese Rede anzuhören. Es ist ein beeindruckender Beitrag zur Zeitgeschichte der Moderne.*

—*Hast du auch lokale Bands gehört oder Neuentdeckungen gemacht, die wir noch nicht kennen?*

—*Ich habe eine der lokalen Bands aus Austin gehört.*

—*Erzähle uns mehr davon.*

—*Es war am Freitagabend. Die Band hieß* Judecca Rising, *aber soweit ich weiß, hat sie ihren Namen mittlerweile in* Dime Box *geändert.*

—*Kann es sein, dass du etwas damit zu tun hast, Stanton?*

—*Mag sein. Dime Box ist eine kleine Stadt in der Nähe von Austin, aus der die vier Mitglieder der Band stammen. Kann sein, dass ich mit ihnen über einen neuen Namen gesprochen habe. Was hältst du davon, Steve?*

—*Mir gefällt er besser als* Judecca Rising.

—*Die Band hat einen sehr radiofreundlichen Sound und ihr Leadsänger, Topher Manning, hat eine Stimme, die jedes Publikum in die Knie zwingt. Sie haben vor allem eigene Lieder gespielt und ich kann unseren Zuhörern nur empfehlen, sich die Lieder auf der Website der Band anzuhören. Besonders bei einem Lied lohnt sich ein Download.*

—*Und wie heißt dieses Lied?*

—Beaches on the Moon. *Ich habe es schon oft auf meinem iPhone abgespielt. Das Spezielle an Festivals ist, dass es Lieder gibt, die man nur dort zu hören bekommt. Beispielsweise, wenn Springsteen* This Land is Your Land *singt, aber auch eine lokale Band wie Dime Box mit ihrer Coverversion von* Bridge Over Troubled Water.

—*Das ist ein sehr anspruchsvolles Lied für eine lokale Band.*

—*Steve, sie haben damit das Publikum komplett von den Socken gerissen. Oder vom Dach. In Austin finden solche Konzert häufig auf dem Dach von Gebäuden statt. Wer das Glück hatte, ein solches Konzert zu erleben, wird noch nach Jahren davon schwärmen.*

—*Wo kann man ihre Musik hören oder downloaden?*

—*Ich habe einen Link auf der Seite des Musicblogs von NPR eingerichtet. Wer mir auf Twitter folgt, hat sie vermutlich schon gehört.*

—*Ich folge dir nicht auf Twitter, Stanton.*

—*Das tut mir aber leid für dich, Steve. Dann hättest du nämlich eine Band wie* Dime Box *nicht verpasst.*

—*Glaubst du, dass du das SXSW im nächsten Jahr wieder besuchen wirst?*

—*Da möchte ich mich noch nicht festlegen.*

—*Ich verstehe. Stanton Porter hält sich alle Optionen offen. Wir von NPR werden im Laufe der Woche noch mit anderen Musikkritikern über das Festival reden. Für heute schließen wir mit den Lied* Beaches on the Moon *von Dime Box. Sie hören die* Morning Edition *von NPR News. Vielen Dank, Stanton.*

—*Danke, Steve.*

Und dann wurde Topher feuerrot, als er seine eigene Stimme im Radio hörte, die *Beaches on the Moon* sang.

„Verdammte Scheiße", sagte Travis. „Du wirst in NPR gespielt!"

Tophers Handy klingelte. Er holte es aus der Tasche und klappte es auf. Robin. Topher drückte auf den Annahmeknopf und hielt das Handy ans Ohr.

Hast du davon gewusst?

„Nein, ich habe nichts davon gewusst."

Ich habe gerade einen Anruf vom Provider unserer Website bekommen. An der Ostküste ist die Sendung schon vor einer Stunde gelaufen und der Server ist zusammengebrochen wegen der vielen Aufrufe. Beaches on the Moon *ist innerhalb einer Stunde fünftausendmal heruntergeladen worden.*

„Robin, kann ich dich später zurückrufen?"

Sicher. Alles okay bei dir?

„Ja. Aber ich muss jetzt Stanton anrufen und mich bei ihm entschuldigen."

Ich weiß, du wolltest nicht darüber reden, aber was immer er dir angetan hat, er gibt sich höllisch Mühe, es wieder in Ordnung zu bringen.

„Er hat meine Gefühle verletzt, das ist alles. Ich bin nicht sehr gut damit umgegangen. Aber jetzt muss ich wirklich Schluss machen."

Kaum hatte Topher das Gespräch beendet, klingelte sein Handy erneut. Peter. Sie würden jetzt alle anrufen, einer nach dem anderen. Er leitete den Anruf um und suchte in der Adressliste nach Stantons Namen. Dann ging er vor die Tür. Stanton meldete sich nach zweimaligem Klingeln.

Hey, Topher. Schön, von dir zu hören.

„Hast du das alles nur gesagt, damit ich dich anrufe? Oder hast du es ernst gemeint?"

Lange Pause.

Ja.

Stantons Antwort irritierte Topher zunächst, doch dann lachte Stanton und das Eis schmolz wieder zwischen ihnen. Was Stanton in dem Radiointerview über ihn gesagt hatte, war die coolste Sache überhaupt, deshalb wollte Topher keinen Streit anfangen. „Wir hatten fünftausend Downloads von *Beaches on the Moon* innerhalb einer Stunde. Die Website ist zusammengebrochen."

Das ist eine wunderbare Neuigkeit. Na ja, teilweise zumindest. Das mit der Website natürlich nicht.

„Ich habe mich noch nie im Radio gehört. Danke. Ich stehe in deiner Schuld."

Du schuldest mir gar nichts. Ich habe nur meinen Job gemacht.

„Ich wusste nicht, dass du einen Tweet über uns verschickt hast."

Ich verschicke oft Tweets über Bands. Deshalb habe ich so viele Follower.

„Ich dachte, du hättest unseren Auftritt nicht als Kritiker besucht."

Und ich dachte, ich könnte nicht ändern, wer ich bin. Wie gesagt - euer Konzert hat mir gefallen.

„Ein Teil davon hat dir gefallen."

Und von diesem Teil habe ich gesprochen.

„Na gut, du hast recht. Das mit Samstagabend tut mir leid. Ich habe wohl etwas überreagiert."

Du hast nicht überreagiert und musst dich auch nicht entschuldigen. Es ist mir peinlich, wie ich mich verhalten habe. Selbst die Idee, dass du ... Vergiss es. Ich hoffe nur, du kannst mir verzeihen.

„Dann glaubst du es also nicht?"

Nein, und es tut mir leid, dass ich es angedeutet habe. Ich habe gestern den ganzen Tag darüber nachgedacht. Ja, es gibt vieles an dir, das mich an ihn erinnert.

Aber ich habe seine Stimme seit fünfundzwanzig Jahren nicht mehr gehört. Ich hätte mich nicht so hinreißen lassen dürfen. Ich habe nur gesehen, was ich sehen wollte. Das war selbstsüchtig. Und das Schlimmste daran ist, dass ich dich damit verletzt habe.

„Ich bin nicht so zerbrechlich, wie du denkst."

Das entschuldigt mein Verhalten nicht.

„Kannst du mir mehr über ihn erzählen?"

Nein, das möchte ich lieber nicht tun.

„Warum nicht?"

Weil es einer der traurigsten Momente in meinem Leben war, als du mich am Samstag ein Arschloch genannt hast, weil du dachtest, ich würde dich ausnutzen. Ich mag dich wirklich und ich habe Scheiße gebaut. Ich habe gerne mit dir über Musik gesprochen. Ich habe dich auch gerne geküsst und es hat mir gefallen, wie du über den Tisch gekrochen bist und gesagt hast: „Ich habe dich gewarnt". Und dann habe ich alles ruiniert, indem ich dir meine Vergangenheit mit ihm vor die Füße geworfen habe. Ich bin ein Idiot.

„Du hast gerne mit mir über Musik gesprochen?"

Ja, sehr gerne.

„Das nächste Mal wird es anders. Das verspreche ich dir. Ich möchte alles über diese Sache wissen, weil es vielleicht …"

Es gibt nichts, was man nicht mit dem reinen Zufall erklären könnte. Im Klartext gesagt: Es tut mir nicht leid, dass ich es nicht schon früher erwähnt habe. Es tut mir leid, dass ich es überhaupt erwähnt habe. Das war verantwortungslos.

„Dann ist es also nicht wahr?"

Es ist nicht wahr. Es existiert nur in meiner Einbildung.

Topher dachte darüber nach. Er wollte Stantons Antwort nicht akzeptieren, beschloss aber, das Thema vorläufig nicht mehr anzusprechen. Er drehte sich um und hielt sich die Hand vor die Stirn, um seine Augen vor der hellen Morgensonne zu schützen. Travis gestikulierte: *Ist das Stanton?* Topher nickte. Travis lächelte. *Daumen hoch!*

„Gut. Dann lass uns nicht mehr darüber reden. Vorläufig. Kann ich dich besuchen kommen?"

Pause. Topher musste einen Augenblick auf Stantons Antwort warten.

Warum?

„Warum? Liegt das nicht auf der Hand?"

Ich habe Beaches on the Moon *erwähnt, weil ich glaube, dass in dem Lied viel Potential steckt. Ich bin froh, dass du angerufen hast und ich mich bei dir entschuldigen konnte. Aber ich bin jetzt wieder in New York und es macht wenig Sinn, unser Verhältnis fortzusetzen.*

„Tu mir den Gefallen."

Stanton lachte. Topher nahm das zum Anlass, nicht aufzugeben.

„Ich komme nach New York. Wenn es sein muss, rufe ich die *New York Times* an und bitte um ein Gespräch mit Marvin Goldstein. Ich werde ihm sagen: ‚Marvin, ich bin hinter Stanton Porter her. Kann ich bitte eine Woche bei dir Unterschlupf finden, damit ich ihn davon überzeugen kann, mit mir auszugehen?‘ Und ich warne dich: Wenn du glaubst, ich würde es nicht ernst meinen, hast du keine Ahnung, auf was du dich mit mir eingelassen hast, Warren Beatty."

Du hast herausgefunden, wer Warren Beatty ist?

„Ich habe gestern *Reds* gesehen. Siehst du? Ich höre dir auch zu, wenn du denkst, ich würde es nicht tun. Und – vielen Dank! – ich habe am Ende des Films Rotz und Wasser geheult. Das habe ich so dringend gebraucht wie ein Loch im Kopf."

Du findest, ich bin so sexy wie Warren Beatty in Reds*?*

„Das weißt du doch."

Topher wartete. Nach ungefähr zehn Sekunden, die ihm mehr wie zehn Minuten vorkamen, rückte Stanton endlich mit der Frage raus.

Möchtest du mich in New York besuchen?

„Ich dachte schon, du würdest nie fragen."

Ich muss in einigen Tagen nach Kalifornien fliegen.

„Für die Sendung über *Linkin Park*?"

Ja. Ich bleibe für zwei Wochen dort. Danach kannst du mich besuchen kommen.

„Ich kann es kaum erwarten." Als Topher sich umdrehte, warf Darrell ihm einen bösen Blick zu. „Ich muss zurück an die Arbeit. Kann ich dich heute Abend anrufen?"

Sicher. Du kannst mich jederzeit anrufen.

„Ich bin froh, dass der Samstagabend nicht das Ende für uns war."

Ich auch, Topher. Ich bin auch froh, dass es nicht das Ende war.

AN DIESEM Abend versammelten sich die Mitglieder der als *Dime Box* bekannten Band in der Küche ihres Hauses in der östlichen 11. Straße.

„Die Versammlung ist hiermit offiziell eröffnet", verkündete Peter.

„Was war heute los?", fragte Maurice. „Ich habe nur den kurzen Text von Robin bekommen. Den Rest der Geschichte kenne ich noch nicht."

Peter spielte ihm auf seiner NPR-App den Ausschnitt der Sendung vor. Maurice fielen fast die Augen aus dem Kopf, als er hörte, Topher hätte das Publikum in die Knie gezwungen. „Wer ist der Kerl nur?", fragte er. „Ich dachte, er hätte dir das Herz gebrochen."

„Nein, das hat er nicht", sagte Topher. „Es war nur ein Missverständnis. Ich habe heute früh mit ihm telefoniert. Er fliegt für zwei Wochen nach Kalifornien, um eine Sendung über *Linkin Park* und ihr neues Album zu machen, aber danach besuche ich ihn in New York."

„*Linkin Park*?", fragten Robin und Maurice.

„Können wir bitte auf das eigentliche Thema zurückkommen", sagte Peter.

„Was ist mit der Website los?", fragte Maurice seinen Bruder. „Du hast geschrieben, sie wäre zusammengebrochen."

„Sie läuft jetzt wieder. Aber es hat bis heute Nachmittag gedauert, sie zu reparieren."

„Wir haben dadurch eine gute Gelegenheit verpasst", sagte Peter.

„Glaubst du etwas, das wüsste ich nicht?", blaffte Robin ihn an.

„Du bist für die Website verantwortlich", blaffte Peter zurück. „Wer weiß, wie viele Downloads wir hätten, wenn …"

„Es ist nicht so, dass wir im Geld schwimmen, du Idiot. Wir bekommen den Service, für den wir bezahlt haben."

„Beruhigt euch", sagte Topher. „Lasst uns auf den Punkt kommen. Bis heute haben wir in der Regionalliga gespielt."

„Und was machen wir jetzt?", fragte Maurice.

„Das weiß ich auch nicht. Ich dachte immer, wenn ich meine Lieder schreibe und wir treten auf, kommt irgendwann jemand vorbei und bietet uns einen Vertrag an. So funktioniert das doch, oder?"

„Verdammt! Woher soll ich das denn wissen?"

„Chill", mahnte Robin.

In der Wohnung nebenan fing der Hund der Nachbarn zu bellen an. „Was ist mit Stanton Porter?", wollte Peter wissen.

„Was soll mit ihm sein?", fragte Topher irritiert zurück.

„Er hat das alles ins Rollen gebracht. Könnte er uns nicht einige Tipps geben?"

Topher gefiel der Vorschlag gar nicht. Er konnte sich noch erinnern, wie ausweichend Stanton am ersten Tag reagiert hatte, als Topher ihn um seinen Rat bat. „Das ist vermutlich keine gute Idee."

„Warum nicht?", fragte Robin.

„Weil ich an ihm interessiert bin. Aber nicht als unserem Manager."

„Das ist doch Unsinn", meinte Peter. „Er hat dir gesagt, er kommt nicht als Kritiker zu unserem Gig. Und dann macht er das?"

Topher hob beschwichtigend die Hände. „Was willst du damit sagen?", fragte er.

„Hat er dich etwa vorher darüber informiert, was er in dem Interview sagen will?"

Topher senkte den Kopf. „Das hätte er vermutlich getan. Wenn ich seine Anrufe nicht ignoriert hätte."

„Das ist zu viel für uns. So weit sind wir noch nicht", sagte Peter schnaubend. „Er hat uns zu früh ins Rampenlicht gezerrt."

Robin warf ihm einen skeptischen Blick zu. „Zu früh? Meinst du das etwa ernst?"

„Wir spielen schon seit der Oberschule zusammen", sagte Maurice. „Wir sind siebenundzwanzig Jahre alt. Wenn es überhaupt irgendwann klappen soll, dann gestern."

„Du hast recht", meinte Peter. „Sorry. Aber ich denke trotzdem, es kann nicht schaden, ihn um Rat zu fragen."

Topher konnte die Enttäuschung seiner Freunde verstehen und gab nach. „Na gut. Ich rufe ihn an. Vielleicht hat er kurz Zeit."

„Sag ihm, er soll mich zurückrufen", sagte Peter. „Ich habe ein besseres Handy als du und kann ihn auf Zimmerlautstärke stellen."

Topher zog sein Handy aus der Tasche und suchte Stantons Nummer. Dann drückte er einen Knopf und wartete ab. Stanton meldete sich nach dem ersten Klingeln.

Hey, Topher. Habe ich dir schon gesagt, dass ich Beaches on the Moon *als deinen Klingelton benutze?*

Topher grinste. „Wie süß. Ich sitze hier mit den Jungs in der Küche. Sie wollen mit dir reden."

Was habe ich denn angestellt?

„Nichts. Sie wollen dich um Rat bitten."

Stille.

Bitte nicht. Ich will, dass sie mich mögen.

„Warum denkst du, sie würden dich nicht mehr mögen?"

Weil ich solche Gespräche schon oft geführt habe. Sie enden immer damit, dass ich der Bösewicht bin, weil ich kein Blatt vor den Mund nehme. Du weißt sehr gut, was ich damit meine.

„Einen Moment." Topher legte die Hand auf das Mikrofon seines Handys. „Was immer er auch sagen wird, ihr dürft es nicht persönlich nehmen. Habt ihr das verstanden? Wie Maurice schon sagte: Es ist sein Job, ein Arschloch zu sein. Er wird uns nicht wie kleine Kinder behandeln und auf unsere Befindlichkeiten Rücksicht nehmen."

„Verstanden", sagte Peter. „Wir sind froh, wenn uns endlich jemand wie erwachsene Menschen behandelt. Habe ich recht, Jungs?"

Die Zwillinge nickten begeistert. „Sie sind damit einverstanden", sagte Topher zu Stanton. „Ich verspreche dir, sie machen dir keine Vorwürfe für deine Ehrlichkeit."

Okay. Aber ich habe dich gewarnt.

„Ich weiß. Ich übernehme die volle Verantwortung, was immer auch passiert. Kannst du bitte unter Peters Nummer zurückrufen, damit wir alle mithören können?"

Hat er ein iPhone?

„Ja. Hier ist seine Nummer."

Einen Augenblick. Ich hole mir schnell einen Stift.

Topher diktierte ihm Peters Nummer und legte auf. Einige Sekunden später klingelte Peters iPhone. Er nahm den Anruf an und schaltete den Lautsprecher ein. Dann reichte er das iPhone an Topher weiter.

„Hey, Stanton. Hier ist Topher."

Hey.

„Ich will euch kurz vorstellen, auch wenn das übers Telefon ziemlich komisch ist. Das sind Peter, Robin und Maurice. Jungs, das ist Stanton Porter, der Musikkritiker."

„Hey, Stanton", riefen sie.

Hallo.

„Willst du anfangen?", fragte Topher Peter.

„Stanton, hier ist Peter Moses. Du hast uns eine Chance eröffnet, für die wir dir wirklich dankbar sind, versteh mich da nicht falsch. Aber ich bin mir nicht sicher, was wir tun müssen, um sie zu nutzen."

Wieder Stille.

„Stanton?", fragte Topher.

Ich weiß nicht, wo ich anfangen soll.

„Stanton, hier spricht Robin Ackerman. Ich wollte mich nur bei dir bedanken. Wirklich, uns hat bisher noch nie jemand wahrgenommen. Du hast dir hiermit das offizielle Recht verdient, alles zu sagen, was du willst. Wir haben in unserem Leben schon viel Scheiße erlebt. Wir haben ein dickes Fell."

Topher atmete erleichtert aus. Es war verdammt clever von Robin, Stanton so direkt zur Ehrlichkeit aufzufordern.

Okay ...

„Jetzt geht's los", flüsterte Topher.

Warum zum Teufel verschenkt ihr eure Musik umsonst? Ich habe euch fünftausend Interessenten verschafft und ihr habt daraus kein Kapital geschlagen? Und was ist mit den CDs, die ihr am Freitag verschenkt habt?

„Wir dachten, es wäre gute Promotion für uns", erklärte Robin.

Bei wem? Meinem Vater? Es gibt in Austin wahrscheinlich keinen einzigen Teenager mehr, der noch einen CD-Spieler hat. Sogar ich habe in meinem Laptop kein CD-Laufwerk mehr. Wieviel haben euch die CDs gekostet?

„Dreihundert Dollar."

Peter, warst du das?

„Ja."

Das dachte ich mir. Peter, wenn du das nächste Mal dreihundert Dollar aus dem Fenster werfen willst, kannst du sie mir gerne schicken. Ich weiß mehr damit anzufangen, als sie das Klo runterzuspülen. Und genau das habt ihr getan. Ihr denkt wohl, wir leben immer noch im Jahr 1995 und man braucht einen Schallplattenvertrag, um Karriere zu machen. Darauf warten kluge Musiker schon lange nicht mehr. Habt ihr schon jemals das Wort ‚Social Media' gehört?

„Stanton, hier ist Maurice Ackerman. Wir sind die letzten, die nicht zugeben würden, auf diesem Gebiet nicht ganz auf dem Laufenden zu sein."

Maurice, was muss man denn wissen, um bei Google eine Frage einzugeben? Zum Beispiel: ‚Wie verbreite ich meine Musik über iTunes?' Wisst ihr eigentlich, wie einfach das ist? Ganz abgesehen davon, dass es Geld bringt.

Stanton machte eine Pause und Topher fiel auf, dass der Hund der Nachbarn jetzt nicht mehr bellte.

Okay. Ich hole jetzt tief Luft. Es ist wichtig, seine Fehler zu verstehen, damit man sie in Zukunft vermeiden kann. Seid ihr noch an Bord? Hasst mich schon jemand?

„Alles in Ordnung", sagte Robin. „Ich bin autorisiert, für uns alle zu sprechen."

Gut. Was ist also der erste Schritt, um ins Geschäft zu kommen?

Topher kannte die Antwort. „*Beaches on the Moon* bei iTunes und Amazon einzustellen."

Ja. Ihr nehmt Kontakt mit einem Aggregator auf, bezahlt ihm eine Gebühr und behaltet alle Rechte auf das Lied. Er wird alles für euch regeln. Die meisten wenden sich an TuneCore oder CDBaby. Schaut euch ihre Konditionen an, vergleicht sie und entscheidet euch für das günstigste Angebot. Als nächstes – und das kann ich nicht genug betonen – müsst ihr Konten bei den sozialen Medien, vor allem bei Twitter, eröffnen und aktiv werden. Macht nicht nur Werbung für die Band, teilt euch auch mit. Schreibt über eure Vorlieben und nehmt an Diskussionen teil. Überarbeitet eure Website und – was noch wichtiger ist – besorgt euch jemanden, der eine Phone App für euch einrichtet. Dort spielt die Musik. Ihr müsst alles tun, um auf den Handys und iPhones zu landen. Lasst die Leute dafür bezahlen. Das setzt allerdings noch mehr Titel voraus. Und die Fans wollen euch auch sehen, beispielsweise in MTV. Viele laden auch Videos runter und sehen sie auf ihren Handys an. Ihr braucht dringend ein Video von Beaches on the Moon. *Stellt es in YouTube ein und schickt E-Mails mit dem Link an alle Musik-Blogs, die ihr finden könnt.*

„Ist es nicht ziemlich teuer, ein Video zu drehen?", erkundigte sich Robin.

Ja.

„Wir haben aber kein Geld", sagte Topher.

Wenn ihr es nicht bald in Angriff nehmt, wird Dime Box *wieder in Vergessenheit geraten und eure Chance ist vorbei. Ich würde euch Geld leihen, aber ich weiß, dass Topher es nicht annimmt.*

„Da hast du verdammt recht."

„Komm schon …", sagte Robin.

„Wir nehmen von Stanton kein Geld an. Basta."

„Ich könnte meine Eltern fragen", schlug Peter vor. „Über wieviel Geld reden wir hier?"

Ungefähr zehntausend. Ihr habt in Austin viele Studenten, darunter auch angehende Filmemacher. Einer von ihnen wird bestimmt begeistert sein, wenn er mit euch ein Musikvideo drehen kann. Bittet die Leute, euch einen Freundschaftspreis zu machen und zahlt es ihnen später zurück.

„Ich glaube, das Geld könnten meine Eltern aufbringen", überlegte Peter.

Wenn es hilft, rede ich gerne mit ihnen.

„Das würdest du tun?", fragte Peter.

Ja. Aber nur, wenn ihr drei Topher überredet, mich für sein Flugticket nach New York bezahlen zu lassen. Ich will, dass er sich sein Geld für wichtigere Dinge aufhebt.

Topher erhob sofort Protest. „Einen Moment …"

„Gemacht", unterbrach ihn Robin und warf ihm einen grimmigen Blick zu. „Ich übernehme das."

Topher warf resigniert die Hände in die Luft.

Hervorragend. Damit haben wir das Schlimmste hinter uns und können zum angenehmen Teil übergehen. Ich bin ein Fan von euch. Mir gefällt euer Sound und eure Bühnenpräsenz. Es schadet auch nicht, dass Robin und Maurice Zwillinge sind. Und ihr habt einen Leadsänger mit einer sehr einmaligen Stimme, die sich gut einprägt. Eure Schwäche ist das Material. Ihr habt ein sehr gutes Lied, aber der Rest ...

„Profan", ergänzte Maurice.

Freundlich ausgedrückt. Topher, das ist deine Aufgabe. Nach dem Erfolg heute denke ich, ihr könnt Dime Box *mit* Beaches on the Moon *zum Laufen bringen. Das Lied ist wirklich gut. Aber ihr müsst bald etwas Neues folgen lassen. Wenn ihr das Lied nicht toppen könnt, solltet ihr überlegen, euch einen anderen Songschreiber zu suchen.*

„Nein", sagte Maurice. „Wir wollten immer nur Tophers Lieder spielen."

Manche haben eben nur ihre Stimme, Maurice. Art Garfunkel hätte niemals Bridge Over Troubled Water *schreiben können. Dafür hätte Paul Simon es niemals singen können. Wenn ihr Tophers Stimme vergeuden wollt, weil ihr euch an mittelmäßigem Material festklammert, wäre das in meinen Augen ein Verbrechen an der Musik.*

„Das ist es also?", fragte Topher. „Wir stellen das Lied in iTunes ein, machen ein Video und hoffen, dass es ein Internet-Hit wird?"

Ich habe noch andere Ideen, aber für den Anfang reicht das. Damit seid ihr die nächsten Monate beschäftigt. Mit dem Video lässt sich kein Geld machen, aber es wird eure digitalen Umsätze pushen. Wenn ihr unabhängig bleibt, könnt ihr mit iTunes mehr verdienen als ein Musiker, der an ein Label gebunden ist. Ihr steckt pro Download neunundsechzig Cent ein. Hat jemand einen Taschenrechner greifbar? Das heißt nämlich, dass ihr Peters Eltern nach fünfzehntausend Downloads das Geld zurückbezahlen könnt. Ein Drittel davon hattet ihr allein heute Vormittag. Versteht ihr jetzt, warum ich vorhin so aus der Haut gefahren bin?

Topher hätte nie gedacht, dass ihnen so viel Geld durch die Lappen gegangen war.

„Ich verstehe", sagte Peter. „Aber wie viele dieser fünftausend hätten für den Download tatsächlich Geld bezahlt?"

Das werden wir jetzt wohl nie erfahren, oder?

„Ja, ja. Schon gut. Wir waren Idioten."

Ihr wart unerfahren. Seht das als euren Weckruf, Jungs. Die Leute kennen jetzt euren Namen. Folgt eurem Instinkt, dann könntet ihr daraus Kapital schlagen.

„Welche Ideen hast du noch?", fragte Maurice. „Du hast gesagt, du hättest noch mehr Ideen für uns."

Es gibt Möglichkeiten, um Millionen von Menschen gleichzeitig zu erreichen. FUN ist erst bekannt geworden, als ihre Lieder in Glee *gespielt wurden. Für diese Staffel ist es zu spät, aber ...*

Robin schnaubte verächtlich. „Wie zum Teufel willst du die Produzenten von *Glee* dazu bringen, sich unsere Lieder anzuhören?"

Vergiss nicht, wer ich bin, Robin.

Das verschlug ihnen kollektiv die Sprache. „Du willst uns dabei helfen?", fragte Topher dann ungläubig.

Wenn ihr mich lasst. Ich habe bei Twitter zehntausend Follower, davon sind mindestens tausend in der Musikindustrie tätig. Es ist mein Job, Bands zu promoten, die mir gefallen. Ich habe nicht behauptet, dass Glee *eure Musik wirklich benutzen wird, aber sie passt zu der Serie. Ich kann zumindest jemanden dazu bringen, sie sich anzuhören. Das gilt auch für* So You Think You Can Dance. *Ein alter Studienfreund von mir ist für die Musik zuständig.* Beaches on the Moon *wäre wunderbar für eine der Gruppennummern geeignet, mit denen die Serie im Sommer eröffnet wird. Wenn ihr dazu noch einen Hit in den Top Ten von iTunes landet, reicht das für einen Auftritt in* Saturday Night Live.

„Das ist absolut surreal", murmelte Peter.

„Noch ist es nur ein Traum", mahnte Topher.

Es gibt noch etwas, was ihr jetzt schon in Angriff nehmen solltet.

„Und das wäre?", fragte Robin.

Gebt ein Konzert in Dime Box. Fangt jetzt schon mit der Planung an. Sorgt dafür, dass mindestens tausend Zuschauer kommen. Macht aus dem Ort einen Parkplatz für euer Konzert. Filmt alles und projiziert es auf große Leinwände, dann stellt die Aufnahmen in YouTube ein. Gibt es in Dime Box irgendeine Sehenswürdigkeit oder etwas mit Wiedererkennungswert?

„Den Wasserturm", sagte Peter.

Steh da zufällig Dime Box drauf?

„Ja."

Jungs, dann habt ihr schon das Cover für euer erstes Album.

LUCKY TOWN

STANTON SASS schweigend neben Marvin und betrachtete seine Hände. Vier Tage waren um, drei weitere lagen noch vor ihnen. Es war die Schiwa für Marvins Vater, bei dem während ihres letzten Studienjahres an der NYU ein Hirntumor festgestellt worden war. Auf der anderen Seite des Wohnzimmers der Goldsteins saß Stantons Freund und Geliebter, Hutch. Hutch warf einen Blick auf Robert, Michael und Paul und runzelte die Stirn. Die drei konnten nicht still sitzen in ihren dunklen Anzügen. Sie waren zwar an jedem der letzten Tage zu einem kurzen Besuch bei Marvin und seiner Mutter erschienen, aber nie länger als eine Stunde geblieben.

Bei ihnen saßen auch drei von Marvins Cousins. Mit Mrs. Goldsteins Erlaubnis erzählte einer von ihnen eine Geschichte über Mr. Goldstein. Stanton hatte seine eigenen Gedanken im Kopf.

Er setzte sich gerade auf und dachte darüber nach, was er und die fünf anderen erlebt hatten, seit sie sich vor fünfzehn Monaten das erste Mal begegnet waren. Bei der Erinnerung an das Wochenende mit Hutch, an das Große Spiel und den Sex im New Jersey Transit, musste er lächeln. Stanton und Marvin hatten in diesem Sommer jedes Wochenende auf Fire Island verbracht. Die sechs Männer hatten die Tage am Strand und die Abende im Haus verbracht, wo sie gemeinsam kochten und Musik hörten. Marvin und Paul tranken Wein und saßen stundenlang am Pool, um sich zu unterhalten. Wenn sie ausgingen – entweder in den *Pavilion* oder ins *Blue Whale* – waren es jedoch Robert und Michael, die Marvin unter ihre Fittiche nahmen und ihm die interessantesten Männer vorstellten.

In diesen Monaten hatte sich Stantons Aufmerksamkeit einzig und allein auf Hutch konzentriert. Ihre Beziehung lieferte den Stoff für Tratsch und Klatsch auf der Insel und brachte ihnen viele neidische Blicke ein. Wenn Hutch von der Arbeit kam, gingen sie in der Regel am Strand spazieren und verbrachten dann die Nacht auf der Dachterrasse, wo sie sich leidenschaftlich liebten. Bevor die Sonne aufging, wickelte Hutch die Decke um sie und Stanton schlief in seinen Armen ein. Hutch trug ihn, ohne ihn zu wecken, später in ihr Zimmer, denn Stanton wachte gegen Mittag immer in ihrem Bett auf. Dann liebten sie sich vor dem Aufstehen wieder, und selbst dann sehnte Stanton sich noch nach mehr.

„Wann immer du einen Blowjob willst, musst du mir nur einen Kuss zuwerfen", sagte Hutch oft. „Ich weiß dann, was du damit meinst. Und ich nehme meine Verantwortung als dein Freund und Geliebter sehr ernst."

Als dieser erste Sommer sich dem Ende zuneigte, verlagerte sich ihr Lebensmittelpunkt wieder nach Manhattan. Marvin bepflasterte die Wand in ihrem Zimmer in Brittany, einem der Studentenwohnheime der NYU, mit Bildern ihrer neuen Freunde. Er hatte unzählige Fotos von Hutch, Robert, Michael und Paul geschossen – in Drag auf einer Hausparty (an der teilzunehmen Stanton sich geweigert hatte) oder am Strand mit dem Rücken zum Meer. Auf einem der Strandfotos warf Hutch Stanton einen Kuss zu, anstatt – wie üblich – Cheese zu sagen.

Während Stanton der Geschichte zuhörte, die Marvins Cousin erzählte, dachte er mit Wehmut an ihr letztes Jahr an der NYU zurück. Er und Marvin hatten die meiste Zeit in Michaels Apartment im West Village oder bei Paul am St. Marks Place verbracht. Oft hatten die sechs sich auch zum Abendessen in Restaurants wie dem *Empire Diner*, *Kiev*, *Ray's Pizza*, *Café Figaro* oder *Gene's Patio* getroffen. Mindestens einmal in der Woche bestand Hutch darauf, zum Nachtisch ins *Rumbles* zu gehen.

Stanton dachte daran, wie sie zum ersten Mal gemeinsam im Zug nach Queens saßen. Es war Roberts Idee gewesen, Marvins Eltern zu besuchen. Also kleideten sie sich eines Sonntagnachmittags in ihren besten Ausgehsachen und machten sich auf den Weg nach Astoria. Von da an wurde es ein wöchentliches Ritual. Mrs. Goldstein probierte oft neue Rezepte aus Julia Childs beliebter Kochsendung im PBS aus, die sie ihnen anschließend servierte. Sie diskutierte mit Paul und ihrem Sohn die neuesten Broadway Musicals, in diesem Jahr *Dreamgirls* und *Nine*. Robert und Michael unterhielten sich mit Mr. Goldstein über Jazz. Hutch wechselte zwischen den beiden Gesprächskreisen und Stanton konnte bei keinem mitreden, aber das war ihm egal. Er war zufrieden, Marvin so glücklich zu erleben.

Am Ende des Tages, bevor sie zum Zug mussten, um nach Manhattan zurückzufahren, stiegen Robert, Hutch, Michael, Paul, Marvin und Stanton die Treppe hoch in Marvins altes Zimmer. Sie schlossen hinter sich die Tür und rauchten einen Joint, was die Rückfahrt entschieden unterhaltsamer machte. Mr. und Mrs. Goldstein sahen diskret zur Seite, umarmten die Jungs zum Abschied und deckten sie noch mit einer großen Tüte Kartoffelchips als Reiseproviant ein.

Die Fahrt verging nicht, ohne dass Robert seine unvermeidlichen Diskussionen über die Musikszene in Amerika anzettelte. Jede Woche suchte er sich ein anderes Thema – zum Beispiel ,New Wave und unsere theoretische Rechtfertigung, diese Musik zu hassen' oder ,Der Aufstieg von MTV und der Niedergang der Singer-Songwriter in der öffentlichen Wahrnehmung'. Marvin nannte diese Diskussionen die ,Stoned Subway Seminare'. Sie deckten ein so breites Spektrum ab, dass Stanton ihnen oft nicht folgen konnte. Aber er gab sich trotzdem Mühe, stellte hier und da Fragen und lernte viel von dieser bemerkenswerten Clique, über die er mehr oder weniger zufällig gestolpert war.

Es gab kaum ein größeres Musikereignis in der Stadt, für das sie nicht Eintrittskarten ergatterten. Sie gingen zur *Simon & Garfunkel Reunion* im Central Park. Sie sahen die *Go-Go's* im Palladium und *Police* im Madison Square Garden. Sie besuchten Opernaufführungen, Symphonien und waren dabei, als eine Frau im

Public Theater den Hamlet spielte. Für Stanton würde es immer das Jahr bleiben, in dem sein Leben wirklich begann.

Jetzt saß er im Wohnzimmer der Goldsteins und ließ den vergangenen Sommer Revue passieren. Hutch hatte ihn überredet, im *Blue Whale* als Barmann zu jobben. Auch wenn Stanton diese Arbeit hasste, war er doch froh, einen weiteren Sommer mit Hutch auf Fire Island verbringen zu können. Marvin hatte beim *New Yorker* eine Praktikantenstelle angetreten, kam aber an jedem Wochenende zu Besuch auf die Insel.

Die Haustür öffnete sich und riss Stanton aus seinen Tagträumen. Ein kalter Oktoberwind blies durch den Flur bis ins Wohnzimmer und der Rabbi aus Marvins Synagoge betrat, begleitet von mehreren älteren Frauen, das Haus. Hutch und seine Freunde standen auf, um den Besuchern ihre Stühle anzubieten. Paul sah Stanton an und nickte in Richtung der Treppe. Er wollte in Marvins Zimmer gehen.

Stanton warf Marvin einen kurzen Blick zu. Marvin gab ihm mit einem Nicken zu verstehen, dass er den anderen folgen sollte. Die fünf stiegen schweigend die Treppe hinauf und gingen in Marvins kleines Zimmer. Robert, Michael und Paul machten es sich auf dem schmalen Bett bequem. Hutch nahm auf dem Stuhl am Schreibtisch Platz und Stanton setzte sich auf seinen Schoß. Paul stand kurz auf, um das Fenster zu öffnen, während Michael einen Joint aus der Jackentasche zog.

„Es wird Winter", sagte Robert.

Michael gab den Joint und sein altes, goldenes Feuerzeug an Paul weiter, der ihn anzündete und Michael zurückgab.

„So viel Tod schlägt mir aufs Gemüt", sagte Paul.

„Habt ihr das von John Monroe gehört?", fragte Michael und reichte den Joint an Robert weiter.

Robert nahm in entgegen. „Nein. Ich habe ihn schon seit Wochen nicht mehr beim Training gesehen", sagte er.

„Weil er tot ist. Er wurde vorige Woche beerdigt. Sie nennen es jetzt AIDS."

„Was heißt das?", fragte Stanton und nahm einen tiefen Zug aus dem Joint, den Robert ihm gegeben hatte.

„Wer weiß", meinte Michael. „Wir gehören jedenfalls auch zur Risikogruppe, zusammen mit den Haitianern. Könnt ihr euch das vorstellen? Ich habe gestern schon den ersten Witz darüber gehört."

„Muss das sein?", jammerte Robert.

Michael ignorierte ihn. „Was ist das Schwierigste daran, seinen Eltern sagen zu müssen, dass man AIDS hat?"

„Was?", fragte Stanton und hielt Hutch den Joint an den Mund.

Hutch nahm einen tiefen Zug und hielt den Rauch ein. „Ermuntere ihn nicht noch!", quietschte er.

„Wenn du sie davon überzeugen musst, dass du Haitianer bist."

Je länger Stanton über den Witz nachdachte, umso lustiger wurde er.

„Hmm", meinte Paul. „Ich schlafe jedenfalls nicht mehr überall rum."

„Als ob das einen Unterschied macht", sagte Robert.

„Warum sollte es keinen machen?", fragte Stanton.

„Weil es eine Krankheit ist", erwiderte Robert. „Irgendwann werden sie herausfinden, dass es eine bestimmte Ursache und Inkubationszeit hat. Vermutlich ist es ein Virus oder eine bestimmte Bakterienart. Das heißt, man steckt sich von jemandem an, der bereits krank ist. Auf jeden Fall hat es nichts damit zu tun, wie oft man wie viele Männer fickt."

„Aber erhöht das nicht das Risiko, sich anzustecken?", fragte Stanton.

„Jeder von uns könnte schon krank sein", fuhr Robert fort. „Es könnte Jahre dauern, bis man es bemerkt. Manche mögen mit tausend Männern geschlafen haben, andere nur mit einem. Die Ansteckungsgefahr ist kein Argument gegen sexuellen Pluralismus."

„So habe ich das auch nicht gemeint", sagte Paul. „Ich wollte nur sagen, dass mir Sex zurzeit weniger wichtig ist als mein Leben."

Robert schüttelte den Kopf. „Ich möchte nicht in einer Welt ohne Sex leben."

„Könnten wir vielleicht das Thema wechseln?", bat Hutch.

„Ja, bitte", sagte Stanton.

Die Tür wurde geöffnet und Marvin kam ins Zimmer. „Hey, Jungs."

„Komm rein und mach die Tür zu", sagte Robert. Michael packte Marvin an der Hand und zog ihn aufs Bett.

„Wie geht's, Kumpel?", fragte Stanton.

„Mein Arsch ist eingeschlafen", sagte Marvin und quetschte sich zwischen Robert und Michael. „Ich kann nicht mehr sitzen."

„Haben sie dir erlaubt, zu uns zu kommen?", wollte Hutch wissen.

„Das ist mir egal. Ich brauche eine Pause. Ich denke, Gott wird es mir verzeihen."

Stanton bot ihm den Rest des Joints an. „Willst du?"

Marvin sah ihn misstrauisch an. „Stoned und Schiwa? Ich weiß ja nicht."

„Du bist ein hochfunktionaler Kiffer", sagte Paul.

„Und alle werden denken, du hast die roten Augen vom Weinen", sagte Michael. „Es ist die perfekte Erklärung."

Marvin zögerte kurz, nahm den Joint dann aber an. Er zog daran und reichte ihn an Paul weiter.

„Was wird jetzt mit deiner Mom?", fragte Paul, während er die Kippe ausdrückte und aus dem Fenster warf.

„Sie wird dem Witwen-Club der Synagoge beitreten und anfangen, mich um Enkelkinder anzubetteln", sagte Marvin. „Sie glaubt fest daran, dass Schwule eines Tages heiraten und Kinder adoptieren dürfen. Deshalb will sie, dass ich mir rechtzeitig einen passenden Partner zulege, um sofort loslegen zu können, wenn es soweit ist."

Paul schlug sich aufs Knie und brach in lautes Gelächter aus. „Deine Mom ist manchmal unglaublich. Sie ist nicht von dieser Welt."

„Das habe ich ihr auch gesagt. Ich habe sie darauf hingewiesen, dass wir dazu erst das Sodomieverbot loswerden müssten."

„Wann wirst du ihr mitteilen, dass du auf schwarze Männer stehst?", fragte Michael.

„Sobald ich einen finde. Bis dahin lasse ich ihr die Fantasie, ich würde mich in einen netten, jüdischen Jungen verlieben – vorzugsweise in einen Arzt natürlich – und mit ihm im Haus gegenüber einziehen."

„Es gibt auch schwarze Juden", sagte Michael.

„Und schwarze Ärzte", ergänzte Robert. Dann sah er Michael an. „Aber bestimmt keine schwarzen, jüdischen Ärzte!", sagten sie wie aus einem Mund.

Marvin fing an zu lachen. Er war stoned und Stanton wusste, so konnten sie nicht wieder nach unten gehen.

„Ich halte es durchaus für möglich", meinte Hutch. „Das mit der Schwulenehe, meine ich."

„Machst du Witze?", fragte Stanton. „Du solltest dich ab und zu außerhalb von Manhattan aufhalten. Westlich des Hudson River sieht die Welt anders aus. Darüber müsst ihr euch im Klaren sein. Wir werden jedenfalls nicht mehr erleben, dass Schwule heiraten können."

„Warum sollten Schwule eigentlich heiraten wollen?", fragte Robert. „Die Ehe ist eine Institution, die von Frauen erfunden wurde und beherrscht wird."

„Von dir hätten wir auch nichts Anderes erwartet", warf Michael ein.

„Ich fühle mich wohl so. Würde ich gerne wieder mit dir schlafen? Sicher. Aber ich verstehe, warum du es nicht willst. Aber, davon abgesehen … Seht euch doch um, Jungs. Das hier ist alles, worum es geht. Um uns sechs."

„Da wir schon von uns sechs reden …", sagte Paul zu Robert, „Hast du die Tickets für *Torch Song Trilogy* schon besorgt? Mein Gott, es geht im Juni los! Ich glaube, wir sind mittlerweile die einzigen Homosexuellen in ganz Manhattan, die es noch nicht gesehen haben."

„Ich habe die Karten", beruhigte ihn Robert. „Du kannst mit dem Gekeife aufhören, Janet."

Stanton fühlte eine Hand, die ihm an die Schulter stieß.

„Es ist gleich fünf Uhr", sagte Hutch. „Wir müssen zurück in die Stadt, wenn wir um acht bei meinen Eltern sein wollen. Wir müssen vorher noch duschen und uns umziehen."

„Du wirst heute der Familie vorgestellt?", wollte Robert von Stanton wissen.

Stanton nickte. „Ja. Hast du Tipps für mich?"

„Nichts und niemand kann dich auf Joseph Mead vorbereiten", sagte Michael. „Selbst mein Vater ist ein Waisenknabe im Vergleich zu ihm."

„Hör nicht auf ihn", sagte Hutch und drückte Stanton an sich. „Ich bin bei dir. Und danach darfst du mich ficken, bis ich drei Tage lang nicht mehr sitzen kann. Was meinst du?"

Stanton überlegte. „Das hört sich fair an. Noch besser wäre allerdings, wenn du noch einen Wochenendtrip ins *Saint* drauflegst."

Nur Hutch, Robert und Michael waren Mitglieder in diesem Club, aber sie konnten Paul, Stanton und Marvin als Gäste mitnehmen.

„Erpresser", sagte Hutch. „Was haltet ihr davon, wenn wir alle gehen? Oder ist es für dich noch zu früh, Marvin?"

„Nein. Schiwa ist dazu da, sich mit dem Verlust eines Menschen abzufinden, um weiterleben zu können. Wir sollten auf jeden Fall Tanzen gehen."

„Prima", sagte Stanton und gab Hutch einen Kuss. „Und vergiss nicht, dass ich ein Hinterwäldler bin, dem jede Form der feinen Erziehung fehlt. Wenn ich dich also vor deinen Eltern blamiere, warst du gewarnt."

„Wenigstens ist er ehrlich", sagte Robert zu Hutch.

„Das ist alles Unsinn", meinte Hutch. „Sein Vater hat studiert und arbeitet in einem Büro. Er ist kein Hinterwäldler."

„Mag sein", sagte Stanton. „Aber das heißt noch lange nicht, dass ich auf einen Abend mit deinen Eltern vorbereitet bin."

DIE MEADS wohnten in der Fifth Avenue, direkt am Central Park. Als Stanton und Hutch drei Stunden später den Privataufzug verließen, der sie in die Residenz der Meads gebracht hatte, wurden sie von einem Hausmädchen begrüßt.

„Hallo, Anita", sagte Hutch, zog den Mantel aus und reichte ihn der Frau. Stanton folgte seinem Beispiel. „Das ist mein Freund, Stanton."

Anita nickte und verschwand nach links in einem Flur. Vor ihnen lag ein riesiges Eingangszimmer mit einer Glasfront, die den Blick auf den Central Park freigab.

„Mein Gott, ist das schnieke. Darauf hast du mich nicht vorbereitet."

Ein Mann in den Fünfzigern, den Stanton für Hutchs Vater hielt, kam aus dem Flur auf der rechten Seite auf sie zu.

„Chris", sagte er.

„Hallo, Dad. Das ist Stanton. Mein Vater, Joseph Mead."

Mr. Mead gab Stanton die Hand, sagte aber kein Wort zur Begrüßung sondern drehte sich sofort wieder zu Hutch um. „Ich habe gerade mit deinem Großvater telefoniert. Es gibt eine Option in Newport und ich habe ihn gebeten, dich anzurufen."

„Dad, du weißt, dass ich nicht ..."

„Es wird dich nicht umbringen, ihm zuzuhören, mein Sohn."

Stanton sah, wie Hutch in der Gegenwart seines Vaters zu schrumpfen schien. Er konnte es seinem Freund nur zu gut nachempfinden.

„Nein, es bringt mich nicht um. Ich rufe ihn nächste Woche an."

Mr. Mead klopfte ihm auf den Rücken und führte ihn durch einen weiteren Flur aus dem Zimmer. Stanton sah ihnen sprachlos nach und wusste nicht, ob er ihnen folgen oder hier stehenbleiben sollte. Hutch warf ihm über die Schulter noch einen entschuldigenden Blick zu, dann verschwanden er und sein Vater um eine Ecke. Stanton ging ans Fenster und atmete tief durch. Vielleicht vergaßen sie ihn ja und er konnte hier warten, bis alles vorbei war. Die Bäume des Parks glänzten in ihrer herbstlichen Pracht. Über dem Aufzug blinkte ein Licht und ein Summen war zu hören. Anita kam wieder aus ihrem Flur auf der linken Seite zurück. Sie blieb überrascht stehen, als sie Stanton sah, der allein im Zimmer stand.

„Keine Angst", sagte er. „Ich habe nicht vor, die Kerzenständer zu klauen."

Die Aufzugtür öffnete sich und eine Frau betrat das Zimmer. Sie war Ende zwanzig, hatte braune Haare und braune Augen. Ihre Kleidung war geschmackvoll und edel, ohne extravagant zu wirken. Sie lächelte Stanton freundlich zu.

„Bist du Chris' Freund?", fragte sie.

„Ja, ich bin Stanton Porter."

Hinter ihr kam ein Mann aus dem Aufzug. Er zog den Mantel aus und reichte ihn Anita. „Warum bist du allein hier?", fragte der Mann.

Stanton zögerte mit seiner Antwort. „Das weiß ich auch nicht. Sein Vater kam und dann … sind sie verschwunden."

Die Frau schüttelte den Kopf. „Guter Gott. Dieser Mann hat keine Manieren."

„Norma, bitte …"

Die Frau kam auf Stanton zu und stellte sich vor. „Ich bin Norma Mead. Das ist mein Mann Carl. Er ist Chris' älterer Bruder."

„Es freut mich, euch kennenzulernen", sagte Stanton und schüttelte ihnen die Hand.

„Sie sind bestimmt im Büro", sagte Carl zu Norma. „Ich gehe und rette Chris." Er küsste seine Frau auf die Wange und verschwand durch den Flur nach rechts.

„Komm", sagte Norma zu Stanton. „Wir müssen uns rüsten, bevor wir dem Erschießungskommando gegenübertreten." Sie ging zu einem der weißen Sofas, setzte sich und klopfte einladend neben sich auf den Sitz.

„Danke", sagte Stanton und setzte sich zu ihr.

„Nimm es nicht persönlich."

„Was soll das heißen?"

„Er ist zu jedem so."

„Du meinst ihren Vater?"

„Ja. Er ist kein Monster, aber so wie er sich aufführt, fällt die Unterscheidung manchmal schwer. Wenn du diese Familie überleben willst, musst du lernen, über sie zu lachen. Carl und ich sind seit zwei Jahren verheiratet und das Eis ist immer noch nicht geschmolzen. Es fängt gerade erst an, langsam aufzutauen."

„Aber warum? Du bist doch perfekt. Wie kann er denn mit dir Probleme haben?"

„Ich mag dich jetzt schon. Ich bin ihm zu gewöhnlich, das ist der Grund."

Stanton kicherte. „Sind wir hier in England oder was?"

„Nein. Aber in der Upper East Side. Das Ergebnis ist mehr oder weniger das gleiche."

„Ich habe Hutch heute Nachmittag erst gesagt, dass ich nur ein gewöhnlicher Mensch bin. Vielleicht können wir uns Gesellschaft leisten, wenn sich die Familie trifft."

Norma fasste ihn an der Hand. „Das wäre schön. Aber ich habe noch eine gute Nachricht für dich. Ich werde dafür sorgen, dass du heute nicht im Mittelpunkt stehst."

„Und wie willst du das anstellen?"

„Indem ich ihnen verkünde, dass ich schwanger bin."

„Wow! Herzlichen Glückwunsch."

„Vielen Dank."

„Nein, ich danke *dir*", erwiderte Stanton. „Das ist prima. Wir können die ganze Geschichte mit dem schwulen Sohn und seinem Freund vergessen. Wie ist eigentlich ihre Mutter?"

Norma schnappte nach Luft. „Warte ab, bis du sie kennenlernst. Sie erinnert mich immer an Nancy Reagan, nur nicht ganz so lebhaft."

NACH ÜBER einer Stunde intensivem Sex lagen Stanton und Hutch eng umschlugen im Bett. Stanton verbrachte mindestens die Hälfte seiner Nächte hier, in Michaels Wohnung. Sie war nur wenige Fußminuten von seinem Wohnheim entfernt. Hutch hatte sein eigenes Zimmer, Michael und Robert benutzten das große Schlafzimmer und ein drittes, kleineres Zimmer stand leer.

„Das war ein verrückter Tag", sagte Stanton.

„Ich weiß."

„Manchmal kann ich es nicht verstehen. Marvins Dad ist gestorben und deiner ... Ach, vergiss es. Was hältst du davon, wenn wir uns im nächsten Jahr zusammen eine Wohnung suchen, nachdem ich mit der Uni fertig bin?"

„Wie kommst du denn auf die Idee?"

„Gefällt sie dir nicht?"

„Ich liebe sie. Bis auf ..."

„Bis auf was?"

„Du musst erst mit deinen Eltern reden. Ich will nicht mit jemandem zusammenleben, der sich versteckt. Das weißt du."

„Ich verstecke mich nicht."

„Doch. Du hast dich schon sehr verändert, und dafür liebe ich dich. Aber diesen letzten Schritt musst du noch tun. Ich verstecke dich auch nicht vor meiner Familie."

Stanton rollte sich auf den Rücken. „Willst du deine Familie als Grund vorschieben, warum ich mit meinen Eltern reden soll? Dein Vater hat mich heute den ganzen Abend lang ignoriert und deine Mutter …"

„Pass auf, was du sagst."

„Tut mir leid." Stanton holte tief Luft. „Ich rede mit ihnen, wenn ich meinen Abschluss in der Tasche habe. Ich verspreche es."

„Du weißt, dass ich unsere Beziehung sonst nicht ernst nehmen kann, ja?"

„Ja, das ist mir klar. Es ist nur … Ich bin noch nicht auf die Konsequenzen vorbereitet. Es wird sehr schlimm werden."

„Das kannst du nicht wissen."

„Doch, schon. Eines Tages – in zwanzig Jahren oder so – werden sie sich vielleicht daran gewöhnen. Aber bis dahin wird es sie hart treffen. Besonders meinen Vater."

„Wenn sie mich erst kennenlernen, werden sie mich lieben."

„Du verstehst das nicht. Sie werden nie erlauben, dass ich dich mitbringe. Ich glaube nicht, dass du sie jemals kennenlernen wirst. Ich weiß ja nicht einmal, ob ich selbst sie noch besuchen darf, wenn sie erst Bescheid wissen."

„Meinst du das ernst?"

„Ja. So unangenehm es bei deinen Eltern auch war, dein Dad hat mich wenigstens in die Wohnung gelassen. Im Haus meiner Eltern werden wir nicht willkommen sein. Da bin ich mir sicher."

„Oh. Ich hätte nicht gedacht, dass es so schlimm ist."

„Das ist es aber. Kannst du mir noch einige Monate Zeit geben? Ich verspreche, du wirst einen Grund haben, unsere Beziehung ernst zu nehmen."

Hutch zog ihn wieder an sich. „Es ist eine große Verantwortung, die Liebe deines Lebens zu sein, Starsky. Weißt du, wie schwer es fällt, dir etwas abzuschlagen?"

Stanton lag in Hutchs Armen auf dem Rücken und starrte an die Decke. Dunkle Schatten huschten über den weißen Verputz.

„Was ist dein Lieblingslied von den *Beatles*?", fragte Hutch.

„Du kennst es doch."

„Sag es mir."

„*I Want to Hold Your Hand*."

„Na gut, wenn du darauf bestehst." Hutch nahm Stantons Hand und drückte sie sanft. Stanton rollte auf die Seite und sah ihn an. „Es tut mir leid, dass ich dich heute allein gelassen habe", sagte Hutch. „Nachdem wir dort eingetroffen sind, meine ich."

„Schon gut. Ich unterhalte mich gerne mit Norma."

„Mein Bruder mag dich. Und mein Vater wird sich auch an dich gewöhnen. Gib ihm etwas Zeit."

„Du bist zu gut für mich", sagte Stanton.

Hutch schüttelte den Kopf.

„Du weißt genau, dass ich recht habe."

„Ich weiß gar nichts."

„Ich liebe dich, Hutch."

„Ich liebe dich auch, Starsky. Wir müssen uns etwas für Marvin und seine Mom einfallen lassen für die Zeit nach der Schiwa."

„Wir sollten seine Mom einladen und für die beiden kochen."

„Thanksgiving! Wir können sie zu Thanksgiving einladen. Sie müssen nur kommen und selbst nichts vorbereiten. Das ist perfekt, weil es ein Feiertag für uns alle ist. Und außerdem haben wir in diesem Jahr vieles, wofür wir dankbar sein können."

„Und deine Familie? Es sollte mein erstes Thanksgiving mit deiner Familie sein."

„Wir können es verschieben. Wir sollten dieses Thanksgiving alle zusammen verbringen, als unsere eigene Familie."

„Was ist los?"

Es dauerte eine Weile, bis Hutch ihm antwortete. „Er hat gesagt, ich könnte dich nicht mitbringen."

„Was?"

„Er will keinen Ärger mit meinen Großeltern."

„Ich glaube, unsere Väter sind sich doch nicht so unähnlich."

„Ich habe ihm gesagt, dass ich dann auch nicht komme."

„Das solltest du nicht tun."

„Doch, sollte ich. Es gibt einen Punkt, da lässt es sich nicht mehr vermeiden. Es wird sich niemals etwas ändern, wenn wir zulassen, dass wir Thanksgiving ohne unsere Liebsten verbringen müssen."

Stanton lächelte. „Na gut. Dann rufen wir unsere eigene Tradition ins Leben. Darf ich dich noch um einen Gefallen bitten?"

„Um welchen?"

„Heute war ein anstrengender Tag. Singst du ein Lied für mich? Deine Stimme macht mich immer so …"

„Du musst es mir nicht erklären. Was soll ich singen?"

Stanton wusste schon seit Stunden, was er hören wollte. „Weißt du, welches Lied im Jahr meiner Geburt neu erschienen ist?"

„Welches?"

Can't Help Falling in Love."

„Ich soll ein Lied von Elvis singen? Ich weiß ja nicht. Meine Stimme hat noch nie zu seiner Musik gepasst."

„Es ist eines der größten Liebeslieder aller Zeiten."

„Okay, schon gut. Ich versuche es. Für dich. Aber es wird bestimmt interessant. Ich muss mich kurz konzentrieren."

Stanton schloss die Augen. Hutch fing an, von weisen Männern und Narren zu singen. Stanton hoffte, dass Hutch ihn auch so liebte, dass Hutchs Liebe – wie in dem Lied – unumgänglich war.

ANFANG NOVEMBER nahmen Stanton, Marvin und Hutch ihr Samstagsfrühstück wieder auf, das wegen Mr. Goldsteins Krankheit lange ausgefallen war. Sie trafen sich bei *Sandalino's* in der Barrow Street, einem gemütlichen Café mit schmalen Schwingtüren und ohne Leuchtreklame über der Tür. Stanton fand, hier gäbe es die besten Waffeln des Village. Eines Samstags fingen Marvin und Hutch eine hitzige Diskussion über ein bestimmtes Musikstück an. Stanton aß gemächlich weiter und hörte ihnen zu.

„Was meinst du damit, dass *4:33* ein Witz sein soll?", rief Hutch. „Ist das ernst gemeint oder spielst du nur den Advocatus Diaboli?"

„Ich meine es ernst", sagte Marvin. „Ich habe nicht vor, mein Leben der Musik zu widmen, um mir einreden zu lassen, dass vier Minuten und dreiunddreißig Sekunden Stille als Komposition gelten. Du schreibst Lieder. Du solltest darüber auch empört sein."

Stanton meldete sich, um ihnen zu signalisieren, dass er sie nicht verstand.

„Du bist dran", sagte Marvin zu Hutch.

„Also gut", sagte Hutch zu Stanton. „*4:33* ist eine Komposition von John Cage. Sie besteht auf dem Papier nur aus Pausenzeichen. Die Musiker sitzen also auf der Bühne und spielen ihr Instrument *nicht*. Im Gegensatz zu allem, was Marvin behauptet, sind es eben nicht nur vier Minuten und dreiunddreißig Sekunden Stille. Es sind vier Minuten und dreiunddreißig Sekunden Umgebungsgeräusche. Es ist der brillante Ausdruck für eine der wichtigsten Fragen unseres Lebens."

Stanton nickte. „Was ist Musik?"

„Genau. Wir verbringen unser Leben damit, Musik zu machen, zu singen, darüber zu reden und sie zu zerpflücken. Aber kaum jemand versucht ernsthaft, Musik zu definieren und sich zu fragen, wodurch sie sich von anderen Geräuschen oder gar der Stille unterscheidet. Definiert sie sich durch ihren Inhalt und ihre Form? Oder definiert sie sich durch die Reaktion der Zuhörer?"

„Wie der Baum im Wald, der umfällt?", fragte Stanton.

„Ja. Das ist eine berechtigte Frage. Existiert Musik überhaupt, wenn niemand zuhört? Aber Cage interessiert sich für eine noch komplexere Fragestellung. Bleibt Musik noch Musik, wenn wir den Inhalt wegnehmen und sie auf die Reaktion des Publikums beschränken? Kann man Musik schreiben, für die der Musiker sein Instrument *nicht* spielt? Man kann. Wird ein gebildetes Konzertpublikum zuhören, wie vier Minuten und dreiunddreißig Sekunden *nicht* gespielt wird? Es wird."

„Das macht es noch lange nicht zu Musik", bemerkte Marvin.

„Was dann? Was macht es zu Musik? Wenn du über Witze reden willst, dann lass uns über den Witz der Urheberschaft reden. Du denkst, ein Komponist schreibt ein Stück und hat dadurch die Kontrolle darüber. Du denkst, Musik ist fixierbar, wie eine Nebelschwade, die man an eine Hauswand nagelt."

„Natürlich ist Musik fixierbar", sagte Marvin. „Dafür sind Noten und die Tonleiter erfunden worden. Ich gebe doch nicht meinen gesunden Menschenverstand auf, nur um deine postmoderne Empfindlichkeit zu befriedigen. Wenn wir Toni Basils *Mickey* hören, wissen wir, dass wir Toni Basils *Mickey* hören, auch wenn das Lied von einem anderen gesungen wird. Und ich benutze dieses Beispiel bewusst, weil Stanton es ständig hört."

„Hey", verteidigte sich Stanton. „Es ist ein Stück aus dem Olymp der Popmusik."

„Und wenn ich jetzt den Text und die Melodie ändere ... Ab wann ist es dann deiner Meinung nach nicht mehr Toni Basils *Mickey*?", wollte Hutch wissen.

„Das ist doch schon passiert", sagte Stanton.

„Was meinst du damit?", fragte Marvin.

„Das Lied hieß früher *Kitty* und handelte von einem Mädchen. Für Toni Basil musste es so umgeschrieben werden, dass es von einem Mann handelt. Aber der Autor ist immer noch der gleiche."

„Siehst du", sagte Marvin zu Hutch. „Gesunder Menschenverstand."

Stanton beschloss, sich mitten ins Getümmel zu stürzen. „Ich kann beide Seiten verstehen. Komm schon, Hutch ... vier Minuten und dreiunddreißig Sekunden Nichts? Und dafür bekommt er Tantiemen? Andererseits ist die Idee absurd, ein Komponist könnte kontrollieren, was andere aus seiner Musik machen. Ich bin mir sicher, Beethoven hätte sich niemals vorstellen können, dass es eine Discoversion seiner Fünften Symphonie geben würde, wie im Soundtrack von *Saturday Night Fever*. Aber ich denke auch, dass die Stille Musik überhaupt erst ermöglicht. Es ist wie mit dem Licht und der Dunkelheit. Deshalb ist dieser John Cage zumindest kein Kaiser ohne Kleider."

Marvin schüttelte frustriert den Kopf. „Wenigstens du solltest mich doch verstehen. Siehst du nicht, wie anmaßend das Ganze ist? Fünfundzwanzig Dollar Eintritt zu bezahlen und zuzuhören, wie jemand sein Klavier *nicht* spielt?"

„Ich sagte doch, dass ich beide Seiten verstehen kann. Ich muss zugeben, es ist eigentlich lächerlich. Aber gerade dafür muss man es schon fast wieder bewundern."

Hutch zeigte mit dem Finger auf Marvin. „Blasphemie! Genau das ist es!"

„Verdammt", grummelte Marvin. „Wenn du es mir als Blasphemie verkaufst, kann ich nicht widerstehen. Und das weißt du auch. Aber das ändert nichts an meinem Argument. Ich gebe zu, dass Cage damit wichtige Fragen stellt. Aber diese Fragen sollte man in einem theoretischen Diskurs zu lösen versuchen. Es ist kontraproduktiv, wenn man sich über genau das lustig macht, was man eigentlich besser verstehen möchte."

„Soll das heißen, dass Künstler sich nicht mit Grundsatzfragen beschäftigen dürfen?", fragte Hutch.

„Das habe ich so nicht gesagt. Ich habe nur gesagt, wenn man ein Lied über die Natur und Definition von Musik schreiben möchte, sollte man genau das tun – nämlich ein Lied schreiben. Auch wenn es ein verdammt langweiliges Lied wäre. Aber piss mir nicht auf den Kopf und mach mir dann weis, es würde regnen. Und genau das tut Cage mit dieser sogenannten Komposition, und er hat mir sogar recht gegeben. Er hat sich nämlich davon distanziert."

„Das hat er nicht!"

„Es reicht", sagte Stanton. „Lasst uns über ein anderes Thema reden."

„Er mag es nicht, wenn wir uns streiten", sagte Marvin.

„Ich weiß." Hutch legte den Arm um Stanton. „Es ist doch nicht ernst gemeint, Starsky. Und du hast dich prächtig geschlagen, als du dich eingemischt hast."

„Ich gewöhne mich langsam daran", erwiderte Stanton. „Aber ich kann immer noch nicht mit euch mithalten. Ich weiß einfach zu wenig darüber."

Marvin winkte ab. „Du weißt viele Dinge, über die wir nichts wissen."

„Na klar. Trivialitäten über Sternchen, die nach einem Hit wieder von der Bildfläche verschwinden."

„Es gibt keinen Grund, warum man damit nicht auch Karriere machen könnte", sagte Marvin. „Wir haben das schon tausendmal diskutiert. Du hast die musikalische Sensibilität eines dreizehnjährigen Mädchens."

Stanton ärgerte sich grün und blau. „Hast du gehört, wie er über mich redet?", fragte er Hutch, dem es schwerfiel, nicht laut zu lachen.

„Stanton", sagte Marvin. „Wer kauft denn heutzutage die Schallplatten? Ich habe doch nicht behauptet, du hättest den *Intellekt* eines dreizehnjährigen Mädchens. Du bist verdammt clever, und das weißt du auch. Du könntest dem Musikjournalismus eine vollkommen neue und einmalige Stimme hinzufügen, wenn du deine Sensibilitäten durch eine kritische Linse betrachtest und filterst."

„Warum können meine Sensibilitäten denn nicht selbst diese Linse sein?"

„Weil es so nicht funktioniert."

„Sagst du. Ihr macht euch etwas vor, wenn ihr glaubt, dass das Beste und das Beliebteste ein und dasselbe wären."

„Jetzt hörst du dich verdammt nach John Cage an", bemerkte Hutch.

„Ich liebe dich wirklich", sagte Marvin. „Aber wenn du nicht damit aufhörst, alles persönlich zu nehmen, werden wir in deiner Gegenwart nie wieder über Musik diskutieren."

„Es fällt mir schwer, nicht persönlich zu nehmen, dass du mich mit einem dreizehnjährigen Mädchen vergleichst."

„Das tut mir leid. Ich werde in Zukunft versuchen, solche Vergleiche zu meiden."

„Wage es nicht! Wenn du mir nur Honig ums Maul schmierst, wird aus mir nie was."

„Dann entscheide dich jetzt", sagte Marvin und drehte sich schnaubend zu Hutch um. „Was sollen wir nur mit ihm machen?"

„Ich weiß es auch nicht. Aber er ist zu süß, um ihn umzutauschen."

Stanton rammte seinem Freund den Ellbogen in die Rippen. Insgeheim liebte er es, von Marvin und Hutch aufgezogen zu werden, und das wussten die beiden sehr genau.

Stanton lehnte sich in seinem Stuhl zurück und fragte sich, was ihnen die Zukunft wohl bringen würde. Er selbst war nie sehr ehrgeizig gewesen, aber Hutch und Marvin schienen ihm zu Größerem bestimmt. Alles war möglich. Hier, wo sie lebten, hatten schließlich auch Allen Ginsberg und Jack Kerouac einst angefangen.

Er hob das Glas mit dem Orangensaft. „Ich möchte einen Toast aussprechen." Marvin und Hutch hoben ebenfalls ihre Gläser. „Ich trinke auf die tröstende Tatsache, dass der Weg, der noch vor uns liegt, länger ist als der, den wir schon zurückgelegt haben."

„Hört, hört", sagte Marvin. „Auf die Zukunft. Mögen wir hell brennen oder gar nicht."

Hutch grinste Stanton an. „Der Horizont ist die Grenze."

LIVING PROOF

TRAVIS FUHR Topher zum Flughafen. „Und wenn du in New York U-Bahn fährst, achte auf die Richtung", riet er Topher. „Ich bin einmal falsch eingestiegen und habe teuer dafür bezahlt, mein Freund. Bist du nervös?"

„Ich werde gleich nervös, wenn ich diese Frage noch ein einziges Mal höre."

„Sorry, Herr Rockstar."

„Ich bin kein ..."

„Einhunderttausend Aufrufe auf YouTube ..."

„... sind nur ein Tropfen Wasser im großen Meer. Heutzutage ist das praktisch nichts."

„Du bist also nicht nervös?"

Topher überlegte. „Ich bin mehr aufgeregt als nervös. Ich kann nicht glauben, dass es so lange gedauert hat, bis diese Reise endlich zustande kam."

Seit dem *SXSW* waren schon fünf Wochen vergangen. So lange hatten er und Stanton sich nicht mehr gesehen. Topher schaute aus dem Seitenfenster und erinnerte sich daran, was seit diesem Wochenende im März alles geschehen war. Die vier Mitglieder von *Dime Box* hatten noch nie so viel gearbeitet wie in diesen fünf Wochen. Mehr als vier Stunden Schlaf pro Nacht waren die Ausnahme gewesen. Sie hatten Stantons Rat befolgt und einen jungen Filmemacher kontaktiert, den Maurice von seinem Studium an der UT kannte. Er hieß Kai Jackson. Kais Konzept war, das Video an legendären Orten in und um Austin aufzunehmen. Die Idee gefiel den Jungs, aber sie hatten nicht damit gerechnet, dass es so viel Zeit beanspruchen würde.

Travis fuhr mit offenem Fenster und sang vor sich hin. Als er von dem Video erfuhr, hatte er Topher vorgeschlagen, Jasons Freund Jake als Assistenten für den Regisseur einzustellen. Topher erinnerte sich noch an Travis' Worte: „Die Jungs reden über nichts Anderes, als nach Hollywood zu gehen und Filme zu machen. Er wäre sofort mit Begeisterung dabei und gehört außerdem genau zu der Zielgruppe, für die das Video gedacht ist. Ich wette, er kann einige tolle Ideen beisteuern."

Sie hatten dann Jake, Jason, Quentin und einige ihrer Freunde als Aushilfen eingestellt, die mehr oder weniger für Pizza und ein Taschengeld dabei waren. Das junge Team hatte unermüdlich gearbeitet und dafür gesorgt, dass alles nach Plan lief.

Travis unterbrach sein Lied. „Wirst du mit Stanton auch über Quentins Projekt reden?"

„Ich versuche es. Aber erwartet euch nicht zu viel."

164

Er wusste von Quentins Projekt seit Ende April, als Quentin ihn nach einem besonders anstrengenden Tag, den sie mit Außenaufnahmen verbracht hatten, zur Seite zog und ansprach. „Ich wollte dich um einen Gefallen bitten", hatte Quentin gesagt, die Hände in den Hosentaschen vergraben. „Travis hat mir gesagt, dass du demnächst Stanton besuchst."

„Ja. Ich will in einigen Wochen nach New York fliegen."

„Ich habe mich gefragt, ob du mir vielleicht helfen kannst. Ich habe da ein Projekt für die Schule."

„Was für ein Projekt ist es denn?"

Quentin zögerte etwas. „Es geht um Reinkarnation", murmelte er dann.

„Oh. Ich sollte dich jetzt fragen, was ausgerechnet ich damit zu tun habe. Aber wir kennen die Antwort schon, nicht wahr?"

„Ich wollte dich auch fragen, ob du den Dalai Lama Test machst. Und ich würde es gerne für einen kurzen Dokumentarfilm aufnehmen. Jake macht die Aufnahmen und hilft mir beim Schnitt und der Redaktion. Es wird bestimmt cool."

„Was ist ein Dalai Lama Test?"

„Stanton legt drei Gegenstände vor dir auf den Tisch. Einer davon hat … ihm gehört."

„Und ich muss den richtigen herausfinden?"

„Ja. Ist das okay?"

„Ich habe kein Problem damit, aber bei Stanton sieht die Sache vermutlich anders aus. Er glaubt nicht an Reinkarnation. Ich wünschte wirklich, ich könnte dir helfen."

„Wie meinst du das? Er hat das Thema doch zuerst angesprochen. Wieso glaubt er dann nicht daran?"

„Ich weiß. Aber nach meiner Reaktion an diesem Abend will er nicht mehr darüber reden."

„Mein Gott. Interessiert dich denn nicht, ob er recht hat?"

„Doch, es interessiert mich. Aber Stanton hat Angst, ich würde seine Gefühle für mich mit seinen Gefühlen für Chris Mead verwechseln. Und weil ich es selbst war, der ihm diesen Vorwurf gemacht hat, muss ich mich jetzt damit abfinden."

„Aber wir könnten es beweisen, wenn der Test gut läuft."

„Nein. Stanton würde das Ergebnis anzweifeln. Die Wahrscheinlichkeit, den richtigen Gegenstand zu wählen, ist auch ohne Reinkarnation recht hoch."

„Und dabei willst du es belassen?"

„Oh nein, so leicht finde ich mich damit nicht ab. Ich werde der Sache auf den Grund gehen, so oder so. Meine Zukunft könnte davon abhängen. Aber ich kann dir nicht garantieren, dass Dalai Lama etwas damit zu tun hat."

„*Der* Dalai Lama. Es ist ein Titel."

„Was?"

„Vergiss es. Sagst du mir Bescheid, falls er seine Meinung doch noch ändert? Ich glaube, ihr macht sonst einen großen Fehler."

„Ich melde mich bei dir. Versprochen."

Topher kam mit seinen Gedanken wieder in die Gegenwart zurück. Es war Travis anzusehen, dass er über Tophers ausweichende Antwort nicht allzu glücklich war.

„Was soll das heißen, ich soll mir nicht zu viel erwarten? Für die Jungs erwarte ich immer nur das Beste."

„Ich habe dir doch erklärt, dass Stanton bei diesem Thema mauert."

Topher lächelte und dachte an die vielen Telefongespräche, die er in den letzten fünf Wochen mit Stanton geführt hatte. Selbst als Stanton in Kalifornien war, hatten sie fast jeden Abend telefoniert. Sonntags, wenn Topher frei hatte, redeten sie manchmal stundenlang miteinander. Topher löcherte Stanton mit unzähligen Fragen, weil er fest entschlossen war, Stantons enzyklopädisches Wissen über die Popmusik voll auszuschöpfen. Er hörte sich im Internet auch sämtliche Sendungen an, die Stanton jemals für NPR aufgenommen hatte, um ihn dann über die Arbeit hinter den Szenen auszufragen. Stanton brachte ihm bei, wie man ein Lied analysierte und seine Struktur verstand. Er warnte Topher auch vor dem Versuch, ein Konzept oder eine Idee mit nur einem einzigen Wort zu beschreiben, weil man dadurch in seinen eigenen, künstlich gezogenen Grenzen gefangen gehalten wurde.

Eines Abends überraschte Stanton ihn, indem er Chester Bennington ans Telefon rief, der ihm und *Dime Box* viel Glück mit dem Video wünschte. Topher musste lachen, als er sich daran erinnerte, dass er vor Aufregung beinahe in die Hose gepinkelt hätte.

„Was ist denn so komisch?", fragte Travis.

„Nichts", sagte Topher und dachte wieder an diesen Abend zurück.

„Ich liebe deinen Job", hatte er nach dem kurzen Gespräch mit Chester Bennington zu Stanton gesagt. „Ich bin mir eben wie eine Teenagerin vorgekommen. Hast du ihn schon vorher gekannt?"

Nein. Ich habe Mike Shinoda schon früher getroffen, aber die anderen Mitglieder der Band kannte ich noch nicht persönlich. Ihr neues Album ist gerade fertig geworden. Es ist fantastisch. Warte nur, bis du es gehört hast.

„Wann erscheint es?"

Im Juni. Aber es wird schon vorher im Radio gespielt. Wir bringen es über fünf Sendungen verteilt in All Things Considered.

„Robin und Maurice waren eifersüchtig, als ich ihnen erzählt habe, wo du gerade bist. *Hybrid Theory* ist ihre persönliche Geschichte und sie glauben, dass *Linkin Park* ihnen das Leben gerettet hat."

Sie hatten eine schwere Kindheit?

„Ihre Eltern waren ein Albtraum. Methadonsüchtig, alle beide. Sie haben in einem Trailer Park bei der Arena gelebt."

Dime Box hat eine Arena?

„Jedenfalls nennen wir es so. Im Sommer findet dort das Rodeo statt. Wie auch immer ... Als wir im letzten Schuljahr waren, haben Mom und Pops Ackerman beschlossen, einfach zu verschwinden. Wortwörtlich. Die Zwillinge sind morgens aufgewacht und der Trailer war leer. Ihre Eltern hatten alles gepackt und ohne sie die Stadt verlassen."

Was ist mit ihnen passiert?

„Das haben wir nie erfahren."

Nein, die Eltern habe ich nicht gemeint. Was ist mit Robin und Maurice passiert?

„Meine Mom hat sie aufgenommen. Mein Dad war schon tot und meine Schwester Trisha nach Austin gezogen. Wir hatten genug Platz. Maurice war so gut in der Schule, dass er ein Stipendium für die UT bekommen hat. Deshalb sind sie Fans von *Linkin Park* und ganz besonders von Chester Bennington. Und deshalb werden sie grün sein vor Neid, wenn ich ihnen erzähle, mit wem ich gerade gesprochen habe."

Übrigens ... was ich dich schon länger fragen wollte: Hat dein Handy immer noch dieses Phantomvibrationssyndrom?

„Nein", sagte Topher. „Es hat aufgehört. Warum?"

Nur so.

Travis schnippte mit dem Finger vor Tophers Gesicht. „Hallo? Bist du noch da?"

„Ja. Sorry. Ich musste gerade daran denken, dass ich mit Chester Bennington gesprochen habe."

„Weißt du nicht, dass du nur noch an Stanton denken solltest?"

„Ich denke seit fünf Wochen an nichts Anderes. Lass mich in Ruhe."

„Na gut", sagte Travis. „Träume weiter."

Topher schaute wieder aus dem Fenster. Nachdem Stanton wieder in New York war, hatte er Topher einen YouTube-Link für Oleta Adams' *Get Here* geschickt. Topher hatte sich die Aufnahme angesehen und war in Tränen ausgebrochen. Er wäre am liebsten ins nächste Flugzeug gesprungen und losgeflogen, aber stattdessen musste er sich damit abfinden, Stanton seinerseits mit einem Link zu antworten. Topher schickte ihm *It's Written All Over My Face* von Banderas, ein Lied aus den 90er Jahren. Danach kam von Stanton *What Makes You Beautiful* von *One Direction* in einem Remix von Dave Aude, und Topher antwortete mit Carly Rae Jepsens *Call Me Maybe*.

Topher griff in die Tasche und zog sein Handy heraus.

„Wen rufst du an?", fragte Travis.

„Niemanden. Ich will nur einen Text lesen, den Stanton mir kürzlich geschickt hat." Er suchte in ihren vielen Unterhaltungen, bis er endlich die richtige fand.

Der Horizont ist die Grenze.

Topher hatte ihn an diesem Abend angerufen und gefragt: „Von wem ist das?"

In dem Video von Call Me Maybe *hat dieser Typ ein Tattoo auf der Brust. ‚Der Horizont ist die Grenze'.*

„Hast du das Video angehalten, um das Tattoo lesen zu können?"

Vielleicht. Ich bin übrigens froh, dass du anrufst. Lass uns über deinen Besuch bei mir sprechen.

Sie hatten den Termin für Tophers Flug nach New York mehrfach verschieben müssen, weil das Video noch nicht fertig war. Dann hatten sie sich schließlich auf ein Datum Ende April geeinigt. Eine Woche vorher postete *Dime Box* das Video von *Beaches on the Moon* bei YouTube. Es wurde innerhalb der ersten sieben Tage einhunderttausend Mal aufgerufen. Dazu kamen ungefähr zehntausend Downloads bei iTunes und Amazon, die ihnen fast siebentausend Dollar einbrachten. Mit dem Geld konnten sie die Hälfte ihrer Schulden bei Peters Eltern zurückbezahlen.

Travis bog in die Ausfahrt zum Flughafen ab. „Hast du dir die Schwulenpornos schon angesehen, von denen ich dir erzählt habe?"

Topher drehte sich zu ihm um. „Wie bitte?"

„Du hast mich gehört."

Topher nickte stirnrunzelnd. „Ja, teilweise. Ich glaube allerdings nicht, dass ich von diesen Kerlen Tipps annehmen will. Was sind das denn für Typen, die vor einer Kamera das erste Mal Sex mit einem Mann haben? Was ist, wenn ihre Mom davon erfährt? Und am meisten genervt hat mich, wie sie sich ausgezogen haben. Es war lächerlich. Da will ich mich gerade auf eine Szene einlassen, und plötzlich fängt der Typ an, sich aus seinen Jeans zu kämpfen, während er gleichzeitig einen Blowjob gibt. Ich habe mein Laptop angebrüllt, dass er doch gefälligst aufstehen sollte, dann wäre alles viel einfacher. Idiot."

Travis schlug sich lachend aufs Knie. „Und warum behalten sie immer ihre Socken an? Ben schreit auch immer den Bildschirm an. ‚Zieht eure verdammten Socken aus', brüllt er."

„Und wer hätte gedacht, dass in Autowerkstätten ständig Orgien gefeiert werden?"

„Ja, ich weiß. Ben und ich haben es einmal ausprobiert."

„Meinst du das ernst?"

„Na klar meine ich es ernst. Wir haben doch alle Schlüssel. Also sind Ben und ich nachts in die Werkstatt gefahren. Er findet es geil. Ich ziehe meinen Overall an und er fickt mich auf der Werkzeugbank. Heiße Szene. Werkstattficks stehen für schwule Jungs ganz oben auf der Wunschliste. Wir sollten das zu unserem Vorteil ausnutzen. Ben und Stanton sind gebildete, kultivierte Männer, aber wir beide sind anders. Wir kommen verschwitzt nach Hause und haben Motoröl im Gesicht. Nichts ist so sexy wie ein Mechaniker, der gerade von der Arbeit kommt."

Travis setzte Topher an der Abflughalle ab. „Vergiss nicht, dich zu entspannen, wenn du seinen Schwanz in der Kehle hast", rief er Topher zum Abschied noch nach. „Und wenn du vor ihm kniest, musst du ihn von unten ansehen. Ben liebt das."

DER FLUG von Austin nach New York verlief ohne besondere Vorkommnisse. Topher war erst einmal geflogen, als er mit seiner Mutter und seiner Schwester einen Wochenendausflug nach Las Vegas unternommen hatte. Stanton hatte ihm gestern Abend am Telefon geraten, sich am Flughafen ein Taxi zu nehmen, das er bezahlen würde.

Mit dem Bus oder dem Zug wird es zu hektisch. Entweder nimmst du ein Taxi oder ich hole dich ab.

„Warum fliege ich nach Newark?", hatte Topher gefragt.

Weil es direkt auf der anderen Seite des Flusses liegt. Wir sind hier nicht in Texas, wo man sechs Stunden fahren muss, um in den nächsten Bundesstaat zu kommen.

Nach der Landung in Newark nahm Topher sich ein Taxi und schickte eine Nachricht an Stanton, um seine Ankunft anzukündigen. Sie fuhren durch den Holland Tunnel und als sie wieder ans Tageslicht kamen, sah Topher zum ersten Mal Manhattan vor sich liegen. Es war ein beeindruckender Anblick.

Topher zog das Handy aus der Tasche und rief Robin an. „Kumpel, ich bin in New York City!"

Wie ist es?

„Verdammt groovy."

Richte Stanton aus, dass wir ihn bald persönlich treffen wollen. Wir telefonieren so oft miteinander, dass er für uns schon wie ein Teil der Familie ist.

„Wird gemacht. Wie viele Downloads hatten wir gestern?"

Zwölfhundert. Wenn es so weitergeht, können wir Peters Eltern bis zum Ende der Woche alles zurückzahlen, Zinsen inklusive.

„Wir werden zwar nicht reich, aber es macht einen Heidenspaß."

Es ist mehr, als ich in drei Monaten verdiene. Hättest du dir das vorstellen können?

„Ich habe seit Jahren nichts Anderes gemacht, als mir das vorzustellen. Jetzt ist es endlich soweit."

Ich weiß. Aber du musst mich trotzdem noch ab und zu zwicken, damit ich es glaube.

„Ich muss Schluss machen. Wir sind gleich da."

Texte mir später mehr.

Topher steckte sein Handy ein und das Taxi hielt vor dem Haus, in dem Stanton wohnte. Sie befanden sich hier im Westen von Hell's Kitchen, in der Nähe der 34. Straße und der Eleventh Avenue. Viel konnte sich Topher darunter allerdings nicht vorstellen.

Stanton erwartete ihn schon vor dem Haus. Seine Haare waren länger als vor fünf Wochen, was ihn in Tophers Augen noch heißer aussehen ließ. Stanton trug Shorts und ein T-Shirt der NYU, das seine muskulösen Arme betonte. Er kam

169

sofort angelaufen und öffnete Topher die Wagentür. „Willkommen in New York. Entschuldige, dass ich mich nicht umgezogen habe, aber ich komme gerade aus dem Fitnessstudio. Das Wetter ist zurzeit ungewöhnlich warm für diese Jahreszeit."

Topher stieg aus, hielt sich aber nicht mit Worten auf. Er schlang die Arme um Stanton, schloss die Augen und atmete tief ein. Nach einer Weile ließ er wieder los und trat einen Schritt zurück. Stanton lächelte ihn strahlend an. „Verdammt, ich hatte fast vergessen, wie gut du aussiehst", neckte Topher ihn.

„Lass das. Wo ist dein Gepäck?"

„Auf dem Rücksitz." Stanton bezahlte das Taxi, während Topher sein Gepäck vom Rücksitz holte und die Tür zuschlug. „Ich habe gerade mit Robin telefoniert. Sie wollen dich unbedingt bald persönlich kennenlernen."

Das Taxi fuhr wieder an. „Hast du Hunger?", erkundigte sich Stanton.

„Ich bin am Verhungern."

„Dann lass uns das Gepäck nach oben bringen. Danach können wir uns etwas zu essen besorgen."

Stanton führte ihn in das Haus und am Pförtner vorbei zum Fahrstuhl, mit dem sie ins dreiunddreißigste Stockwerk fuhren. Topher spürte eine merkwürdige Formalität zwischen ihnen. Sie gingen den Flur entlang in Stantons Wohnung. Durch die großen Fenster hatte man einen wunderbaren Blick auf die Stadt.

„Wow", sagte Topher. „Das ist ein gewaltiger Unterschied zu Austin, von Dime Box gar nicht zu reden. Ich komme mir plötzlich vor wie ein echter Hinterwäldler."

Stanton schüttelte lächelnd den Kopf und winkte ihn in das Gästezimmer auf der rechten Seite. „Du kannst dein Gepäck schon ins Zimmer bringen. Es hat ein eigenes Badezimmer, wenn du also duschen willst oder so …"

„Nein, danke", sagte Topher und stellte sein Gepäck auf dem Bett ab, obwohl er nicht vorhatte, im Gästezimmer zu schlafen. Dann schlüpfte er an Stanton vorbei ins Wohnzimmer zurück, wo er sofort wieder zum Fenster ging. Stanton folgte ihm und stellte sich neben ihn. „Was sieht man von hier alles?", wollte Topher wissen.

„Den Hudson River."

„Dann liegt auf der anderen Seite des Flusses schon New Jersey?"

„Ja. Von dort stammt Bruce Springsteen."

„Jetzt verstehe ich, warum es Betondschungel genannt wird. Was ist das für ein Gebäude dort? Das mit den großen, roten Buchstaben?"

„Der *New Yorker*."

„Wie cool. Kaum zu glauben, dass das alles von Menschen erbaut wurde. Es ist absolut spektakulär."

Sie schwiegen. „Ich bin froh, dass du gekommen bist", sagte Stanton nach einer Weile.

„Ich auch." Topher wollte ihn küssen, hielt sich aber zurück. „Essen?"

„Essen. Worauf hast du Appetit?"

„Pizza."

„Nun, wenn New York für etwas berühmt ist, dann für seine Pizza."

„Wir werden sehen."

„Da bin ich mir sicher. Lass uns zu *Claudio's* gehen. Es ist nur einen Block weiter."

„In Ordnung. Geh voraus."

Topher konnte gar nicht fassen, was es alles zu sehen, zu riechen und – vor allem – zu hören gab, als er das erste Mal durch die Straßen von New York ging. „Es ist so laut hier", rief er Stanton zu.

Als sie bei *Claudio's* saßen und ihre Pizza aßen, brachte Stanton das Gespräch sofort auf das Video von *Beaches on the Moon*.

„Ich muss gestehen, dass ich die Seite von YouTube nicht mehr schließe", sagte er. „Ich verfolge ständig, wie sie sich entwickelt. Ich glaube, mindestens tausend der hunderttausend Aufrufe sind von mir."

„Robin meint, wir könnten Peters Eltern nächste Woche das Geld zurückzahlen."

„Und bald kannst du auch deine Flugtickets selbst bezahlen, du Rockstar."

„Jetzt hörst du dich an wie Travis. Vielleicht lade ich dich ein, wenn ich erst reich und berühmt bin."

„Wohin?"

„Keine Ahnung. Nach Hawaii vielleicht. Ich wollte schon immer nach Hawaii. Wegen der Strände."

„Da wir schon von Stränden reden … Du hast in deinen Texten *Beaches on the Moon* abgekürzt und schreibst nur noch BotM. Tu das nicht."

„Warum nicht?"

„Hat Travis dir nicht erklärt, was ein Bottom ist?"

„Doch, aber …" In diesem Augenblick ging Topher ein Licht auf. „Oh, ich verstehe! Wie lustig. Die Abkürzung hört sich an, als ob man in den Arsch gefickt wird."

Stanton wechselte das Thema. „Was macht die Schreiberei? Hast du neue Texte?" Topher verdrehte die Augen.

„Ich könnte ein Lied schreiben, das so ähnlich ist wie *Beaches on the Moon*. Aber das will ich nicht. Wir wollen nicht enden wie *Sum 41*."

„Du willst also nicht einen Strand nach dem anderen besingen?"

„Ich wusste doch, dass du mich verstehst."

„Dann schreibe eben etwas Anderes."

„Es fällt mir schwer."

„Sind die Lieder in deinem Kopf immer noch weggeschlossen?"

„Ja. Wenn ich mich hinsetze und zu schreiben versuche, kommen immer nur Fragmente und Halbsätze raus. Zersplitterte Reime. Ich kann eine Melodie hören, die ist so süß, dass es dir das Herz bricht, aber sie kommt von weit her und ich kann nicht herausfinden, von wo."

„Chris hatte das gleiche Problem." Stanton verstummte, als er merkte, was er gesagt hatte. „Mist", murmelte er, kaute seine Pizza und schluckte. „Es tut mir leid. Ich hatte nicht vor, ihn an diesem Wochenende zu erwähnen."

Topher dachte darüber nach, was er gerade gehört hatte. Chris Mead hatte das gleiche Problem? Konnte das der Schlüssel sein? Er trank einen Schluck Cola und machte auf cool. *Nicht drängen*, dachte er sich. „Schon gut", sagte er laut. „Ich habe nichts dagegen, wenn du darüber reden willst."

Stanton blieb stumm.

„Willst du mich einfach ausblenden?", fragte Topher.

„Wenn du darauf bestehst, über ihn zu reden, dann lass uns bitte warten, bis wir unter uns sind."

„*Du* hast ihn doch angesprochen. Ich habe auf gar nichts bestanden."

„Es tut mir leid. Du bist gerade erst angekommen. Können wir uns nicht für den Anfang auf uns beschränken? Stanton und Topher?"

Topher gab nach. „Aber du stehst vorne, ja? Wie wäre es stattdessen mit Topher und Stanton?"

„Du weißt doch, wie es heißt: Alter kommt vor Schönheit."

Topher lachte und schob sich das letzte Stück Pizza in den Mund. Auf dem Rückweg fragte er Stanton nach dessen Meinung über Gotye's *Somebody That I Used to Know*. Stantons Stimmung besserte sich sofort und er hielt einen längeren Vortrag über die Geburt eines Höhepunktes der Popkultur, die Bedeutung von sozialen Medien und deren Macht, ein relativ unbedeutendes Lied in ein weltweites Ereignis zu verwandeln.

Als sie wieder in Stantons Wohnung ankamen, ging Topher zu dem großen Panoramafenster und schaute auf die Stadt. Die Sonne war untergegangen und Manhattan bei Nacht lag unter ihnen.

„Willst du ein Bier?", rief Stanton aus der Küche.

„Habt ihr hier auch Shiner?"

„Nein, leider nicht. Ich habe danach gefragt, aber es gab kein Shiner. Ich habe Heineken genommen. Ist das auch okay?"

„Sicher. Ich bin ja nicht wegen des Biers gekommen."

Stanton kam mit zwei Flaschen Bier ans Fenster und gab eine davon an Topher weiter. „L'Chaim."

Topher prostete Stanton zu. „Cheers." Er nahm einen Schluck Bier und ließ es sich langsam über die Zunge gleiten, bevor er schluckte. „Ich muss dir etwas gestehen."

„Okay", sagte Stanton. „Worum geht es?"

„Ich habe nicht viel Erfahrung."

„Mit ... was?"

„Ich habe nur mit vier Frauen Sex gehabt, und wenn du mir eine Knarre an den Kopf hältst und mich zu einer Antwort zwingst ... Es war nie sehr gut. Ich hätte mich deswegen nicht für schwul gehalten, aber heute kommt es mir schon merkwürdig vor, dass ich nicht misstrauisch geworden bin. Damals dachte ich nur, dass ich Sex eben nicht sonderlich mag. Ich war auch noch nie verliebt. Ich bin mit Mädchen ausgegangen, aber ich habe nie eine von ihnen als meine Freundin bezeichnet."

„Warum erzählst du mir das alles?"

„Weil ich den Verdacht habe, du hast auf diesem Gebiet verdammt viel Erfahrung – wenn auch nicht unbedingt mit Frauen. Deshalb dachte ich mir, du könntest vielleicht denken, dass es nicht der Mühe wert ist."

Stanton trank einen Schluck Bier und schaute aus dem Fenster. „Du hast recht. Ich habe bestimmte Vorbehalte."

„Ich weiß. Aber wir haben uns lange nicht gesehen und ich hatte gehofft, dass du deine Meinung geändert hast."

Stantons Mundwinkel zuckten. „Ich gebe zu, dass die letzten Wochen für mich ein faszinierendes Erlebnis waren. Ich habe wirklich gerne mit dir über Musik diskutiert, aber auf Dauer können wir so nicht weitermachen. Ich habe meinen Lebensmittelpunkt hier, du hast deinen in Austin. Und dann ist da noch der Altersunterschied. Es tut mir leid, aber ich kann es nicht verschweigen."

„Das musst du auch nicht."

„Ich bin alt genug, um dein Vater sein zu können."

„Es gibt nichts, was mich weniger interessiert."

„Das ist normal. Du bist der jüngere von uns beiden. Du bist nicht derjenige, über den sie sich lustig machen werden. Du wirst immer der Ashton Kutcher sein und ich deine Demi Moore."

„Wenn sich jemand über dich lustig macht, ist er ein Arschloch und sollte dir egal sein." So hatte Topher sich das nicht vorgestellt. Er hatte gehofft, sie würden sich in die Arme fallen und die Kleider würden wie von selbst in sämtliche Zimmerecken fliegen. Er drehte sich um, ging zum Sofa und setzte sich. „Und worum geht es bei den anderen Dingen?", fragte er und trank einen Schluck Bier.

„Welche anderen Dinge?"

„Es gibt viele kleine Dinge, die ich jetzt nicht erklären kann. Es würde zu lange dauern", zitierte Topher. „So hast du es formuliert, als wir bei Travis und Ben eingeladen waren."

„Ich habe dir doch gesagt, dass ich nicht über ihn reden will."

„Und wen willst du damit in Schutz nehmen? Mich jedenfalls nicht. Ich hoffe, das habe ich dir deutlich gemacht. Und warum stehst du so weit weg? Setz dich doch zu mir."

Stanton kam zum Sofa und setzte sich neben Topher. „Warum bist du so beharrlich? Ich habe dir doch gesagt, es gibt nichts mehr zu bereden."

„Das sagst du zwar, aber du verhältst dich nicht so. Und ich habe nicht viel zu verlieren. Also will ich wissen, worum es geht. Ob es wichtig ist oder nicht, kann ich selbst entscheiden. Wenn auch nur die geringste Chance besteht, dass es diese Lieder in meinem Kopf freisetzt, ist das für mich jedes Risiko wert."

„Na gut", sagte Stanton, lehnte sich in eine Ecke des Sofas und holte tief Luft. „*Air Supply*. Ihr steht beide auf *Air Supply*. Dann ist da diese Redewendung, die du benutzt hast: Der Teufel steckt im Detail. Das hat Chris auch oft gesagt. Und der Kuss während *Thunder Road*. Chris hat mich vor dreißig Jahren mitgenommen auf ein Konzert von Bruce Springsteen. Während *Thunder Road* hat er mich zum ersten Mal geküsst."

Topher klappte die Kinnlade runter. „Und du glaubst, das hätte nichts zu bedeuten?"

„Nein, das glaube ich nicht. Aber ich weiß nicht, *was* es zu bedeuten hat. Für dich war *Thunder Road* ein Moment der Klarheit, nicht mehr. Ich bin mir nämlich ziemlich sicher, dass du nicht zu den Frauen zurückkehren würdest, wenn ich jetzt endgültig mit uns Schluss mache. Ich war schließlich in der gleichen Situation wie du. Du kannst dir nicht vorstellen, wie sehr ich mit dir fühle. Nur … früher oder später musst du es aussprechen."

„Was muss ich aussprechen?"

„*Ich bin schwul.*"

„Glaubst du wirklich, ich halte mich für etwas Besonderes und kann damit nicht umgehen?"

„Ich glaube, du hättest dich auf deine erste Reaktion verlassen sollen, als du diese Verbindung mit Chris Mead zurückgewiesen hast. Dabei solltest du bleiben. Es ist nicht mehr als eine Verkettung von Zufällen."

„Gibt es da noch mehr ‚kleine Dinge'?"

„Vermutlich gibt es noch einige."

„Zum Beispiel?"

Stanton machte eine Pause. Topher fiel auf, wie frustriert Stanton war und dass er dieses Gespräch am liebsten beendet hätte. Dann gab Stanton sich doch noch einen Ruck. „Groovy."

„Groovy?"

„Ja. Das war sein Lieblingswort. Und er hat immer Kusshände verteilt. Das war genauso typisch für ihn. Oder zu fragen, ob man die Erdnussbutter lieber mit oder ohne Stückchen isst. Er hat mir auch versprochen, für mich *Bridge Over Troubled Water* zu singen. Dazu ist es dann nicht mehr gekommen, weil … Ich glaube, er wollte es sich für unseren fünften Jahrestag aufheben. Du hast dieses Lied gesungen – *Saltwater Kisses*. So haben seine Küsse geschmeckt, als ich ihn kennenlernte. Nach Salzwasser. Er hat behauptet, er wäre ein halber Fisch und würde jeden Tag im Meer schwimmen."

„Behauptet?"

„Ja. Ich habe dann herausgefunden, dass er in diesem Sommer einen Lippenbalsam benutzte, der nach Salzwasser schmeckte."

„Ich habe auch Salzwasser geschmeckt, bevor ich dich das erste Mal geküsst habe."

„Na und? Wenn man zu wenig trinkt, hat man einen Salzwassergeschmack im Mund. Das ist normal."

„Musst du denn für alles eine Erklärung finden?"

„Ja. Genau darum geht es mir. Es gibt viele Leute, die *Air Supply* mögen. Viele die ‚groovy' sagen und Kusshände verteilen. Die Frage nach der Erdnussbutter ist auch nicht sonderlich originell. Und *Bridge Over Troubled Water* ist ein sehr populäres Lied, auch heute noch. Ja, ich habe für alles eine Erklärung, und solange das der Fall ist, ist diese Geschichte, die du dir einredest, nicht mehr als Fantasie."

„Du gibst also zu, darüber nachgedacht zu haben, bist aber zu dem Schluss gekommen, dass es eine Verkettung von Zufällen ist?"

„Genau."

„Ich könnte das verstehen, wenn es sich nur um ein oder zwei, meinetwegen auch drei angebliche Zufälle handeln würde. Aber du hast gerade eine Liste von acht oder neun Punkten aufgezählt, die Chris und mich verbinden, Prinzessin."

„Kannst du es denn nicht sehen? Ja, es sind neun Punkte. Neun Dinge, die viele Menschen miteinander teilen und die nur deshalb etwas bedeuten, weil ich dich auf die Ähnlichkeit zu Chris aufmerksam gemacht habe. Das war ein Fehler von mir, für den ich mich entschuldigen möchte."

„Das ist doch lächerlich. Soll ich es für dich in den Himmel schreiben?"

Stanton wurde rot und Topher merkte, dass er beinahe zu weit gegangen war.

„Es tut mir leid", sagte er. „Was brauchst du denn, um es zu glauben?"

„Einen Beweis."

„Einen Beweis?"

„Ja. Alles, was du über ihn weißt, hast du von mir, Travis oder Ben gehört. Wenn es wirklich stimmen sollte, warum sind es dann nur Ähnlichkeiten, auf die du erst aufmerksam gemacht werden musstest? Warum kannst du dich nicht selbst an etwas erinnern?"

„Weil es so nicht funktioniert. Ich kann trotzdem nicht verstehen, warum du nach allem, was du mir erzählt hast, immer noch daran zweifelst."

„Weil ich sonst die Realität und die Vernunft aufgeben müsste. Ich gebe zu, dass ich mich an diesem Wochenende in Austin habe mitreißen lassen. Ich dachte, es *müsste* einfach wahr sein. Aber dann hat mich deine Reaktion wieder auf den Boden der Tatsachen zurückgeholt."

„Ich wünschte, du würdest mir nicht ständig diese dumme Reaktion um die Ohren hauen. Sie war unüberlegt und voreilig."

„Nein, das war sie nicht. Sie war ein Realitäts-Check. Wir reden hier über dein Leben. Ich weiß wirklich nicht, was ich mir dabei gedacht habe, diese verrückte Idee auch nur in Erwägung zu ziehen. Ich plädiere auf temporäre Unzurechnungsfähigkeit. Es war ein kaum zu ertragender Schlag für mich, Chris zu verlieren. Aber das ist Vergangenheit, und in der Vergangenheit muss es bleiben."

Topher dachte nach. Unten auf der Straße heulten Sirenen. Er hatte sich noch nicht ernsthaft mit Chris' Tod auseinandergesetzt. Chris war an AIDS gestorben.

Stanton hatte ihm wahrscheinlich bis zum Schluss beigestanden und die Hand gehalten. „Das ist also das Problem?"

Stanton zuckte mit den Schultern. „Möglich. Bitte, Topher ... Ich könnte es nicht ertragen, ihn ein zweites Mal zu verlieren."

Das brachte Topher für einige Minuten zum Schweigen. „Ich werde heute Nacht im Gästezimmer schlafen", sagte er dann. „Nicht, weil du meine Gefühle verletzt hättest oder so. Ich bin nur müde und glaube, wir sollten morgen neu anfangen. Wir haben uns beide auf dem falschen Fuß erwischen lassen."

„Das stimmt. Es war ein langer Tag."

Topher stand auf. „Ja. Und es tut mir leid, dich so bedrängt zu haben. Ich weiß auch nicht, was ich mir dabei gedacht habe. Ich hatte keine Ahnung, was ich von dir verlange. Von jetzt an gibt es nur noch dich und mich."

„Vielen Dank."

„Wenn ich ausgeschlafen bin, fühle ich mich bestimmt besser."

„Das ist eine gute Idee."

„Gute Nacht." Topher stolperte ins Gästezimmer und zog sich aus. Er zog die Decke zurück. Das luxuriöse Bett war vollgepackt mit weichen Kissen. Topher schlüpfte unter die Decke und schloss die Augen. Sekunden später war er eingeschlafen.

IM ZIMMER war es still und dunkel, als er wieder aufwachte. Topher hob den Kopf. Rote Leuchtziffern blinkten vor seinen Augen: 3:15 Uhr, 15. März. An diesem Tag war er Stanton zum ersten Mal begegnet. Er wollte schlucken, aber sein Mund war zu trocken. Topher stand auf. Der Teppich war weich unter seinen nackten Füßen. Er ging ins Badezimmer und spülte sich den Mund mit kaltem Wasser aus. Dann ging er ins Schlafzimmer zurück, öffnete seine Reisetasche und suchte nach Zahnbürste und Zahncreme. Er putzte sich die Zähne und legte sich wieder ins Bett.

In der stillen Wohnung waren Stantons Schritte zu hören, der vom Wohnzimmer in die Küche ging. Topher stand wieder auf und schlich leise zur Zimmertür. Er hörte, wie Stanton den Kühlschrank öffnete. Das helle Licht der Kühlschrankbeleuchtung schien durch die offene Küchentür in den Flur. Stanton holte sich etwas zu trinken, vermutlich Orangensaft. Aber genau konnte Topher es nicht sehen. Dann schloss sich die Kühlschranktür und es wurde wieder dunkel.

Topher stand in der Zimmertür und beobachtete, wie Stanton durchs Wohnzimmer in sein Zimmer ging. „Hey."

Stanton blieb überrascht stehen. „Mist, du hast mich erschreckt."

„Sorry." Topher fiel auf, dass sie beide nur ihre weißen Slips trugen. „Jedenfalls hat sich damit die Frage nach Slips oder Boxershorts beantwortet."

Stanton lachte.

„Kannst du nicht schlafen?", erkundigte sich Topher.

„Ich wache oft mitten in der Nacht auf."

„Ich habe dich noch nie ohne Hemd gesehen."

„Peinlich, nicht wahr?"

„Wohl kaum. Du hast mehr Muskeln als ich."

Topher betrat das Wohnzimmer und ging auf Stanton zu. Wenige Zentimeter vor ihm blieb er stehen. „Es ist merkwürdig", sagte Topher. Er konnte Stanton schneller atmen hören.

„Was ist merkwürdig?"

„Dass ich in deiner Nähe so viel selbstbewusster bin."

„Soll das heißen, du bist nicht immer so?"

„Nein. Nie."

„Ich möchte mich bei dir entschuldigen", sagte Stanton.

„Das ist nicht nötig. Ich denke, du hast dich geirrt; aber das spielt keine Rolle. Wir machen es auf deine Art."

Topher schaute nach unten. Er sah Stantons Schwanz, der sich hart hinter dem Stoff der Unterhose abzeichnete. Tophers Augen hatten sich an die Dunkelheit gewöhnt und er konnte die Umrisse deutlich erkennen. „Wie groß ist das Ding?", fragte er.

„Ich habe es nie gemessen."

„Lügner."

„Ich glaube, wir sollten das lassen."

„Was?"

„Versuchst du etwa nicht, mich zu verführen?"

„Du läufst in nichts als deiner Unterhose durch die Wohnung und wirfst *mir* vor, ich wollte dich verführen? Komm schon, Prinzessin. Das mag zwar mein erstes Rodeo sein, aber selbst ich habe *Die Reifeprüfung* gesehen."

„Ich habe noch nie erlebt, dass jemand diesen Rodeo-Vergleich glaubhaft anwenden konnte."

„Weil du noch nie jemanden wie mich erlebt hast."

„Das ist wohl wahr. Dir ist doch klar, dass wir nicht mehr zurück können, wenn wir jetzt Sex haben?"

„Ob mir das klar ist? Natürlich. Ich verlasse mich sogar darauf. Hast du ein Problem damit?"

„Ich bin noch nicht ganz überzeugt. Ich habe immer noch Vorbehalte."

„Soll das heißen, dass du mich wegschiebst, wenn ich jetzt die Hand ausstrecke und dir über den Schwanz reibe?"

„So viel Willensstärke habe selbst ich nicht. Besonders nicht, wenn es sich um dich handelt."

„Dann heißt es also, ich kann mit dir machen, was ich will?"

„So ungefähr."

Topher grinste. „Darf ich dich etwas fragen?"

„Selbstverständlich."

„Gut. Aber vorher möchte ich dir sagen, dass es für mich keinen Unterschied macht, wie deine Antwort ausfällt. Ich bin mir über die Risiken im Klaren und wir können uns dagegen schützen."

Stanton nickte. „Du willst wissen, ob ich HIV-Positiv bin."

„Ja."

„Nein, das bin ich nicht. Der Test wurde in dem Jahr entwickelt, in dem Chris sich angesteckt hat. Ich habe mich sofort testen lassen, weil Marvin darauf bestand. Ich war negativ. Ich weiß nicht, wie das möglich ist, aber es liegt vermutlich daran, dass Chris mich nie gefickt hat."

„Nie?"

„Nicht ein einziges Mal in den vier Jahren, die wir zusammen waren."

„Du sagst das, als hätte es dich nicht sehr glücklich gemacht."

„Das stimmt. Aber er war nicht daran interessiert. Jetzt stellt sich heraus, dass es mir vermutlich das Leben gerettet hat. Wir wären nie auf den Gedanken gekommen, Kondome zu benutzen."

Topher grinste. „Ist dir eigentlich klar, wie cool du bist? Du redest mit mir über ihn, als wäre es die natürlichste Sache der Welt."

„Es tut mir leid, ich …"

„Lass uns nicht das ganze Wochenende mit gegenseitigen Entschuldigungen verbringen."

„Na gut. Sorry", sagte Stanton und sie mussten beide lachen. Topher streckte die Hand aus und legte sie auf Stantons Schwanz. Stanton keuchte erstickt.

„Ich bin daran interessiert", sagte Topher.

Stanton schloss die Augen. „Woran?"

„Dich zu ficken." Topher streichelte ihm über den Schwanz, der hinter dem Baumwollstoff immer härter wurde. „Ich kann an nichts Anderes mehr denken. Ich frage mich, wie sich dein Arsch wohl anfühlt unter meinen Händen und wie es ist, in dir zu sein. Oder dir den Schwanz zu lutschen. Darüber denke ich oft nach." Topher ließ los und kam noch einen Schritt näher. „Ich bin auch negativ", sagte er.

„Das dachte ich mir schon."

„Ich habe jedes Mal ein Kondom benutzt."

„Braver Junge."

Topher grinste wieder. „Das ist verdammt sexy."

„Was?"

„Wenn du mich ‚Junge' nennst."

„Wir benutzen trotzdem Kondome. Das ist dir doch klar, oder?"

„Dann hast du dich also damit abgefunden, dass es geschehen wird?"

„Vielleicht."

„Sag es mir."

Stanton zögerte. „Es wird geschehen", flüsterte er schließlich.

178

Topher erkannte in dem schwachen Lichtschein, der durch die Fenster ins Zimmer drang, sein eigenes Spiegelbild in Stantons braunen Augen. „Fass mich an", sagte er.

Stanton fuhr ihm mit den Fingerspitzen über die Arme. Topher erschauerte unter der sanften Berührung. Er beugte sich vor und küsste Stanton auf den Mund. „Ich wusste es."

„Was wusstest du?"

„Orangensaft. Ich kann ihn schmecken."

Topher küsste ihn wieder, aber dieses Mal war es, als würden sämtliche Schleusentore des Mansfield-Dammes geöffnet. Sie pressten sich aneinander und Topher schlang die Arme um Stantons Hals, als sich ihre steifen Schwänze berührten.

„Welches Schlafzimmer?", fragte er und ließ Stanton wieder los.

Stanton gab ihm keine Antwort, sondern bückte sich und warf sich Topher über die Schulter. Dann trug er ihn ins große Schlafzimmer und warf ihn aufs Bett.

Topher lachte und schrie: „Du meinst wohl, weil ich kleiner bin als du, könntest du mich einfach wie dein Spielzeug behandeln?" Er sah Stanton über sich aufragen – ruhig, stark und so einmalig – und streckte die Arme nach ihm aus. „Komm her. Küss mich."

Stanton drückte ihm einen Kuss auf den Mund. Dann leckte er ihm über die Brust, küsste seine Nippel und spielte mit ihnen, bis sie sich hart aufrichteten. Topher schloss die Augen und genoss das Gefühl von Stantons Lippen auf seiner Haut. Topher hatte nicht allzu viel Fleisch auf den Knochen, aber was er hatte, war hart und sehnig. Er wollte sie zusammen sehen, stützte sich auf die Unterarme und sah Stanton zu, der ihm mit den Fingern unter den Gummibund der Unterhose fuhr.

„Der große Augenblick ist gekommen", sagte Stanton.

„Ich mache mir keine Sorgen."

Stanton zog den Slip nach unten und Tophers Schwanz sprang hoch. Topher mochte seinen Schwanz – er war ziemlich normal, nicht zu kurz und nicht zu dick, mit einer pilzförmigen Spitze.

„Dazu hast du auch keinen Grund", sagte Stanton und nahm ihn in die Hand.

„Ist das ein Tattoo an deiner Schulter?", fragte Topher.

Stanton warf einen Blick auf seine linke Schulter. „Ja", sagte er. „Es fällt mir schon gar nicht mehr auf."

„Ist es dein einziges? Lass sehen." Stanton beugte sich vor, damit Topher es besser sehen konnte. „Ein fliegendes Pferd?"

„Pegasus."

„Es gibt ein fliegendes Pferd, das Pegasus heißt?"

„Ja", sagte Stanton und rieb ihm weiter den Schwanz. „In der griechischen Mythologie. Er ist der Sohn von Poseidon und Medusa. Als Perseus ihr den Kopf abschlug, wurden Pegasus und sein Bruder Chrysaor geboren."

„Du kennst dich damit ziemlich gut aus, wie?"

„Eigentlich nicht. Ich habe *Kampf der Titanen* gesehen, den Film mit Harry Hamlin. Er hat übrigens genauso faszinierende Nippel wie du. Wie auch immer ... Pegasus ist sofort in den Olymp eingezogen und wurde ein treuer Anhänger von Zeus."

„Warum hast du ihn dir auf die Schulter tätowieren lassen?"

„Keine Ahnung. Mir gefiel die Geschichte. Ich bewundere Treue und Loyalität. Treue gehört nicht zu den sieben Tugenden, aber das ist meiner Meinung nach ein Fehler. Liebe, Freundschaft, Treue. Das ist es, was für mich zählt. Bist du jetzt bereit für einen Blowjob?"

Topher nickte. „Ich denke schon. Es ist mein erster."

„Wirklich?"

„Ja. Die Frauen, mit denen ich geschlafen habe, wollten es alle nicht."

„Dann hoffe ich, dass ich dich nicht enttäusche."

„Das hoffe ich auch."

Stanton hielt Tophers Schanz in der Hand, senkte den Kopf und nahm ihn in den Mund. Topher warf den Kopf in den Nacken und schrie erstickt auf. In seinem Kopf hörte er Glocken klingen und sah Blitze vor seinem inneren Auge, gefolgt von einer Reihe weiterer Klischees. Er hatte immer befürchtet, keinen Gefallen an Sex zu finden. Jetzt musste er über die Absurdität dieses Gedankens lachen. Stantons warme Zunge fühlte sich so unglaublich an, als sie um seinen Schwanz wirbelte. Topher legte sich wieder auf den Rücken und genoss nur noch. Erst, als Stanton ihn wieder küsste, übernahm Topher die Kontrolle und rollte ihn unter sich. Er drückte Stantons Hände in die Matratze und rieb sich mit der Nase in Stantons Achselhöhle. „Ich liebe deinen Geruch", sagte er.

Dann ließ er Stantons Hände los, streichelte ihm über den ganzen Körper und zog ihm die Unterhose über die Beine nach unten. Er warf sie auf den Boden und bewunderte Stantons Schwanz. Er war groß. Richtig groß. Er musste mindestens fünf Zentimeter länger sein als Tophers, dick und beschnitten. Topher spreizte Stantons Beine und kniete sich dazwischen. Dann nahm er den Monsterschwanz in beide Hände, eine über der anderen, und drückte zu – nicht hart genug, um unangenehm zu sein, aber fest genug, um ein Gefühl für das Ding zu bekommen, das er sich in den Mund schieben wollte. Er zog ihn mit der rechten Hand zu sich und leckte über die Eichel. Als Stanton zu zittern begann, leckte er weiter.

Dann merkte Topher, dass etwas nicht stimmte. Er sprang aus dem Bett.

„Aufstehen", sagte er.

„Warum?"

„Weil ich seit fünf Wochen von dem Moment geträumt habe, an dem ich deinen Schwanz zum ersten Mal an den Lippen spüre, und in dieser Fantasie habe ich immer vor dir gekniet."

Stanton diskutierte nicht lange, sondern sprang sofort auf die Beine. Sein Schwanz stand ab wie der Ast eines mächtigen Baumes. Topher sah ihn und fiel auf die Knie. Er nahm ihn in die Hand und rieb einige Male auf und ab. Dann beugte er sich vor und öffnete den Mund. Stantons Schwanz schmeckte nach Moschus. Die erste Hälfte glitt problemlos zwischen Tophers Lippen, aber dann stieß er ihm an die Kehle. Topher schloss die Augen und entspannte sich. Er hielt sich an Travis' Instruktionen und schob sich Stantons Schwanz langsam in die Kehle. *Keine Panik*, sagte er sich. Tophers Augen tränten, aber es war ein so geiles Gefühl, dass er ebenfalls steinhart wurde. Mit einer einzigen Bewegung ließ er Stanton wieder aus dem Mund gleiten und hob den Kopf. „Gott verdammt!", schrie er und schnappte nach Luft.

„Willst du mir wirklich weismachen, dass du das zum ersten Mal machst?"

„Ja."

„Das nimmt dir niemand ab. Ich auch nicht."

Topher lehnte sich zurück. „Schau doch nur, wie hart ich bin", sagte er und fing an, sich über den Schwanz zu reiben. Dann beugte er sich wieder nach vorne und nahm Stanton in den Mund. Er leckte und saugte mit ungehemmtem Enthusiasmus. Stanton lächelte auf ihn herab und fuhr ihm mit den Fingern durch die Haare.

Nach einer Weile zog Stanton den Schwanz aus Tophers Mund und ging zum Nachttisch. Er öffnete die Schublade, entnahm ihr ein Kondom und eine Flasche Gel und kam zu Topher zurück. „Steh auf."

Topher stand auf und Stanton rollte ihm das Kondom über den Schwanz. Er tröpfelte etwas Gel darauf und verrieb es, dann legte er sich mit dem Rücken aufs Bett. „Komm her."

Topher warf sich auf ihn. „Was muss ich jetzt machen?"

Stanton zog die Beine an und fasste nach unten. Er nahm Tophers Schwanz und drückte ihn sich mit der Spitze ans Arschloch. Topher spürte den Druck und wollte sich in Stanton hineinschieben, aber es wollte nicht funktionieren. Stantons Widerstand war zu groß.

„Was ist los?", fragte Topher.

„Es ist schon zu lange her. Du musst Geduld mit mir haben."

Topher lachte. „Wie lustig. *Ich* muss mit *dir* Geduld haben." Als er Stanton küsste, schmeckte er Salzwasser. „Schmeckst du das auch?", fragte er.

Bevor Stanton antworten konnte, gab es einen Plopp und Tophers Schwanz rutschte durch Stantons Schließmuskel. Stanton presste sich an ihn. „Ganz langsam", sagte er.

Topher musste seine ganze Selbstbeherrschung aufbringen, um sich zurückzuhalten. Er wollte nichts mehr, als mit aller Macht in Stanton hineinzustoßen, um keinen Zweifel mehr zu lassen an ihrer Verbindung. Stattdessen schob er sich Zentimeter um Zentimeter in Stanton hinein, langsam und vorsichtig. Stanton streichelte ihm zärtlich über Kopf und Rücken. Im Zimmer war kein Laut zu hören.

Tophers Schwanz wurde noch härter, als er begann, Stanton mit sanften Bewegungen zu ficken. Sie küssten sich und Tophers Stöße kamen schneller, bis er sich fast ganz aus Stanton zurückzog und dann wieder in ihn hineinrammte.

Stanton wollte den Kopf nach hinten legen, aber Topher packte ihn im Nacken und zog ihn nach oben. Dann küsste er ihn hart auf den Mund und zog sich Stantons Beine über die Schultern.

„Fick mich", sagte Stanton.

Auf diese Einladung hatte Topher nur gewartet. Er ließ alle Zurückhaltung fahren, ließ der Lust freien Lauf, die sich seit fünf Wochen in ihm aufgestaut hatte. Mit aller Kraft stieß er in Stanton hinein, bis sich seine Eier zusammenzogen und er spürte, dass es nicht mehr lange dauern konnte. Er kam mit einer solchen Macht, dass ihm schwarz vor Augen wurde. Vor seinem inneren Auge huschten Szenen aus einem Leben vorbei, das nicht sein eigenes war – Bilder, Gesichter, Musik. Überall um ihn herum waren Lieder, hunderte Lieder, noch weggeschlossen, halbgeformte Melodien und …

Er brach keuchend über Stanton zusammen. Stanton ließ die Beine auf die Matratze fallen. Topher legte den Kopf auf Stantons Armbeuge und streichelte ihm über die Brust. Sie fühlte sich klebrig an. „Du bist auch gekommen?"

„Ja."

„Dann nehme ich an, ich habe alles richtig gemacht."

„Ja, das hast du."

„Gut", murmelte Topher, schloss die Augen und schlief zum zweiten Mal in dieser Nacht ein.

TOPHER UND Stanton verbrachten fast den ganzen nächsten Tag im Bett. Irgendwann verließen sie es, um sich zu duschen, was aber nur wieder zu Sex führte. Topher seifte seinen neuen Geliebten ein. „Ich hatte noch nie Sex, der länger als zehn Minuten dauerte", sagte er. „Es ist echt groovy."

„Freut mich, dass es dir gefällt."

Nach der Dusche gingen sie wieder ins Bett und Stanton fing spontan zu spielen an. Er beschrieb alles, was er tat, als wäre er der fiktive Held einer kitschigen Liebesschmonzette. „Und Stanton erkundete jede Kurve, jede Kontur seines neuen Geliebten. Er fuhr mit dem Finger Tophers kraftvolle Muskeln nach, die sich unter der seidigen, alabasterfarbenen Haut abzeichneten. Der ältere Mann, reich an Erfahrung, legte die Hand um das angeschwollene Glied seines jugendlichen Geliebten und streichelte es mit entschlossenen Bewegungen."

„Jugendlicher Geliebter? Du musst noch viel lernen. Ich zeige dir, wie es geht." Topher warf Stanton auf den Rücken und drückte ihn aufs Bett. „Topher, der ein Hengst von Automechaniker war, fickte wie ein Rockstar. Er presste sein aufragendes Gemächt zwischen Stantons zitternde Schenkel. Stanton stöhnte hilflos und sagte …"

„Nimm mich, Topher! Ergreife Besitz von meinem rosa Loch und fülle mich mit der Kraft deiner Lenden!"

„Topher richtete sich auf und rief: ‚Meine Güte! Was bist du doch für ein heißes Stück Arsch!‘.“

„Meine Güte? Das sagt doch niemand im Bett. Spätestens jetzt würde ich nicht weiterlesen.“

„Ich wette, dass Travis es sagt. Im Bett, meine ich.“

„Nun, Travis mag damit durchkommen. Du nicht.“

„Na gut. Und Topher beugte sich über seinen Geliebten und erblickte in dessen Augen seine Zukunft.“

Stanton lachte. „Seine Zukunft?“

„Halt den Mund. Topher wollte ihm so vieles sagen, aber er konnte nicht die rechten Worte finden. Noch nicht. Also küsste er Stanton aufs Innigste, ließ sich auf ihn fallen und nahm ihn schweigend in die Arme.“ Topher lauschte ihrem Herzschlag. Es war kitschig, sicher. Aber es gefiel ihm.

„Alles in Ordnung?“, fragte Stanton.

„Ja. Willst du wieder ficken?“

„Du machst mich fertig.“

„Das will ich doch hoffen.“

Eine Stunde später mussten sie eine Pause einlegen. Sie fragten sich gegenseitig über ihr Leben aus und darüber, was sie vorhatten, bevor sie sich kennenlernten. Dann fing Tophers Magen zu knurren an. Stanton ging in die Küche und kam kurz darauf mit einem gefüllten Teller zurück.

„Hast du schon einmal geräucherten Lachs gegessen?“, fragte er Topher.

„Ich wusste gar nicht, dass es das gibt.“

„Ich habe es auch erst hier kennengelernt. Es schmeckt gut zu Bagel mit Weichkäse. Hier, versuche es.“

Stanton ließ ihn ein Stück abbeißen. Der Geschmack explodierte Topher auf der Zunge. „Oh Mann. Und so was essen die Leute hier jeden Tag zum Frühstück?“

„Ja. Kannst du dir das vorstellen? Du und ich – wir sind uns ähnlicher, als du denkst.“

Nachdem sie die Bagel aufgegessen hatten, suchten sie in der Küche nach Nachschub. Danach legte sich Topher wieder ins Bett und machte ein wohlverdientes Nickerchen.

Als er wieder aufwachte, saß Stanton neben ihm und las auf seinem iPad. „Wartest du auf einen Kuss?“, fragte Topher und rieb sich den Schlaf aus den Augen.

„Ja.“

Topher zog Stanton zu sich herunter und küsste ihn, was unvermeidlich zu mehr Sex führte.

Gegen Abend verschwand Stanton im Badezimmer und schloss hinter sich die Tür. Topher sprang aus dem Bett. Er betrachtete seinen nackten Körper in den Spiegeltüren der Schrankwand. Vielleicht sollte er demnächst auch ins Fitnessstudio gehen. Er ließ die Muskeln spielen und musste über sich selbst lachen. Es sah lächerlich aus. Eine der Türen stand einen Spalt weit offen und er sah im Schrank Hemden hängen, die offensichtlich frisch aus der Reinigung kamen, denn sie waren noch in Plastiktüten verpackt. Er zog die Tür ganz auf und stellte fest, dass Stanton seine Hemden nach der Farbe sortierte. Außer den Hemden hingen in dem Schrank noch vier oder fünf Anzüge und ein Frack.

„Ich wette, er wäscht nicht einmal seine Unterwäsche selbst."

Topher schob die Hemden eines nach dem anderen zur Seite, um sie sich anzusehen. Nicht um in Stantons Sachen zu schnüffeln, nein … Unten im Schrank sah er etwas in einer Ecke liegen und fuhr erschrocken herum, weil er Angst hatte, erwischt zu werden. Die Badezimmertür war immer noch geschlossen. Topher schob auch noch die restlichen Hemden zur Seite und erkannte einen Gitarrenkoffer, der aufrecht hinten an der Schrankwand lehnte. Ohne lange nachzudenken, holte er ihn aus dem Schrank, legte ihn aufs Bett und öffnete ihn. Er hob den Deckel und hielt die Luft an. In dem Koffer lag eine der schönsten Gitarren, die er jemals gesehen hatte. Es war eine akustische Gitarre, eine schwarze Fender mit Perlmutteinlagen rund ums Schallloch.

Die Badezimmertür öffnete sich und ein nackter Stanton kam ins Zimmer zurück. Topher sah ihn an und erstarrte. „Ich …" Mehr brachte er nicht heraus. Er sah Stanton ins Gesicht und suchte vergeblich nach einem Zeichen von Vergebung. Er fand nur Frustration und Enttäuschung.

Stanton ging zum Schrank, holte eine frische Unterhose aus dem Regal und zog sie an. „Bitte stelle das wieder dahin zurück, wo du es gefunden hast."

„Es tut mir leid. Ich verspreche dir, ich wollte nicht schnüffeln. Ich habe nur in den Schrank geschaut und sie gesehen … Ich kann mich nie zurückhalten, wenn ich eine Gitarre sehe. Darf ich sie spielen?"

„Ich habe dich höflich gebeten, sie wieder in den Schrank zu stellen. Zieh dich an, damit wir essen gehen können."

„War es seine Gitarre?"

„Ich möchte nicht über die Gitarre reden. Wie war das noch? Es geht nur um uns und wir wollen sehen, wie es sich entwickelt? Erinnerst du dich?"

„Okay. Nur …" Topher klappte den Koffer zu und verschloss ihn. Dann stellte er ihn wieder hinten in den Schrank und verließ das Zimmer. Im Gästezimmer suchte er in seiner Reisetasche nach frischer Unterwäsche, Socken, Jeans und einem seiner Arbeitshemden. Er hätte nicht in Stantons Sachen wühlen sollen, das wusste er. Aber diese Gitarre … Sie hatte nach ihm gerufen. War die schwarze Fender der Schlüssel zu allem? Topher zog sich an und ging zu Stanton ins Wohnzimmer. „Bist du mir böse?", fragte er.

„Nein", sagte Stanton. „Ich bin es nur leid, wie er ständig seine Nase in unsere Angelegenheiten steckt. Ich komme mir vor, als wären wir zu dritt in der Wohnung. Ich hasse das."

„Mir kommt es nicht so vor."

„Das weiß ich. Und genau deshalb frage ich mich, ob es funktionieren kann."

„Oh."

„Wir sind in Austin dreimal ausgegangen und haben uns dann fünf Wochen lang nicht gesehen. Ich habe einen Geist heraufbeschworen und damit beinahe alles ruiniert. Und jetzt werden wir diesen Geist nicht mehr los. Ich gebe mir wirklich Mühe, aber immer wieder passiert etwas und ich werde wütend. Ich bin dir nicht böse. Ich bin *ihm* böse."

Topher konnte nicht glauben, dass er schon wieder alles vermasselt hatte. „Wenn ich dich wegen einer Gitarre verliere, werde ich mir das nie verzeihen."

„Das wird nicht passieren. Ich bin immer noch hier. Aber könnten wir bitte unter uns bleiben und jetzt essen gehen? Ich kenne ein gutes italienisches Restaurant. Magst du die italienische Küche?"

„Tomatensoße ist immer gut."

Stanton lachte und zog ihn in die Arme. „Ich weiß wirklich nicht, wie du es immer wieder schaffst, sämtliche Klippen so elegant zu umschiffen."

AM SONNTAG waren sie zum Brunch bei Marvin und dessen Partner Tyrese eingeladen, die im Village wohnten. Topher erlebte seine erste Fahrt mit der U-Bahn, und obwohl es ihm Spaß machte, wollte er sich nicht vorstellen müssen, was während der Rushhour hier unten los war.

Marvin und Tyrese hatten eine Drei-Zimmer-Wohnung in der Christopher Street. Als sie dort ankamen, umarmte Marvin Topher zur Begrüßung wie einen alten Freund. Tyrese war ein großer, attraktiver schwarzer Mann Anfang vierzig. Er empfing sie so freundlich, dass Topher sofort mit ihm warm wurde.

Es gab Omeletts-auf-Bestellung. Topher entschied sich für Pilze mit Schweizer Käse. Sie setzten sich und Marvin stellte eine Flasche Ketchup vor Stanton auf den Tisch.

„Wofür ist das?", fragte Topher.

„Pass auf", sagte Marvin.

Stanton nahm die Flasche und übergoss sein Omelett mit Ketchup.

„Wer hat den so was je gesehen?", sagte Topher.

Sie lachten und fingen an zu essen.

„Mir gefällt euer Video", sagte Tyrese zu Topher. „Du wirkst sehr natürlich vor der Kamera."

„Findest du? Es ist schwer, sich selbst zu beurteilen. Ich fand mich ziemlich albern."

„Oh nein", versicherte ihm Tyrese. „Albern würde ich es wirklich nicht nennen."

„Bist du auch Musikkritiker?"

„Guter Gott, nein! Ich bin Investmentbanker."

„Du arbeitest an der Wall Street?"

„Ja. Ich bin einer der Bösewichte, die okkupiert werden sollen."

„Mir kommst du nicht sehr böse vor." Topher schnitt sich ein Stück Omelett ab. „Erzähl mir mehr von Stantons anderen Freunden und Liebschaften."

Stanton verschluckte sich und trank rasch einen Schluck Orangensaft.

„Welche anderen Liebschaften?", wollte Tyrese wissen.

Topher drehte sich zu Stanton um. „Soll das heißen, du warst all die Jahre single?"

Stanton warf Tyrese einen ärgerlichen Blick zu. „Das ist nicht das passende Thema zum Brunch."

„Topher", mischte sich Marvin ein. „Wie sieht es mit neuen Liedern aus?"

„Nicht gut. Ich arbeite an einem Lied, aber es will einfach nichts werden."

„Ist es ein Liebeslied?", fragte Tyrese.

„Das weiß ich noch nicht. Ich hatte diese Idee, ein Lied über Zuhause zu schreiben. Natürlich ist das ein Klischee und es gibt schon dutzende Lieder dieser Art."

„Es ist auch ein sehr statisches Thema", sagte Marvin.

„Wie meinst du das?"

„Zuhause ist ein Ort, auch wenn du den Begriff metaphorisch benutzt. Es ist ein Ziel. Aber die besten Lieder handeln von der Reise."

„Du meinst also, ich soll kein Lied über Zuhause schreiben, sondern …"

„… darüber, dass du dein Zuhause vermisst. Dass du von deinem Zuhause getrennt worden bist, meinetwegen unfreiwillig. Schreibe ein Lied über den Versuch, nach Hause zurückzukehren."

„Oder über Heimweh. *Homesick.*"

Marvin lächelte. „Genau. Heimweh ist der Wunsch, an einen Ort zurückzukehren, an dem man sich geborgen fühlt. Heimweh ist Sehnsucht. Wie bei Odysseus – weit weg von Ithaka und krank vor Heimweh."

„Oder Dorothy, die zurück will nach Kansas", fügte Tyrese hinzu.

Topher sah Stanton an, der von Minute zu Minute unruhiger wurde, während er schweigend sein Omelett mit Ketchup aß.

„Mir hat das Video auch gefallen", sagte Marvin. „Ihr hört euch prima an. Deine Stimme ist … Sorry, darüber darf ich nicht sprechen."

„Schon gut", sagte Topher. „Ich habe die gleichen Anweisungen bekommen."

Stanton warf ihnen wütende Blicke zu. Marvins Miene nach zu urteilen, war er der Reinkarnations-Idee gegenüber weniger abgeneigt als Stanton, der sie freiweg verwarf. Topher wusste, dass er Stantons Wunsch respektieren und nicht über Chris reden sollte, konnte sich aber nicht dazu durchringen. Also holte er tief Luft und fragte Marvin: „Hast du Chris Mead auch gekannt?"

„Ja. Ich war dabei, als die beiden sich kennenlernten."

Stanton stand auf. „Marvin. Komm mit. Sofort."

„Aber dann werden unsere Omeletts kalt", protestierte Marvin.

„Sofort."

Stanton öffnete die Wohnungstür und ging auf den Hausflur. Marvin stand auf. „Entschuldigt uns kurz", sagte er, folgte Stanton nach draußen und warf die Tür mit einem lauten Knall hinter sich zu.

Topher sah Tyrese fragend an. Der zwang sich zu einem verkrampften Lächeln. „Nachtisch?"

„Worüber reden die beiden?"

„Was glaubst du wohl?"

„Er hat dir also von Chris erzählt."

„Topher, es gibt drei Dinge, die du wissen musst, wenn es dir mit Stanton ernst ist. Erstens, dass er Marvin alles erzählt. Zweitens, dass Marvin *mir* alles erzählt. Und drittens, dass die beiden in ihrem Umgang miteinander absolut verhaltensgestört sind. Sie können sich die schlimmsten Vorwürfe machen und sich laut anbrüllen, aber ihre Freundschaft wird darunter nie leiden. Vermutlich streiten sie sich jetzt da draußen lautstark, ob Stanton dir von den anderen drei erzählen soll oder nicht."

„Welche anderen drei?"

„Ups", sagte Tyrese kichernd. „So sagt man doch in Texas, oder?"

„Wirf mir jetzt bitte nicht vor, dass unser Gouverneur Rick Perry heißt. Welche anderen drei?"

„Komm mit." Tyrese stand auf ging ins Wohnzimmer. Topher folgte ihm. Sie gingen zu einem großen Bücherregal an der Fensterwand, auf dem mindestens vierzig gerahmte Fotos standen. Topher beugte sich vor und studierte die Bilder. Auf einem davon erkannte er Stanton, der zum Zeitpunkt der Aufnahme etwa zwanzig Jahre alt gewesen sein musste. „Schau ihn dir nur an", sagte er zu Tyrese.

„Ich weiß. Wie ein junger Gott, nicht wahr?"

„Ist das da Marvin?"

„Ja."

Topher betrachtete sich die Fotos genauer. Auf vielen der Bilder waren vier junge Männer zu sehen. „Ist einer von ihnen …?"

„Der Blonde mit den strubbeligen Haaren."

Zum ersten Mal blickte Topher in die schieferblauen Augen von Chris Mead. Chris war ein wunderschöner Mann, aber er sah Topher überhaupt nicht ähnlich. Ganz und gar nicht. „Seine Stimme hat sich angehört wie meine?"

„Ich habe ihn nie kennengelernt", sagte Tyrese. „Marvin und ich sind erst seit zwölf Jahren zusammen. Ich kenne die Geschichte nur aus seinen Erzählungen."

„Wer sind die drei anderen Männer?"

„Chris' beste Freunde." Tyrese zeigte auf einen nach dem anderen: „Robert, Michael und Paul."

„Oh nein", stöhnte Topher.

„Oh ja."

„Robin, Maurice und Peter."

„Stanton hat Chris während der Sommerferien auf Fire Island kennengelernt. Marvin war auch dabei und Chris hat die beiden zum Abendessen bei seinen Freunden eingeladen. Wir rauchen immer noch ab und zu einen Joint zusammen, und wenn Marvin und Stanton stoned sind, erzählen sie die Geschichte, als wäre es eine griechische Heldensage."

„Sie stehen auf alles Griechische, wie?"

„Es ist eine der Eigenarten, die sie zu echten Homosexuellen macht. Wie auch immer … Die sechs waren wie eine Familie. Marvin erzählt oft davon, wie die anderen vier ihn unter die Fittiche genommen und ihm Selbstbewusstsein gegeben haben. Sie waren wie große Brüder für ihn und als sie aus seinem Leben verschwanden, einer nach dem anderen … Es kann einem das Herz brechen."

„Sie sind alle gestorben?"

„Ja. Innerhalb von achtzehn Monaten."

„Wie haben Marvin und Stanton das überlebt?"

„Wer sagt denn, dass sie es überlebt haben?" Tyrese fing an, die Bücher im untersten Regal zu verschieben. „Du solltest jetzt schnell ein spontanes Interesse für *Bach und das Zeitalter des Barock* oder *Jazz im Amerika des 20. Jahrhunderts* entwickeln."

„Warum sollte ich ein Interesse …" Topher unterbrach sich, als Tyrese einen der Bilderrahmen auseinandernahm. Er zog das Foto heraus und gab es Topher. Es war ein Bild der vier jungen Männer, ohne Stanton und Marvin, die mit dem Rücken zum Meer am Strand standen. Sie legten sich gegenseitig die Arme auf die Schultern und lächelten in die Kamera.

„Weil Marvin diese Bücher geschrieben hat. Du hast sie im Regal entdeckt und möchtest gerne eines davon ausleihen, um es auf dem Rückflug nach Austin zu lesen."

„Marvin hat zwei Bücher geschrieben?"

„Ja."

„Was haben die Bücher mit …?"

„Such dir eins aus!"

„Okay, schon gut. *Jazz im Amerika des 20. Jahrhunderts*."

Tyrese zog ein Buch aus dem Regal. Er nahm Topher das Foto wieder ab, schob es zwischen die Seiten des Buches und gab es Topher zurück. „Jetzt kannst du das Bild aus der Wohnung schmuggeln und mit nach Hause nehmen."

„Wird Marvin nicht merken, dass es fehlt?"

„Nein. So aufmerksam ist er nicht."

„Und wenn Stanton in dem Buch blättert? Ich muss es den Rest des Tages mit mir rumtragen."

„Keine Angst, das wird er nicht tun. Stanton hasst Jazzmusik."

„Wirklich?"

„Er sagt, er bekäme davon Bauchschmerzen."

„Wie kann ein amerikanischer Musikkritiker Jazz hassen?"

188

„Schwester, das ist mir genauso ein Rätsel wie dir."

Topher und Tyrese gingen zum Esstisch zurück und Topher setzte sich vor sein kalt gewordenes Omelett.

„Warum hast du mir das alles erzählt?"

Tyrese goss ihnen frischen Kaffee ein und setzte sich ebenfalls hin. „Ich weiß wirklich nicht, worüber du redest. Wir haben Fotos im Wohnzimmer stehen. Du hast mich gefragt, wer die Männer auf den Fotos sind. Ich habe dir geantwortet. Punkt." Tyrese zwinkerte ihm zu.

„Vielen Dank."

„Marvin und Stanton haben eine ziemlich verkorkste Loyalitätsauffassung. Sie streiten sich zwar ständig, aber sie würden sich niemals verraten. Ich liebe sie beide, aber ich fühle mich dieser Auffassung nicht verpflichtet. Du hast das Recht darauf, die Hintergründe zu erfahren. Wie solltest du dich sonst entscheiden können, was für dich zählt?"

Sie hörten, wie die Wohnungstür geöffnet wurde. Tyrese beugte sich über den Tisch. „Wir sollten ihm jetzt nicht sagen, worüber wir gesprochen haben", flüsterte er Topher zu. „Sie haben schon die Omeletts ruiniert und ich will nicht, dass dem köstlichen Heidelbeerkuchen, den ich zum Nachtisch gemacht habe, das gleiche Schicksal widerfährt. Abgemacht?"

„Abgemacht."

Stanton und Marvin kamen ins Zimmer. „Alles in Ordnung?", erkundigte sich Tyrese.

Stanton lächelte. „Ja. Alles bestens. Es tut mir leid, dass die Omeletts kalt geworden sind."

Topher konnte Marvins Miene ansehen, dass beileibe nicht alles bestens war.

„Vergiss es", sagte Tyrese zu Stanton. Marvin setzte sich wieder an den Tisch und Tyrese küsste ihn zärtlich auf die Wange. „Wenigstens seid ihr zum Nachtisch wieder zurückgekommen."

Nach dem Brunch fuhren Stanton und Topher mit der U-Bahn zum Central Park und beendeten den Tag mit einem Besuch im Metropolitan Museum of Art. Sie verbrachten eine Stunde bei den Impressionisten, Stantons Lieblingsabteilung. Topher konnte es gut nachvollziehen. Die Monets und Manets warfen ihn fast von den Socken. Es war faszinierend, wie die Bilder Licht und Schatten andeuteten, ohne es direkt darzustellen.

Als sie das Museum verließen und die Stufen der Eingangstreppe hinabstiegen, kamen zwei ungefähr vierzehnjährige Mädchen auf sie zu. Sie waren modern und recht teuer gekleidet.

„Entschuldigung", sagte eines der Mädchen. „Bist du der Leadsänger von *Dime Box*?"

Topher wurde rot und sah Stanton hilfesuchend an. „Schau nicht mich an", sagte Stanton kopfschüttelnd.

Topher nickte den Mädchen zu. „Ja, ich bin Topher."

„Ich hab's dir doch gesagt", flüsterte die zweite ihrer Freundin ins Ohr. Dann drehte sie sich zu Topher um und sagte: „Wir haben das Video von *Beaches on the Moon* auf YouTube schon mindestens hundert Mal angesehen."

„Was ist dein Twitter-Name?", fragte das erste Mädchen. „Wir konnten dich nicht finden."

„Ich habe noch keinen", gestand Topher und gab sich innerlich einen Tritt in den Hintern. „Ich bin noch nicht dazu gekommen."

Die beiden Mädchen schauten sich überrascht an. „Aber uns gefällt eure Facebook-Seite", sagte die eine. „Die Zwillinge sind absolut heiß." Dann bemerkte sie Stanton. „Ist das dein Vater?"

Stanton erstarrte und das Lächeln fiel ihm aus dem Gesicht.

„Ich ... äh ... nein ...", stammelte Topher. „Das ist mein Freund."

„Dein *was*?", fragte eines der Mädchen und das andere fing an zu lachen. „Oh, ich verstehe. Das ist ein Redneck-Inzest-Witz, oder? Er ist mein Dad *und* mein Freund. Habt ihr in Texas alle so einen verrückten Humor?"

„Hast du schon Adam Lambert kennengelernt?", wollte die andere wissen.

Topher schüttelte den Kopf. „Nein, wir sind uns noch nie begegnet."

„Ich habe gehört, dass er ein ziemlicher Idiot sein soll", meinte die erste.

„Du musst unbedingt ein Twitter-Konto eröffnen, damit wir dir folgen können", sagte die zweite. „Dürfen wir ein Foto machen?" Sie gab Stanton ihr Handy. „Sei so gut, Dad."

Topher unterbrach sie. „Einen Augenblick. Er ist nicht mein Dad. Mein Dad ist tot. Das ist Stanton Porter. Er ist ein berühmter Musikkritiker. Ich verbringe das Wochenende bei ihm in New York und bin sehr glücklich darüber."

Die beiden Mädchen drehten sich zu Stanton um. Stanton war blass wie ein Leichentuch. „Aber er ist so ...", sagte die eine.

„... alt", sagte Stanton. „Ja, ich weiß."

„Das ist irgendwie unheimlich", sagte das zweite Mädchen. „Wirklich."

Bevor Topher wieder zu sich kam und reagieren konnte, hatte Stanton ein Foto von ihm und seinen beiden Fans geschossen. Dann gab er dem Mädchen das Handy zurück und verabschiedete sich von ihnen. „Einen schönen Tag noch, die Damen."

„Danke", sagte das Mädchen und steckte ihr Handy ein. „Viel Spaß in New York. Oder so." Als sie davongingen, sagte die eine zur anderen: „Was war das denn?"

Stanton setzte sich auf die Treppe und stützte den Kopf in die Hände. Topher setzte sich zu ihm, Marvins Buch in der Hand. „Warum hat mich das so überrascht?", fragte Stanton.

Topher wollte den Vorfall nicht verharmlosen. Als ‚Dad' und ‚unheimlich' bezeichnet zu werden, musste für Stanton ein Albtraum sein.

„Jetzt wird alles rauskommen. Unsere Beziehung ist nur einen Tweet davon entfernt, öffentlich bekannt zu werden. Und nach Twitter kommen die Klatschspalten der Zeitungen."

„Die Klatschspalten?", fragte Topher entsetzt. „Bist du wahnsinnig?"

„Glaubst du allen Ernstes, die interessieren sich nicht für das Privatleben eines Popstars?"

„Ich bin doch kein Popstar!"

„Nein, noch nicht. Aber das ist nur eine Frage der Zeit. Du bist gerade von zwei vollkommen fremden Menschen erkannt worden."

„Wie schlimm wird es werden?"

„Die meisten Sorgen mache ich mir um die Zeitschriftenkommentare. Sobald das erste Foto von uns online ist, wird die Jagdsaison eröffnet. Und dann ist das, was diese beiden Mädchen gesagt haben, noch ein harmloses Kompliment."

„Dann werden wir die Kommentare nicht lesen."

„Ich weiß, es sollte mir egal sein, was andere Menschen denken. Aber das ist es nicht. Es wird sich alles ändern. Sie werden sich dafür interessieren, wen du küsst. Wir sind nicht mehr in einer von vielen Bars in Austin. Ich will nicht von meinen Kollegen hinterm Rücken ausgelacht werden."

Der Gedanke jagte Topher eine Gänsehaut über den Rücken. „Könnte es deiner beruflichen Karriere schaden?"

„Keine Ahnung."

„Bist du bei deinen Kollegen out?"

„Selbstverständlich. Ich meine damit auch nicht, dass ich Angst davor habe, meinen Job zu verlieren. Ich rede von meinem Ruf."

Topher fühlte Panik in sich aufsteigen. „Es tut mir so leid, Stanton. Das habe ich nicht geahnt."

„Es ist nicht dein Fehler. Ich hätte es selbst wissen müssen. Und ich hätte es verhindern müssen."

„Wie meinst du das?"

„Egal. Es ist schon spät. Lass uns nach Hause gehen."

„Wollen wir unterwegs noch etwas essen?"

„Nein", sagte Stanton und zog die Schultern zusammen. Er sah zum ersten Mal so alt aus, wie er wirklich war. „Ich bin ziemlich geschafft. Was hältst du davon, wenn wir einfach zurückfahren und den Fernseher einschalten?"

„Ja", sagte Topher. „Warum nicht."

AM ABEND machte Stanton ihnen Sandwiches und sie sahen sich zusammen die letzte Folge von *Mission Impossible* an. Sie schliefen in einem Bett, hatten aber keinen Sex. Topher hielt das für ein schlechtes Zeichen. Als er am nächsten Tag das Flugzeug nach Austin bestieg, hatte Stanton den ganzen Tag kaum ein Wort mit ihm gewechselt. Es war ein unangenehmes Schweigen, obwohl Stanton die

Höflichkeit in Person war. Topher konnte nicht ungeschehen machen, was vor dem Museum passiert war. Er konnte auch nicht ändern, wie Stanton sich deswegen fühlte. Topher setzte sich zum ersten Mal mit der Möglichkeit auseinander, dass es zwischen ihnen nicht gutgehen könnte. Er fragte sich, ob ihre Chancen vielleicht besser gewesen wären, hätte Stanton ihnen nicht geholfen, *Dime Box* bekannt zu machen. Es war Ironie des Schicksals. Jetzt musste er vielleicht auf Stanton verzichten, um seinen Traum von einer Musikkarriere zu verwirklichen. Als Stanton ihn zum Taxi brachte, hatten sie sich zum Abschied formell umarmt, aber Stanton hatte kein Wort darüber verloren, wann sie sich wiedersehen oder auch nur miteinander sprechen würden.

Bevor das Flugzeug in Newark startete und er sein Handy abschalten musste, hatte Topher noch mit Peter telefoniert.

Hey, Topher. Was geht ab? Wie ist es in NYC?

„Es ist nicht sehr gut gelaufen, Pete."

Mist. Das tut mir leid, Kumpel.

„Ja. Mir auch."

Habt ihr Schluss gemacht?

„Ich glaube schon. Er hat es zwar nicht gesagt, aber ich bezweifle, dass ich ihn jemals wiedersehe."

Oh. Ich verstehe. Mist. Ich hätte ihn gern persönlich kennengelernt.

„Ich weiß", sagte Topher, und dann kamen ihm die Tränen. „Verdammt."

Heulst du schon wieder?

„Ja."

Du solltest das echt unter Kontrolle bringen.

„Ich kann es nicht ändern. Ich habe getan, was ich konnte. Ich habe es wirklich versucht. Was hätte ich ihm denn noch sagen können?"

Es ist nicht dein Fehler. Vielleicht war es so vorausbestimmt.

Der Flugbegleiter winkte ihm zu, das Handy auszuschalten. „Ich muss jetzt auflegen."

Okay. Wir sind für dich da, Mann. Das weißt du doch, oder?

„Ja, das weiß ich."

Gut. Bald bist du wieder in Texas, wo du hingehörst.

Topher beendete das Gespräch und steckte das Handy in die Tasche. Er zog Marvins Buch aus dem Rucksack und suchte nach dem Foto, das ihm Tyrese mitgegeben hatte. Die vier Männer strahlten in die Kamera. Sie wirkten so unbeschwert und glücklich. Topher fiel auf, dass Chris dem Fotografen offenbar eine Kusshand zuwarf. Vermutlich hatte Stanton das Foto selbst aufgenommen.

In diesem Augenblick fing das Handy in Tophers Tasche zu vibrieren an und er wäre vor Schreck fast aus dem Sitz gesprungen. Seit dem letzten PVS waren fünf Wochen vergangen. Topher zog das Handy aus der Tasche und klappte es auf. Das Display war schwarz. Topher wusste nicht, ob er lachen oder weinen sollte. Er steckte das Handy wieder ein und schob das Foto zwischen die Seiten von *Jazz im Amerika des 20. Jahrhunderts* zurück. Dann legte er den Kopf ans Fenster.

„Liebeskummer mit dem Freund?"

Topher sah die alte Frau an, die neben ihm saß. „So ähnlich."

„Mach dir keine Sorgen. Alles wird gut, wenn du anfängst, zuzuhören."

„Ich höre ihm ständig zu."

Die Frau lächelte. „Von ihm habe ich nicht gesprochen."

KINGDOM OF DAYS

NACH IHREM Examen an der NYU zogen Stanton und Marvin bei Michael ein. Stanton teilte das Zimmer mit Hutch und Marvin übernahm ein leer stehendes Zimmer. Marvin hatte noch keinen Job gefunden. Stanton, der während seines letzten Studienjahres eine Stelle als Volontär bei der *Village Voice* hatte, war dort jetzt fest angestellt. Einige Tage nach ihrem Einzug machte Paul ihnen einen Vorschlag. Er war es leid, allein zu leben und bot Stanton und Hutch an, mit ihnen zu tauschen. „Es ist eine fantastische kleine Wohnung", sagte er zu ihnen. „Sie wäre perfekt für euch."

Stanton schnaubte. „Warum hast du uns das nicht vor meinem Umzug vorgeschlagen? Jetzt muss ich schon wieder packen."

„Sorry", sagte Paul. „Es ist mir erst gestern eingefallen."

„Die Lage ist allerdings wirklich perfekt", sagte Stanton. „Die Wohnung ist nur einen Block von den Redaktionsräumen des *Village Voice* entfernt. Nur das Badehaus zwei Häuser weiter muss man vergessen." Stanton sah Hutch an, der sich zu Pauls Vorschlag noch nicht geäußert hatte. Er hatte Verständnis für Hutchs Zurückhaltung. Stanton hatte diesen verdammten Brief an seine Eltern immer noch nicht geschrieben. „Können wir vorher darüber reden und dir dann Bescheid sagen?"

Paul seufzte. „Aber sicher."

Stanton und Hutch verließen die Wohnung, um einen Spaziergang zu machen. Sie gingen nach Westen zu den Piers. Es war ein warmer Tag im Mai und auf den Bürgersteigen war viel los.

Stanton fasste Hutch an der Hand. „Ich bin jetzt soweit, meine Eltern zu informieren. Du hast gesagt, wir könnten zusammenziehen, sobald sie über uns Bescheid wissen. Ich werde ihnen einen Brief schreiben, und danach können wir Pauls Angebot annehmen."

„Ich habe nachgedacht."

„Worüber?"

„Lass uns ehrlich sein", sagte Hutch. „Ich habe lange genug gewartet. Aus meiner Musikerkarriere wird nichts mehr. Paul Simon war vierundzwanzig, als er seinen Durchbruch hatte. James Taylor hat *Fire and Rain* mit zweiundzwanzig veröffentlicht. Ich bin sechsundzwanzig und versuche es seit vier Jahren, spiele einen Gig nach dem anderen. Manchmal spiele ich für fünf Leute, die nur halb zuhören. Ich habe keine Lust mehr, als notleidender Künstler zu leben. Mir reicht's. Wenn ich Talent hätte, wäre ich mittlerweile jemandem aufgefallen."

„Aber deine Stimme ..."

„... reicht offensichtlich nicht aus. Ich will nicht nur für meine Stimme bekannt sein."

„Warum nicht? Art Garfunkel ist genauso berühmt wie Paul Simon."

„Nein, das ist er nicht. Seit ihrer Trennung hört man fast nichts mehr von ihm. Jeder weiß, dass Paul Simon die treibende Kraft des Duos war. Mich hat immer nur das Talent interessiert, nicht der Ruhm an sich."

„Aber ..."

„Ich will nicht die Lieder anderer Leute singen. Punkt und Ende der Diskussion. Ich werde mein Leben neu beginnen und mich auf unsere gemeinsame Zukunft konzentrieren. Ich will, dass es dir gut geht. Du hast einen Job und es wird Zeit, dass ich mir auch einen suche."

„Aber du hast doch einen Job", widersprach ihm Stanton. „Du verdienst nicht schlecht als Barmixer."

„Willst du wirklich einen Partner, der bis vier Uhr nachts arbeitet?"

„So ist das eben bei Musikern. Ich wusste genau, worauf ich mich eingelassen habe. ‚Der Horizont ist die Grenze', hast du gesagt. Was ist daraus geworden?"

„Das gilt immer noch. Ich muss nur meine Karriereplanung der Realität anpassen. Ich möchte dir alles geben, was du dir wünschst. Ich habe den Jungs im *Blue Whale* schon gesagt, dass ich im Sommer nicht zurückkomme. Ich werde mit meinem Bruder reden, damit er mir einen Job gibt."

„Das solltest du nicht tun. Schon gar nicht für mich. Ich will das nicht."

„Ich kann nicht endlos einem Traum nachjagen und hoffen, eines Tages doch noch den Schlüssel zu finden, der diese vielen Lieder in meinem Kopf freisetzt. Ich bin erschöpft. Ich bin ausgelaugt. Ich kann diese ständigen Ablehnungen nicht mehr verkraften."

„Chris ..." Es war das erste Mal, dass Stanton ihn mit seinem richtigen Namen ansprach.

„Und es wird Zeit, dass ich diesen lächerlichen Spitznamen ablege, hä?"

„Ich weiß auch nicht, warum ich dich Chris genannt habe."

„Weil Paul und meine Familie mich ständig so nennen."

„Vermutlich. Wollen wir Pauls Wohnung jetzt übernehmen oder nicht? Willst du mit mir zusammenziehen?"

Hutch nickte. „Ich liebe dich, Stanton. Mehr als meine Freunde, mehr als meine Familie und mehr als meine Musik. Ich kann ohne dich nicht glücklich sein. So einfach ist das. Ja, ich will mit dir zusammenziehen. Ich werde für dich singen, wann immer du willst. Ich werde alles sein, was du dir immer gewünscht hast."

Stanton küsste ihn und sie gingen in Michaels Wohnung zurück, um Paul ihren Entschluss mitzuteilen. Am gleichen Abend noch planten sie den Umzug. Er sollte am 1. August stattfinden.

„Was liest du da?"

Stanton unterbrach seine Lektüre, als Robert und Michael ins Zimmer kamen. Die sechs hatten für den Sommer wieder ihr Haus auf Fire Island gemietet.

Tatsächlich – so hatte Stanton im letzten Jahr erfahren – war es allerdings nur Michael, der die Miete bezahlte. Er verlangte von seinen Freunden kein Geld dafür – weder für das Sommerhaus, noch für die Wohnung in der Stadt, die sie mit ihm teilten. Michael nutzte die Vorteile seines Treuhandvermögens weidlich aus und teilte es großzügig mit seinen Freunden. Aber nachdem Stanton endlich einen Job hatte, konnte er wenigstens seinen Beitrag zum Unterhalt leisten.

„*Time*", sagte er. „Ich habe sie am Kiosk gekauft, bevor die Fähre abgelegt hat."

„Was steht auf dem Titel?", fragte Robert.

Stanton klappte das Magazin zu und las vor: „4. Juli 1983. Seuchen-Detektive. Auf der Spur der Killer. Die AIDS-Hysterie."

„Fantastisch", sagte Michael und setzte sich Stanton gegenüber aufs Sofa. „Alles Gute zum Unabhängigkeitstag, *Time Magazin*."

„Ich habe den Artikel noch gar nicht gelesen."

„Was hast du denn gelesen?"

„Mary Heart und die Veranstaltungsseite."

„Wie schön, dass du die richtigen Prioritäten gesetzt hast. Warum warst du nicht beim Tanztee?"

„Keine Ahnung", meinte Stanton. „Ich war einfach nicht in der Stimmung. Wie war's?"

„Die glorreichen Zeiten sind vorbei."

„Hast du immer noch nichts von deinen Eltern gehört?", fragte Robert, der in der Küche nach etwas Essbarem suchte.

„Nein, noch nicht."

Michael richtete sich auf. „Wie lange ist es schon her?"

„Zwei Wochen."

„Nicht schlecht für ein schriftliches Coming-out", rief Robert aus der Küche. „Ich wette, sie müssen vor ihrer Antwort erst den Priester konsultieren."

„Der wahrscheinlich auch eine gottverdammte Schwuchtel ist", fügte Michael hinzu.

„Wo steckt eigentlich Hutch?", fragte Stanton.

„Der ist noch bei seinen alten Kumpels vom *Blue Whale*", sagte Michael. „Es ist der erste Sommer seit unserer Abschlussprüfung, den er nicht hinter der Bar verbringt. Er vermisst sie."

Stanton legte die Zeitschrift zur Seite. „Glaubt ihr, er hat sich richtig entschieden?"

Robert lachte bellend. „Ha! Manchmal lache ich gerne so. Es hört sich an, wie Bea Arthur in *Mame*. Ha! Ich wäre eine beeindruckende Vera Charles."

Stanton beugte sich zu Michael vor. „Ist er high?", fragte er flüsternd.

„Sehr."

„Ich bin nicht sehr high", widersprach Robert. „Ich bin nur Plätzchen-high, und das ist zwar higher als Joint-high, aber nicht so high wie Quaalude-high. Gott, ich könnte eine Quaalude vertragen."

„Setzt dich doch zu uns", sagte Michael.

Robert kam mit einer Tüte Kekse ins Wohnzimmer, ließ sich aufs Sofa fallen und legte den Kopf auf Michaels Schoß. „Ha!", sagte er und knabberte an einem Keks. „Ob ich denke, dass er sich richtig entschieden hat? Als er seinen Bruder um einen Job gebeten hat? Ha!"

Michael fuhr ihm mit den Fingern durch die Haare. „Beruhige dich, Bea. Wir haben dich verstanden."

„Er ist dabei, den größten Fehler seines Lebens zu begehen", sagte Robert. „Und das alles nur, weil er dich liebt, Stanton. Ich hoffe, das ist dir klar."

Michael schüttelte den Kopf. „Ignoriere ihn einfach."

„Ich lasse mich nicht so einfach ignorieren, verdammt!"

Michael rollte mit den Augen.

„Warum willst du nicht mit mir schlafen?", fragte Robert. „Und mich öffentlich deinen Freund nennen?"

„Jetzt ist weder die Zeit noch der Ort, um diese ausgelatschte Diskussion zu wiederholen. Stanton interessiert sich nicht für die Verwicklungen unserer Beziehung."

„Um ehrlich zu sein, bin ich fasziniert davon."

Michael warf Stanton einen mörderischen Blick zu und flüsterte lautlos: „Ermuntere ihn nicht!"

Robert rollte sich zusammen wie ein Embryo. „Weil ich den Schwanz nicht in der Hose behalten kann, stimmt's?"

„Stimmt", bestätigte Michael.

„Eines Tages werde ich mich ändern."

„Oder ich", sagte Michael kopfschüttelnd. „Aber in der Zwischenzeit belassen wir alles beim Alten, ja? Ich werde mich schließlich nicht in Luft auflösen."

„Nein. Aber du hast etwas Besseres verdient."

„Das ist richtig", sagte Michael. „Und du auch. Aber so ist das eben."

Robert setzte sich auf und sah Stanton an. „Hutch kann immer noch einen Rückzieher machen."

„Ich glaube nicht, dass er das tun wird. Wir sind nächste Woche bei Carl und Norma zum Abendessen eingeladen."

„Um den kleinen Neffen kennenzulernen?", fragte Robert.

„Ja", antwortete Stanton. „Hutch ist schon ganz aufgeregt. Sie haben den Kleinen Colin genannt. Aber Hutch will mit Carl auch über den Job reden."

Michael seufzte. „Ich verstehe nicht, warum er nicht einfach seinen Vater anruft. Hutch hat auch ein Treuhandvermögen. Das Geld liegt auf der Bank und wartet nur auf ihn. Wenn er ein Mead werden will, kann er auch gleich …"

Robert unterbrach ihn. „Nicht jeder ist damit zufrieden, vom Geld seiner Familie zu leben."

Michael wurde rot vor Wut. Stanton beschloss, das Thema zu wechseln. „Danke, dass ihr Marvin bei euch aufgenommen habt, bis er einen Job findet."

„Spinnst du?", sagte Robert. „Wir würden alles für unseren Jungen tun. Habe ich recht, Michael?"

„Er hat recht."

„Außerdem sind seit eurem Examen erst sechs Wochen vergangen", sagte Robert. „Im September hat Marvin bestimmt mehr Glück. In der Zwischenzeit bleibt er bei uns. Und wir lassen ihn auch nicht mehr gehen, wenn er erst Arbeit gefunden hat. Ich wünschte nur, wir hätten ein Zimmer mehr. Dann könntet ihr auch bei uns wohnen und wir wären alle zusammen."

Die Tür öffnete sich und Paul kam ins Haus, gefolgt von Marvin.

„Wie oft muss ich *Gloria* noch ertragen?", brüllte Paul.

„Oj wej, Schwester", stöhnte Marvin. „Wenn sie nicht endlich aufhören, das Ding zu spielen, höre ich Stimmen im Kopf."

„Hallo, Stanton", sagte Paul. „Wir haben dich vermisst."

„Danke. Ich komme morgen wieder mit."

„Du hättest erleben müssen, wie Paul dieses Küken niedergemacht hat", sagte Marvin.

„Was ist den passiert?", wollte Stanton wissen.

„Du hast mich dazu angefeuert", sagte Paul zu Marvin. „Tu nicht so unschuldig."

„Ich bin das absolute Unschuldslamm", widersprach ihm Marvin und sagte zu Stanton: „Robert hat sich mit diesem Jungspund unterhalten, der Montgomery Clift nicht kannte. Mich hat das nicht sonderlich gestört, aber Paul hat sich fürchterlich echauffiert."

„Und die drei haben über mich gelacht und mich angestachelt", sagte Paul. „Du weißt selbst, dass ich dann für meine Reaktion keine Verantwortung mehr übernehme."

Stanton drehte sich zu Michael um. „Du warst auch darin verwickelt?"

„Als neutraler Beobachter", sagte Michael. „Der arme Junge hat mich an dich erinnert."

„Oh mein Gott!", rief Paul. „Du hast ja so recht! Jetzt habe ich ein schlechtes Gewissen."

„Was hast du denn zu ihm gesagt?", fragte Stanton. „Und zu meiner Verteidigung muss ich darauf hinweisen, dass ich sehr wohl wusste, wer Montgomery Clift ist."

Marvin lachte immer noch. „Paul hat diesen herablassenden Gesichtsausdruck aufgesetzt – du kennst ihn – und den Kerl gefragt, ob er jemals *Verdammt in alle Ewigkeit* gesehen hätte."

„Ich war nicht herablassend", protestierte Paul. „Aber im Gegensatz zu Stanton war er nicht süß genug, um sich so viel Dummheit leisten zu können."

„Ich weiß jetzt nicht, ob ich das als Kompliment auffassen oder dir eine Ohrfeige versetzen soll."

„Und der arme Kerl hat geantwortet, dass er von dem Film noch nie gehört hätte", sagte Marvin. „Daraufhin fragt ihn Paul, ob er wenigstens Elizabeth Taylor kennen würde. Die kannte der Junge natürlich. Also erklärt Paul ihm, Montgomery Clift wäre in *Kleines Mädchen, großes Herz* der Name ihres Pferdes gewesen. Und er – also der Junge – könnte einen Mordseindruck schinden, wenn er das auf der nächsten Cocktailparty so ganz nebenbei erwähnt."

„Das war gemein von dir", sagte Stanton zu Paul. „Marvin, du überraschst mich."

Marvin setzte sich zu ihm aufs Sofa. „Das passiert eben, wenn du nicht mit uns zum Tanztee kommst. Dann korrumpiert mich Paul mit seiner Gewissenlosigkeit."

Stanton legte ihm grinsend den Arm um die Schultern. „Dann ist es jetzt also meine Schuld, wenn ihr euch in giftspritzende Queens verwandelt?"

„Ja, das ist es. Alles ist deine Schuld. Habe ich recht, Paul?"

„Hast du", rief Paul aus der Küche. „Alles ist Stantons Schuld. Wenn er nicht diesen verdammten Ring umgedreht hätte, würden wir alle nicht hier sitzen. Das heißt … wir würden vielleicht hier sitzen, aber ohne euch beide."

„Da siehst du, wie wichtig du bist", flüsterte Marvin Stanton ins Ohr.

Paul kam mit einem Glas Wein ins Wohnzimmer und setzte sich. Marvin warf ihm einen enttäuschten Blick zu. „Und an mich hast du nicht gedacht, du Biest?"

„Sehe ich etwa aus wie das Hausmädchen?", fragte Paul. „Stanton, hast du schon gepackt?"

„Nein. Wir haben doch noch einen Monat Zeit. Und du?"

„Ich packe eine Kiste pro Tag, aber ich freue mich schon auf den Umzug. Marvin, wenn wir erst Mitbewohner sind, werde ich dich in die Kunst des Towel Drag einweihen."

Stanton lachte. „Da kommst du zu spät. Du triffst in ihm einen Meister."

Die Tür öffnete sich wieder und Hutch kam ins Haus geschlendert. „Wo ist mein Liebster?", rief er.

„Hier", antwortete Stanton.

Hutch kam zum Sofa und schob sich zwischen Stanton und Marvin. „Sorry, Marv, aber ich muss meinem kleinen Warren Beatty zeigen, dass ich ihn vermisst habe."

„Nenne mich bitte nicht immer Marv."

„Bist du betrunken?", fragte Stanton.

„Etwas angeheitert, Sir, jawoll, Sir. Die Jungs haben mir Schnaps ausgegeben. Was hätte ich denn tun sollen?"

„Und wenn sie in den Hudson gesprungen wären, wärst du ihnen auch nachgesprungen?"

„Natürlich nicht, Starsky. Bist du mir böse?"

Stanton gab sofort nach. „Nein. Ich bin nur nervös."

„Der Brief?"

Stanton nickte. „Lass uns das Abendessen vorbereiten und über etwas Anderes reden. Wer meldet sich freiwillig zum Maiskolbenenthülsen?"

EINE STUNDE später kümmerte sich der halbwegs ausgenüchterte Robert im Hof um den Grill. Stanton kam aus dem Haus und fragte ihn, ob er Hilfe bräuchte.

„Nein danke, ich habe alles im Griff. Die Steaks müssen noch einmal gewendet werden, dann sind sie gut. Ich mag sie zwar lieber blutig, aber du kennst ja Michael." Robert wendete die Steaks und das Knoblauchbrot, das in Alufolie gewickelt war. „Tut mir leid wegen vorhin. Vielleicht waren die zwei Plätzchen doch eines zu viel."

„Schon gut."

„Ich mache dir keine Vorwürfe, dass Hutch die Musik aufgibt. Ich sollte mich nicht in die Beziehungen anderer Menschen einmischen."

„Das hast du nicht getan."

„Doch. Michael hat recht. Ich muss nicht überall meine Nase reinstecken."

Stanton überlegte. Er hätte Robert gern eine Frage gestellt, war sich aber nicht sicher, ob jetzt der richtige Zeitpunkt war. „Warum kannst du ihm nicht geben, was er sich wünscht?", fragte er dann trotzdem.

Robert pikste mit der Gabel in die Steaks. „Es ist nicht so einfach. Vergiss nicht, dass wir schon sechs Jahre Geschichte hinter uns hatten, als ihr uns kennengelernt habt. Und ich muss zugeben, dass ich leicht schwach werde. Einmal habe ich ganze sieben Monate durchgehalten, dann bin ich in der U-Bahn diesem heißen Italiener begegnet, der mich angebaggert hat. Prompt waren alle guten Vorsätze vergessen. Ich kann ihm kein Versprechen geben, das ich früher oder später wieder breche. Ich bin vielleicht ein Arschloch, aber das kann selbst ich nicht."

„Ich weiß, wie sehr er dich liebt."

„Aber nicht, wie sehr ich ihn liebe? Tu nicht so, als wäre er ein schwuler Heiliger. Es ist lange her, seit er Schneeweißchen spielen konnte."

„Mae West?"

„Richtig. Sehr gut. Ich habe es leicht umformuliert."

„Gib mir mehr. Die Originale."

„Wenn ich etwas haben will, lauf ich ihm nach", zitierte Robert. „Ich will nicht, dass es mir nachläuft."

„*Alles über Eva.*"

„Ich will nicht die Realität, ich will Magie!"

„Endstation Sehnsucht."

„Du bist bereit für die große Welt, Stanton. Hör zu. Michael will das eine und tut das andere. Ich habe unsere Beziehung nicht im Alleingang kaputt gemacht. Hol mir den Teller."

Stanton holte einen Teller und hielt ihn Robert hin, der die Steaks vom Grill nahm. „Es tut mir leid", sagte Stanton. „Es geht mich nichts an."

„Du musst dich nicht entschuldigen. Ich bin es, der unsere schmutzige Wäsche immer wieder an die Öffentlichkeit zerrt. Aber man kann die Beziehung zwischen zwei Menschen nicht neutral von außen beurteilen. Das verstehst du doch, oder?"

„Ja."

„Eines Tages finde ich vielleicht eine Lösung. Ich hoffe nur, dass es dann nicht schon zu spät ist."

ALS SIE wieder in die Stadt zurückkamen, lag ein Brief von Stantons Eltern im Briefkasten. Stanton setzte sich mit Hutch aufs Bett und starrte den Umschlag an.

„Was immer sie auch schreiben, vergiss nicht, dass ich dich liebe", sagte Hutch.

Stanton riss den Umschlag auf. Er enthielt zwei Seiten in der Handschrift seiner Mutter und eine in der seines Vater. Stanton überflog sie und schnappte einige Worte auf.

Enttäuscht.

Nicht unterstützen.

Nicht verstehen.

Nicht wie deine Geschwister.

Vielleich eines Tages.

Chris ist nicht willkommen.

P.S. Wir lieben dich immer noch.

Stanton las die Seiten durch und gab sie an Hutch weiter. Es war, wie er erwartet hatte. „Mir wird schlecht", sagte er zu Hutch.

Hutch sah ihn schockiert an und holte tief Luft. „Ich kann nicht verstehen, wie Eltern ihrem Kind einen solchen Brief schreiben können", sagte er dann.

„Es war zu viel für sie. Ich bin jetzt allein."

„Nein, das bist du nicht. Du hast mich und vier wunderbare Freunde, die dich lieben."

„Und Marvins Mom. Ich befürchte, sie wird meine Eltern anrufen und ihnen die Meinung sagen."

„Das ist auch dringend nötig."

„Nein. Dazu ist jetzt nicht der richtige Zeitpunkt. Ich weiß auch nicht, warum ich mich an die Hoffnung geklammert habe, sie würden mich akzeptieren. Aber wenigstens habe ich es hinter mir und muss mich nicht mehr verstecken. Ich habe einen Job und wir ziehen bald in unsere eigene Wohnung. Das Leben ist gut. Zum Teufel mit ihnen."

Stanton versuchte ein Lächeln, aber er konnte Hutch nichts vormachen. Er wollte nicht länger darüber nachdenken, dass seine Eltern ihn verstoßen hatten, also legte er den Brief in eine Schublade und verbrachte den Rest des Tages damit, Kisten für den Umzug zu packen.

Als Hutch in dieser Nacht einschlief, lag Stanton noch lange wach im Bett. Er musste – warum auch immer – an Weihnachten denken. Was wäre, wenn Hutch vorher mit ihm Schluss machte? Wohin würde er dann während der Feiertage gehen? Würde er allein in seiner Wohnung sitzen und sich Essen aus dem China-Restaurant liefern lassen? Stanton hatte das Gefühl, sämtliche Brücken hinter sich abgebrochen zu haben. Er wollte seine Zweifel verdrängen, aber er grübelte immer wieder darüber nach, ob Hutch dieses Opfer wert war.

Stanton hasste sich dafür.

VIER TAGE später, sie waren gerade beim Packen, klingelte das Telefon und Hutch nahm den Hörer ab.

„Hallo? … Ja. Wer spricht … Ja, einen Augenblick." Hutch hielt die Hand auf den Hörer. „Ein Brendan Baxter. Woher kenne ich diesen Namen nur?"

„Verdammt", sagte Stanton. „Brendan Baxter ist der Quarterback, dem ich den Blowjob gegeben habe. Erinnerst du dich? Ich habe dir von ihm erzählt, als wir uns das erste Mal begegnet sind."

„Was will er von dir?"

„Woher soll ich das wissen?"

„Dann rede mit ihm und finde es heraus. Aber du bist jetzt in festen Händen. Falls er dich um einen Blowjob bittet, dann …"

„Sehr komisch." Er ließ sich von Hutch den Hörer geben. „Hallo?"

Stanton? Hier ist Brendan. Brendan Baxter. Erinnerst du dich an mich? Es ist schon einige Jahre her.

„Natürlich erinnere ich mich an dich. Woher hast du meine Telefonnummer?"

Ich habe deine Mom angerufen.

„Meine Mom? Du hast mit meiner Mom gesprochen?"

Ja. Sie sagt, diese Nummer hättest du ihr in deinem letzten Brief geschickt und sie wäre wahrscheinlich gültig. Sie war sehr nett. Sogar dein Dad hat sich an mich erinnert.

Hutch sah Stanton an und breitete fragend die Hände aus.

Stanton zuckte mit den Schultern. „Lebst du noch in Houston?", fragte er Brendan.

Nein, ich bin jetzt in Austin. Ich studiere Jura an der University of Texas.

Brendans Vater arbeitete bei Marathon, der Ölfirma, für die auch Stantons Vater tätig war. Die Firma hatte ihr Hauptquartier in Ohio und eine Zweigstelle in

Houston. Als Brendan mit der Schule fertig war, zogen die Baxters nach Houston. Seitdem hatte Stanton nichts mehr von ihnen gehört.

„Es ist fünf Jahre her, Mann. Versteh mich nicht falsch. Ich freue mich, von dir zu hören. Aber was willst du?"

Brendan räusperte sich. *Sorry. Ich wusste nicht, wen ich anrufen sollte. Kann ich dir eine persönliche Frage stellen?*

„Sicher." Stanton rollte mit den Augen.

Bist du schwul.

Stanton gab ihm keine Antwort.

Hallo?

„Ich bin noch dran. Ja. Ich bin schwul."

Stanton hörte Brendans erleichtertes Seufzen.

Gott sei Dank. Ich weiß, du hast mir in der Schule diesen Blowjob gegeben und ich hatte den Eindruck, dass es dir gefiel. Nicht, dass es mir nicht gefallen hätte, aber ich habe danach nie wieder etwas mit einem Mann gehabt. Jedenfalls nicht bis vor einigen Tagen.

„Und was ist vor einigen Tagen passiert?"

Ich habe Trent Days kennengelernt.

„*Den* Trent Days? Den Baseballspieler?"

Genau den.

Stanton setzte im Kopf die Mosaiksteinchen zusammen. „Willst du damit etwa sagen, der Eskimo Slugger wäre schwul?"

Hutch fielen fast die Augen aus dem Kopf.

Das ist vertraulich, ja? Du darfst es nicht weitersagen.

„Zu spät. Mein Freund steht neben mir. Er hat vorhin deinen Anruf angenommen."

Mist. Ich bin vollkommen durcheinander und kann mit niemandem darüber reden.

„Habt ihr zwei …?"

Ja. Gestern Nacht.

„Du hattest Sex mit Trent Days?"

Ich hatte wunderbaren Sex mit Trent Days. Acht ist nicht nur die Nummer auf seinem Trikot. Ich glaube, ich habe mich in ihn verliebt.

„Was? Du hast ihn doch erst vor einigen Tagen kennengelernt."

Ich habe auch nicht behauptet, dass es vernünftig oder logisch ist. Hast du bei deinem Freund nicht auch schon nach einigen Tagen gemerkt, dass er etwas Besonderes ist?

Stanton dachte an sein erstes Wochenende mit Hutch zurück. „Doch, vermutlich schon. Aber du kannst nicht einfach mit Trent Days ausgehen. Es gibt keine schwulen Profisportler. Er müsste seine Karriere aufgeben und du wärst die Wallis Simpson des Baseballs."

Ich habe keine Ahnung, von wem du sprichst. Aber deshalb rufe ich dich an. Ich kann mit niemandem darüber reden und weiß nicht, was ich tun soll. Ich habe keine schwulen Freunde. Ich stecke bis zum Hals in der Sache drin und bin am Untergehen.

Stanton überlegte. Der Brief an seine Eltern hatte ihn impulsiv werden lassen. Er sah Hutch fragend an. „Was hältst du von einem Ausflug nach Texas?"

Hutch hob resigniert die Hände. „Es wäre mir ein Vergnügen."

Stanton hielt sich den Hörer wieder ans Ohr. „Was hältst du davon, wenn wir dich besuchen kommen? Mein Freund gibt die allerbesten Ratschläge in allen Lebenslagen. Ich frage ihn immer nach seiner Meinung, wenn ich mal wieder so richtig im Schlamassel stecke."

Das wäre absolut super. Wann könnt ihr hier sein?

„Spricht etwas gegen dieses Wochenende?", fragte Stanton Hutch.

„Nicht dass ich wüsste. Wir sind morgen bei meinem Bruder zum Abendessen eingeladen, danach ist alles noch frei."

„Wir können am Freitag in Austin sein", sagte Stanton zu Brendan. „Klappt das bei dir?"

Das ist perfekt.

„Wie cool."

Ich freue mich, dich zu sehen. Ich rufe morgen wieder an. Und – bitte – sprecht mit niemandem darüber. Ich hoffe, ich kann euch vertrauen.

„Keine Sorge, Brendan. Du kannst dich auf uns verlassen."

AM NÄCHSTEN Abend nahmen Stanton und Hutch ein Taxi zu Carl und Normas neuem Haus in der Upper East Side. Carl Mead hatte als junger Mann sein Jurastudium aufgegeben, um ins Immobiliengeschäft einzusteigen. Danach hatte er durch einige lukrative Investitionen in Chicago gut verdient und war jetzt, im Alter von zweiunddreißig Jahren, nach New York zurückgekehrt, um seinen Erfolg hier zu wiederholen. Stanton mochte Carl gut leiden, aber Norma war ihm die liebste von allen Meads.

Das Taxi fuhr vor dem großen Backsteingebäude vor und die beiden Männer stiegen aus. „Welche Nummer hat ihre Wohnung?", fragte Stanton, während Hutch das Taxi bezahlte.

„Wie meinst du das? Er hat das ganze Haus gekauft."

„Das ganze Haus? Machst du Witze? War das wirklich nötig?"

„Norma hat fünfundzwanzig Brüder und Schwestern. Sie hofft, dass sie alle zu Besuch kommen, wenn sie bei ihr übernachten können. Aber das kann sie wahrscheinlich vergessen."

„Warum?"

„Sie hassen New York."

„Fünfundzwanzig? Das ist doch übertrieben, oder?"

„Nicht viel. Es sind auf jeden Fall mehr als zehn. Glaube ich. Oder auch nicht. Ich führe keine Liste. Ich habe sie nur einmal erlebt. Das war auf der Hochzeitsfeier von Carl und Norma. Sie sind Quäker oder Amish oder so was. Die ganze Familie lebt in einer kleinen Stadt in South Dakota. Blue River? White River? Ich kann mich nicht erinnern. Aber ich weiß, dass keiner von ihnen jemals den Sündenpfuhl New York betreten wird."

„Haben sie das wirklich so gesagt?"

„So ungefähr. Sie haben über New York geredet, als wäre die Stadt Sodom und Gomorrha in einem."

„Jetzt verstehe ich. Sie sagt, dein Vater könnte sie nicht leiden, weil sie so gewöhnlich wäre."

„Also bitte. Du hast meinen Vater kennengelernt. Er braucht keinen Grund, um jemanden nicht leiden zu können."

Hutch klingelte und Norma öffnete die Tür. „Chris! Stanton!", rief sie und breitete die Arme aus.

Stanton umarmte sie. „Ihr habt ein wunderschönes Haus."

„Es ist etwas zu groß, ich weiß. Aber ich hoffe, es bald mit vielen Kindern zu füllen."

„Wo ist mein Neffe?", fragte Hutch.

„Hier." Carl kam mit seinem Sohn auf dem Arm die Treppe herab. Er gab das Baby an seine Frau weiter und begrüßte Stanton und Hutch.

„Es ist schön, euch beide zu sehen."

„Dich auch, großer Bruder. Es tut mir leid, dass wir nicht zur Geburt ins Krankenhaus kommen konnten. Stanton war mitten in seinen Prüfungen und ich hatte drei Auftritte hintereinander. Es war alles etwas chaotisch."

„Ich verstehe. Ich habe es selbst kaum geschafft."

„Willst du ihn halten?", fragte Norma Hutch.

„Darf ich?"

„Aber sicher", sagte sie und reichte ihm vorsichtig das Baby. „Colin, das ist dein Onkel Chris."

Colin krähte vergnügt und Stanton grinste, als er Hutch mit dem Baby beobachtete. Sein Geliebter wäre ein wunderbarer Vater. Sie gingen ins Wohnzimmer. Hutch wiegte das Baby in den Armen und sang ihm *Mockingbird* vor.

„Ihr haltet euch bei der Namensgebung also auch an das C", sagte Stanton zu Norma.

Sie zog ihn an sich und flüsterte: „Ich bin nicht gefragt worden."

„Meinst du das etwa ernst? Bei deinem eigenen Kind?"

„Er ist nach Onkel Colin benannt, dem Bruder ihrer Mutter."

„Ist das der Onkel, der in Irland lebt?"

„Ja."

„Und du hattest nichts zu melden?"

„Nicht das Geringste."

„Sie erinnern mich immer mehr an die Carringtons in *Denver Clan*. Bis hin zum schwulen Bruder."

„Und wer bin dann ich?"

„Linda Evans."

Norma lachte. „Oh nein. Dazu bin ich beileibe nicht glamourös genug."

„Unsinn. Du bist die einzige hier, die auch nur halbwegs Klasse besitzt."

Norma legte ihm die Hand auf den Arm und küsste ihn auf die Wange. „Ich bin so froh, dass Chris dich gefunden hat. Du bist ein Lichtblick für die ganze Familie."

„Wir werden ihm die besten Onkels sein und ihn nach Strich und Faden verwöhnen."

„Ich habe nichts Anderes von euch erwartet."

Während des Essens erzählte Hutch Carl und Norma von ihrer spontanen Entscheidung, morgen nach Texas zu fliegen, erwähnte dabei aber nicht den Namen von Trent Days. Die vier unterhielten sich über den neuesten Sexskandal im Kongress, der am Morgen Schlagzeilen gemacht hatte. „Hast du in letzter Zeit mit Dad gesprochen?", fragte Carl dann.

Hutch sah ihn an, als wollte er diesem Gespräch am liebsten aus dem Weg gehen. „Nein."

„Du solltest dir etwas mehr Mühe geben."

„Wir haben sie zu Ostern besucht."

„Soll das wirklich so weitergehen? Du willst deine Eltern nur einmal im Jahr besuchen? Du hättest an Thanksgiving kommen sollen. Du weißt doch, wie viel es Dad bedeutet."

„Und Stanton hätte ich allein zuhause lassen sollen?"

„Dad wird sich damit abfinden. Du musst ihm nur etwas entgegenkommen."

„Mich allein einzuladen und so zu tun, als hätte ich keinen Partner, hat nichts mit Entgegenkommen zu tun."

„Du bist genauso stur und dickköpfig wie er."

„Carl", sagte Norma. „Müssen wir das ausgerechnet jetzt diskutieren?"

Hutch ignorierte sie. „Dad tut so, als wäre Stanton nicht im Zimmer. Und du machst gerade genau das Gleiche."

Carl fühlte sich durch diese Anschuldigung offensichtlich getroffen. Stanton hatte die beiden Brüder noch nie so erlebt. Dann drehte Carl sich zu ihm um und sagte bedächtig: „Ich muss mich bei dir entschuldigen, Stanton. Du weißt hoffentlich, dass Norma und ich auf eurer Seite stehen. Aber ich möchte gerne Frieden stiften zwischen den beiden Streithähnen. Kannst du das verstehen?"

Stanton nickte. „Ich verstehe das vermutlich besser als Hu... Chris. Ich bin ganz deiner Meinung, Carl, aber Chris macht das nicht meinetwegen. Er tut es für sich selbst."

Hutch lächelte ihn an. „Danke, Stanton."

Carl schüttelte den Kopf. „Ich bin trotzdem der Meinung, er würde sich schneller an euch gewöhnen, wenn er euch öfter sehen könnte."

Hutch nahm einen Bissen von seiner Pasta, zeigte mit der Gabel auf Carl und sagte: „Ich habe dir doch gesagt, dass er mich jederzeit sehen kann. Er muss nur Stanton einladen, dann bin ich sofort dabei. Aber diese Bedingung ist nicht verhandelbar."

„Wenigstens kann ich ihn ab und zu begleiten", sagte Stanton. „Das ist mehr, als ich momentan von meinen eigenen Eltern erwarten kann."

„Hast du von ihnen gehört?", erkundigte sich Norma.

„Ja, vor einigen Tagen. Es war nicht sehr erfreulich."

Nach dem Essen bat Hutch seinen Bruder um ein Gespräch unter vier Augen. „Was ist los?", fragte Norma, nachdem die beiden das Zimmer verlassen hatten.

Stanton legte die Ellbogen auf den Tisch und faltete die Hände. „Chris will deinen Mann um einen Job bitten."

„Oh nein. Und was wird aus seiner Musik?"

„Er will sie aufgeben. Er sagt, er hätte keine Lust mehr auf weitere Enttäuschungen."

„Hast du versucht, es ihm auszureden?"

Stanton lehnte sich zurück. „Ja. Aber er ist fest entschlossen. Man kann einen Menschen nicht zwingen, seinen Traum zu verwirklichen."

Einige Minuten später kamen Hutch und Carl ins Esszimmer zurück. Carl lächelte zufrieden und setzte sich wieder an den Tisch. „Chris und ich werden in Zukunft zusammenarbeiten. Ist das nicht eine wunderbare Nachricht?", fragte er Norma, die den Nachtisch servierte.

Hutch grinste und setzte sich ebenfalls. Aber Stanton erkannte die Leere, die in Hutchs Augen lauerte. Es war kein gutes Omen.

AM NÄCHSTEN Morgen flogen sie nach Austin. Kaum hatte Hutch das erste Mal den Fuß auf texanischen Boden gesetzt, war er vom Lone Star State gefangengenommen. Selbst Stanton gab zu, dass der weite, blaue Himmel ein beeindruckender Anblick war. Sie nahmen ein Taxi für die kurze Strecke vom Flughafen zu Brendans kleiner Wohnung nördlich der Universität. Das Taxi hielt vor einem Haus und Stanton überprüfte die Adresse, die Brendan ihm gegeben hatte. „Sind Sie sicher, dass wir hier richtig sind?", fragte er den Fahrer.

„Es ist die Adresse, die Sie genannt haben."

„Aber er wohnt in einem Apartment."

„Vielleicht ist es die kleine Wohnung über der Garage."

„Oh." Stanton gab dem Fahrer fünf Dollar. „Behalten Sie das Wechselgeld."

Sie stiegen aus und gingen die Einfahrt entlang zum Haus. „Wollt ihr Brendan besuchen?", fragte plötzlich eine Stimme von hinten.

Als sie sich umdrehten, sahen sie einen Mann auf sich zukommen. Der Mann musste Ende zwanzig sein, war barfuß und trug weite Shorts und ein T-Shirt der University of Texas. Er hatte dunkle Haare und seine Augen waren fast schwarz. Und er war sexy. Sehr sexy.

„Woher kommst du denn?", fragte Stanton.

Der Mann lachte. „Ich wohne hier." Er hatte eine dieser tiefen, männlichen Stimmen, bei denen jeder schwule Mann weiche Knie bekam.

„Oh", sagte Stanton. „Ja, wir wollen Brendan besuchen. Ich bin mit ihm zur Schule gegangen. Mein Name ist Stanton."

Der Mann kam näher und schüttelte ihm die Hand. „Bill Walsh. Ihr seid aus New York, stimmt's?"

„Ja. Das ist mein …" Stanton verstummte und wäre am liebsten im Erdboden versunken.

„Freund? Geliebter?", sagte Bill Walsh. „Oder ziehst du Partner vor?"

„Es passt alles."

„Brendan hat mit mir gesprochen. Ihr schwulen Jungs solltet euch ein besseres Wort einfallen lassen. Freunde gibt es viele. Geliebter hört sich an, als ginge es nur um Sex. Und Partner wie eine Geschäftsverbindung."

Hutch stellte sich ebenfalls vor. „Ich bin Hutch. Echt groovy, Sie kennenzulernen, Mr. Walsh."

„Mr. Walsh? Mann, ich bin höchstens ein Jahr älter als ihr. Nennt mich bitte Bill. Selbst meine Studenten nennen mich so."

„Du unterrichtest an der Universität?", fragte Hutch.

„Ich bin Professor für Englische Literatur. Ich fange allerdings gerade erst an. Meine Frau erwartet demnächst ihr erstes Kind. Wir wollten damit eigentlich warten, bis ich eine feste Stelle habe. Aber meine kleinen Schwimmer haben offensichtlich beschlossen, unseren Zeitplan zu ignorieren. Kommt doch ins Haus und macht euch frisch."

„Wir haben Brendan noch nicht …"

„Brendan kommt erst um vier Uhr von der Arbeit zurück. Er hat mich gebeten, für ihn einzuspringen und euch zu begrüßen." Bill Walsh drehte sich um und ging zur Terrasse zurück. „Kommt, ich mache euch etwas zu essen", rief er ihnen über die Schulter zu. „Mögt ihr Migas?"

Stanton und Hutch schnappten sich ihre Taschen und liefen ihm nach. „Was sind denn Migas?", fragte Hutch, als sie die Treppe zur Haustür erreichten.

Bill hielt ihnen die Tür auf und sie gingen ins Haus. Stanton stellte seine Reisetasche auf den Boden und sah sich um. Es war ein altes Haus mit hohen Decken, Holzfußböden und wunderschönen, handgeschnitzten Leisten. Stanton wusste nicht warum, aber das Licht, das sich an den Wänden spiegelte, erinnerte ihn an ein Gemälde von Picasso.

Bill führte sie in die Küche. „Migas sind ein mexikanisches Gericht mit Eiern, Tomaten, Zwiebeln, Paprika und Tortillastreifen. Und Käse. Viel Käse und Salsa. Scharfe Salsa."

„Das hört sich prima an", sagte Hutch, als sie sich an den Tisch setzten. „Ich bin am Verhungern. Es war ein langer Flug und ich konnte das Zeug nicht essen, das sie uns serviert haben. Was war noch das geheimnisvolle, angebliche Fleisch?"

„Salisbury Steak", antwortete Stanton.

„Es war ekelhaft."

„Es war das, was alle amerikanischen Schulkinder mittwochs essen müssen."

„Ihr könnt in einem der Zimmer im ersten Stock übernachten", sagte Bill, während er die Eier aus dem Kühlschrank holte. „Ihr könnt euch aussuchen, welches euch lieber ist. Sie haben beide ein großes Bett."

„Oh", sagte Stanton. „Wir übernachten nicht bei Brendan?"

„Nein. Er hat nicht genug Platz. Das Apartment über der Garage hat nur ein Zimmer. Außerdem brauchen er und Trent ihre Intimsphäre, falls ihr versteht, was ich meine, Gentlemen. Und ihr auch, glaube ich."

„Können wir …" Stanton verstummte und wollte sich schon wieder verkriechen.

„Im gleichen Bett schlafen? Na selbstverständlich. Ich bin doch nicht mein Vater! Meiner Frau wird es vielleicht weniger gefallen, aber darum kümmere ich mich schon. Macht ihr keine Vorwürfe. Sie hat plötzlich vier schwule Männer im Haus. Daran muss man sich erst gewöhnen. Sie ist aus einer texanischen Kleinstadt und sehr katholisch. Die Kombination ist ziemlich hartnäckig, das kann ich euch sagen."

„Vielen Dank für die Gastfreundlichkeit", sagte Hutch.

„Ihr könnt euer Gepäck hochbringen und euch waschen. Oben ist auch ein Badezimmer. Ich fange schon mit den Migas an, seid also in zehn Minuten zurück."

Stanton und Hutch griffen sich ihre Taschen und gingen in den ersten Stock hinauf. Es gab jeweils ein Zimmer auf jeder Seite, dazwischen lag das Badezimmer. Sie entschieden sich für das Zimmer links, weil die Fenster auf der Westseite lagen. Dann stellten sie die Taschen ab und setzten sich aufs Bett.

„Das ist ja so cool", sagte Hutch.

„Ja. Es ist, als wären wir in einer anderen Geschichte gelandet."

„Bill Walsh ist sexy."

„Das ist dir auch aufgefallen, wie?"

„Es ist nicht zu übersehen. Und diese Sache mit dem texanischen Akzent?" Hutch senkte die Stimme und imitierte Bill. „Kommt rein und macht euch frisch."

Stanton lachte. „Komm nicht auf dumme Gedanken. Wir sind nicht hier für einen Dreier mit Brendans Vermieter."

Sie wuschen sich die Hände und gingen wieder nach unten. Bill war in der Küche und servierte gerade das Essen. Sie setzten sich und aßen beide einen riesigen Teller Migas. Stanton hörte zu, wie Hutch und Bill über William Faulkner und Tennessee Williams diskutierten und darüber, wer von den beiden die Literatur der Südstaaten besser repräsentierte. Hutch war der Meinung, dass Williams, besonders mit Blanche und Stanley, ikonische Charaktere geschaffen hätte, die Faulkner in den Schatten stellten. Bill hielt dagegen, Blanche und Stanley würden ihren ikonischen Charakter vor allem der Schauspielkunst von Vivien Leigh und Marlon Brando verdanken, die sie in der Verfilmung von *Endstation Sehnsucht* verkörperten. Das habe aber nichts mit Literatur zu tun.

Die Hintertür ging auf und eine sehr schwangere Frau kam mit einer Einkaufstüte voller Lebensmittel in die Küche. „Du meine Güte", sagte sie. „Die Hitze ist heute unerträglich. Ich glaube nicht, dass Frauen dazu geschaffen wurden, im Sommer in Texas schwanger zu sein."

„Grace", sagte Bill, stand auf und nahm ihr die Tüte ab. „Das sind unsere Wochenendgäste, Stanton und Hutch. Das ist meine Frau, Grace."

Grace Walsh war eine wunderschöne Frau. Stanton dachte bei sich, sie könnte gut als eine dunkelhaarige Version von Grace Kelly in *Das Fenster zum Hof* durchgehen.

Hutch erhob sich und schüttelte ihr die Hand. „Es ist mir ein Vergnügen, Ma'am."

Stanton folgte seinem Beispiel und fragte sie nach dem Baby.

„Es kommt nächste Woche."

„Habt ihr schon einen Namen ausgewählt?", erkundigte sich Hutch.

„Das müsst ihr Bill fragen."

Bill Walsh stellte die Tüte ab. „Benjamin, falls es ein Junge wird; Caddy für ein Mädchen."

Hutch lachte. „Du willst doch deine Kinder nicht wirklich nach den Comptons in *Schall und Wahn* nennen?"

„Ich gebe mir alle Mühe. Verlass dich drauf."

„Ich sehe, mein Mann hat euch schon bekocht", sagte Grace.

„Ja, Ma'am", erwiderte Hutch. „Und die Migas waren köstlich."

Grace setzte sich zu ihnen an den Tisch und Bill verstaute die Einkäufe. Sie unterhielten sich darüber, was Stanton und Hutch während ihres Besuches in Austin unternehmen sollten. Dann rief Brendan an und teilte Bill mit, dass er und Trent bald kommen würden. Stanton und Hutch sahen sich an. Gleich würden sie einen der berühmtesten Basenballspieler Amerikas kennenlernen. Stanton drehte sich zu Bill um. „Können wir uns noch kurz umziehen?", fragte er.

„Sicher", sagte Bill. „Aber euch ist doch klar, dass Trent auch nur ein ganz normaler Mensch ist, oder? Ihr müsst euch seinetwegen nicht in Schale werfen, sonst macht er sich nur über euch lustig."

„Na gut", meinte Stanton. „Aber ich brauche trotzdem ein frisches Hemd."

Er und Hutch gingen nach oben. Als Stanton die Zimmertür hinter ihnen schließen wollte, hörte er, dass Bill und Grace sich in der Küche stritten.

„Ich mache keinen Aufstand. Die beiden sind sehr nette junge Männer. Aber es gefällt mir trotzdem nicht, dass sie in meinem Haus in einem Bett schlafen. Es gehört sich nicht."

„Du hörst dich an wie dein Vater. Was ist aus der Frau geworden, die ich geheiratet habe?"

„Wir haben vor unserer Hochzeit nie über Homosexualität gesprochen. Das weißt du sehr gut. Wenn du mich danach gefragt hättest, wüsstest du, was ich davon halte. Wenigstens sind sie nicht meine Brüder. Ich will mir gar nicht vorstellen, welchen Kummer sie ihren Familien bereiten."

„Da täuschst du dich aber. Guter Gott, wir leben im Jahr 1983. Selbst in Fernsehserien gibt es schwule Männer. Stanton und Hutch sind aus New York. Sie sind sehr gebildet und ich will verdammt sein, wenn ich mich vor ihnen wie ein texanischer Hinterwäldler aufführen soll."

„Darum geht es also? Du hast Angst, dich zu blamieren? Dein Mangel an Rückgrat ist manchmal erschreckend."

Stanton schloss die Tür. „Hast du das gehört?"

Hutch nickte. „Wenigstens findet sie uns nett. Das ist doch ein Pluspunkt, oder?"

„Junge, Junge", sagte Stanton und fing an zu kichern. „Er hält mich für gebildet."

„Ich habe das Gefühl, das Schicksal hat uns hierhergeführt. Ich weiß auch nicht, warum. Eines Tages wird es vielleicht Sinn machen. Ich liebe Texas."

„Du kennst doch nur den Flughafen und dieses Haus."

„Egal. Wir werden noch mehr sehen, bevor wir wieder zurückfliegen. Robert sagt, es gäbe hier eine gute Musikszene."

„Es kommt mir nicht sehr viel unterschiedlicher vor als dort, wo ich aufgewachsen bin."

„Der Teufel steckt im Detail", sagte Hutch. „Was soll ich jetzt anziehen, damit ich mich vor Trent Days blicken lassen kann?"

Hutch konnte sich vor Aufregung kaum zügeln. Stanton gab ihm einen Kuss. „Mach du nur. Heute darfst du noch einmal neun Jahre alt sein."

Hutch grinste übers ganze Gesicht. „Na gut, du hast recht. Ich gebe es zu. I'm breathless with anticipation."

„Du hast die Pause vergessen."

ZWEI TAGE später, am Sonntagnachmittag, standen Stanton und Hutch in der Einfahrt des Hauses und verabschiedeten sich von Brendan und Trent.

Stanton zog Brendan an sich und umarmte ihn. „Es war ganz toll bei euch." Und zu Trent sagte er: „Ich hoffe wirklich, ihr findet eine Lösung."

„Ich auch", sagte Trent.

211

Hutch umarmte die beiden ebenfalls. „Danke für die Einladung. Ich kann euch nicht sagen, wie gut es mir in Texas gefallen hat. Ich habe fast das Gefühl, ich lasse einen Teil meiner Seele hier zurück."

Brendan lachte. „Texas hat diese Art, Menschen in seinen Bann zu ziehen."

„Das kann man wohl sagen."

Trent schien sich unbehaglich zu fühlen. „Wir werden mit niemandem darüber reden. Versprochen", beruhigte ihn Stanton.

Hutch nickte. „Ich kann mir gar nicht vorstellen, wie das alles für dich sein muss, Trent. Aber wir sind für euch da, wie immer ihr euch auch entscheidet."

„Danke", sagte Trent. „Und vergiss nicht, was ich dir gesagt habe, Hutch."

„Ich werde es nicht vergessen", erwiderte Hutch. Sie stiegen ins Taxis und winkten Brendan und Trent zum Abschied zu. „Schönen Abend noch, ihr beiden", rief Hutch. Dann fuhr das Taxi los.

„Was hat Trent zu dir gesagt?", wollte Stanton wissen.

Hutch gab ihm einen Kuss. „‚Das Spiel ist noch nicht zu Ende'. Es ist sein Motto."

„Worüber habt ihr gesprochen?"

„Über dich. Über Baseball. Über das Leben."

„Das Spiel ist noch nicht zu Ende? Das gefällt mir."

„Mir auch."

Sie kamen spät in der Nacht in New York an und waren am nächsten Tag hundemüde. Stantons Job und der Umzug ließen ihnen kaum Zeit zum Nachdenken. Nach kürzester Zeit kam ihnen ihr Besuch in Texas nur noch wie eine lange zurückliegende Erinnerung vor. Dann, am Morgen des 22. Juli 1983, rief Hutch Stanton im Büro an und fragte ihn, ob er schon die Nachrichten gehört hätte. Stanton verneinte und Hutch teilte ihm mit, dass Trent Days in der Nacht zuvor bei einem Flugzeugabsturz ums Leben gekommen wäre.

Am Nachmittag wurde die Liste der verunglückten Passagiere veröffentlicht. Sie bestätigte, was Stanton schon geahnt hatte: Brendan hatte auch in dem Flugzeug gesessen. Stanton versuchte mehrmals, Bill Walsh zu erreichen. Aber niemand ging ans Telefon, und einen Anrufbeantworter hatte Bill offensichtlich nicht. Der Tod ihrer Freunde war ein fürchterlicher Schlag für Stanton und Hutch. Sie konnten mit niemandem darüber reden und trauerten im Verborgenen. Dann nahmen sie ihr Leben wieder auf.

Hutch trat Anfang August seine Stelle bei Carl an. Er und Stanton zogen in Pauls alte Wohnung am St. Marks Place und begannen ihr gemeinsames Leben. Am Anfang strahlte der Himmel leuchtend blau und alles schien gut zu gehen. Aber als der September kam und es Herbst wurde, erkannte Stanton, dass sie nach ihrer Rückkehr aus Texas das Glück verlassen hatte.

COVER ME

AM FREITAG nach Tophers Rückkehr aus New York spielte *Dime Box* wieder im *Rooftop*. Sie beendeten ihren Auftritt mit einer Coverversion von Michael Jacksons *The Man in the Mirror*. Mit ihrer Bekanntheit hatte auch die Anzahl der Zuschauer ständig zugenommen und die lokale Presse berichtete häufig über ihre Konzerte. Trotzdem waren Topher und die Zwillinge heute Abend nicht in bester Laune. Topher war mit seinem Gesang unzufrieden, weil seine Stimme irgendwie flach klang. Es war ihm egal. Er hatte Stanton in den letzten Tagen mehrere Nachrichten geschickt, aber immer nur einsilbige Antworten erhalten. Er wusste, dass es vorbei war. Auch sein Handy war verstummt. Kein PVS mehr. Und um allem die Krone aufzusetzen, schmollten Robin und Maurice und zeigten ihm die kalte Schulter, weil sie Stanton nicht persönlich kennengelernt hatten. Während sie ihre Anlage abbauten, erzählte Peter munter über YouTube Hits und die Optimierung von Suchmaschinen. Topher und die Zwillinge nickten ab und zu, ignorierten ihn aber weitgehend.

Sie waren erst lange nach Mitternacht wieder zuhause. Topher ging direkt in sein Zimmer und kroch ins Bett. Er war müde, konnte aber nicht einschlafen. Als die Sonne aufging, war er deprimiert und hoffnungslos. Er schleppte sich gegen acht Uhr ans Telefon und meldete sich krank. Dann ging er in die Küche, wo Peter gerade sein Müsli aß.

„Du siehst aus wie …“

„Sag jetzt nichts, Pete. Glaubst du etwa, ich wüsste es nicht?“

Peter beschäftigte sich mit seinem Handy. Er hatte ein Konto bei Twitter eröffnet und las vermutlich die neuesten Tweets. Ab und zu schob er sich einen Löffel Müsli in den Mund.

„Tut mir leid“, sagte Topher und goss sich ein Glas Orangensaft ein. Hauptsache, es schmeckte nach Stanton.

„Setz dich“, sagte Peter.

Topher stellte den Saft in den Kühlschrank zurück und kam mit seinem Glas an den Tisch.

„Kennst du das Musical *Die Fantasticks*?“, fragte Peter.

„Nein, nie davon gehört.“

„Erinnerst du dich an Lacey? Ich habe sie dir letzte Woche vorgestellt.“

„Die heiße Kleine mit der Stupsnase?“

„Ja. Ich habe sie am Wochenende besucht und mich mit ihren Mitbewohnern unterhalten, Kenneth und Dan. Wir haben über Musik geredet und sie haben mir vorgeschlagen, unsere Auftritte mit einem Lied aus einem Musical zu beenden. Ich dachte erst, sie wollen mich verarschen. *Musicals? Seid ihr verrückt?*, habe ich gefragt. Dann hat Kenneth sein Laptop geholt und mir diese Lieder vorgespielt – absolut fantastische Lieder, die wahrscheinlich noch keiner von uns je gehört hat. Melodien und Gefühle, die so riesig sind, dass dir der Kopf explodiert. Und wie gemacht für deine Stimme. Eines der Lieder, es hieß *Try to Remember*, war aus dem Musical *Die Fantasticks*. Es hat mich beim Zuhören an *Yesterday* erinnert."

„*Yesterday* von den *Beatles*?"

„Genau das. In beiden Liedern geht es um gebrochene Herzen und darum, sich an bessere Zeiten zu erinnern. Und es sind beides hervorragende Lieder. *Yesterday* ist sowieso eines der besten Lieder überhaupt. Aber weißt du was? In keinem der Lieder geht es um Liebe."

„Es geht um Verlust."

„So ist es. In *Yesterday* steht das Bedauern über den Verlust im Vordergrund, aber in *Try to Remember* wird dieser Verlust beinahe als notwendig beschrieben. Verstehst du, was ich damit sagen will?"

„Ich denke schon."

„Ich weiß auch nicht, was aus dir uns Stanton wird. Aber du solltest keine Angst davor haben, deine Gefühle in Musik auszudrücken. Du sprichst oft von den Liedern, die in deinem Kopf eingeschlossen sind. Was wäre, wenn ein gebrochenes Herz der Schlüssel wäre, um sie zu befreien?"

„Hältst du das wirklich für möglich?"

„Hey! Bei Alana Morissette war es auch so." Peter kratzte den letzten Rest Müsli aus seiner Schüssel, aß ihn und stand auf. Er stellte das Geschirr in die Spüle und die Milch zurück in den Kühlschrank. „Ich muss jetzt los", sagte er. „Hast du heute frei?"

„Jetzt schon."

„Dann bis heute Abend."

„Ich werde hier sein", sagte Topher. „Danke für das Gespräch."

„Bedanke dich nicht bei mir", sagte Peter, bevor er die Küche verließ. „Schreibe ein Lied für uns."

TOPHER FOLGTE Peters Rat und verbrachte den Vormittag in seinem Zimmer. Er saß auf seinem Stuhl, die Gitarre auf den Knien und einen Stapel leerer Notenblätter vor sich auf dem Bett. Das Foto von Chris und seinen Freunden legte er neben die Blätter aufs Bett. Er schlug einige Saiten seiner Gitarre an und dachte an die schwarze Fender in Stantons Schrank. Topher fragte sich, ob es ihm wohl helfen würde, sie spielen zu können. Aber vielleicht hatte Peter auch recht, und ein gebrochenes Herz war der Schlüssel, der ihn inspirierte. Topher fühlte sich weiß Gott niedergeschlagen und gebrochen genug. Er versuchte es mit einem neuen Text zu *Homesick*, aber es wollte sich nicht richtig reimen. Topher war nach einigen Fehlversuchen so müde, dass er alles zur Seite schob und sich hinlegte, um ein Nickerchen zu machen. Als er wieder aufwachte, war es bereits drei Uhr nachmittags.

Topher schlurfte in die Küche und holte sich eine Dr. Pepper aus dem Kühlschrank. Dann ging er wieder in sein Zimmer zurück. Er nahm die Gitarre, legte sich aufs Bett und sang seine Gedanken zu *The Eyes of Texas*. Das Lied hatte die gleiche Melodie wie *I've Been Working on the Railroad*.

„I've been working on this damn song, all the fucking day", sang er. „If by chance you saw me sleeping, please do not turn away. Give me something to grab on, 'cause I have grown to curse the morn. Oh, show me where to go from here, please, so I won't be forlorn."

Topher fühlte das Vibrieren des Handys in seiner Tasche. Seine Haut bitzelte und sein Blick wurde scharf. Sämtliche Sinne arbeiteten auf Hochtouren. Es war wie in der Nacht, als Bruce Springsteen *Thunder Road* spielte und Topher Stanton zum ersten Mal küsste. Er schoss vom Bett hoch und schaute auf das Bild von Chris und seinen Freunden. Topher wusste, was gleich geschehen würde. Er zählte die Sekunden. Fünf, vier, drei … Er schmeckte …

Salzwasser.

Topher holte das Handy aus der Tasche und klappte es auf. Er starrte auf den schwarzen Bildschirm. Dann dämmerte es ihm … Das passierte jetzt ungefähr zum zehnten Mal. Schon zehnmal hatte er diese Phantomvibrationen erlebt, aber nicht ein einziges Mal war er zu der naheliegenden Schlussfolgerung gekommen.

Vorsichtig legte er die Gitarre aufs Bett. Es war im Grunde lächerlich, aber er wusste sich nicht anders zu helfen. Er hielt das Handy ans Ohr …

… und sagte: „Hallo."

Stille. Aber dann …

Hallo, Topher.

Topher sprang erschrocken auf und ließ das Handy fallen. Er sah sich suchend im Zimmer um. Niemand. Keine versteckte Kamera. Nichts. „Ich drehe durch", sagte er laut und starrte wieder auf das Handy. Er hob es auf und hielt es sich wieder ans Ohr. Nach einigen Sekunden versuchte er es wieder.

„Hallo?"

Wirf das Handy bitte nicht wieder weg.

„Wer spricht da?"

Was denkst du wohl?

„Chris?"

Stille.

„Habe ich den Verstand verloren?"

Nein, ganz im Gegenteil. Du hast ihn endlich gefunden.

„Wie ist das möglich?"

Betrachte das Handy als Metapher.

„Welche Art von Metapher?"

Ich versuche seit Wochen, dich zu erreichen. Aber du nimmst den verdammten Anruf nie an.

Topher lachte. „Soll das heißen, ich hätte schon mit dir sprechen können, als es in der Werkstatt das erste Mal vibriert hat?"

Ich war immer da, Topher.

„Heiliges Kanonenrohr!"

Beruhige dich. Wirklich, es besteht kein Anlass, sich aufzuregen.

„Kein Anlass, sich aufzuregen? Ist dir eigentlich klar, was du da von mir verlangst?"

Du musst dich natürlich erst an den Gedanken gewöhnen. In der Zwischenzeit solltest du dir eines sagen: Es gibt nur einen von uns. Verstanden?

„Es gibt nur einen von uns."

Gut. Wiederhole es bitte.

„Es gibt nur einen von uns."

Jetzt atme tief durch und rede mit mir. Was glaubst du ist der Grund für dieses Gespräch?

„Ich weiß es nicht."

Weil du noch nicht darüber nachgedacht hast.

„Okay. Ich nehme an, wir unterhalten uns, weil ich Mist gebaut habe. Und jetzt ist Stanton sauer, weil du dich ständig einmischen willst. Ich bin vollkommen durcheinander. Ich habe keine Erfahrung mit Beziehungen und weiß nicht, was ich ihm sagen soll."

Du hast keinen Mist gebaut und es tut mir leid, dass ich mich eingemischt habe. Ich bin auf deiner Seite, Topher. Es gibt nur einen von uns. Erinnerst du dich?

„Ja, schon gut. Ich versuche ja, es zu verstehen."

Gut. Weil ich nämlich deine Hilfe brauche.

„Wozu brauchst du denn meine Hilfe?"

Warum mische ich mich wohl ein?

„Keine Ahnung."

Doch, du weißt es. Du musst nur darüber nachdenken.

Topher dachte nach. „Weil er nicht losgelassen hat. Dich, meine ich. Aus irgendeinem Grund hat er dich nicht gehenlassen."

Richtig. Es fällt dir vielleicht schwer, das zu verstehen, aber ich bin keine Konkurrenz für dich.

„Weil es nur einen von uns gibt?"

Siehst du? Es ist gar nicht so kompliziert.

Topher überlegte. „Wirst du mir helfen?"

Deshalb bin ich hier. Ich will dasselbe wie du. Dass Stanton mich loslässt und wieder lebt.

„Was kann ich tun?"

Wer könnte denn noch eine Rolle spielen? Wer hat denn noch damit zu tun? Denk nach, Topher. Was hat Ben zu dir gesagt?

„Wann?"

An dem Morgen, als Stanton Dime Box *im Radio erwähnt hat. Als du mit Ben telefoniert hast. Was hat er da gesagt?*

„Er hat über einen leeren Stuhl an Thanksgiving gesprochen. Dein Vater hat sich nie verziehen, dass ..." Topher verstummte. „Dein Vater! Das ist es, nicht wahr? Es ist etwas passiert zwischen deinem Vater und Stanton, und das hat verhindert, dass Stanton dich loslassen kann."

Ja. Alle Wege führen zu Stanton und meinem Vater.

„Aber ich weiß nichts darüber."

Dann frage ihn danach.

„Stanton? Der will nicht darüber sprechen."

Stanton will über nichts sprechen. Aber du kannst das ändern. Er war früher furchtlos, und er kann es wieder werden. Mit deiner Hilfe natürlich. Verstehst du, worauf ich hinauswill?

„Ja, ich denke schon."

Gut. Und was ist mit der Musik?

„Was soll damit sein?"

Warum bist du so zögerlich?

„Ich bin nicht ..." Topher fiel in sich zusammen. „Sorry. Ich weiß nicht, ob ich ohne Stanton noch daran interessiert bin. An einer Musikkarriere, meine ich. Ich hasse dieses Gefühl. Ich hasse es, ohne ihn zu sein."

Was ist mit den Liedern?

„Mit den Liedern, die in meinem Kopf eingeschlossen sind?"

Ja.

„Glaubst du, ich könnte den Schlüssel finden?"

Ich weiß es sogar. Es ist alles da, Topher. Du musst die einzelnen Teile nur zusammenfügen, damit sie ein Bild ergeben.

„Ist es die schwarze Fender?"

Nein, obwohl sie echt groovy ist. Ich habe diese Gitarre geliebt.

„Wo hattest du sie eigentlich her? Ich wusste gar nicht, dass Fender auch akustische Gitarren baut."

Es war eine Spezialanfertigung. Diese Gitarre gibt es nur einmal. Aber es ist nicht die einzige akustische Gitarre, die Fender gebaut hat.

„Ist ein gebrochenes Herz der Schlüssel?"

Nein, aber es macht jedes Lied besser. Denk darüber nach, was Stanton dir erzählt hat.

„Wann?"

Seine Warnung, Ideen nicht mit einem einzigen Wort zu beschreiben.

„Soll das heißen, ich habe mich irgendwie selbst eingesperrt?"

Ja. Manchmal findet man die Antwort nicht, weil die Frage falsch formuliert ist.

Topher dachte darüber nach. „Ist es das Wort ‚eingeschlossen'? Es gibt keinen Schlüssel, weil es kein Schloss gibt. Habe ich recht?"

Ja, du hast recht. Und jetzt überlege weiter. Achte darauf, was du in deinem Kopf hörst. Wie hast du es Stanton beschrieben?

„Als Fragmente, Halbsätze und zersplitterte Reime. Aber ich verstehe dich immer noch nicht."

Du beschreibst damit nicht etwas, das weggeschlossen ist. Du beschreibst etwas, das ...

„Unfertig ist", füllte Topher die Lücke.

Richtig. So kommen wir schon weiter.

„Ich habe nur halbe Lieder. Aber das heißt doch ...“

... dass die andere Hälfte auch irgendwo sein muss.

„Aber wo?"

Rate mal.

„Im Kopf eines anderen Menschen?"

Gut. Und in wessen Kopf?

„In Stantons Kopf?"

Nein, das wäre viel zu einfach. Du weißt es. Du kannst es fühlen. Ich habe es auch gefühlt, aber ich war zu stur.

Topher wippte mit dem Fuß, während er die Möglichkeiten durchging. Dann ... „Marvin."

Ja.

„*Homesick.* Ich wollte ein Lied schreiben über das Thema ‚Zuhause'. Er hat mich auf die Idee mit dem Heimweh gebracht. Du meinst, Marvin und ich könnten zusammen Lieder schreiben?"

Du kannst mit ihm große Lieder schreiben.

„Ich weiß auch, dass ich die Sache zwischen Stanton und deinem Vater wieder in Ordnung bringen kann. Ich finde schon einen Weg. Aber wie bringe ich ihn dazu, mich wiederzusehen? Er hält die Beziehung zwischen uns nicht für real. Aber sie ist doch real, oder?"

Du glaubst, du müsstest es ihm beweisen.

„Das glaube ich nicht nur, das weiß ich. Selbst, wenn er wieder mit mir reden würde ... Sobald ich das Thema anspreche, ist es vermutlich wieder vorbei. Ich *muss* es ihm beweisen."

Du denkst, du brauchst einen Beweis dafür, dass wir beide in Verbindung stehen. Ich wäre eher auf den Beweis des Gegenteils neugierig. Stanton hält nichts von Reinkarnation. Ihn interessiert nicht, ob sich ein bestimmtes Datum mit einem anderen überschneidet oder sich zwei Stimmen gleich anhören. Diese Art von Beweis zählt für ihn nicht.

„Und welchen Beweis würde er anerkennen?"

Sag du es mir.

Topher dachte wieder nach. „Er hat Angst. Es ist, wie du gesagt hast."

Wovor hat er Angst?

„Dass es nicht real ist. Er will den Beweis, dass Liebe wirklich existiert."

Gut. Und womit kann man beweisen, dass Liebe real ist?

Dieses Mal wusste Topher die Antwort sofort. „Mit Musik."

Ja. Du kannst Stanton erreichen, indem du ihm ein Lied vorsingst, das sein Herz wieder zum Schlagen bringt. Er braucht den Beweis, dass Liebe nicht nur ein flüchtiger, hormongesteuerter Augenblick ist. Und diesen Beweis werden wir ihm geben. Du und ich. Gemeinsam.

„Welches Lied soll ich singen?"

Du wirst es schon finden. Vertraue mir und vertraue auf dich selbst. Du kannst dich zwar nicht an die Einzelheiten meines Lebens erinnern, aber wir teilen eine Melodie, Topher. Wir sind eine einzige Symphonie. Ich war der eine Satz, du bist der andere. Alles, was ich jemals war und zu werden hoffte, habe ich in der Musik aufbewahrt.

„Dann kann ich mich also erinnern?"

Es gibt verschiedene Arten der Erinnerung. Suche nach dem Lied und ich verspreche dir, dass du das richtige finden wirst.

„Weil es für uns beide nur ein Lied gibt."

Ja. Der Schüler macht dem Meister Konkurrenz.

Topher lachte. „Du bist lustig. Aber warum jetzt? Warum konnte ich mich nicht schon früher erinnern?"

Hättest du es vor sechs Wochen schon verstanden?

„Wahrscheinlich nicht. Ich glaube, ich verstehe es jetzt noch nicht richtig."

Lass uns über das Foto reden. Schau es dir an. Was siehst du?

Topher nahm das Bild vom Bett und sah es sich an. „Vier Männer. Und ihr seht sehr glücklich aus."

Vier Männer, Topher. Nicht einer, sondern vier. Kannst du nicht sehen, dass sie auch ein Teil der Geschichte sind?

„Ich wollte sie nicht auch noch mit hineinziehen."

Warum nicht? Darum geht es doch schließlich.

„Worum?"

Um das Leben. Sie sind da, um – wie du sagst – mit hineingezogen zu werden. Das Leben ist kein Zuschauersport. Du kannst sie nicht länger am Spielfeldrand sitzenlassen.

„Ich sollte ihnen wohl wenigstens sagen, was mit uns passiert."

Ich denke, das wäre eine gute Idee.

Stille.

„Das war mehr als nur interessant."

Das war es. Und jetzt musst du dich auf die Suche nach dem Lied machen.

„Okay. Können wir uns wieder sprechen?"

Du kannst jederzeit mit mir reden. Ich habe dir doch gesagt, dass ich immer hier war.

„Groovy."

Sie lachten beide.

Übrigens gefällt mir, was du mit unserem Namen gemacht hast. Topher. In meiner Zeit gab es diese Abkürzung noch nicht. Ich bin richtig neidisch. Also ... Gib Stanton noch nicht auf, ja?

„Okay. Ich halte durch, das verspreche ich dir. Mach's gut, Chris. Und vielen Dank."

Topher beendete das Gespräch und setzte sich aufs Bett. Er klappte sein Laptop auf und suchte nach einem Lied. Wie Chris vorausgesagt hatte, dauerte es nicht lange, bis er fündig wurde. Er übte schon etwas länger als eine Stunde, als er aus dem Wohnzimmer das Lachen von Peter und den Zwillingen hörte. Topher wollte nicht länger warten, nahm das Foto vom Bett und ging damit ins Wohnzimmer. Peter und die Zwillinge unterbrachen ihr Gespräch, um ihn zu begrüßen.

„Es ist schräg, Mann", sagte Robin. „Wir waren echt Idioten. Es ist nicht deine Schuld, dass Stanton Schluss gemacht hat. Sei nicht mehr traurig. Komm, setz dich zu uns."

„Können wir in die Küche gehen?", fragte Topher. „Ich muss mit euch reden."

Peter sprang auf und ging voraus. „Kommt schon, Jungs", rief er. „Es scheint einiges zu besprechen zu geben."

Sie gingen in die Küche und setzten sich an den Tisch. Dann warteten sie darauf, dass Topher den Anfang machte.

„Ich kann euch mit ziemlicher Sicherheit versprechen, dass euch das verrückteste Gespräch bevorsteht, das ihr jemals erlebt habt." Topher legte das Foto auf den Tisch.

„Was ist das?", fragte Maurice.

Topher deutete auf Chris. „Das hier ist Chris Mead. Er und Stanton waren in den 80ern zusammen. Er ist sechs Tage vor meiner Geburt an AIDS gestorben."

„Na und?", sagte Peter.

„Und ich habe seine Stimme."

„Seine Stimme?", fragte Maurice.

„Ja. Stanton sagt, unsere Singstimmen sind absolut identisch."

„Von euren Vornamen ganz zu schweigen", sagte Robin. Er nahm das Bild und betrachtete es sich genauer. „Wer sind die anderen Kerle?"

„Das sind seine drei besten Freunde. Robert, Michael und Paul."

In den nächsten Sekunden sagte keiner ein Wort, aber Topher konnte sehen, wie sich die Rädchen drehten.

Peter nahm Robin das Bild ab und studierte es ebenfalls. „Sie sehen glücklich aus."

„Das habe ich auch gesagt. Sie sind alle vier innerhalb von achtzehn Monaten gestorben."

„Gestorben?", fragte Peter. „Alle vier?"

„Ja."

„Lass mich raten", sagte Maurice und nahm Peter das Foto aus der Hand. „In den gleichen achtzehn Monaten, in denen wir vier geboren wurden?"

Topher nickte und wartete ab. Er hatte sich dieses Gespräch anders vorgestellt. Er hatte damit gerechnet, dass seine Freunde Erklärungen verlangen und lautstark gegen seine absurden Ideen protestieren würden. Stattdessen nahmen sie die Informationen nur mit einer gewissen Abgeklärtheit zur Kenntnis.

„Sollen wir daraus unsere eigenen Schlussfolgerungen ziehen?", fragte Peter.

„Ich kann euch nur sagen, was ich selbst weiß", sagte Topher. „Und das ist nicht viel. Stanton will nicht darüber reden. Marvins Partner, Tyrese, hat mir von ihnen erzählt, als Stanton und Marvin sich vor der Wohnung gestritten haben. Er hat mir auch geholfen, das Bild aus dem Haus zu schmuggeln."

„Marvin ist Stantons bester Freund, nicht wahr?", fragte Peter.

„Ja", sagte Robin. „Er ist der kleine jüdische Mann, den Stanton zu unserem Gig mitgebracht hat. Er hat ihn auch einige Male erwähnt, als wir mit ihm telefonierten."

„Wir waren am Sonntag zum Brunch bei ihnen eingeladen", erklärte Topher.

„Zum Brunch?", fragte Maurice. „Seit wann gehst du zu einem Brunch?"

„Chill", sagte Peter. „Werte seinen neuen Lebensstil nicht ab."

Topher lachte und gab ihm einen Klaps auf den Hinterkopf.

„Welcher von ihnen ist Michael?", wollte Maurice wissen. Topher beugte sich vor und zeigte mit dem Finger auf Michael. „Wir sehen besser aus", sagte Maurice zu seinem Bruder.

Maurice gab Robin das Foto. „Und wer ist Robert?", fragte Robin.

„Na gut. Dann kannst du mir auch gleich sagen, wer Paul ist", meinte Peter.

Topher stand auf und beugte sich über den Tisch. Das Foto lag auf dem Kopf und er musste sich erst orientieren. „Das ist Robert und das Paul", sagte er und zeigte auf die beiden Männer.

„Wir sehen nicht besser aus als er", sagte Robin und hielt seinem Bruder das Bild vor die Nase. „Hast du dir den Mann angesehen?"

„Habe ich."

„Paul sieht ziemlich schwul aus", bemerkte Peter.

Topher verdrehte die Augen. „Mann, sie waren *alle* schwul."

„Oooh", sagten Peter und die Zwillinge.

„Sorry", fuhr Peter fort. „Wir sind einfach davon ausgegangen, sie wären so wie wir und dieser Chris wie du. Schwul für Stanton, du verstehst?"

„Sie sind an AIDS gestorben", sagte Topher.

„Ja, richtig. Das erklärt, warum sie alle – einer nach dem anderen – das Zeitliche gesegnet haben."

Maurice nahm Robin das Foto wieder ab. „Waren Robert und Michael zusammen?"

„Keine Ahnung", sagte Topher.

„Dann ist Stanton die Verbindung zwischen ihnen und uns?", fragte Peter.

Topher dachte über die Frage nach. „Ja, so ist es wohl."

„Seit wann weißt du darüber Bescheid?", fragte Robin.

„Stanton hat es im März angesprochen. Deshalb war ich an diesem Abend so verärgert, als ich von Travis und Ben zurückgekommen bin. Aber von den drei anderen Freunden habe ich erst am letzten Wochenende erfahren."

Maurice legte das Bild auf den Tisch. „Warum warst du verärgert?"

„Weil es sich anfühlte, als würde Stanton mich ausnutzen und als Ersatz für Chris ansehen. Wegen meiner Stimme."

Maurice schüttelte den Kopf. „Das passt nicht zu Stanton."

„Das habe ich dann auch gemerkt", sagte Topher.

„Du weißt es also schon seit sechs Wochen?", fragte Peter.

„Stanton war der Meinung, es wäre Unsinn und ich sollte es vergessen. Was in New York passiert ist, hat teilweise damit zu tun, teilweise aber auch mit unseren eigenen Problemen. Er glaubt, die Leute würden ihn wegen des Altersunterschieds auslachen."

„Da hat er recht", sagte Maurice. Robin schlug ihm auf den Arm. „Was habe ich denn gesagt? Meinst du nicht auch, es gibt Leute, die ihn deswegen auslachen?"

„Darum geht es nicht", sagte Robin. „Gehirn einschalten, Bruderherz."

„Und warum erzählst du uns die Geschichte jetzt?", fragte Peter.

Topher holte tief Luft. „Man könnte sagen, ich habe seitdem dazugelernt. Ich habe in meinem Zimmer gesessen und wollte ein Lied schreiben. Ich bin nicht sehr weit damit gekommen, aber mir sind einige andere Dinge klargeworden. Unter anderem die Sache mit euch dreien. Ich muss euch nicht in Schutz nehmen und es ist wahrscheinlicher, dass ich euren Schutz brauche. Ich will das alles nicht allein durchstehen müssen. Das ist auch nicht nötig, weil ich euch habe und wir Freunde sind. Keiner von uns ist allein, wenn er Probleme hat."

Niemand sagte ein Wort. In der Nachbarwohnung fluchte jemand auf Spanisch. Robin stand auf und ging zum Kühlschrank. „Will noch jemand ein Bier?"

„Ich", sagte Topher.

„Ja bitte", schloss Peter sich an.

Maurice stand ebenfalls auf. „Dafür bin ich noch lange nicht stoned genug." Er verließ die Küche und kam kurz darauf dampfend mit seiner Bong zurück. Er stellte sie mitten auf den Tisch. Peter nahm auch einen Zug. Robin kam mit vier Flaschen Bier an den Tisch zurück. Er nahm einen Zug aus der Bong und gab sie an Topher weiter.

Robin setzte sich wieder. „Das ist so ziemlich das coolste, was uns je passiert ist."

Peter seufzte erleichtert. „Gott sei Dank, dass du es gesagt hast. Ich habe nämlich gerade das Gleiche gedacht."

„Ich auch", sagte Maurice. „Sind wir auf einer göttlichen Mission, oder wie?"

„Bitte", sagte Topher. „Könnten wir einen Gang zurückschalten? Ich finde es auch groovy, aber …"

„Seit wann findest du eigentlich alles groovy?", fragte Peter.

„Seit ich über dem Kamin im *W* dieses Bild gesehen habe. Dann hat Stanton mir erzählt, dass Chris das Wort immer benutzt hätte, und jetzt geht es mir nicht mehr aus dem Kopf."

„Was ist mit Stanton?", fragte Robin. „Ihr habt euch getrennt. Was wird jetzt?"

„Keine Ahnung", sagte Topher. „Es gibt so viele Hindernisse, die uns im Weg stehen. Ich weiß nicht, wie wir sie alle überwinden sollen."

„Ich schon."

Topher riss die Augen auf und starrte seine Freunde an. Die starrten nur zurück. Was war das? Keiner von ihnen hatte ein Wort gesagt. Topher drehte sich langsam zur Tür um und traute seinen Augen nicht. Vor dem Fliegengitter an der Haustür stand Stanton.

„Darf ich reinkommen?", fragte er.

Die vier sprangen auf und Topher lief sofort zur Tür. Er riss sie auf und Stanton kam, einen riesigen Koffer hinter sich herziehend, ins Haus.

Topher hoffte, Stantons plötzliches Auftauchen wäre ein positives Zeichen. „Warum bist du hier?", fragte er.

„Weil ich dich sehen musste", sagte Stanton. „Du lebst in Austin, also bin ich in Austin."

„Woher hast du meine Adresse?"

„Ich habe gestern in der Werkstatt angerufen und Travis danach gefragt."

„Du hättest auch hier anrufen können."

„Nein, hätte ich nicht." Stanton drehte sich zu Peter und den Zwillingen um. „Hallo, Jungs. Habt ihr eure zehntausend schon zusammen?"

„Seit gestern", sagte Robin.

Peter schob die Zwillinge zur Küchentür. „Lasst uns gehen, damit die beiden miteinander reden können. Aber diese Sache ist noch lange nicht erledigt, Mr. Porter."

Sie verließen die Küche und Topher winkte Stanton an den Tisch. „Setz dich doch."

Stanton setzte sich und deutete auf die Bierflaschen und die Bong. „Ich habe euch unterbrochen."

„Nur eine Geschäftsbesprechung."

„Bist du stoned?"

„Etwas", sagte Topher und setzte sich neben Stanton. „Ist das schlimm?"

„Nein. Solange du mir auch einen Zug anbietest …"

„Maurice!", brüllte Topher. Es dauerte nicht lange, und Maurice steckte den Kopf durch die Tür. „Kannst du bitte die Bong nachfüllen?"

Wie ein Navy SEAL auf geheimer Mission schlich Maurice sich an den Tisch, schnappte sich die Bong und huschte aus dem Zimmer. Kurz darauf brachte er die Wasserpfeife zurück und stellte sie Stanton vor die Nase. Er legte noch ein Feuerzeug auf den Tisch und war wieder verschwunden, bevor die beiden Männer ihn so richtig wahrgenommen hatten.

Stanton nahm einen tiefen Zug aus der Bong. „Danke."

Topher räumte den Tisch frei und setzte sich vor Stanton auf die Tischplatte, wie damals bei *Cheer Up Charlie's*. „Wie lange bist du schon single?", fragte er Stanton.

„Seit einiger Zeit", antwortete Stanton.

„Hast du seit seinem Tod jemals wieder einen Mann geliebt?"

„Ich bin nicht gekommen, um über *ihn* zu reden."

„Ich weiß. Aber ich habe dir mein Herz ausgeschüttet und dir gesagt, dass ich noch nie verliebt war, und du hast mich in dem Glauben gelassen, du hättest mehr Erfahrung als ich."

„Ich war verliebt, also habe ich mehr Erfahrung."

„Mag sein. Aber *wie viel* mehr?"

„Ty hat übertrieben. Ich hatte einige feste Freunde."

„Und wie lange haben diese Beziehungen gehalten?"

„Ein Jahr, manchmal zwei …"

„Hast du einen von ihnen geliebt?"

„So, wie ich Chris geliebt habe?"

„Ja."

„Nein. Niemals."

Topher grinste und griff nach hinten, um sich ein Flasche Bier zu holen. Er trank einen tiefen Schluck, küsste Stanton und ließ ihm das Bier in den Mund laufen.

Stanton schluckte. „Das war heiß. Ich habe übrigens mit meiner Chefin gesprochen. Sie hat kein Problem damit, dass wir zusammen sind. Sie meint sogar, ich sollte eine Reportage über Dime Box aus meinem persönlichen Blickwinkel als dein Freund und Partner produzieren. Sie sagt, Musik wäre immer persönlich, also könnte man auch persönlich darüber berichten. Sie hält es für eine Abwechslung."

„Als mein Freund und Partner?"

Stanton lächelte. „Ich dachte mir schon, dass du dich auf diesen Aspekt konzentrierst. Ich muss zugeben, es wird mir zumindest am Anfang etwas unangenehm sein. Um ehrlich zu sein, ich war fest entschlossen, dich niemals wiederzusehen."

„Ich hatte die Botschaft durchaus verstanden. Warum hast du deine Meinung geändert?"

„Ich war gestern Mittag mit Marvin essen. Ich habe ihm erzählt, was vor dem Museum passiert ist und wie ich dich danach ausgeschlossen habe, weil ich dachte, ich könnte es nicht verkraften. Er ist aufgestanden und hat mich sitzenlassen. Wortwörtlich. Er ist einfach gegangen. Ich wusste nicht, was ich so falsch gemacht hatte, deshalb habe ich ihn angerufen. Es hat über eine Stunde gedauert, bis er den Anruf angenommen hat. Und dann hat er mir mitgeteilt, ich sollte mich im Kopf untersuchen lassen, weil ich verrückt wäre. ‚Ein attraktiver junger Mann ist an dir interessiert‘, sagte er, ‚und dir fällt dazu nur ein, dass irgendwelche Idioten in den Klatschspalten über euch schreiben könnten. Eifersüchtige, unbekannte Idioten, die wahrscheinlich einen Mord begehen würden, um mit einem jungen Popstar auszugehen.‘ Das hat Marvin gesagt, und mich einen Feigling genannt, der einen Mann wie Topher Manning nicht verdient hätte."

„Und du hast auf ihn gehört?"

„Ich höre immer auf Marvin. Also bin *ich* jetzt an der Reihe, hinter *dir* her zu sein."

Etwas so Süßes hatte Topher noch nie gehört. „Aber was ist mit der Entfernung zwischen Austin und New York?", fragte er trotzdem.

„Marvin meint, es wäre die Sache wert, selbst wenn ich nur einen Tag im Jahr mit dir verbringe."

„Marvin ist ab sofort mein bester Freund. Aber ich denke, wir können das besser und werden uns viel öfter sehen. Ich darf dich doch jetzt meinen Freund nennen, oder? Du bist mein Geliebter und hast nicht nur mit mir gespielt?"

„Nein, ich habe nicht mit dir gespielt."

„Dann wirst du uns besuchen und wir können etwas zusammen unternehmen?"

„Wenn deine Freunde nichts dagegen haben, sich mit einem alten Mann sehen zu lassen."

„Sie werden sich daran gewöhnen. Kannst du Marvin auch mitbringen?"

Stanton sah ihn überrascht an. „Marvin? Warum?"

Topher rutschte vom Tisch und setzte sich auf Stantons Schoß. Er legte ihm die Arme um den Hals und küsste ihn. „Wir haben es auf deine Art versucht und sind damit nicht weit gekommen", sagte er. „Jetzt musst du mir vertrauen. Ich will Marvin besser kennenlernen und hatte mir gerade erst Urlaub genommen, um dich zu besuchen. Glaubst du, du könntest ihn überreden, nach Austin zu kommen? Er kann mit uns zum Camping fahren oder so."

„Camping? Ich und Marvin?"

„Du musst mir vertrauen. Vergiss das nicht."

„Na gut, ich vertraue dir. Ja, er wird kommen, wenn ich ihn darum bitte. Aber ich muss ihn sehr nett bitten."

„Gut."

„Hast du wieder mit Travis und Ben gesprochen?"

„Wie meinst du das?"

„Du bist bemerkenswert."

„Wieso das?"

„Du hast dich über Nacht vom unsicheren Jungen in einen selbstbewussten Mann verwandelt."

„Und das ist bemerkenswert?"

„Unter anderem. Aber nicht nur das."

„Was noch?"

„Du kriechst gerne über Möbel."

„Das stimmt, nicht wahr?"

Stanton senkte den Kopf. „Ich möchte mich für letztes Wochenende entschuldigen."

„Schon gut. Ich verzeihe dir. Ich habe das Gefühl, ich brauch gleich deinen guten Willen."

„Was hast du angestellt?"

„Ganz ruhig. Du musst dich nicht immer gleich aufregen. Es ist schlecht für deinen Blutdruck." Er griff hinter sich nach dem Foto und gab es Stanton. „Woher hast du das?"

„Ty hat es mir gegeben."

„Hast du deshalb Marvins Buch ausgeliehen?"

„Ja. Aber ich habe es auch gelesen. Ich habe viel daraus gelernt."

„Ty hätte nicht ..."

Topher verschloss ihm den Mund mit einem Kuss und schob ihm die Zunge zwischen die Lippen. Stanton schmeckte nach Marihuana und Bier, eine Kombination, die für Austin offensichtlich typisch war. „Er wollte es mir geben", sagte er dann. „Sei nicht immer so ängstlich. Ich wette, du warst nicht immer so."

„Was hat Ty dir erzählt?"

„Nur ihre Namen, und dass sie wie deine und Marvins Familie waren. Er hat gesagt, sie wären alle gestorben – einer nach dem anderen. Er glaubt, du hast dich von diesem Schlag nie erholt."

Stanton rollte mit den Augen. „Es ist schon fünfundzwanzig Jahre her. Natürlich habe ich mich mittlerweile davon erholt."

„Ich habe ihnen davon erzählt."

Es dauerte einen Moment, bis Stanton ihn verstand. „Du hast es deinen Freunden erzählt?"

Topher nickte. „Wir haben uns darüber unterhalten, als du gekommen bist."

„Wie hast du dieses Gespräch begonnen?"

„Indem ich ihnen das Foto zeigte."

„Und wie haben sie darauf reagiert?"

„Sie finden es cool."

„Wirklich? Dann tun wir jetzt also so, als ob du seine ..."

„Wir müssen das R-Wort nicht benutzen. Wichtig ist nur, dass wir alle zugeben, eng miteinander verbunden zu sein – du, ich, Marvin und die drei Kerle im Wohnzimmer. Ich weiß nicht genau, wie das alles funktioniert. Aber das ist auch egal. Wichtig ist nur, *dass* es funktioniert. Weil es real ist. Du kannst nicht hier sitzen und mich im Arm halten, und dann so tun, als würdest du es nicht auch fühlen."

Stantons Augen füllten sich mit Tränen. „Ja, ich fühle es. Aber es ist für einen Mann in meinem Alter lächerlich, an solche Dinge zu glauben."

„Dann finde dich damit ab. Siehst du nicht, dass du für uns alle ein Geschenk bist?"

Stanton gab ihm keine Antwort. Er zog Topher wortlos an sich und küsste ihn.

„Bist du bereit, die Band kennenzulernen?", fragte Topher nach ihrem Kuss.

„Ich denke schon. Aber komisch ist es trotzdem."

„Lass das jetzt. Ich kümmere mich um alles."

Topher stand auf und führte Stanton ins Wohnzimmer. Er stellte sie alle vor, dann verteilten sich die fünf aufs Sofa und die Sessel.

„Ich habe euch noch nicht zu eurem Erfolg gratuliert", sagte Stanton.

„Das verdanken wir dir", meinte Robin.

„Unsinn. Sahne schwimmt immer oben. Ich habe den Topf nur etwas umgerührt."

In der letzten Stunde waren so viele neue Informationen über sie hereingeprasselt, dass keiner von ihnen so recht wusste, wie es weitergehen sollte. Topher stand auf und ging in die Küche, um die Bong zu holen. Als er zurückkam, stellte er sie vor Stanton auf den Tisch und gab ihm das Feuerzeug. „Ty sagt, wenn du Gras rauchst, erzählst du immer die Geschichte des Abends, an dem du mit Marvin das erste Mal bei Chris und seinen Freunden zu Besuch warst."

Stanton warf ihnen einen misstrauischen Blick zu, nahm dann aber doch einen tiefen Zug aus der Bong. „Soll das heißen, ihr wollt diese Geschichte hören?", fragte er und gab die Bong an Maurice weiter.

„Ja", sagte Peter. „Wo habt ihr euch kennengelernt?"

„Fire Island."

„Was ist das?", fragte Maurice.

„Ein Ausflugsziel in New York, vor Long Island. Ein Teil der Insel wird fast ausschließlich von schwulen Männern besucht."

„Ist das Foto dort geschossen worden?", wollte Robin wissen.

„Ja. Sie hatten dort in diesem Sommer ein Haus gemietet."

„Und was ist bei diesem Abendessen passiert?"

„Nun …", fing Stanton an. „Wir tranken vor dem Essen eine Flasche Wein. Ich hatte Chris davon erzählt, dass Marvin den Wein, der im *Blue Whale* serviert wird, beschissen fand. Also hat Chris eine Dragqueen überredet, Marvin eine Flasche des besten Weins auf dieser Welt mitzubringen, die sie ihm bei der Invasion bei den *Pines* überreichte."

„Rauchst du nicht oft Gras?", fragte Maurice. „Weil ich kaum ein Wort von dem verstanden habe, was du gesagt hast."

Stanton kicherte. „Sorry. Was ich sagen will ... Hutch hat Marvin eine sehr nette Überraschung gemacht und der Abend fing mit einer Flasche Wein an."

„Wer ist Hutch", fragte Topher.

„Chris. Alle haben ihn nur Hutch genannt."

„Und dich Starsky?"

„Manchmal. Wir haben dann das Große Spiel gespielt. Hutch hat seine Gitarre geholt und gesungen. Danach sind wir zum Tanzen in den *Pavilion* gegangen."

„War seine Gitarre die schwarze Fender?", fragte Topher.

„Ja", sagte Stanton. „Du hast recht. Das war seine Gitarre."

„Was ist das Große Spiel?", wollte Robin wissen.

„Nur so ein dummes Spiel, das sie sich ausgedacht haben. Wie Penny Can in *Cougar Town*. Sie haben es ständig gespielt. Damals gab es *Trivial Pursuit* noch nicht. Jeder hat der Reihe nach eine Kategorie gewählt. Die anderen mussten sagen, was ihrer Meinung nach die größte Errungenschaft in dieser Kategorie war. Man kann es mit Filmen, Büchern oder Fernsehserien spielen, aber an diesem Abend war Musik das Thema."

„Gib uns einige Beispiele für die Kategorien", verlangte Robin.

„Bei Hutch war es der beste Song von Bruce Springsteen, bei Paul das beste Musicallied und bei Marvin Carly Simon."

„*Let the River Run*", sagten die Zwillinge wie aus einem Mund.

„Leider gab es dieses Lied 1981 noch nicht. Ich habe *Boys in the Trees* gewählt."

„Können wir zum Thema zurückkommen?", fragte Peter.

„Oh bitte", erwiderte Stanton. „Es macht mich traurig, an die Vergangenheit zu denken."

„Okay", fuhr Peter fort. „Das ist ein merkwürdiger Zufall. Wir haben das Konzert in Dime Box für den Memorial Day geplant. Wir und die anderen Beteiligten sind schon ganz aufgeregt und freuen uns darauf. Kai, unser Regisseur für das Video, übernimmt die Filmaufnahmen und Übertragungen. Wir treten auf dem Baseballfeld bei der Schule auf. Mein Dad baut uns die Bühne und zimmert zusätzliche Bänke für die Zuschauer. Aber man kann auch Decken mitbringen und sich auf den Boden setzen."

Stanton drehte sich zu Topher um. „Habt ihr ein neues Lied im Repertoire?"

Topher grinste. „Wir werden eines haben."

Peter holte sein Laptop und ging mit Stanton die Verkaufszahlen durch. Topher hörte sich das eine Stunde lang an, dann nahm er Stanton an der Hand und teilte seinen Freunden mit, sie würden später wieder zurückkommen. Als sie in Tophers Zimmer ankamen, schaute Stanton sich um und schüttelte den Kopf über die blanken Wände.

„Das ist also der Ort, an dem Wunder geschehen, ja?"

„Ja", sagte Topher. „Leg dich aufs Bett. Ich will dir ein Lied vorsingen."

„Wirklich? Wie cool." Stanton legte sich mit dem Rücken aufs Bett und schob sich die Hände unter den Kopf.

Topher setzte sich im Schneidersitz zu ihm, die Gitarre auf dem Schoß. Er schlug einige Akkorde an, dann begann er zu singen.

„*Che gelida manina!*
Se la lasci riscaldar,
Cercar che giova?
Al buio non sie trova."

Topher gab sich ganz der Musik hin und streichelte jedes Wort mit seiner Stimme.

„*Ma per fortuna,*
É una notte di luna.
E qui la luna,
L'abbiamo vicina."

Topher sang immer weiter. Stanton liefen Tränen übers Gesicht, aber damit hatte Topher gerechnet. Seine Stimme war wie geschaffen für die hohen Töne. Er ließ das Crescendo anschwellen, ohne es zu übertreiben. Die letzte Note war nur noch ein Flüstern. Topher beugte sich zu Stanton hinab und gab ihm einen zärtlichen Kuss auf den Mund. „Was hältst du davon, Starsky?"

„Wo hast du das gelernt?"

„Ich habe es in der Interpretation von Pavarotti auf YouTube gehört. Ich lerne sehr schnell und konnte es bald nachspielen."

„Aber wie bist du auf die Idee ..."

„Große Stimmen. Du hast gesagt, dass wir beide große Stimmen lieben. Ich dachte mir, die größten Stimmen gibt es in der Oper. Die einzigen Suchergebnisse waren *Phantom der Oper*, und das hat nicht gepasst. Dann ist mir eingefallen, dass meine Mom oft Pavarotti gehört hat, also habe ich es mit seinem Namen versucht. Dieses Lied war eines der Suchergebnisse."

„Das hat er mir auch vorgesungen."

Topher grinste. „Ja, das dachte ich mir schon. Es gibt verschiedene Arten der Erinnerung. Und auch verschiedene Arten von Beweisen. Dieses Lied war meine Erinnerung und mein Beweis. Verstehst du mich, Stanton?"

Stanton nickte und Topher lehnte die Gitarre an einen Stuhl. Er legte sich auf Stanton, küsste ihn wieder und versuchte, ihm die Tränen aus dem Gesicht zu wischen. Stanton lachte. „Er hat manchmal Heimweh, das ist alles", flüsterte Topher ihm ins Ohr.

WE TAKE CARE OF OUR OWN

Es WAR Valentinstag und Michael bestand darauf, sie alle zum Essen in *David's Potbelly*, einem nahegelegenen Restaurant der Spitzenklasse, einzuladen, sowie sechs Eintrittskarten zu *La Cage aux Folles* zu besorgen. Er bestellte eine Flasche Champagner und sie hoben die Gläser zu einem Toast.

„Auf 1984", sagte Robert. „Möge das Jahr besser werden als das Buch."

Danach unterhielten sie sich über ihre Pläne für den Sommer auf Fire Island. „Ich habe von einem Haus gehört, das unglaublich sein soll. Direkt am Strand", sagte Michael.

„Ich kann dieses Jahr nicht mitkommen", sagte Chris.

„Was soll das heißen?", fragte Michael.

Robert runzelte die Stirn. „Hutch …"

„Nenn mich nicht so. Ich will kein Arschloch sein, aber könntet ihr bitte meinen richtigen Namen benutzen? Wir sind nicht mehr an der Uni. Ich will von meinen Kollegen endlich ernst genommen werden."

Paul sah ihn verwirrt an. „Was hat das damit zu tun, wie wir dich nennen?"

„Carl sagt, es sei eine Sache der Wahrnehmung. Ich muss mich erst selbst ernst nehmen, bevor ich es von anderen Menschen erwarten kann."

„Dann ist dein Bruder jetzt unser Lebensberater?", fragte Paul.

„Du hast mich doch schon immer Chris genannt. Welchen Unterschied macht es also für dich? Ich bitte doch nur die anderen, mich auch so zu nennen."

„Na gut", sagte Michael. „Was soll das heißen, *Chris*? Warum kannst du nicht mit nach Fire Island kommen?"

„Ich habe keine Zeit. An den Wochenenden haben wir Geschäftsessen mit unseren wichtigsten Kunden. Im August bin ich für einige Zeit in den Hamptons bei meiner Familie. Den Rest des Sommers muss ich arbeiten." Chris sah auf die Uhr. „Entschuldigt mich, ich muss noch einen Anruf erledigen", sagte er und stand auf, um in einem Seitengang zu verschwinden.

Michael drehte sich zu Stanton um. „Was ist nur mit ihm los?"

„Es passiert nicht das erste Mal", sagte Stanton. „Ihr seid doch nicht blind."

Robert nickte. „Ich dachte, es wäre nur die Eingewöhnungsphase in den neuen Job. Ich hätte nicht erwartet, dass er sich in seinen Bruder verwandelt." Er hielt sich die Hand vors Gesicht und nieste.

„Gesundheit", wünschten ihm die anderen.

Robert entschuldigte sich. „Ich werde diese verdammte Erkältung einfach nicht los."

„Nach der Show können wir noch zu uns gehen", schlug Stanton vor. „Vielleicht nimmt er die Gitarre und singt für uns, wenn wir ihn nett genug darum bitten."

„Wir können es versuchen", sagte Robert.

„Vielleicht sollte ich mit ihm reden", überlegte Marvin. „Wir hatten immer eine gute Beziehung durch unsere Liebe zur Musik."

„Wenn du es schaffst, dass er dir zuhört ... Viel Glück. Aber es ist dir bestimmt auch schon aufgefallen, dass er in letzter Zeit ständig Gründe findet, unser Samstags-Brunch abzusagen."

Nach der Show beendeten sie den Abend in Chris' und Stantons Apartment am St. Marks Place und überredeten Chris, die schwarze Fender auszupacken. Sie saßen dicht aneinander gedrängt in dem kleinen Wohnzimmer und Chris fragte sie – wie früher – nach ihren Wünschen.

„*The Eyes of Texas*", sagte Robert.

„Nicht schon wieder", stöhnte Stanton. Robert war, seit Chris ihren Freunden von dem Besuch in Austin erzählt hatte, wie besessen von Texas.

„Was ist denn los?", fragte Robert. „Ich sage dir, nächstes Jahr werden wir gemeinsam nach Texas fliegen. Ich kann Manhattan nicht mehr sehen."

„Ich auch nicht", sagte Chris und schlug die ersten Akkorde an.

Paul seufzte. „Und ich erst recht nicht. Es tut mir leid, das zu sagen, aber die alten Zeiten sind vorbei."

Chris fing zu singen an:

„ The Eyes of Texas are upon you,
All the live long day. "

Robert und Michael fielen ein:

„ The Eyes of Texas are upon you,
You cannot get away. "

Dann kam auch Paul dazu:

„ Do not think you can escape them,
At night or early in the morn ... "

Und zum Schluss Stanton und Marvin:

„ The Eyes of Texas are upon you,
'Till Gabriel blows his Horn. "

Eine Runde Applaus ertönte. Marvin setzte sich auf und sagte: „Warum singst du nicht *Home*. Es ist dein Lieblingslied aus *Oz* und ich möchte hören, was du daraus machst."

„Ich weiß nicht, ob ich mich an den kompletten Text erinnere."

„Paul und ich helfen dir aus."

„Na gut", sagte Chris. „Ich kann es ja versuchen."

Chris blieb keine andere Wahl, als das Abschlusslied des Musicals in einer abgespeckten Form zu singen. Er nannte das seine Johnny Cash-Versionen. Stanton hatte sich das Lied noch nie bewusst angehört und merkte, dass Chris auch nicht recht wusste, worauf er sich eingelassen hatte. Der Text handelte nämlich davon, wieder an einen Ort zurückzukehren, an dem das Leben Sinn machte. Stanton erkannte, dass Marvin das Lied in der Absicht ausgewählt hatte, Chris zum Nachdenken zu bringen. Zunächst schien es auch zu funktionieren, doch dann hörte Chris nach den ersten Strophen zu singen auf und sagte: „Ich will nicht mehr."

„Sing weiter", sagte Marvin.

„Nein. Es wird auch nichts ändern."

Stanton legte ihm die Hand auf den Arm. „Du kannst deinen Job bei Carl kündigen. Wieder Musik machen. Es ist noch nicht zu spät."

„Na sicher", sagte Chris. „Weil ich wieder ein Versager werden will." Er stand auf und packte die Gitarre weg. „Es gibt noch Menschen, die morgen früh aufstehen und zur Arbeit müssen. Ich gehe jetzt ins Bett. Einen schönen Valentinstag noch. Kommst du mit, Stanton?"

„Ich komme gleich nach."

Chris verschwand und Stanton begleitete ihre Freunde zur Tür. Dann folgte er Chris ins Schlafzimmer.

Chris lag nackt auf dem Bauch im Bett. „Fick mich", sagte er.

Stanton zog sich aus und setzte sich zu ihm. „Dreh dich um."

„Nein. Fick mich so. Ich will deinen Schwanz im Arsch spüren, bis ich nicht mehr denken kann."

Stanton zog eine Flasche Gel aus der Nachttischschublade und rieb sich den Schwanz ein. Dann beugte er sich über Chris und zog ihm die Arschbacken auseinander. Er leckte ihm übers Loch und wurde mit einem Stöhnen belohnt.

Chris stützte sich auf Hände und Knie und drückte sich Stantons Schwanz an den Arsch. „Fick mich in Grund und Boden. Du weißt doch, wie ich es mag."

„Ja, ich weiß es."

Stanton rammte seinen Schwanz mit aller Kraft bis zum Anschlag in Chris' Loch. Chris zuckte zusammen und drückte sich mit dem Gesicht ins Kissen. Stanton stieß wieder in ihn hinein, dieses Mal aber noch härter. Er packte Chris an den Hüften und schaltete direkt in den höchsten Gang. Dann fickte er Chris so hart er konnte.

Stanton schloss die Augen, um sich besser konzentrieren zu können. Er konnte diesen Rhythmus nur wenige Minuten durchhalten. Chris liebte es, beim Sex vulgär zu werden, aber Stanton fand das dumm und sagte normalerweise kein Wort. Er redete nur, wenn er kurz vorm Orgasmus war, was Chris dann als Stichwort nahm, um sich den Schwanz zu reiben und auch zum Höhepunkt zu kommen. Stanton fickte Chris, bis er tief in seinem Arsch kam. Kurz darauf rollte Chris sich zur Seite und verkroch sich auf seiner Seite des Bettes unter der Decke.

SECHS WOCHEN später brach Robert im Büro zusammen. Die Diagnose lautete AIDS. Michael, Paul und Marvin kümmerten sich rund um die Uhr um ihn. Chris konnte ihn nur gelegentlich besuchen, weil sie auf der anderen Seite der Stadt lebten. Stanton fragte sich immer, ob Chris ihm dafür Vorwürfe machte.

Im Juni des gleichen Jahres starb Robert. Am Tag der Beerdigung stand Stanton vorm Spiegel und musterte sich. Er trug nicht gerne Anzüge, aber seine Mutter hatte ihm vor fünf Jahren gesagt, jeder Mann bräuchte einen passenden Anzug für Hochzeiten und Beerdigungen. Dann hatte sie ihm diesen Anzug gekauft. Stanton hatte nicht mehr mit seinen Eltern gesprochen, seit er vor zehn Monaten diesen Brief von ihnen erhielt. Er hatte weder zurückgeschrieben noch mit ihnen telefoniert, auch nicht an Weihnachten.

Er kam sich vor wie ein Waisenkind.

Stanton knöpfte das Hemd zu und band sich die Krawatte um.

Chris kam ins Schlafzimmer. „Ich glaube, ich werde krank."

„Im Medizinschrank sind Tabletten", sagte Stanton und zog die Jacke an, während Chris ins Badezimmer ging. Stanton wollte diesen Tag nur hinter sich bringen. Er ging ins Wohnzimmer und schaute aus dem Fenster. Auf dem Platz unten herrschte reger Betrieb. Es war, wie an jedem anderen Samstag auch. „Wir müssen gehen", rief er. „Der Gottesdienst beginnt in dreißig Minuten."

Chris kam aus dem Badezimmer zurück. „Ich bin soweit."

„Was ist mit deiner Gitarre?"

Chris sah ihn verwirrt an, ging dann aber ins Schlafzimmer zurück und holte die Gitarre. Sie hatten seit über einer Woche nicht vernünftig gegessen oder geschlafen. Durch ihre Arbeit und Roberts Krankheit hatten sie kaum Zeit gefunden, sich ein- oder zweimal am Tag Hallo zu sagen.

Beerdigungen und Trauergottesdiente hatten mittlerweile in ihrem Bekanntenkreis die Rolle von Dinnerpartys übernommen. Für Stanton und Chris war es die erste Beerdigung, an der sie teilnahmen. Sie fuhren mit einem Taxi in eine der großen Kirchen im Upper East End. Stanton hatte die vielen protestantischen Konfessionen noch nie auseinanderhalten können. Für ihn hatten sie nur eines gemeinsam: Dass sie nicht katholisch waren.

Der Gottesdienst war sehr ernst und getragen. Er hatte nicht die geringste Ähnlichkeit mit Roberts Leben. Stanton hatte sich mittlerweile an die Upper East Side gewöhnt, obwohl er sich hier immer noch wie ein Fremdkörper vorkam. Die fünf Freunde saßen in der zweiten Reihe hinter Roberts Eltern. Nach einigen Bibelsprüchen und einer kurzen Predigt nickte der Pfarrer Michael zu. Chris holte die Gitarre aus dem Koffer und ging mit Michael, Paul und Marvin nach vorne zum Altar.

„Dies war eines von Roberts Lieblingsliedern", sagte Michael. „Es ist auch eines von meinen und es passt gut zu diesem Tag." Dann sangen die vier eine akustische Version von *While My Guitar Gently Weeps*. Roberts Mutter fing zu weinen an. Stanton fiel es nicht leicht, Haltung zu bewahren.

Nach dem Gottesdienst fuhren sie in Michaels Wohnung, wo jetzt auch Paul und Marvin lebten. Stanton spürte Roberts Abwesenheit geradezu körperlich.

Paul und Marvin gingen in die Küche, um einen Imbiss vorzubereiten. Michael verschwand in seinem Schlafzimmer und schloss hinter sich die Tür. Stanton und Chris setzten sich im Wohnzimmer auf die Couch und schwiegen. „Glaubst du, Michael ist okay?", fragte Stanton einige Minuten später.

Chris zuckte mit den Schultern und studierte seine Hände. „Das bezweifle ich sehr stark."

„Ich gehe zu ihm."

„Nicht."

„Warum nicht?"

„Weil er dich jetzt nicht brauchen kann. Dein Freund lebt noch. Du kannst nicht nachempfinden, was in ihm vorgeht."

„Du würdest dich wundern."

„Was soll das heißen?"

„Nicht jetzt, ja?"

„Was?"

„Stell dich nicht dumm. Wir leben schließlich zusammen. Erinnerst du dich noch?"

Chris schwieg und Stanton stand vom Sofa auf. „Ich sehe jetzt nach ihm. Es ist mir egal, was du davon hältst." Er ging in den Flur und klopfte an Michaels Zimmertür.

„Wer ist da?", hörte er aus dem Zimmer rufen.

„Stanton."

„Oh. Einen Moment." Stanton hörte Schritte, dann wurde die Tür geöffnet. „Komm rein und schließ wieder ab", sagte Michael.

Stanton gehorchte. „Warum bist du hier allein?"

„Mach's dir bequem."

Michael schüttelte die Kissen auf und lehnte sie ans Kopfende des Bettes. Dann legte er sich wieder hin. Stanton zog Jacke und Schuhe aus und legte sich zu ihm.

„Ich kann euch vier nicht alle auf einmal ertragen", sagte Michael. „Paul und Marvin erdrücken mich fast mit ihrer Fürsorge."

„Sie wollen dir nur helfen."

„Ich weiß. Wie geht es Chris?"

„Wir reden nicht darüber."

„Das konnte er schon immer besonders gut, weißt du?"

„Was meinst du damit?"

„Immobiliengeschäfte. Er hat mir gesagt, er wäre gut darin. Du weißt doch, wie charmant er sein kann. Das macht ihn zu einem guten Verkäufer."

„Das hat er mir nie erzählt. Aber ist dir nicht aufgefallen, wie sehr er sich verändert hat?"

„Doch. Wir haben es alle gesehen. Weißt du, was Nietzsche gesagt hat?"

„Gott ist tot?"

„Nein. Na gut, das hat er auch gesagt. Aber ich meinte ein anderes Zitat."

„Welches Zitat?"

„Ohne Musik ist das Leben ein Irrtum."

„Das würde ich Chris gerne auf die Stirn tätowieren."

„Mach es ihm nicht so schwer. Du leidest unter Wachstumsschmerzen, das ist alles. Du musst sie durchstehen und überwinden."

„Hast du jemals mit dem Gedanken gespielt, Robert rauszuschmeißen?"

„Mit dem Gedanken gespielt? Ich habe es *getan*. Mehrmals. Aber ich habe ihn immer wieder gebeten, zurückzukehren. Deshalb habe ich es nach einigen Versuchen aufgegeben."

„Wie in *My Man*."

„Ja."

„Was willst du jetzt tun?"

„Ich glaube, darüber muss ich mir keine Gedanken mehr machen."

„Michael, du willst doch nicht …"

„Keine Angst, ich denke nicht an Selbstmord. Aber ich kann es spüren. Ich bin der nächste. Ich bin ständig müde. Ich kann nicht schlafen. Ich verliere Gewicht."

„Das heißt noch lange nicht, dass du AIDS hast. Die letzten Wochen mit Robert hätten jeden Kraft gekostet."

„Ich habe jetzt auch Albträume. Jedenfalls fängt es immer so an. Ich bin mit Robert auf der Insel am Strand. Wir liegen auf dem großen, orangegelben Badetuch und schlafen ein. Als ich aufwache, hat die Flut eingesetzt und Robert weggespült. Ich werde panisch, springe ins Wasser und suche nach ihm, aber er ist verschwunden. Ich fühle, wie die Strömung mich ins Meer hinauszieht. Dann ertrinke ich. Meine Lungen füllen sich mit Wasser, aber kurz bevor ich das Bewusstsein verliere, verändert sich plötzlich die Welt um mich herum und ich stehe auf einer staubigen Schotterstraße. Über mir ist der Himmel weit und blau. Stanton, ich schwöre dir – ich habe noch nie einen solchen Himmel gesehen! Und direkt vor mir steht Robert. Er sieht genauso aus, wie ich ihn vor vielen Jahren das erste Mal gesehen habe. Er ist jung, wunderschön und voller Leben. ‚Wir waren am Strand und du bist plötzlich verschwunden. Wohin bist du gegangen?', frage ich ihn. Und weißt du, was er mir antwortet?"

„Was?"

„Nach Texas."

Stanton lächelte. „Natürlich."

„Er hat immer über Texas gesprochen, als wäre es Xanadu auf Erden."

„Obwohl er noch nie dort war."

„Das war vermutlich der Reiz an der Sache. Er hat oft gesagt, wenn wir irgendwo hingehen und von vorne anfangen könnten, würden wir alles besser machen."

„Und was passiert in deinem Traum danach? Nach Texas?"

„Nichts mehr. Ich wache auf und bin vollkommen durchgeschwitzt."

Stanton biss sich auf die Lippen. „Ich habe an der NYU mal eine Vorlesung über die Psychologie der Träume besucht. Der Professor meinte, damit würden wir im Schlaf Dampf ablassen."

„Mag sein."

„Er hat dich geliebt. Das weißt du doch, oder?"

Michael nickte. „Ja. Wenn ich geahnt hätte, dass es so endet, wäre ich nicht so ein sturer Idiot gewesen. Ich dachte immer, irgendwann würden wir beide erwachsen werden. Ich dachte, wir hätten noch so viel Zeit."

„Ich kapiere das alles nicht. Chris sagte, du würdest nicht mit mir reden wollen, weil mein Freund noch lebt."

„Er versteht das nicht. Du und ich – wir beide sind uns sehr ähnlich. Ich habe das schon erkannt, als du mit Marvin das erste Mal bei uns warst. Hutch und Robert brauchen … brauchten … Mein Gott, welche Verbform benutzt man eigentlich, wenn eine Person lebt und die andere tot ist?"

„Sie brauchen Aufmerksamkeit."

„Ja. Sie brauchen das Gefühl, dass die ganze Welt ihnen zuhört und an ihrem Leben teilnimmt."

„Ich brauche das nicht."

„Ich auch nicht."

Die beiden Männer schwiegen. Nach einigen Minuten sagte Michael: „Ich glaube nicht, dass es wieder besser wird."

„Das muss es aber."

„Aber vorher muss es schlechter werden. Du musst mir etwas versprechen."

„Was?"

„Falls du das alles überlebst, musst du mir versprechen, unsere Geschichte zu erzählen. Nur so wird sich jemand an uns erinnern."

„Tu mir das nicht an."

„Versprich es mir."

„Wie kommst du auf die Idee, ich würde es überleben?"

„*Falls* du es überlebst. Und jetzt versprich es mir."

„Nein. Robert ist tot. Keiner von uns ist darauf vorbereitet, ich am allerwenigsten."

„Nimm das zurück. Sag mir, dass du es tun wirst."

„Nein!"

„Sag es!"

„Okay, okay. *Falls* ich überlebe, werde ich einen Weg finden, eure Geschichte zu erzählen. Bist du jetzt glücklich? Jedes Mal, wenn ich Bruce Springsteen höre, werde ich an dich und Robert und Paul und Hutch denken. Aber wie ich Gott kenne, wird er euch vier nicht auf einmal zu sich holen. Das wäre sehr übertrieben und grausam von ihm."

Michael lachte. „Du gefällst mir. Du bist so naiv. Es wird ein herber Schlag für dich sein, wenn die Welt nicht so funktioniert, wie du es von ihr erwartest."

„Ich kann immer noch nicht glauben, dass die medizinische Versorgung nicht für alle umsonst ist."

„Siehst du, was ich meine? Ihr habt uns gutgetan, du und Marvin."

„Das freut mich. Ich war mir da nicht so sicher. Nicht Marvins wegen, aber ich habe mich manchmal gefragt, ob Chris nicht mit einem anderen Mann glücklicher geworden wäre. Mit einem Mann, der ihn bei seiner musikalischen Karriere unterstützt hätte."

„Es gibt keinen Zauberstab, den man nur schwingen muss, um ihn zu einem perfekten Songwriter zu machen."

„Ich weiß. Aber ich hätte ihn vielleicht davon überzeugen sollen, zumindest das Singen nicht aufzugeben."

„Du hättest Paul Simon höchstpersönlich sein können, und Chris hätte trotzdem nicht auf dich gehört."

Plötzlich hörten sie Musik aus dem Nachbarzimmer.

„Ist das Chaka Khan?", fragte Michael.

„Oh Gott", sagte Stanton. „*Ain't Nobody.* Ich liebe dieses Lied."

„Dein Geschmack hat sich schon beträchtlich gebessert, Stanton."

Sie sprangen vom Bett, rissen die Tür auf und liefen ins Wohnzimmer. Paul, Chris und Marvin schwangen die Arme überm Kopf und tanzten durchs Zimmer.

„Macht mit!", überschrie Paul die laut dröhnende Musik.

Stanton sah Chris an und begann zu tanzen. Chris zog ihn mit Tränen in den Augen an sich. Stanton umarmte ihn. „Ich liebe dich", flüsterte er Chris ins Ohr.

Chris nickte nur und tanzte weiter.

ROBERT HATTE vor seinem Tod zwei Wünsche geäußert. Erstens sollte Michael alles erben, was er hinterließ; zweitens sollten seine Freunde seine Asche am Strand von Fire Island verstreuen. Also gingen Michael, Chris, Paul, Marvin und Stanton am Tag nach der Trauerfeier ins Krematorium, um die Urne mit Roberts Asche abzuholen.

In diesem Sommer hatten sie kein Haus auf der Insel gemietet, deshalb konnten sie nur einen Tag dort bleiben. Da sie sonntags fuhren, war der Zug nur halb gefüllt. Die fünf Männer, im Blau der Columbia University gekleidet, wechselten während der Fahrt kaum ein Wort miteinander. Nachdem sie den Long Island Sound überquert hatten und die Fähre verließen, gingen sie in den *Blue Whale*, wo sie mit den Barmixern im Gedenken an Robert einen Schnaps tranken. Dann machten sie sich auf den Weg vom Hafen zum Strand. Als sie ans Meer kamen, stellten sie sich in einer Reihe auf und schauten aufs Meer hinaus. Marvin nahm die Urne aus der Schachtel und öffnete sie. Er streute eine Handvoll Asche vor sich in den Sand und sagte: „Ich werde dich sehr vermissen, großer Bruder."

Er gab die Urne an Stanton weiter, der sagte: „Robert, es nervt. Wirklich. Wir hatten uns doch gerade erst kennengelernt. Trotzdem hoffe ich, dass du findest, wonach du suchst. Wo immer es dich auch hinträgt."

Er streute etwas Asche vor sich in den Sand und reichte die Urne Paul, der sagte: „Oh, Babe, wir sollen wir nur ohne dich weitermachen? Es ist einfach unmöglich. Aber mach dir keine Sorgen, ich kümmere mich um ihn."

Paul streute etwas Asche aus und gab die Urne an Chris. „Ich weiß nicht, was ich sagen soll. Du warst mein bester Freund. Ich werde dich nie vergessen."

Chris gab die Urne an Michael weiter, nachdem er eine Handvoll Asche am Strand verstreut hatte. Michael drehte die Urne auf den Kopf und leerte sie. Dann sagte er: „Niemand hat uns so geliebt wie du, mein wunderschöner Mann. Wir sehen uns in Texas."

AM ABEND kochte Stanton Spaghetti mit Hackfleischklößchen.

Chris schob die Nudeln auf dem Teller hin und her und trank gelegentlich einen Schluck Wein. „Tut mir leid", sagte er. „Ich habe einfach keinen Appetit."

„Ich auch nicht", erwiderte Stanton.

„Willst du mit mir Schluss machen?"

Stanton schüttelte den Kopf. „Habe ich diesen Eindruck erweckt?"

„Du scheinst nicht sehr glücklich zu sein."

„Und was ist mit dir? Wer im Glashaus sitzt …"

„Ich gebe mir Mühe."

„Mein Gott. Wenn wir uns beide so bemühen … warum sind wir dann so unglücklich?"

„Ich weiß es nicht."

„Michael nennt es Wachstumsschmerzen. Wir müssten sie nur durchstehen, danach wird alles besser."

„Das Spiel ist noch nicht zu Ende."

„Ja, so ähnlich."

„Du bist mitgenommen."

„Natürlich bin ich das. Und ich verstehe nicht, warum du nicht genauso reagierst. Dein bester Freund ist gestorben, und deine einzige Reaktion sind feuchte Augen."

„Wenn ich erst anfange zu heulen, kann ich nicht mehr aufhören."

„Das hört sich an wie aus einem B-Movie."

„Es fühlt sich auch so an."

Draußen bellte ein Hund. Er gehörte der alten Frau in der Nachbarwohnung. „Kannst du mir etwas versprechen?", fragte Stanton.

„Was?"

„Dass du deine Gitarre nimmst und für mich singst. Musik kann unsere Probleme lösen, Hutch."

„Nenn mich nicht Hutch."

„Warum nicht? Hutch ist der Mann, in den ich mich verliebt habe. Warum müssen wir ihn auslöschen?"

„Jeder muss irgendwann erwachsen werden. Ich bin nicht Peter Pan, und wir sind nicht die Verlorenen Kinder."

„Was hat das damit zu tun, wie ich dich nenne, wenn wir allein sind?"

„Es wäre mir einfach lieber, du würdest es nicht tun."

„Dann musst du mir aber versprechen, öfter für mich zu spielen."

„Ich werde nicht versprechen, was ich nicht halten kann."

„Warum solltest du dieses Versprechen nicht halten können? Hilf mir, es zu verstehen."

„Weil es mich an meine Träume erinnert, weil es mich schmerzt und ich es nicht ertragen kann. So bin ich ohne meine Musik. Ein halber Mensch. Unfertig. Es hilft mir nicht, meine Gitarre auszupacken. Dadurch wird es nur noch schlimmer."

Stanton wusste nicht, was er darauf antworten sollte. „Oh", sagte er.

„Hilft dir das, es zu verstehen?"

„Es tut mir leid."

„Deshalb habe ich gefragt. Ob du mit mir Schluss machen willst, meine ich. Ich weiß, dass ich nicht mehr der Mann bin, in den du dich verliebt hast. Ich werde nie wieder dieser Mann sein. Ich werde nie einen Hit schreiben oder etwas Außergewöhnliches erreichen."

„Das spielt für mich auch keine Rolle."

„Was spielt denn eine Rolle für dich?"

„Wir. Unsere Beziehung."

„Vor allem anderen?"

„Ja."

Chris sagte lange nichts. Stanton sah ihm seine Müdigkeit an. „Okay", sagte er. „Wir schaffen das. Aber für heute reicht's mir. Ich gehe schlafen."

Chris verließ die Küche. Stanton stellte die Reste in den Kühlschrank und spülte das Geschirr. In der Schlafzimmertür blieb er stehen und lauschte Chris' Atem. Leise schloss er die Tür wieder und ging ins Wohnzimmer zurück. Er überlegte, ob er den Fernseher einschalten sollte, war aber zu müde, nach der Fernbedienung zu suchen. Stattdessen setzte er sich aufs Sofa und hörte den Straßengeräuschen zu, die in die Wohnung drangen. Er stellte sich vor, sie wären Musik.

Das Telefon klingelte. Er rannte durchs Zimmer, um den Hörer abzunehmen, bevor Chris durch das Klingeln geweckt wurde.

„Hallo."

Stanton? Hier ist Norma.

„Hi, Norma. Wie geht's?"

Gut. Colin vermisst seine Lieblingsonkels.

„Das tut mir leid. Gestern war Roberts Beerdigung."

Ich weiß. Deshalb rufe ich an. Wie kommt er zurecht?

„Das kann ich dir nicht sagen. Jeder Mensch geht anders damit um. Ich habe den Eindruck, er kommt überhaupt nicht damit zurecht."

Er wird Zeit brauchen.

„Michael hat mir heute gesagt, er wäre der nächste."

Oh Gott.

„So habe ich auch reagiert. Mehr und mehr Männer aus unserem Bekanntenkreis sterben. Wir werden nicht alle überleben können."

Bist du krank? Oder Chris?

„Nein, noch nicht. Aber jeder Husten, jeder Flecken auf der Haut … Ich bemerke jede Kleinigkeit."

Ich bin sicher, dass sie bald eine Heilung finden.

Stanton lachte. „Du bist manchmal noch naiver als ich."

Das kommt davon, wenn man aus einfachen Verhältnissen stammt. Wie geht es dir?

„Ich weiß es nicht. Mein Job macht Spaß. Ich bin sogar richtig gut darin. Aber meistens habe ich das Gefühl, kurz vorm Ertrinken zu sein. Alle tun so stark und unerschütterlich, aber mir kommt es nur wie Verarschung vor. Robert hätte sich eine Party gewünscht – mit Sex und Drogen und Musik bis in die Puppen. Aber alles, was er bekam, war eine verklemmte Trauerpredigt in der Upper East Side."

Ich wünschte, ich könnte dich trösten.

„Es gibt keinen Trost. Du warst immer eine gute Freundin, Norma. Aber Chris hätte diesen Job bei Carl niemals annehmen sollen."

Bist du immer noch in ihn verliebt?

„Ja. Natürlich bin ich das. Mir ist unsere Beziehung wichtiger als alles andere in meinem Leben. Aber AIDS und die Immobilienbranche saugen mir den letzten Tropfen Blut aus den Adern."

Ich habe gehört, dass Galgenhumor in solchen Zeiten sehr hilfreich sein soll.

„Das habe ich auch gehört. Leider lacht niemand darüber."

Könnt ihr am nächsten Wochenende zum Abendessen kommen? Ihr habt Colin schon seit über einem Monat nicht mehr gesehen.

„Ja, ich richte es ein. Danke für den Anruf."

Gute Nacht.

Stanton starrte aus dem Fenster in die Dunkelheit. Sein Spiegelbild starrte müde zurück. Er ging zur Stereoanlage und stöberte durch die Schallplattensammlung. Er dachte daran, Carly Simon aufzulegen, konnte sich aber nicht für ein bestimmtes Album entscheiden. Eine andere Platte fiel ihm ins Auge. Hank Williams? Die musste von Robert sein. Robert hatte in letzter Zeit angefangen, Country und Western zu hören, und oft mit Chris Platten ausgetauscht. Wahrscheinlich gehörte mindestens die Hälfte der Platten hier Robert. Stanton zog die Scheibe aus dem Cover und legte sie auf. Vorsichtig setzte er den Tonarm auf und ging zum Sofa.

In dieser Nacht, allein in ihrer Wohnung am St. Marks Place, lehnte Stanton sich zurück, schloss die Augen und lauschte den traurigen Klängen von *I'm So Lonesome I Could Cry.*

SOULS OF THE DEPARTED

TOPHER KONNTE sich kaum auf seine Arbeit konzentrieren. Es war Donnerstag, zwölf Tage, nachdem Stanton vor der Tür aufgetaucht war und die Beziehung zwischen ihnen anerkannt hatte.

Nach diesem Überraschungsbesuch war Stanton am nächsten Nachmittag wieder nach New York zurückgekehrt. Topher wünschte, sie hätten die Nacht mit Sex und Musik in seinem Schlafzimmer verbracht. Aber nachdem er für Stanton *Che Gelida Manina* gesungen hatte, klopften Robin und Maurice an die Tür und fragten, ob sie auch zuhören dürften. Danach hatten sie bis vier Uhr nachts in der Küche zusammengesessen und über Musik geredet.

Topher schraubte den letzten Reifen an den Toyota Tundra. In einigen Stunden kam Stanton nach Austin zurück. Dieses Mal würde er fast zwei Wochen bleiben – bis nach dem Konzert am Memorial Day. Von Stanton getrennt zu sein, war für Topher eine der schlimmsten Torturen, die er sich vorstellen konnte. Es war ein vollkommen neues Gefühl für ihn. Er kam sich leer vor, konnte nicht schlafen und sich nicht richtig konzentrieren. Nur das dämliche Grinsen in seinem Gesicht, das wollte nicht mehr verschwinden.

Das Handy klingelte. Topher klappte es lächelnd auf und erkannte auf dem Display Stantons Namen. „Bist du schon am Flughafen?"

Ja. In vier Stunden bin ich in Austin.

„Hast du die drei Gegenstände?"

Ich habe sie.

„Sorry, ich will dich nicht damit nerven. Aber Quentin und Jake sind schon unglaublich aufgeregt. Ruf mich nach der Landung an, dann hole ich dich ab."

Okay. Ich kann es kaum abwarten, dich zu sehen.

„Ich zähle auch schon die Minuten", sagte Topher und beendete das Gespräch.

„Alles im Lot?", fragte Travis.

„Ja. Er geht jetzt an Bord."

„Hat er alles?"

„Ja. Ich habe ihn extra gefragt."

„Gut. Dann sehen wir uns heute Abend. Es macht bestimmt Spaß. Ich freue mich schon darauf."

ALS TOPHER später am Flughafenterminal vorfuhr, erwartete Stanton ihn schon auf dem Bürgersteig. Er stand neben seinem Gepäck, die Nase ins Handy gesteckt.

Topher parkte und stieg aus. „Willkommen in Texas", sagte er und küsste Stanton zur Begrüßung. „Ich nehme dein Gepäck. Steig schon ein."

Er öffnete die Beifahrertür und Stanton stieg ein, während Topher das Gepäck auf der Ladefläche des Trucks verstaute. Dann setzte er sich hinters Steuer, lehnte sich über die Mittelkonsole und küsste Stanton ein zweites Mal. „Ich bin so froh, dass du endlich hier bist. Ich hatte schon Entzugserscheinungen. Niemand hat mich davor gewarnt, dass man nicht mehr aufhören will, wenn man erst einmal guten Sex erlebt hat."

„Du siehst übrigens heißer aus als je zuvor."

„Wirklich? Peter und ich haben trainiert. Sieht man es schon?"

„Ja, das kann man wohl sagen."

„Ich will, dass du stolz auf mich bist."

Stanton gab ihm einen Kuss. „Und ich will, dass du mich fickst."

„Wo? Unterwegs?"

„Meinst du an einer Tankstelle?"

„Ja. Ich habe das in einigen Pornos gesehen. Schwule Männer haben oft Sex in öffentlichen Toiletten. Wusstest du, dass es einen ganzen Film über ein Rasthaus gibt, in dem die Männer nichts Anderes machen? Ich wette, wir finden eine abschließbare Kabine. Das wäre doch geil, oder?"

Stanton lachte. „Ja, das wäre es."

Topher fuhr los und hielt vor dem nächsten 7-Eleven an. „Komm mit", sagte er und stieg aus. Er führte Stanton direkt durch das Restaurant zu den Toiletten.

„Niemand da", sagte er und wollte hinter ihnen abschließen. Kein Schloss. Aber dafür gab es eine Kabine für Behinderte. Besser als nichts. Er zog Stanton mit sich und schloss die Tür.

Stanton beobachtete ihn nervös. „Hast du …"

Topher legte ihm die Finger auf die Lippen und zog ein Kondom aus der Tasche. „Im Gegensatz zu dir war ich bei den Pfadfindern", flüsterte er.

„Was würden die jetzt wohl von dir denken?"

„Ich weiß. Homophobe Arschlöcher." Topher schob ihn mit dem Rücken an die Wand und küsste ihn. Die beiden machten sich an ihren Gürteln zu schaffen, zogen die Reißverschlüsse auf und schoben ihre Jeans nach unten. Stanton kniete sich auf den Boden und saugte an Tophers Schwanz. Als er hart genug war, zog Topher Stanton wieder hoch und drehte ihn mit dem Gesicht zur Wand. Er riss die Kondomverpackung auf und rollte sich den Gummi über den Schwanz. „Ich habe kein Gel", sagte er.

Stanton drehte den Kopf zu ihm um. „Spucke muss reichen. Du hast mich schon zu deinem Bottom gemacht."

Topher lachte. „Ja. Dein Arsch gehört mir. Wann immer ich ihn will." Er zog Stantons Arschbacken auseinander und versuchte, seinen Schwanz in Position zu bringen. Dann drückte er Stanton auf die Schultern. „Du bist zu groß. Du musst etwas in die Knie gehen oder dich vorbeugen." Stanton befolgte Tophers

Anweisungen. Topher ließ einige Tropfen Spucke auf seinen Schwanz fallen. Dann spuckte er sich auf die Finger und rieb Stantons Arschloch damit ein. Stanton stöhnte leise. Topher drückte seinen Schwanz durch den engen Muskel und sie ließen sich an die Wand fallen.

„Danke", sagte Stanton.

„Das hast du gebraucht, nicht wahr?"

„Ja, das habe ich gebraucht."

Topher fing an, Stanton vorsichtig zu ficken. Die beiden Männer erstarrten, als sie hörten, wie die Tür zu den Toiletten geöffnet wurde. Topher hielt Stanton die Hand vor den Mund und rührte sich nicht vom Fleck. Draußen pisste jemand und wusch sich die Hände. Dann wurde endlich die Tür geöffnet und wieder geschlossen. Topher wartete noch einige Sekunden, bevor er die Hand von Stantons Mund nahm.

„Fick mich."

Topher rammte ihm den Schwanz in den Arsch und es dauerte nicht lange, bis er soweit war. Was ihn nicht wunderte, denn es war ja auch schon zwölf Tage her. Stanton rieb sich den Schwanz, während Topher in ihm kam. Keiner von beiden gab einen Ton von sich.

„Bist du auch gekommen?", fragte Topher, als er sich das Kondom vom Schwanz zog und in die Toilette warf.

Stanton sagte nichts und trat nur zur Seite, um Topher den Blick auf die Wand freizugeben. Ein dicker Strom Sperma lief über die weißen Kacheln nach unten.

„Mein Gott, hast du dich nicht einmal befriedigt?"

„Nein. Das habe ich alles für dich aufgehoben."

Topher nahm etwas Toilettenpapier und wischte die Wand ab. Dann warf er es in die Schüssel und drückte auf die Spülung. Er zog sich die Hose hoch und machte sie zu. „Nicht zu glauben, dass wir schon seit fast zwei Wochen zusammen sind. Bist du bereit für heute Abend?"

„Ich weiß nicht. Bist du bereit?"

„Ja. Warte nur ab. Ich werde genau ins Schwarze treffen."

„Daran habe ich keinen Zweifel."

„Ist es eine harte Aufgabe?"

Stanton grinste. „Es hat sich ziemlich hart angefühlt."

„Ich rede von dem Test, Prinzessin. Ist er sehr schwierig?"

„Ich denke schon. Marvin hat mir dabei geholfen."

„Die Jungs freuen sich schon darauf, ihn morgen kennenzulernen. Marvin, meine ich."

„Wohin fahren wir zum Camping?"

„Padernales Falls. Das ist ein Nationalpark." Topher überlegte, wie er seine nächste Frage formulieren sollte. Er hatte sich schon lange nicht mehr mit diesem Thema befasst. „Können wir darüber reden, auf die Gummis zu verzichten?"

„Noch nicht."

„Aber ..."

„Müssen wir dieses Gespräch wirklich in der Toilettenkabine eines 7-Eleven führen?"

Topher lachte. „Nein, sorry. Aber wir werden es führen."

„Na gut. Bist du soweit?"

„Ja."

„Dann geh voraus."

Sie verließen die Kabine, wuschen sich die Hände und grinsten sich im Spiegel an. Topher kaufte eine Tüte Chips und eine Dr. Pepper an der Theke. Er hielt es nur für fair, nachdem sie die kostenlosen Einrichtungen so ausgiebig genutzt hatten.

SIE HATTEN kaum Zeit, Stantons Gepäck abzuladen und die Jungs zu begrüßen, bevor sie sich schon wieder auf den Weg zu Travis und Ben machten. „Hey, ihr beiden. Kommt rein", sagte Quentin, der ihnen auch dieses Mal die Tür öffnete.

Im Haus warteten Ben und seine anderen Brüder schon auf sie. „Oh Mann", sagte Ben. „Ich bin so froh, dass wir uns wiedersehen. Es tut mir leid, was bei eurem letzten Besuch passiert ist."

„Vergiss es", sagte Stanton. „Wer sind die neuen Gesichter?"

„Ich bin Jason, der andere Bruder."

Stanton schüttelte ihm die Hand.

„Und ich bin Jake, der andere Freund."

Stanton schüttelte auch Jake die Hand und erkundigte sich dann nach Travis.

„Travis ist in der Küche", sagte Cade.

„Hast du sie mitgebracht?", fragte Quentin.

„Ja", antwortete Stanton.

Quentin lächelte. „Vielen Dank, das ist toll von euch."

Sie gingen ins Wohnzimmer und setzten sich um den großen Tisch. Travis kam aus der Küche und schaute sich um. „Ihr wollt das vor dem Essen machen?", fragte er.

„Ja", sagte Ben. „Ist das in Ordnung?"

„Sicher. Das Essen läuft uns nicht davon." Travis holte sich einen Stuhl und setzte sich zu Ben.

„Einen Moment noch", sagte Quentin. „Wir sind gleich soweit." Er und Jake bereiteten den Camcorder vor. Jake drückte einen Knopf und stellte sich mit dem Gerät hinter Stanton, sodass er die Kamera direkt auf Topher richten konnte, der auf der anderen Tischseite saß. „Okay. Alles geregelt. Wir können loslegen."

Stanton holte drei Ringe aus der Tasche. Topher sah zu, wie er sie vor ihm auf den Tisch legte. Er betrachtete sich jeden einzelnen Ring genau und griff dann nach dem ersten. Es war ein Ring der Columbia University. Er fühlte sich bekannt an, war aber trotzdem irgendwie falsch. Als Topher den zweiten Ring in die Hand nahm, musste er lachen. Es war ein Spielzeugring aus einem Kaugummiautomaten. Topher legte ihn auf die Handfläche. Es würde ihm ähnlich sehen, Stanton einen solchen Ring zu schenken. Topher war sich sicher, dass Chris Mead die gleiche spielerische Art in sich gehabt hatte wie er selbst. Er legte den Ring wieder hin und griff nach dem dritten, einem Ring mit einem gekrönten Herzen, das von zwei Händen umschlossen wurde. Topher besah sich den Ring von allen Seiten und probierte ihn an. Er passte nicht. Viel zu groß. Topher legte ihn wieder auf den Tisch und nahm noch einmal den Columbia-Ring, um ihn ebenfalls anzuprobieren. Der Ring passte perfekt. Topher zog ihn vom Finger und legte ihn weg.

Alle Augen waren auf ihn gerichtet. Topher hatte das Gefühl, als ob etwas nicht stimmte, konnte aber nicht sagen, was es war. Er nahm den Herzring noch einmal vom Tisch und studierte ihn, dann den Spielzeugring. Als er den Spielzeugring anprobierte, passte der ebenfalls. Der Herzring war der einzige, der ihm nicht passte. Topher zögerte. Er schaute über den Tisch auf Stantons Hände und wusste plötzlich Bescheid. Natürlich. Topher zog den Spielzeugring wieder vom Finger und nahm den Herzring vom Tisch.

„Das ist er", sagte er. „Aber er hat nicht Chris gehört." Alle sahen ihn an. Topher gab Stanton den Ring zurück. „Das war dein Ring. Er hat ihn dir gegeben."

Stanton nickte. „Das ist richtig. Es ist ein Claddagh-Ring."

„Wow", sagte Travis.

„Hat der Columbia-Ring überhaupt ihm gehört?", fragte Topher.

„Nein. Es war Roberts Ring."

„Darf ich ihn haben?"

„Ich wollte ihn Robin geben."

„Warum denn das?", fragte Quentin.

„Quentin", sagte Topher. „Wenn du noch daran interessiert bist, eine Dokumentation über dein Projekt zu drehen, sollten wir uns nach dem Essen darüber unterhalten."

„Was ist mit dem Spielzeugring?", fragte Jason.

„Den habe ich in einem Deli in New York gekauft", sagte Stanton. „Es hätte zu Chris gepasst, das zu tun."

„Wie fühlst du dich jetzt?", fragte Quentin Topher. Jake hatte immer noch die Kamera auf sie gerichtet.

„Schwer zu sagen. Die Chance, den richtigen Ring zu wählen, war recht hoch, deshalb ist das Experiment vielleicht nicht sehr überzeugend. Allerdings war ich mir ziemlich sicher, welcher Ring der richtige war."

Quentin winkte Jake auf die andere Tischseite. Dann fragte er Stanton: „Was geht dir jetzt durch den Kopf?"

„Es hat mich nicht überrascht, dass er den richtigen Ring erkannt hat. Ich gewöhne mich langsam an die Idee, solange Topher damit zurechtkommt. Und er hat mich davon überzeugt, dass er es jetzt auch akzeptieren kann."

„Dann glaubst du jetzt also an Reinkarnation?", fragte Quentin weiter.

„Das weiß ich nicht. Ich habe Gott lange für einen grausamen Bastard gehalten. Er hat mir alles genommen. Aber jetzt ... Ich weiß nicht, was ich jetzt glauben soll. Ich will meine Erfahrungen nicht dadurch beschränken, indem ich sie mit einem einzigen Wort beschreibe."

„Wann hat er dir den Ring gegeben?", fragte Topher. Quentin schickte Jake mit der Kamera an die Kopfseite des Tisches, sodass Topher und Stanton jetzt gleichzeitig im Bild waren.

Stanton schüttelte lachend den Kopf. „An dem Tag, an dem wir uns kennenlernten."

„Er hat dir den Ring schon am ersten Tag gegeben?"

„Dazu gehört Mumm", meinte Ben.

„Es ist eine irische Tradition. Je nach dem, wie man den Ring trägt, signalisiert man, ob man frei oder vergeben ist. Wenn das Herz nach außen zeigt, ist man frei, wenn es nach innen zeigt, ist man vergeben. Als er mir den Ring schenkte, hat das Herz nach außen gezeigt."

„Wann hast du ihn umgedreht?"

Stanton lachte wieder. „Zwei Tage später, gleich nach dem Springsteen-Konzert. Wir sind mit dem New Jersey Transit in die Stadt zurückgefahren und er ist mit dem Kopf auf meiner Schulter eingeschlafen."

„Du bist wirklich hoffnungslos romantisch", sagte Topher. „Warum habe ich nur das Gefühl, du verschweigst uns einen Teil der Geschichte?"

„Ich erzähle dir den Rest später. Erinnere dich nur an 7-Eleven."

„Was soll denn das heißen?", fragte Jake.

„Vergiss es", erwiderte Topher hastig. Stanton hatte den Ring wieder über den Finger gezogen. Topher war verdammt glücklich, als er erkannte, dass das Herz nach innen zeigte.

Travis schnappte sich Cade und verschwand mit ihm in der Küche. Kurz darauf kamen sie mit mehreren Tellern Grillfleisch und Beilagen zurück und stellten sie auf den Tisch. Während des Essens verwickelte Quentin Topher und Stanton in eine ausführliche Diskussion über Reinkarnationen. Er empfahl ihnen auch einige Bücher, die sie lesen sollten. Dann mischten sich Jason und Jake ein, weil sie mit Stanton über seinen Job als Musikkritiker reden wollten. Topher beobachtete lächelnd, wie mühelos sich Stanton mit den Teenagern unterhielt. Er stellte ihre vorgefertigten Meinungen über die Popkultur in Frage und argumentierte, dass Phillip Phillips *American Idol* nicht nur gewinnen könnte, sondern sogar gewinnen *sollte*.

„Haben wir nicht schon genug weiße Männer mit Gitarre?", fragte Jake.

„Hallo!", protestierte Topher. „Ich bin auch noch da!"

Stanton lachte. „Nicht, wenn der Mann eine ganze Nation in seinen Bann zieht", sagte er zu Jake.

„Es war nicht die ganze Nation, es war nur eine Generation der ganzen Nation", widersprach ihm Jake.

„Was glaubst du wohl, wer Elvis bekannt gemacht hat? Oder die *Beatles*? Oder Frank Sinatra? Oder Justin Timberlake? Oder Bieber? Die junge Generation ist die größte Macht dieses Landes, wenn neue Stars geboren werden. Wer kauft denn *Beaches on the Moon*?"

„Okay, schon gut", gab Jake nach. „Ich sehe schon, du bist einer dieser Menschen, die auf alles eine Antwort wissen."

„Sag ihm, dass er unrecht hat", forderte Stanton Topher auf.

Topher nickte. „Ihr habt unrecht", sagte er zu Jake und Jason.

Nach dem Essen entschuldigte sich Cade, weil er fernsehen wollte. Quentin setzte sich auf den freigewordenen Platz neben Topher. „Was hast du vorhin mit deiner Bemerkung über eine Dokumentation gemeint?", fragte er ihn.

„Willst du es ihm sagen?", sagte Topher zu Stanton.

„Ja. Aber ich gebe ihm nur die Fakten. Es steht jedem frei, daraus seine eigenen Schlussfolgerungen zu ziehen. Einiges davon ist auch für dich neu."

„Du hast mir noch nicht alles gesagt?", fragte Topher.

„Nein, es gibt noch mehr. Jake, du solltest vielleicht die Kamera wieder einschalten." Stanton wartete, bis Jake den Camcorder geholt hatte und wieder filmte, was am Tisch passierte. Dann trank er einen Schluck Wasser und begann mit seiner Geschichte.

„Diesen ersten Teil kennt Topher schon. Chris Mead hatte drei Freunde, Robert, Michael und Paul. Sie sind alle in den 80er Jahren innerhalb von achtzehn Monaten gestorben. Es war das Jahr, in dem die drei anderen Mitglieder von *Dime Box* geboren wurden. Wie ihr sicher wisst, heißen sie Robin, Maurice und Peter. Es besteht also eine bemerkenswerte Ähnlichkeit zwischen den vier Männern der Vergangenheit und den vier Männern der Gegenwart. Natürlich könnte es sich auch um einen Zufall handeln. Aber wie dem auch sein mag, es scheint, als ob Topher und ich nicht die einzigen sind, die von dieser Geschichte betroffen sind."

„Ich fasse es nicht", sagte Ben.

„Aber es geht noch weiter, und was ich jetzt erzähle, ist auch für Topher neu. Ben, du hast gesagt, du hättest das Gefühl, als wären Travis und du schon früher, in einem anderen Leben, ineinander verliebt gewesen. Nun, auch das mag ein Zufall sein, aber möglicherweise weiß ich, wer diese beiden anderen Männer aus einem früheren Leben waren. Topher, diese Verbindung geht über mich und *Dime Box* hinaus. Travis und Ben gehören auch dazu. Ich bin mit einem Mann namens Brendan Baxter zur Schule gegangen. Das ist der Mann, der während seines Jurastudiums in dem Apartment über eurer Garage wohnte, Ben."

„Ein Jurastudent?", fragte Ben.

„Ja. Er wollte Anwalt werden, so wie du. Wir vier waren befreundet – ich, Chris, Brendan und Trent Days."

Travis hob den Kopf. „Trent Days?"

„Du kennst seinen Namen?", fragte Stanton.

Travis lachte. „Das will ich doch wohl hoffen."

„Dann solltest du dich jetzt auf einiges gefasst machen."

Topher lehnte sich zurück und hörte zu, wie Stanton die Geschichte von Brendan und Trent erzählte. Als er zwei Stunden später zum Ende kam, sahen Topher und Travis sich ungläubig an. „Jetzt wird mir langsam einiges klar", sagte Travis zu Ben.

Ben gab ihm einen Kuss. „Das kann man wohl sagen. Quentin, du solltest dich mit PBS in Verbindung setzen."

Stanton lächelte. „Ich kann dir einen Kontakt vermitteln."

AM NÄCHSTEN Tag beluden Topher und die Zwillinge ihre Trucks mit den Zelten und der Campingausrüstung. Es war Freitag und sie hatten sich frei genommen. Peter und Stanton waren am Mittag losgefahren, um Marvin vom Flughafen abzuholen. Stanton hatte Topher erzählt, Marvin wäre schon ganz aufgeregt, aber auch etwas nervös.

Topher hielt das für unnötig und behielt damit recht. Als sie vom Flughafen zurückkamen, scherzten Peter und Marvin schon miteinander, als würden sie sich seit Jahren kennen. Topher stellte Marvin den Zwillingen vor, die ihn zur Begrüßung umarmten. Dann nahmen sie ihn mit ins Haus, um ihm zu zeigen, wie sie lebten. Topher drehte sich zu Stanton um. „Wie ist es gelaufen?", fragte er.

„Wie erwartet. Ich habe auf dem Rücksitz gesessen und bin kaum zu Wort gekommen. Fast wie in alten Zeiten."

„Waren Marvin und Paul gute Freunde?"

Stanton lachte. „Gute Freunde? Die beiden waren Herzensschwestern."

„Schwester? Was soll das …? Vergiss es. Wir müssen aufbrechen. Wenn wir nicht bis drei Uhr an Oak Hill vorbei sind, stecken wir im Berufsverkehr fest."

Auf der Fahrt nach Padernales fuhr Stanton bei Topher mit und Marvin bei Peter. Die Zwillinge fuhren zusammen in ihrem eigenen Wagen. Sie hatten schon in sämtlichen Nationalparks und Stateparks der Umgebung gezeltet, aber Padernales gefiel ihnen am besten. Hier gab es die größten Plätze und es war nur ein kurzer Weg zum Enchanted Rock mit seinen wunderbaren Wanderwegen, wie Topher Stanton erklärte. „Was ist an dem Felsen verzaubert?", fragte Stanton und rollte das Fenster runter.

„Er redet."

„Er redet?"

„Natürlich nicht wirklich. Es ist ein Granitfelsen, der sich durch die Sonneneinstrahlung tagsüber erhitzt. Wenn er nachts wieder abkühlt, gibt er knirschende und stöhnende Geräusche von sich. Deshalb dachten die Indianer, er wäre von einem Geist besessen."

Als sie im Park ankamen, stellten Topher, Peter und die Zwillinge die drei großen Zelte auf. Robin hatte Stanton und Marvin damit beauftragt, die restliche Ausrüstung abzuladen. Sie verteilten sich zum Schlafen so, wie sie auch gefahren waren. Normalerweise hätte Topher seinen Schlafsack einfach auf dem Boden ausgerollt, aber er wollte Stanton den harten Untergrund nicht zumuten und hatte deshalb eine breite Luftmatratze und Kissen besorgt. Sie hatten auch einen Grill, einen Gaskocher und drei Kühltaschen mit Getränken und anderen Vorräten dabei. Topher amüsierte sich über Stanton und Marvin, die beide noch nie gezeltet hatten, sich aber nach einigen Stunden einlebten und mit den einfachen Verhältnissen gut zurechtkamen. Schön war auch, dass sie hier draußen in der Wildnis keinen Empfang hatten und Stantons Handy stumm blieb. Topher grinste, weil er mittlerweile zu der Überzeugung gekommen war, dass seine größten Konkurrenten um Stantons Aufmerksamkeit diese gottverdammten Follower bei Twitter waren.

Als nach dem Essen die Sonne unterging, machten Peter und Marvin einen Spaziergang. Stanton packte batteriebetriebene Lautsprecherboxen aus und stöpselte sein iPhone ein. „Ein Vögelchen hat mir gezwitschert, dass *Linkin Park* eure Lieblingsband wäre", sagte er zu Maurice und Robin.

„Ohne Frage", sagte Maurice.

„*Hybrid Theory* war eine der wichtigsten CDs unserer Jugend", erklärte Robin.

„Ich habe einige Wochen mit ihnen verbracht, um eine Sendung über ihr neustes Album zu machen. Es kommt erst in einem Monat raus, aber Chester und Mike haben mir erlaubt, es euch vorzuspielen. Natürlich nur, falls ihr Lust habt …"

Maurice drehte sich zu seinem Bruder um. „Er hat sie Chester und Mike genannt!", quietschte er.

Topher konnte kaum glauben, wie nett Stanton zu seinen Freunden war.

„Ich denke schon, dass wir es hören wollen", sagte Robin, legte Maurice den Arm um den Hals und zog ihn an sich. „Kannst du das glauben?", fragte er seinen Bruder. „Eine Vorab-Kopie für uns!"

Maurice umarmte Robin ebenfalls. „Drück auf den Knopf, Mann", sagte er zu Stanton.

Sie hörten sich die neuen Lieder schweigend an. Ab und zu lächelten sie, nickten sich zu oder gaben sich ein Zeichen mit der Hand. Während das letzte Stück spielte, falteten sie die Arme auf dem Tisch und stützten sich mit dem Kinn darauf ab. Dann hoben sie überrascht den Kopf, als das Lied plötzlich zu Ende war.

„Wow", sagte Maurice. „Ich war gerade so richtig drin, da hört das Lied auf einmal auf."

Robin drehte sich zu Stanton um. „Cool, was? Wie das Ende bei den *Sopranos*. Was meinst du?"

„Ich will erst deine Meinung hören."

„Na ja, der Sound ist viel ausgefeilter als bei ihren früheren Aufnahmen. Ich vermisse die Garagenatmosphäre von *Hybrid Theory*."

Maurice nickte. „Ich auch. Aber Chester hat sich noch nie so gut angehört."

„Das sehe ich auch so", sagte Stanton.

„Die Ballade in der Mitte … *Castle of Glass*?", mischte sich Topher ein.

„Die war wunderbar. Die zweite Hälfte ist mehr eine Tonlandschaft als nur eine Sammlung von Liedern."

Stanton lächelte ihm zu. „Genau das habe ich zu Chester auch gesagt."

„Was denkst du?", fragte Robin seinen Bruder.

Maurice zuckte mit den Schultern. „Ich bin ein Fan, kein Kritiker. Mir hat es gefallen, und ich weiß jetzt schon, dass es mir nach jedem Anhören noch besser gefallen wird."

„Ja", stimmte Robin ihm zu. „Wir wollen es noch einmal hören. Ist das cool?"

„Lasst uns erst das Feuer anzünden", sagte Topher. Die Zwillinge grummelten, standen dann aber doch auf und holten die Holzscheite von ihrem Truck. Als das Lagerfeuer brannte, kamen auch Peter und Marvin von ihrem Spaziergang zurück.

„Mann", sagte Robin zu Peter. „Du weißt nicht, was du verpasst hast. Stan hat das neue Album von *Linkin Park* gespielt. Eine Vorab-Kopie."

„Nicht möglich!", rief Peter. „Kann ich es auch hören?"

Topher beugte sich zu Stanton vor und flüsterte ihm ins Ohr: „Stört es dich, wenn sie dich Stan nennen?"

„Normalerweise hasse ich Stan. Aber Maurice darf mich nennen, wie er will."

„Wirklich?"

Stanton nickte. „Ich mochte ihn schon immer besonders gern." Stanton spielte das Album ein zweites Mal, damit auch Peter es hören konnte. Von da an wurde *Living Things* ihre Erkennungsmelodie für dieses Wochenende.

Nach einigen Stunden am Lagerfeuer entschuldigten sich Topher und Stanton, weil sie duschen gehen wollten. Sie benutzten eine Kabine gemeinsam und wuschen sich gegenseitig.

Als sie in ihr Zelt kamen, warfen sie die Handtücher in eine Ecke und legten sich nackt auf die Luftmatratze. Sie rollten sich auf die Seite und sahen sich an. Topher küsste Stanton. „Weißt du eigentlich, dass sie dich anhimmeln?", fragte er.

„Das gehört alles zu meinem bösen Plan."

Stanton drehte sich auf den Bauch. Topher kroch auf ihn und küsste ihm den Rücken. „Was hältst du von deiner ersten Campingerfahrung?"

„Es gefällt mir."

Tophers Schwanz wurde langsam hart. Seit ihrem ersten Wochenende in New York war sein Selbstbewusstsein beständig gestiegen. Durch Travis wusste er, was Rimming war, hatte es aber noch nicht ausprobiert. Er küsste das fliegende Pferd auf Stantons Schulter und arbeitete sich langsam nach unten vor. Als sein Mund an der kleinen Delle über Stantons Arsch ankam, sagte er: „Du solltest dir genau hier auch ein Tattoo zulegen."

„Ein Tramp Stamp?"

„Nennt man das so?"

„Ja, so nennt man das. Vielen Dank, aber ich glaube, ein Tattoo reicht mir."

Topher ließ die Zunge noch weiter nach unten gleiten, bis sie Stantons Arschloch berührte.

Stanton zuckte zusammen. „Was machst du da?", rief er.

„Sei still, alter Mann."

Er spreizte Stantons Beine und drückte mit der Zunge wieder an sein Arschloch. Stanton gab ein Stöhnen von sich, wie Topher es noch nie gehört hatte. Er fuhr ihm mit der Zunge durch die Ritze und drückte jedes Mal leicht, wenn er an Stantons Loch vorbeikam. Und jedes Mal wurde er mit dem gleichen, tiefen Stöhnen belohnt. Topher liebte es, immer neue Wege zu finden, um Stanton zu erregen. Er legte sich zwischen Stantons Beine und machte noch einige Zeit so weiter, dann rollte er sich ein Kondom über und fickte Stanton in Grund und Boden. Als sie erschöpft auf der Matratze lagen und kurz vorm Einschlafen waren, hörten sie Peter und Marvin kichern.

„Würdet ihr jetzt endlich Ruhe geben!", brüllte Robin, erreichte aber nur, dass Peter und Marvin noch lauter lachten.

„Was ist das draußen los?", fragte Topher.

„Ich habe dich doch gewarnt", sagte Stanton. „Schwestern."

AM NÄCHSTEN Morgen verkündeten Maurice und Robin nach dem Frühstück, dass sie zum Enchanted Rock fahren und wandern gehen wollten.

„Ich bin dabei!", sagte Peter.

„Wandern?", fragte Marvin, nicht sehr überzeugt von der Idee. „Ich habe nichts gegen einen kurzen Spaziergang, aber für mehr bin ich wirklich zu alt. Ich bleibe hier und lese ein Buch."

„Ich komme gerne mit", sagte Stanton.

Topher griff die Gelegenheit beim Schopf, die sich ihm so unerwartet bot. „Ich bleibe auch hier."

Stanton und Tophers drei Freunde zwängten sich in Peters Auto und fuhren los. Marvin holte sich ein Buch aus dem Zelt und machte es sich in einem der Campingstühle bequem.

„Was liest du da?", fragte Topher.

„*Rock and Roll Always Forgets: A Quarter Century of Music Criticism.*"

„Von wem ist das Buch?"

„Vom ewigen Widersacher deines Liebsten."

„Stanton hat einen Widersacher?"

Marvin kicherte. „Ich übertreibe. Etwas. Chuck Eddy. Sie haben zur gleichen Zeit bei der *Village Voice* angefangen. Chuck hat in den 80ern eines der ersten großen Interviews mit den *Beastie Boys* gemacht. Stanton war auch hinter dem Interview her, hat es aber nicht bekommen. Ich habe gehört, Chuck lebt jetzt in Austin. Ihr werdet euch also vermutlich bald kennenlernen."

„Ich hoffe, er mag unsere Musik."

Topher ging zu seinem Truck und holte seine Gitarre aus der kleinen Box hinter dem Beifahrersitz. Er setzte sich auf einen Stuhl und legte zwei Bleistifte und einige bekritzelte Notenblätter auf den Tisch. Er wollte an seinem neuen Lied arbeiten.

Wie Topher gehofft hatte, meldete Marvin sich nach wenigen Minuten neugierig zu Wort. „Was wird das?"

„Das neue Stück, von dem ich dir erzählt habe. Es heißt *Homesick*."

„Spiel es mir vor."

„Ich habe noch Probleme mit der Abfolge der Akkorde."

Marvin stand auf, legte sein Buch weg und kam an den Tisch. Dann studierte er Tophers Notenblätter. „Warum ist es in Dur?"

„Ich schreibe immer in Dur."

„Nun, dann ist die Tonart dein erstes Problem. Das Lied handelt von einer Sehnsucht. Wenn du es in Moll umänderst, kannst du die Akkorde anpassen und sie sind wie gemacht für das Thema."

„Wie soll ich das anstellen?"

Marvin setzte sich an den Tisch und nahm einen der Stifte. „Darf ich?"

„Aber sicher", sagte Topher mit einem inneren Grinsen.

Marvin strich durch und überschrieb, strich durch und überschrieb – ein Blatt nach dem anderen. „So", sagte er dann und legte die Notenblätter so auf den Tisch, dass Topher sie lesen konnte. „Versuch es damit."

Topher fing zu spielen an. Marvin hatte der Melodie eine sanfte Melancholie gegeben, die ihr vorher gefehlt hatte.

„Verstehst du jetzt, was ich meine?", fragte Marvin.

„Mann, das hört sich schon wesentlich besser an. Was hältst du davon, wenn wir diese letzte Note eine Oktave höher setzen? Meine Stimme kommt dann besser."

„Gute Idee." Marvin strich wieder durch und überschrieb.

Topher spielte es noch einmal von Anfang bis Ende. „Das ist es", sagte er.

Marvin war aber noch nicht fertig. „Warum benutzt du bei deinem Text dieses einfache A-B-A-B Reimschema?"

„Keine Ahnung. Funktionieren Popsongs nicht immer nach den Mustern A-B-A-B oder A-A-B-B?"

Marvin schaute ihn über den Rand seiner Lesebrille an. „Für die schlechten mag das zutreffen. Lass es uns anders probieren, damit es nicht so vorhersehbar ist." Er fing wieder zu kritzeln an. „Und wir sollten uns den Reim auf ‚homesick' bis ganz zum Schluss aufsparen. Sonst löst sich die Spannung zu schnell auf."

„Vielleicht kann man es mit ‚guitar pick' reimen."

„Ich weiß nicht, aber …" Marvin verstummte und wackelte aufgeregt hin und her. „Das könnten wir zur zentralen Metapher machen. Der Erzähler in dem Lied reist durchs Land und sammelt guitar picks."

„Nein", sagte Topher.

„Gefällt dir die Idee nicht?"

„Ich liebe sie sogar. Aber wie wäre es, wenn er sie stattdessen zurücklässt – in Bars und Hotelzimmern und Kaschemmen. Wie Brotkrümel. Er lässt sie zurück, um den Heimweg wiederzufinden."

„Das ist brillant!"

Topher nahm eines der Blätter und gab es Marvin. „Was hältst du vom Refrain?"

Marvin las ihn durch. „Du solltest ihn kürzen."

„Den Refrain kürzen? Machst du Witze?"

„Über Musik mache ich nie Witze. Einige der besten Lieder haben gar keinen Refrain."

„Nenne mir eins."

„*Thunder Road.*"

„Das hat einen Refrain. Er singt den Titel."

„Das ist ein Vers. Ein Refrain wird während des Liedes regelmäßig nach jeder Strophe wiederholt. Das macht Springsteen bei *Thunder Road* nicht. Ohne Refrain ist ein Lied weniger Nullachtfünfzehn."

„Dann müssen wir mehr Text schreiben, weil das Lied sonst zu kurz wird."

„*Yesterday* ist nur zwei Minuten und drei Sekunden lang. Es ist trotzdem eines der besten Lieder aller Zeiten, oder etwa nicht?"

„Ja. Aber eine Strophe mehr bringt uns nicht um. Oder wenigstens eine Überleitung."

„Eine Überleitung. Die Idee gefällt mir schon besser."

Topher stellte die Gitarre ab und nahm sich den zweiten Stift. Er setzte sich an Marvins linke Seite und fing an, eine Überleitung zu schreiben. Sie tauschten ihre Ideen aus und arbeiteten zusammen wie eine gut geölte Maschinerie.

„Hast du schon einmal ein Lied geschrieben?", fragte Topher.

„Ich? Als ich noch jünger war, habe ich es versucht. Es war katastrophal. Ich konnte nie etwas zu Ende schreiben. Es war, als ob … Ich weiß auch nicht."

„Als hättest du nur das halbe Lied in dir?"

Marvin drehte sich zu ihm um und sah ihn überrascht an. „Woher weißt du das?"

Topher zuckte mit den Schultern. „Warum hast du es nie mit Hutch zusammen versucht?"

„Er hat mich nie gefragt. Er hatte ja noch nicht einmal eine Band. Außerdem bin ich Kritiker, nicht Songschreiber."

„Das wäre mir nie aufgefallen. Ich werde dich auf jeden Fall erwähnen. Das ist dir doch klar, oder?"

„Mach dich nicht lächerlich. Ich gebe dir doch nur Tipps."

„*Du* machst dich lächerlich. Wir schreiben dieses Lied zusammen. Wenn du das nicht siehst, bist du nicht halb so klug, wie Stanton annimmt."

„Meinst du das ernst?"

Topher zwinkerte ihm zu. „Ich mache über Musik auch keine Witze."

Marvin legte wortlos den Bleistift auf den Tisch.

Topher wartete einen Augenblick, dann nahm er den Stift und schob ihn zu Marvin zurück. „Bitte. Ich habe auch nur halbe Lieder."

Marvin starrte in die Ferne. Dann räusperte er sich und drehte sich wieder zu Topher um. Dabei musste ihm Tophers Tattoo aufgefallen sein, denn er fuhr ihm mit dem Finger über den Arm und fragte: „Was ist das?"

„Wie meinst du das? Es ist natürlich ein Tattoo."

„Nein, ich meine dieses Teil hier. Die Zahlen."

„Das heißt 4:33", sagte Topher. „Es ist ein Vers aus der Bibel. Apostelgeschichte 4, Vers 33. Es ist das Lieblingszitat meiner Mutter." Er zitierte: „‚Und mit großer Kraft gaben die Apostel Zeugnis von der Auferstehung des Herrn Jesus, und große Gnade war bei ihnen allen.' Meine Mom ist nicht sehr religiös, aber dieser Teil der Geschichte Jesu gefällt ihr. Sie hat mir beigebracht, dass die Liebe alles besiegt, selbst den Tod. Deshalb habe ich es mir zur Erinnerung eintätowieren lassen. Warum? Bedeuten dir diese Zahlen auch etwas?"

„*4:33* ist auch ein Stück von John Cage. Es dauert vier Minuten und dreiunddreißig Sekunden, in denen ein Musiker sein Instrument *nicht* spielt. Ich habe mit Hutch oft darüber diskutiert."

„Vier Minuten und dreiunddreißig Sekunden absoluter Stille?"

„Mehr oder weniger."

„Und es gibt Musiker, die das spielen?"

„Ja."

Topher schüttelte lachend den Kopf. „Verdammt. Ich wünschte fast, ich wäre auch auf diese Idee gekommen."

Marvin kicherte. „Ja. Aber das macht ihn eben zu John Cage."

Topher klopfte ihm auf die Schulter. „Sonst alles in Ordnung mit dir? Stanton hat sich schon an diese merkwürdigen Zufälle gewöhnt, aber für dich ist das alles noch Neuland."

„Alles okay. Es ist nur ein Unterschied, ob man etwas theoretisch für möglich hält oder … Dieses Tattoo grenzt jedenfalls schon an …"

„… Science Fiction?"

„Ja."

„Willkommen in meiner Welt."

„Also gut. Wollen wir jetzt ein Lied schreiben?", sagte Marvin nach einer Weile und griff nach dem Stift.

Topher stand grinsend auf. „Willst du auch ein Bier?"

„Ja, bitte. Hast du Kartoffelchips?"

„Vier verschiedene Sorten."

„Super. Die brauchen wir auch."

Den Rest des Tages arbeiteten die beiden Männer an dem Lied. Als die Ausflügler am späten Nachmittag zurückkamen, verkündete Topher ihnen, dass er und Marvin den nächsten Hit für *Dime Box* geschrieben hätten. Er spielte es ihnen vor. Von allen Seiten kamen ihre Zeltnachbarn, um ihm zuzuhören. Als das Lied zu Ende war, brachen sie in spontanen Beifall aus.

„Oh Mann", sagte Maurice. „Das ist das beste Lied, das du je geschrieben hast. Und du hast es gemeinsam mit Marvin geschrieben?"

„Jawoll. Ich weiß jetzt, wie Lennon und McCartney sich gefühlt haben müssen."

„Bitte", sagte Marvin. „Nicht übertreiben. Unser anwesender Popexperte hat sich noch nicht dazu geäußert."

Alle Blicke richteten sich auf Stanton. „Es ist perfekt", sagte der. „Das genaue Gegenteil von gewöhnlich. Die Tonart ist perfekt. Es in Moll zu spielen …"

„Das war Marvins Idee", unterbrach ihn Topher. „Er arrangiert auch die Harmonien. Wir wollen für die Studioversion und das Konzert ein Kammerorchester engagieren."

„Aber natürlich", sagte Stanton. „Gute Arbeit, Kumpel. Wer hätte das gedacht?"

Peter legte Marvin den Arm um die Schultern. „Ich sage dir, das wird ein Superhit."

AM ABEND gab es ein köstliches Barbecue mit Steaks, Gemüse, Kartoffeln und Knoblauchbrot. Sie saßen am Picknicktisch und schlemmten – auf der einen Seite Stanton und die Zwillinge, auf der anderen Topher, Peter und Marvin.

Maurice strich sich Butter auf die Kartoffeln. „Wie lange bist du jetzt schon bei der *New York Times*?", fragte er Marvin.

„Seit fünfzehn Jahren. Wir werden sehen, ob ich auch noch die nächsten fünfzehn durchhalte."

„Ich habe noch nie Zeitungen gelesen", gestand Robin stirnrunzelnd.

„Noch nie?", fragte Marvin.

„Nein. Ich lese nur online. Du machst in klassischer Musik, nicht wahr?"

Marvin lächelte Stanton über den Tisch hinweg zu. „Ja, so könnte man es nennen."

„Wie cool. Mozart und so?"

„Ja, ich habe eine gewisse Schwäche für Mozart."

„Wir haben vor einigen Monaten den Film gesehen", sagte Peter. „*Amadeus*?"

Marvin nickte ihm zu. „Ich habe ihn auch gesehen. Sogar schon mehrmals."

„Ich habe nie verstanden, was die ganze Aufregung sollte", meinte Robin. „Sicher, er hat recht nette Musik geschrieben. Aber der Weisheit letzter Schluss war er auch nicht."

„Dem würde ich vehement widersprechen", sagte Marvin. „Er hat nie etwas überarbeiten müssen und schon mit acht Jahren seine erste Symphonie geschrieben. Seine Musik war ein Gottesgeschenk. Nenne mir nur einen modernen Musiker, der so viel komponiert hat, der diese perfekte Musikalität besitzt und die Inspiration, mit der Mozart gesegnet war."

Robin überlegte kurz. „Prince", sagte er dann.

„Prince?"

„Ja", sagte Robin. „Er schreibt alles selbst, produziert und arrangiert es selbst. Wusstest du, dass er in der Studioversion von *For You* siebenundzwanzig Instrumente spielte? Siebenundzwanzig!"

„Sein Musikverständnis ist nicht nur theoretisch, es ist auch praktisch", ergänzte Maurice.

„Sein musikalischer Output ist unfassbar", fuhr Robin fort. „Ich habe gehört, er hätte noch fünfhundert unveröffentlichte Lieder in der Schublade liegen. Und er hat außerdem für andere Musiker geschrieben. Wie ich den Film verstanden haben, war dieser Mozart der Axl Rose seiner Zeit."

„Dieser Depp", murmelte Peter.

„Ich will ja niemanden beleidigen, aber was dem einen Inspiration ist, kann für den anderen nur Lärm sein", meinte Maurice.

Marvin legte die Gabel ab. „Soll das etwa heißen, Mozarts Musik wäre Lärm?"

Peter klopfte ihm beruhigend auf die Schulter. „Keine Aufregung."

„Du musst eines verstehen", sagte Maurice. „Wenn wir über Musik reden, nehmen wir keine Rücksicht auf Verluste. Du bist Musikkritiker, deshalb sind wir davon ausgegangen, dass du damit umgehen kannst. Aber wenn wir dir zu krass sind, musst du es nur sagen. Nicht jeder kommt damit zurecht, die schwächeren Argumente zu haben."

Stanton lachte unkontrolliert. „Oh Mann, Marvin! Sie haben den Spieß umgedreht! Es ist fast, als hätten sie ihre Rache dreißig Jahre lang geplant."

„Ich glaube nicht, dass Maurice mit dem Lärm Mozart gemeint hat", flüsterte Peter Marvin ins Ohr.

„Habe ich auch nicht", sagte Maurice. „Ich wollte nur darauf hinweisen, dass Musik sehr subjektiv wahrgenommen wird. Das hat Stanton auch immer wieder betont."

Stanton hob die Hand über Robins Kopf und Maurice klatschte ihn von der anderen Seite ab.

Marvin warf Stanton einen grimmigen Blick zu. „Dann habe ich also dir dafür zu danken. Ich hätte es mir denken können."

Maurice kicherte. „Wie kommst du eigentlich dazu, musikalisches Talent mit religiösen Attributen zu versehen? Gottesgeschenk? Du kannst eine objektive Analyse nicht mit diesem nebulösen Hokuspokus vermischen. Das sind Totschlagargumente, über die man nicht mehr diskutieren kann. Wer behauptet,

Gott wäre auf seiner Seite, nimmt für sich in Anspruch, immer recht zu haben. Das haben wir schon von Bob Dylan gelernt."

„Wow", sagte Stanton. „Das war umwerfend. Ich liebe dich, Kumpel. Ich wünschte, das wäre mir selbst eingefallen. Warum ist es das eigentlich nicht?"

„Wo hast du studiert?", fragte Marvin Maurice.

„University of Texas."

„Seid ihr alle auf die UT gegangen?"

„Nein", antwortete Peter. „Maurice war als einziger klug genug, um dort aufgenommen zu werden. Wir sind nach der Schule mit ihm nach Austin gezogen, damit wir die Band nicht auflösen mussten."

„Nur ich nicht", sagte Topher. „Ich musste erst mein letztes Schuljahr abschließen."

Marvin lächelte. „Na gut, ich gebe es zu. Du hast dich rhetorisch und argumentativ sehr gut geschlagen, Maurice. Es hat mir vielleicht nicht gefallen, von jemandem in die Ecke gestellt zu werden, der nur halb so alt ist wie ich, aber …"

Stanton holte sein iPhone aus der Tasche und aktivierte die Kamera. „Halt", sagte er zu Marvin. „Könntest du das bitte wiederholen, damit ich es aufnehmen und twittern kann? Das mit dem ‚in die Ecke gestellt werden'."

„Lass das", schimpfte Marvin. Topher fiel auf, dass er das Geplänkel zu genießen schien.

Maurice beugte sich vor und flüsterte seinem Bruder ins Ohr. Robin schaute Peter an, der Topher hinter Marvins Rücken auf die Schulter klopfte.

„Was geht hier vor?", wollte Marvin wissen.

„Sie wollen dieses Spiel spielen", sagte Topher. „Das Spiel, von dem uns Stanton erzählt hat. Ihr habt es gespielt, als ihr euch kennengelernt habt."

„Das Große Spiel?", fragte Marvin.

Topher nickte.

„Ich bin dabei", sagte Stanton. „Sie löchern mich schon den ganzen Tag mit ihren Fragen über Robert, Michael und Paul. Wenn sie das Große Spiel wollen, sollen sie es haben."

„Ich habe nicht gesagt, ich wäre dagegen." Marvin drehte sich zu Peter, Robin und Maurice um. „Kennt ihr die Regeln?"

„Nur Musikkategorien", sagte Peter.

„Keine Wiederholungen", ergänzten die Zwillinge.

Topher hob den Fuß und drückte ihn Stanton unterm Tisch zwischen die Beine. „Ultimative letzte Kategorie."

„Halt", sagte Marvin. „Da fehlt noch was."

Stanton schlug mit der Hand auf den Tisch. „Er hat recht! Wir haben das Gras vergessen. Das Spiel macht viel mehr Spaß, wenn alle stoned sind. Aber wir können nicht hier in der Öffentlichkeit rauchen. Ich will nicht im Knast landen."

Maurice stand auf. „Wir müssen nicht rauchen, um stoned zu sein." Er ging zu einer der Kühltaschen und zog eine Tüte mit Plätzchen daraus hervor, die er auf die Mitte des Tischs legte. „Es dauert etwas länger, bis sie wirken. Aber dafür riechen es unsere Nachbarn nicht."

„Ich habe mein Steak noch nicht gegessen", sagte Marvin.

„Wir haben da in Austin diesen Spruch", meinte Topher. „Nachtisch zuerst."

„Wo hast du gelernt, Grasplätzchen zu backen?", fragte Marvin.

„Von unserer Mom", antwortete Robin.

Sie nahmen sich alle ein ‚Schokoladenplätzchen' und das Spiel ging los.

„Okay", sagte Marvin. „Wer fängt an?"

„Ich", meldete sich Stanton. „Das beste Lied einer Boygroup."

„Oh", sagte Topher. „Das ist einfach. *Tearin' Up My Heart*. Damit ist *'N Sync* der Durchbruch gelungen und es ist nie getoppt worden." Er imitierte Justin Timberlakes typische Kopfbewegungen. „Los geht's, Jungs."

Topher und seine Freunde sprangen auf und gingen auf den freien Platz neben dem Tisch.

„Was ist denn jetzt los?", fragte Marvin.

„Wir haben das in der Schule aufgeführt, als wir vierzehn waren", erklärte Peter.

„Ich war erst dreizehn", korrigierte ihn Topher. Sie führten das Lied auf, komplett mit den Tanzbewegungen des Originalvideos. Stanton und Marvin standen auf und tanzten mit.

Als sie wieder am Tisch saßen, beugte Stanton sich vor und gab Topher einen Kuss. „Das war heiß."

Robin schüttelte lachend den Kopf. „Können wir jetzt weiterspielen? Ich weiß, es hört sich beliebig an, aber mir gefällt *The Call*."

Maurice brach in Gelächter aus. „Mein Bruder, der *Backstreet Boy*. Er wollte damals schon *I Want It That Way* aufführen."

„Halt den Mund. Es ist ein tolles Lied."

„Warum hast du es dann nicht gewählt?"

„Hast du den Remix von *The Call* gehört, den *Thunderpuss* aufgenommen hat?", fragte Stanton.

„Ich kann mich nicht erinnern."

„Wenn dir das Original gefällt, wird der Remix dein Leben verändern. Für immer. Glaube mir."

„Falls es dir noch nicht aufgefallen ist … Stanton liebt Übertreibungen", sagte Marvin zu Robin.

Topher stieß Marvin den Ellbogen in die Seite. „Oh, das ist uns nicht entgangen. Weißt du, was er über ein Lied von mir gesagt hat? Es wäre eines der schlechtesten Lieder, die er jemals gehört hat."

„Darf ich jetzt?", fragte Peter.

„Beim Großen Spiel gibt es keine feste Reihenfolge und man muss nicht fragen", sagte Marvin. „Wer zuerst kommt, mahlt zuerst."

„Wie wäre es dann mit *You Needed Me* in der Coverversion von *Boyzone*? Meine Mom hat früher immer Anne Murray gehört und ich finde, die Version von *Boyzone* ist einfach süß."

„Natürlich findest du das", sagte Robin. „Ich habe das Lied noch nie gehört."

„*I Want It That Way*", sagte Maurice.

„Siehst du?", sagte Robin zu ihm. „Deshalb habe ich es nicht gewählt. Ich wusste, dass du es tun wirst."

„Jetzt haben wir schon zweimal die *Backstreet Boys*", sagte Stanton und sah Marvin auffordernd an.

„Ich sehe mich gezwungen, die Alte Schule der Boygroups in Erinnerung zu rufen", sagte der.

„*New Kids on the Block*?", fragte Stanton.

„Ja. Wie heißt das Lied mit dem Video in schwarz-weiß?"

„*You Got It*. Ihr kennt es vermutlich als *The Right Stuff*", sagte Stanton und fing zu singen an. „Oh oh oh oh oh."

„Genau das. Das war noch, bevor Jordan Knights Frisur größer wurde als das Empire State Building. Die *New Kids* sind die Vorbilder für alles, was danach kam", referierte Marvin in einer grauenhaften Imitation des texanischen Slangs.

Peter und die Zwillinge schlugen lachend mit den Fäusten auf den Tisch.

„Marvin …", keuchte Maurice und wischte sich die Tränen aus den Augen. „Ich glaube nicht, dass wir deine Integrationsversuche überleben."

„Warum nicht?", fragte Marvin erstaunt. „Mir gefällt es. Es ist dem Anlass absolut angemessen. Wow. Das waren ganz schön viele A-Wörter."

„Ich glaube, die Plätzchen machen sich bemerkbar", grinste Maurice.

Stanton gab die letzte Antwort zu seiner Kategorie. „Ich bin enttäuscht, dass sich niemand für *MMMBop* entschieden hat. Mein Lied ist *I Want to Hold Your Hand*."

„Was?", sagte Robin.

Maurice schob ihn zurück. „Hast du gerade die größte Rock 'n' Roll-Gruppe eurer Generation als Boygroup klassifiziert?", fragte er Stanton empört.

„Unserer Generation?", rief Marvin. „Sind sie nicht die größte Rock 'n' Roll-Gruppe *aller* Generationen?"

„Ehrlich gesagt … nein", meinte Maurice. „Ich finde Springsteen besser. Als er in den vorgeschichtlichen 70ern anfing, hattet ihr vielleicht noch Hemmungen, ihn mit den *Beatles* zu vergleichen, aber jetzt? Schaut euch doch nur sein Gesamtwerk an!"

Stanton nickte. „Dem kann man schwer widersprechen."

„Dir ist doch klar, dass Springsteen meine Generation ist und ich erst zehn Jahre alt war, als sich die *Beatles* trennten?", sagte Marvin zu Maurice.

„Ich meine ja nur, dass die *Beatles* von unserer Generation nicht mehr auf diesen hohen Sockel gestellt werden", sagte Maurice. „Ich finde es brillant, dass Stanton sie zu den Boygroups zählt. Genau das waren sie nämlich, als sie anfingen."

Marvin sah Stanton an. „Die blasen dir wirklich Zucker in den Hintern, was?"

„Ich bin daran vollkommen unschuldig", sagte Stanton und klatschte sich wieder mit Maurice ab.

Maurice trank einen Schluck Bier. „Nicht böse sein, Marvin. Du weißt doch, dass wir nur Unsinn reden, ja?"

Marvin grinste. „Es ist mir eine Ehre und ein Vergnügen, unsere musikalischen Differenzen aufzudecken."

„Gut. Mir auch. Ich mache dann weiter. Der beste Song von Michael Jackson. Nein … halt, halt, halt! Der beste Song *aller* Jacksons, egal, ob als Gruppe oder solo."

„Nein!", rief Robin. „Das ist unmöglich."

„Ganz ruhig", sagte Peter. „*Rhythm Nation*. War doch ganz einfach."

„*Billie Jean*", sagte Topher.

„*ABC*", entschied Marvin.

„*Man in the Mirror.*" Topher und seine Freunde warfen Stanton überraschte Blicke zu. „Was ist denn?", fragte der.

Topher grinste. „Wir haben unseren letzten Auftritt mit diesem Lied beendet."

Unterm Tisch drückte Stanton ihm den Fuß zwischen die Beine. „Ihr habt eben Geschmack."

„Ich entscheide mich für *Control*", sagte Robin.

„Und ich für *Beat It*", sagte Maurice. „Die rote Lederjacke ist einfach unübertroffen."

„Äh", meinte Topher. „Die weißen Handschuhe etwa auch?"

„Oh, stimmt. Na gut. Aber fast. Marvin, was ist deine Kategorie?"

Marvin schaute sich am Tisch um. „Mal sehen, ob ihr schon alt genug seid. Das beste Lied von Elvis."

„Alt genug?", empörte sich Robin. „Ich zeige dir ‚alt genug'! *Hound Dog*."

„*Suspicious Minds*", sagte Peter.

Maurice schloss die Augen und runzelte die Stirn. „*All Shook Up*."

Topher rieb Stanton über den Fuß. „Du zuerst."

„Nein, erst du."

Alle sahen Topher an. „Dann sage ich *Return to Sender*. Das Lied hat mein Dad immer gesungen, wenn er nach dem Rasenmähen sein Bier getrunken hat. Aber ich weiß schon, wie sich Stanton entscheidet."

„Willst du für mich antworten?"

Topher stand auf, beugte sich über den Tisch und küsste ihn. „*Can't Help Falling in Love?*"

„Richtig."

„Woher hast du das gewusst?", fragte Peter.

„Weil ich viel vorhersehbarer bin, als euch bewusst ist", antwortete Stanton, während Topher sich wieder setzte.

„Ich mache den Schluss mit *Heartbreak Hotel*", sagte Marvin und nickte Robin zu.

„Und ich bringe uns nach Hause nach Texas", sagte Robin. „Country und Western. Das beste Lied aller Zeiten."

„Oh Mann, damit hast du mich erwischt", stöhnte Stanton. „Das ist nicht gerade mein Spezialgebiet."

Marvin schüttelte den Kopf. „Denk nur an die vielen Remixes von LeAnn Rimes, die wir im *Pavilion* gehört haben."

„Wie hieß noch dieses Lied, das mir vor ungefähr fünf Jahren halbwegs gefallen hat?"

„*Suddenly*. Und es ist schon zehn Jahre her."

„*Suddenly*", schrie Stanton.

„*I Hope You Dance*", sagte Marvin.

Robin griff über den Tisch und rubbelte Marvin durch die Haare. „Und woher kennt ein Klassikfan wie du Lee Ann Womack?"

„Sei vorsichtig", sagte Stanton. „Wenn es um Musikwissen geht, ist Marvin der Zweitbeste von allen, die ich jemals kannte."

„Und wer war der Beste?", fragte Peter.

„Ja", sagte Topher. „Das würde mich auch interessieren."

Marvin steckte sich den letzten Plätzchenkrümel in den Mund. „Was denkst du wohl?"

„Hutch?", fragte Topher.

Stanton und Marvin lachten. „In seinen Träumen vielleicht", sagte Marvin. „Nein, wenn es um Musik ging, hat Robert uns alle in die Tasche gesteckt."

Stanton nickte. „Wir sind sonntags immer zum Mittagessen zu Marvins Eltern nach Queens gefahren. Vor der Rückfahrt haben wir Gras geraucht und Robert hat diese unglaublichen Diskussionen über Musik angefangen."

„Ich habe sie die ‚Stoned Subway Seminare' getauft", sagte Marvin. „Bevor wir uns kennenlernten, dachte ich immer, ich hätte die Weisheit mit Löffeln gefressen. Aber Robert hat mir beigebracht, wie man Musik richtig hört."

„Er hat uns alles beigebracht, was wir wissen", sagte Stanton.

Topher trat Robin ans Schienbein. „Siehst du? Ich habe es dir doch gesagt."

„Können wir jetzt mit dem Spiel weitermachen?", fragte Maurice. „Ich nehme *I Fall to Pieces*."

„Erinnerst du dich an die Dragqueen in dem Sommer, als wir das erste Mal auf Fire Island waren?", fragte Marvin Stanton.

„Patzi Klein. Patzi mit *z* wie Liza und Klein wie in Calvin Klein."

„Ty hatte recht", bemerkte Topher. „Ihr redet darüber, als wäre es eine griechische Heldensage."

„Sorry", sagte Stanton. „Ich wette, ich weiß auch, was du gleich sagst."

Topher lachte. „Und woher willst du das wissen?"

„Weil du schon einmal ein Lied gewählt hast, das dein Vater immer gesungen hat. Du hast mir gesagt, er hätte am liebsten Bruce Springsteen, Otis Redding und Buck Owens gehört. Also muss es ein Lied von Buck Owens sein. Und da kommt nur eines in Frage, nämlich …"

Robin schnippte mit den Fingern. „*I've Got a Tiger by the Tail*!"

„Das ist unfair!", rief Topher. „Aber du hast recht. Verdammt."

Robin schüttelte den Kopf. „Ich werde seine Obsession mit Buck Owens nie verstehen", flüsterte er Stanton zu.

Stanton nickte. „Es ist wahrscheinlich diese rot-weiß-blaue Gitarre."

„Wie bitte? Das habe ich gehört!"

Robin und Stanton lachten. Topher fühlte sich verdammt gut, sie so fröhlich zu erleben. „*I Walk the Line*", rief Peter dazwischen.

„Ich verspreche, jetzt nicht zu erzählen, was mir Johnny Cash bedeutet", sagte Stanton.

„Ich wollte dich nicht entmutigen oder gar zum Schweigen bringen", meinte Topher.

Stanton grinste ihn an und Topher spürte die volle Kraft des Plätzchens. „Chris hat Lieder oft in einer sehr abgespeckten Form interpretiert. Er nannte das seine Johnny Cash-Versionen", erklärte Stanton nun doch.

„Wir nennen das unplugged", meinte Maurice und stieß Robin an. „Und was ist dein letztes Wort, Bruderherz?"

„*I'm So Lonesome I Could Cry.*"

Maurice seufzte. „Mein Lieblingslied von Hank Williams."

„Ich weiß. Unser Dad war ein wertloses Stück Scheiße, aber er hatte einen verdammt guten Geschmack, wenn es um Countrymusik ging."

„Das ist auch mein Lieblingslied von Hank Williams", sagte Stanton.

Topher rieb sich scherzhaft das Kinn. „Du bist doch nicht so vorhersehbar, wie wir alle dachten."

„Peter", sagte Robin. „Du bist dran."

Peter schaute sich am Tisch um. „Jungs, ihr müsst mir helfen. Wir brauchen einen echten Renner." Es gab eine lange Pause, während Topher, Robin, Maurice und Peter über ihre Optionen nachdachten.

Dann klatschte Maurice in die Hände. „Ich hab's!" Er stand auf, beugte sich über den Tisch und flüsterte Peter ins Ohr.

„Oh, das ist prima", sagte Peter. „Okay. Der größte Auftritt, den *American Idol* je erlebt hat."

Stanton senkte den Kopf. „Na super. Unübertroffen. Wirklich. Gelten nur die Auftritte im Wettbewerb?"

Peter stieß Topher mit dem Finger an. Topher nickte. „Ja", antwortete Peter.

„*Summertime* in der Interpretation von *Fantasia*", sagte Maurice. „Dagegen kann niemand etwas einwenden."

„*Mad World*", sagte Topher.

„Siehst du?", rief Maurice. „Deshalb habe ich dich gleich für schwul gehalten! Es ist diese Obsession mit Adam Lambert."

„Ich bin nicht von Adam Lambert besessen. Es ist seine Stimme, du Dummkopf."

„Diese beiden Lieder liegen auf der Hand", sagte Stanton. „Danach hat man die Wahl zwischen David Cooks *Always Be My Baby* und Kelly Clarksons *Stuff Like That There*. Ich entscheide mich für David Cook, weil er der beste Teilnehmer war, den *American Idol* je hatte."

„Elliott Yamin", sagte Marvin.

„Welches Lied?", fragte Maurice.

„*A Song for You*."

Maurice schüttelte den Kopf. „Das ist ein gewaltiger geschmacklicher Ausrutscher von dir, mein Freund."

„*Hemorrhage*", sagte Robin.

Stanton grunzte. „Chris Daughtry ist grauenhaft."

Maurice lachte. „Kein Abklatscher für dich, Bruderherz."

„Was ist mit Carrie Underwood?", fragte Peter.

Maurice sprang aufgeregt auf und ab. „Dieses Lied über das Herz!"

„*Alone*", sagte Stanton.

„Ja, das", erwiderte Peter. „Das wähle ich." Er beugte sich vor und sah Topher an. „Du bist das Schlusslicht."

Topher überlegte. „Das beste Lied aller Zeiten. Das ist die ultimative letzte Kategorie, ja?"

Marvin nickte. „Richtig, junger Mann."

„Nun", meinte Maurice. „Ich will meinem Bruder nicht die Antwort stehlen, weil er mir meine auch nicht gestohlen hat. *Smells Like Teen Spirit*. Das ist das zweitbeste Lied aller Zeiten." Topher und seine Freunde senkten ehrfurchtsvoll die Köpfe. „Wenn wir eine Band verehren, dann ist es *Nirvana*."

Nach einer angemessenen Pause sagte Marvin: „Ich halte mich an den *Redemption Song*. Er spricht mich jetzt mehr an als jemals zuvor."

„Das Original von Bob Marley?", fragte Peter.

„Selbstverständlich."

Stanton lächelte Topher zu. „Immer das gleiche Lied für mich: *Bridge Over Troubled Water*."

„*Shadow of the Day*", sagte Robin.

„Ja, das ist das beste Lied von *Linkin Park*", stimmte Topher ihm zu.

„Da bin ich mir nicht so sicher", meinte Stanton. „Die meisten würden *In the End* als ihr bestes Lied bezeichnen."

„Das ist mir egal", sagte Robin. „Kennst du das Video von ihrem Auftritt aus Madrid? So wie Chester da singt … Das wirst eines Tages du sein, Topher."

„Ich weiß, dass es schon ziemlich abgelutscht klingt, aber *Hallelujah* von Leonard Cohen ist immer noch eines der besten Lieder aller Zeiten."

„Ja", sagte Stanton.

„Abgelutscht. Richtig", sagte Robin und sah Topher an, der die letzte Antwort des Abends geben musste.

Topher dachte sorgfältig nach, bevor er sich entschied. „Mir ist bei diesem Spiel etwas aufgefallen", sagte er dann. „Es geht eigentlich gar nicht um das *beste* Lied, nicht wahr? Es geht immer um unsere *Lieblings*lieder."

„Hört, hört", sagte Stanton leise.

Topher freute sich, dass sein Freund ihm zustimmte. „Manchmal geht es sogar nur um das aktuelle Lieblingslied. Ehrlich, so ganz spontan würde ich *Human* von den *Killers* als das beste Lied bezeichnen. Aber vor einigen Tagen hat mir jemand ein Lied auf den iPod geladen, das ich erst für ziemlichen Mist gehalten habe. Nachdem ich es aber einige Male gespielt habe, hat sich meine Meinung darüber geändert. Stanton, wenn es das ist, was du für mich empfindest ... dann bin ich der glücklichste Mann von ganz Texas."

„Welches Lied ist es?", fragte Robin.

„*Only Yesterday* von den *Carpenters*", sagte Topher.

„Mein Gott, Stanton", sagte Robin. „Die *Carpenters*? Wirklich?"

Stanton nickte Marvin zu. „Manche Dinge ändern sich eben nie."

NACH IHREM Campingausflug flog Marvin wieder nach New York zurück, wollte aber mit Tyrese zurückkommen, um das Konzert von *Dime Box* am Memorial Day zu besuchen. Auf diesem Konzert wollten sie ihr neues Lied, *Homesick*, zum ersten Mal spielen. Marvin wollte sich auch um die musikalischen Arrangements kümmern und sie in den nächsten Tagen per E-Mail nach Austin schicken. Außerdem nahm er mit dem Streichquartett der UT Kontakt auf und verpflichtete sie als Begleitmusiker für das Konzert und die späteren Studioaufnahmen. Peters Dad baute mit seinen Mitarbeitern die Bühne und die zusätzlichen Bänke auf dem Baseballfeld von Dime Box. Mr. Moses war sehr stolz auf seinen Sohn und die Band, die ihren Kredit in kürzester Zeit zurückbezahlt hatte. Er beschloss daher, das Konzert auch finanziell zu unterstützen und die Rechnung für die Aufbauten zu übernehmen. Außerdem arbeitete Mr. Moses mit Kai zusammen, der mittlerweile zum offiziellen Filmbeauftragten der Band ernannt worden war. Die beiden bauten zusammen die großen Leinwände auf, damit die Zuschauer während des Konzerts auch Nahaufnahmen sehen konnten. Kai wollte das Bildmaterial anschließend schneiden und innerhalb von vierundzwanzig Stunden in YouTube hochladen.

Die Neuigkeit von dem Gratiskonzert verbreitete sich dank der Werbeplattform, die Stanton eingerichtet hatte, in Windeseile überall in Zentraltexas. Stanton und die Band verbrachten die Woche vor dem Konzert mit Proben und arbeiteten an der Playlist für den Auftritt. Nur das letzte Lied wollten sie Stanton nicht verraten. Marvin schickte ihnen nicht nur Arrangements für die Instrumente, sondern auch für den Gesang. Sie waren das Schwierigste, was sich die Jungs jemals zugemutet hatten, daher erforderten sie zusätzliche Probestunden. Sie hatten kaum noch vier Stunden Schlaf pro Nacht, aber darüber beschwerte sich niemand. Peter hängte in ihrer Garage sogar ein Poster auf: ‚No stinking divas!' Stanton schlug vor, einige lokale Bands als Vorgruppen einzuladen, damit das Konzert schon mittags beginnen konnte und sich die Anfahrt für die Fans lohnte. Außerdem könnten sie sich so die Sympathie der Musikszene von Austin sichern. Die steigende Flut, so sagte er, nimmt alle Boote mit. Stanton nutzte seine Beziehungen zu dem Kritiker des *Austin Chronicle* (der Mann, der ihm die alte Blechschüssel ausgeliehen hatte, die mit ihrem Motorschaden Stanton und Topher zusammenbrachte), um andere Bands anzusprechen und mit ihnen die Details ihres Auftritts zu planen.

Am Tag des Konzerts fuhren Topher und Stanton schon vormittags nach Dime Box, um zum Mittagessen bei Tophers Mom und Schwester zu sein. Topher wusste, dass seine Mom sich über Stantons Alter Sorgen machte, zumal sie erst seit Kurzem darüber informiert war, dass ihr Sohn jetzt mit einem Mann zusammen war. Aber Stanton packte seinen geballten Charme aus und nahm Tophers Mom schnell den Wind aus den Segeln. Die beiden unterhielten sich angeregt in der Küche, während Topher und seine Schwester Trisha im Wohnzimmer saßen und Neuigkeiten austauschten. Danach behandelte seine Mom Stanton, als würde er schon ewig zur Familie gehören. Als sie nach dem Essen das Haus verließen, stieß Topher ihn an und wollte wissen, worüber die beiden gesprochen hatten.

„Ich habe ihr gesagt, sie müsste sich keine Sorgen um dich machen und wenn ein Herz gebrochen würde, dann nur meines. Ich habe ihr auch gesagt, dass ich gegen deine Beharrlichkeit keine Chance hatte, obwohl ich es wirklich versucht habe. Sie kennt dich und konnte es verstehen. Und ich habe sie um ihr Mitgefühl gebeten."

„Dein Herz wird nicht gebrochen."

Die erste Band spielte gegen vier Uhr. Danach füllte sich der Platz schnell und gegen sieben Uhr schätzte Mr. Moses, dass ungefähr zweitausend Besucher gekommen waren. Die ganze Stadt hatte sich in einen großen Parkplatz verwandelt. Gegen halb acht mussten die Organisatoren immer noch ankommende Besucher abweisen, weil die Kapazitäten ausgeschöpft waren.

Topher und Stanton waren in der Schule, wo sie einen improvisierten Aufenthaltsraum für die Bands eingerichtet hatten. Topher freute sich, die anderen Musiker besser kennenzulernen. Er unterhielt sich gerade mit einigen von ihnen, als er Peter sah, der zu Stanton lief und ihm etwas ins Ohr flüsterte. Als Stanton sich zu ihm umdrehte und ihn ansah, entschuldigte Topher sich bei seinem Gesprächspartner und ging zu Stanton. „Was ist los?", erkundigte er sich.

„Marvin und Ty sind angekommen", sagte Stanton. „Wir haben eine Überraschung für dich."

„Eine Überraschung? Was?"

„Komm mit."

Sie gingen auf den Flur, wo Marvin, Tyrese und der Rest der Band schon auf sie warteten. Topher wusste nicht, was vor sich ging, bis er den Gitarrenkoffer erkannte, den Marvin in der Hand hielt. „Ist das die schwarze Fender?", fragte er ungläubig.

„Ja", sagte Stanton. „Sie gehört jetzt dir."

Topher war den Tränen nahe. „Musste das ausgerechnet jetzt sein?", fragte er, halb ernst und halb im Scherz. „Ich kann so unmöglich singen." Marvin reichte ihm den Gitarrenkoffer. Topher stellte ihn ab und öffnete ihn.

„Ich habe sie neu bespannen lassen", sagte Marvin. „Und ich habe die ganze letzte Woche auf ihr gespielt, um die neuen Saiten einzuspielen."

Topher nahm die Gitarre aus dem Koffer. In den dunkelroten Gitarrengurt war in weißer Farbe der Name HUTCH eingebrannt. Topher hängte sich die Gitarre um und zog ein Plektrum aus der Hosentasche. Dann spielte er die ersten Noten von *Homesick*. „Vielen Dank", sagte er zu Stanton und seine Stimme brach.

„Gern geschehen. Es ist ein wunderbares Instrument und viel zu schade, um unbenutzt in meinem Schrank zu stehen. Ich bin mir sicher, er hätte auch gewollt, dass du sie bekommst. Sie gehört jetzt dir."

„Umarmung!", schrie Robin und sie versammelten sich um Topher, um ihn zu umarmen.

Als *Dime Box* gegen acht Uhr die Bühne betraten, wurden sie mit stürmischem Beifall begrüßt. Sie begannen, wie immer, mit *Beaches on the Moon*. Nach über einer Stunde wurde es dann Zeit, *Homesick* vorzustellen. Das Streichquartett betrat die Bühne und nahm seinen Platz ein. Topher hängte sich die schwarze Fender über den Rücken und ging ans Mikrofon.

„Wir möchten uns bei euch allen dafür bedanken, dass ihr gekommen seid und diesen Tag zum besten Tag unseres Lebens gemacht habt. Wir bedanken uns auch bei Peters Dad, Mr. Moses, der dieses Konzert ermöglicht hat, und bei Kai Jackson, der für die Filmaufnahmen zuständig ist. Kai, falls wir es dir noch nicht gesagt haben – du bist in den letzten Wochen ein Teil unserer Familie geworden. Wir möchten uns an dieser Stelle auch bei Stanton Porter bedanken, der in der *Morning Edition* über uns gesprochen und die Lawine ins Rollen gebracht hat. Und nicht zuletzt möchte ich euch das neueste Mitglied von *Dime Box* vorstellen – Marvin Goldstein, der mit mir zusammen die neuen Lieder schreibt." Marvin kam auf die Bühne und winkte dem Publikum zu. „Unser erstes gemeinsames Lied ist während eines Campingausflugs in Padernales entstanden. Ich hoffe, es gefällt euch."

Topher wartete, bis es wieder ruhig wurde. Dann sang er den ersten Vers, der absichtlich so hoch geschrieben war, dass er bis an die Grenzen seines Stimmvolumens gehen musste. Die Violinen fielen ein, begleitet vom Cello. Als nächstes kamen die Zwillinge. Ihre Stimmen kämpften mit den Streichinstrumenten und steigerten sich gegenseitig in ein Crescendo, um dann plötzlich zu verstummen. Nach einigen Sekunden kompletter Stille schlug Maurice seine Trommelstöcke zusammen und das Lied wechselte den Gang. Topher erzählte die Geschichte eines jungen Musikers, der von Stadt zu Stadt zieht, immer auf der Suche nach dem Heimweg.

Eine Stimme, ein Lied, eine Gitarre.

Christopher.

Als die letzten Töne von *Homesick* verklangen, tobten die Fans und verlangten nach einer Zugabe. Erst nach fast fünf Minuten wurde es wieder ruhiger und Topher ging ans Mikrofon zurück. „Na gut, noch ein Lied. Wie viele von euch wissen, beenden wir unsere Konzerte immer mit einer Coverversion. Dieses Lied ist vier Männern gewidmet, die wir nie kennengelernt haben, die es aber geschafft haben, aus einer viele Jahre zurückliegenden Vergangenheit mit uns in Verbindung zu treten. Ihre Namen waren Hutch, Robert, Michael und Paul."

Die fünf Leinwände um die Bühne wurden schwarz. Dann zeigten vier davon die Bilder von vier Männern – erst bei ihrer Abschlussfeier an der Columbia University, gekleidet in schwarze Roben, dann tanzend im Madison Square Garden, bei einer Tasse Kaffee in einem Straßencafé, auf einer Brücke im Central Park und – natürlich – am Strand von Fire Island, die Arme um die Schultern gelegt. Peter nahm sich sein Mikrofon und kam zu Topher. Maurice kam hinter seinem Schlagzeug hervor und ging zu ihnen nach vorne auf die Bühne, ebenso Robin.

„Alles klar, Jungs?", fragte Topher.

Die anderen drei nickten. Dann spielte Topher auf seiner Gitarre die ersten Takte von Simon & Garfunkles *59th Street Bridge Song*, besser bekannt als *Feelin' Groovy*.

STUNDEN SPÄTER fuhr Topher mit Stanton zurück nach Austin. Vielleicht war es, weil er sich nach ihrem Erfolg so unbesiegbar fühlte, vielleicht wollte er auch einfach nicht länger warten, aber Topher nutzte den Augenblick, um Stanton nach Joseph Mead zu fragen.

„Ich will nicht über ihn reden", sagte Stanton.

„Warum nicht?"

„Weil heute einer der wunderbarsten Tage meines Lebens ist und ich möchte, dass es so bleibt. Joseph Mead würde die Stimmung verderben."

„Ben hat mir von dem leeren Stuhl an Thanksgiving erzählt. Er hat mir auch erzählt, Chris und sein Vater hätten nicht miteinander geredet – bis zu Chris' Tod nicht. Und dass Mr. Mead sich das nie verziehen hätte. Was konnte er sich nie verzeihen?"

„Du gibst nicht auf, oder?"

„Nein. Ich bin eben beharrlich, erinnerst du dich? Es hat etwas mit dir persönlich zu tun, nicht wahr?"

„Mag sein."

„Bitte, ich will es wissen."

„Topher, es ist alles in Ordnung. Ich bin froh, dass ich dich gefunden habe. Es ist eine gute Sache. Warum willst du die alten Geschichten mit Joseph Mead wieder hervorkramen?"

„Weil ich nicht will, dass ein ungelöster Konflikt über uns hängt wie ein Damoklesschwert. Um deinetwillen nicht, aber auch nicht um *unseret*willen. Ich will nicht, dass diese Wut auf ihn weiter an dir nagt, und ich weiß, dass das der Fall ist. Du hast es nicht vergessen. Du hast es ihm nie verziehen. Ich erkenne es an deiner Reaktion, wenn ich nur seinen Namen erwähne."

„Fahr rechts ran."

„Warum?"

„Weil es eine lange Geschichte ist und ich sie dir nicht während der Fahrt erzählen will. Finde einen Parkplatz. Du kennst dich auf diesen Straßen doch aus, selbst nachts. Du musst wissen, wo wir parken können."

„Na gut", sagte Topher, fuhr noch ein Stück weiter und bog dann in die FM 1624 ein. Sie fanden eine kleine Parkbucht am Straßenrand unter einer alten Eiche. Topher hielt an und sie stiegen aus. Er klappte die Ladefläche auf und sie setzten sich. Dann fing Stanton an zu erzählen.

„Es fing an dem Tag an, an dem ich von einem Besuch bei meiner Familie zurückkam. Ich hatte sie seit zwei Jahren nicht gesehen, weil sie sich nicht damit abfinden konnten, dass ich schwul bin. Ich hatte es ihnen in einem Brief geschrieben. Als das Flugzeug aus Ohio in New York landete, regnete es stark. Ich nahm den Bus von LaGuardia in die Stadt und kam klatschnass in unserer Wohnung am St. Marks Place an. Dort wohnten wir, Chris und ich …"

DARKNESS ON THE EDGE OF TOWN

STANTON BETRAT den kleinen Flur ihrer Wohnung und ließ seine Reisetasche auf den Boden fallen. Dann ging er wieder in den Hausflur, wo er seine nasse Jacke auszog und ausschüttelte. Der kalte Septemberregen, der ihn am Flughafen begrüßt hatte, war ihm bis in die Knochen gedrungen. Stanton ging in die Wohnung zurück und hängte die Jacke an die Garderobe. Dann schloss er hinter sich die Wohnungstür und legte den Riegel vor. Er ging ins Wohnzimmer, warf erst einen Blick in die Küche, dann zum Schlafzimmer. Die Tür war geschlossen. Das kam ihm merkwürdig vor, denn sie ließen die Schlafzimmertür meistens offen. Er ging durchs Wohnzimmer zur Tür und lauschte, konnte aber nichts hören. Also öffnete er die Tür und steckte den Kopf ins Zimmer. Der Anblick auf ihrem Bett ließ ihn die Tür ganz aufstoßen. Dort lag Chris, schlafend, und hatte die Arme um einen fremden Mann geschlungen. Stanton wusste nicht, was er tun sollte, also ging er ins Wohnzimmer zurück und setzte sich aufs Sofa. Einige Augenblicke später knarrte die Matratze und zwei nackte Füße landeten auf dem Fußboden.

„Stanton?", rief Chris.

„Raus mit ihm."

„Mist." Aus dem Schlafzimmer waren hektische Geräusche zu hören. Einige Minuten später brachte Chris den unbekannten Mann zur Wohnungstür, ließ ihn nach draußen und schloss hinter ihm wieder ab. Dann kam er ins Wohnzimmer und setzte sich Stanton gegenüber in einen Sessel. Bis auf seine Shorts war er nackt.

„In unserem Bett?", sagte Stanton. „Ich weiß sehr wohl, dass wir Probleme haben. Aber hättet ihr nicht wenigstens zu ihm gehen können? Musstest du es mir so unter die Nase reiben?"

„Es tut mir leid. Er wohnt im Norden. Es ist einfach so passiert."

„Es ist einfach so passiert? Was meinst du damit?"

„Ich bin aus dem Büro nach Hause gefahren und wir sind uns im Zug begegnet. Ich dachte, du würdest erst um vier Uhr zurückkommen."

„Es ist halb fünf."

„Oh. Wir sind wohl eingeschlafen."

„Was ist mit dir los? Wolltest du etwa erwischt werden?"

Chris antwortete nicht sofort. „Vielleicht", sagte er dann.

„Ich glaube, mir wird schlecht. Was hast du an einem Sonntag im Büro gemacht?"

„Ich habe dir doch gesagt, dass wir an diesem großen Geschäft mit Trump arbeiten."

„Das hast du nicht."

„Doch, ich …"

„Habt ihr ein Kondom benutzt?"

„Ja."

„Ist es, weil ich meine Familie besucht habe, ohne dich mitzunehmen?"

„Nein. Ich weiß nicht. Vielleicht. Mein Gott, warum musstest du deinen Eltern nachgeben? Ich habe dich an Thanksgiving auch zu meiner Familie mitgenommen. Was glaubst du wohl, wie ich mich fühle?"

Stanton starrte ihn mit offenem Mund an. „Wir hatten doch darüber gesprochen. Du hast mir gesagt, ich sollte fahren."

„Was hätte ich denn sagen sollen? Ich wollte nicht, dass du mich nur deshalb mitnimmst, weil ich dir keine andere Wahl lasse."

„Das ist doch Unsinn! Du hättest offen mit mir reden sollen! Ich kann doch keine Gedanken lesen."

Chris senkte den Kopf. „Es tut mir leid. Es wird nicht wieder vorkommen."

„Da hast du verdammt recht. Es wird nicht wieder vorkommen." Stanton stand auf und ging zur Tür.

„Wohin gehst du?"

„Zu Marvin. Gut, dass ich noch nicht ausgepackt hatte."

„Es ist nicht nur meine Schuld."

Stanton blieb stehen und drehte sich zu ihm um. „Was soll das heißen?"

Chris stand auf und stellte sich vor ihn. „Du willst mir die alleinige Schuld geben. Glaubst du etwa, das wüsste ich nicht? Du willst dir einreden, es wäre nur passiert, weil ich meine Musik aufgegeben und diesen seelenlosen Job bei meinem Bruder angenommen habe. Du willst dir einreden, ich hätte mich verändert, weil du dann so tun kannst, als wäre alles meine Schuld. Ich habe eine Neuigkeit für dich: Das stimmt nicht. Diese Beziehung hat immer aus zwei Personen bestanden."

„Ich bin es jedenfalls nicht, der betrogen hat."

„Es gibt nicht nur eine Art von Betrug."

„Ach wirklich? Dann erkläre mir das doch bitte."

„Es ist auch Betrug, wenn man seinen Freund nicht mehr ficken will."

Stanton konnte kaum glauben, was er da hörte. „Es reicht mir."

„Natürlich reicht es dir. Gott verhüte, dass jemand Flecken auf dem perfekten Bild hinterlässt, das du von dir selbst hast."

„Lass das. Du weißt genau, dass ich mich nicht für perfekt halte. Was ist nur mit dir los, verdammt aber auch?"

„Wann hatten wir denn das letzte Mal Sex? Kannst du dich überhaupt noch daran erinnern?"

Stanton gab keine Antwort.

„Ich auch nicht", sagte Chris. „Das ist auch Betrug."

„Wir sind in einer monogamen Beziehung. Wir haben uns ein Versprechen gegeben und ich habe es gehalten."

„Nein, das hast du nicht. Du glaubst es vielleicht, aber du täuschst dich. Du fasst mich ja nicht einmal mehr an. Was hat das noch mit unserem Versprechen zu tun? Du solltest mich lieben. Was ist daraus geworden?" Chris kam auf ihn zu und streckte die Hand nach ihm aus, aber Stanton zuckte zurück. „Siehst du jetzt, was ich meine?", fragte Chris.

„Glaubst du wirklich, dass ich jetzt von dir berührt werden will? Nachdem du mit einem anderen Mann geschlafen hast?"

Chris schüttelte lachend den Kopf. „Dann hast du jetzt ja endlich eine passende Ausrede. Du ziehst dich seit Monaten mehr und mehr von mir zurück. Wir wissen beide, warum du das tust. Du denkst, ich wäre der nächste, und willst dich nicht anstecken."

„Es ist ein Virus. Wenn einer von uns ihn hat, haben wir ihn beide. Höchstwahrscheinlich."

„Siehst du? Du klammerst dich immer noch an die Hoffnung, dass du aus der Sache lebend rauskommst. Dass es für dich vielleicht noch nicht zu spät ist, wenn du keinen Sex mehr mit mir hast."

„Das ist doch lächerlich."

„Ist es das? Was kümmert es dich denn, dass mich ein anderer fickt, wenn du selbst mich nicht willst? Du wartest doch nur auf die passende Gelegenheit, um von hier zu verschwinden. Nun, hier ist sie. Du hast nur nicht den Mumm, ehrlich mit mir Schluss zu machen. Also hast du unser Leben so lange unerträglich gemacht, bis ich es für dich übernommen habe. Ist es nicht das, was du willst? Ja. Ja, ich übernehme es für dich. Scher dich zum Teufel! Geh! Ich habe dir das perfekte Deckmäntelchen für deine Flucht geliefert. Du darfst mir sämtliche Schuld in die Schuhe schieben. Vielleicht kannst du dann nachts besser schlafen."

Stanton schäumte vor Wut. „Was hast du denn erwartet? Ich habe mich in einen Mann namens Hutch verliebt. Kannst du dich noch an ihn erinnern? Weil ich von dem Kerl nämlich seit einer Ewigkeit nichts mehr gehört habe. Ich habe mich nicht in deinen Bruder verliebt."

„Dann habe ich also recht. Du gibst mir die Schuld. Was spielt es denn für eine Rolle, wie ich mich nenne, ob ich Musiker, Makler oder Hilfsarbeiter bin? Ich bin immer noch derselbe Mensch."

„Nein, das bist du nicht. Es ist mir egal, was du arbeitest. Wenn du unbedingt Kisten stapeln willst, kannst du das von mir aus auch tun. Aber du bist nicht mehr derselbe Mensch. Die Musik hat dich zu einem außergewöhnlichen Menschen gemacht, und damit meine ich nicht dein Talent oder den Ruhm. Ich rede darüber, dass sie dich glücklich gemacht und uns eng verbunden hat. Ohne die Musik bist du eine leere Hülle geworden."

Das Schweigen, das diesem Ausbruch folgte, war mit Händen greifbar. Stanton musste unwillkürlich an John Cage denken. Der Regen schlug an die Fensterscheiben und irgendwo auf der Straße war eine Sirene zu hören. Hutch fing zu Keuchen an und aus dem Flur kamen Tropfgeräusche. Vermutlich seine Jacke, die immer noch triefend nass war.

Und in der Stille hörte Stanton Musik.

Chris schaute niedergeschlagen zu Boden. „Ich kann nicht mehr, Starsky. Alle meine Freunde sind tot."

„Spiel jetzt nicht diese Karte aus. Sie waren auch meine Freunde."

„Es tut mir leid. Nur … Ich bin es leid, so zu tun, als würde alles wieder gut werden. Nichts wird wieder gut werden. Und am meisten bin ich es leid, mir einzureden, dass du mich noch liebst. Du hast schon mit mir abgeschlossen, bist mit einem Fuß hier und mit dem anderen in der Zukunft. In einer Zukunft ohne mich. Du tust so, als wärst du an zwei Orten gleichzeitig, aber in Wirklichkeit bist du nirgendwo."

„Das ist unfair."

„Ist es das? Kannst du es mir denn sagen? Kannst du mir sagen, dass du mich liebst? Weil ich es nämlich noch kann. Ich liebe dich. Und ich vermisse dich."

„Du hast eine seltsame Art, mir das zu zeigen."

„Das ist die erste ehrliche Unterhaltung, die wir seit einem Jahr führen. Fühlst du es nicht?"

Stanton fühlte gar nichts. „Und es ist auch die letzte", sagte er. „Es reicht. Es reicht mir mit dir."

„Dann kannst du nicht ernst meinen."

„Doch."

„Wegen diesem einen Ausrutscher?"

„Ich will keinen Freund, der mich betrügt. Punkt. Du hast mich genug gequält. Es reicht mir für ein ganzes Leben."

„Tu das nicht. Nicht jetzt."

„Wann denn sonst? Wie lange soll ich es denn noch aushalten? Wann reißt du dich denn endlich zusammen? Du hast mir gerade selbst gesagt, dass ich gehen soll."

„Ich habe es nicht so gemeint."

„Dein Pech. Ich meine es so. Es reicht. Schluss. Ich gehe zu Marvin. Ich rufe in einigen Tagen an, dann können wir die Einzelheiten regeln."

„Bitte, ich …"

Bevor Chris seinen Satz zu Ende bringen konnte, hatte Stanton sich schon umgedreht und war durch die Tür verschwunden.

NACH MICHAELS Tod bekamen Paul und Marvin Besuch von einem Anwalt, der sie darüber informierte, dass die Wohnung in der Christopher Street jetzt ihnen gehörte. Michaels Großmutter hatte sich nach der Beerdigung schon bei ihnen dafür bedankt, ihrem Enkel bis zu dessen Tod an der Seite gestanden zu haben. Jetzt, nachdem auch Paul gestorben war, lebte Marvin allein in der großen Wohnung.

Zwanzig Minuten, nachdem er St. Marks Place verlassen hatte, stand ein triefend nasser Stanton bei Marvin vor der Tür. Er war durchgefroren und die Arme schmerzten ihm, weil er seine Reisetasche quer durch die Stadt zur Christopher Street getragen hatte.

Marvin öffnete die Tür und sah ihn erschrocken an. „Was ist denn mit dir los?", fragte er.

„Es ist aus."

Marvin schloss für einen Moment die Augen. „Komm rein", sagte er dann. „Stell die Tasche in dein altes Zimmer und zieh dich um. Ich bin in der Küche."

Stanton ließ die Tasche im Flur stehen. Er wollte das Zimmer, das er mit Chris geteilt hatte, nicht betreten. Er nahm eine frische Hose, ein Sweatshirt und Socken aus seiner Tasche und ging damit ins Badezimmer. Dort zog er sich aus, trocknete sich ab und hängte seine nasse Kleidung auf. Als er die trockenen Sachen angezogen hatte und in die Küche kam, war Marvin gerade am Kaffeekochen.

Stanton holte sich eine Flasche Bier aus dem Kühlschrank. „Willst du auch eine?", fragte er Marvin.

„Nein, danke."

Stanton schraubte die Flasche auf und warf den Verschluss in die Spüle.

Marvin nahm sie wieder aus dem Spülbecken und brachte sie zum Mülleimer. „Was ist passiert?"

Stanton schüttelte den Kopf. „Er hat mit einem anderen Mann im Bett gelegen, als ich aus Ohio zurückkam."

„In *eurem* Bett?"

„Ja. Sie waren nackt eingeschlafen und hatten die Zeit vergessen. Du hättest sie sehen sollen. Ich wollte kotzen."

„Oj wej. Wie lange ging das schon so?"

Stanton zuckte mit den Schultern. „Ich habe ihn erst gar nicht gefragt. Er hat was von einem Ausrutscher erzählt, also war es vermutlich das erste Mal. Oder glaubst du, dass er es schon länger so treibt?"

„Es würde mich nicht überraschen. Ihr wart in letzter Zeit nicht mehr auf einer Wellenlänge."

„Das spielt alles keine Rolle mehr. Kann ich die nächste Zeit hierbleiben?"

„Von mir aus kannst du auch hier einziehen. Ich kann es allein kaum aushalten. Ich muss jedes Mal heulen, wenn ich an ihren Zimmern vorbeigehe. Aber wir sollten Chris noch nicht aufgeben."

„Mach was du willst. Mir reicht's."

„Sag das nicht."

„Ich habe mich in ihm getäuscht. Kannst du dich noch erinnern, wie es war, als ich ihn kennenlernte? Was war ich doch für ein Idiot. Männer sind Arschlöcher."

„Du bist wütend."

„Wie soll ich meinem Urteil noch vertrauen? Ich habe mich so in ihm getäuscht."

„Du spannst den Karren vor das Pferd. Jetzt ist nicht der Zeitpunkt für Selbstzweifel. Jetzt ist die Zeit, um Eiscreme zu essen, *Torch* zu hören und *So wie wir waren* anzuschauen. Jedenfalls hätte Paul uns das geraten. Mit deinen Selbstzweifeln kannst du dich später auseinandersetzen."

Stanton setzte sich an den Tisch. Er trank einen Schluck Bier und fing an, das Etikett von der Flasche abzupulen. Es war eine nervöse Angewohnheit aus seiner Zeit bei *Uncle Charlie's*, noch bevor er Chris kannte. „Wie konnte es nur soweit kommen?", fragte er Marvin. „Es war alles so perfekt. Jetzt ist alles vorbei und es gibt wieder nur uns beide. Nicht böse gemeint."

Marvin setzte sich zu ihm. „Ich bin dir nicht böse. Ich weiß auch nicht, wie es soweit kommen konnte. Manchmal komme ich in die Wohnung und erwarte, Paul zu sehen, der gerade eine Nummer probt. Oder Michael, der in der Küche das Frühstück für sich und Robert vorbereitet."

„Es wird nie wieder gut."

„Das kannst du nicht wissen."

„Doch." Stanton schob die halbleere Flasche Bier von sich und stand auf. „Ich lege mich hin. Darf ich das Zimmer von Michael und Robert nehmen? Ich kann unser altes Zimmer nicht ertragen, auch wenn dort mittlerweile Pauls Möbel stehen."

„Wie du willst. Nur mein eigenes Bett würde ich gerne behalten." Stanton wollte die Küche verlassen, aber Marvin hielt ihn zurück. „Es gibt jetzt einen Test. Wusstest du das schon? Wir beide sollten uns testen lassen."

„Einen Test? Mit dem man AIDS erkennt?"

„Mit dem der Virus identifiziert werden kann."

„Was ist da der Unterschied? Es gibt doch sowieso keine Heilung. Du hast es und du stirbst. Punkt."

„Ich dachte nur, es würde dich vielleicht beruhigen, wenn das Testergebnis negativ ist."

„Negativ? Wer's glaubt wird selig."

„Glaubst du, Chris hat …"

„Lass uns jetzt bitte nicht darüber reden, ja? Mehr als eine Katastrophe pro Tag halte ich nicht aus."

„Sorry. Ich wollte nicht … Leg dich schlafen. Du siehst müde aus."

EINE WOCHE später rief Stanton ihre alte Nummer an, erreichte aber nur den Anrufbeantworter. Chris' gutgelaunte Stimme begrüßte ihn vom Band:

Hi. Sie haben den Anschluss von Chris Mead und Stanton Porter gewählt. Wir leben im Jahr 1985. Sie wissen daher hoffentlich, was nach dem Piepston zu tun ist.

Stanton hinterließ eine kurze Nachricht. Drei Tage vergingen, ohne dass Chris sich meldete. Also versuchte Stanton es erneut. Als auch diese Nachricht nicht beantwortet wurde, versuchte er es ein drittes Mal. Dieses Mal rief er aus dem Büro an. „Hör zu", sprach er auf den Anrufbeantworter. „Es ist jetzt fast zwei Wochen her. Mir ist es genauso unangenehm wie dir, aber würdest du bitte zurückrufen, damit wir die Angelegenheit hinter uns bringen können?"

Als Chris wieder nicht reagierte, beschloss Stanton, in der Wohnung vorbeizuschauen, wenn Chris tagsüber im Büro war. Da die Wohnung nur wenige Straßenzüge von den Büros der *Village Voice* entfernt lag, konnte er das in der Mittagspause erledigen. Als er die Tür öffnete, schlug ihm der Gestank von vergammelten Lebensmitteln entgegen.

„Chris?", rief er.

Keine Antwort. Stanton ging in die Küche. Im Spülbecken stapelte sich schmutziges Geschirr. Er öffnete den Kühlschrank und fand einige Plastikdosen mit verschimmelten Essensresten. Er warf die Dosen mitsamt ihrem Inhalt in den Mülleimer. Er ging in den Flur und wollte gerade die Schlafzimmertür öffnen, da fiel sein Blick auf den Anrufbeantworter. Das rote Lämpchen blinkte. Er zählte mit und kam auf sieben Anrufe. Als er auf den Knopf drückte, hörte er die ersten beiden seiner eigenen Nachrichten an Chris. Danach meldete sich Normas Stimme.

Stanton, hier spricht Norma. Christopher ist im Krankenhaus. Er ist heute früh während einer Baustelleninspektion ohnmächtig geworden. Er liegt im Mount Sinai. Die Ärzte halten es für Lungenentzündung. Ruf mich zuhause an.

Stanton schloss die Augen und es lief ihm eiskalt über den Rücken. Der Anruf lag schon vier Tage zurück. Er wählte die Nummer von Marvins Büro.

Marvin Goldstein.

„Chris ist im Krankenhaus."

Es dauerte eine Weile, bis Marvin fragte: *In welchem?*

„Mount Sinai."

Wir treffen uns dort.

„Wo ist das Krankenhaus?"

Einen Augenblick.

Stanton hörte, wie Marvin im Telefonbuch blätterte.

89. Straße, Ecke Madison. Nimm die Linie 4, 5 oder 6 bis zur 89. Straße. Aber nicht den Express, der hält dort nicht.

„Gut. Ich warte oben an der Treppe zur Haltestelle."

Stanton verließ die Wohnung und schloss hinter sich ab. Er rannte zur U-Bahn-Haltestelle am Astor Place, suchte nach Kleingeld und ging durch das Drehkreuz zum Bahnsteig. Einige Minuten später fuhr ein Zug ein. Es war kein Express, also stieg Stanton ein. An der 89. Straße angekommen, stieg der die Treppen zur Straße hinauf, um auf Marvin zu warten. Er sah sich suchend um und fand zum ersten Mal Zeit, nachzudenken. Die Realität der Situation lastete schwer auf ihm. Es war unvermeidlich – Chris würde sterben. Vor dieser Erkenntnis schrumpften all ihre Probleme und verloren ihre Bedeutung. Stanton würde den einzigen Mann verlieren, denn er jemals geliebt hatte. Und es gab nichts, was er dagegen tun konnte.

Dann tauchte Marvin auf. Sie gingen zum Krankenhaus und erkundigten sich an der Rezeption nach Chris' Zimmernummer. Sie erfuhren, dass er im vierten Stock in einem Privatzimmer untergebracht war, aber nur engste Familienangehörige Zutritt zu ihm hatten. Stanton ignorierte die Auskunft und ging zum Aufzug. Marvin folgte ihm.

„Sie ruft schon oben an, um uns anzukündigen", sagte Marvin. „Wir werden nicht sehr weit kommen."

„Ist mir egal."

„Du bist nicht mit ihm verwandt. Und du hast mit ihm Schluss gemacht."

„Davon weiß sein Vater nichts." Er schaute auf die Anzeige über der Tür. Sie hatten den ersten Stock passiert und waren auf dem Weg in den zweiten.

„Hast du heute schon die Zeitung gelesen?", fragte Marvin.

„Nein, ich schreibe an einem Artikel, der dringend fertig werden muss. Warum?"

„Rock Hudson ist gestern gestorben."

„Na toll. Das kann ich jetzt gerade brauchen."

Als die Aufzugstür sich öffnete, wurden sie von einem Mitarbeiter des Sicherheitsdienstes in Empfang genommen. Er teilte ihnen höflich, aber bestimmt mit, dass sie wieder gehen müssten. Stanton sah am anderen Ende des Flurs Chris' Vater stehen, der sie beobachtete. Joseph Mead drehte sich schnell um und ging davon.

„Komm her!", schrie Stanton. „Ich weiß, dass du mich gesehen hast, du Hundesohn!"

Stanton wollte ihm nachlaufen, aber der Wachmann hielt ihn zurück. Mr. Mead drehte sich wieder um und kam zum Aufzug. „Ich kümmere mich selbst darum", sagte er zu dem Mann.

Der Wachmann ließ Stanton los und trat zur Seite.

„Ich will ihn sehen", sagte Stanton.

Joseph Mead schüttelte den Kopf. „Geh nach Hause. Du kannst hier nichts für ihn tun. Er bekommt die beste medizinische Versorgung, die man für Geld kaufen kann."

„Ich will ihn sehen."

„Warum sollte ich das erlauben? Du hast es nicht verdient, hier zu sein. Du bist nämlich das eigentliche Problem, mein Junge. Meinem Sohn und seinen Freunden ging es blendend, bis du dann aufgetaucht bist. Ist dir das noch nicht selbst aufgefallen, Stanford? Die vielen Toten? Es fing damit an, dass du gekommen bist. Du hast ihnen das angetan. Du bist wie ein Gift."

„Oh mein Gott", sagte Marvin. „Das können Sie doch nicht allen Ernstes glauben!"

Mr. Mead ignorierte ihn. „Verschwindet. Alle beide."

Stanton rührte sich nicht vom Fleck. „Wenn Sie mich nicht zu ihm lassen, wird er Ihnen das nie verzeihen. Wollen Sie ihn so sterben lassen? Ohne mich?"

„Ich habe nicht die geringste Absicht, ihn sterben zu lassen. Ich kümmere mich jetzt selbst um die Angelegenheit. Chris wird sich wieder erholen. Sobald es ihm besser geht, nehme ich ihn mit nach Hause. Wo er hingehört."

„Es wird ihm nicht mehr besser gehen", sagte Stanton. „Selbst Sie können das nicht erzwingen."

„Doch, das wird es. Kein Sohn von mir stirbt an AIDS. Wenn es sein muss, bringe ich ihn nach Paris zur Behandlung."

„Haben Sie nicht die Zeitung gelesen? Es hat Rock Hudson nicht geholfen, und Chris wird es auch nicht helfen!"

„Dieses Gespräch ist beendet. Du hast kein Recht, ihn zu sehen, aber ich habe jedes Recht, dich daran zu hindern."

Stantons Augen füllten sich mit Tränen. Er schluckte. „Was ist nur mit Ihnen los? Wirklich, ich wüsste es gerne. Warum sind Sie so verdammt wütend, dass Sie nichts mehr sehen außer Ihrem Hass auf mich? Sie können mich zu ihm lassen. Sie müssen nur mit dem Kopf nicken. Ich will mich doch nur von ihm verabschieden. Bitte, nehmen Sie mir das nicht auch noch. Nur fünf Minuten, mehr verlange ich nicht. Dann verlasse ich euch wieder – Sie und ihn. Nur fünf Minuten, Mr. Mead. Ich bitte Sie."

Joseph Mead sah ihn an und für einen kurzen Augenblick dachte Stanton, er würde vielleicht klein beigeben. Doch dann war es wieder vorbei. „Nein", sagte Mr. Mead. „Du hast schon genug Ärger gemacht. Ich lasse nicht zu, dass du ihn noch eine Minute länger infizierst."

„Mr. Mead", sagte Marvin. „Was Sie jetzt tun, werden Sie den Rest Ihres Lebens bereuen."

Joseph Mead sah zwischen den beiden hin und her. „Das bezweifle ich sehr", sagte er dann und ließ sie stehen.

„Ich heiße übrigens Stanton, du Monster!", brüllte Stanton ihm nach.

„Lassen Sie die beiden nicht in die Nähe des Zimmers", sagte Mr. Mead zu dem Wachmann und winkte ihnen über die Schulter fröhlich zu. Der Wachmann stellte sich ihnen in den Weg und zeigte auf den Fahrstuhl.

„Na gut", sagte Marvin. „Wir gehen. Komm, lass uns von hier verschwinden." Er drückte auf den Knopf und die Tür zum Aufzug öffnete sich. Dann packte er Stanton am Arm und zog ihn mit sich in die Kabine.

„Norma", sagte Stanton, als sich die Tür schloss. „Ich muss Norma anrufen. Sie kann mir helfen."

„Wir sehen nach, ob es unten eine Telefonzelle gibt."

„Ich kann mich nicht an ihre Nummer erinnern. Sie steht in Chris' Adressbuch. Es liegt in unserer Wohnung beim Telefon."

„Steht sie im Telefonbuch?"

„Natürlich nicht. Die Meads stehen nicht im Telefonbuch."

Sie fuhren mit der U-Bahn ins East Village und gingen in die Wohnung, die Stanton mit Chris geteilt hatte. Stanton ging zum Telefontisch und schnappte sich das Adressbuch. Er blätterte es durch, bis er die richtige Nummer fand. Dann wählte er und wartete ab.

Norma antwortete nach dem zweiten Klingeln.

Hallo?

„Norma, hier ist Stanton."

Stanton, warum hast du mich nicht schon früher zurückgerufen? Ich habe dir vor vier Tagen eine Nachricht hinterlassen.

„Ich weiß. Ich habe sie erst heute bekommen. Chris und ich hatten Streit. Ich war bei Marvin." Er verschwieg ihr, dass sie sich getrennt hatten. „Wir kommen gerade aus dem Krankenhaus. Joseph lässt mich nicht zu ihm."

Warum hast du nicht zuerst bei mir angerufen? Ich hätte vielleicht für dich vermitteln können.

„Kannst du mich in sein Zimmer bringen?"

Jetzt nicht mehr. Ich hätte ihn umgehen können, solange er nichts wusste. Aber jetzt kommst du nicht mehr an der Rezeption vorbei.

„Kann Carl nicht helfen?"

Er würde sich deswegen niemals mit seinem Vater anlegen.

„Kannst du Chris helfen, mich anzurufen?"

Joseph hat das Telefon aus seinem Zimmer entfernen lassen.

„Mein Gott. Hat Chris nach mir gefragt?"

Nein. Er hat mit niemandem gesprochen.

„Kannst du ihm wenigstens sagen, dass ich da war? Dass ich ihn sehen wollte?"

Ja, natürlich. Ich werde es ihm sagen.

„Vielleicht kann er Joseph überreden, seine Meinung zu ändern."

Chris ist sehr schwach, Stanton. Er ist zu krank, um sich mit seinem Vater zu streiten. Er muss um jeden Atemzug kämpfen.

Stanton stellte sich Chris vor, im Krankenbett und an ein Beatmungsgerät angeschlossen. „Was soll ich nur tun? Ich kann ihn nicht sterben lassen, ohne ihm zu sagen, dass ich ihn liebe."

Pause.

Ich kann es ihm ausrichten.

„Das reicht nicht."

Es muss reichen. Ich kann versuchen, mit Joseph zu reden, aber ...

„Mach dir nicht die Mühe. Nach dem, was ich zu ihm gesagt habe, wird er mich nicht mehr in Chris' Nähe lassen."

Was hast du denn zu ihm gesagt?

„Ich habe ihn einen Hundesohn und ein Monster genannt."

Oh. Ich hoffe, du hältst es nicht für unangemessen, aber ... es wurde Zeit, dass ihm jemand die Meinung sagte. Ich hätte viel Geld bezahlt, um dabei zu sein.

Stanton lachte. „Es war nicht so befriedigend, wie ich es mit gewünscht hätte."

Das ist es nie.

„Hältst du mich auf dem Laufenden?"

Selbstverständlich. Ich werde sehen, was ich tun kann. Aber mach dir nicht zu viel Hoffnung.

„Er glaubt, ich hätte Chris das angetan."

Das hat Joseph gesagt?

„Ja."

Guter Gott, Stanton. Ich weiß wirklich nicht, was mit dem Mann los ist.

„Richte Chris aus, dass es mir sehr leid tut. Sage ihm, er hatte recht und es war auch meine Schuld. Sage ihm, ich hätte es eingesehen."

Ich werde es ihm ausrichten.

„Kann ich dich noch um einen Gefallen bitten?"

Ja. Um jeden.

„Kannst du ihm *Thunder Road* vorspielen?"

Was ist das?

„Ein Lied von Bruce Springsteen. Es ist das erste Stück auf *Born to Run*. Das Lied bedeutet uns sehr viel. Er wird es verstehen."

Ich werde es finden und ihm vorspielen. Ich verspreche es.

„Vielen Dank."

Ich melde mich morgen wieder. Bist du unter dieser Nummer zu erreichen?

„Ja, ich werde hier sein." Stanton legte auf und sah Marvin an. „Das war es", sagte er. „Sie kann nichts tun."

NORMA HIELT ihr Versprechen und rief ihn fast an jedem Tag an. Sie hatte ihm nichts Gutes zu berichten. Chris' Zustand verschlechterte sich im Laufe des Monats rapide. Sie richtete ihm Stantons Nachrichten aus und kaufte sogar einen Ghettoblaster, um ihm *Thunder Road* vorzuspielen. Stanton erzählte sie, Chris wäre so schwach gewesen, dass er kaum darauf reagiert hätte. Nur still geweint hätte er.

Du würdest ihn so nicht sehen wollen, sagte sie eines Abends zu Stanton.

Aber Norma täuschte sich. Stanton hätte alles gegeben, um ihn ein letztes Mal zu sehen und sich von ihm zu verabschieden. Er wollte Chris in den Armen halten und all das Leid wieder rückgängig machen, das er ihm zugefügt hatte. Stanton versprach sich, nie wieder einen Geliebten an den Tod zu verlieren. Chris hatte recht behalten.

Es gab mehr als eine Art von Betrug.

CHRIS MEAD starb an Halloween, einem seiner Lieblingsfeiertage. Er liebte die Kostüme und die Betrunkenen, die auf der Christopher Street feierten. Norma rief

Stanton nachmittags im Büro an, um es ihm mitzuteilen. Sie hatte ihn schon seit Tagen vorgewarnt. Sie wollte auch wissen, ob sie ihn in der Wohnung besuchen könnte. Sie sagte, sie hätte ihm etwas zu übergeben.

Norma kam noch am gleichen Abend vorbei. Sie brachte Colin mit, der „Stannon" rief und die Arme nach ihm ausstreckte. Stanton nahm Norma den Jungen ab und führte sie ins Wohnzimmer. Er setzte sich aufs Sofa, drückte Colin an sich und küsste ihn auf den Kopf. Dann atmete er den Duft des Babyshampoos ein. Der Kleine übte eine merkwürdig beruhigende und tröstende Wirkung aus, als hätte er ein kleines Stück seines Onkels geerbt.

„Chris hier?", fragte der Junge.

„Nein", erwiderte Stanton. „Chris ist nicht hier." Colin nahm die Auskunft gelassen hin, machte es sich auf dem Sofa bequem und legte den Kopf an Stantons Arm.

„Wie geht es dir?", erkundigte sich Norma.

„Ich weiß nicht. Ich behalte die Wohnung noch für einen Monat, danach werde ich New York vermutlich für einige Zeit verlassen. Der *Philadelphia Inquirer* hat mir eine Stelle als Musikkritiker angeboten."

„Wirklich?"

„Es ist ein gutes Angebot. Ich muss hier für einige Zeit raus, aber ich werde sicher irgendwann zurückkommen. Marvin wird schon dafür sorgen." Stanton kitzelte Colin am Bauch. Der Kleine brach in Kichern aus. „Danke, dass du mich auf dem Laufenden gehalten hast", sagte Stanton zu Norma.

„Ich wünschte, ich hätte mehr tun können."

„Ist er friedlich gestorben?"

Norma schüttelte den Kopf. „Er hat seinen Vater nicht mehr angesehen, nachdem ich ihm berichtet habe, was zwischen euch vorgefallen ist und wie Joseph dich behandelt hat."

„Das wollte ich nicht."

„Es war nicht deine Schuld. Du bist nicht für Josephs Verhalten verantwortlich."

„Ich habe auch meine Fehler", sagte Stanton. „Das ist Verantwortung genug."

Norma öffnete ihr Portemonnaie und zog einen Zettel daraus hervor. „Einige Tage vor seinem Tod, als wir allein im Zimmer waren, bat er mich um ein Stück Papier und einen Stift. Er hat eine Botschaft für dich hinterlassen." Sie stand auf, kam zum Sofa und setzte sich zu ihrem Sohn. Dann gab sie ihm den Zettel.

Auf der Außenseite des Zettels stand Stantons Name. Er faltete ihn auf und las die Worte, die in Chris' unverwechselbarer Schrift darauf geschrieben standen.

Das Spiel ist noch nicht zu Ende.

WHAT LOVE CAN DO

TOPHER SASS auf der Ladefläche seines Trucks. Er musste Stantons Geschichte und die Bedeutung von Hutchs letzter Nachricht erst verdauen. „Glaubst du, er hat das alles so geplant?", fragte er nach einer Weile.

Stanton sah ihn skeptisch an. „Lass uns nicht zu weit gehen."

„Es tut mir leid, dass er dich betrogen hat."

„Darum ging es mir nicht …"

„Ich würde dich niemals betrügen. Das weißt du doch hoffentlich, oder?"

„Ich glaube dir, dass du es glaubst."

„Deshalb hast du also deine Meinung geändert, als wir nach dem Konzert noch im *W* Hotel waren. Erinnerst du dich? Der Albumtitel? An zwei Orten gleichzeitig und nirgendwo zu sein. Das hat er wirklich zu dir gesagt."

„Ja."

Topher überlegte. „Du hast es von Anfang an gewusst, nicht wahr? *Das Spiel ist noch nicht zu Ende.* Du kannst das unmöglich für einen Zufall gehalten haben."

„Ich habe dir doch gesagt, dass ich nicht wusste, was ich davon halten sollte. Ich weiß es immer noch nicht."

„Verdammt." Topher schüttelte den Kopf.

„Verstehst du jetzt, warum eine Versöhnung mit Joseph Mead nicht möglich ist?"

„Damit finde ich mich nicht ab."

„Ich habe ihm nach all diesen Jahren immer noch nicht verziehen."

Topher dachte an seinen eigenen Vater. „Weil du denkst, deine Vergebung entlässt ihn aus seiner Verantwortung. Aber darum geht es nicht."

„Diesen Unsinn habe ich mir schon oft genug angehört. Tu es nicht für ihn, tu es für dich. Es funktioniert nicht."

Topher sprang von der Ladefläche und stellte sich zwischen Stantons Beine. „Willst du mir wirklich sagen, du könntest dich nicht einfach hinsetzen und ihn sagen lassen, dass es ihm leid tut? Auch nicht, wenn ich dich darum bitte?" Topher grinste, als aus der entschlossenen Ablehnung in Stantons Miene langsam Resignation wurde.

„Du gibst nicht auf, wie?"

„Das habe ich nicht vor. Lass mich mit Ben und Travis darüber reden. Sie kennen ihn, und nach allem, was sie mir über ihn erzählt haben, scheint er sich verändert zu haben. Bitte?"

Stanton küsste ihn. „Du weißt doch, dass ich dir nichts abschlagen kann."

„Also?"

„Ja, du kannst mit ihnen reden. Obwohl ich nicht verstehe, warum du dir erst die Mühe gemacht hast, mich um meine Zustimmung zu bitten. Du hättest auch gegen meinen Willen mit ihnen gesprochen."

Topher lachte und schlang ihm die Arme um den Hals. „Ich bin froh, dass du kapiert hast, wie das in unserer Beziehung läuft."

NACH DEM Konzert mietete *Dime Box* ein örtliches Studio, um *Homesick* aufzunehmen. Außerdem drehten sie zusätzliche Szenen für das geplante Video. Sie verbrachten abwechselnd einen Abend im Studio und einen bei Dreharbeiten. Kai wollte die Aufnahmen von dem Konzert mit einer Geschichte kombinieren, für die Robin und Maurice die Hauptrollen übernahmen. Robin spielte den Musiker, der durchs Land tingelte und überall seine ‚guitar picks' zurückließ. Maurice stand bei diesen Szenen im Hintergrund und beobachtete ihn. Er war wie der Geist des Mannes, wie eine alternative Identität des Musikers – entweder eine Erinnerung an dessen Vergangenheit oder eine Hoffnung für die Zukunft.

Glee wollte *Beaches on the Moon* für die nächste Staffel zwar nicht verwenden, aber Stanton konnte es stattdessen bei *So You Think You Can Dance* unterbringen. Travis Wall schrieb die Choreografie für das Ensemble, das zu dem Lied tanzte. Topher hatte zwar noch nie von Travis Wall gehört, doch Stanton versicherte ihm, der Mann wäre einer der Besten seines Faches. „Travis ist der Nachfolger von Mia Michaels", erklärte Stanton, aber von Mia Michaels hatte Topher auch noch nie gehört.

Mitte Juni erschien *Homesick* auf iTunes und Amazon. Mit Stantons und Marvins Hilfe wurde die Premiere des Videos auf Vevo organisiert und brachte ihnen in den ersten vierundzwanzig Stunden fünf Millionen Zuschauer. Nach der ersten Woche waren es schon dreißig Millionen und die *New York Times* veröffentlichte einen großen Artikel darüber, wie einer ihrer Musikkritiker zum Co-Autor eines erfolgreichen Popsongs wurde. Dieser Artikel führte dazu, dass Topher zu einer Sensation unter den Anhängern von klassischer Musik und Oper wurde. Auf Marvins Vorschlag hin spielte er seine Version von *Che Gelida Manina* ein und veröffentlichte sie als Bonustrack zu *Homesick*.

Ende Juni kam es, wie Stanton vorhergesehen hatte – *Saturday Night Life* meldete sich und lud die Band für eine Sendung im Herbst ein. Damit war es offiziell. Die Jungs kündigten ihre Jobs. Topher und Marvin planten, mehr Lieder gemeinsam zu schreiben. Sie wollten den Rest des Sommers damit verbringen, ein vollkommen neues Programm zu erarbeiten, mit dem *Dime Box* im September auf Tournee gehen konnte. Stanton würde sie begleiten, um eine Serie für NPR zu produzieren und an einem Buch über seine Erlebnisse mit der Band zu schreiben.

Er sagte Topher, dass er in dem Buch auch die Geschichte von Hutch, Robert, Michael und Paul erzählen wollte.

Sie entschieden sich, zwischen New York und Austin zu pendeln. Topher sah keine Veranlassung, sich für eine der beiden Städte als Wohnort zu entscheiden. Er und seine Freunde wollten sich in Austin ein größeres Haus mieten, in dem auch Marvin und Ty ihr eigenes Zimmer bekommen sollten. Außerdem musste das Haus ein großes Zimmer – mit eigenem Badezimmer – für Topher und Stanton haben. Was New York anging, hatte Marvin die Jungs mit einem Vorschlag überrascht.

Die Ankündigung kam zwei Wochen vor dem 4. Juli. Sie saßen zusammen im ‚Raum der dreitausend Alben‘ im *W* Hotel. Stanton, Marvin und Ty waren nach Austin gekommen, um sie bei einer Werbeaktion zu unterstützen. Nach dem Toast stand Marvin auf und überreichte Maurice einen großen Umschlag.

„Was ist das?“, fragte Maurice.

„Mach ihn auf“, sagte Marvin.

Maurice öffnete den Umschlag und zog einen Stapel Unterlagen hervor. Er blätterte sie durch und schaute Marvin überrascht an. „Verstehe ich das richtig? Du hast mir gerade eine Wohnung in New York geschenkt?“

Marvin lächelte. „Das ist richtig.“

Robin sah aus, als würde er gleich aus den Latschen kippen.

„Sie hat mir nie gehört“, sagte Marvin. „Nicht wirklich jedenfalls. Ty und ich haben eine neue Wohnung in der Nähe gefunden, wir sind also immer noch Nachbarn. Wir hatten das schon länger geplant, wollten die Wohnung aber nicht Fremden überlassen. Die Wohnung hat drei Zimmer und ist groß genug für euch. Ich bin mir sicher, ihr werdet euch dort bald zuhause fühlen.“

Topher beugte sich zu Stanton. „Kannst du dir vorstellen, was ihnen das bedeutet?“, flüsterte er ihm ins Ohr.

„Ich denke schon.“

Peter ging zu Marvin und schloss ihn in die Arme. „Mann, ich kann es nicht fassen. Zu viel des Guten …“

„… kann wundervoll sein“, ergänzte Ty.

„Mae West“, sagte Stanton. „Richtig?“

Ty nickte. „Sehr gut.“

„Wir haben darüber gesprochen“, sagte Peter. Die anderen verstummten und schauten ihn erwartungsvoll an. „Ich, Topher und die Zwillinge. Wir wollen Fire Island besuchen. Ihr habt uns so viel von der Insel erzählt. Das Foto wurde dort geschossen. Fahrt ihr drei mit uns dorthin?“

„Wie seltsam“, sagte Marvin. „Als Stanton und Topher sich im März getroffen haben, hatte ich so eine merkwürdige Vorahnung. Ich habe meinen Makler gebeten, mir für das Wochenende des 4. Juli auf Fire Island ein Haus zu mieten.“ Marvin wandte sich an Stanton. „Das Haus hinterm *Pantry* war frei. Ich habe schon die Anzahlung überwiesen.“

„Meinst du das Haus am Lone Hill Walk?"

Marvin nickte.

Stanton schüttelte ungläubig den Kopf. „Und das hast du im März schon geahnt?"

„Nein, nicht im Detail. Aber ich wollte auf alle Eventualitäten vorbereitet sein. Du kennst mich doch – immer auf der sicheren Seite."

„Ist es das Haus, in dem sie gelebt haben?", fragte Topher. „In dem Sommer, als ihr euch kennengelernt habt?"

„Ja."

Topher sah seine Freunde an. „Sieht aus, als würden wir nächste Woche nach New York fliegen, Jungs. Wir müssen Maurice' neue Bude besichtigen."

„*Unsere* neue Bude", korrigierte ihn Maurice. „Marvin hat sie vielleicht nur mir überschrieben, aber sie gehört uns allen gemeinsam."

„Das ist noch etwas", sagte Marvin. „In dem Umschlag."

Maurice schaute in den Umschlag und zog ein altes, goldenes Feuerzeug daraus hervor. „Was ist das?"

„Es hat Michael gehört. Es war das Feuerzeug seines Großvaters."

„Und das willst du mir geben?"

„Ja", sagte Marvin. „Er hat mir einmal gesagt, er wollte von seinem Leben nicht mehr, als Robert, seine Freunde und einen guten Rausch."

AM NÄCHSTEN Morgen brachte Topher Stanton, Marvin und Tyrese zum Flughafen und verabschiedete sie. Er und seine Freunde wollten erst in einigen Tagen nachkommen. Am Abend fuhr Topher zu Travis und Ben, um mit ihnen zu reden. Sie saßen zu viert – Quentin war ebenfalls zu ihnen gestoßen – im Wohnzimmer der Walshs zusammen.

„Travis hat mir schon gesagt, worum es geht", sagte Ben. „Ich habe Quentin zu uns gebeten, weil er und Joseph sich sehr nahestehen."

Quentin nickte. „Ich bin der einzige, der seine Handynummer hat."

„Wie hast du denn das geschafft?", fragte Topher.

„Mein Charme ist eben unwiderstehlich."

„Jetzt hörst du dich wie ein echter Walsh an", meinte Ben. „Ich rufe Colin an und schalte ihn laut. Er kann uns Hintergrundinformationen geben." Ben legte das Telefon auf den Tisch und stellte die Verbindung her.

Kurz darauf war die Stimme von Colin Mead zu hören, dem kleinen Jungen aus Stantons Geschichte, der ihn „Stannon" genannt und auf dem Sofa gesessen hatte, als Norma ihm Hutchs Zettel übergab.

„Hallo, Colin", sagte Ben.

Hallo, Walsh. Wer ist alles bei dir?

„Travis und Quentin. Und Topher Manning. Ich habe dir schon von ihm erzählt."

„Hallo, Colin", sagte Topher. „Nett, dich kennenzulernen."

Ganz meinerseits. Ich habe Jasons Tweet über dein Lied gelesen. Ich bin ein großer Fan.

„Danke. Wusstest du, dass die Gitarre, die ich auf der Bühne spiele, deinem Onkel gehört hat? Die schwarze Fender?"

Nein, das wusste ich nicht. Aber es ist ein großer Schritt für unsere Operation Wundheilung, nicht wahr?

„Colin ...", sagte Ben.

Bitte, Walsh. Es ist langsam an der Zeit, dass mein Großvater diesen leeren Stuhl nicht mehr aufstellt, wenn wir Thanksgiving feiern. Es ist schließlich kein Sederabend und Großvater kein Elia. Also gut. Folgendes müsst ihr wissen: Mein Großvater war früher ein ziemliches Arschloch. Jeder weiß das und gibt es zu, selbst er. Als seine Frau vor zehn Jahren gestorben ist, hat sich das geändert. Ich habe ihn schon nach Chris gefragt, aber er hat nur den Kopf geschüttelt. Quentin ist der einzige, mit dem er jemals über ihn gesprochen hat. Ich weiß nur, was meine Mutter mir sagen konnte. Topher, hat Stanton dir über die Szene im Krankenhaus erzählt?

„Ja, das hat er."

Ich denke, der alte Mann würde alles geben, wenn er die Chance bekäme, sich dafür zu entschuldigen.

„Dann müssen wir dafür sorgen, dass die beiden sich treffen", sagte Topher.

Wenn Stanton mitmacht, sollte das kein Problem sein. Ben und ich haben schon über diese Möglichkeit gesprochen. Wir denken, dass Quentin mit Joseph reden sollte.

„Ich bin dabei", sagte Quentin. „Ich weiß alles über Chris. Colin hat recht. Joe will sich bei Stanton entschuldigen. Ich habe ihn früher nicht gekannt, aber jetzt ist er nicht mehr das Arschloch, das er damals war. Außerdem geht es nicht nur um die Versöhnung zwischen Stanton und Joe." Er warf Topher einen Blick zu.

„Wir werden es ihm nicht sagen, ja?", fragte Topher.

„Nein", sagte Ben. „Das werden wir nicht tun."

Ich bin ganz eurer Meinung. Die Idee ist viel zu ungewöhnlich, um meinen Großvater damit zu konfrontieren. Wenn ihr das R-Wort nur andeutet, könnte das schon alles zunichtemachen, was wir erreichen wollen. Wir müssen uns vollständig auf Stanton und Joseph konzentrieren.

„Gott sei Dank", sagte Topher. „So, wie mich Quentin vorhin angesehen hat, dachte ich schon, er zieht gleich ein Ouija-Brett aus der Tasche."

Quentin warf ihm einen giftigen Blick zu. „Wenn du glaubst, Joe wird nicht merken, was vor sich geht, dann hast du kein Wort von dem verstanden, was ich gesagt habe."

„Oh, ich habe dir schon zugehört. Wusstest du, dass er Stanton als Gift bezeichnet hat?"

„Ich habe dir doch gesagt, dass Joe sich verändert hat. Er ist nicht mehr dieser Mensch."

„Das kann ich nur hoffen. In seinem eigenen Interesse."

Ich freue mich für euch, dass ihr so viel Testosteron versprühen könnt. Aber jetzt vergessen wir mal kurz die Steroide ... Wie wollen wir es anfangen?

„Ich komme in einigen Tagen nach New York", sagte Topher. „Wir verbringen den 4. Juli auf Fire Island, aber davor sind wir in der Stadt, um uns die neue Wohnung anzusehen. Vielleicht könnten wir uns zum Mittagessen verabreden? Du und Joseph und ich und Stanton."

Hervorragende Idee. Dann können wir beide eingreifen, falls die Spannungen zwischen den beiden überhandnehmen. Quentin, du rufst den alten Mann morgen an. Schicke mir anschließend eine Nachricht, wie es ausgegangen ist. Ich besuche ihn nach der Arbeit in seinem Büro.

„Verstanden."

„Colin", sagte Topher. „Wieso hast du nicht die Handynummer deines eigenen Großvaters?"

Fang nicht damit an.

„War das alles für heute?", fragte Ben. Alle nickten.

„Danke, Colin", sagte Topher.

Gern geschehen. Die Freunde der Walshs sind auch meine Freunde.

„Mit wem telefoniert ihr?", fragte Cade, der in diesem Moment ins Wohnzimmer kam.

„Colin", antwortete Ben.

Cade grinste. „Kumpel, richte deinem Freund aus, dass ich ihm beim Fantasy Baseball mit Freuden abziehe!", brüllte er.

Topher konnte Colin lachen hören.

Er hat mir gesagt, du hättest ihn und Travis geschlagen. Gut gemacht, Cade.

„Wenigstens war ich auf dem zweiten Platz", sagte Travis. „Richte David aus, er soll mehr trainieren."

Colin lachte wieder.

Ich richte es aus. Gute Nacht allerseits.

Nachdem Topher sich verabschiedet hatte, begleitete ihn Quentin noch bis auf die Straße. „Darf ich dir einen Rat geben?", fragte er Topher.

„Bleibt mir eine andere Wahl?"

„Eigentlich nicht. Rede mit Joe über deinen Vater. Ja, Travis hat mir die Geschichte erzählt. Sei ihm nicht böse. *Ich* stecke meine Nase in fremde Angelegenheiten. So bin ich eben. Schicke Colin und Stanton für einige Minuten vor die Tür, wenn ihr euch mit Joe trefft. Es ist wichtig, dass er deine Geschichte hört. Vertrau mir."

„Na gut", sagte Topher. „Ich werde sehen, was ich tun kann." Dann stieg er in seinen Truck und fuhr los.

ALS DIE vier Mitglieder von *Dime Box* am letzten Freitag im Juni in New York ankamen, fuhren sie direkt in ihr neues Heim in der Christopher Street. Stanton, Marvin und Tyrese erwarteten sie bereits. Marvin und Tyrese waren in der Woche zuvor ausgezogen, sodass die Wohnung jetzt vollkommen leer war.

Die Jungs liefen durch die leeren Räume und diskutierten, wer welches Zimmer nehmen wollte. Stanton, Marvin und Tyrese beobachteten sie schweigend.

Topher ging zu Stanton und küsste ihn. „Siehst du? Ich hatte recht. Du bist jetzt offiziell der coolste Mensch, dem ich jemals begegnet bin."

„Ihr verdankt das nicht mir", erwiderte Stanton.

„Vielen Dank, Marvin", sagte Topher. „Das werden wir dir nie zurückzahlen können."

Marvin beugte sich zu Stanton an die Seite und sagte: „Er versteht es immer noch nicht, wie?"

Sie verbrachten das Wochenende damit, Möbel einzukaufen und die Sehenswürdigkeiten von Manhattan zu besichtigen. Am Montag waren Stanton und Topher zum Mittagessen mit Joseph und Colin Mead verabredet. Eine halbe Stunde bevor sie aufbrechen mussten, bekam Stanton Panik und wollte absagen. Topher redete es ihm wieder aus. Sie waren in einem Restaurant verabredet, das Stanton ausgesucht hatte. Als sie ankamen, sahen sie Mr. Mead schon an einem der etwas abseits stehenden Tische sitzen. Stanton fasste Topher am Arm. „Ich kann das nicht", sagte er.

„Doch, du kannst das. Du bist doch kein Kind mehr. Du musst ihm nur zuhören."

Topher führte ihn zu dem Tisch. Mr. Mead erhob sich, um sie zu begrüßen. Topher fiel sofort die unglaubliche Ähnlichkeit zwischen Colin und Hutch auf. Er drehte sich zu Stanton um und bemerkte, dass Stanton die Ähnlichkeit zwischen den beiden auch nicht entgangen war. „Du bist Colin?", fragte er.

„Ja. Es freut mich, dich persönlich kennenzulernen, Topher."

Topher schüttelte ihm die Hand. „Ganz meinerseits."

„Das ist mein Großvater, Joseph Mead."

Topher drehte sich zu dem alten Mann um und gab ihm ebenfalls die Hand. „Topher Manning. Nett, Sie kennenzulernen, Sir."

„Vielen Dank, junger Mann. Wie war noch der Name?"

„Topher Manning."

„Richtig", sagte Joseph. „Topher. Das ist eine Abkürzung für Christopher, nicht wahr?"

„Ja. Colin, ich glaube, du siehst Stanton Porter zum ersten Mal, seit du erwachsen bist."

Stanton zögerte einen Augenblick, bevor er Colin die Hand reichte. „Sorry. Es ist nur … Du siehst ihm so unglaublich ähnlich." Er drehte sich zu Joseph Mead um. „Es muss Ihnen auch aufgefallen sein."

„Selbstverständlich", sagte Mr. Mead. „Stanton, ich muss mich bei dir für vieles entschuldigen. Aber darf ich dich erst begrüßen?" Er reichte ihm über den Tisch hinweg die Hand.

Topher dachte erst, Stanton würde sich umdrehen und die Flucht ergreifen, aber Stanton erwiderte den Händedruck schließlich doch. „Hallo, Joseph."

Die vier nahmen Platz und unterhielten sich über Tophers musikalische Karriere, bis der Kellner kam und ihre Bestellungen aufnahm. Mr. Mead wusste, dass der Ball jetzt in seinem Feld war.

„Es tut mir leid, Stanton", sagte er. „Ich weiß, was ich dir an diesem Tag geraubt habe und dass ich es dir nie wieder zurückgeben kann. Dein Freund Marvin hatte recht. Ich habe es den Rest meines Lebens bedauert."

Stanton schaute auf seinen Teller und spielte mit der Gabel. „Ich nehme Ihre Entschuldigung an. Aber ich werde nie vergessen, dass ich mich Ihretwegen nicht von ihm verabschieden konnte."

„Das ist nur fair", sagte Mr. Mead. „Ich konnte mich auch nicht von ihm verabschieden. Er hat kein Wort mehr mit mir gewechselt, nachdem Norma ihm erzählte, was zwischen uns vorgefallen ist."

„Und wessen Schuld war das?"

Topher fasste nach Stantons Hand.

„Topher", sagte Mr. Mead. „Colin hat mir gesagt, du wärst ein Freund von Travis. Er ist ein sehr interessanter junger Mann, nicht wahr?"

„Ja, Sir, das ist er. Wir arbeiten … Sorry, ich arbeite ja nicht mehr dort. Ich habe gerade gekündigt. Wir haben zusammen in der Autowerkstatt gearbeitet."

Mr. Mead nickte. „Wusstest du, dass er und Ben in den Sommerferien Bens jüngere Brüder zu uns in die Hamptons bringen? Ihr solltet uns ebenfalls besuchen, die ganze Band. Auch du, Stanton. Bring Marvin mit. Ich lese seine Kolumne in der *Times* und folge ihm auf Twitter."

„Das wäre cool", sagte Topher und drehte sich zu Stanton um. „Was meinst du dazu?"

Stanton gab ihm keine Antwort.

„Ich versuche wirklich, es wieder gut zu machen", sagte Mr. Mead. „Ich weiß nicht, was ich sonst tun soll."

„Das weiß ich. Mein Vater hat sich in den letzten fünfundzwanzig Jahren auch sehr verändert. Ich weiß nicht, warum ich es bei Ihnen in Zweifel ziehe. Wenn Topher kommen will, werde ich ihn begleiten."

„Können Sie uns Segelunterricht geben?", fragte Topher.

„Es wäre mir ein Vergnügen, mit euch Segeln zu gehen."

Topher trank einen Schluck Wasser. „Könntet ihr Mr. Mead und mich für einige Minuten allein lassen?", fragte er Colin und Stanton. „Ich würde gerne kurz unter vier Augen mit ihm reden."

Stanton sah ihn überrascht an. „Du willst doch nicht …"

„Nein. Vertrau mir, bitte."

Stanton überlegte kurz. „Komm", sagte er dann zu Colin. „Wir gehen an die Bar und besorgen uns einen Drink. Du kannst mir Neuigkeiten von deiner Mutter erzählen. Wusstest du, dass sie und ich befreundet waren? Ich war vor langer Zeit dein Lieblingsonkel."

Sie standen auf und gingen. Topher wollte Joseph Mead nicht beunruhigen. „Quentin hat mir vorgeschlagen, mit Ihnen allein zu reden", sagte er.

Mr. Meads Gesichtsausdruck wechselte von Misstrauen zu Freude. „Ah, ich verstehe. Nun, wenn Quentin etwas vorschlägt, sollte man auf ihn hören. Er ist ein kleiner Meister des Zen, der Junge."

„Er meinte, ich sollte Ihnen von meinem Vater erzählen."

„Von deinem Vater? Lebt er noch?"

„Nein. Er ist vor zehn Jahren gestorben. Ein Herzanfall. Er war noch sehr jung."

„Es tut mir leid, das zu hören."

„Ich habe noch nie darüber gesprochen, aber …"

„Wie alt warst du? Als er starb, meine ich."

„Siebzehn."

„Was ist passiert?"

Topher trank noch einen Schluck Wasser. „Ich kam eines Tages von der Schule nach Hause und habe den Brief mit der Zulassung zu meinem SAT-Test vorgefunden. Das ist der Test, den man machen muss, wenn man zum College zugelassen werden will. Es konnte nur eines bedeuten – mein Dad hatte ihn für mich beantragt. Er hat mich schon seit meinem dreizehnten Geburtstag gedrängt, mich an der UT zu bewerben. Es fing an, nachdem ich meine erste Gitarre bekam. Ich wusste damals schon, dass ich Musiker werden wollte, aber davon wollte mein Dad nichts wissen. Ihn hat nur meine Ausbildung interessiert. Ich sollte studieren.

Nun, ich war so wütend, dass ich aus dem Haus gerannt bin. Ich bin zwei Stunden lang mit dem Auto durch die Gegend gefahren, bis ich mich wieder etwas beruhigt hatte. Mein Vater hörte mir nie richtig zu. Ich hatte ihm wieder und wieder gesagt, dass ich nicht studieren wollte. Und er hatte mich einfach zu diesem Test angemeldet – gegen meinen Willen. Als ich wieder nach Hause kam, saßen meine Eltern und meine Schwester beim Abendessen. Mein Dad und ich haben sofort angefangen, uns zu streiten. Wir haben uns angebrüllt und ich habe ihn aufgefordert, mich zu verprügeln, weil ich dann endlich weglaufen könnte und hier raus wäre. Ich sagte ihm, ich würde ihn hassen und wünschte, er wäre nicht mein Vater. Ich sagte ihm, er sollte sich mir nicht in den Weg stellen und nie wieder mit mir reden. Meine Mutter weinte. Meine Schwester ging zu ihrer Freundin. Ich ging in mein Zimmer und knallte die Tür hinter mir zu. Ich zitterte am ganzen Leib. In dieser Nacht musste mein Vater auf die Toilette und ist im Badezimmer tot zusammengebrochen. Er starb in dem Bewusstsein, ich würde ihn hassen."

Joseph Mead legte die Hände auf den Schoß. „Das dachte er nicht."

„Woher wollen Sie das wissen?"

„Weil ich auch ein Vater bin und Fehler gemacht habe. Fürchterliche Fehler. Er hätte es dir niemals zum Vorwurf gemacht. Ja, es hat ihn verletzt. Er wollte mehr für dich, mehr als er selbst bekommen hatte."

„Es war gut, was er hatte. Er war glücklich. Ich konnte nicht verstehen, warum er mir mein Glück nicht auch gönnen wollte."

„Du warst noch sehr jung. Als ich Stanton damals nicht zu meinem Sohn gelassen habe, war ich schon ein erwachsener Mann. Es gibt keine Entschuldigung für das, was ich getan habe."

„Sie hatten Angst."

„Vielleicht. Aber Angst ist keine sehr noble Entschuldigung."

Ein Kellner kam vorbei und füllte ihre Gläser mit frischem Wasser. „Wir sitzen im selben Boot, Sie und ich", sagte Topher.

„Das scheint mir auch so. Ich bin mir sicher, dass Quentin dich aus diesem Grund gebeten hat, mir deine Geschichte zu erzählen. Als mein Sohn starb, lag unsere Beziehung in Scherben. Deinem Vater ging es bei seinem Tod mit dir genauso. Ich habe schon ein sehr langes Leben hinter mir, junger Mann. Schlimmer kann es nicht mehr kommen."

„Sie hatten auch Probleme damit, dass Ihr Sohn Musiker werden wollte?"

Mr. Mead nickte. „Aber was für Carl gut war, hat bei Chris nie funktioniert. Ich war damals ein zorniger Mann. Ich war wütend über viele Dinge, die mit meinen Kindern gar nichts zu tun hatten."

„Es scheint keine große Rolle zu spielen, wie man sein Leben beginnt. Es zählt nur, wie man sein Leben abschließt. Ich würde mich gerne öfter mit Ihnen unterhalten, Mr. Mead. Wenn wir Sie im August in den Hamptons besuchen. Ich weiß nicht, was Sie davon halten, aber ich fände es echt groovy."

Mr. Mead sah ihn nachdenklich an. „Ich auch. Und nenne mich bitte Joe."

„Danke, Joe. Du kannst mich Topher nennen oder Christopher. Mir ist beides recht."

Joe zog sein Handy aus der Jackentasche. „Ich gebe dir meine Handynummer. Du kannst mich jederzeit anrufen, hast du verstanden?"

Topher lächelte. „Ich habe verstanden."

SPÄTER AM Abend, als sie wieder in Stantons Wohnung waren, wollten er und Topher sich gerade einen Film anschauen, da klingelte es an der Tür.

„Wer ist das?", fragte Topher.

„Der Sicherheitsdienst in der Lobby." Stanton ging zur Sprechanlage und drückte einen Knopf. „Hallo?"

Mr. Porter, hier ist eine Norma Mead, die Sie sprechen möchte. Sie sagt, sie hätte einige Papiere für Sie.

Stanton sah Topher fragend an, drückte wieder den Knopf und sagte: „Würden Sie Mrs. Mead bitte zu mir schicken?"

Aber sicher, Mr. Porter.

„Das ist Colins Mom, nicht wahr?", fragte Topher.

„Ja. Und bevor du mich fragst – ich habe keine Ahnung, was sie von mir will. Aber ich freue mich, sie zu sehen." Einige Minuten später klopfte es an der Tür. Stanton öffnete sie. „Norma! Das ist aber eine Überraschung."

„Hallo, Stanton. Komme ich ungelegen?"

„Ganz und gar nicht. Komm doch rein."

Norma trat ein und Stanton schloss hinter ihr die Tür. Dann streckte er die Arme aus und zog sie an sich. „Ich hätte vorher angerufen, aber Joseph hat mir nur eure Adresse gegeben", sagte Norma.

„Du hast mit ihm gesprochen?"

„Ja. Nach eurem Treffen."

Topher kam zu ihnen und stellte sich vor. „Hallo. Ich bin Topher, Stantons Freund."

Norma reichte ihm die Hand. „Es ist mir ein Vergnügen. Joseph hatte nur Gutes über dich zu sagen, junger Mann."

„Joe ist umwerfend."

Norma warf Stanton einen erstaunten Blick zu. Stanton lachte. „Komm rein und setz dich. Kann ich dir etwas zu trinken anbieten?"

„Nein, danke. Ich habe nicht viel Zeit. Wir fahren heute Abend noch in die Hamptons, um Ferien zu machen." Die drei setzten sich ins Wohnzimmer, Stanton und Topher aufs Sofa und Norma in einen der Sessel.

Stanton beugte sich vor und sah sie an. „Es tut mir leid, dass ich nicht mit euch in Kontakt geblieben bin. Ich bin nach Chris' Tod nach Philadelphia gezogen, weil ich es nicht ertragen konnte, überall an ihn erinnert zu werden. Sorry."

„Das kann ich gut verstehen", erwiderte Norma. „Ich habe in den vergangenen Jahren oft an dich denken müssen. Als mein Sohn Ben Walsh kennenlernte, ist mir eure Reise nach Austin wieder eingefallen und das Paar, bei dem ihr übernachtet habt."

„Du wusstest darüber Bescheid?"

„Ich bin Bens Eltern nie begegnet, deshalb war ich mir nicht sicher."

„Ich habe mit Travis in der Werkstatt gearbeitet", sagte Topher. „Die Walshs reden oft über euch, besonders Cade. White River, South Dakota. Das erzählte er immer über dich. Dass du aus White River, South Dakota stammst."

Norma lachte. „Ja, das stimmt. Als Joseph mir von eurer Verabredung erzählt hat, fragte ich ihn, ob ich euch die Papiere bringen dürfte." Sie sah Stanton an. „Es ist nicht das erste Mal, dass ich die Botschafterin spiele."

„Welche Papiere?", wollte Stanton wissen.

„Topher, ich weiß nicht, was du heute zu Joseph gesagt hast, aber was immer es auch war, es hat ihn sehr beeindruckt." Norma griff in ihre Tasche und zog einen großen Umschlag daraus hervor, den sie an Topher weitergab.

„Was ist das?", fragte Topher.

„Mach ihn auf."

Topher kicherte. „Du willst mir doch nicht auch eine Wohnung schenken, oder?"

Norma dachte über die Frage nach. „Ich würde sagen, es ist mehr wert als eine Wohnung", sagte sie dann.

Topher öffnete den Umschlag und zog die Papiere heraus. Es musste sich um ein offizielles Dokument oder einen Vertrag handeln. Topher fing zu lesen an, gab es aber schnell wieder auf. „Ich verstehe nur Bahnhof", sagte er und gab die Papiere an Stanton weiter.

Stanton warf einen kurzen Blick darauf. „Ist das …"

Norma unterbrach ihn. „Joseph hat Chris' Treuhandvermögen auf Topher übertragen lassen."

„Wie bitte?", sagte Topher.

„Stanton, wie du weißt, hat Chris sein Vermögen nie angerührt. Joseph hat es nach Chris' Tod aber auch nicht aufgelöst. Es hat in den vergangenen Jahren geruht und sich vermehrt. Ich hatte ihm vorgeschlagen, es in ein Stipendium umzuwandeln oder an eine Stiftung der AIDS-Hilfe zu spenden, aber davon wollte Joseph nichts hören. Es ist, wie mit dem leeren Stuhl an Thanksgiving – als würde Joseph nur darauf warten, dass Chris eines Tages zurückkehrt und ihn braucht."

„Aber warum ich?", fragte Topher.

„Das kann ich dir nicht sagen", erwiderte Norma. „Joseph Mead ist nicht der Mann, der anderen die Gründe für sein Handeln erklärt."

„Ich kann das nicht annehmen. Ich habe ihm doch nur die Geschichte meines Vaters erzählt. Dafür sollte er mir kein Vermögen überschreiben."

„Dann nimm es nicht für dich", sagte Stanton.

„Wie meinst du das?"

„Nimm es für die Band. Ihr könnt euch davon in Austin ein Haus kaufen und müsst keine Miete zahlen."

„Aber wir verdienen doch unser eigenes Geld", sagte Topher „Sehr viel sogar." Stanton lachte nur und Topher gab sich geschlagen. Er wusste schon, was kommen würde. „Na gut", sagte er. „Das habe ich verdient."

„Wenn du schon weißt, was ich sagen will, kann ich es mir ja ersparen."

„Was wollte er sagen?", fragte Norma.

Topher drehte sich grinsend zu ihr um. „Er wollte mir sagen, dass es sinnvoller ist, in Eigentum zu investieren und er vielleicht schon weiß, wo es in Austin ein interessantes Objekt gibt."

„Ich wollte zwar Arizona sagen, aber Austin ist besser. Das Geld, das ihr heute verdient, kann sich schon morgen in Luft auflösen. Das weißt du so gut wie ich."

„Ja", sagte Topher. „Ich habe schon verstanden."

„Du nimmst niemandem etwas weg", sagte Norma. „Das Vermögen ist unproduktiv. Wenn Chris wüsste, dass es jemandem mit seinem musikalischen Talent hilft ..." Sie warf Stanton einen hilfesuchenden Blick zu.

„Gibt es irgendein Häkchen an der Sache?", fragte der.

„Nein. Nur, dass er dreißig Jahre alt sein muss, bevor er über das Grundkapital verfügen kann. Bitte, Topher – denke zumindest darüber nach. Es würde Joseph sehr viel bedeuten, wenn er dir helfen könnte."

„Na gut, ich denke darüber nach. Und ich bespreche es mit Stanton. Wenn er es für eine gute Idee hält ... Na ja, ich höre bei diesem Kram meistens auf ihn."

Norma lächelte Stanton erleichtert an. „Ich sehe schon, du hast wieder einen Treffer gelandet."

SPÄTER LAGEN sie nackt zusammen im Bett und starrten an die Zimmerdecke.

„Es kommt alles so schnell, eins nach dem anderen", sagte Topher.

„Aber eine *gute* Sache nach der anderen. Die Tiefen kommen noch früh genug. Beschwere dich nicht über die Höhen."

„Hast du gesehen, wieviel Geld das ist?"

„Ja, ich habe es gesehen. Die Meads machen keine halben Sachen, wenn es um Geld geht."

„Kann ich mit dir über etwas Anderes reden?"

„Worüber?"

„Kondome. Wie lange müssen wir noch Kondome benutzen?"

„Wir sollten mindestens ein Jahr warten", grummelte Stanton.

„Ein Jahr? Meinst du das ernst? Das ist doch lächerlich."

„Es wäre unverantwortlich von mir, dir ein falsches Sicherheitsgefühl zu vermitteln."

Topher setzte sich auf. „Willst du mich wütend machen? Ich wüsste gerne, was daran falsch ist."

„Auf Kondome zu verzichten, ist ein ultimativer Vertrauensbeweis. Den muss man sich erst verdienen."

„Wann hast du dich das letzte Mal testen lassen?"

„Kurz bevor ich dich kennengelernt habe."

„Und wann hattest du das letzte Mal Sex mit einem anderen Mann? Vor mir natürlich."

„Vor ungefähr einem Jahr."

„Ich habe mich vor einem Monat testen lassen und hatte auch seit über einem Jahr keinen Sex."

„Gut. Und weiter?"

„Und es geht dir nicht darum, ob wir beide negativ sind. Habe ich recht? Es geht darum, dass du mir nicht vertraust. Du glaubst, ich würde dich betrügen."

„Leg mir keine Worte in den Mund."

„Nun, wie wäre es dann, wenn ich mir die Worte selbst in den Mund lege? Ich habe das nicht alles durchgemacht, um dich dann zu enttäuschen."

Stanton gab ihm keine Antwort.

„Sorry", sagte Topher und legte sich wieder hin.

„Kannst du mir etwas versprechen?"

„Du weißt doch, dass ich dir alles verspreche", sagte Topher.

„Wenn der Tag kommen sollte und du mit einem anderen Mann schlafen willst ... Könntest du es mir dann sagen? Bitte. Ich kann es ertragen."

„Dieses Gespräch wird niemals stattfinden."

„Das kannst du jetzt noch nicht wissen."

„Ich will, dass du mich fickst."

„Was? Wechsele nicht einfach das Thema."

„Ich will das schon sehr lange, aber ich will kein Kondom benutzen. Und es gibt auch keinen Grund dafür."

„Es sind erst drei Monate. Die Endorphine haben deine Vernunft überstimmt. Wenn wir uns erst daran gewöhnt haben und dann einer von uns Scheiße baut ..."

„Es geht doch nur darum, dass er dich betrogen hat, oder?" Topher sprang aus dem Bett und ging zu dem Nachttisch auf der anderen Seite. Er öffnete die Schublade und zog die Kondome daraus hervor. Dann riss er sie auseinander, eines nach dem anderen, bis die Schublade leer war.

Stanton stand auf und legte ihm die Arme um die Schultern. „Lass das", sagte er. „Ich will doch nur vernünftig sein."

Topher klammerte sich an ihn. „Nein, das musst du nicht."

„Dann versprich es mir."

„Ich werde dich nicht betrügen."

„Das ist nicht das Versprechen, um das ich dich gebeten hatte."

„Schon gut, schon gut. Wenn ich jemals mit einem anderen Mann schlafen will, werde ich vorher mit dir darüber reden."

„Nichts hinter meinem Rücken."

„Nichts hinter deinem Rücken. Versprochen."

„Und du wirst niemals aufhören, Gitarre zu spielen."

„Niemals." Topher legte den Kopf in den Nacken und sah Stanton an. „Bist du jetzt zufrieden?"

„Ja."

„Dann fick mich jetzt. Ohne etwas zwischen uns."

Stanton küsste ihn und schob ihn aufs Bett zurück. Topher hob die Beine und drückte sich mit dem Arsch an Stantons Schwanz. „Soll ich nicht erst das Gel holen?", fragte Stanton.

„Nein. Travis sagt, Gel ist für Weicheier. Nimm Spucke."

Stanton spuckte sich in die Hand und rieb sich damit den Schwanz ein. Dann drückte er ihn an Tophers Loch und rutschte rein.

„Oh Mann", sagte Topher keuchend. „Der ist noch größer als er aussieht."

Stanton beugte sich vor und küsste ihn. Topher packte Stanton im Nacken und schob sich mit einer einzigen Bewegung auf seinen Schwanz. „Es ist wie ein Sprung vom Zehnerbrett. Augen zu und durch."

Sie hielten einen Augenblick still. Topher spürte, wie sein Schließmuskel sich um Stantons Schwanz zusammenzog. „Kannst du aufstehen?", fragte er.

„So?", fragte Stanton, zog Topher an sich und kroch rückwärts vom Bett. Topher klammerte sich an Stantons Hals fest und legte ihm die Beine um die Hüften. Stanton stand auf.

„Wie fühlt sich das an?", fragte er Topher.

„Als ob mir die Eingeweide aufgerissen würden."

„Wenigstens bist du ehrlich."

„Du bist in mir. Mehr interessiert mich im Moment nicht. Kannst du dich umdrehen und auf die Bettkante setzen?"

„Topping from the Bottom. So nennt man das."

„Sorry. Kannst du es bitte einfach tun?"

Stanton erfüllte ihm die Bitte und setzte sich auf die Bettkante. Sein Schwanz drückte sich noch tiefer in Tophers Arsch. Sie blieben einen Augenblick still sitzen, dann zog Topher ihn an sich und sagte: „Jetzt kann uns nichts mehr trennen."

„Oh nein. Ich wusste doch, dass es ein Fehler war, dir diesen Film zu zeigen."

„Spinnst du? Es war eine wunderbare Idee. Ich weiß jetzt ganz genau, wie Scudder sich gefühlt hat."

„Na gut. Aber du wirst *Maurice* nicht im Bett zitieren."

Topher wackelte auf Stantons Schoß hin und her. „Es fühlt sich schon viel besser an. Mein Schwanz wird wieder hart."

Stanton legte sich zurück und betrachtete Tophers Erektion. Er nahm ihn in die Hand und rieb fest auf und ab, unterstützt von Topher selbst, der seine Hand um Stantons legte. Stanton stieß von unten in ihn hinein, warf ihn dann auf den Rücken und küsste ihn. Topher spürte ein Kribbeln in den Zehenspitzen. Er wollte kommen, konnte aber noch nicht. Er gab sich dem Gefühl von Stantons Schwanz in seinem Arsch hin und schloss die Augen. „Fick mich", sagte er. „Fick mich härter."

Stanton erhöhte das Tempo und das Kribbeln in Tophers Zehen breitete sich bis in die Knie aus. Es musste irgendwie zusammenhängen, das Kribbeln und Stantons Stöße. „Härter", keuchte Topher. „Fick mich härter."

Stanton wurde noch schneller. Topher zog die Knie bis an die Ohren und ließ sich von Stanton so tief wie möglich ficken. Stanton stützte sich auf die Hände und überragte ihn, als würde er Liegestützen machen. Das Kribbeln saß jetzt direkt hinter Tophers Eiern. Er knurrte und biss Stanton in die Schulter, Auge in Auge mit Pegasus. In einem Anfall von sexuellem Delirium hörte er das Pferd wiehern und sagen: „Fliege! Du musst fliegen!" Topher griff sich zwischen die Beine und hatte kaum seinen Schwanz berührt, als er auch schon kam und sich auf Bauch und Brust spritzte. Er spürte, wie Stantons Schwanz in ihm zuckte und sich entlud, aber Stanton hörte nicht auf, ihn zu ficken, wurde nur etwas langsamer. Dann hörte alles auf und sie sackten in sich zusammen, ohne sich loszulassen.

„Alles in Ordnung?", fragte Stanton.

Topher nickte. Er hatte das Gesicht an Stantons Hals gedrückt und konnte kaum atmen. „Ja", murmelte er und drehte den Kopf zur Seite. „Alles in Ordnung."

„Der beste Orgasmus aller Zeiten?"

„Woher weißt du das?"

„Du fickst mich seit drei Monaten, falls du das vergessen hast."

„Ich Bottom, du Top."

„Das ist unfair!"

„Na gut, wir wechseln uns ab. Wie nennt man das noch?"

„Versatile."

„Nein, nicht so. Travis hat es anders genannt. Wie nennt man es, wenn sich in einem Porno die Kerle gegenseitig ficken?"

„Flip-Flop."

„Richtig, das war's. Flip-Flop."

ALS SIE am nächsten Morgen im Zug nach Fire Island saßen, erzählte Topher seinen Freunden von dem Treuhandvermögen.

„Was ist nur los?", wunderte sich Maurice. „Wir sind innerhalb von gut drei Monaten von armen Schluckern zu Millionären geworden."

„Wir haben nicht aus dem Nichts angefangen", meinte Peter. „Wir hatten immer uns. Was meint Stanton dazu?"

„Das wir uns ein Haus in Austin kaufen sollten. Dann hätten wir nicht nur in New York eine sichere Wohnung. Was haltet ihr von dem Vorschlag?" Seine Freunde nickten zustimmend. „Wir sollten uns ein großes Haus suchen, mit vielen Zimmern und einem Apartment über der Garage. Damit wir Gäste und Kinder unterbringen können", fuhr Topher fort.

„Kinder?", fragte Robin.

„Ja, Kinder. Peter, du willst doch sicher eines Tages heiraten. Und Stanton und ich wollen auch Kinder."

Maurice kicherte. „Weiß Stanton das schon?"

„Noch nicht", gab Topher zu. „Wenn es soweit ist, werde ich es ihm schon beibringen. Ich habe gesehen, wie gut Travis mit Bens Brüdern umgehen kann. Ich bin mir sicher, Stanton und ich wären auch hervorragende Eltern."

„Ich kann mich um ein Haus kümmern", sagte Robin. „Wenn wir wieder in Austin sind, fange ich sofort mit der Suche an. Ein großes Haus mit vielen Zimmern."

„Und einem Garten hinterm Haus", sagte Maurice. „Das ist wichtig. Und eine große Terrasse."

„Sonst noch Wünsche?", erkundigte sich Robin.

„Nein", sagte Maurice. „Das war alles. Du wirst schon merken, wenn du das richtige gefunden hast. Ich verlasse mich ganz auf dich."

Das Chaos beim Umsteigen vom Zug in den Bus, der sie zur Fähre brachte, ging Topher ziemlich auf die Nerven. Es gab mehr Passagiere als Sitzplätze, mehr Gepäck als Stauraum. Topher und seine Freunde waren sich darüber einig, dass sie lieber einen wilden Stier einfangen als sich um die wenigen Sitzplätze streiten wollten. Als sie schließlich auf der Fähre waren, die sie über den Long Island Sound brachte, hatte sich die Lage wieder einigermaßen beruhigt.

Topher war ohne konkrete Erwartungen nach Fire Island gekommen und wurde überrascht. Sie legten im Hafen an und verließen die Fähre. Topher folgte Stanton über den Pier auf die Straße. Es gab nur ein Wort, mit dem er seinen Eindruck von der Insel beschreiben konnte.

Enttäuschend.

Es war nicht wie auf dem Konzert von Bruce Springsteen, als Topher sich vor Aufregung kaum beherrschen konnte. Als er Stanton zum ersten Mal küsste. Er konnte auch nicht sagen, dass ihm die Insel vertraut vorgekommen wäre. Sie warteten auf dem Bürgersteig vor dem Maklerbüro auf Ty, der die Schlüssel für das Haus abholte. Dann führten Ty und Marvin sie weg vom Hafen in eine Seitenstraße. Es war das erste Haus, das ihnen in die Augen fiel.

„Das ist es", sagte Marvin und schloss die Haustür auf. Sie betraten das Haus und kamen in ein großes Zimmer, das gleichzeitig Wohnzimmer, Esszimmer und Küche war. Gegenüber der Haustür führte eine Treppe ins obere Stockwerk.

„Es gibt zwei Schlafzimmer oben und zwei unten", erklärte Marvin. „Und wir haben noch das Poolhaus."

„Wie Ryan in *O.C.*?", fragte Peter.

„Ja", sagte Stanton.

„Travis liebt diese Serie", meinte Topher.

„Wir haben Wi-Fi", sagte Tyrese. „Das ist wichtig, weil der Empfang hier ziemlich unzuverlässig ist."

Maurice flüsterte seinem Bruder etwas ins Ohr. Robin fragte: „Wo ist …"

Topher unterbrach ihn. „Muss das jetzt sein?"

„Komm schon", sagte Robin. „Du kannst Maurice nicht vorwerfen, dass er schon ganz aufgeregt ist."

„Was ist los?", erkundigte sich Stanton.

„Darf ich es ihm erklären?", fragte Topher.

„Ja. Ich wollte sie eigentlich mit dem Cover überraschen, aber irgendjemand muss ja das Foto schießen."

Topher drehte sich zu Stanton und Marvin um. „Wir möchten euch bitten, ein Foto von uns aufzunehmen. Am gleichen Ort. Ihr wisst schon: dort am Strand. Wir wollen die beiden Bilder für das Cover des Albums benutzen, zusammen mit einem Foto des Wasserturms in Dime Box."

„Verdammt", sagte Marvin mit erstickter Stimme. „Ich glaube, das wird eine tränenreiche Woche für mich."

„Kannst du dich noch erinnern, was ich vor dreißig Jahren gesagt habe?", fragte Stanton. „,In vielen, vielen Jahren werden wir viele, viele süße Jungs einladen, die mit uns am Swimmingpool liegen und Cocktails trinken und – wenn wir Glück haben – uns ihren Schwanz lutschen lassen'. Und weißt du was, Kumpel? Ich *habe* Glück gehabt. Los, lasst uns zum Strand gehen."

Marvin schüttelte den Kopf. „Du hast dich in all den Jahren nicht einen Deut gebessert."

Die sieben Männer überquerten die Insel, bis sie zum Meer auf der anderen Seite kamen. Sie stiegen die Holztreppen zum Strand hinab. Topher schaute übers Meer. Endlich. Endlich konnte er es verstehen. Er packte Stanton am Arm. „Ja", sagte er. „Ja, jetzt fühlt sich alles richtig an."

„Das sollte es auch", erwiderte Stanton. „Hier war sein absoluter Lieblingsplatz."

Topher fühlte sich wie abgehoben. Er kickte die Schuhe von den Füßen und lief ans Wasser. Dann rannte er ins Meer und stürzte sich in die Wellen. Er schmatzte mit den Lippen, als er das Salzwasser schmeckte. Als er wieder an den Strand zurückkam, wartete Stanton dort auf ihn.

„Ich bin nass!", rief Topher.

„Ja, das bist du."

Topher schüttelte sich und das Wasser spritzte in alle Richtungen. Er gab Stanton einen Kuss auf den Mund und bückte sich dann, um im Sand zu wühlen. „Weißt du, wie man Steine übers Wasser springen lässt? Trisha und ich haben das immer gemacht, wenn wir mit unseren Eltern in Galveston waren. Ich konnte sie dreimal springen lassen. Machen die Leute das hier auch?"

Stanton sah ihn wehmütig an. Topher grinste, weil er schon wusste, was dieser Blick zu bedeuten hatte. Er musste Stanton wieder an Hutch erinnert haben. Aber das war in Ordnung so.

Marvin schoss ein Foto nach dem anderen, während Topher und seine Freunde am Strand herumtobten. Nach einer Weile zog Maurice das alte Foto aus der Tasche und gab es Stanton.

„Kannst du dich noch genau erinnern, wo es aufgenommen wurde?"

Stanton beriet sich mit Marvin, der sich noch erinnern konnte. Sie mussten einige hundert Meter laufen, aber dann fanden sie die richtige Stelle. Topher, Robin, Maurice und Peter stellten sich am Strand auf und imitierten die Position der vier jungen Männer auf dem Foto. Marvin benutzte jetzt eine richtige Kamera, während Stanton und Tyrese noch mit ihren Handys fotografierten. Topher dachte sogar daran, Stanton eine Kusshand zuzuwerfen, als sie in die Kamera grinsten.

NACH DEM Abendessen ging Stanton mit Topher auf die Dachterrasse. Topher hatte nur noch einen Punkt auf seiner Liste abzuhaken, dann war alles erledigt. Nur noch eine Sache, bevor Stanton sein neues Leben beginnen konnte. Sie legten sich zusammen in einen der Liegestühle. Topher rollte sich an Stantons Seite zusammen. „Ich habe eine Idee", sagte er.

„Das hört sich ominös an."

„Ich verspreche dir, dass es eine gute Idee ist."

„Na gut", sagte Stanton. „Ich höre."

„Du kannst mit ihm reden", sagte Topher nach einer kurzen Pause.

„Was meinst du damit?"

„Du kannst mit Hutch reden. Durch mich."

„Topher, mach dich nicht lächerlich. Wie soll denn das funktionieren?"

„Mit dem Handy."

„Wie bitte?"

„Hör zu. Ich weiß, ich bin nicht Hutch. Aber du hast selbst gesagt, ich hätte seine Stimme. Ich fühle mich ihm verbunden. Das weißt du auch. Und ich kann für ihn sprechen. Du hast mein Gesicht gesehen, als ich das erste Mal die schwarze Fender in der Hand hatte. Es ist die Musik, Stanton. Durch die Musik weiß ich, dass es real ist. Ich gehe jetzt weg und rufe dich in einigen Minuten an. Und wenn du ans Telefon gehst, wird Hutch mit dir sprechen."

„Willst du damit sagen, du könntest ihn zu mir umleiten?"

„So ähnlich. Es ist schwer zu erklären. Aber ich kann es. Vertraue mir. Ich habe es schon einmal getan."

„Hast du das?"

„Ja."

„Wie?"

„Das spielt keine Rolle. Es ist das letzte Puzzleteil. Das letzte Kapitel der Geschichte, das noch abgeschlossen werden muss."

Stanton zögerte. „Ich weiß nicht, ob ich das tun kann."

„Kein Widerspruch. Ich will nicht mit dir spielen. Ich verspreche dir, auf dich aufzupassen und immer zu dir zu stehen. Lass mich das für dich tun. Bitte."

Stanton überlegte noch eine Weile, doch dann nickte er.

„Ich gehe nach unten", sagte Topher. „Ich mache einen Spaziergang und rufe dich an. Okay?"

„Okay."

Topher stand auf und verließ die Terrasse. Er ging zum Hafen und setzte sich auf eine Bank. Dann holte er das Handy aus der Tasche, mit dem alles begonnen hatte, als er Stanton in der Werkstatt von *Groovy Automotive* zum ersten Mal sah. Er klappte es auf und hielt es ans Ohr. „Bist du da, Hutch?"

Stille.

Ja, ich bin da.

„Bist du bereit?"

Ich warte seit sechsundzwanzig Jahren auf diesen Augenblick.

„Gut. Ich gehe davon aus, du weißt, was du tust."

Das verspreche ich dir, Topher. Es wird funktionieren. Und vielen Dank. Für alles.

„Gern geschehen. Es gibt nur einen von uns, erinnerst du dich?" Topher suchte Stantons Nummer in seiner Adressliste. Dann wählte er sie an und hielt sich das Handy wieder ans Ohr.

„Hallo?"

Stanton? Bist du das?

Pause.

„Ich weiß nicht, ob ich das kann, Topher."

Wieder Pause.

Es tut mir leid, was ich zu dir gesagt habe. In der Wohnung, an dem Tag, an dem du mich verlassen hast. Ich wollte dich nur dazu bringen, endlich offen mit mir zu reden. Ich hätte dich nicht so unter Druck setzen dürfen.

„Hutch?"

Ja, ich bin es. Es tut mir auch leid, was mein Vater dir angetan hat. Er hatte nicht das Recht, dich von mit fernzuhalten. Ich war zu krank, um mich gegen ihn zu wehren, aber ich hätte es wenigstens versuchen sollen.

„Es ist nicht deine Schuld. Ich habe dir Vorwürfe gemacht, aber ich hätte auch mehr um deine Musik kämpfen sollen."

Wir wissen beide, dass das nicht wahr ist. Es gibt nichts, was du hättest sagen können, um meine Meinung zu ändern.

„Es tut mir so leid, dass ich am Ende nicht bei dir war und wir uns nicht verabschieden konnten."

Aber jetzt können wir es tun. Endlich. Erinnerst du dich an unseren ersten Spaziergang am Strand? Du hast mir von Air Supply *erzählt und ich habe dir diesen Ring gegeben.*

„Wie könnte ich das jemals vergessen? Du hast *Air Supply* mit *Romeo und Julia* verglichen."

Stimmt. ‚I must be gone and live, or stay and die'. Ich hatte nicht vor, so prophetisch zu werden. Ich fand es nur cool, Shakespeare zu zitieren.

„Es war so süß."

Danke, dass du das Kriegsbeil begraben hast und wieder mit meinem Vater sprichst.

„Es war nur richtig. Und außerdem wollte Topher, dass wir uns wieder vertragen."

Pause.

Du weißt doch, dass er in dich verliebt ist?

„Ich hoffe es, denn ich liebe ihn seit dem ersten Tag. Ich wollte mir nur keine falschen Hoffnungen machen."

Du solltest dich nicht zurückhalten. Du solltest dir Hoffnungen machen. Aber ich muss jetzt Schluss machen. Es wird Zeit, sich zu verabschieden.

„Schon?"

Ja. Siehst du nicht, dass wir gewonnen haben, Stanton? Das Spiel war noch nicht zu Ende. Und wir haben es gewonnen.

„Vermutlich hast du recht."

Und jetzt wird es Zeit, ein neues Kapitel zu beginnen.

„Ja. Ich bin dazu bereit. Adieu, Hutch."

Adieu, Starsky. Pass gut auf Topher auf, ja? Er wird deine Hilfe noch brauchen.

„Ja, ich werde …"

Topher hörte noch, wie Peter Stanton etwas zurief, dann wurde die Verbindung unterbrochen. Topher wurde von Panik gepackt, steckte das Handy weg und rannte zurück zum Haus. Als er beim *Pantry* um die Ecke bog, musste er einem Mann ausweichen, der einen roten Spielzeugwagen voller Einkäufe hinter sich herzog. Er blieb stehen und sah Stanton einige Meter weiter vor dem Haus auf ihn warten. Topher lief zu ihm und warf sich in seine Arme.

„Danke", sagte Stanton. „Ich kann kaum glauben, dass du das für mich getan hast. Ich liebe dich so sehr."

„Ich liebe dich auch."

Und dann, direkt hier auf dem Bürgersteig, vor Gott und den Menschen, fiel Stanton auf die Knie und zog den Spielzeugring aus der Tasche, den er für den Dalai Lama Test benutzt hatte. „Ich hätte nie damit gerechnet, jemals diese Frage zu stellen, aber … Topher Manning, willst du mich heiraten?"

„Geht das denn?"

„Ja, hier in New York schon."

„Verdammt. Natürlich will ich dich heiraten." Er streckte die linke Hand aus, damit ihm Stanton den Ring auf den Finger schieben konnte. „Können wir hier heiraten? Am Strand?"

Stanton stand wieder auf. „Wenn du es dir wünschst, können wir alles."

„Können wir auch Kinder haben?"

„Kinder? Ich?"

„Ja. Du wärst ein so wunderbarer Vater. Und die Jungs helfen uns auch. Und Marvin und Ty. Halt! Warum bin ich eigentlich den ganzen Weg zurück so gerannt? Was hat Peter zu dir gesagt, bevor die Verbindung unterbrochen wurde?"

Stanton lächelte eines der breitesten Lächeln, das Topher jemals gesehen hatte. „Komm mit", sagte er.

Sie gingen ins Haus, wo sich die anderen um den Esszimmertisch versammelt hatten. Tyrese saß hinter dem aufgeklappten Laptop.

Stanton drehte sich zu Topher um und winkte ihn zu sich. „Komm schon. Weißt du noch, was du mir am Abend des Konzerts gesagt hast? Über deinen Maßstab für persönlichen Erfolg? Du wolltest eines eurer Lieder unter den Top Ten von iTunes sehen. Nun …" Stanton zeigte auf den Laptop und Tyrese stand auf, um Topher Platz zu machen.

Topher setzte sich und schaute auf den Bildschirm. Und wirklich – rechts, wo die Top Ten der Singles aufgelistet war, stand *Homesick* auf dem vierten Platz. Topher drehte sich zu seinen Freunden um. „Wir haben es geschafft!", schrie er.

Tyrese' Handy, das neben dem Laptop lag, fing zu blinken an. Tyrese scrollte durch die Nachrichten. „Twitter hat einen neuen Renner", sagte er und setzte sich ins Wohnzimmer.

„Nummer Vier auf iTunes!", staunte Robin.

„Unglaublich", sagte Peter. „Stanton meint, wenn die Leute *Call Me Maybe* nicht mehr hören können, hätten wir sogar eine Chance auf Platz Eins."

„Möglich ist es", meinte Stanton. „Obwohl es wahrscheinlich die falsche Jahreszeit für *Homesick* ist. Im Herbst oder Winter wären die Chancen besser. Aber man kann nicht alles perfekt planen, und ihr musstet den Erfolg von *Beaches on the Moon* rechtzeitig nutzen. Und das habt ihr getan. Herzlichen Glückwunsch. Das ist ein Grund zum Feiern."

„Ein doppelter Grund", sagte Topher und hielt die linke Hand hoch. „Habt ihr das gesehen, Jungs? Ich bin verlobt."

„Was?", riefen die Zwillinge.

Tyrese stand auf und kam an den Tisch zurück. „Einen Augenblick noch. Das müsst ihr euch anhören."

„Was?", fragte Marvin.

„Ich habe diese Meldung zu einem Blog hier auf der Insel zurückverfolgt." Tyrese schaute auf das Display seines Handys und begann laut zu lesen:

„Hallo, liebe Leser! Wir entschuldigen uns dafür, dass ihr so lange warten musstet, aber wir waren einem Geheimnis auf der Spur. Wir haben uns gefragt, woher es kommt, dass in letzter Zeit so viele Männer um die fünfzig Händchen haltend mit jungen Kerlen rumlaufen, die nur halb so alt sind wie sie. Bisher haben wir schon einundvierzig Paare gezählt, bei denen der Altersabstand mindestens fünfundzwanzig Jahre beträgt. Natürlich wissen wir auch, dass diese Daddy-Boy-Geschichten schon so alt sind wie Adam und Steve, aber in diesem Jahr scheint es eine wahre Epidemie zu sein! Kündigt sich für 2012 die Apokalypse an? Oder ist das Prinzip des 100. Affen doch kein Mythos? Wir wissen es nicht, aber eine Erklärung für dieses Phänomen wird immer wieder genannt, und sie beginnt mit dem Buchstaben R. Bleibt uns treu, liebe Leser, weil ihr von dieser Geschichte noch lange nicht alles gehört habt. Wir halten euch auf dem Laufenden!"

Und Tyrese hatte noch mehr zu berichten: „Es geht noch weiter. Dieser Blog hat sich verbreitet und einen neuen Trend bei Twitter ausgelöst: #TheReturn. In San Francisco, Chicago, Miami ... überall. Es ist immer die gleiche Geschichte. Männer um die fünfzig mit Jungs um die zwanzig. Die Zahlen sind absolut spektakulär."

Topher drehte sich grinsend zu Stanton um. „Dann sind wir also nicht die einzigen?"

BRAD BONEY lebt in Austin, Texas. Austin steht auf Platz Sieben der schwulsten Städte der USA. Brad ist im Mittleren Westen aufgewachsen und hat in New York studiert. Danach lebte er in Washington DC und Houston, bevor er sich in Austin niederließ. Seinen Schreibstil nennt er „eine Mischung aus Dialog und Bühnenanweisung" und macht dafür seinen beruflichen Hintergrund am Theater verantwortlich. Brads erstes Buch kam ins Finale für den Lambda Literary Award. Er hält *50 erste Dates* für die beste romantische Komödie aller Zeiten und *Strapped* für den besten Schwulenfilm der letzten zehn Jahre. Und es gibt keine Boygroup, auf die er nicht steht.

Besuchen Sie Brad im Web unter www.bradboney.com oder folgen Sie ihm auf Twitter unter twitter.com/BradBoney.

Ben und das Glück im Unglück

Brad Boney

Die Austin-Trilogie, Buch 1

Ben Walsh ist auf dem besten Weg, einer von Manhattans besten Strafverteidigern zu werden. Er hat einen tollen Partner an seiner Seite und Freunde in den besten Kreisen. Sein Leben ist perfekt, bis ein Anruf alles auf den Kopf stellt: Seine Eltern wurden bei einem Autounfall getötet und er muss nach Austin zurückkehren, um sich um seine drei halbwüchsigen Brüder zu kümmern, die er kaum kennt.

Während der Beerdigung lernt er Travis Atwood kennen, den Nachbarn mit dem großen Herzen. Ihre Beziehung beginnt in einem Wechselbad der Gefühle, sie streiten und flirten. Doch als Ben unter dem Gewicht der Verantwortung zu zerbrechen droht, wendet er sich an Travis, und der Druck, der auf ihnen lastet, formt aus ihrer Freundschaft etwas, das sich ganz nach großer Liebe anfühlt. Ben glaubt jetzt zu wissen, wie er alles auf einmal haben kann: sein altes Leben, sein neues Leben und Travis noch dazu, aber Liebe ist eben nicht immer so einfach. Wird er erkennen, dass man manchmal erst durch die Hölle gehen muss, um seinen vorbestimmten Platz im Leben zu finden?

www.dreamspinner-de.com

Von BRAD BONEY

DIE AUSTIN-TRILOGIE
Ben und das Glück im Unglück
Die Rückkehr

Veröffentlicht von DREAMSPINNER PRESS
www.dreamspinner-de.com

Verfügbar von Dreamspinner Press

Aundrea Singer

BLACK HAWK
TATTOO

www.dreamspinner-de.com

Noch mehr Gay
Romanzen mit Stil
finden Sie unter....

www.dreamspinner-de.com